그 깊은 상징의 늪
가와바타 야스나리의 소설세계

임종석

제이앤씨
Publishing Corporation

▌책머리에▐

　가와바타 야스나리(川端康成)의 소설은 난해하다고들 한다. 사실 그의 소설은 읽기가 그리 쉬운 것이 아니다. 그렇다면 무엇이 그의 소설을 그토록 난해하게 한 것일까? 그 요인으로 여러 가지를 들 수 있겠으나 무엇보다도 작품에 스며 있는 상징성 때문이라는 것이 저자의 생각이다. 그의 소설을 읽어나가다 보면 행간 행간에 숨어 있는 상징적인 것들이 방해하여 이해를 어렵게 하는 것이다.

　이 상징적인 것들을 이해하지 못한 채 읽는다는 것은 마치 맛있는 고기를 씹지 않고 삼켜 맛을 느끼지 못하는 것과 같다 할 것이다. 고기는 씹어야 맛이 나듯이 그의 소설 또한 상징적인 것들을 이해하며 읽어야 재미가 있는데 말이다.

　연구자들이 좋은 작품론을 쓰기 위해서는 작품을 피상적으로 읽어서는 안 된다. 작품세계로 직접 들어가서 등장인물들과 만나 그들과 같이 그 세계를 돌아다니며 그들과 같이 희로애락을 느끼는 것이 중요하다. 같이 고뇌하고 같이 웃고 우는 가운데 그 세계를 이해하는 것이다. 그런데 이때도 연구자들을 괴롭히는 것은 상징성이라고 하는 것이다. 그것이 이해되지 않으니 등장인물들과 감정이나 정서를 공유할 수 없는 것이다. 그러니 재미가 있을 리 없다.

　소설의 행간 행간에 숨어 있는 상징적인 것들을 찾아내어 그것들을 이해해 가다보면 아름다운 꽃들이 피어나 그의 작품세계는 화려한 화원이 된다. 빨갛고 탐스럽게 잘 익은 사과들이 주렁주렁 열리는 과수원이 된다. 이렇게 되면 작품세계는 읽는 사람들의 정신과 영혼을 살찌우는 자양분의 보고(宝庫)가 된다.

잘된 작품론은 이와 같은 과정 위에 쓰이는 것이다. 나는 감히 이 책에 수록된 논문들을 잘된 것이라고는 하지 않겠다. 그러나 나 자신이 작품세계에 들어가 등장인물들과 동행하면서 곳곳에 잠복해 있는 상징적인 것들을 찾아 이해해가며 감상한 결과를 근거로 하여 쓴 것들이라는 것만은 말해 두고 싶다.

그런데 이 책을 읽는 분들에게 사과를 해야 할 것이 있다. 이 책은 여러 학술잡지에 오랜 세월에 걸쳐 발표된 논문들을 모은 것이므로 중복된 내용과 표현이 많다는 것이다. 대폭적인 손질을 한다면 이와 같은 문제는 없어지겠지만 저자의 게으름 때문에 그리하지 못했다. 또 많은 손질을 한다면 한 편 한 편의 독립된 논문으로서는 손상을 입을 수밖에 없다는 것도 사실이다. 그리고 이들 논문 가운데에는 서론 및 결론과 각 장의 제목이 적절치 못하게 되어 있는 것들이 있는데, 게재잡지에 서론 및 결론과 제목이 없이 <Ⅰ. Ⅱ.……Ⅴ.>의 식으로 장(章)을 표기하여 실었던 것을 약간만 손질하여 책의 체제 상 어쩔 수 없이 「시작하는 말」과 「마치는 말」, 또는 제목을 달았기 때문이다. 그러니 이와 같은 점들을 감안해서 읽어 주기를 바랄 뿐이다.

이 졸저가 여러분의 작품세계 이해에 작은 도움이라도 되었으면 한다.

태양이 작열하기 시작하는 2007년 여름의 어느날
대전 갑하산 밑 반석마을에서

지은이 임 종 석 올림

▎목 차▎

제7편   『종이학』의 세계

제10편　『호수』의 세계

제11편　『고도』의 세계

제12편   『민들레』의 세계

연보(年譜)

― 가와바타 가오리 편(川端香男里編) ―

▪ 제1편 ▪

가와바타 야스나리 소설의 모티브(1)
− 〈마계〉를 중심으로 −

시작하는 말

가와바타 야스나리(川端康成)는, 일본인으로서는 맨 처음 노벨 문학상을 받은 작가로, 『눈 고장(雪国)』 『산의 소리(山の音)』 『종이학(千羽鶴)』 『호수(みづうみ)』 등의 주옥같은 소설들을 많이 남겼다. 그런데 세계적으로 최고의 권위를 자랑하는 상을 수상할 정도로 뛰어난 문학성에도 불구하고 그의 소설들은 대부분 일반 독자들이 쉬이 접근할 수 없다는 아쉬움이 있다.

저자는 일본문학을 전공하는 우리 한국 대학생들로부터 가와바타가 과연 노벨 문학상을 받을 만한 작가냐는 질문을 받은 적이 몇 번인가 있다. 당돌한 질문임에는 틀림없지만 저자로서는 이를 나무랄 생각이 없었다. 문학을 전공한다고는 하지만 그들로서는 아직 가와바타의 소설을 이해하기가 쉽지 않으리라는 것을 알기 때문이다.

수박 겉만 핥아보고 맛이 없다고 해서는 안 될 것이다. 쪼개어 빨간 속을 먹어보고 맛을 평가해야 한다. 가와바타의 소설도 이와 같다고 생각한다. 그냥 피상적으로 읽기만 해서는 안 되고 문학적 진수를 맛봐야 한다.

수박을 쪼개기 위해서는 칼이 있어야 한다. 그것도 연필을 깎는 것 같은 그런 작은 것이어서는 안 되고, 날의 길이가 적어도 수박의 반지름만큼은 길어야 좋다.

일반 독자들이 가와바타의 소설에 접근하기 어려운 것은 그것이 난해하기 때문인데, 이는 그의 소설이 많은 상징성을 지니고 있다는 데 원인이 있다. 그런데 그 상징성은 그만의 독특한 모티브를 통하여 배태(胚胎)되어 있는 것이 많다.

가와바타 소설의 상징성을 이해한다는 것은 수박을 먹기 위해 이를 쪼개는 것과 같은 일이라 할 수 있지 않을까 한다. 가와바타 소설을 이해하는 것을 수박 먹는 것에 비유한다면, 잘 다듬어진 감각으로 상징성을 이해하는 것은 잘 드는 칼로 수박을 쪼개어 먹는 것과 같다 할 수 있으리라 생각한다.

가와바타가 즐겨 쓰는 모티브로는 마계(魔界)·가타시로(形代)·헛수고(徒勞)·사랑·생(生)·사(死)·윤회전생(輪廻轉生)·저쪽(向う側)·꿈·무(無) 등 많은데, 이들 중 많은 것이 상징적으로 표현되어 있다. 그중에도 대표적인 것으로는 마계(魔界)와 가타시로(形代)를 들 수 있는데, 본 편(篇)에서는 마계에 대해서만 고찰하고 가타시로에 대해서는 제2편에서 상술(詳述)하고자 한다.

I 불계보다 들어가기 어려운 마계

나도 잇큐(一休)의 글씨를 두 폭 소장하고 있습니다. 그 한 폭은 「불계(佛界) 들어가기 쉽고, 마계(魔界) 들어가기 어렵다」라고 한 줄로 쓴 것입니다. 나는 이 말에 끌리기 때문에 스스로도 자주 이 말을 휘호합니다. 의미는 여러 가지로 읽을 수 있고, 또 어렵게 생각하면 한이 없겠습니다만, 「불계 들어가기 쉽고」에 「마계 들어가기 어렵다」라고 덧붙여 말한 그 선(禪)의 잇큐(一休)가 나의 마음에 와 닿습니다. 궁극은 진·선·미를 목표로 하는 예술가에게도 「마계 들어가기 어렵다」의 바라는 바의, 두려움의 기도(祈禱)에 통하는 생각이 밖으로 나타나고, 혹은 안에 깃든 것은 운명의 필연일 것이겠지요. 「마계」 없이 「불계」는 없습니다. 그리고 「마계」에 들어가는 것이 어렵습니다. 마음이 약하고는 이룰 수 없는 것입니다.

「아름다운 일본의 나(美しい日本の私)」[1]의 일절이다. 여기에서는 「불계 들어가기 쉽고, 마계 들어가기 어렵다」라고 했지만, 가와바타가 소장하고 있다는 실제의 서폭(書幅)에는 「불계이입 마계난입(佛界易入 魔界難入)」으로 되어있다. 이것을 풀어서 한 말이 「불계 들어가기 쉽고, 마계 들어가기 어렵다」이다. 부처의 세계에는 들어가기 쉽고 마귀의 세계에는 들어가기 어렵다는 말이다. 달리 말하면 천국에는 가기 쉽고 지옥에는 가기 어렵다고도 할 수 있을 것이다. 일반적인 상식으로는 납득이 잘 가지 않는 말이다. 사람들은 보통 천국에는 가기 어렵지만 지옥에는 아무라도 갈 수 있다고 생각하기 때문이다.

그렇다면 이 말의 출처는 어디인가. 가와바타는 잇큐 선사(一休禅師)의 서폭에서 이 말을 보았다 했는데, 더 오래된 문헌 가운데 보인 것으로는 중국의 『나호야록(羅湖野錄)』과 『대혜무고(大慧武庫)』라는 서적이다. 잇큐 선사가 어떠한 경로를 통해서인가 이 중 하나, 아니면 둘 다에서 보고 휘호(揮毫)했을 것이고, 그것을 가와바타가 보고 자기 소설의 중요한 모티브로 즐겨 썼을 것이다.

「불계이입 마계난입(佛界易入 魔界難入)」은 본래 불교용어로, 불계에 집착하지 않고 마계에 들어가 마음대로 행동할 때 비로소 참다운 오경(悟境)에 이를 수 있다는 의미이다.[2] 그러나 가와바타는 이를 자기류로 해석하여 자신의 소설에 모티브로 쓴 것이다. 「『마계』에 들어가는 것이 어, 려워, 「마음이 약하고는 이룰 수 없」다는 말을 하는 것으로 봐, 그가 이해하고

---

1) 가와바타의 노벨 문학상 수상 강연 「日本の美しい私—その序説」의 다른 이름. 『川端康成全集』(新潮社、1981・10~1984・5)에는 「美しい日本の私」로 실려 있음. 이 전집은 이하 『전집』이라 표기하고 본서의 가와바타 작품으로부터의 모든 인용은 이에 의함. 그리고 본서에 인용된 일본어의 모든 한국어 번역은 저자에 의한 것임.
2) 兵藤正之助 『川端康成論』(春秋社、1988・4)

있는 것은, 강하고도 어딘지 독한 데가 있는 성품의 사람이 들어갈 수 있는 데가 마계일 것이라고 추찰할 수 있지 않을까 한다.

앞에서 「아름다운 일본의 나」로부터 인용한 문장의 바로 앞에, 「잇큐는 생선을 먹고, 술을 마시고, 여자를 가까이 하고, 선(禪)의 계율, 금제를 초월하여, 그것들로부터 자기를 해방하는 일에 의해 그 무렵의 종교의 형해(形骸)에 반역하」였다는 표현이 있는데, 가와바타는 이와 같은 잇큐의 행동이 마계에 들어갈 수 있는 조건이 된다고 생각했지 않나 한다.

불교의 구도자가 고기와 술을 먹고 여자와 정을 나누는 것은 자기들의 종교의 규범과 질서를 깨뜨리는 것이 되는데, 이와 같은 것이 마계에 들어가는 조건이 된다는 것이다. 어쩌다 실수로 교리에 어긋난 짓을 하게 된 것이 아니라, 아예 이를 완전히 무시할 때 마계에 들어갈 수 있다는 것이다.

불자(佛者)의 마계에 들어갈 수 있는 조건이 그렇다면 일반인의 그 조건은 무엇일까. 그것은 인간으로서의 도덕과 윤리 등의 사회 제반 규범을 완전히 무시하고 행동하는 것이다. 그러나 두뇌활동이 정상적인 사람이라면 누구도 그리할 수는 없는 일이다. 아무리 간악무도한 사람이라 할지라도, 아무리 패륜아라 할지라도 인간으로서의 도리를 철저하게 무시할 수 있는 사람은 거의 없을 것이다. 가와바타가 생각하는 마계란 들어가기가 그만큼 어렵다는 말이다.

가와바타의 소설에 처음으로 마계라고 하는 말이 등장한 것은 『아사히신문(朝日新聞)』에 1950년 12월 20일부터 다음해인 1951년 3월 31일까지 연재된 『무희(舞姬)』가 아닌가 한다. 모두 8장(章)으로 구성되어 있는 이 소설의 일곱 번째 장은 그 표제도 「불계와 마계(仏界と魔界)」로 되어 있다. 그러나 이것이 무엇을 의미하는지 명료하지 않다.

시나코(品子)는 자기 아버지 야기(矢木)의 방 벽에 걸린 잇큐(一休)의 글씨 <불계이입 마계난입(佛界易入 魔界難入)>을 보고 이것을 「불계 들어가기 쉽고, 마계 들어가기 어렵다」로 읽어야 할 것인지, 「불계는 들어가기 쉽고, 마계는 들어가기 어렵다」로 읽어야 할지 생각해본다. 그리고 「불계에는 들어가기 쉽고 마계에는 들어가기 어렵다고 하는 것은 반대인 것 같다」고도 생각한다. 나중에는 아버지 야기에게 그 의미를 물어본다.

「아버님, 잇큐의 불계, 마계는 무슨 의미인가요?」
「이것 말이냐……? 재미있는 말이구나」
라며 야기는 조용히 벽의 글씨를 보았다.
「아버님 안 계실 때 저 혼자서 바라보고 있자니 기분이 좋지 않아졌어요」
「흐음……. 어째서?」
「불계 들어가기 쉽고, 마계 들어가기 어렵다고 읽나요? 마계라면 인간세계를 말하나요……?」
「인간세계……? 마계가 말이지?」
야기는 의외라는 듯 반문했지만,
「그럴지도 모르지. 그럴지도 몰라」
「인간답게 사는 것이 어째서 마계인가요?」
「인간답다고 한다만, 인간이 어디 있지? 마물뿐일지도 모르지」
「그렇게 생각하시며 아버님께서는 이 글씨를 보고 계시나요?」
「그러기야……. 여기에 쓰인 마계는 역시 마계겠지. 무서운 세계야. 불계보다도 들어가기 어렵다니 말야」
「아버님은, 들어가고 싶으시나요?」

『무희』의 세계에서 마계에 대해 가장 집중적으로 언급되고 있는 장면이다. 시나코의 아버지 야기는 세상에 인간은 없고 마물뿐이라고 말하는데, 인간다운 인간이 적다는 의미일 것이다. 야기는 어딘지 비꼬인 데가 있는 듯한 성격의 사람이다. 마계에 들어가고 싶으냐는 딸의 질문에 「어머니는 불계에 있다고 시나코가 믿고 있다면 나는 마계라 해도 상관없다」고 말한다. 그러나 마계가 어떤 곳이며 왜 들어가기 어려운지 야기의 이 말을 통해서는 알 수 없다. 야기는 이어서 말한다.

> 불계 들어가기 쉽고, 마계 들어가기 어렵다는 말은 선인(善人) 성불(成仏)한다, 하물며 악인(惡人)이랴 라고 하는 말을 생각나게 한다. 그러나 틀린 것 같다. 잇큐의 말은 센티멘털리즘을 배제한 거야. 어머니와 시나코 같은 사람의 센티멘털리즘을 말야……. 일본 불교의 감상이나 서정을 말야……. 치열한 싸움에 대한 말일지도 모르지. (후략)

잇큐의 것이라는, 착한 사람은 성불하고 악한 사람은 더 말할 것도 없다는 말의 진의는 알 수 없으나, 야기의 그러나 틀린 것 같다는 말은 착한 사람은 성불하지만 악한 사람은 하지 못한다는 의미가 아닌가 한다. 그리고 야기가 자기의 아내와 딸의 감상주의를 혐오하고 있다는 것은 위의 말을 통해서 짐작할 수 있을 것이다.

이상 고찰해본 바와 같이 『무희』의 세계를 통해서는 왜 불계에는 들어가기 쉽고 마계에는 들어가기 어려운 것인지를 알 수가 없다.

『무희』는, 1949년 5월부터 1951년 10월까지 사이에 여러 잡지에 발표된 『종이학(千羽鶴)』과 1949년 9월부터 1954년 4월까지 사이에 역시 여러 잡지에 발표된 『산의 소리(山の音)』의 집필기간과 겹쳐지고 있는데, 이 세 작품 모두에 마계에 대한 의식은 다소라고는 해도 다 나타나 있다.

집필기간이 겹쳐진 세 작품 가운데 마계에 대한 의식이 가장 엷다고 할 수 있는 것은 『산의 소리(山の音)』이다. 엷다고는 하지만 이 작품세계를 통해서는 마계에 들어가는 것이 왜 불계에 들어가는 것보다 어려운가를 추찰(推察)할 수 있다.

『산의 소리』의 주인공은 61세의 오가타 신고(尾形信吾)와 그의 며느리 기쿠코(菊子)이다. 신고는 소년시절에 동경했던 미모의 처형(妻兄)의 모습을 기쿠코에게서 본다. 의식의 위에서는 며느리를 사랑하는 좋은 시아버지이지만 의식의 밑에서는 남자로서 기쿠코를 사랑한다. 이 의식 밑에서의 사랑은 신고 자신도 의식하지 못하고 있으니 비난의 대상이 될 수 없다. 그러나 그는 자주 꾸는 꿈을 통하여 의식 밑에서 기쿠코를 남자로서 사랑하고 있는 자신을 발견하고 경악한다.

그런데 문제는 여기에서 신고가 이러한 자기를 합리화하려는 데에 있다. 「꿈에서 기쿠코를 사랑한다 해도 상관없지 않은가. 꿈에서까지 무엇을 무서워하고 무엇을 꺼린다는 말인가. 생시라 할지라도, 남몰래 기쿠코를 사랑한다 해도 상관없지 않은가」라고 그는 자기를 합리화한다. 신고뿐 아니라 기쿠코도 이와 같은 시아버지의 사랑에 「만약」 남편 슈이치와 「헤어진다면 아버님을 어떻게든 모시겠어요」라고 화답한다. 그것은 너의 불행이라는 신고의 말에 그녀는 「자진해서 하는 일에 불행은 없어요」라고 열정의 불을 뿜는다.

시아버지와 며느리가 남녀로서의 사랑을 한다는 것은 반윤리적이고 반도덕적이다. 이렇게 되면 그 사람은 마계에 들어갈 수 있는 사람이 되는 것이다. 그러나 모럴리스트 신고가 마계에 들어갈 수는 없는 일이다. 앞에서의 자기합리화는 일시적으로 스쳐간 생각이었을 뿐, 그는 바로 이와 같은 자기에 대하여, 「어떠한 간음보다도 이것은 추악하다. 노추(老醜)라는 것일까」라고 평상시의 정상적인 생각으로 되돌아온다.

결국 『산의 소리』의 세계에는, 마계에 들어갈 수 있는 사람은 어떠해야 하는가 하는 기준만을 제시한 채, 실제로는 거기에 들어갈 수 있는 사람을 등장시키지 않고 막을 내린다.

Ⅱ °°°°『종이학』의 세계의 마계

『종이학(千羽鶴)』의 세계에는 마계에 대한 것이 좀더 구체적으로 나타
나 있다.

『종이학(千羽鶴)』은 전술한 바와 같이『무희(舞姫)』및『산의 소리(山
の音)』와 그 집필 기간이 겹쳐지는 소설이다. 그러면서 마계에 대한 구체
적인 언급이 있는 작품이기도 하다. 이 소설의 세계에는 마계에 대한 것이
모두(冒頭)에서부터 등장한다. 그 일절을 보면 이러하다.

> 기쿠지(菊治)가 여덟이나 아홉 살 때쯤이었을까. 아버지를 따라 지카
> 코(ちか子)의 집에 가니, 지카코는 거실에서 가슴을 드러내놓고 반점의
> 털을 조그마한 가위로 자르고 있었다. 반점은 왼쪽 유방의 반에 걸쳐 명치
> 쪽으로 퍼져있었다. 손바닥만한 크기이다. 그 검붉은 반점에 털이 나있는
> 모양으로 지카코는 그 털을 가위로 자르고 있었던 것이었다.

남 주인공 기쿠지의 뇌리에 떠오른 적이 있는 지카코의 가슴의 반점에
대한 표현이다. 지카코는 기쿠지의 아버지의 한때 정부(情婦)였던 여자이
다.『종이학』의 세계에는 마계에 대한 것이 이 지카코의 반점을 통해서 등
장하기 시작하는데, 이 반점을 하세가와 이즈미(長谷川泉)는「마성의 상
징」[3]으로 봤고, 요시무라 데지(吉村貞司)는「그녀의 치부(恥部)이며 전
존재의 심벌」[4]로 봤다.

---

3) 長谷川泉『川端文学の機構』(教育出版センター、1984・5)
4) 吉村貞司「『千羽鶴』論」(川端文学研究会『川端康成の人間と芸術』<教育出版
    センター、1974・3> 소수)

그러나 저자는 이들과 견해를 달리 한다. 구체적으로 말하자면 지카코의 반점은 마성의 근원인 것이다. 마성은 이 반점으로부터 나와 지카코에게 지벌 입히고 또 지카코에서 나와 작품세계 전면을 감돌며 많은 사람들에게 지벌 입힌다.

여기에서 한 가지 주목해야 할 것은 반점에 난 털이다. 손바닥만큼 큰 검붉은 반점에 난 털은 독자들에게 혐오감을 불러일으키기에 충분하다. 이 털은 마성을 상징하고 있는 것이다. 반점에서 마성인 털이 나 지카코에게 지벌 입힌 것이다. 지카코는 마성의 사람이 되는 것을 원치 않았기에 털이 자라면 잘라내었으나, 반점을 도려내지 않는 한 마성의 사람이라는 현실을 피할 수 없는 일이다.

또 반점은 남성의 상징으로서의 역할도 담당하고 있다. 지카코가 「남자의 수염처럼 생긴」 「반점의 털을 작은 가위로」 자르고 있었다는 표현은 작품세계를 이해하는 데 간과해서는 안 된다. 왜 하필이면 털이 「남자의 수염처럼 생」겼는가. 이것만으로도 털이 남성의 상징이라는 것을 쉬이 짐작할 수 있을 것이다. 「기쿠지에게 이 반점을 보이고 나서 2, 3년 후에는, 지카코는 왜인지 남성화되어 이제는 이미 완전히 중성이 되」었다고 하는 점을 생각하면 털이 남자의 상징이라고 하는 것은 움직일 수 없는 사실이라 할 수밖에 없을 것이다.

털은 마성의 상징으로서의, 또 남성의 상징으로서의 역할, 그러니까 이중의 역할을 한 것이다. 그런데 작품세계에서 하는 남성의 상징으로서의 털의 역할은 크기는 하나 단순하여 이상의 설명만으로도 그 규명이 충분하다고 생각한다. 작품세계 전면을 통해 끊임이 없는 것은 역시 마성으로서의 역할이다.

지카코가 마성의 사람이라고 하는 것은 그녀가 「독을 품고」 있는 일이나 「독을 뿌리」는 일, 「독기를 뿜어내」는 일, 그리고 「독을 토하」는 일 등에 나타나 있다. 작품세계에 등장한 많은 사람들은 이 독이나 독기에 오염되어 마성의 인간이 된 것이다.

　기쿠지가 지카코의 다회에 갔을 때 그는 그 다실의 「독기를 피하기 위해 밖으로」 나가기도 하는가 하면, 지카코의 「그 커다란 털이 난 반점의 젖을 먹은 아기는 무엇인가 악마의 무서움을 가지고 있는 것처럼」 생각되어 겁을 먹기도 했다. 그는 지카코의 다실에 감돌고 있는 독기와 관련하여 그녀에게, 「당신이나 오타 상5)이나 아버지의 망령」에 사로잡힌 것이라고 말한다.

　『종이학』의 세계에 감돌고 있는 독기는 자신의 반점에서 나온 마성에 의해 마계의 사람이 된 지카코가 품어낸 것으로 기쿠지를 비롯한 많은 사람들을 마성의 사람으로 만든 것이다. 그런데 작품세계를 이해하는 데에 있어 한 가지 중요한 것은 지카코가 자기의 마성을 인식하지 못한 채 오타 부인만을 「마성의 여자」로 보고 있다는 것이다.

　지카코는 오타 부인을 가리켜 기쿠지에게 「마성의 여자를 멀리하고 좋은 인연이 맺어지게 할 거예요」라고 말하는가 하면, 「이 댁에서 마성을 쫓아내지 않으면……」이라고 말하기도 한다. 또 그런가 하면 「후미코 상의 결혼으로 부인의 마성도 이 집에서 쫓겨날 거요」라는 말도 한다. 지카코 그녀는 오타 부인의 마성이 자기가 내뿜은 독기에 의해 생긴 것이라는 것을 알지 못한 것이다.

　그러나 기쿠지는 오타 부인의 마성이 지카코에 의해 생긴 것이라는 것을 안다. 그러기에 부인에게 「당신도 그 반점에 지벌 입은 거요」라고 말한 것이다. 그는 자기 자신이 마성에 지벌 입을 사람이라는 것을 가장 선명하게 의식하고 있는 사람인데, 지카코의 반점을 직접 봤으니 당연하다 할 것이다. 그는 「지카코에게 강요당하는 것 같은 독기」가 자신에게 전해 오는 것을 느끼기도 하고, 자기가 오타 부인에게 「내뿜는 독」을 느끼기도 한다.

─────────────

5) 접미사 <~さん>의 외래어 표기법에 의한 표기는 <~산>이 되나, 이를 본래의 발음에 가깝게 <~상>이라고 표기함. 이하 같음.

지카코는 자신의 마성을 의식하고 있지 못하면서도 마성의 사람으로서의 역할을 유감없이 해내고 있다. 그녀는 기쿠지의 「아버지의 뒤를 밟아 돌아다니기도 하고, 가끔 미망인의 집에 훈계하러」 가기도 한다. 그런가 하면 「자기 자신의 깊은 질투」를 「불을 뿜기라도 하」듯 뿜어대기도 한다. 결국은 오타 부인에게 전화로 기쿠지와 유키코(雪子)의 결혼을 「방해하지 말아 달라고 말해」, 부인이 자살을 하도록 원인을 제공한다. 기쿠지가 지카코에게 오타 부인을 「당신이 죽인 것과 같」다고 한 것은 이에 연유한 것이다.

이마무라 준코(今村潤子)는, 지카코가 오타 「부인과 기쿠지의 관계를 여자의 직감으로 알」았다[6]고 말하고 있으나 저자는 이와 견해를 달리한다. 그녀가 두 사람의 관계를 안 것은 여자의 직감에 의해서라고 하기보다 그녀의 마성(魔性)에 의한 마력(魔力)으로 알았다고 본다는 말이다. 그녀는 「오타 부인이 자살이었다」고 하는 것까지도 알고 있었는데, 이 또한 여자의 직감이 아니라 마성의 마력으로 안 것이다.

지카코의 이와 같은 마력을 가장 깊이 인식하고 있는 것은 후미코이다. 그녀는 지카코가 「무서운 사람」이라는 것을 체험적으로 알고 있다. 그러기에 지카코를 보고는 무섭다며 몸서리를 치는데, 마성에 민감하게 반응하는 그녀의 순수(純粹)성 때문일 것이다.

마계에 들어갈 수 있는 조건이 인간으로서 도덕과 윤리 등의 사회 제반의 규범을 완전히 무시하고 행동하는 것이라고 하는 것은 전술한 대로이다. 그런데 『종이학』에 있어서의 최초의 패덕(悖德)·패륜(悖倫)의 사건은 기쿠지와 오타 부인과의 사이에서 일어난다.

기쿠지는 자기의 망부(亡父)의 여자였던 오타 부인과 성적으로 맺어진다. 어떤 의미에서는 근친상간이라 할 수 있는 패륜이다. 그런데도 정교(情

---

6) 今村潤子「『千羽鶴』論」(羽鳥徹哉『川端康成—日本の美学—』<有精堂、1990·5> 소수)

交)에서 일으킨 오타 부인의 여자로서의 물결은 완벽한 것이었다. 「그 물
결에 살결을 쉬면서 기쿠지는 정복자가 졸며 노예에게 발을 씻기고 있는
것 같은 만족까지 느」낀다. 경험 많은 부인의 여자로서의 애정 어린 물결은
「경험이 옅은」 기쿠지와의 정교까지도 완벽하게 한 것이다. 아버지의 여자
였던 여자와 자기의 남자였던 사람의 아들 사이의 근친상간적 정교가 이토
록 완벽한 것이 된다는 것은 마계에 사는 마성의 사람들이 아니고서는 불
가능한 일이다.

기쿠지와 오타 부인의 근친상간적인 이 정교는 일반적인 상식으로 본다
면 추악하여 눈을 뜨지 못할 정도요 악취로 코를 들지 못할 지경이다. 그런
데도 독자들은 대개 이 두 사람의 행위에서 추하다기보다는 오히려 아름다
움을 느낀다고 한다. 오타 부인이 기쿠지에게서 그의 아버지인 옛 정부(情
夫)의 모습을 보았음이요 기쿠지 또한 스스로를 자기 아버지로 착각했음이
며, 또 이를 작자가 그 뛰어난 문학적 감수성으로 표현했기 때문이다. 가와
바타 소설의 중요한 모티브의 하나인 가타시로(形代)[7]를 적절하게 도입한
결과이다.

기쿠지의 근친상간적 정교는 오타 부인과만 저질러진 것이 아니다. 부인
의 딸 후미코(文子)와도 이다. 후미코는 자기의 어머니와 모녀간이라고는
생각할 수 없을 정도로 윤리를 존중하고 이성적인 점잖은 아가씨이다. 어떤
면에서 보면 딸 쪽이 어른다워 어머니처럼 보이기조차 한다. 기쿠지를 만나
려 하는 어머니를 말리는 일도 후미코가 한다.

이처럼 이성적이고도 윤리적인 후미코가 어머니의 사후 어찌하여 그 어
머니의 전철을 밟게 된 것일까. 어머니와 기쿠지의 정교 사실을 알고 있는

---

7) 『広辞苑<第三版>』(岩波書店、1983·12)에는 「① 신에게 제사를 지낼 때 신
   령의 대신으로서 안치해 둔 것. ② 음양사가 목욕재계·불제(祓除) 등에 쓰는
   인형. ③ 진짜를 닮은 것. 대신(代身). ④ 천하에 받들어 모시는 사람」이라고 되
   어있는데, 본서에서는 ③의 의미로 씀.

그녀가 어찌하여 한 번의 「저항」도 없이 이성이고 윤리고 모두 정교의 정염 속에 던져버린 것일까. 어머니와 기쿠지 사이에 아무런 일이 없었다 할지라도 어머니는 기쿠지의 아버지의 여자이므로 기쿠지는 자기에게 있어 오빠라 할 수 있지 않은가. 그런데 모럴리스트인 그녀를 무엇이 이 엄청난 패륜으로 몰아넣은 것일까.

후미코는 자기 어머니의 가타시로였던 것이다. 그녀는 자신이 어머니의 가타시로라는 것을 인식하고 있었다. 인식하고 있었다 해도 어머니가 세상을 뜨기 전까지는 어머니와 기쿠지의 두 사람 사이를 긍정적으로 볼 수가 없었다. 그러나 어머니의 사후 기쿠지에게 「어머니가 세상을 뜬 다음날부터 저는 어머니를 점점 아름답게 생각하게 되었」다고 말하여 자신의 사고에 전환이 있었음을 드러낸다. 그리하여 그녀는 자기 어머니의 완전한 가타시로가 되어 기쿠지의 품에 안겼던 것이다. 기쿠지도 그녀에게서 그녀의 어머니의 모습을 보고 도덕과 윤리라고 하는 사회적 규범을 정교의 정념으로 태워버리고 만 것이다.

오타 부인은 기쿠지의 아버지에게서 자기의 죽은 남편의 모습을 보고 그에게 안겼으며, 또 기쿠지에게서 그의 아버지 즉 저세상 사람이 된 옛 정부의 모습을 보고 그에게 안겼다. 또 기쿠지는 기쿠지대로 자기 아버지의 가타시로가 되어 부인을 안았으며, 후미코에게서 부인의 모습을 보고 그녀를 안은 것이다. 요컨대 『종이학』의 세계에 있어서의 마계는 가타시로라고 하는 모티브를 매개로 하여 근친상간이라고 하는 추악한 패륜을 아름다움으로까지 승화시킨 결과의 산물이다.

Ⅲ `●●●` 『호수』의 세계의 마계

『호수(みづうみ)』는 주인공 긴페(銀平)의 미녀미행(美女尾行)을 주요 사건으로 한 소설이다. 남 주인공 긴페는 34세의 여자고등학교 국어교사로 미모의 여인을 보면 자기도 모르게 미행을 하고 마는 습성이 있다. 어머니의 아름다움을 닮지 못하고 아버지의 못생김을 이어받은 긴페의 추함은 그의 못생긴 발이 대표한다. 그런데 긴페 자신은 미녀미행의 원인을 이 못생긴 발에서 찾고 있다. 그는, 「여자의 뒤를 쫓는 것도 발이니까 역시 이 못생김과 관계가 있는 것일까」라고 생각하기도 하고, 「추악한 발이 미녀를 쫓는 것은 하늘의 섭리인 것일까」라고 생각하기도 한다.

긴페의 못생긴 발에 대해서는 제설이 있다. Valdo H.Viglielmo는 그의 발이 「주관과 정신상태를 말하고 있다」고 말한 뒤 「긴페의 내면의 추함」[8]을 상징한다 주장하고, 이와타 미쓰코(岩田光子)는 「『호수』에는 <발>의 묘사가 빈출하는데, 가와바타의 다른 작품에 산견되고 있는 <발>의 묘사는 관능 또는 성 그 자체의 상징으로서 쓰이는 경우가 많다」고 서술한 뒤, 『호수』 역시 이러한 요소가 있다고 말한다.[9] 프로이트적(的) 관점으로, 못생긴 긴페의 발이 그의 성적인 열등감을 상징한다고 주장하는 젊은 연구자들의 견해와 궤(軌)를 같이 한 것이라 할 수 있다.

그러나 긴페의 못생긴 발을 성적인 열등감만으로 이해하려는 데에는 무리가 있다. Vitaliy Tolstoy의 말처럼 긴페는 색욕에 움직이고 있는 것도

---

8) Valdo H.Viglielmo 「『みづうみ』論—なんとみにくい足であることか—」(武田勝彦・高橋新太編 『川端康成—現代の美意識—』<明治書院、1978・5> 소수)
9) 岩田光子 『川端文学の諸相—近代の妖艶—』(桜楓社、1983・10)

아니고, 그의 「의식에 색욕적인 환상」[10])이 나타나 있는 것도 아니기 때문이다. 그는 여성의 아름다움에 정신을 팔리고 있을 뿐인 것이다.

그렇다면 긴페의 못생긴 발은 무엇을 상징하는 것일까. 저자는 대체적으로 Valdo H.Viglielmo의 견해에 동의한다. 그러나 「내면의 추함」만으로 그의 발을 설명할 수는 없다. 그의 발은 그의 내면의 추함과 동시에 외모의 추함도 상징하고 있기 때문이다. 긴페의 외사촌 누이 야요이는 그를 가리켜 「저 봐, 원숭이의 얼굴이야」라고 말함으로써 그의 용모의 추함을 증명하고 있다. 못생긴 남자가 아름다운 아가씨들에게 정신이 팔려 뒤를 밟는 것이 『호수』의 세계라는 말이다.

그런데 무엇이 추남(醜男)으로 하여금 미녀(美女)를 미행하게 한 것일까. 여기에 『호수』의 세계를 여는 열쇠가 있는 것이다. 이 열쇠는 물론 작품세계에 숨겨져 있다. 긴페의 미녀미행은 자기의 제자 히사코의 뒤를 밟는 것으로부터 시작된다. 이에 대해 작품세계는, 「긴페가 전후불각(前後不覺)의 명정(酩酊)이나 몽유병자처럼 히사코의 뒤를 쫓은 것은 히사코의 마력에 유혹되었기 때문으로 히사코는 이미 마력을 긴페에게 내뿜었던 것이다」라고 표현하고 있다. 또 「히사코는 긴페가 뒤를 쫓게 하는 것 같은 마력을 감돌게 히」였디고 표현히고 있이 긴페의 히사코 미행의 원인이 그녀의 마력에 있다는 것을 움직일 수 없는 사실로 규정짓고 있다. 긴페는 마력을 지닌 「이상한 소녀에게 감전(感電)되어 있었던 것이다」.

마력은 마성의 사람만이 가질 수 있는 것이다. 그러므로 히사코는 마성의 사람이 아니면 안 된다. 그녀를 보고 있노라면 상식을 초월한 행동에 아연할 수밖에 없다. 한 번은 어머니의 돈 「2만 7천엔」을 훔쳐다 긴페에게 주었다. 거금이라서 긴페는 평소와는 달리 「필요 없어. 발각될 테니 도로

---

10) Vitaliy Tolstoy 「『みづうみ』論」(『世界の中の川端文学』<おうふう、1999·11> 소수)

가져다 놓아라」라고 한다. 이에 대한 그녀의 대답은 「발각되면 집에 불을 질러도 좋」다는 것이었다.

　한 번은 긴페가 접근해오자, 「히사코의 여자는 일순 감전되어 전율이라도 하는 것처럼 눈을 떴다. 히사코가 몸을 맡겼을 때 많은 소녀는 이런 것일까 하고 긴페까지도 전율을 느낄 정도」였다. 그녀는 상식의 선을 이미 넘고 있었던 것이다. 청순가련해야 할 여고생이 34세의 남자 교사에게 쉽게 몸을 맡긴 것도 그렇고, 몸을 맡겼을 때의 대담함에는 긴페까지도 놀라지 않을 수 없었다. 긴페가 「히사코의 가슴을 더듬으며 눈을 감자」, 그리고 「긴페의 한 손의 손가락으로 히사코의 목을 붙잡」자, 그녀는 「선생님, 목을 졸라도 좋아요. 집에 돌아가고 싶지 않아요」라고 뜨겁게 속삭일 정도로 사랑의 포로, 아니 마성의 포로가 되어 있었던 것이다.

　히사코의 마성은 긴페를 자기의 방으로까지 끌어들이는 대담성을 보인다. 「선생님, 제 뒤를 쫓아주세요」라고 말하여 긴페로 하여금 자기를 미행케 한 뒤 방으로 끌어들인 것이다. 그리고 한다는 말이 「저, 선생님과 결혼할 수 없잖아요? 하루라도 좋으니 제 방에서 같이 있고 싶어요」였다. 긴페는 이러한 「히사코를 끌어당겨 입을 맞추었」고, 히사코는 이 입맞춤을 「오래 계속할 것을 바라고 몸의 무게를 긴페의 팔에 맡겨버렸」던 것인데, 그러고 나서 그녀는 「입술도 닦지 않고」 나가, 「긴페를 위해 샌드위치 같은 것을 만들어」, 「은쟁반으로 커피세트까지」 곁들여서 가지고 올 정도로 그녀의 마성은 활기를 띠었다.

　긴페와 히사코의 마성의 행진은 이것을 정점으로 막을 내린다. 방에 있는 두 사람이 히사코의 부모에게 들킨 것이다. 그 뒤 히사코가 집에 감금 상태에 있었기 때문에 두 사람은 만나지 못하고 있다가 그녀의 졸업식 날 단 한 번 만난다. 그러나 히사코는 이미 옛날의 그녀가 아니었다. 긴페에게 히사코는, 「선생님, 저는 상처받고 아직 회복되지 않았어요. 온전한 정신으

로 돌아온 뒤에도 여전히 선생님이 그리워지면 가겠어요」라고 결별을 선언
한다. 이 선언의 표현은 자신이 온전하지 못하다는 것을 의미한다. 그녀는
마성에 의한 마기에 오염돼어 있었던 것이다. 마성의 사람이 되어 있었다는
말이다.

긴페와의 뜨거웠던 애정행각이 마성에 의한 것이라고 하는 깊은 자기성
찰은 자신에게서 이 마성을 몰아내어야 한다고 하는 것을 깨닫게 했고, 또
그러기 위해서는 긴페와의 비정상적인 관계를 정리해야 한다는 것을 히사
코는 알았던 것이다.

긴페가 두 번째로 미행한 여자는 마치에(町枝)라고 하는 미소녀이다. 그
러나 그녀는 마성의 여자가 아니었다. 그런데도 긴페가 그녀를 미행한 것은
아름다운 여성을 보면 미행하게 하고 마는 그의 마성만으로 되어진 일이었
다. 그녀는 마성의 여자가 아니므로 이 정도로 언급을 마치고, 세 번째로
뒤를 밟은 미야코(宮子)에 대해 고찰하고자 한다.

미야코는 눈이 부시도록 아름다운 스물다섯 살의 여자이다. 일본의 패전
까지는 남부럽지 않은 가정에서 금지옥엽처럼 귀하게 자랐으나 전쟁은 가
정을 몰락시켰고 첫사랑까지도 앗아갔다. 그리하여 지금은 「여자와 같이
잘 나이도」 아닌 일흔 살의 노인의 첩으로서 선탁되어 있다.

이러한 미야코를 긴페이는 뒤쫓은 것이다. 그러나 긴페이 혼자서 일방적
으로 그리한 것이 아니라 미야코 또한 긴페로 하여금 뒤를 쫓게 한 것이다.
그녀는 사내들로 하여금 자신의 뒤를 쫓게 하는 무엇인가를 지니고 있는
여자였다. 긴페에게 미행당하기 한 주일쯤 전에도 긴자(銀座)에서 사내에
게 뒤를 밟혔고, 남동생의 입학축하로 우에노(上野) 동물원에 밤 벚꽃 구경
을 갔을 때에도 그리했던 것이다.

미야코가 사내들에게 뒤를 밟힌 것은 그녀가 아름답기 때문인 것이 사실
이나, 이것만으로는 미행에 대한 설명으로 불충분하다. 그녀는 미인이라고

하는 이유 말고도 사내들이 뒤를 밟게 하는 것을 가지고 있었는데, 그것은 다름 아닌 마성이었다. 「남자가 따라온 것은 미모 탓만이 아니라는 것을 미야코 자신도 알고 있었」고, 「아리타 노인의 말처럼 마성을 발산하고 있기 때문」이라는 것도 깊이 의식하고 있었다.

이와 관련시켜 아리타 노인은 「악마의 놀이」라고 하는가 하면, 미야코를 가리켜 「마성의 여자」라고 한다. 그리고 「눈에 보이지 않는 마물(魔物)」이 미야코 안에 살고 있다고도 말한다. 이와 같은 노인의 말에 미야코는, 「인간의 안에 남과는 다른 마족(魔族)이라는 것이 있고, 그 외의 마계라고나 해야 할 것이 있는지도」 모른다고 말한다. 마족이란 마(魔)의 집단을 말하고, 마계란 그들이 사는 세계를 말한다. 환언하면 미야코의 말은 인간은 누구에게나 각기 다른 마가 있다는 것인데, 이것의 성상(性狀)이 마성(魔性)인 것이다.

인간 누구에게나 마성이 있다는 것은 맞는 말이다. 마성을 전혀 지니지 않은 인간은 없는 것이다. 그러나 인간 모두를 마성의 사람이라고는 할 수 없다. 성적 매력이 있는 여자를 보고도 음란한 생각을 한 번도 해본 적이 없는 남자는 아마 없을 것이다. 그렇다고 모든 남자를 가리켜 음란한 사람이라고 할 수는 없는 일이다. 남달리 음란한 생각이나 행동을 많이 했을 때 음란한 사람이라 하듯, 마성의 사람이 되기 위해서는 남다른 마성을 지녀야 하는데, 남다른 마성이란 전술한 대로 이 세상의 도덕과 윤리를 초월할 수 있는 사람에게 주어져 있는 것이다.

그러나 외형상으로 보면 미야코는 이와 같은 의미의 마성의 사람은 아니다. 미야코를 첩으로 둔 일흔 살의 아리타 노인은 젊디젊은 그녀에게 모성을 느낀다. 노인은 미야코의 「가슴에 얼굴을 대고」, 그 「따스한 유방」에 모성을 갈구한다. 그러한 미야코네 집에서의 시간을 항상 바쁘기만 한 노인은 「『노예해방』의 시간」이라고 한다. 그러나 미야코의 입장에서 본다면 이 시간은 『노예의 시간』일 수밖에 없다. 그러기에 노인이 만족스러워하는 이 시간 그녀는 「노인의 흰머리 위에 눈물」을 흘려 떨어뜨리기도 한다. 그녀네 집 식모 다쓰의 말을 빌리면 미야코는 「젊은 피를 어이없이 늙은이에게 빨」리며 「몸의 젊음」을 소모하고 있는 것이다. 그야말로 「미야코의 젊은 아름다움은 소모품」이었던 것이다. 노인과의 생활이 미야코로서는 「굴욕」이었고 「분노」였으며, 「자기심(自棄心)」으로부터 약간의 「자존심(自尊心)」을 지키는 일에도 힘이 겨운 그녀였던 것이다.

이와 같은 미야코에게 있어 사내들에게 뒤를 밟히는 일이야말로 유일하게 긍지를 느끼게 하는 요인이 되었다. 이러한 그녀는 자신의 내면에 마성을 은밀하게 길러가고 있었다. 자기의 여자를 사내들에게 내던져버리고 싶다고 하는 바람을 무의식 속에 길러가고 있었던 것이다.

미야코는 긴페가 뒤를 밟아 따라왔을 때 그에게 핸드백을 내던졌는데, 여기에서의 핸드백은 쓰루타 긴야(鶴田欣也)의 견해처럼 「여성기(女性器)의 심벌」인 것이다. 다시 말해 그녀는 자신의 여자를 긴페에게 던졌던 것이다. 그뿐 아니라 그 핸드백 속에 든 「20만 엔은 미야코에게 있어서 젊은 몸을 반사백두(半死白頭)의 노인에게 맡기고 꽃피는 짧은 시간을 소모히여」 「청춘의 대상(代償)으로」 일은, 「미야코의 피가 흐르고 있」는 그런 것이었다.

핸드백은 미야코에게 있어 자기의 여자를 상징하고 있을 뿐 아니라 자기의 모든 것을 상징하고 있었던 것이다. 길거리에 지천으로 돌아다니는 사내들 가운데의 하나에게 자신의 모든 것을 던져버린다고 하는 일은 마성의 여자가 아니고서는 불가능한 것이다.

IV ••• 『민들레』의 세계의 마계

소설 『민들레』는 미완의 작품으로 가와바타 가오리(川端香男里)에 의하면 대장편의 「포석(布石)」[11] 정도에도 미치지 못했다고 한다. 그렇다면 이 소설의 작품론은 불가능하다 해야 할 것이다. 포진(布陣)도 덜 끝난 상태에서 전쟁의 승리나 패배를 말하는 것과도 같기 때문이다. 그럼에도 이 소설에 대하여 언급하려고 하는 것은 작가 가와바타가 자신의 소설에 모티브로 즐겨 쓰는 <마계>가 작품세계에 어떤 모습으로 나타나 있는가를 살펴봄과 동시에, 이를 통하여 완성되었을 경우의 작품세계를 그 일부일지라도 예견해 보기 위해서이다.

『민들레』의 세계에는 「불계이입 마계난입(佛界易入 魔界難入)」이라는 글자가 직접 등장한다. 자신이 장기 입원해 있는 이쿠타(生田) 「병원의 터줏대감과도 같은 니시야마(西山) 노인」이 조코지(常光寺) 「본당의 다타미에 종이를 펼쳐놓고 큰 글자」로 쓴 것이 이 「불계이입 마계난입(佛界易入 魔界難入)」이다.

「니시야마 노인은 인생의 어느 때에 마계에 들어가려고 애썼지만, 마계에 들어가기 어려웠던 그 통한」으로 미친 사람이다. 노인이 쓴 글씨에는 「힘」이 있으나 「속기(俗氣)」와 「장기(匠氣)」는 없다. 「뒤숭숭한 글씨가 아니고, 미치광이 같은 글씨도 아니지만 잘 보고 있노라면 광기(狂氣) 혹은 마기(魔氣)가 깃들어 있」다.

「광기」란 미치광이의 증세를 말하는 것이다. 그런데 노인이 쓴 글씨는

---

11) 『전집(제18권)』 소수 『たんぽぽ』의 「解題」 중 가와바타 가오리(川端香男里)의 말임.

미치광이 같은 글씨가 아니지만 광기가 있다는 것이다. 이치에 맞지 않는 말이다. 작자 가와바타는 「미치광이 같」다고 하는 것과 「광기」를 사전적 의미와는 다른 뜻으로 쓴 것이다. 미치광이는, 경우에 따라서는 정상인보다 훨씬 큰 물리적인 힘을 발휘할 때가 있는데, 이 힘의 기운(氣運)을 작자는 광기로 본 것일 게다. 「그 글씨는 힘이 있다」고 한 표현도 이를 뒷받침해 주고 있다 할 것이다.

니시야마 노인이 기거하는 이쿠타 병원은 이쿠타초(生田町)에 있고, 이 이쿠타초는 「민들레꽃이 핀 봄과 같은 조그마한 도시이다」. 「삼만 오천 정도의 인구 가운데 80세 이상의 고령자가 394명」이나 있는 장수의 고장으로 무척이나 밝고 맑고 건강한 이미지이다. 「거리 그 자체가 양지 같은」 곳이 이 이쿠타초이다. 그러나 「이 이쿠타초에 어울리지 않는 것이 하나 있다. 미치광이 병원이다」.

작품세계의 모두에서 본 이쿠타초와 이쿠타 병원인데, 양자를 의도적으로 대비시켜 놓은 작가의 의도가 엿보인다. 밝고 맑고 건강한 이미지의 이쿠타초와 미치광이 병원인 이쿠타 병원의 대비를 통하여 작가 가와바타는 전자를 「불계」로, 후자를 「마계」로 그리려 했던 것이다. 「니시야마 노인은 미치광이 병원을 마계 같은 거라고는 생각하고 있지 않」고, 「마계에 제대로 들어가지 못했던 사람들의 피난처, 휴식처라고 할 정도로도 생각하고 있지 않」다는 표현이 보이지만, 이는 반어적인 효과를 노린 작의(作意)에 의한 것이라 해야 할 것이다.

작품세계에 니시야마 노인은 「병원의 터줏대감과도 같은」 인물로 등장한다. 여기에서의 터줏대감이란 무엇을 의미하는지 분명치 않다. 병원에 입원하여 가장 오래되었다는 것인지, 아니면 어떠한 면에서가 되었건 큰 영향력을 가지고 있다는 것인지, 환자들 중의 중심적 인물이라는 것인지 알 수가 없다. 다만 다른 환자들과 비교하여 볼 때 두드러진 모습이나 성향을 지니고 있을 것이라는 것만은 짐작할 수 있지 않을까 한다. 그리고 그 두드러진 것 중에는 「마성」이라고 하는 것도 포함되어 있을 것이라는 것도 알수 있지 않을까 한다.

그러나 유감스럽게도 노인의 「마성」이라고 하는 것이 무엇인지는 확실하지 않다. 다만 노인의 그것이 과거에만 국한된 것이 아니라 미래에도 나타날 것이며, 또 그것이 인체결시증(人體缺視症)이라는 기병(奇病)에 걸린 아가씨 이나코와의 깊은 관계 속에서 모습을 드러낼 것이라는 것만은 확실해 보인다.

「니시야마 노인의 매일의 즐거움은 저녁 7시 라디오 뉴스 전의 일기예보를 듣는 것」이다. 그렇다고 날씨에 관심이 있어서가 아니다. 「일기예보 그자체는 어떠해도 좋고, 그것을 맡은 젊은 여자 아나운서의 목소리를 좋아하는 것이다」. 이에 대해 좀더 자세히 살펴보면 이러하다.

그 목소리는 알맞은 달콤함을 띠어 정말이지 상냥스럽다. 미치광이 병원 밖의 세계로부터 사랑스러운 한 아가씨가 자기 혼자에게 말을 걸어주고 있는 것 같이 노인은 느낀다. 애정이 듬뿍 담긴 목소리이다. 노인을 아가씨가 위로하고 달래 준다. 아름다운 청춘의 메아리이다. 그 아가씨의 이름도 모르고 용모도 보지 않고, 어쩌면 자기가 죽은 뒤에도 그 아가씨는 아름다운 목소리로 일기예보 방송을 계속할지도 모르지만, 폐잔한 자기에게 사랑의 목소리로 매일 이야기를 해 주는 것은 이 아가씨라고 니시야마 노인은 생각하고 있다.

니시야마 노인으로부터 연상되는 인물이 있다. 『호수(みづうみ)』의 모모이 긴페(桃井銀平)이다. 그는 거리에서 아름다운 여자를 보면 전술한 바와 같이 자기도 모르는 사이에 뒤를 밟게 된다. 뒤를 밟히는 여자의 마성이 손짓하고, 이에 자신이 지닌 마성이 호응함으로써 그의 미녀미행은 이루어지는 것이 보통이다. 그는 재언을 요치 않는 마계의 주민(魔界の住人)이었던 것이다.

노인으로부터 연상되는 또 한 사람은 『잠자는 미녀(眠れる美女)』의 세계에 등장하여 전라(全裸)의 미녀의 방에서 협심증으로 급사한 후쿠라(福良) 노인이다. 노인의 죽음에 대하여 「행복한 돈사(頓死)를 이루었다」고도 「악마 같은 장난」이라고도 표현되어 있는데, 이 노인도 마계의 주인임에 틀림없다.

그런데 『민들레』의 니시야마 노인은 『호수』의 긴페나 『잠자는 미녀』의 후쿠라 노인이 여체(女体)의 아름다움을 쫓아 마계로 빠져드는 것과는 달리 목소리의 아름다움에 매료되어 있다. 그러므로 니시야마 노인의 마계는 긴페나 후쿠라 노인의 그것과는 다를 수밖에 없다. 다르다 해도 그 다르다는 것 만이라면 문제될 것이 없겠으나, 라디오의 전파를 타고 전해오는 목소리를 통해서 마계까지 이를 수 있겠냐고 하는 데에 문제가 있는 것이다. 누군가를 마계로 유혹해갈 수 있는 힘이 있기 위해서는 적어도 뜨거운 피가 흐르며 살아 숨쉬고 있는 육체가 직접 전해주는 성대(聲帶)에 의한 음성(音聲)이 아니어서는 안 되는 것이다. 그러기에 작기는 그러한 사람으로 기자키 이나코(木崎稲子)를 니시야마 노인 앞에 등장시킨 것이다.

작품세계는, 「만약 기자키 이나코가 노인에게 가까이 간다고 한다면 이나코는 목소리가 예쁘니까 노인을 기쁘게 할」것이라고 말한다. 「인체결시증의 이나코는 니시야마 노인의 몸이 전혀 보이지 않고 붓과 글씨만이 보인다는 것을 노인이 안다면, 어쩌면 니시야마 노인은 지금이야말로 자기가 마계에 들어가게 되었다고 혼희작약(欣喜雀躍)하는 것은 아닐」지 모른다고도 말한다. 「젊은 아가씨 이나코에 의해 어이없이 마계로 인도되어 갈지도 모른다」는 것이다.

목소리가 예쁜 일기예보의 아나운서와 목소리가 예쁜 기자키 이나코를 대조적으로 등장시킨 것은 작자의 의도적인 구상의 결과이다. 목소리가 예쁜 이나코는 노인의 관심을 끌게 될 것이고, 노인은 이나코에게 이끌리어 마계에 들어갈 것이라는 가설은 가설 이상의 설득력이 있다. 가와바타 가오리의 말에 의하면 『민들레』에는 작자 가와바타의 창작메모가 있는데, 거기에 「기자키 이나코 목소리 예쁨(木崎稲子 声きれい)」[12]이라 기록되어 있다 하니 작자가 이나코의 아름다운 목소리를 중요한 소재로 하여 작품세계를 전개해나가려 했다고 하는 것은 틀림이 없다 해도 좋을 것이다.

니시야마 노인이 꿈꾸던 마계는 적극적이며 무엇인가 힘이 넘치는 그런 것이었으나 이제 늙어 「어떠한 마계에도 들어갈 수 있는 힘이 없을 것 같은 모습」으로 다만 「불계이입 마계난입(佛界易入 魔界難入)」을 휘호하는 것으로 마계에 들어가지 못한 「통한」을 삼키고 있다. 이제 노인이 마계에 들어간다면 그것은 「정신이 노쇠 됨에 따라」 「마계도 노쇠」 된 그러한 것이 될 것이다.

그렇다면 그러한 노쇠된 마계란 어떠한 것일까. 「인체결시증의 이나코는 니시야마 노인의 몸이 전혀 보이지 않고 다만 붓이 움직여 (불계이입 마계난입<佛界易入 魔界難入>)이라고 글씨를 쓰는 것이 보인다」라는 표현은 작품세계를 이해하는 데에 대단히 중요한 의미를 지닌다. 이 표현은 구약성서의 「다니엘」 5장을 연상시킨다. 「벨사살 왕이 그 귀인 일천 명을 위하여 큰 잔치를 배설(排設)하고 그 일천 명 앞에서 술을 마시」는 「그때에 사람의 손가락이 나타나서 왕궁 촛대 맞은편 분벽(粉壁)에 글자를 쓰는데, 왕이 글자 쓰는 손가락을 본」 사건이 「다니엘」 5장에 기록되어 있다.

손가락이 쓴 글자는 「메네 메네 데겔 우바르신」이었는데, 「그 뜻을 해석」하여 보면, 「메네는 하나님이 이미 왕의 나라의 시대를 세어서 그것을

---

12) 11)과 같음.

끝나게 하셨다 함이요 데겔은 왕이 저울에 달려서 부족함이 뵈었다 함이요 베레스는 왕의 나라가 나뉘어서 메데와 바사 사람에게 준 바 되었다」고 하는 것이다.

여기에서 주목해야 할 것은 실제로 「그날 밤에 갈대아 왕 벨사살이 죽임을 당」했다고 하는 사실이다. 작가 가와바타는 성서를 많이 읽은 사람이니 이 기록을 몰랐을 리 없을 것이다. 그러나 그가 단순히 손가락이 글씨를 쓴다고 하는 외형적인 것만 작품에 차용한 것인지, 아니면 내용까지 빌려 쓴 것인지 알 수가 없다. 내용까지 빌려 썼다면 벨사살 왕이 그랬던 것처럼 노인과 이나코 두 사람 중 하나는, 아니면 둘 다 죽게 될 것이다. 노인이 이나코에게 이끌리어 마계에 들어가게 되고, 마침내는 죽음에까지 이를 수도 있다는 개연성이 충분하다는 말이다.

이나코의 애인 히사노(久野)는 자신의 「직관(直觀)이나 제육감(第六感)」을 믿을 뿐 아니라 이에 의지하고자 하는 경향이 있다. 그는, 노인의 「눈은 극악한 범죄의 연못」임을 간파하는 가운데 노인에게 어떠한 불안을 느낀다. 앞으로 이나코와 노인 사이에 일어날 일에 대한 것을 「직관이나 제육감」으로 예감했기 때문이다.

히사노의 예감은 애인 이나코와 니시야마 노인이 어떠한 관계 속에서 마계로 빠져 들어갈 것이라고 하는 불안감에 의한 것이라 할 수 있을 것이다. 그러나 두 사람의 마계는, 니시야마 노인이 『호수』의 모모이 긴페나 『잠자는 미녀』의 후쿠라 노인처럼 여체의 아름다움을 쫓아 들어가는 것이 아니라, 이나코의 아름다운 목소리에 매료되어 그리할 것이라고 하는 것은 전술한 대로이다. 이나코의 아름다운 목소리는 노인을 매료시키게 될 것이고, 이것이 두 사람을 마계에 이르게 하는, 다시 말해 육체적 향연에 빠지게 하는 사단(事端)이 될 것이라는 것이 저자의 견해이다.

●●●
마치는 말

　가와바타 야스나리의 소설은 상징적 표현 때문에 난해하다고 할 수 있는데, 이 상징적 표현의 많은 부분은 그만의 독특한 모티브를 통하여 쓰이고 있다. 그가 즐겨 쓰는 모티브 중에 「불계이입 마계난입(佛界易入 魔界難入)」에 의한 「마계」라는 것이 있다. 「불계이입 마계난입(佛界易入 魔界難入)」이라는 말이야말로 난해하다. 그러나 불계에 들어갈 수 있는 자격은 평범한 사람이고, 마계에 들어갈 수 있는 자격은 세상의 도덕과 윤리를 무시하고 마음대로 행동할 수 있는 사람이라고 한다면 문제는 간단히 풀린다.

　모티브로서의 마계가 본격적으로 쓰이고 있는 소설 가운데 『종이학』이 있다. 『종이학』의 세계에 있어서의 마계는 지카코(ちか子)의 가슴에 있는 손바닥 크기의 반점에서 나온 마기에 의해 이루어진다. 지카코 가슴의 반점에서 나온 마기는 작품세계 전면에 감돌면서 많은 사람들을 마성의 사람으로 만든다.

　기쿠지(菊治)는 자기의 망부(亡父)의 여자였던 오타 부인과 육체의 정을 통하고 만다. 그리고 부인이 세상을 뜬 뒤에는 그녀의 딸 후미코(文子)와도 통정(通情)한다. 어느 것도 구토를 자아내게 하는 근친상간적 정교(情交)이다. 그런데도 이 추한 남녀관계는 독자들에게 혐오감 아닌 아름다움을 느끼게 하는데, 이는 마계와 함께 또 하나의 모티브 가타시로(形代)가 유효적절하게 기능을 발휘했기 때문이다. 오타 부인은 기쿠지에게서 그의 아버지의 모습을 보고 그에게 안겼으며, 기쿠지 또한 자신이 아버지가 되어 부인을 안았던 것이다. 그리고 기쿠지는 후미코에게서 그녀의 어머니의 모습을 보고 그녀를 안았으며, 후미코 또한 자신이 어머니가 되어 그에게 안겼던 것이다.

결국『종이학』의 세계에 있어서의 마계는 가타시로라고 하는 또 하나의 모티브와 함께 기능을 발휘하여 근친상간이라고 하는 추악한 패륜을 아름다움으로까지도 승화시킨 결과를 낳은 것이다.

모티브로서의 마계가 쓰인 가와바타의 소설을 논할 때 간과해서는 안 되는 작품으로『호수(みづうみ)』가 있다. 주인공 긴페(銀平)는 미모의 여인을 보면 자기도 모르게 미행을 하고 마는 습성이 있는데, 이는 그의 발과 깊은 관련이 있다. 미녀의 뒤를 밟는 것은 말할 것도 없이 발인데 못생겼다고 하는 특성을 지니고 있고, 그의 내면의 추함과 동시에 외모의 추함도 상징하고 있다.

여자고등학교의 국어교사로 34세의 긴페가 처음 미행한 사람은 재학 중인 제자 히사코였다. 히사코의 마성이 사내로 하여금 뒤를 밟게 했고 긴페의 마성이 이에 호응하여 미행은 이루어진 것이다. 가장 순수하고 순결해야 할 여고생 히사코는 마기에 오염되어 마성의 사람으로 변하자 상식을 초월하는 담대함으로 요부(妖婦)가 되어 역시 마성의 사람 긴페조차도 놀라도록 악마적 언행을 서슴지 않는가 하면 성적 향연을 주도해간다.

긴페가 두 번째로 미행한 마성의 여자는 눈이 부시도록 아름다운 스물다섯 살의 미야코(宮子)이다. 지금은 일흔 살로 반사백두(半死白頭)의 아리타 노인의 첩이 되어 꽃피는 짧은 시간의 젊은 몸을 소모하며 통한의 눈물을 흘리고 있다. 노인과의 생활이 미야코로서는 「굴욕」이었고 「분노」였으며, 「자기심(自棄心)」으로부터 약간의 「자존심(自尊心)」을 지키는 일에도 힘이 겨운 그녀이다. 이와 같은 미야코에게 있어 사내들에게 뒤를 밟히는 일이야말로 유일하게 긍지를 느끼게 했다. 그런데 사내들이 미야코를 미행한 것은 그녀의 마성이 유혹했기 때문이다. 긴페도 그녀의 마성의 손짓에 자신의 마성이 호응함으로 그녀의 뒤를 밟았던 것이다.

　결국 긴페의 미녀미행은 그만의 일방적인 것이 아니라, 그가 뒤를 밟은 마성의 여자들이 뿜은 마기에 그의 마성이 민감하게 반응함으로 이루어진 것이다.

　모티브로서의 마계가 본격적으로 쓰이고 있는 또 하나의 소설은『민들레』이다. 그러나 이 소설은「포석(布石)」에도 못 미치는 미완(未完)이기 때문에, 그 마계라고 하는 것이 어떠한 것인지 확실히는 알 수 없다. 다만「마계」가 미완의『민들레』의 세계에 어떤 모습으로 나타나 있는가를 살펴봄과 동시에, 이를 통하여 완성되었을 경우의 작품세계를 그 일부일지라도 예견해 볼 수는 있을 것이라고 생각한다.

　『민들레』의 세계는 인체결시증이라는 기병(奇病)에 걸린 이나코가 미치광이 병원에 입원함으로써, 젊은 여자 아나운서의 아름다운 목소리가 전하는 일기예보를 즐겨 듣는 니시야마 노인과 어떻게든 관계가 형성될 것이라는 것을 짐작케 한다. 노인이 듣는 것은 일기예보의 내용이 아니라 젊은 여자 아나운서의 아름다운 목소리인데, 그가 목소리가 아름다운 이나코를 만났을 때 어떠한 반응을 보일지가 궁금하지만 알 길이 없다.

　하지만 이나코의 아름다운 목소리는 노인을 매료시킬 것이고, 그리함에 따라 어떠한 과정들을 거치면서 두 사람은 육체적 향연에 빠져들 것이라는 예견을 가능케 한다. 두 사람 모두 마성의 사람이기 때문이다.

　이상 고찰한 바와 같이 가와바타의 소설에는 마계라고 하는 모티브가 다양하게 쓰여, 작품에 문학적 향기를 짙게 해 줌과 동시에, 머리가 아니라 감각으로 읽어야 진수를 맛볼 수 있는 신감각적 수법에 새로운 기운을 불어넣어 주고 있다 하겠다.

▪ 제 2 편 ▪

가와바타 야스나리 소설의 모티브(2)
- <가타시로>를 중심으로 -

시작하는 말

    소설가들은 자기의 작품을 창출하는 데에 있어 갖가지의 모티브를 사용하여 주제를 조형한다. 가와바타 야스나리(川端康成)도 예외가 아니다. 그는 자기의 작품 세계에 마계(魔界)・가타시로(形代)・헛수고(徒勞)・사랑(愛)・생(生)・사(死)・윤회전생(輪廻轉生)・저편(向う側)・꿈(夢)・무(無) 등의 많은 모티브를 써(使)서 일본문학사에 길이 남을 우수한 소설들을 써(書) 남겼는데, 이들 모티브들 가운데 특히 중요하고 난해한 것은 <마계(魔界)>와 <가타시로(形代)>라고 할 수 있다.

    가와바타의 소설은 난해하다고 흔히들 말하는데, 그 원인은 고도의 상징성이 작품의 행간 행간에 아로새겨져 있기 때문이다. 그리고 그 상징성은 모티브에 대한 이해 없이는 풀리지 않는 경우가 많다. 환언하면 난해하다고들 하는 가와바타의 소설을 이해하기 위해서는 이 상징성을 이해해야 되고, 그러기 위해서는 경우에 따라서이기는 하지만 작품에 쓰인 모티브에 대한 이해부터 해야 한다. 그러니 그들 모티브 가운데서도 특히 중요하고 난해한 <마계>와 <가타시로>의 이해는 가와바타 문학세계를 열고 들어가는 열쇠가 되는 것이다.

    그런데 마계에 대해서는 전편(前篇) 「가와바타 야스나리 소설의 모티브 —<마계>를 중심으로—」에서 상술했으므로 본 편에서는 <가타시로>에 대하여 고찰하고자 한다. <가타시로>가 모티브로서 집중적으로 쓰이고 있는 가와바타의 작품은 『종이학(千羽鶴)』과 『산의 소리(山の音)』인데, 이 두 작품은 거의 동시에 집필되었다. 『종이학』은 1949년 5월에 기필하여 1951년 10월에 각필하였고, 『산의 소리』는 1949년 9월에서 1954년 4월

사이에 집필되었다. 가와바타는 집필 기간이 많이 겹친 이때『종이학』과
『산의 소리』의 두 작품에 <가타시로>를 모티브로 써서 자신의 소설을 한
층 더 문학적 향기 짙은 작품으로 완성해내었다.

가와바타 소설에 <가타시로>가 모티브로 쓰였다고 하는 것은『산의 소
리』를 논하며 야마모토 겐키치(山本健吉)·다케니시 히로코(竹西寬子)·
우에자카 노부오(上坂信男)·하세가와 이즈미(長谷川泉) 등의 여러 연구
자들에 의해 언급되었고, 야마다 요시로(山田吉郎)에 의해 구체화되었는
데, 야마다는「가와바타 야스나리와『겐지모노가타리』―『산의 소리』에 있
어서의『가타시로』의식을 중심으로―」[1]에서 다음과 같이 말하고 있다.

> 『겐지모노가타리(源氏物語)』에 있어서는 히카루 겐지(光源氏)가 후
> 지쓰보(藤壷)의 모습을 무라사키노우에(紫の上) 등에게 찾아가는 구성
> 이나, 가오루기미(薫君)가 우키후네(浮舟)를 오키미(大君)의「가타시로」
> 로서 간주하는 구성으로 읽을 수 있는데,『산의 소리』에 있어서는 주인공
> 신고가 며느리 기쿠코(菊子)를, 세상을 뜬 야스코(保子)의 언니의「가타
> 시로」로서 간주하는 구성을 찾아볼 수 있다.

소설에 있어서의 <가타시로>라는 모티브는 일본고전의 최정상에 위치
한 1천 년 전의『겐지모노가타리(源氏物語)』로부터 시작되어 근대의『산
의 소리』에까지 이르렀다는 것을 알 수 있다. 그런데 가와바타의 소설에서
이 <가타시로>의 모티브가 적극적으로 쓰인 것은『산의 소리』뿐이 아니라,
『종이학』에도『산의 소리』에 못지않게 작품세계 전면에 걸쳐 쓰이고 있다.

따라서 본 논문에서는 작품이 집필된 순서에 따라, 또 논문 구성상에 있

---

1) 山田吉郎「『山の音』における『形代』意識を中心として―川端康成と『源氏物
語』―」(『文芸研究』第九十一集<日本文芸研究会、1971·3> 소수)

어서의 편의에 따라 『종이학』에 대하여 먼저 고찰하고, 이어서 『산의 소리』에 대하여 고찰함으로써 <가타시로>라고 하는 모티브가 가와바타 소설에 있어서 의미하는 것과 또 이것이 작품세계에 어떻게 쓰이고 있는가를 규명하고자 한다.

I 『종이학』에 있어서의 <가타시로>

『종이학(千羽鶴)』과 『산의 소리(山の音)』는 『눈 고장(雪国)』과 함께 가와바타 야스나리(川端康成)의 대표작으로 평가받고 있는데, 『종이학(千羽鶴)』은 근친상간적 정사로 얼룩진 소설이다. 주인공 기쿠지(菊治)가 아버지와 내연의 관계에 있었던, 우리식으로라면 작은어머니라고 불렸을 터인 여자와 정교(情交)를 했고, 또 그 여자의 딸과 정교를 하는 이중의 근친상간적 정교를 한 것이다. 그러므로 이는 당연히 독자들에게 구토를 자아내게 할 수밖에 없었을 터이다. 그럼에도 여기에는 구토는커녕 읽는 자들로 하여금 아름다움까지 느끼게 하는 무엇인가가 있다. 여기에 이 작품의 특색이 있는 것이다. 그렇다면 추악하기 그지없는 근친상간적 정사로 진 이 얼룩이 오히려 아련하게 피어나는 아름다운 장미꽃의 무늬로 보이는 까닭은 무엇인가.

기쿠지(菊治)가 여덟이나 아홉 살 때쯤이었을까. 아버지를 따라 지카코(ちか子)의 집에 가니, 지카코는 거실에서 가슴을 드러내놓고 반점의

털을 조그마한 가위로 자르고 있었다. 반점은 왼쪽 유방의 반에 걸쳐 명치 쪽으로 퍼져있었다. 손바닥만한 크기이다. 그 검붉은 반점에 털이 나있는 모양으로 지카코는 그 털을 가위로 자르고 있었던 것이었다.

『종이학』의 모두의 일절이다. 지카코의 반점은 마기(魔氣)를 분출하는 근원으로, 이 마기에 감염된 자들은 마성(魔性)의 사람이 된다. 그리고 마성의 사람들이 활동하는 세계는 마계(魔界)가 된다. 따라서 『종이학』의 세계는 마계라 할 수 있다. 지카코 가슴의 반점에서 분출된 마기는 가장 먼저 지카코 자신을 감염시켜 마성의 사람으로 만들었고, 기쿠지를 그렇게 했고, 등장인물 대부분을 그렇게 한 것이다.

마성은 인간세상의 보편적 윤리나 도덕을 초월한다. 그러기에 기쿠지, 그리고 그의 정사의 상대 여자들은 근친상간적 관계에 빠질 수가 있었던 것이다. 그러나 이것은 그들의 불륜을 합리화하는 데에 어느 정도는 기여할 수 있을지 몰라도 아름답게 하는 데에는 이르지 못한다. 마성이 근친상간적 불륜을 아름다움으로까지 승화시키는 요인이 될 수는 없다는 말이다.

구토를 자아내게 하는 근친상간적 정사를 아름다움으로까지 끌어올리는 데에 결정적인 역할을 한 것은 <가타시로>라고 하는 모티브이다. 그런데 기쿠지가 이미 세상을 뜬 아버지의 여자 오타(太田)부인과 맺어진 것은 역시 아버지의 여자였던 지카코의 다회(茶會)에 간 것이 실마리가 된다.

「엔가쿠 사(圓覚寺) 안쪽 다실에서 구리모토 지카코의 다회가 있을 때마다 기쿠지는 안내를 받았지만」, 「세상을 뜬 아버지에 대한 의리의 안내장이라고」 생각하여 「한 번도 온 적이 없었」는데, 「이번의 안내장에는 제자의 한 사람인 아가씨를 봐줬으면 한다고 덧붙여 써놓」 았기에 왔다가 그 자리에서 그는 뜻밖에도 오타 부인을 만난 것이다. 그리고 돌아가는 길에 「산문(山門)의 그늘」에서 자기를 기다리고 있는 오타 부인과 만나 아버지에 대한 이런 저런 이야기를 하다가 그 「아버지의 이야기가 끝나지 않」았으므로 「엔가쿠 사와는 반대쪽 언덕에 있는 여관에 들어가 두 사람은 저녁 식사를」 한 것이다. 듣지 않는다고 안 될 것도 아니고 듣는 것이 오히려 이상한 일이었지만 부인이 너무나도 그리운 듯, 호소하듯 아버지에 대한 이야기를 했으므로 기쿠지는 듣게 되었고, 그러면서 부인에게 「호의」까지 느끼게 된 것이다. 그리고 「부드러운 감정에 감싸여있는 것 같은 느낌」과 동시에 이런 여자의 사랑을 받은 「아버지가 행복」했었다고까지 느끼게 된다. 이리하여 두 사람은 맺어진 것이다.

　　오타 부인은 적어도 마흔다섯 살 전후일 터로 기쿠지보다 스무 살 가까이 연상일 것이지만, 연상이라고 하는 느낌을 기쿠지에게 잊게 했다. 기쿠지는 연하의 여자를 안은 것 같았다.
　　부인의 경험에 의한 기쁨을 기쿠지도 함께 한 것임에 틀림없지만 경험이 옅은 총각의 주눅은 어디에서도 느끼지 않았다.
　　기쿠지는 처음으로 여자를 안 것처럼 생각되고, 또 남자를 안 것처럼 생각되었다. 자신의 남자가 눈을 뜬 것에 놀랐다. 여자가 이렇게 나긋나긋하게 수동적이어서, 따라오면서 끌어가는 수동적이어서 따스한 향기에 흐느껴 우는 것 같은 수동적이라고는, 기쿠지는 지금까지 알지 못했다.
　　총각인 기쿠지는 그 뒤에 뭔가 꺼림칙함을 느끼는 일이 많지만, 가장 꺼림해야 할 터인 지금 달콤한 평온함이 있을 뿐이었다.
　　이럴 때 기쿠지는 결국 무뚝뚝하게 떨어지고 싶어지지만, 따스하게 달라붙어 멍하니 있는 것도 처음인 것 같았다. 여자의 물결이 이렇게 뒤를 따라오는 것이라고는 알지 못했다. 그 물결에 살결을 쉬며 기쿠지는 정복자가 졸면서 노예에게 발을 씻기고 있는 것 같은 만족까지 느꼈다.

　두 사람의 정교 뒤, 기쿠지의 느낌이다. 정교로서 최고의 것이라고 할 수 있다. 두 사람이 이와 같은 최고의 성적 관계를 가질 수 있었던 것은 경험이 적은 기쿠지에 의한 것이 아니라 경험 많은 오타 부인에 의한 것이었음을 알 수 있다.

그렇다고 해서 경험이 많으면 여자는 모두가 이처럼 최고의 정교를 할 수 있다는 말은 아니다. 오타 부인이 정교를 최고의 것으로 할 수 있었던 것은 그녀가 여자로서의 「명품」이었기에 가능했다. 「오타 부인」은 그야말로 「여자의 최고 명품」이었고, 사랑에 있어서는 귀재였던 것이다. 그녀는 「인간이 아닌 여자」요, 「인간 이전의 여자」요, 「인간 최후의 여자」였던 것이다. 그녀는 정교를 통하여 「별세계」를 만들어낼 수 있는 여자였고, 일단 그리되면 「기쿠지는 순순히」 그 「별세계로 따라 들어갔」던 것이다.

여기에서 생각할 수 있는 것은, 『종이학』의 세계를 이해하기 위해서는 이와 같은 오타 부인의 사랑의 천재성을 이해하지 않으면 안 된다는 것이다. 『종이학』은 오타 부인을 주요 등장인물로 해서 성립된 소설이기 때문이다.

그녀는 사랑 외에는 아무것도 할 수 없는 여자였다. 지카코의 말처럼 「좀 모자란」지도 모른다. 사랑했던 사람의 아들 기쿠지를 만나자 그리움에 「부끄러움을 모르는 사람」이 되어버리기도 한다. 너무 「마음씨가 고와 살아있을 수 없」으면서도 사랑 앞에서는 남자를 「무엇인가 따스하게 방심시키는 것이 부인에게는 있」다. 결국 오타 부인은 사랑 없이는 살아갈 수 없는, 그러나 사랑만으로 충만한 여자인 것이다.

사랑 없이는 살아갈 수 없다면 죽는 수밖에 없다. 그러나 그럴 수는 없는 일. 그래서 그녀가 찾은 것이 사랑하는 사람의 <가타시로>였다. 그녀는 기쿠지에게서 그의 아버지의 모습을 본 것이다. 사랑하는 사람의 모습을 봤다는 말이다. 다시 말해서 그녀에게 있어서의 기쿠지는 자기 연인의 <가타시로>였다. 그녀가 안긴 것은 기쿠지에게가 아니라 기쿠지의 아버지, 즉 자기의 연인에게였던 것이다. 그녀는 기쿠지를 그의 아버지로 보고 여자의

「명품」으로서 사랑의 천재성을 발휘하여 「자연」스럽게 그의 품에 안길 수 있었던 것이다. 그러기에 정교 후에도 기쿠지조차 「도덕의 그림자 같은 것」은 조금도 느끼지 못했던 것이다.

작가 가와바타는 오타 부인에게 있어서의 기쿠지가 자기의 연인, 즉 기쿠지의 아버지의 <가타시로>라고 하는 것을 암시하는 표현을 몇 번인지 모르게 반복하고 있다. 「부인은 별세계에 들어가고 나면 죽은 남편, 기쿠지의 아버지, 기쿠지라고 하는 것 같은 구별이 느껴지지 않는」 것처럼 보이기도 한다. 그러기에 기쿠지는 오타 부인에게 「당신은 아버지를 생각하면 이제 아버지와 내가 하나가 되는 게 아닌가요?」라고 묻기도 하는 것이다. 앞에 인용한 장면의 정교 자리에서도 기쿠지는 그녀에게 「당신은 아버지를 생각했을 뿐이었지요?」라고 말함으로써, 그녀에게 있어서의 자신은 아버지의 <가타시로>일뿐이라는 것을 드러내 보이고 있는 것이다.

그런데 여기에서 간과해서는 안 되는 것은, 오타 부인이 기쿠지에게 안기는 것은 그를 자기의 연인으로 간주했기 때문이라고 하지만, 그녀의 연인인 기쿠지의 아버지에게 처음 안긴 것은 어떻게 설명할 수 있느냐 하는 것이다. 그것은 방금 인용한 표현에서도 보듯이 그녀에게 있어서는 기쿠지의 아버지 또한 자기의 「죽은 남편」의 <가타시로>였다. 그러기에 기쿠지의 아버지를 맞이하는 거실에 자기의 「세상을 뜬 남편의 사진을 요란스럽게 장식한 채」로 있을 수 있었던 것이다.

그렇다고는 하지만, 오타 부인이 아무리 사랑의 귀재라 해도 항상 「별세계」에서만 살 수는 없는 일이다. 마기에 감염이 되어 마계의 사람, 마성의 사람이 되었다고는 하지만 인간사회에서 숨쉬며 살아가는 한 현실이라고 하는 것을 무시할 수는 없는 일인 것이다. 그러기에 사랑이라고 하는 넓은 의미에서의 「별세계」로부터 한 발짝만 물러서면 자신의 추악한 모습에 몸부림을 칠 수밖에 없었다.

지극히 만족스런 정교 후, 유키코라고 하는 「아가씨를 나에게 보이고 싶어서 구리모토는 나를 부른 것이요」라고 하는 기쿠지의 말을 듣고 오타 부인은 「별세계」로부터 현실로 돌아온다. 그래서 「어머」라고 놀라며 「그랬나요? 선을 보고 돌아가는 길에 그랬군요」라 했고, 「부인의 눈에서 베개로 눈물줄기가 흘러내리」는가 하면 「어깨가 떨렸」던 것이다.

그래도 오타 부인에게 있어 사랑보다 더 큰 힘은 없는 것인 듯, 처음 정교의 그 시간 그 자리에서 다시 한 번의 「별세계」를 연출한다.

> 기쿠지는 이빨을 보이며 다가갔다.
> 부인의 아까의 물결이 되돌아왔다.
> 기쿠지는 안심하고 잠들었다.

두 번째의 정교에 대한 표현은 이것뿐이다. 그러나 이 두 번째의 것도 처음의 그것과 별로 다름이 없는 완벽한 정교였다는 것을 짐작하기에 넉넉한 표현이기도 하다. 그리고 다음날 아침 눈을 뜬 「기쿠지의 머릿속」은 「씻은 것 같았」던 것이다. 기쿠지가 오타 부인을 아버지의 여자였던 사람으로 안았다고 한다면 그리 될 수는 없었을 것이다. 자기가 아버지의 대역, 그러니까 아버지의 <가타시로>였기에 가능한 현상이었던 것이다.

엔가쿠 사 근처의 여관에서 헤어진 뒤 두 사람은 한동안 만나지 못한다. 그러는 사이 오타 부인은 정을 통해서는 안 될 사람과 통했다고 하는 죄의식 때문에 몸부림친다. 몸이 야위어 「가벼워지」고, 「비가 오는 날은 이제 나다닐 수 없을 정도로」 「약해」진다. 그러면서도 그녀는 기쿠지를 향한 그리움으로, 아니 기쿠지 자신이 아닌 그의 아버지의 <가타시로>로서의 기쿠지를 향한 그리움으로 가슴을 불태운다. 만나러 가고 싶어도 그럴 수가 없다. 자신의 자제력 때문이 아니라 딸 후미코(文子)가 「말렸」기 때문이다.

어느 날은 기쿠지를 만나겠다고 「아무리해도 나가려고 하는」 그녀를 후미코가 「끌어안고 놓아주지 않」은 일까지 있었다. 딸이 어머니 같고 어머니가 행실이 바르지 않은 딸 같기도 한 장면이다.

그러나 어느 비가 내리는 날 몸이 많이 약해진 어머니가 나갈 수 없을 것이라고 후미코가 방심한 사이에 오타 부인은 결국 딸의 눈을 피해 기쿠지를 만나러 집으로 찾아간다. 그리고 기쿠지를 만나 한 말이 「미안해요. 만나 뵙고 싶어서 가만히 있을 수가 없었어요」이다. 그런 뒤 두 사람은 세 번째의 정교를 한다. 정교 후 기쿠지는 또 「부인은 아버지와 나의 구별이 되나요?」라고 말한다. 부인에게 있어서의 자기는 아버지의 <가타시로>라는 뜻이다. 오타 부인과 기쿠지의 두 사람이 「별세계」에 있는 한 기쿠지의 「아버지와 기쿠지의 구별 같은 것」은 없어지고 마는 것이다.

그러나 역시 부인은 「별세계」로부터 나와 현실로 돌아오게 되면 죄의식 때문에 괴로움으로 몸부림친다.

「용서해줘요. 아얏, 무서워. 얼마나 죄 많은 여자인가요」
부인의 눈에서 눈물이 흘러내렸다.
「아아, 죽고 싶다 죽기 싫어요. 지금 죽을 수 있다면 얼마나 행복할까요. 지금 말이에요, 기쿠지 상, 내 목을 조르려 하지 않았어요? 어째서 졸라주지 않았어요?」

이처럼 괴로워한 오타 부인은 집에 돌아와 그날 밤이 새기 전에 자살로 생을 마감하고 만다.

그런데 문제는 오타 부인의 죽음으로도 끝나지 않는다. 그날 밤 집에 돌아가기 전 그녀가 기쿠지에게 자기는 「지쳐 죽」을 것이라며, 죽은 뒤 자기 딸 「후미코」를 「기쿠지 상한테 부탁」한다고 한 말은 앞으로 무엇인가 일이

벌어질 것이라는 것을 예감하게 한다.

그렇다면 총각에게 처녀를 부탁한다고 하는 것은 무엇을 의미하겠는가. 그러기에 이 부탁에 기쿠지는 「따님이 당신 같다면야」라고 대답한 것이다. 정교 뒤에 「당신 같다」고 한 것이니 이 말의 뜻은 자명하다 할 것이다.

그러나 기쿠지는 그 자신이 한 말로 봐서 오타 부인의 부탁에 응할 생각이 없다는 것을 알 수 있다. 후미코 또한 도덕과 윤리를 존중하는 극히 정상적인 상식을 가진 아가씨이니 어머니의 남자였던 사람의 여자가 된다는 것은 있을 수 없는 일이기도 하다. 그럼에도 불구하고 실제로 후미코는 기쿠지와 정교를 하고 말았으니 세상 일반의 상식으로는 이해하기가 어려운 일이라 할 것이다. 이는 후미코와 기쿠지의 두 사람이 마성에 감염되었다는 것과, 기쿠지에게 있어 후미코가 자기 어머니 오타 부인의 <가타시로>라고 하는 관점으로 접근할 수밖에 없지 않을까 한다.

사실 후미코가 어머니 오타 부인의 <가타시로>라고 하는 것을 암시하는 표현은 과도하다고 하리만큼 빈출한다. 후미코가 어머니의 <가타시로>가 됨은 그녀가 어머니를 꼭 닮았다고 하는 사실로부터 시작된다. 그녀의 「둥그스름한 얼굴은 어머니를 닮」았기에, 그녀가 갑작스럽게 기쿠지의 집을 방문했을 때에도 기쿠지가 후미코 「아가씨에게서 어머니의 모습을 보」고 「이상하게 마음이 가라앉」았던 것이다. 그리고 오타 부인이 세상을 뜨고 칠일재(齋)에 기쿠지가 갔을 때에도, 「현관에서 후미코가 맞을 때부터 기쿠지가 부드러운 느낌을 받은 것도 후미코의 상냥한 둥근 얼굴에서 어머니의 모습을 보았기 때문」이었다. 그리고 또 후미코가 어머니를 꼭 닮았다고 하는 것은 누구보다도 그녀 자신이 잘 알고 있는 일이기도 하다. 그러기에 어머니의 영정사진을 보고 기쿠지에게 「저와 너무도 닮은 사진을 내어 놓은 것은 뭐랄까 부끄러워서」라고 말했던 것이다.

뿐만 아니라 후미코는 「목소리를 떨어뜨리는 것이 어머니를 닮았」고,

「사라져 끝날 것 같은 목소리」도 「어머니를 닮았다」. 「천둥이 치면 옷자락으로 얼굴을 가리」는 것 같은 「시시한 것까지 어머니를 닮」았는가 하면, 그녀는 「어머니의 성격을 이어받아 자기에게도 남에게도 저항하는 일이 없는, 이상한 무구(無垢)함을 닮은 아가씨」이기도 하다.

후미코가 휘청거리며 넘어져오는 기색에 몸이 잔뜩 굳어진 기쿠지는, 후미코의 의외로 나긋나긋함에 앗 하고 소리를 칠 뻔했다. 격렬하게 여자를 느꼈다. 후미코의 어머니 오타 부인을 느꼈다.

어느 순간에 후미코는 몸을 피한 것일까. 어디에서 힘이 빠진 것일까. 그것은 있을 수 없는 나긋나긋함이었다. 여자의 본능적 비술(秘術)인 것 같았다. 기쿠코는 후미코의 무게가 강하게 누르는 것이라고 생각하고 있었는데, 후미코는 따스한 내음처럼 다가왔을 뿐이었다.

내음이 강하게 왔다. 여름의 아침부터 저녁까지 일을 한 여자의 체취는 진해져 있었다. 기쿠지는 후미코의 내음을 느끼고 역시 오타 부인의 내음을 느꼈다. 오타 부인의 포옹의 내음이었다.

후미코가 기쿠지의 집에 왔을 때 기쿠지로부터 자기가 우표를 잊고 붙이지 않은 채 보낸 편지를 빼앗으려고 하는 장면이다. 이렇게 되면 후미코가 어머니 오타 부인의 <가타시로>라고 하는 것은 의심할 여지도 없게 된다. 여기에서의 후미코의 「나긋나긋」함은 오타 부인과 기쿠지의 첫 정교장면에서의 오타 부인의 「나긋나긋」함과 일치한다. 그러기에 기쿠지는 「앗」하고 놀랄 수밖에 없었던 것이다. 그리고 기쿠지는 후미코에게서 「여자를 느」끼자 거기에서 「후미코의 어머니 오타 부인을 느」낀 것이다. 후미코의 「여자의 본능적 비술(秘術)」에서는 이것이 「여자의 최고 명품」으로서의 오타 부인과 궤를 같이 한다는 사실을 알 수 있다. 기쿠지는 후미코의 체취에서, 「후미코의 내음을 느끼고 역시 오타 부인의 내음을 느꼈」는데, 그 내음은

「오타 부인의 포옹의 내음이었」다 하니 가와바타의 작의가 너무도 선명하게 드러나 있다고 밖에 할 수 없을 것이다.

독자들은 이 장면에서 후미코와 기쿠지 사이에 정교가 있지 않을까 하는 예상을 하게 된다. 그리고 실제로 두 사람은 기쿠지와 오타 부인의 전철을 밟고 만다. 「후미코의 저항은 없었다」 이것이 후미코와 기쿠지의 정교 장면에 대한 표현 전체이다. 「후미코의 순결의 아픔이 기쿠지를 구해낸 것일까. 후미코의 저항은 없고, 순결 바로 그것의 저항이 있을 뿐이었다」라는 표현이 있지만, 이것은 나중에 기쿠지가 회상한 것에 의한 것이다.

이 단 한 번의 정교에 의해 「후미코는 기쿠지에게 비교될 수 없는 절대적」인 사람이 되었고, 「결정적인 운명이 되었」던 것인데, 이 정교가 이루어지게 된 원인을 작품세계는 「어머니의 몸이 미묘하게 딸의 몸으로 옮겨진 거기에 기쿠지가 괴이한 꿈을 끌고 들어갔」다고 표현하고 있다. 꽤 복잡한 표현이지만, 좀더 단순화해서 말하면 어머니의 몸이 딸의 몸으로 옮겨졌기에 두 사람은 정교를 한 것이라는 뜻이 된다. 다시 말해서 딸은 어머니의 <가타시로>이므로 정교는 자연스럽게 이루어졌다는 것이다.

『종이학』은 한 미망인이 지금은 죽고 이 세상에 없는 정부(情夫)의 아들과 불륜을 저지르고, 그 정부의 아들은 또 그 미망인의 딸과 불륜 속에 빠진다고 하는 패륜의 세계를 그린 소설이다. 이 이중의 근친상간적인 정교는 읽는 사람들로 하여금 구토를 자아내게 하리만큼 악취를 풍겨야 할 터이지만, 실제로는, 이 작품을 읽는 독자들은 오히려 이들의 사랑에서 아름다움까지 느낀다고 하는 것이 일반적인 견해이다. 이는 작품세계에 무엇인가의 장치가 되어있다고 하는 것을 의미하는데, 그것은 <마계>라고 하는 모티브와 <가타시로>라고 하는 모티브가 기묘하게 작용한 것이라고 할 수 있다. 다시 말해서 『종이학』의 세계에 있어서의 <마계>와 <가타시로>라고 하는 모티브는 구토를 자아내게 할 불륜의 정교까지도 아름다운 사랑으로 승화시키도록 기능하고 있는 것이다.

Ⅱ •••『산의 소리』에 있어서의 <가타시로>

『산의 소리(山の音)』는 62세의 신고(信吾)라고 하는 노인의 이야기이다.

「벌레가 우」는 어느 여름날 밤 신고는 「나뭇잎에서 나뭇잎으로 저녁이슬이 떨어지는 소리도 듣는다」. 「그리고 문득 신고는 산의 소리를 듣는다」. 그 소리를 「바람소리인가, 바닷소리인가, 귀울음(耳鳴)인가 하고 신고는 냉정하게 생각했지만 그런 소리 같은 것은 듣지 못」한 것 같다. 「분명히 산의 소리를 들」었던 것이다. 「소리가 그친 뒤 신고는 비로소 공포심을 느꼈다. 죽을 때를 고지받은 것이 아닌가 하고 한기를 느꼈다」.

이 소설에 『산의 소리』라는 제목이 붙여진 것은 여기에 기인한다. 이 소설에 있어서 <산의 소리>가 차지하는 비중이 그만큼 크다는 것을 의미하기도 한다. 여기에서 놓쳐서는 안 되는 것은 주인공 신고가 이 <산의 소리>를 듣고 죽을 때를 고지(告知)받은 것이 아닌가 하는 생각에 공포감을 느꼈다는 것이다. 젊고 건강한 사람이라면 이런 소리를 들을 리도 없겠지만, 만약 들었다 해도 대수롭지 않은 일이라 생각하고 무시해버렸음 직한 일을 노인이기에 이토록 심각하게 생각하고 공포심에 떨었던 것이다.

이런 면에서 보면 『산의 소리』는 노인소설이라 할 수 있을 것이다. 신고라고 하는 한 노인의 특수한 정신세계를 그린 소설인 것이다. 그러니만큼 『산의 소리』의 세계를 이해하기 위해서는 주인공 신고에 대한 이해가 선행되어야 한다.

신고는 「5일 전에」 그만둔 식모의 얼굴이 생각나지 않기도 하는가 하면, 매일처럼 매던 「넥타이」를 어느 날 아침 갑자기 매는 방법을 잊어 맬 수 없게 되기도 하는 심한 건망증에 「새까만 공포와 절망」을 느낀다. 「큼직한 회중시계」를 보는 데도 「돋보기를 쓰지 않으면 안 되」는 것은 물론, 차를 마시다가 찻잔으로 잘못 알고 「재떨이」에 차를 따르기도 한다. 「환갑인 작년」에는 「피를 조금 토」한 적도 있고, 어떤 때는 「문득 피를 토할 것 같은 불안을 느」끼기도 한다. 그런가 하면 조그마한 일에도 「갑자기 가슴이 심하게 두근거」리며 「심장이 발작이라도 일으킨 것처럼」 되기도 한다. 신고는 이제 친구들이 하나 둘 이 세상을 떠나가는 나이의 노인인 것이다.

태평양전쟁이라는 격류의 강을 죽지 않고 건너와 한숨 돌리는가 했더니 전쟁터에서 돌아온 외아들 슈이치(修一)는 「결혼하여 2년도 안 되었는데 벌써 여자를 두고 있」고, 외딸로 슈이치의 누나인 후사코(房子)는 결혼생활이 평탄치 않아 「두 아이를 데리고」 친정에 와있다.

신고는, 「나 결국 후지 산에 올라가지 못하고 늙었도다」라고 중얼거린 데에서 보듯이, 그리고 「후지 산에도 올라가지 못하고, 일본 삼경도 보지 못하고 일생을 끝마친 사람도 예상외로 많은 거야」라고 친구에게 말한 데에서 보듯이 지나가버린 인생을 덧없어하고 있다.

이러한 신고가 「분명하게 손을 내밀어 아내의 몸에 대는 것은 이제 코고는 소리를 멈추게 할 때 정도」로 그는 성(性)도 시들어버리고 말았다. 그런데 신고의 아들 슈이치가 장가를 들어 며느리 기쿠코(菊子)가 들어왔고, 그 「기쿠코가 신고에게 있어서는 우울한 가정의 창」이 되어준다.

그런데 신고는 소년시절에 아내 「야스코의 언니를 무척 동경하고 있었다」. 젊어서 세상을 뜬 야스코의 언니(이하 <언니>로 표기)는 신고가 환갑을 넘겨 노인이 된 지금까지 죽기 전의 젊고 아름다운 모습으로 그의 가슴속에 남아「동경(憧憬)」의 불씨가 꺼지는 일이 없도록 하고 있다. 작가는 <언니>를 신고에게 언제까지나, 그리고 영원토록 젊고 아름다운 여인으로 살아있도록 하기 위해 요절시킨 것일 게다. 이는 어느 노부부가 자살을 하기 전에 남긴 유서에서「인간은 모든 사람들에게 사랑받고 있는 동안에 사라지는 것이 가장 좋습니다」라 말하고 있는 것과 맥을 같이 한다.

신고는 딸 후사코에게 <언니>를 회상하며 이렇게 말한 적이 있다.

> 벌써 40년이나 저의 이야기인데 말이야, 시골의 외할아버지는 분재의 도락가였지. 네 어머니의 아버지시지. 그러나 네 어머니는 저렇게 솜씨가 좋은 편이 아니고 마음도 꼼꼼하지 못하니까, 네 어머니의 언니인 너희 이모가 아버지의 마음에 들어 분재를 돌보도록 했었다. 네 어머니와는 자매라고 생각할 수 없을 정도로 미인이었지. 분재의 받침대에 눈이 쌓이는 아침이면 수수한 단발머리의 네 이모가 빨간 옷을 입고 분재의 눈을 털어 내고 있는 모습이 지금도 눈에 떠오르는 것 같다. 선명하고 예쁘게 말이지. 신슈(信州)는 추우니까 입김이 희었어.

신고가「대학을 졸업하고 처음으로 양복을 입을 때 넥타이를 매준 것은 야스코의 아름다운 언니였다」. 이러한 <언니>이기에 그녀는 신고에게 언제까지나 잊을 수가 없는 사람이 된 것이다. 그러니만큼 40년이나 지난 지금까지 신고에게 <언니>는 선명하게 눈에 떠오르기도 한다. 신고에게 있어서의 <언니>는 언제까지나 지워지지 않는 마음속의 연인인 까닭이다.

신고가 들은 <산의 소리>도 실은 <언니>가「세상을 뜨기 전에 산이 우는 것을 들」었다고 하는 것과 깊은 연관이 있었는데, 그가 소년시절에 동경했던 그 <언니>는 이미 이 세상 사람이 아닌 저세상의 사람이다. 그러므로 신고가 들은 <산의 소리>에는 그의 죽음에 대한 공포와 회춘하고 싶다고 하는 바람이 깃들어 있는 것이다.

그런데 신고는 며느리 기쿠코에게서 <언니>의 모습을 보게 된다. 다시 말해서 신고에게 있어서 기쿠코는 <언니>의 <가타시로>가 된다는 말이다. 이렇게 되면 기쿠코는 신고에게 단순한 며느리가 아니라 여자이기도 한 것이 된다. 그러나 모럴리스트인 신고이고 보면 이는 너무도 황당한 이야기가 될 수밖에 없다. 사실 작품세계를 훑어봐도 신고와 기쿠코는 사이가 좋은 시아버지와 며느리로밖에 보이지 않는다. 그러나 좀더 세밀히 들여다보면 두 사람이 사이좋은 시아버지와 며느리임과 동시에 남자와 여자이기도 하다는 것을 알 수 있다. 여기에 『산의 소리』의 난해성과 짙은 문학적 향기가 있는 것이다.

황당한 이야기가 황당하지 않은 이야기로 이해되기 위해서는, 다시 말해서 신고와 기쿠코의 사이가 시아버지와 며느리 사이일 뿐이 아니라 남자와 여자 사이이기도 하다는 것을 알기 위해서는 먼저 신고를 이해해야 되기 때문에 앞에서 이에 대해 상술하였다. 이 상술한 내용을 근거로 하여 신고의 정신세계를 정리해보면, 늙음에 대한 탄식과 죽음에 대한 공포, 그리고 그러한 것들에 대한 자각 끝의 현실 도피적 방법으로 회춘을 해보려고 하는 바람으로부터 시작된 세계, 이것이 그의 정신세계인 것이다. 그리고 이것은 『산의 소리』의 세계를 푸는 키가 되는 것이다.

그러나 아무리 현실 도피적이라 할지라도 회춘을 이루기란 쉽지 않은 일이다. 그것은 망상 속에서나 청춘을 즐기는 그런 것 외에는 별다른 방법이 없다. 그런데 신고는 자타가 공인할 만한 모럴리스트이므로 이 또한 가능치 않다. 회춘하고자 하는 바람은 있는데 도덕이라든가 윤리라든가 하는 의식이 작용하여 이를 막고 있다는 것이 신고의 현실인 것이다. 그러므로 신고의 회춘하고자 하는 바람은 그의 의식 밑으로 자연스럽게 가라앉을 수밖에 없었다.

쓰르타 긴야(鶴田欣也)는 신고를 의식 위의 신고와 의식 밑의 신고의, 두 사람의 신고로 나누어서 생각한다.[2] 저자도 동의한다. 의식 밑에 가라앉아 있는 신고와 의식 위로 떠올라 있는 신고의 두 사람의 신고가 있는 것이다. 의식 밑에 가라앉는다고 하는 것은 무의식이라고나 해야 할 것이므로 꿈이라든가 최면에 의하지 않고는 당사자도 의식을 할 수가 없다. 의식 밑의 신고도 마찬가지이다. 그러기에 작가 가와바타는 작품세계에 신고의 꿈을 9회나 설정해놓은 것이다.

신고와 기쿠코는 의식 위에서는 사이가 좋은 시아버지와 며느리이지만, 의식 밑으로 내려가면 남자와 여자가 되는데, 이는 무의식의 상태에서이므로 이 사실을 두 사람 다 당연히 의식하지 못한다. 의식하지 못한 이 사실은 신고의 꿈을 통하여 드러나게 되는데, 이에 대해서는 뒤에서 고찰하고자 한다.

회춘하고자 하는 신고의 바람은 그의 몸에도 나타나 젖이 「열네댓 살의 여자아이처럼」되기도 한다. 이런 현상에 그는 아내에게, 「젖이 가려워. 젖꼭지가 딱딱해져서 가려워」라고 말할 정도이다. 사춘기의 소년에게 나타나는 현상이다. 그가 젊음을 얼마나 동경하고 있는가를 단적으로 보여주는 현상이기도 하다. 이러한 신고가 소년시절에 동경했던 <언니>의 모습을 며느리 기쿠코에게서 봤다고 하는 것은 윤리적으로 이미 첫 단추가 잘못 끼워졌다는 것을 의미하는 것이 된다.

신고는 「온천여관에 젊은 여자를 데리고 가 거기에서 돌연사」한 친구 미즈타(水田)의 아내로부터 노멘(能面) 두 개를 어쩔 수 없이 산다. 하나는 갓시키(喝食)로 미청년의 가면이고, 또 하나는 지도(慈童)로 「영원한 소년」의 가면이다. 신고는 처음 갓시키에 관심을 보인다. 갓시키를 보고

---

2) 鶴田欣也 「まぼろしからうつつへ―『山の音』の錯覚と発見」(平川祐弘・鶴田欣也『川端康成「山の音」研究』<明治書院、1985・9> 所收)

「누군가를 닮았군. 사실적이구먼」이라고 한다. 그런데 그는 그 누군가가 자기라는 것을 의식하지 못한다. 그는 다시 지도로 관심을 옮긴다. 지도는 「영원한 소년」이지만 「소녀에 가깝다」.

바로 위에서 눈을 가까이해 가자 소녀처럼 부드러운 살결이 신고의 노안에 아련하게 부드러워짐에 따라 인간피부의 따스함을 가지고 가면은 살아서 미소 지었다.

「앗」하고 신고는 숨을 삼켰다. 서너 치 가까이에 얼굴을 가져가자 살아있는 여자가 미소 짓고 있다. 아름답고 정결한 미소이다.

눈과 입이 정말로 살아 있다. 아련한 눈에 검은 눈동자가 들어 있다. 자주색 입술이 귀엽게 젖어 보인다. 신고는 숨을 죽이고, 코가 닿을 것 같게 되자 시원스런 눈동자가 밑에서 떠오르고 아랫입술이 부풀었다. 신고는 위태롭게 입을 맞췄다. 깊게 숨을 쉬고 얼굴을 떼었다.

그 뒤 바로 신고는 「하늘의 사련(邪戀)과도 같은 두근거림을 느」낀다. 지도는 기쿠코의 상징이었던 것이다. 그러기에 「사련」인 것이다. 지도가 기쿠코의 상징이라고 하는 것은 그녀가 지도의 가면을 얼굴에 쓴 것으로 증명이 된다.

요염한 소년의 가면을 쓴 얼굴을 기쿠코가 이리저리 움직이는 것을 신고는 보고 있을 수가 없었다.

기쿠코는 얼굴이 작으므로 턱 끝도 거의 가면으로 가려있었는데, 그 보일락 말락한 턱으로부터 목으로 눈물이 흘러내렸다. 눈물은 두 줄기가 되고 세 줄기가 되어 계속 흘러내렸다.

「애야」라고 신고가 불렀다.

「넌 슈이치와 헤어지면 다도 선생이라도 될까 하고 오늘 친구를 만나 생각한 거지?」

　지도의 기쿠코는 고개를 끄덕였다.

　「헤어지더라도 아버님 곁에 있어 차라도 가르치며 살아가고 싶어요」라고 가면 뒤에서 분명하게 말했다.

　앙하고 사토코의 울음소리가 들렸다.

　마당에서 테루가 요란스럽게 짖었다.

　「지도의 기쿠코는 고개를 끄덕였다」에서 「지도의 기쿠코」라는 표현에 주목할 필요가 있다. 「지도를 쓴 기쿠코」리든기 「지도에 기린 기쿠코」, 「지도 뒤의 기쿠코」 등의 다른 표현이 얼마든지 있는데, 또 이들 표현이 어법상 바른데, 굳이 이런 표현을 한 데에서 작가의 작의를 읽을 수가 있기 때문이다. 「지도의 기쿠코」에서 조사 「의」 앞의 「지도」와 뒤의 「기쿠코」는 동일한 것임을 암시하고 있는 것이다. 사실 일본어의 조사 「の(의)」 앞의 것과 뒤의 것은 동격으로 쓰이는 일이 많은데, 여기에는 설령 동격으로 쓰이고 있지 않다 하더라도 그것을 암시하고 있다고 하는 효과는 충분히 나타나 있는 것이다.

　위 인용문에서 특히 주목해야 할 점은 남편과 헤어지면 시아버지는 이미 남이 된다는 것이다. 그런데 그 옆에 있으며 살아가겠다니 무슨 뜻인가. 기쿠코의 말은 다름 아닌 사랑의 고백이었던 것이다. 여기에서 조금만 더 진행되면 심한 불륜이 되고 만다. 그러기에 작가는 이 상황이 더 이상 진행되지 못하게 하는 장치로 사토코를 울게 하고 테루가 짖게 한 것이다.

　작품세계에 이와 비슷한 장면은 또 있다. 「너는 슈이치와 헤어질 생각이 있는 거니?」라고 묻는 신고의 말에, 「만약 헤어진다 해도 아버님께 어떤 시중이라도 들어 드릴게요」라고 대답한다. 「그건 너의 불행이야」는 이에 이어지는 신고의 말이고, 「아닙니다. 좋아서 하는 일에 불행은 없어요」는 기쿠코의 말이다. 이렇게 되면 두 사람은 이미 남자와 여자가 되는 것이다. 그러기에 신고는 기쿠코의 말을 「정열의 표현」으로 이해했고, 또 거기에서 「위험을 느」낀 것이다. 두 사람의 대화는 더 이어진다.

> 「너는 자유라고 슈이치는 너에게 말하지 않던?」
> 「아니요」라고 기쿠코는 의아하다는 듯이 눈을 들고,
> 「자유라니요……?」
> 「응, 나도 말이다, 제 마누라가 자유라니 무슨 소리냐 라고 반문했다만……. 가만히 생각해보니 너는 나로부터도 좀더 자유로워져라, 나도 너를 좀더 자유롭게 해줘라, 라고 하는 뜻도 있는지 모른다」
> 「나라니 아버님 말씀인가요?」
> 「그래. 너는 자유라고 내가 너한테 말해주라고 슈이치가 그러더라」
> 이때, 하늘에서 소리가 났다. 정말로 신고는 하늘로부터 소리를 들었다고 생각했다.

하늘에서 난 소리란 실은 「비둘기가 대여섯 마리 마당 위를 낮게 나」는 소리였는데, 기쿠코는, 「나는 자유로울까요?」라며 「비둘기를 바라보며 눈물지었」던 것이다. 시아버지와 며느리 사이만이라면 자유롭지 못할 것이 아무것도 없는 일이지만, 그들은 이미 의식의 밑에서이기는 하지만 사랑으로 맺어져 있었던 것이다.

여기에서 지도(慈童)에 대하여 좀더 고찰하고자 한다. 지도는 기쿠지도(菊慈童)를 생략한 말로 중국의 선동(仙童)으로 목왕(穆王)을 섬겼는데, 국화에 맺힌 이슬을 먹고 불로장수했다고 하는 사람이다.[3] 이로 볼 때 지도가 기쿠코를 상징한다는 것은 더욱 분명해졌고, 또 신고의 회춘에 대한

---

3) 『日本国語大辞典』(小学館、1979·12)

바람까지도 상징하고 있다고 하는 것까지 알 수 있다. 기쿠코(菊子)의 기쿠(菊)는 일본어로 국화(菊)이기 때문이다. 국화가 기쿠코를 상징하고 있다고 하는 것은 그녀가 몸에 두르고 입은 「오비(帶)4)도 하오리(羽織)도 국화」인 것으로도 알 수 있다.

그런데 신고는 미즈타의 장례식에 갔다가 그 사례품으로 교쿠로(玉露)를 받아와, 그것이 계기가 되어 그는 이를 마시는 습관이 생기는데, 이는 신고와 기쿠코의 사이를 이해하는 데에 대단히 중요하다.

아침에 일어나면 신고는 교쿠로도 뜨거운 물로 마신다. 뜨거우니 우리는 방법이 오히려 어렵다. 기쿠코가 가장 알맞게 우린다.

이렇게 되면 교쿠로는 국화에 맺힌 이슬의 상징으로 부족함이 없게 된다. 신고는 불로장수하기 위해, 아니 신고는 이미 늙었으니 젊어지기 위해 기쿠코가 준비해준 국화에 맺힌 이슬, 즉 교쿠로를 열심히 마시는 것이다. 기쿠코는 교쿠로와 함께 신고의 회춘을 위한 묘약으로서의 역할을 훌륭하게 해내고 있는 것이다. 그런데 기쿠코를 상징하는 지도도, 신고에게 회춘을 가져다 줄 교쿠로도 젊은 여자를 온천여관으로 데리고 가서 돈사(頓死)한 미즈타로부터 손에 넣은 것이라는 사실은 시사하는 바가 크다 할 것이다.

좀 전에 지도는 기쿠코를 상징한다 했는데, 이 지도는 <언니>도 상징한다. 앞에서 「분재의 받침대에 눈이 쌓이는 아침이면 수수한 단발머리의」 <언니>가 「빨간 옷을 입고 분재의 눈을 털어내고 있는」 장면을 인용했는데, 여기에서의 「단발머리」는 「지도의 앞머리」가 「단발머리」인 것과 일치한다는 데에서도 지도가 <언니>를 상징한다는 것을 알 수 있다.5) 따라서

---

4) 「오비(帶)」는 일본 옷의 허리에 두르는 폭이 넓은 띠로 된 장식용임.
5) 이와 비슷한 주장은 쓰루타 긴야도 「まぼろしからうつつへ―『山の音』の錯覚

지도와 <언니>와 기쿠코의 셋을 하나로 묶어 생각할 수 있고, 또 기쿠코는 <언니>의 <가타시로>로서 생각할 수 있다고 하는 논리가 성립된다.

지금까지 신고가 소년시절에 <언니>를 동경했었는데, 그가 며느리 기쿠코를 그녀의 <가타시로>로 하여 의식 밑에서 사랑을 영위하고 있다고 하는 것을 고찰하였다. 그러나 두 사람의 사랑은 의식 밑에서의 것이기 때문에 자신들도 의식하고 있지 못한다. 기쿠코는 어느 정도 의식의 위까지 올라와 신고에게 사랑의 고백처럼 들리는 말을 하기도 한다는 것은 전술한 바에서도 알 수 있지만, 신고는 자기가 꾼 꿈을 통해서야 비로소 분명하게 의식하게 되는데 이에 대해 고찰해보고자 한다.

신고는 아홉 번의 많은 꿈을 꾸게 되는데, 그 꿈들을 꾼 순서에 따라 제 1의 꿈, 제 2의 꿈 하는 식으로 열거해보면 이러하다.

제 1의 꿈 : 신고는 3년 전에 죽은 다쓰미야(たつみ屋)가 「겉은 검은 칠, 안은 빨간 칠을 한 네모진」 용기에 준 메밀국수를 먹는다. 신고가 「다쓰미야의 여섯 딸 중 한 명인 듯한 아가씨를 건드린다」.

제 2의 꿈 : 「작년 말에 뇌일혈로 죽은」, 「거구로 비만한 아이다(相田)가 한 되짜리 술병을 들고 신고의 집에 올라온」다.

제 3의 꿈 : 신고가 마쓰시마(松島)의 「소나무 그늘에서 여자를 포옹한」다. 「신고는 62세의 현재인 채로 20대라고 하는 식이었다」. 멀어져가는 모터보트에서 「여자가 한 사람 일어나 쉴 새 없이 하얀 손수건을 흔들고 있었다」.

제 4의 꿈 : 신고가 「신고 상, 신고 상」이라고 부르는 소리를 비몽사몽의 상태에서 듣는다.

제 5의 꿈 : 「열대여섯 살로 낙태를 하고 성소녀(聖少女)」가 되었다고 하는 소년 소녀의 긴 순애 이야기를 신고가 읽는다.

___

と発見」에서 하고 있음.

제 6의 꿈 : 미국의 어떤 주에 「각 주, 각 인종의 턱수염의 특색을 한 몸에 모은 사람이 나타났」는데, 「미국정부는 이 남자의 턱수염을 천연기념물로 지정했다」.

제 7의 꿈 : 신고가 어떤 여자의 처진 유방을 만지나 부풀어 오르지 않는다. 여자는 슈이치의 친구의 여동생이었다.

제 8의 꿈 : 신고가 「젊은 육군 장교가 되어있어 군복차림으로 허리에 일본도를 차고, 권총을 세 자루 차고 있었다」.

제 9의 꿈 : 아무것도 없는 모래밭에 「알이 두 개 나란히 있었」는데, 「하나는 타조 알로 상당히 컸」고, 또 「하나는 뱀의 알로 작았는데, 그 껍질이 조금 벌어지고 귀여운 새끼 뱀이 머리를 내밀고 움직이고 있었다」.

제 1·제 2의 꿈은 죽은 사람이 등장한 꿈으로 신고의 죽음에 대한 공포가 나타나 있고, 제 1의 꿈·제 3의 꿈·제 5의 꿈·제 7의 꿈은 남녀관계의 꿈으로, 등장한 여자가 기쿠코이나 신고는 이를 꿈에서조차 의식하지 못한다. 신고의 회춘에 대한 바람도 나타나있다. 제 3의 꿈에서 하얀 손수건을 흔든 여자는 <언니>이다. 제 1의 꿈의 「겉은 검은 칠, 안은 빨간 칠을 한 네모진」 용기와, 제 2의 꿈의 「한 되짜리 술병」은 여자의 성기와 남자의 성기를 상징하고 있다. 여자는 기쿠코이고 남자는 신고이다. 제 4의 꿈은 밖에서 아이들이 떠드는 소리를 신고가 비몽사몽의 상태에서 <언니>가 자기를 부르는 소리로 듣는 꿈이다. 신고가 환갑이 지난 지금까지도 <언니>를 동경하고 있음이 나타나있다. 제 6의 꿈과 제 8의 꿈은 신고의 회춘에 대한 바람이 나타나있는 꿈이다. 수염은 남자의 매력이고 무기는 남자의 성기를 상징한다. 제 9의 꿈의 새끼 뱀은 신고와 기쿠코 사이에서 태어난 아기를 상징한다. 기쿠코가 집에 있는 구렁이를 보고 놀란 적이 있는데, 이 구렁이는 신고 집의 주인(主: 우리말로는 <업>)이라고 야스코가 말하는데, 진짜 주인은 신고이니 이 구렁이는 신고를 상징한다(『산의 소리(山

の音)』에 있어서의 꿈은 <제 8편 『산의 소리』의 세계(1) —작품세계에 나타난 꿈을 중심으로—>에 상술되어 있음). 이들 꿈에서 신고가 관계를 가진 여자들이 정말 기쿠코냐 하는 문제는 『산의 소리』의 세계를 이해하는 데에 있어 대단히 중요한데, 이 여자들은 모두 정체가 불명이라고 하는 공통점이 있다. 그런데 이 문제는 제 7의 꿈을 꾼 뒤 신고가 「근년에 자기가 꾼 음란한 꿈을 생각」하는 과정에서 명쾌하게 풀린다. 그 장면은 어떠한 논리적인 설명보다 설득력이 있어 부인할 수 없는 해답이 되므로 좀 길지만 그대로 인용한다.

「앗」하고 신고는 번개에 감전되었다.

꿈의 아가씨는 기쿠코의 화신이 아닌가. 꿈에도 역시 도덕이 작용하여 기쿠코 대신에 슈이치 친구의 여동생 모습을 빌린 게 아닌가. 그것도 그 불륜을 숨기기 위해, 가책을 속이기 위해 대신의 여동생을, 그 아가씨 이하의 싱거운 여자로 바꾼 게 아닌가.

만약 신고의 욕망이 바라는 대로 허용되고, 신고의 인생이 뜻대로 다시 지어질 수 있다면, 신고는 처녀인 기쿠코를, 다시 말해서 슈이치와 결혼하기 전의 기쿠코를 사랑한 것이 아닐까. 그 마음이 억눌리어, 비뚤어져, 꿈에 초라하게 나타났다. 신고는 꿈에서도 그것을 자기에게 감추고, 자기를 속이려 한 것일까.

기쿠코 앞에 슈이치와 혼담이 있었던 아가씨에 가탁하여, 그것도 그 아가씨의 모습도 종잡을 수 없게 한 것은 여자가 기쿠코라고 하는 것을 극단적으로 두려워하기 때문은 아닐까.

또 뒤에 생각해보니, 꿈의 상대방이 희미해져 잘 기억 못하고 유방을 만지는 손의 즐거움도 없었던 것은 꿈에서 깰 때 벌써 교활한 것이 기민하게 작용하여 꿈을 깨끗이 지웠던 것인가 하는 생각도 들었다.

신고와 기쿠코는 시아버지와 며느리 사이로 부모자식이니 남자 여자가 되어서는 안 된다. 그런데도 『산의 소리』의 세계는 이들의 사이를 남자와 여자로 만들어놓고 말았다. 시아버지와 며느리가 남자와 여자 사이가 된다는 것은 불륜 중의 불륜이요 패륜 중의 패륜이다. 그러니만큼 인간사회에서는 용서받을 수 없는 중죄가 되며 이런 사실에 접하게 되면 사람들은 악취에 코를 막을 수밖에 없게 된다.

그러나 독자들은 『산의 소리』의 세계에서 이 두 사람을 만나보고 아름다움까지 느낀다. 왜인가. 작가는 두 사람의 사랑을 의식의 밑으로 잠수시켜 꽃을 피워가게 하고 있기 때문이다. 의식 위의 신고와 의식 밑의 신고로 설정하여, 신고로 하여금 의식 위에서는 다정한 시아버지이게 하고 의식 밑에서는 정열적으로 여자를 사랑하게 하고 있는 것이다. 기쿠코는 이러한 신고에게 감응(感應)하여 그를 따라 의식의 위와 아래를 넘나들며 사랑을 엮어가고 있는 것이다. 조물주는 의식의 밑바닥 깊숙이에 숨어있는 것까지 책임질 수 없도록 인간을 만들어놓은 것이다.

그런데 시아버지 신고가 며느리 기쿠코를 여자로 보게 된 것은 그녀에게서 <언니>의 모습을 보았기 때문이다. 그녀를 <언니>의 <가타시로>로 했기 때문에 가능한 일이었다. 그러나 모럴리스트인 시아버지로서의 신고는 <가타시로>라고 하는 것 하나로 며느리 기쿠코를 사랑할 수가 없었다. 그래서 그 사랑을 의식의 밑으로 깊숙이 잠수시켜 자신도 의식하지 못하게 하는 가운데에서 한 송이의 아름다운 붉은 장미로 피어나게 했던 것이다.

●●●
마치는 말

집필기간이 거의 겹쳐진 『종이학(千羽鶴)』과 『산의 소리(山の音)』는 둘 다 가와바타 야스나리(川端康成)의 대표작이다. 두 작품 다 불륜을 소재로 하고 있다는 공통점을 가지고 있다.

『종이학』의 세계는 오타 부인이라고 하는 한 미망인이 지금은 죽어 이 세상에 없는 옛 연인의 아들과 정교를 하는가 하면, 그녀가 세상을 뜬 뒤에는 그 연인의 아들이 그녀의 딸과 또 정교를 한다고 하는 이중의 근친상간적 정교로 얼룩진 세계이다. 대중소설가가 썼더라면 독자들로 하여금 구토를 자아내게 할 만큼 저질스러운 삼류 통속소설로 전락해버렸을 불륜의 소재에 의해 성립된 작품이다. 그럼에도 『종이학』의 세계를 접한 독자들은 구토는커녕 오히려 아름다움까지 느낀다 하니 여기에 가와바타의 문학적 역량이 있는 것이다. 작가 가와바타는 이 작품에 <마계(魔界)>와 <가타시로(形代)>라고 하는 두 모티브를 기묘하게 어울리도록 기능시켜 불륜이라고 하는 추한 소재까지도 아름다움으로 승화시켜낸 것이다.

「여자의 최고 명품」으로서의 오타 부인은 사랑의 귀재였기에 사랑 없이는 살아갈 수 없었고, 또 그러기에 그녀는 사랑할 수밖에 없었다. 그러나 남편이 세상을 떠 사랑의 대상이 사라졌으므로 그녀는 그 사랑의 대상인 남편의 대신(가타시로)이라도 필요로 했다. 그래서 얻은 것이 기쿠지의 아버지였고, 그가 세상을 뜨자 그녀가 다시 찾은 <가타시로>가 그의 아들 기쿠지였다. 그리고 그녀가 세상을 뜨자 딸 후미코가 어머니의 <가타시로>로서 기쿠지 앞에 나타나 그와 맺어졌던 것이다.

결국 『종이학』의 세계는 한 여인이 연인의 아들과 맺어지고, 또 그녀의 딸과 그 연인의 아들이 맺어진다고 하는 이중의 근친상간적 정교를 하는 세계이나, 이 추한 세계는 <가타시로>라고 하는 모티브도 기능하여 아름다움으로까지 승화된 세계인 것이다.

『산의 소리』의 세계는 신고라고 하는 62세의 노인이 늙음에 대한 현실 인식으로 인해 죽음에 대한 공포를 느낌과 동시에 회춘하고자 하는 바람을 안고 진행되어가는 세계이다. 전쟁 중의 어려운 시대를 살아오는 동안 부쩍 늙어버린 그에게 시집간 딸은 결혼에 실패하여 돌아와 있고, 아들은 결혼하여 2년도 안 되는데 여자가 생겼다고 하는 안정되지 못한 가정 때문에 답답함만 더해간다. 그러한 그에게 며느리 기쿠코는 그가 소년시절에 동경했던 <언니>의 <가타시로>가 되어 우울하기만 한 마음의 창이 되어준다.

동경했던 여자의 <가타시로>란 며느리가 아니라 여자를 의미한다. 그러나 모럴리스트인 신고의 정신은 이를 수용할 수가 없어, 의식 밑 깊숙이 잠수하여 거기에서 사랑의 꽃을 피워간다. 의식 위에서는 사이가 좋은 시아버지와 며느리이나 의식 밑에서는 남자와 여자가 되는 것이다.

그런데 『산의 소리』는 현실회피적인 신고의 체념적 심정과, 그의 늙음 및 죽음에 대한 깊은 인식에 의해 형성된 회춘을 향한 바람을 <언니>의 <가타시로>인 기쿠코를 통해 이루려고 하여 전개되어가는 세계이다. 신고가 들었다고 하는 <산의 소리>는 『산의 소리』의 세계의 기저음(基底音)을 이루고, 또 의식 밑에서의 신고와 기쿠코의 사랑은 주선율(主旋律)을 이루어, 이 기저음과 주선율이 조화되면서 서장부터 종장까지 일관되게 진행되는 세계, 이것이 『산의 소리』의 세계인 것이다.

거의 동시에 쓰어진 『종이학』과 『산의 소리』는 근친상간적 정교로, 그리고 시아버지와 며느리 간의 불륜으로 얼룩진 작품임에도 아름다움의 정채를 발하고 있는 것은, 이들 작품에 가와바타 특유의 모티브 <가타시로>를 또 다른 모티브 및 그만의 독특한 문학적 감수성과 조화를 이루게 하는

가운데 기능시켜 성립되었기 때문이다. 즉 이 두 작품이 수작으로서 성공할
수 있었던 것은 <가타시로>의 모티브가 유효적절하게 기능했다는 데에서
찾을 수 있을 것이다.

- 제3편 -

『십육세의 일기』의 세계
- 창작동기와 <오미요>의 역할에 보이는
허구성을 중심으로 -

●●●●
시작하는 말

「십육세의 일기(十六歳の日記)」는 가와바타가 세는 나이로 16살 때, 단 하나 남아있던 육친인 할아버지가 75살로 이 세상을 떠나기 21일 전인 1914년 5월 4일부터 5월 16일 사이의 일기인데, 이는 노환으로 괴로워하고 있는 할아버지의 늙어 추한 모습을 그린 9일분의 일기와 괄호 안의 보충설명, 그리고 「후기(あとがき)」 및 「후기 2(あとがき二)」로 이루어져 있다.

이 작품은 1914년 5월 4일부터 5월 7일까지 4일간의 일기가 『분게슌주(文芸春秋)』 1925년 8월호에, 「십칠세의 일기(十七歳の日記)」라는 제목으로 발표되고, 같은 해 5월 8일부터 5월 16일 사이에 쓴 5일분의 일기와 「후기」가 역시 『분게슌주』 1925년 9월호에 「속 16세의 일기(続十六歳の日記)」라는 제목으로 발표되었다.

이상의 두 편을 합쳐 실 연령에 따라 「십육세의 일기(十六歳の日記)」라고 제목을 바꾸어 『이즈의 여로(伊豆の踊子)』(1927년 3월 20일, 긴세샤<金星社> 간)에 수록하였다. 그러는 가운데 보충설명과 「후기」는 가와바타가 일기를 실제로 썼던 때로부터 11년 후인 27세 때 발표를 즈음하여 써서 첨가한 것이고, 「후기 2」는 신초사(新潮社) 판 16권본 『가와바타 야스나리 전집(川端康成全集)』 제 2권(1948년 8월 30일 간)의 「후기」로서 첨부되었던 것이다.

「십육세의 일기」는 기라성 같은 가와바타의 방대한 작품들 중, 하나의 평범한 소설에 지나지 않는다고 할 수 있을지 모른다. 아니, 작품의 문예적인 면에서 보면 그의 다른 소설보다 질적으로 떨어지는 면도 없지 않다고 할 수 있을 것이다. 그러나 가와바타 문학을 연구하는 데에 있어서 이 작품

의 자료적 가치는 작은 것이 아니다. 그런 데에다가 「가필정정설(加筆訂正
說)」에 의해 문단에 일으킨 파문 또한 작지 않다.

「가필정정설」이란 「십육세의 일기」를 1914년 집필 당시의 그대로가 아
니라 발표 당시인 1925년의 작품으로 본 가와시마 이타루(川嶋至)의 논[1]
에 대하여 가와바타가 직접 반박함으로써 문단에 대두된다.

가와바타가 「솔개 나는 서쪽 하늘(鳶舞ふ西空)」에서, 「가와시마 이타
루가 『가와바타 야스나리의 세계(川端康成の世界)』에서 『십육세의 일기』
는 26세로 발표했을 때에 『가필정정』이 있었을 것이라고 억측과 오판을
한다 해도, 그것을 부정할 수 있는 확실한 증거물을 잃은 것이다」라고 강하
게 반박한 것이다.

그런데 16살 때 쓴 일기 원문을 27살 때 옮겨 적은 후 작가인 가와바타
가 파기하여 버렸고, 그도 세상을 떠나 버린 지금으로서는 확인하는 일이
불가능하니, 이 시점에서 이 문제의 시비를 가린다는 것은 의미 있는 일이
되지 못할 것이다. 그러므로 여기에서는 창작동기 및 지금까지 그다지 연구
가 진전되지 않았다고 생각되는 「오미요」의 역할과 그 가운데에 숨겨져
있는 허구성(넓은 의미에서의)을 중심으로 고찰해 보고자 한다.

I 44일간이나 변을 못보고도 살 수 있나?

우선 창작동기에 대해서 고찰해 보자. 5월 5일의 일기 중 27살 때 써넣은

괄호 안의 설명에 이러한 말이 있다.

> 나는 원고지 백 장을 준비하여 이런 식의 일기를 백 장이 될 때까지 쓰려 했던 것입니다. 일기가 백 장이 되기 전에 할아버지가 세상을 뜨는 건 아닐지 불안했습니다. 일기가 백 장이 되면 할아버지는 죽지 않는다. — 왜인지 그러한 마음도 드는 것이었습니다. 그리고 또 할아버지가 돌아가실 것 같이 생각되었기에 하다못해 그 모습을 이런 식의 일기에라도 써 두고 싶다고 생각했던 것입니다.

여기에서는 이 일기를 쓴 동기 두 가지를 알 수가 있다. 그 하나는 일기가 백 장이 되기 전에 할아버지가 세상을 뜨는 건 아닐지 하는 불안을 느끼면서도 일기가 백 장이 되면 할아버지는 죽지 않는다고 하는, 중요한 일을 목전에 두고 무엇인가를 의지하여 점이라도 쳐 보지 않고서는 견딜 수 없는 소년적 특성이 원고용지 백 장을 준비시켜 일기를 쓰도록 부추겼다는 것이고, 또 하나는 할아버지가 돌아가실 것 같이 생각되었기에 하다못해 그 모습을 이런 식의 일기에라도 써 두고 싶었기에 일기를 쓰기 시작했다는 것이다.

이는 마치 여명이 얼마 남지 않은 어버이의 모습을 사진에라도 담아 남겨 두고 싶다고 하는 자식들의 마음과 닮은 게 아닌가 한다. 이에 대해서는, 작가 가와바타가 「후기 2」에서도 「할아버지가 돌아가실 것 같은 생각이 들어 할아버지의 모습을 써 두고 싶다고 생각했다」는 말을 하고 있다. 그러나 이는 어디까지나 가와바타가 27살 때 써넣은 말 가운데의 창작동기이지, 문자 그대로라고는 하기 어렵지 않나 한다.

「소년(少年)」에는 가와바타의 소년시절을 엿볼 수 있는 내용들이 많이 들어 있다. 그는 중학교 3학년 때 소설가가 되겠다 하여 할아버지의 허락을 받았을 뿐 아니라, 「제일 고쿠도슈(第一谷堂集)」「제이 고쿠도슈(第二谷堂集)」라고 이름 붙인 작문집을 만들기도 하였다. 수업시간에 선생님의 눈을 속여 문학서적을 읽기도 하고 신체시를 짓기도 하였다. 그는 명실 공히 문학 소년이었다. 그런데 「십육세의 일기」는 마침 이 무렵에 썼던 것이다.

이처럼 문학에 열심인 소년이 무엇인가 글을 쓸 때 창작이라는 것을 생각하면서 쓴다고 하는 것을 자연스러운 일이 아니라고는 할 수 없을 것이다.

여기에서 간과해서는 안 되는 것이 있다. 「후기 2」에 「중학시절의 일기는 현재도 대부분 보존되어 있다」라고도, 「십년 후에 이 일기를 작품으로서 발표하게 되리라고는 물론 꿈에도 생각지 못했다」라고도 씌어 있다. 그런데 「십육세의 일기」를 쓰기 시작한 그 전 날인 1914년 5월 3일의 일기 (다시 말해서 「현재도 대부분 보존되어 있」는 일기의 일부)에 할아버지의 비참한 모습을 길게 쓴 뒤, 그 끝 부분에 「오늘 나는 정말이지 소설의 걸작이 할아버지를 모델로 하여 이루어질 것을 의심치 않는다. 한 번 써서 주오고론(中央公論)에 내 볼까 한다」라고 쓰고 있다. 물론 십년 후에 발표하게 되리라고는 생각지 못했겠지만, 이 글은 발표를 목적으로 썼다는 것이 이 5월 3일의 일기에 의해 명백해진 것이다. 쓴 후 실제로『주오고론(中央公論)』에 내 보았는지 아니면 할아버지의 죽음 등으로 낼 수 없었는지는 알 수가 없다.

「십육세의 일기」는, 이를 읽을 때 단지 사생식으로 쓴 순수한 일기로 읽는 것과, 할아버지를 모델로 한 소설을 발표하기 위해 쓴 작품으로 읽는 것과는 의미상에 있어서 상당한 차이가 있다는 것이 사실이다. 후자의 경우에는 허구가 첨가되었다고 하는 의미로도 이해할 수 있기 때문이다.

작품세계에는 실제로 허구가 개재되어 있다고 하는 감을 지울 수 없는 표현도 산재해 있다. 한 예로, 「짐승이 먹고 마시고 있다」고 하는 표현에는 아무래도 허구가 개재되어 있다고 하는 느낌이 든다.

구성면에 있어서도 일기가 시작된 5월 4일의 일기가, 「중학교에서 집에 돌아온 것은 다섯 시 반쯤」이라고 하는 구절로부터 시작되어 조용하게 진행되어 가는데, 일기의 중간쯤의 부분으로부터 짐승의 이야기가 설정됨에 따라 갑자기 재미를 더하면서 작품의 세계는 팽팽하게 긴장된다. 이 짐승을 쫓아내기 위해 소년이 「곳간에서 검을 꺼내 와, 잠자리 위에서 마구 휘두」를 정도로 소년은 짐승에게 구애되고 있다. 그리고 그날 일기의 끝 부분에 이르러서, 「지금은 그럭저럭 아홉 시. 『짐승이 붙어 있다.』 그런 일은 없을 것이라고 하는 의식이 드디어 분명해져 뇌는 씻은 듯」이 맑아진다고 쓰고 있다. 그러나 그 다음 날인 5월 5일 일기에 「재앙(악귀)이란 정말 있는 것일까 하고 또 헷갈리기 시작했다」라든가, 또 「『악귀가 재앙을 준다.』라는 말은 미신인가 미신이 아니라 정말인가」라는 식으로 전날보다는 퍽 완화되었지만 구애됨에 변함이 없다. 5월 8일의 일기에는 「뱃속의 짐승이 먹고 마시고 있다고 하는 말이 생각난다」라고 할 정도로 짐승에게 구애됨이 완화되고 나서 짐승의 이야기는 나오지 않게 된다. 이 작품에 짐승의 이야기가 적당하게 배치되어 훌륭한 구성적 기능을 다하고 있는 것이다.

「십육세의 일기」에 있어서의 이 짐승의 설정은 독자들의 흥미를 유발시키기에 충분하다. 짐승이 설정되어 있는 이 장면은 작품을 소설로 만드는 데에 있어서 더할 나위 없이 훌륭한 역할을 하고 있다. 소년이 짐승에 대하여 심히 구애되고 있음이, 다시 작품세계가 짐승을 과도하리만큼 중요하게 다루고 있음이 오히려 소설로서의 완성도를 높이고 있다는 것이다.

이 짐승이 간접적이기는 하지만 등장하는 이 장면에서 무엇보다도 신경이 쓰이는 것은 할아버지가 먹기는 잘하면서 변비로 인해 「30일간이나 대변을 보지 못한다」고 하는 표현이다. 이 표현은 5월 4일의 일기에 있는데, 일기가 끝나는 5월 16일까지 대변을 보았다는 말은 보이지 않는다. 「십육세의 일기」에서 이 대변의 문제는 상당히 크게 취급하고 있으므로 대변을 보았다면 반드시 일기에 썼을 것임에 틀림없다. 그도 단순한 일기로서 쓴 것이 아니라 발표를 목적으로 쓴 소설로서의 일기이니까 더욱 그러하다. 5월 16일까지 대변을 보지 못했다면 5월 4일까지로 30일간이니 44일간이나 대변을 보지 못한 것이 되는데, 이와 같은 일이 실제로 가능한가. 이런 경우 의학적으로 볼 때 기껏 10일 정도밖에 견딜 수 없다는 것이 의사의 말이다. 시간적으로 「십육세의 일기」의 일기부분의 전인 4월 14일(火)의 일기에도 변비의 이야기가 있으므로 할아버지가 변비로 고생하고 있었다고 하는 것은 사실이겠지만, 「30일」(실제로는 44일 이상)이나 계속하여 변비로 인해 대변을 보지 못했다고 하는 것은 인체의 조건상 이치에 맞지 않아 허구가 개입되었다는 것을 인정하지 않을 수 없다.

II 오미요의 역할은 크기만 해라

이 작품에 「오미요」를 클로즈업시켜 등장시킨 데에도 허구의 냄새는 강하게 느껴진다. 가와바타가 「십육세의 일기」의 일기부분보다 전에 쓴 일기에는 「오미요」가 「미토」라고 하는 이름으로 가끔 등장한다. 그러나 여기에서는 그녀의 가와바타 가(家)에서의 역할이 「십육세의 일기」에서와 비교할 때 극히 미미하다.

「오미요」의 실명은 다나카 미토(田中みと)이다. 「할아버지(祖父)」에서는 실명인 「오미토」로 등장하는데, 「고원(故園)」이나 「십육세의 일기」에서는 「오미요」로 등장한다. 「오미토」를 왜 「고원」과 「십육세의 일기」에서

는 「오미요」라는 이름으로 등장시켰는지 알 수 없다. 한 가지 생각할 수 있는 것은 「십육세의 일기」에 허구가 개입되어 있을 것이라는 것이다.

「십육세의 일기」의 일기부분이 시작되기 전날까지의 일기에는 다나카 미토가 계속해서 실명 그대로 「미토」라고 하는 이름으로 등장하다가, 「십육세의 일기」의 모두인 5월 4일의 일기에 이르러 갑자기 그녀가 「오미요」라고 하는 이름으로 바뀌어 등장하는데, 이것은 이 작품에 허구가 존재한다는 것을 실증적으로 말해 주고 있는 것이라 할 수 있다.

「십육세의 일기」에 의하면 「오미요」는 오십 전후의 농촌 여자로 매일 아침저녁 가와바타네 집에 와 식사와 그 밖의 가사를 돌봐 주기도 하고, 할아버지 산파치로(三八郎)와 금전 상의 상의도 해 줄 정도로 가와바타네 집안과는 친밀한 사이였다. 매일 아침저녁으로 자기 집에서 다녔다고 하는 일에 대해서 4월 5일 일기는, 「아침에 미토는, 어젯밤에도 다섯 번이나 깨워서 견딜 수가 없다니께. 머리가 무거워서 참말로, 그젯밤에도 다섯 번, 두 시간 두 시간마다, 잘 틈이 없다니께」라고 쓰고 있다. 그러므로 「오미요」가 매일 자기 집에서 다닌 것이 아니라, 밤에도 가끔, 아니면 계속해서 가와바타네 집에서 생활했는지도 모른다. 같은 날 일기에 「이삼 일 전부터 할아버지는 허리가 아파 누워 계신다」고 했으므로, 할아버지의 병 때문에 그녀가 가와바타네 집에서 잤다고 한다면, 「십육세의 일기」 때는 할아버지의 상태가 더 나빴으니 더욱 그랬어야 했을 것이다. 그러므로 여기에도 이 작품에 허구가 끼어 있다는 것을 알 수 있는 일이다.

「할머니(祖母)」에는 가와바타가 초등학교 입학식 날 부모 대신 학교에 데리고 갔다고 되어 있고, 또 「『오미요』는 집에 드나드는, 할아버지가 신용하고 있는 노파」라고 표현되어 있다. 『전집(제35권)』의 「연보」에는 「오미요」가 가와바타의 「수업 중에도 교실에서 공부하는 모습을 보고 있었다」라고 되어 있고, 「기름(油)」에는 가와바타가 어렸을 때 구운 달걀의 「냄비에

닿은 표면을 반드시 할머니나 식모에게 떼어내게 한 다음 먹었다」고 씌어
있는데, 이 식모가 「오미요」인지도 모른다.

하토리 데쓰야(羽鳥徹哉)는 「오미요」에 대해서 「고용한 노파」2)라 말하
고 있는데, 1914년 5월 2일(土) 일기에 「오미요」가 「그저 일하고, 또한
오히려 금전상의 일, 궂은일을 해 준다. 다만 할아버지와 내가 안됐다고
생각하여 우리 집을 위해 괴로워한 일이 몇 번이고, 앓아누운 적이 몇 번이
던가」라고 기록되어 있으므로 가와바타네 집에 고용된 것은 아닌 것 같다.
그럼 가와바타네 집과 「오미요」는 어떠한 관계일까. 단순히 이웃 사람들끼
리의 따뜻한 인정만으로 맺어진 관계일까. 그렇지 않으면 옛날부터 명문가
(가와바타네 집안)에 고용되어 있던 여자가, 그 집안의 몰락 후에도 옛 주
인을 희생적으로 섬기고 있는 것일까. 그러나 양자 다 그렇다고 하기에는
「오미요」의 가와바타네 집에 대한 역할이 너무 크다는 생각이 든다. 그렇
다면 도대체 가와바타네 집과 「오미요」는 어떠한 이유로 맺어진 것일까.
다만, 지금까지 고찰해 온 대로 가와바타네 집에 있어서 커다란 역할을 해
온 「오미요」가 소년시절의 가와바타에게 적지 않은 영향을 끼쳤다고 하는
것과 훗날까지 가와바타에게 「오미요」의 이미지가 남아 있었던 것은 아니
었을까 하는 것만은 말할 수 있으리라 생각한다.

이제 시점을 바꾸어 「십육세의 일기」의 세계에서 한 「오미요」의 역할에
대하여 생각해 보고자 한다. 앞에서도 언급한 대로 5월 3일까지의 일기에
서보다도 「오미요」를 클로즈업시켜 이 작품에 등장시킨 데로부터는 창작
(허구라는 의미에서의)의 요소가 강하게 느껴진다. 전장(前章)에서 다룬
짐승의 이야기를 점쟁이로부터 듣고 온 것도 「오미요」요, 이 짐승을 쫓아
내기 위해 「곳간에서 검을 꺼내 와, 잠자리 위에서 마구 휘」둘러 「방의

---

2) 羽鳥徹哉 「孤児根性について」(『愛知教育大学研究報告』<1969·2> 소수)

공기를 가르는」 소년의 모습을 보고, 「그래. 그래」라고 옆에서 몹시 진지하게 힘을 북돋워 주었던 것도 「오미요」인데, 이 「오미요」의 연기는 훌륭하다 할 것이다.

할아버지의 「오미요. 오미요」라고 부르는 힘없는 목소리로부터는, 죽음을 앞에 둔 노인의 가련함과 슬픔이 독자들의 가슴에 찌르듯이 전해 온다. 「십육세의 일기」 5월 4일의 일기에는 검을 꺼내어 방의 공기를 가르는 소년에게 「오미요」가 「그래. 그래」라고 옆에서 힘을 북돋우는 일에 의해 짐승의 이야기는 일단락을 짓는데, 그 직후…….

> 이윽고 어두어져, 가끔,
> 「오미요, 오미요」라고 부르는 가느다란 목소리가 밤공기를 흔들고, 그 때 할아버지를 도우러 가는 오미요의 발소리가 책을 읽고 있는 나에게 들렸다. 그러는 사이에 오미요는 돌아간 것 같다.

노인의 뱃속에 들어 있다는 짐승과, 「오미요. 오미요」라고 부르는 가엾은 노인의 목소리가 이상하게 공명한다. 그 후 계속 「오미요」를 부르는 소리가 이 작품 속에서 들리지 않게 되는데, 몸도 의식도 전보다 상당히 약해진 5월 14일 일기에는 「오미요」를 부르는 목소리로 가득해진다. 소년은 「나의 이름은 절대로 부르지 않게 되었다」고 자기가 할아버지께 잘해 드리지 못했다고 하는 반성이라고도 이해할 수 있는, 할아버지에 대한 불만을 토로한 것이라고도 받아들일 수 있는 말을 한다. 죽음이 눈앞에 다가왔다는 것을 느끼고 있는 노인이 단 하나 남은 혈육인 손자의 이름을 부르지 않고 자기 집의 일을 돌봐 주고 있다고는 하지만 이웃 노파에 불과한 사람의 이름을 부른다고 하는 것은 이상하기 그지없다. 그러나 「본본(ぼんぼん)」3)이라고

---

3) 간사이(関西) 지방의 방언으로 「응석둥이」라는 뜻의 말인데, 「십육세의 일기」에

손자를 부르기보다 「오미요, 오미요」라고 부르는 편이 작품으로서의 재미를 더하는 구성이 되는 것이다.

그 다음 날인, 이 일기가 끝나기 하루 전인 5월 15일 일기의 한 구절이다.

> 애처로운 신음소리가 이어졌다 끊어졌다, 나의 머리를 밑바닥까지 반향시켜, 나의 생명을 조금씩 파먹는 것처럼 괴롭다.
> 「어이, 어이. 오미요, 오미요, 오미요, 오미요, 오미요, 어이. 어엉, 어엉」
> 「뭐야」
> 「오줌 나온다. 빨랑 빨랑(빨리 빨리) 해줘」
> 「됐어. 됐어」

이 길게 계속해서 부르는 장면은 「오미요」를 부르는 정경의 절정이며 끝이기도 하다. 이 부르는 소리를 듣고 있자면 노인의 견딜 수 없는 고통과 가엾은 모습에 읽는 자들로 하여금 안타까움을 자아내게 한다. 이러한 관점에서 보면 「오미요」를 부르는 소리는 「십육세의 일기」를 작품으로서 성공시키는 데에 훌륭한 역할을 해낸 것이 된다.

5월 4일부터 5월 16일까지 9일간의 일기는 다음과 같이 되어 있다.

④ ⑤ (6) ⑦ ⑧ 9 (10) 11 12 13 ⑭ (15) (16)

○와 ( ) 안에 있는 숫자의 날이 일기를 쓴 날이고, 그렇지 않은 숫자만의 날이 일기를 쓰지 않은 날이다. 일기를 쓴 날 가운데, ( ) 안의 4일간의 일기는 20행 미만의 짧은 서술로 되어 있다(이 4일간의 일기를 뺀 날 일기의 길이는 평균 76행). 이 4일간의 짧은 일기 가운데에는 「오미요」가 직접

서는 할아버지가 가와바타를 이렇게 불렀음.

등장하는 것은 5월 6일 뿐이다. 10일, 15일, 16일의 일기에는 직접 등장하지 않는다. 10일의 일기는 11행 밖에 되지 않는데, 그 후 13일까지 계속하여 3일간이나 일기를 쓰지 않았고, 「오미요」가 「사정이 있어」 4, 5일 동안 오지 않게 되었다고 하는 5월 15일부터는 일기가 짧아져, 그 다음 날에 일기가 끝나는 것도 흥미롭다. 실제로는 훗날 발견되어 「후기 2(あとがき 二)」에 써 둔 부분이 있으므로 끝난 것은 아니지만, 「오미요」가 등장하지 않은 일기가 짧아지기도 하고, 일기가 가장 짧은 날인 10일의 다음 날부터 3일간이나 일기를 쓰지 않기도 한 것은 우연이라고 생각할 수 없을 것 같은 기분이 든다. 이것은 이 작품에 「오미요」를 클로즈업시켜 등장시킨 일과 관계가 깊고, 이 작품 가운데에서 「오미요」의 역할이 얼마나 컸는가를 말해 주는 것이 되는 것이다.

마치는 말

「십육세의 일기」는 가와바타가 세는 나이로 열여섯 살 때 「책상의 대용으로 쓰던 발판(背継) 끝에 양초를 세우고, 그 위에서」 「할아버지가 돌아가실 것 같이 생각되었기에 하다못해 그 모습을 이런 식의 일기에라도 써 두고 싶다고 생각」하여 썼다고 하는 것을 창작동기로 하여 성립된 작품이다. 사생식의 일기로써 알려져 있지만, 5월 3일(日) 일기의 「오늘 나는 정말이지 소설의 걸작이 할아버지를 모델로 하여 이루어질 것이라는 것을 의심치 않는다. 한 번 써서 주오고론(中央公論)에 내 볼까 한다」라고 하는 표현 등에 의해 단순한 사생식의 일기로만은 볼 수 없게 되어, 소설로서의 허구도 더해졌다고 하는 것이 밝혀졌다고 생각한다.

이는 상당히 중요한 문제이다. 지금까지 이 작품을 사생식의 일기로만 보는 경우가 많았으므로 이를 그의 작품연구에 사실을 말하는 자료로서 수없이 인용되어 왔기 때문이다. 따라서 이 작품에 허구가 더해졌다고 하는 것이 밝혀진 이상, 이 작품을 참고로 한 지금까지의 연구는 당연히 재검토 하지 않으면 안 될 것이다. 「십육세의 일기」의 재료로서의 가치 또한 희박 해졌다고밖에 생각할 수 없을 것이다.

「오미요」에 대해서도 종래의 연구에서는 그다지 큰 관심을 끌지 못했다 고 생각되는데, 이 작품에 있어서의 「오미요」는 중요한 역할을 담당했을 뿐 아니라, 이 작품 외의 일기에도 상당히 많이 등장하고 있고, 또 「할머니 (祖母)」 「고원(故園)」 등의 작품에도 등장하고 있으므로 연구의 가치는 충분히 있다고 생각한다.

그리고 「십육세의 일기」에 등장하는 「오미요」의 이미지는 「이즈의 여 로」의 고개의 찻집 할머니와 닮은 데가 있지 않나 한다. 「십육세의 일기」 5월 5일 일기에 「오기쿠(お菊)는 아기를 낳을 줄은 알지만, 아기를 기를 줄은 몰라요」라는 「오미요」의 말이 있고, 「이즈의 여로」에는 「저까짓 것 들, 어디서 묵을지 알 게 뭡니까, 나리. 손님이 있으면 있는 대로 어디서든 묵는 게지요. 오늘 밤 숙소가 따로 있을 리 없지요」라고 하는 찻집 노파의 말이 있다.

5월 2일(土) 일기에는 이런 표현이 있다.

　　펴 오래 전 산반(三番)에 갔을 때, 「미토는 가모(蒲生)에서는 나쁜 사
　　람으로 알려져 있어. 말이 좋은, 방심할 수 없는 사람이라니까」 「글쎄,
　　너무 말이 좋아서」 나도 대답했다. 이런 것을 전부터 교언영색(巧言令色)

이 아닌가 하여 미토를 의심한 적이 가끔 있었다.

「오미요」의 말이 좋은 것으로 볼 때 찻집 노파의 말투와 닮은 데가 있다는 것을 알 수 있다. 또, 앞에 든 두 사람의 말이 타인을 멸시한다고 하는 면에서 많이 닮았다는 점과 함께 생각한다면, 이 두 사람 각자의 입장, 그리고 오사카(大阪) 근교와 이즈(伊豆)라고 하는 지역성을 제외한다면, 「오미요」와 찻집 노파의 말에는 유사점이 많다 할 것이다. 두 사람 다 병으로 고생하고 있는 노인을 간병하고, 가와바타를 소중히 생각하고 있다는 점에서는 일치한다고도 할 수 있을 것이다.

이는, 「십육세의 일기」에 있어서의 오미요는 실제 인물에 허구가 곁들여진 사람이고, 작가 가와바타가 그녀에게 허구를 더한 까닭은 이 작품을 소설로서 완성도를 높이기 위한 것이다.

「십육세의 일기」의 일기는 결국 사생체로 쓴 일기의 형식을 빌렸으나, 거기에 짐승 및 오미요 등에 허구를 더해 성립된 소설인 것이다.

■ 제 4 편 ■

『이즈의 여로』의 세계

시작하는 말

『이즈의 여로(원제: 伊豆の踊子)』는 처음 두 번에 걸쳐서 발표되었다. 전반의 제 1장에서 제 4장까지는 신감각파(新感覚派)의 기관지『문예시대 (文芸時代)』1926년 1월호에, 후반의 제 5장에서 제 7장까지는 같은 『문예시대』의 그 다음 호인 1926년 2월호에 「속이즈의 여로(원제: 続伊豆 の踊子)」라는 제목으로 각각 발표되었다.

단행본으로는 제 1장부터 제 7장까지의 작품전체가 『이즈의 여로(伊豆 の踊子)』라는 제목으로 1927년 3월 20일 긴세도(金星堂)에서 간행되어, 그 후 가와바타 초기의 대표작으로 널리 읽혔으므로 오늘에 이르기까지 이를 수록한 책은 80권을 넘는다.

선집(選集)과 전집(全集)에 대해 말하면, 선집은 가이조샤(改造社)에서 9권본이, 호소카와쇼텐(細川書店)에서 2권본이 간행되었고, 전집은 신초샤 (新潮社)에서 4번에 걸쳐 16권본, 12권본, 19권본, 35권본이 간행되었다. 35권본『전집』은 나중에 보권 2권이 간행되어 저 37권이 되었다. * (본서에 인용하는 모든 가와바타 작품은 이 35권본(전 37권)의 『전집』에 의함)

『이즈의 여로』는 현재까지 간행된 모든 선집과 전집에 수록되었는데, 이 것만을 보더라도 이 작품이 가와바타 초기의 대표작으로 평가를 받고 있다 는 것을 알 수 있을 것이다. 본 편은 이처럼 가와바타 문학에서 중요한 위치에 있는 이 작품의 세계를 전반적으로 고찰하여 그 세계를 규명하는 것을 목적으로 한다.

I ••• 비현실의 세계의 입구와 출구

다비게닌(旅芸人)들과 주인공(나레이터) 「내(私)」가 비를 피한 고개의 찻집 할아버지는 『이즈의 여로』의 세계를 이해하는데 있어서 중요하므로 이 인물에 대해서부터 고찰하고자 한다.

「나」는 이 찻집 노파가 「저런, 손님, 다 젖으셨구먼요. 이쪽에서 불을 좀 쬐세요, 얼른요. 옷을 말리어요」라며 「손을 붙잡기라도 하듯이 하여 자기들의 거실로 안내해주었」으므로 들어간다.

그 방은 이로리(囲炉裏)가 있어 장지문을 열자 강한 화기가 흘러왔다. 나는 문지방 옆에 서서 주저했다. 익사체처럼 온몸이 푸르뎅뎅하게 부은 노인이 이로리 가에 책상다리를 하고 앉아있는 것이었다. 눈동자까지 누렇게 썩은 것 같은 눈을 나른하게 내 쪽으로 향했다. 몸의 둘레에 오래된 편지와 종이봉지의 무더기를 쌓고, 그 종이 쓰레기 가운데에 묻혀있다 해도 좋았다. 도저히 살아있는 사람이라고는 할 수 없는 산의 괴기를 바라본 채로 나는 우뚝 서 있었다. (중략) 노파가 한 이야기에 의하면 노인은 오랫동안 중풍을 앓아 전신불수가 되어버렸다고 한다. 종이 무더기는 여러 지방으로부터 중풍의 양생을 알려온 편지이거나, 여러 지방으로부터 주문으로 배달된 중풍의 약봉지인 것이다.

익사체처럼 온몸이 파랗게 떴고, 눈동자까지 노랗게 썩은 것 같은 눈을 한 노인을 보고 「내」가 망설이는 것은 당연한 일일 것이다. 가와바타가 말하는 고아근성으로부터 탈출을 바라고 여행을 떠난 그 여행지에서 「나」는 이 늙어 추(老醜)하기 그지없는 노인을 만났기 때문이다. 나는 노환으로

고생을 한 눈먼 할아버지가 세상을 뜸으로 해서 고아가 되었던 것이다. 「십육세의 일기(十六歲の日記)」에는 이 할아버지와 「나」의 숨 막힐 듯한 생활이 잘 그려져 있는데, 「나」는 눈앞에 갑자기 나타난 이 산의 괴물과도 같은 할아버지를 만나, 그 노추한 모습에서 자기 할아버지의 모습을 보았을 것임에 틀림없다.

이렇게 되면 「나」는 우뚝 서 있을 수밖에 없었을 것이다. 빛바랜 편지와 종이 봉지가 수북이 쌓여 있는 장면은 「십육세의 일기」를 생각나게 한다. 여기에서의 종이 봉지라고 하는 것은 중풍 약봉지인데, 「십육세의 일기」에는 「나」의 할아버지가 제조한 약이 당시 마을에 유행했던 설사에 병원 약보다 잘 들었다는 것과, 할아버지가 아류의 약에 강한 자신감을 가지고 제조한 약을 팔기 위한 허가를 내무성으로부터 받아 그 약봉지를 5, 6천 장이나 인쇄했다고 하는 것이 쓰여 있다. 「나」는 찻집 할아버지 옆에 쌓인 종이 봉지를 본 순간, 의식 이전의 감각으로 조부가 제조한 약봉지 5, 6천 장을 느꼈을 것이다. 장님이 된 할아버지의 눈과 찻집 할아버지의 누렇게 썩은 것 같은 눈, 그리고 두 노인의 오랜 투병생활 등을 생각한다면 「내」가 찻집 할아버지에게서 자기 할아버지의 모습을 보았다고 하는 것은 당연하다 할 것이다.

「나」는 두 살 때 아버지가 세상을 뜨고, 세 살 때 어머니마저 세상을 뜨게 된다. 그래서 조부모가 맡아 기르게 되는데, 일곱 살 때 할머니가 이 세상을 하직하고, 열다섯 살 때 할아버지마저 저세상 사람이 되었으므로 고아가 되었던 것이다.

그런데 할아버지가 돌아가실 때까지 「나」의 집을 돌봐 주던 노파 「오미요」의 이미지가 찻집 노파에게 투영되어 있지만, 이에 대해서는 지면의 절약을 위해 생략한다. 그러나 이 찻집 노파는 「나」에게서 50전짜리 은화를 받은 고마움으로 「나」의 가방을 들고 「나」를 따라와 고개의 터널 앞에서 헤어진다.

터널이라 하면 「접경의 긴 터널을 빠져 나가자 눈 고장이었다」라고 하는 『눈 고장(雪国)』의 유명한 첫 구절이 떠오를 것이다. 이 『눈 고장』에서의 터널 이쪽은 현실의 세계, 저쪽은 비현실의 세계로서 묘사되어 있다는 것은 잘 알려져 있는데, 『이즈의 여로』 또한 터널을 경계로 하여 현실의 세계와 비현실의 세계로 나누어서 생각할 수가 있다.

작품 제 2장 모두의 「터널의 출구로부터 흰 칠의 울짱으로 한 쪽을 누빈 고갯길이 번개처럼 흐르고 있었다. 이 모형과도 같은 전망의 자락 쪽에 다비게닌들의 모습이 보였다」라는 표현은 제 1장의 「길이 구불거리고, 드디어 아마기(天城) 고개에 가까워졌다고 느꼈을 무렵, 빗발이 삼나무 밀림을 하얗게 물들이면서 무서운 속도로 산기슭으로부터 나를 쫓아왔다」라고 하는 표현과 함께 『이즈의 여로』에는 약간밖에 보이지 않는 신감각파적 표현인데, 번개처럼 흐르고 있는 고갯길이나 모형과도 같은 전망의 기슭은 환상의 세계를 생각나게 한다. 다시 말해서 비현실의 세계인 것이다.

도쿄라고 하는 대도시 사람들에게 이즈의 산중은 비현실적인 면이 적지 않을 것이다. 물론 도쿄 사람 모두에게 이즈의 산중이 비현실의 세계라고 할 수 있는 것은 아니다. 고아근성이라고 하는 특수한 정신의 병환을 치유하기 위해 여행을 떠난 지식인 계층의 청년인 「나」에게는 적어도 그러하다는 것이다. 여기에서의 비현실의 세계란 비일상적인 것을 말하는데, 여행은 여기에 속한다. 그러므로 「나」에게 있어 이즈는 재론을 요치 않는 비현실의 세계가 되는 것이다.

그리고 이즈 산중의 비현실성을 이해하기 위해서 무엇보다도 중요한 것은 이 세상으로부터 모습이 사라지려 하고 있는 다비게닌들과 「나」의 만남이다. 「내」가 만난 다비게닌들의 여행, 「그것은 그녀들의 최후의 여행이었다. 그 뒤에는 오시마(大島)의 하부 항(波浮港)에 자리를 잡고 음식점을 시작했다」라고, 가와바타는 「『이즈의 여로』의 영화화에 즈음하여(『伊豆の

踊子』の映画化に際し)」에서 말하고 있다.

이 세상으로부터 모습이 사라지려 하는 다비게닌들은, 그 모습이 일단 사라져버리면 이미 현실의 사람이 아니라 역사의 한 페이지 속에 묻혀버리는 인간이 되는 것이다. 긴긴 세월을 통하여 일본의 아름다움과 서정의 일단을 담당해 온 다비게닌들의 역사적 종언에도 충분히 비현실의 기운이 느껴진다는 말이다. 「나」는 오도리코를 「패사적(稗史的)인 아가씨의 초상화」처럼 느끼는데, 패사적이라는 표현으로부터는 역사성을 느끼지 않을 수 없을 것이다.

일본에서도 유수한 지식인으로서의 길을 걷고 있는 「내」가 거지와 동일시되고 있는 다비게닌들과 융화되려고 하는 것 자체가 비현실적이라면 비현실적이라 할 수 있을 것이다.

터널은 현실의 세계와 비현실의 세계를 나누는 경계라고 전술했는데, 「나」와 앞에서 말한 찻집의 할아버지 및 노파의 만남은 「나」에게 터널의 이쪽이 현실의 세계라고 하는 것을 강하게 인식시켜 주고 있는 것이다. 고아근성이라고 하는 정신의 병환에 대한 인식에 의해, 그 병환의 치유를 위해 여행을 떠난 「나」는 찻집 할아버지와 노파로부터 자기의 할아버지와 자기 집의 일을 돌봐주던 이웃 할머니 「오미요」의 모습을 보고 지기기 고아라고 하는 것을 한층 강하게 인식했을 것이다. 그리고 터널을 통하여 비현실의 세계에 들어가 패사적인 오도리코와 시간을 같이 했던 것이다.

『눈 고장』에서는 터널이 비현실의 세계로 들어가는 입구임과 동시에 현실의 세계로 나가는 출구이기도 한데, 『이즈의 여로』에서의 터널은 비현실의 세계의 입구일 뿐이다. 『이즈의 여로』에도 출구가 없어서는 안 되는데, 「내」가 시모타 항(下田港)으로부터 배로 도쿄에 돌아온 것을 생각한다면, 이 시모타 항이 현실의 세계로의 출구라고 해도 좋지 않을까 한다.

이렇게 되면 이 현실의 세계로의 출구라고 하는 무엇인가의 표시가 있어야 한다.

"(전략) 불쌍한 할머니요. 아들이 렌다이 사(蓮台寺) 은광에서 일을 했
는데 말요, 이번 유행성감기로 아들도 며느리도 죽어버렸소. 이렇게 손자
를 셋이나 남겨놓고 말요. (후략)"
　멍하니 서 있는 할머니의 등에는 젖먹이가 업혀 있었다. 아래가 세 살,
위가 다섯 살쯤의 계집아이 둘이 양쪽에서 손을 잡고 있었다.

　이 불쌍한 할머니로부터 「나」는 무엇을 보고 무엇을 생각한 것일까. 일곱
살 때 세상을 뜬 할머니의 모습을 본 게 아닐까. 그리고 할머니가 업고 있는
젖먹이, 세 살짜리, 다섯 살짜리 어린아이는 각각 어린 시절의 「나」의 상징
이며 성장과정의 상징은 아닐는지. 「나」는 이 할머니로부터 자기 할머니의
모습을 봄으로써 비현실의 세계로부터 현실의 세계로 돌아왔던 것이다.
　고개의 찻집 노부부와 시모타 항의 할머니는 작품의 구조면에 있어서
현실의 세계와 비현실의 세계라고 하는 것을 생각하는 데에 훌륭한 역할을
했다 할 것이다.
　이와 같은 관점에서 볼 때, 시모타 항의 할머니가 없다면 『이즈의 여로』
의 세계는 현재와는 완전히 다른 세계가 되었을 것이다. 작품 속에 허구를
더해서라도 「나」는 이 할머니를 만나야 하는 것이다.
　그런데, 실제로 「내」가 도쿄로 돌아가는 배 안에서 자리를 같이 한 것은
어린아이가 딸린 할머니가 아니라, 「가와즈(河津)의 공장 주인 아들로 입
학준비를 위해 도쿄에 가는」 소년이었던 것이다. 이 소년은 고토 다케시(後
藤孟)로 훗날 요미우리(読売) 신문 문화부 편『실록 가와바타 야스나리(実
録川端康成)』[1]에서 다음과 같이 증언하고 있다.

---

1) 読売新聞文化部篇 『実録川端康成』(読売新聞社、1969 · 7)

　　기관실 앞의 좁은 방에서 여러 가지 이야기를 했습니다. 다비게닌 이야기가 인상적이었습니다. 배가 고프다고 해서 나는 어머니가 싸준 도시락의 김밥을 권했습니다. 가와바타 상은 그것을 입 안 가득히 먹으면서 「나는 아버지도 어머니도 없단다」라고 은근히 말해 주었습니다. 그리고 나에게 「하숙을 정하지 못하면 상의하러」 오라고 말해 주었습니다. 도쿄에 도착하자 가와바타 상이 「아침 목욕을 하러 가자」고 말했습니다. 너무 뜨거워서 수도꼭지를 틀어 찬물을 섞자 문신을 한 청년 대여섯이 들어와 「미지근하잖아」라고 소리를 질렀습니다. 나는 가슴이 두근거렸지만, 가와바타 상은 얼굴빛 하나 변하지 않고 태연했습니다.

　　이 고토 다케시(後藤猛) 씨의 증언을 참고로 하여 후지모리 시게노리(藤森重紀)는 「『이즈의 여로』의 구조」[2]에서 다음과 같이 주장하고 있다.

　　　돌아오는 기선에서 가와바타 야스나리와 동석했던 고토 다케시(後藤猛)의 회고담에는 작품에서 등장한 어린아이를 데리고 있던 노파에 대해 언급한 부분이 없다. 그뿐 아니라 도쿄 도착과 동시에 아침 목욕을 하러 갔으니, 작품의 「할머니를 우에노에 데리고 가서 미토(水戸)까지 차표를 사 주」었다는 것은 당치도 않다 할 것이다.

　　이렇게 되면 『이즈의 여로』에는 허구가 들어 있는 것이 된다. 『이즈의 여로』의 허구성에 대해서는 하야시 다케시(林武志)나 나카무라 미쓰오(中村光夫)도 말하고 있다. 하야시 다케시는 가와바타가 「『이즈의 여로』의 작가」와 『문예시대』(1926년 3월)의 「합평회 제 3회(合評会第三回)」에서 말한 것을 참고로 하면서, 「인물상은 물론이고 이야기 전체의 색조가

---

2)　藤森重紀 「『伊豆の踊子』の構造」(川端文学研究会編 『傷痕の青春』―川端康成研究叢書1―<教育出版センター、1976・8> 소수)

이질적인 것으로 되어,[3]가는 것이라고 주장하고 있다. 그리고 그는 『이즈의 여로』의 모델과 그 이름에도 허구가 들어 있다고 말하고 나서, 「전체가 허구라고 할 생각은 없다. 아마도, <실>의 사이에 <허>를 점철시킨 것에 의해 총체적으로는 역시 허구의 세계가 되어 있다고 봐도 좋다」고 작품 전체를 허구로서 이해하고 있다.

나카무라 미쓰오는 「『이즈의 여로』와 『눈 고장』」[4]에서, 「가와바타 상의 소설은 소위 리얼리즘 소설이 아니다. 리얼리즘처럼 썼지만, 사실을 쓰려고 하여 쓴 소설이 아니다」라고 말하고 있다.

하여튼 시모타 항의 할머니에 대해 허구를 더해서까지 설정해야 했던 필연성은 비현실의 세계로부터 현실의 세계로의 출구라고 하는 데에 있다 할 수 있을 것이다.

하여튼 「나」는 오시마에 있는 다비게닌들의 집까지 가기로 약속이 되어 있었는데, 그 계획이 갑자기 바뀌어 시모타 항에서 도쿄로 돌아오게 된다.

그렇다면 돌아오게 된 이유는 무엇일까. 「나는 내일 아침 배로 도쿄에 돌아가지 않으면 안 되었던 것이다. 여비가 이제 바닥이 난 것이다」라고 되어 있으나, 오시마에 있는 다비게닌들의 집에 간다고 결정한 것은 어제의 일이었으므로 여비가 떨어졌다는 말은 설득력이 희박하다.

게다가 「내일이 아기의 사십구일재이니까 하다못해 하루만이라도 떠나는 것을 늦춰 달라」고 모두가 말했는데도 왜 내일 아침 시모타 항을 출발해야만 했던 것일까. 이는 다름 아닌, 「내일이 아기의 사십구일재이니까」 오히려 내일 출발해야 했던 것이다.

제 2장에는 여행길에서 죽은, 조산으로 물처럼 투명한 갓난아기의 이야

---

3) 林武志 「伊豆の踊子」(『鑑賞日本現代文学⑮ 川端康成』<角川書店、1982・11)> 소수)
4) 中村光夫 『論考 川端康成』(筑摩書房、1978・4)

기가 몇 번이나 나오는데, 이는 「내」가 죽은 갓난아기에 구애되고 있다고
하는 것을 말해 주고 있는 것이다. 혈육과 친지들을 잇달아 여읨으로써 죽
음으로 인한 슬픔을 신물이 나도록 맛보아 온 「나」이고, 또 자신도 빨리
죽는 것은 아닐까 하고 두려워한 일도 있는 「나」이며, 훗날 「장례식의 명인
(葬式の名人)」이라고 불릴 정도의 「나」이기에 갓난아기의 사십구일재가
보고 싶을 리 없는 것이다.

그리고 무엇보다도 비현실의 세계에서 치유된 정신이 죽음을 연상시키
는 갓난아기의 사십구일재를 봄으로써 다시 재발되는 것이나 아닐까 하는
두려움에서일 것이다.

II ●●● 그 아련하고도 엷은 「나」와 오도리코의 사랑

"저 게닌(芸人)들은 오늘밤 어디에서 묵는 걸까요?"
"그런 것들, 어디에서 묵을지 알 게 뭡니까, 손님. 손님이 있으면 어디
에서고 자는 게지요. 오늘밤 잘 여관이 어디 따로 있겠어요"
격심한 경멸을 품은 노파의 말이, 그렇다면 오도리코를 오늘밤 내 방에
서 자게 하는 거라고 생각했을 정도로 나를 부채질했다.

「나」와 고개의 찻집 노파의 대화와, 노파의 말을 들은 뒤 일어난 「나」
자신의 오도리코에 대한 감정을 그린 장면이다. 「나」는 찻집 노파의 말을
듣기까지는 아름다운 오도리코에게 마음이 끌려 단지 막연하게 만날 수

있다고 하는 기대만을 가지고 찻집까지 쫓아 왔는데, 찻집 노파의 말을 들음으로써 「그렇다면 오도리코를 오늘밤 내 방에서 자게 하는 거」라고 생각하게 된다. 내 방에서 자게 한다고 하는 발상은 그다지 순수하다고는 할 수 없을 것이다. 오히려 불순하다고 생각하는 편이 바르다 할 것이다. 이대로라면 『이즈의 여로』의 세계는 현재의 작품세계와 상당히 다른 느낌이 되었을 것이다. 연회석의 떠들썩함이 자아내고 있는 분위기에 「오도리코의 오늘밤이 더럽혀지는 것은 아닐까 하고 괴로워」하는 장면 같은 데에서는 순수한 아름다움이 느껴지기도 하지만 말이다.

침침한 욕조 안에서 갑자기 알몸의 여자가 뛰어나오는가 했더니 탈의장의 돌출된 끝에서 내로 뛰어들기라도 할 것 같은 자세로 서서 양손을 쭉 펴고 뭣인가 외치고 있다. 수건도 없는 알몸이다. 그것이 오도리코였다. 어린 오동나무처럼 다리가 쭉 뻗은 하얀 나체를 바라보며 나는 마음에 샘물을 느끼며 후유하고 깊은 숨을 내쉬고 나서 킥킥킥 웃었다. 어린애인 거야. 우리를 발견한 기쁨에 알몸인 채로 햇빛 속으로 뛰어나와 발끝으로 힘껏 발돋음을 할 정도로 어린애인 거다. 나는 해맑은 기쁨으로 킥킥킥 계속하여 웃었다. 머리가 씻은 듯 맑아왔다. 미소가 언제까지나 그치지 않았다.

이는 「나」에게만이 아니라 작품전체에도 구원을 주도록 설정되어 있는 장면이다. 이 장면은 뒤에서 좀더 길게 인용하는 「정말 좋은 사람이야. 좋은 사람이라서 좋겠어」라고 하는 장면과 함께 『이즈의 여로』를 논할 때 가장 많이 인용하는 부분이다. 『이즈의 여로』의 세계를 이해하는 데에 없어서는 안 될 부분이기 때문이다.

김이 오르는 어둑한 노천온천을 배경으로 다리가 오동나무처럼 쭉 뻗고 살결이 흰 알몸의 소녀가 아침의 신선하고도 눈부신 햇살 속에서 두 팔을 쭉 펴고 외치고 있는 모습은 그대로 한 폭의 그림이다. 「나」의 오도리코에 대한 견해가 완전히 바뀐 장면이기도 하다. 꽃다운 청춘의 아가씨 오도리코가 어린 소녀로 바뀐 것이기 때문이다.

그러나 오도리코가 정말로 이성에 눈을 뜨기 전의 어린 소녀였을까, 하는 의문은 남는다. 「나」는 오도리코를 열일곱 살 정도의 아가씨라고만 생각하고 있었는데, 실은 그녀가 꽃다운 청춘의 아가씨에 비하면 아직 어린 소녀라고 생각했음에 불과한 것이기 때문이다. 더럽혀질 정도로까지는 아직 여자가 되어 있지 않다고 하는 의미로 이해해도 좋을 것이다. 이는, 「이거 봐, 이 애한테 손대지 말어. 숫처년데」라든가. 「저런! 망칙해라. 이 애 사내를 알게 된 거야. 저런, 저런……」이라고 말한 사십대 여자의 말로부터도 알 수 있다. 사십대 여자는 오도리코와 함께 목욕을 하기도 하면서 같이 생활하고 있으므로 그녀의 육체적, 정신적 성장 과정을 누구보다도 잘 알고 있었을 것이다. 그리고 이는 「나」도 모르지 않았을 것이다. 정말로 어린이는 연심을 가질 수가 없는 것이다.

오도리코가 알몸을 보인 이 장면은 「나」에게 있어, 「그렇다면 오도리코를 오늘밤 내 방에서 자게 하는 거」라고 하는 육체적 사랑으로부터 정신적 사랑으로 변환시켜 주는 장면이기도 하다. 오도리코의 알몸을 보고 난 뒤 「나」의 그녀에 대한 사랑은 청아하고도 순수해졌던 것이다. 여기에서 이 사랑의 궤적을 간단하게 더듬어 보고자 한다.

밤에 종이류를 팔러 다니는 행상과 바둑을 두고 있자니 여관 마당에서 갑자기 북소리가 들렸다. (중략) 남자가 마당에서,
"안녕하세요?"라고 말을 걸었다.
나는 복도로 나가 손짓을 하여 불렀다. 게닌들은 마당에서 잠시 소곤거

리고 나서 현관으로 돌아왔다. 남자의 뒤에서 아가씨가 세 사람 순서대로,
"안녕하세요?"라고 복도에 손을 짚고 게샤(芸者)처럼 절을 했다. 바둑
판 위에서는 갑자기 나의 패색이 보이기 시작했다.

  오도리코가 알몸을 보인 날 밤의 일인데, 다비게닌들이 오자 「나」의 심
경에는 미묘한 동요가 나타난 것이다. 오도리코가 다비게닌들 가운데에 있
었기 때문이라고 하는 것은 말할 나위도 없다.

    오도리코는 아저씨, 아저씨 하면서 음식점 주인에게 「미토코몬만유키
    (水戸黄門漫遊記)」를 읽어달라고 했다. 그러나 음식점 주인은 바로 일어
    나 갔다. 이어서 읽어달라고 나에게 직접 말을 못하고 어머니가 부탁해주
    었으면 하고 오도리코가 자꾸 말했다. 나는 하나의 기대를 가지고 야담
    책을 집어 들었다. 생각했던 대로 오도리코가 슬슬 가까워져 왔다. 내가
    읽기 시작하자 그녀는 나의 어깨에 닿을 정도로 얼굴을 가까이하고 진지
    한 표정을 지으면서 눈을 반짝반짝 빛낸 채 열심히 나의 이마를 바라보며
    눈 한 번 깜박이지 않았다. 그것은 책을 읽어줄 때의 그녀의 버릇인 것
    같았다. 아까도 음식점 주인과 거의 얼굴을 겹치고 있었다. 나는 그것을
    보고 있었던 것이다. 그 아름답게 빛나는 크고 시원스런 눈은 오도리코의
    가장 아름다운 재산이었다. 쌍꺼풀의 선이 더할 나위 없이 아름다웠다.
    그리고 그녀는 꽃처럼 웃는 것이었다. 꽃처럼 웃는다는 말이 그녀에게는
    정말이었다.

  이 문장으로부터도 「나」의 오도리코에 대한 마음은 읽을 수가 있다. 「나
는 하나의 기대를 가지고 야담책을 집어들었다」라고 했는데, 기대라 해도
오도리코가 「나」의 어깨에 닿을 정도로 얼굴을 가까이 하고 책 읽는 것을
듣는 정도의 일에 불과했다. 「그 아름답게 빛나는 크고 시원스런 눈은 오도

리코의 가장 아름다운 재산이었다. (중략) 꽃처럼 웃는다는 말이 그녀에게 는 정말이었다」라고 하는 표현은 「내」가 어린 연인을 보는 눈에 의한 것이 라는 데에 의미가 있다 할 것이다.

시모타(下田)에 도착한 날 밤 「나」는 사십대 여자 때문에 오도리코를 데리고 갈 수가 없어 혼자서 영화를 보러 가는데, 바로 돌아와 버린다. 오도 리코와 같이 갈 것을 기대하고 있던 「나」에게 혼자서 보는 영화가 재미있 을 리 없었던 것이다.

드디어 헤어져야만 하는 날 아침, 「내」가 「승선장에 가까워지자 바닷가 에 웅크리고 있는 오도리코의 모습이 나의 가슴으로 뛰어들었다」라는 표현 이 있는데, 「오도리코의 모습이 나의 가슴에 뛰어들었다」라는 말은 「나」의 오도리코에 대한, 절실한 마음을 신감각적으로 표현한 것이다.

이제까지 「나」의 오도리코에 대한, 사랑이라고 하는 말을 써도 좋을지 망설여질 정도로 엷은 사랑의 궤적을 더듬어 왔는데, 이어서 오도리코의 「나」에 대한 사랑을 살펴볼까 한다.

오도리코의 「나」에 대한 사랑을 말하기 전에 우선 오도리코의 모델에 대해 잠시 언급해 보고자 한다. 가와바타가 1933년 4월에 발표한 「『이즈의 여로』의 영화화에 즈음하여(『伊豆の踊子』の映画化に際し)」라고 하는 글에는 에키치(栄吉) 부부가 「고약한 병 때문에 생긴 종기로 고통을 받고 있었다」라 말하고 나서, 「『이즈의 여로』를 쉽게 써 내려가고 있을 때 단 하나의 망설임은 이 점에 대하여 쓸 것인가 쓰지 말 것인가 하는 것이었다. 이는 가와바타가 『이즈의 여로』를 집필하며 이미 허구라고 하는 것을 염두 에 두고 있었다는 것을 시사하고 있는 것이다. 또, 「오도리코는 눈과 입, 그리고 머리칼과 머리의 윤곽이 부자연스러울 정도로 예뻤는데도 코만은 장난으로 조금 붙여놓은 것처럼 작았다」라고도 말하고 있는데, 이는 앞에 인용한, 「그 아름답게 빛나는 크고 시원스런 눈은 오도리코의 가장 아름다

운 재산이었다. (중략) 꽃처럼 웃는다는 말이 그녀에게는 정말이었다」라고
하는 인상(印象)과는 상당히 다른 것이다.

　오도리코의 모델 문제는 상당히 복잡하다. 연구자들이나 평론가들이 이
미 지적한 것처럼『이즈의 여로』의 여주인공 오도리코는 가와바타가 여행
지에서 만난 모델 오도리코 위에, 그가 중학교 5학년 때 동성애를 한 상대
방 기요노(淸野) 소년(본명은 오가사와라 요시토<小笠原義人>)과 스물
두 살 때 약혼하여 깨어져버린 상대방으로 카페의 여급이었던 이토 하쓰요
가 오버랩되어 있기 때문이다.

　기요노 소년과의 동성애에 대해서는 「유가시마에서의 추억(湯ヶ島での
思ひ出)」에 자세히 기록되어 있었다고들 하는데, 유감스럽게도 지금은 남
아 있지 않다. 「유가시마에서의 추억」은 작가가 스물네 살 때 유가시마의
유모토칸(湯本館)에서 쓴 400자 원고지 107매의 미정고(未定稿) 작품으
로, 이의 전반에는 가와바타가 다비게닌들과 만나 같이 한 이즈 여행 경험
이, 후반에는 기요노 소년과의 동성애에 대한 이야기가 쓰여 있었다고 한다.

　전반은『이즈의 여로』의, 그리고 후반은 「소년」의 원형으로 훗날 이를
바탕으로 하여 가와바타가 스물여덟 살 때『이즈의 여로』를, 쉰 살 때 「소
년」을 쓴 뒤 파기한 것이라 한다. 하세가와 이즈미(長谷川泉)가 조사한
바에 의하면 「유가시마에서의 추억」은 다음과 같다.

　　· 유가시마 친자의 염과 찬미(湯ヶ島親炙の念と讚美) 1~5(5)
　　·『이즈의 여로』의 원형(『伊豆の踊子』の原型) 6~43(37.5)
　　· 유가시마의 경치와 오모토교 교주 입욕(湯ヶ島の景色と大本教教祖
　　　入湯) 43~46(3.5)
　　· 교토의 기요노 소년 방문기(京都の淸野少年訪問記) 47~79(33)
　　· 기요노의 존재의식으로의 감상 · 유가시마 온천 첫 번째 방문 회고 · 오

모토교 교주 입욕기(清野の存在意識への感想・湯ヶ島温泉初回行
解雇・大本教教祖入湯記) 80~107⑵⑻

이야기가 상당히 빗나간 감이 있는데, 오도리코의 「나」에 대한 사랑으로
돌아가 고찰해 보고자 한다.

　　다같이 여관 이층으로 올라가 짐을 내려놓았다. 다타미나 장지문도 낡
아 지저분했다. 오도리코가 밑에서 차를 날라 왔다. 내 앞에 앉더니 새빨
개지면서 손을 부들부들 떨었으므로 찻잔이 받침접시에서 떨어지려 하자,
떨어뜨리지 않으려고 다타미에 놓는 바람에 차를 엎질러버리고 말았다.
너무도 심히 수줍어했으므로 나는 어리둥절했다.
　　"저런! 망측해라. 이 애 사내를 알게 된 거야. 저런, 저런……"이라며
사십대 여자는 질렸다는 듯이 미간을 찌푸리며 수건을 던졌다. 오도리코
는 그것을 주워 거북스러운 듯 다타미를 닦았다.

오도리코가 알몸을 보이기 전날인 제 2장으로부터의 인용인데, 오도리코
의 심상치 않은 모습이 엿보인다. 오도리코는 남자 앞에서의 행동에 익숙해
져 있었을 것임에 틀림없다. 그럼에도 불구하고 「내」 앞에서 이렇게 떨었
던 것은 무엇을 의미하는 것일까. 「내」가 자기(오도리코)에게 보인 관심에
감응된 것은 아닐까. 아니면 아직 미숙한 여자로서 남자인 「나」에게 호의
를 보이기 시작한 것은 아닐까 한다.
　　『이즈의 여로』는 「내」가 다비게닌들을 만나 그들과 함께 아마기 고개를
넘어 시모타 항까지 가는 노정에 있어서의 사귐을 쓴 소설이다. 시모타 항
에 가까워지면 가까워질수록 「나」와 다비게닌들은 친해지는데, 오도리코
와도 마찬가지로 가까워진다. 그러나 「나」와 오도리코만의 시간은 다음에

언급할 사십대 여자로 인해 막히게 된다. 하지만 자연미 넘치는 고개의 산길에서만은 예외여서 둘만의 시간을 가지게 된다. 공간적인 거리를 유지하면서의 둘만의 시간이기는 하지만 말이다. 이 장면으로부터는 오도리코의「나」에 대한 마음을 읽을 수 있으리라 생각되므로 인용해 본다.

> 오도리코가 혼자서 옷자락을 높이 걷어 올리고 성큼성큼 나를 따라오는 것이었다. 한 간정도 뒤를 걸으며 그 간격을 좁히려고도 넓히려고도 하지 않았다. 내가 돌아보며 말을 걸자 놀란 듯이 미소를 지으며 멈춰서서 대답을 한다. 오도리코가 말을 걸었을 때 앞장서게 할 심산으로 기다리고 있자 그녀는 역시 걸음을 멈춰버리고 내가 걷기 시작하기까지 걷지 않는다. 길이 구불거려 한층 험해지는 데에서부터 더욱더 걸음을 재촉하자 오도리코는 여전히 한 간 뒤를 열심히 올라온다.

여기에서 좀더 올라가 산 정상에 나왔을 때 오도리코가「나」에게,「왜 그렇게 빨리 걸으세요?」라고 말한 것을 보면 오도리코는「나」를 따라 오는 데에 퍽 고생을 한 모양이다. 이렇게 고생을 하면서까지 자기네 일행을 뒤로 하고 따라온 이유는 무엇일까. 여기에서는 오도리코의「나」에 대한 미묘한 마음을 읽을 수가 있다.

헤어지는 날 아침 부두에서,「오도리코의 모습이 나의 가슴으로 뛰어들었다」라고 하는 장면은 이미 인용한 바 있는데, 이때의 오도리코의 표정은「눈 꼬리의 연지가 화라도 난 것처럼」이라고 표현되어 있으며, 또 거룻배에서 헤어지는 순간「오도리코는 역시 입술을 꼭 다문 채 한쪽만을 응시하고 있었다」라고도 되어 있는데, 모두 헤어짐을 슬퍼하고 있는 오도리코의 표정인 것이다. 그러나 이처럼「나」에게 마음 끌리면서도 오도리코는「나」에게 게타를 가지런히 놓아 주거나,「내」가 탄 배가 멀어진 뒤「하얀 것을 흔들」어 줄 수밖에 없었던 것이다.

이상 「나」와 오도리코의 사랑에 대하여 고찰했는데, 이 두 사람 사이에 흐르는 감정을 오도리코의 친오빠 에키치(栄吉)도 눈치를 챈 듯, 「에키치는 도중에 시키시마(敷島) 네 갑과 감과 가오루라고 하는 구강청정제를 사」서 「나」에게 주며, 「여동생 이름이 가오루(薫)니까요」라고 했던 것이다.

「나」와 오도리코의 사랑은 너무도 엷어 사랑이라고 해도 좋을지 어떨지 망설여질 정도인데, 어딘지 모르게 독자들의 가슴에 아름다움을 느끼게 하여 준다. 손조차도 잡아본 적이 없는 엷은 사랑은 『눈 고장』의 기저음(基底音)을 이루고 있는 헛수고(徒労)라고 하는 말을 생각게 한다. 그리고 헛수고이니까 오히려 아름답다고 하는 『눈 고장』의 주인공 시마무라(島村)의 미의식이 『이즈의 여로』에서도 느껴진다.

Ⅲ ●●● 다비게닌들의 가족애

「그런 것들, 어디에서 묵을지 알 게 뭡니까, 손님. 손님이 있으면 어디에 서고 자는 게지요. 오늘밤 잘 여관이 어디 따로 있겠어요」라는 표현은 이미 인용한 고개의 찻집 노파의 말이다. 그리고 오도리코가 알몸을 보인 날 밤, 「나」와 바둑을 두고 있던 종이류를 팔며 돌아다니는 행상도 앞에서 인용한 문장의 바로 (중략) 부분에 해당하는데, 「으음, 관심 없어요, 저런 것들. 자, 자, 학생이 둘 차례요. 나 여기에 놓았습니다」라고 경멸을 내뿜는 말을 한다. 찻집 노파의 눈에도, 종이류를 파는 행상의 눈에도 다비게닌들은 「저런 것들」로 밖에 보이지 않았다는 것을 알 수 있다. 그뿐만이 아니라, 「내」
가 묵고 있던 여관의 순박하고도 친절해 보이는 여주인조차도 「저런 것한
테 밥을 주는 건 아까운 일」이라고 말을 한다. 이처럼 다비게닌들은 사회의
최하층의 무리로서 말할 수 없는 차별과 모욕을 받으면서 살아가는 사람들
인 것이다. 그들은, 경우에 따라서는 질서가 없고 흐트러진 생활을 하는
것처럼 보이고, 또 정조관념도 희박한 집단처럼 보이기도 한다.

「나」와 오도리코의 사랑에 대한 서술을 읽고 있자면 어디선가에서 가만
히 지켜보고 있는 사십대 여자의 눈이 느껴진다. 「사십대 여자가 공동탕을
나와 두 사람 쪽을 보았다. 오도리코는 흠칫 어깨를 움츠리면서 꾸중 들으
니까 가겠어요, 라고 하기라도 하듯이 웃어보이고는 발걸음을 서둘러 돌아
갔다」라고 하는 표현으로부터도, 오도리코가 오빠 에키치와 「내」가 묵는
여관에 놀러 가겠다고 약속한 뒤, 「내」가 묵고 있는 여관에 에키치만이 왔
으므로 「내」가 「다른 사람들은?」이라 묻자, 「여자들은 어머니 잔소리 때문
에」라고 대답한 에키치의 말로부터도 가만히 지켜보고 있는 사십대 여자의
눈이 느껴진다. 그리고 오도리코가 「나」와 오목을 두고 있을 때 오도리코
의 「부자연스러울 정도로 아름답고 검은 머리가 나의 가슴에 닿을 것처럼
되」었으므로, 「갑자기 확하고 빨개지면서」 「돌을 내던진 채 뛰어났」을
때의 「죄송해요, 꾸중 들어요」라고 한 오도리코의 말로부터도 사십대 여자
의 말없이 응시하고 있는 눈을 볼 수가 있다.

이처럼 사십대 여자의 눈은 오도리코를 포함한 여자들의 순결을 지키기
위해 지켜보는 역할을 쉬지 않는다. 그리고 이 눈으로부터는 양가집 마나님
이상의 무엇인가가 느껴지고, 또 그네 가정에 있어서의 질서의 일면도 엿볼
수 있다.

다비게닌들의 가정에 있어서 또 하나의 질서는 오도리코의 예의범절로
부터도 볼 수 있지 않을까 한다. 오도리코는 항상 정중한 절, 또는 예쁜

절을 한다. 「내」가 게타를 신으려 하는 것을 보면 오도리코는 반드시 그 게타를 바르게 놓아준다. 사십대 여자 때문에 「나」와 영화를 보러 갈 수가 없었기에 안색이 좋지 않은 가운데 눈물지을 때도 「나」의 게타를 바르게 놓아준다. 또 고개의 찻집에서 처음 만났을 때 오도리코가 「나」에게 자기가 앉아 있던 방석을 꺼내어 안쪽을 위로 오게 한 뒤 놓아 주었던 일이나, 사십대 여자 앞의 담배합을 끌어다 「나」의 가까이에 놓아주었던 일도 인상적이다.

이와 같은 오도리코의 예의범절은 자연히 몸에 익혀진 것이라 할 수 없다. 가정교육에 의한 것이라 할 수 있을 것이다. 여기에서 가정교육이라 할 수 있는 장면을 하나 들어볼까 한다.

길 저쪽에 많이 있는 산죽 다발을 보고 지팡이로 마침 좋겠다는 등 이야기를 하면서 나와 에키치는 한발 앞서 출발했다. 오도리코가 뛰어 쫓아왔다. 제 키보다도 길며 굵은 대나무를 들고 있었다.

"어쩌려는 거야?"라고 에키치가 묻자, 조금 망설이면서 나에게 대나무를 내밀었다.

"지팡이로 드릴게요. 제일 굵은 것을 빼 왔어요."

"안 돼. 굵은 것은 훔친 거라고 바로 아니까 누가 보면 안 좋지 않아? 다시 갖다놓고 와."

오도리코는 대나무 다발이 있는 곳으로 갔다가 다시 달려왔다. 이번에는 가운뎃손가락 굵기 정도의 대나무를 나에게 주었다.

산을 넘어 시모타 가도로 나왔을 때 일인데, 에키치의 여동생에 대한 교육이 자연스럽고도 효과적으로 이루어지고 있음을 알 수 있다.

아가씨들이 바둑판 가까이로 나왔다.

"오늘밤은 또 이제부터 어딘가 도나요?"

"돕니다만"이라며 남자는 아가씨들 쪽을 보았다.

"어떻게 할까. 오늘밤은 이제 그만두고 놀기로 할까?"

"아이 좋아. 아이 좋아."

"꾸중 듣지 않나요?"

"무어, 그리고 돌아다닌다 해도 어차피 손님이 없는 걸요."

그리고 오목 같은 것을 두면서 열두 시를 지날 때까지 놀다 갔다.

앞에 인용한 「나」와 종이류 행상이 바둑을 두고 나서 행상이 돌아간 후의 장면인데, 이 짧은 대화를 통해서도 다비게닌들의 질서의식이 바르다는 것을 알 수 있다. 이 대화에 등장한 것은 「나」, 에키치, 오도리코의 세 사람이다. 「어떻게 할까. 오늘밤은 이제 그만두고 쉬기로 할까」라 말한 것은 에키치이고, 「아이 좋아. 아이 좋아」라고 말한 것은 오도리코, 그리고 「꾸중 듣지 않나요?」는 「나」의 말로, 사십대 여자의 눈을 의식하고 있다는 것을 알 수 있다. 「나」와 에키치의 말로부터는 다비게닌들의 제반사항의 결정권이 사십대 여자에게 있는데, 경우에 따라서는 연령순에 따라 에키치에게도 그 결정권이 어느 정도는 인정되고 있음을 알 수 있다.

여기에서 긴 여행이 끝나고 일행이 시모타의 여관에 든 뒤에 사십대 여자가 오도리코에게 한 말에 귀를 기울여 보고자 한다.

"어깨는 안 아프니?"라고 어머니는 오도리코에게 몇 번이나 다짐을 했다.

"손은 안 아프니?"

오도리코는 북을 칠 때의 아름다운 손짓을 해 보였다.

"안 아파요. 칠 수 있어요. 칠 수 있어요."

"참 다행이다."

아가씨들에게 눈을 떼지 않고 살피고 있을 때와는 다른 사십대 여자의 오도리코에 대한 애정이 잘 나타나 있는 장면이다.

다비게닌들과 여행을 계속하고 있는 동안에 「나」는 그들로부터 「부모와 자식이요 형제이니 만큼 제각기의 육친다운 애정으로 서로 이어져있다는 것도」 느끼는데, 이는 고아인 「나」의 감각을 통해서 라고는 하지만, 다비게 닌들에게는 그들 나름대로의 따뜻한 가정이 있음에 틀림이 없다.

IV ●●● 오도리코에 의해 치유된 「나」의 정신의 병환

"좋은 사람이야."

"그건 그래. 좋은 사람 같아."

"정말 좋은 사람이야. 좋은 사람이라서 좋겠어."

이 말투는 단순하고도 솔직한 여운을 가지고 있었다. 감정의 치우침을 휙 하고 어리게 내어던져 보이는 목소리였다. 나 자신도 자기를 좋은 사람 이라고 솔직하게 느낄 수가 있었다. 시원스럽게 눈을 들어 밝은 산들을 바라보았다. 눈꺼풀 속이 희미하게 아팠다. 스무 살의 나는 자신의 성질이 고아근성으로 비뚤어져 있다고 심한 반성을 거듭한 끝에, 그 숨 막히는 우울을 견디지 못하고 이즈로 여행을 떠나와 있는 것이었다. 그러니까 세 상의 보편적인 의미로 자기가 좋은 사람으로 보인다는 것은 말할 수 없이 고마운 것이었다.

이는 오도리코가 아침의 신선한 햇살 속에서 알몸이 되어 무엇인가 외치고 있는 한 장의 그림처럼 아름다운 장면과 함께 『이즈의 여로』를 논할 때 가장 많이 인용되는 장면이기도 하며, 『이즈의 여로』를 이해하는 데에 있어서도 중요하다고 하는 것은 이미 언급한 대로이다. 가와바타의 작품은 하세가와 이즈미의 말처럼 「강인한 줄거리가 없는 작품」[5]이므로 클라이맥스가 존재할 수 없다고 생각할 수 있을지도 모르나, 강인한 줄거리는 아니라 할지라도 역시 줄거리가 없는 것은 아니므로 클라이맥스 또한 있어 당연한 것이다.

그렇다고 한다면 『이즈의 여로』의 클라이맥스는 어느 장면일까. 『이즈의 여로』에 있어서의 주제는 이 장면에 언급되어 있고, 클라이맥스 또한 주제가 드러나 있는 이 장면이 아닌가 한다. 『이즈의 여로』는 「나」의 이즈 여행 체험을 쓴 작품인데, 이 여행의 목적은 이 장면에 나타나 있다. 「스무 살의 나는 자신의 성질이 고아근성으로 비뚤어져 있다고 심한 반성을 거듭한 끝에, 그 숨 막히는 우울을 견디지 못하고 이즈로 여행을 떠나와 있」었던 것이다. 다시 말해서 고아근성으로 비뚤어져 있는 그 비뚤어진 것을 치유하기 위하여 이즈 여행을 했던 것이다.

이즈 여행의 목적은 「소년(少年)」 제 14장에도 기록되어 있다.

나는 고등학교 기숙사 생활이 1, 2년 동안은 몹시 싫었다. 중학교 5학년 때 기숙사와는 사정이 달랐기 때문이다.
그리고 나의 유년시절이 남긴 정신의 병환만이 신경 쓰여 자신을 가여워하는 생각과 싫어하는 생각으로 견딜 수 없었다. 그래서 이즈에 갔다.

5) 長谷川泉 『川端康成論考』(明治書院、1984・11)

여기에서, 중학교 5학년 때의 기숙사와는 사정이 달랐다고 하는 말은 「내」가 다녔던 중학교 기숙사에서 자기와 같은 방의 기요노라고 하는 후배와 동성애에 빠진 체험을 염두에 두고 한 것이다.

이상, 『이즈의 여로』는 「나」의 이즈 여행에 있어서의 체험을 소재로 한 작품인데, 그 여행의 목적은 고아근성에 의해 성질이 비뚤어진 것, 다시 말해서 정신의 병환(가와바타는 마음의 기형이라고도 말하고 있음)의 치유에 있다고 하는 것에 대하여 고찰하였다. 여기에서 주목했으면 하는 것은 여행의 목적이 이루어진 일에 의해 그 목적이 그대로 『이즈의 여로』의 주제가 되었다고 하는 것이다.

"좋은 사람이야."
"그건 그래. 좋은 사람 같아."
"정말 좋은 사람이야. 좋은 사람이라서 좋겠어."

오도리코(踊子)와 치요코(千代子)의 대화를 듣고 「나 자신도 자기를 좋은 사람이라고 솔직하게 느낄 수가 있」어, 「세상의 보편적인 의미로 자기가 좋은 사람으로 보인다는 것은 말할 수 없이 고마운 것」이라고 생각함과 동시에 나의 정신의 병환은 치유되었던 것이다.

이에 대해서는 「소년」 제 14장에도 가와바타는 「시모타 여관의 창가에서도 기선 속에서도, 좋은 사람이라고 오도리코로부터 말을 들은 만족과 좋은 사람이라고 말한 오도리코에 대한 호감으로 기분 좋은 눈물을 흘리고」, 또 「나는 전보다도 자유롭고도 순수하게 걸을 수 있는 광장으로 나왔다」라 쓰고 있다. 이 장면을 좀더 자세히 읽어보면 의외로 「나」의 결함이라고 하는 것은 괴로워할 정도는 아니지만 감상의 과장에 의해 괴로워한 것이고, 「나」는 이를 다비게닌들의 호의와 신뢰 덕택으로 알게 되었다고 하는 것을 알 수 있다. 이는 정신의 병환의 완전한 치유가 아니다. 결함, 다시 말해서 정신의 병환이 과장된 것만큼 실재의 자기로 돌아온 것일 뿐이다. 올바른 자기인식에 불과한 것일 뿐인 것이다. 그러기에 정신의 병환이 완전히, 또는 완전에 가까운 상태로 치유되었다고만 생각하고 있는 독자들에게는 의외로밖에 생각될 수 없을 것이다. 아니, 「나」는 아무리 정신의 병환이 치유되었다 할지라도 고아임에 틀림없으므로 바른 자기인식이야 말로 정신의 병환의 완전한 치유가 아닐까 한다.

하여튼 오도리코의 「좋은 사람」이라는 말에 의해 「내」가 바르게 자기인식을 하게 된 것은 커다란 발전이다. 열네 살 난 소녀의 한 마디의 말에 이와 같은 위력이 있다고 하는 것은 무엇을 의미하는 것일까. 일반적인 상식으로서는 상상도 할 수 없는 일이 아닌가 한다. 가와바타가 「문학적 자서전(文学的自叙伝)」에서 「긴자(銀座)보다 아사쿠사(浅草)가, 야시키초(屋敷町)보다 빈민굴이, 여학생의 하교 때보다 담배공장 여공들의 퇴근 때가 나에게는 서정적이다」라고 말하고 있는데, 어쩌면 이러한 가와바타의 미의식이 작용하여 거지와 동일시되고 있는 오도리코의 말이 양가의 아가씨 말보다도 강한 위력을 발휘하게 했는지도 모른다.

「소년」 제 14장에는 또, 「여정과 또 오사카 평야의 시골밖에 모르는 나에게 이즈의 시골 풍경이 나의 마음을 부드럽게 해 주었다」라고 쓰여 있는데, 황량한 오사카 평야의 시골에서 자란 「나」에게 있어 이즈의 아름다운 풍경이 메마른 마음을 적시기에 충분했을 것이다. 그러므로 이즈의 아름다운 자연에 접한 순간부터 「나」의 정신의 병환의 정화작용은 이미 시작되었던 것이다. 다시 말해서 「나」의 정신의 병환은 자연의 아름다움과 오도리코의 「좋은 사람이에요」라고 한 말 및 유랑예인들이 「나」에게 보인 인정의 교호작용에 의해 치유되었던 것이다.

그런데 『이즈의 여로』에는 내가 눈물을 흘리는 장면이 두 번 나온다.

그중 한 번은 혼자서 영화를 보러갔다가 여관으로 돌아와서 창에 팔꿈치로 턱을 괴고 어두운 거리를 바라보며 이고, 또 한 번은 시모타 항에서 도쿄로 돌아오는 배 안에서이다. 이 눈물의 의미는 얼핏 난해한 것처럼 보이나 『이즈의 여로』의 주제와 관련지어 생각한다면 그리 어려운 것도 아니다. 배에서 만난 수험준비로 상경하는 소년의 「무엇인가 불행한 일이라도 있으셨나요?」라는 말에, 「아니요, 방금 사람과 헤어지고 왔습니다」라고 「나」는 대답하는데, 이 오도리코와의 이별은 표면적인 이유일 뿐이고, 진정한 의미는 『이즈의 여로』의 주제인 여행을 통한 정신의 병환의 치유와 그에 대한 감사의 마음에 있는 것이다.

●●●●
마치는 말

『이즈의 여로』가 가와바타의 출세작이며 초기의 대표작이라고 하는 것은 잘 알려진 사실인데, 여기에서는 이와는 다른 관점으로 가와바타 문학에 있어서의 『이즈의 여로』의 위치에 대하여 고찰해 보고자 한다.

터널에 대해서는 Ⅰ장에서 이미 언급한 대로이다. 『눈 고장』의 「국경의 긴 터널(国境の長いトンネル)」 저쪽은 비현실의 세계이고, 『이즈의 여로』의 찻집이 있는 고개의 터널도 비현실의 세계와의 경계라고 하는 것에 대해 언급했는데, 『눈 고장』에 있어서의 터널 저쪽이 비현실의 세계라고 하는 발상은 『이즈의 여로』에 있어서 이미 정착된 것이다. 비현실의 세계의 개념은 『이즈의 여로』로부터 『눈 고장』으로, 또 『눈 고장』으로부터 『산

의 소리』의 신슈(信州)까지 이어진다. 신슈란 『산의 소리』의 남주인공 신고(信吾)의 아내 야스코(保子)의 친정이 있는 나가노 현(長野縣)의 산중시골이다. 신고가 소년시절에 동경하고 있던, 요절하여 지금은 저세상 사람이 된 아내 야스코의 언니와의 추억이 있는 곳이다. 그런데 신고의 며느리이자 여주인공 기쿠코(菊子)는 야스코의 죽은 언니의 가타시로(形代)로 등장하여 신고와 미묘한 관계를 맺게 된다. 그리고 신슈는 야스코의 언니의 세계, 다시 말해서 죽은 자의 세계로서의 비현실의 세계를 이룸으로써 신고와 기쿠코의 미묘한 관계를 조종해 가며 『산의 소리』의 세계에 몽환적인 정취를 감돌게 하고 있다.

그리고 『이즈의 여로』와 『눈 고장』『산의 소리』의 관계는 주인공들에 의해서도 연결되어 있다. 『이즈의 여로』의 오도리코와 『눈 고장』의 여주인공 고마코(駒子)에 있어서는 공통점이 인정된다. 외면적인 공통점은 둘 다 온천을 중심으로 하여 생활을 영위해 간다고 하는 점에서이고, 내면적인 공통점은 여자다움에 있지 않나 한다. 오도리코의 여성스러운 예의범절, 고마코의 바느질도 할 수 있고 빨랫감까지도 단정히 개어놓는 여성스러움, 두 사람 다 여성스럽다고 하는 점에서 공통점을 인정하지 않을 수 없는 것이다. 두 사람 다 책을 좋아한다는 점도 공통점의 하나이다. 오도리코가 성장하면 고마코와 같은 여자가 되는 것은 아닐까 한다. 또 시마무라(島村)를 향한 사랑으로 가슴을 태우고 있는 정열적인 고마코와 시아버지를 향해, 남편 슈우이치(修一)와 「만약 헤어진다고 하면 아버님께 어떠한 시중이라도 들어 드리겠어요」라고 말하고는, 그렇게 하는 건 너의 불행이라고 말하는 신고에게, 「아니에요, 좋아서 하는 일에 불행은 없어요」라고 정열을 품어내는 『산의 소리』의 기쿠코는 정열적이라고 하는 점에서도 공통점을 보이고 있다. 기쿠코가 만약 게샤(芸者)6)가 된다면 고마코와 같은 여자가 되는 건 아닐까 생각되며, 고마코가 기쿠코와 같은 입장에 있다면 고마코 또한 기쿠코와 같은 여자가 되는 건 아닐까 한다.

남주인공에 있어서도 『이즈의 여로』의 「나」, 『눈 고장』의 시마무라, 『산의 소리』의 신고는 서로 깊은 관련성을 가지고 연결되어 있다. 시마무라의 헛수고(徒勞)이기에 오히려 아름답다고 하는 미의식은 손 한 번 잡아본 적이 없는 오도리코와 「나」의 엷은 사랑 가운데 이미 싹트기 시작했던 것이다. 그리고 정신의 병환을 치유하기 위해서 이즈의 아마기 고개로 여행을 떠나 시간과 금전을 쓰는 소비자로서의 「내」가 장년이 되면 진지함을 잃지 않기 위해 산에 오르기도 하고 부모의 유산으로 무위도식하며 온천장의 게샤와 시간을 같이 보내는 시마무라와 같은 사람이 되지 않을까 한다. 이 시마무라는 허상으로서 묘사되어 있는데, 허상으로서의 시마무라를 실생활의 위로, 생활인으로 끌어내어 나이를 먹게 한다면 젊음을 되찾기 위해 산에 오르고 싶다고 하는 발상을 하는 신고와 같은 노년의 남자가 되는 것은 아닐까 한다.

그런데 「나」의 모델이 된 가와바타는 열네 살 난 오도리코를 사랑했는데, 이 사랑은 엷었지만 그의 가슴에 깊이 아로새겨졌던 듯, 훗날 가와바타의 소녀 지향의 취향을 재촉했던 것이다. 가와바타가 열여섯 살 난 이토 하쓰요에게 마음이 끌려 약혼을 했던 것도, 히데코 부인이 아직 미성년이었을 때 결혼했던 것도 가와바타의 이와 같은 소녀 지향의 취향에 의한 것이 아니었나 한다.

가와바타의 소녀 지향의 취향은 그의 작품에도 나타나 있다. 『산의 소리』가 그것으로, 신고와 기쿠코의 관계는 앞에서도 언급했는데, 신고가 사랑하고 있는 것은 점점 성숙해져 한창때를 맞은 여자로서의 기쿠코가 아니라 결혼 전의 기쿠코, 다시 말해서 소녀로서의 기쿠코를 사랑하고 있는 것이다.

---

6) 우리의 기생에 해당하는 여자.

이러한 기쿠코를 신고는 자신도 의식하고 있지 못한 의식의 밑에서 사랑하고, 기쿠코 또한 의식 밑에서 신고를 사랑한다. 이는 신고도 기쿠코도 의식 위의 신고와 기쿠코, 그리고 의식 밑의 신고와 기쿠코가 존재하고 있다고 하는 의식의 이중성을 나타내고 있다는 것을 말해 주고 있는 것이다. 그런데『이즈의 여로』의 오도리코는 육체적 이중성을 보여주고 있다. 오도리코가 알몸을 보이기 전인 열일곱 살의 여자와 보인 뒤의 열 네 살의 소녀가 그것이다. 『산의 소리』에 있어서의 주인공 신고와 기쿠코의 의식의 이중성은, 이중성이라는 관점에서 볼 때『이즈의 여로』에 있어서의 오도리코의 육체적 이중성과 연결된다.

『산의 소리』에서 신고는 기쿠코에게, 「휴가를 얻어 가미코치(上高地)에 가 볼까 한다. 머리를 떼어 맡길 곳도 없으니 말이지. 산을 보고 싶다」고 말한 적이 있다. 머리를 맡긴다고 하는 것은 병원에 맡긴다는 말로, 나쁜 데를 고쳐 젊은이들의 뇌처럼 한다고 하는 것을 의미하는데, 이 말을『눈 고장』에서 시마무라가 「접경의 산들로부터 7일 만에 내려」와 여자를 찾음으로써 고마코를 만나는 장면과 연관시켜 본다면 다름 아닌 사랑의 고백이라고 하는 것을 알 수 있다. 지금 든『산의 소리』의 장면과『눈 고장』의 이 장면은 잘 연결되어 있다고 하는 것을 알 수 있는데, 이 두 장면 모두『이즈의 여로』에 있어서 「내」가 한 아마기 7십리 산길에서의 체험에 의한 발상으로부터 이루어진 것이라 할 수 있을 것이다.

나카무라 미쓰오(中村光夫)는 「『이즈의 여로』와『눈 고장』」에서, 근대소설의 특징의 하나로 「대개 남성중심으로 남주인공과 여주인공이 나오면 그 남주인공의 기분이 중심이 되는 경우가 많다」고 말하고 나서, 「『이즈의 여로』의 경우는 오도리코가 시테(シテ)[7]이고, 『눈 고장』의 경우는 고마코

---

7) 일본 고유의 연극인 노가쿠(能楽)나 교겐(狂言)의 주역배우를 말함. 조역배우는 와키(ワキ)라 함.

가 시테」이므로 남자가 와키이니 노가쿠에 가깝다 하는 것을 지적하고 있다. 이도 또 『이즈의 여로』와 『눈 고장』의 공통점의 하나라고 봐도 좋으리라 생각한다.

가와바타는 「여행지의 작가(旅先の作家)」, 또는 「영원한 여행자(永遠の旅人)」라는 말을 자주 듣는 작가이다. 사에구사 야스타카(三枝康高)가 「『이즈의 여로』의 서정」에서, 「가와바타 씨의 인생은 전부 여행이고, 씨는 영원한 여행자처럼도 생각된다」라고 말했던 것처럼, 가와바타는 여행 속에서 산 작가이다. 이와 같이 많은 여행 중에서 맨 처음 여행다운 여행을 한 것은 오도리코를 만난 이즈의 여행이라고 하는 데에 이 여행의 의미가 있으며, 또 이 이즈의 여행을 소재로 하여 가와바타의 작품 중의 소위 <이즈물(伊豆物)>이라고 불리는 계열이 태어난 것이다. 이들 <이즈물>이 『이즈의 여로』를 시발로 하여 태어났다고 하는 데에 이 작품의 또 하나의 의의가 있는 것이다.

이상 『이즈의 여로』에 『눈 고장』과 『산의 소리』가 깊은 연관성을 가지고 있다는 것과, 『이즈의 여로』는 <이즈물> 계열의 출발점이라고 하는 것에 대해 고찰해 보았다. 이 작품이 『눈 고장』 및 『산의 소리』 등과 함께 가와바타의 대표작이라고 하는 것과 또 <이즈물>은 <아사쿠사물(浅草物)>과 더불어 그의 문학에 있어서 중요한 위치를 차지하고 있다고 하는 것을 생각한다면 『이즈의 여로』는 가와바타 문학의 원점이라고 해도 과언이 아니라 생각한다.

※ (부기) 본 장 「『이즈의 여로』의 세계」는, 『이즈의 여로』를 「십육세의 일기(十六歳の日記)」「장례식의 명인(葬式の名人)」「고아의 감정(孤児の感情)」 등과 일련의 작품계열을 이루는 것으로서 취급하였다.

▪ 제 5 편 ▪

『아사쿠사 구레나이단』의 세계

●●●●
시작하는 말

『아사쿠사 구레나이단(浅草紅団)』은 가와바타 야스나리(川端康成)가 1929년에서 1930년에 걸쳐 쓴 소설인데, 당시 그의 나이는 30세에서 31세였다. 이 소설은 61장(章)으로 구성되어 있는데, 「一」에서 「三十七」까지는 『도쿄아사히 신문(東京朝日新聞)』 석간에 1929년 12월 12일부터 다음해인 1930년 2월 16일까지 37회에 걸쳐 게재되었다.

「三十八」에서 「五十一」까지는 『신초(新潮)』의 1929년 9월호에 「아사쿠사아카오비카이(浅草赤帯会)」라는 제목으로 발표되고, 「五十二」부터 「六十一」까지는 『가이조(改造)』의 1930년 9월호에 「아사쿠사 구레나이단(浅草紅団)」이라는 제목으로 발표되었다.

이 소설은 신문소설로 알려졌지만 지금 살펴본 대로 일부만이 그러하다. 연재소설이라고는 하지만 하루 이틀씩 거르는 날이 많았다. 그것도 37회로 끝나고 말았으니 가와바타로서는 연재 횟수에 섭섭함이 있었던 듯 「『아사쿠사 구레나이단』의 일(『浅草紅団』のこと)」에서 집필을 위해 준비한 자료에 대해 「나는 노트의 50분의 1, 혹은 100분의 1밖에 사용하지 못했는지도 모른다」라 말하고, 이어서 「100회나 150회의 연재가 허락」되었더라면 좋았을 것이라고도 말하고 있다.

그러나 신문연재로만 끝내지 않고 잡지에, 그것도 두 잡지에 뒷부분을 발표했으니 이 작품에서도 역시 그는 자의적(恣意的)인 발표의 모습을 보여준 것이라 할 수 있을 것이다. 그렇게 하고도 미완으로 끝났는데, 이 또한 그의 작품발표의 한 특징이라 할 수 있을 것이다.

작품의 제목은 『아사쿠사 구레나이단(浅草紅団)』인데, 「아사쿠사 구레나이단」이란 「아사쿠사의 구레나이단」, 즉 「아사쿠사를 무대로 해서 활동하는 구레나이단」이라는 뜻으로 이해할 수 있을 것이다. 그리고 소설에는 주인공이라는 것이 일반적이라고 한다면 『아사쿠사 구레나이단』에도 주인공이 있으리라는 것이 자연스러운 생각일 것이다. 그렇다면 소설의 이름으로 봐서 구레나이단 가운데의 어느 한 사람이 주인공이라는 것은 쉬이 짐작할 수 있을 것이다. 사실 짐작대로 이 소설의 주인공은 구레나이단의 단장 유미코(弓子)라 할 수 있다. 그러나 유미코는 다른 소설에 비해 그 주인공으로서의 요인이 부족하다. 유미코는 작품의 전반부에서는 활발하게 활동을 하나 후반부에서는 그 활동의 거의 모두를 하루코(春子)에게 맡기고 있기 때문이다. 누가 주인공인가 하는 문제에 있어서는 남주인공도 마찬가지이다. 긴네코 바이코(銀猫梅公)인지, 아니면 아카키(赤木)인지 아는 것이 쉽지 않다.

작품론이란 작품에 대하여 논한다는 뜻일 터이니, 작품론은 작품세계를 규명하는 데에 제일의적(第一義的) 의미를 부여하는 것은 당연하다 할 것이다. 그리고 규명은 해설이라는 어의(語義)도 포함하고 있으니 작품론에 해설적 요소가 들어있다 해도 이상하지 않을 것이다.

본편은 『아사쿠사 구레나이단』의 작품세계를 해설적 방법도 도입하면서 규명하는 것을 목적으로 한다. 그러나 주인공들을 다루지 않을 수 없다. 하지만 전술한 대로 이 소설에서 주인공 운운한다는 것은 번거로운 일이니 주요 등장인물들을 중심으로 해서 논을 전개해 나가고자 한다. 그렇다고 그 많은 등장인물들을 다 다룰 수는 없고 유미코와 하루코의 두 여자만으로 범위를 좁혀 고찰하고자 한다. 이들 두 여자의 역할을 합하면 주인공으로서도 손색이 없다고 생각되기 때문이다.

그런데 아사쿠사 그 자체는 어떻게 할 것인가라는 문제가 생긴다. 작품세계에서 아사쿠사가 가지는 의미는 단순히 배경으로서의 역할을 하는 데에 한하지 않고, 어떤 면에서는 등장인물 한 명 한 명보다 더 큰 역할을 하고 있기 때문이다.

그러므로 본편에서는 아사쿠사에 대해 고찰한 뒤 주요 등장인물 유미코와 하루코에 대하여 고찰해가면서 작품세계를 규명하고자 한다.

I 작품세계의 무대 아사쿠사

「아사쿠사는 만인의 아사쿠사이다. 여기는 인간의 시장이다. 살아있는 도쿄의 견본이다. 환락의 백화점이다」는 「아사쿠사 활동가(浅草活動街)」라고 하는 가와바타의 한 쪽도 못 되는 짧은 글의 모두이다. 또 「아사쿠사」라는 글의 「아사쿠사는 아사쿠사(浅草は浅草)」난(欄) 모두에는 「아사쿠사는 『도쿄의 심장』이며, 또 『인간의 시장』이다. 만민이 함께 즐기는—일본 제일의 번화가이다. 따라서 또 환락의 꽃그늘에 죄악의 냄새가 떠도는 암흑의 거리이기도 하다.—그러나 무엇보다도 먼저 아사쿠사는 아사쿠사이다」라고 하는 표현도 있다.

가와바타 야스나리(川端康成)에게는 아사쿠사(浅草)에 관한 글이 많은데, 위의 두 인용문은 짧지만 그의 아사쿠사에 대한 이해를 가장 잘 드러내고 있지 않나 한다. 이 두 인용문에서 중복된 것은 빼고 중요하다고 생각되는 말들을 열거해보면, 만인의 아사쿠사·인간의 시장·살아있는 도쿄의 견본·환락의 백화점·도쿄의 심장·일본 제일의 번화가·환락의 꽃그늘·죄악의 냄새·암흑의 거리 등이다.

　세키이 미쓰오(関井光男)는 「『아사쿠사 구레나이단』과 아사쿠사의 도시공간」이라는 논문에서 아사쿠사를 「악의 장소」[1]로 규정하고 있다. 작품세계에도 아사쿠사에는 「범죄의 냄새」가 있고, 「보통사람보다 형사 쪽이 많」다고 소개되어 있으니 여기가 악의 장소임에 틀림없을 것이다.

　「三十二」에는 우체국 앞에서 거지 소년이 물건을 팔고 있는 장면이 있다. 얻어먹는 사람이 아니니 엄밀히 말하면 거지가 아니지만 작품세계는 그렇게 부르고 있다. 「세 살 정도의 계집아이가 그의 발밑의 아스팔트에 쓰러져 앵앵 울고 있다」. 아니, 일부러 「울려놓은 것이다」. 아이가 큰일을 하고 있는 것이다. 남의 아이를 빌려온 것인데, 「잘 우는 아이는 빌리는 값도 비싸다」는 것이다.

　「四十一」에서는 화자인 「내」가 7월 13, 4일 무렵의 신문기사에 간담이 서늘해졌다며 이를 소개하고 있다. 300여 제사공장이 가격폭락으로 휴업을 했는데, 이것이 온 나라로 번져가려 하고 있다는 것이다. 이로 인해 10만 명 가까이의 여공들이 실업을 했다는 것이다. 여기에서 화자는 「그녀들은 어디로 갈 것인가?」라고 문제를 제기한다. 그리고 고향으로 돌아갈 것이고, 관련이 있는 자본가와 싸울 것이라고 스스로 대답한다. 그런가 하면 「그러나 그것은 그녀들 모두는 아니다」라고도 말한 뒤, 「그 모두가 아닌 그녀들을 아사쿠사의 수상쩍은 뚜쟁이 한 무리가 맞으러 가려 하는 것 같다」고 한탄한다. 그런가 하면 「四十八」에는 「세 명의 사내가 여공 유괴단을 실업(失業)의 신슈(信州)로 파견하려고 하는 밀담」을 나누는 장면도 설정되어 있다. 거기에서 「나」는 말한다. 「신슈의 경찰이여. 사회운동가를 경계하는 것보다 그들을 체포해 달라」고.

　이와 같은 악의 장소로서의 아사쿠사이므로 어느 「여학교는 관음보살을

---

1) 関井光男 「『浅草紅団』と浅草の都市空間」(『国文学』<学灯社, 1987・12>)

참배하는 외에 아사쿠사에 가는 것을 금」하고 있는 것일 게다. 작품세계에 등장하는 많은 악한 일들 가운데서 물건 파는 거지와 여공 유괴단의 두 이야기를 소개하였는데, 전자는 생존을 위한 몸부림으로 보여 악이라고는 하지만 그래도 동정의 여지를 남기고 있다. 그러나 후자의 뚜쟁이나 사내들에게서는 악의 늪에서 나온 사자의 모습을 본다.

악이란 결국 생존을 위한 노력이 이기적인 방법으로 나타난 것이라 할 수 있다. 그러므로 사회가 경제적으로 어려우면 악은 여러 가지 형태로 분화되어 나타날 수 있다. 아미노 요시히로(網野義紘)는 「아사쿠사와 가와바타 문학(浅草と川端文学)」에서, 『아사쿠사 구레나이단』에는 「불황 하에서 도쿄대학(東大) 졸업생의 취업률이 약 30%였던 1929년 무렵의 아사쿠사의 세태(世態)·풍속(風俗)이 묘사되어」2) 있다고 말한다. 작품세계에서도 「불경기」라고 하는 말이 산견(散見)한다. 뿐만 아니라 작품세계 전면에는 불경기로 인한 생활고가 가슴을 찌르는 아픔으로 깔려 있다.

「二」에는 연못(瓢箪池)에서 잉어 먹이로 준 보릿겨 덩이를 주어먹고 있는 사내의 이야기가 설정되어 있다. 「복사뼈의 위까지 물에 담그고 일곱 자 정도의 대나무로 물 위의 보릿겨 덩이를 긁어모아서는 우뚝 선 채로 우적우적 먹고 있는 것이다」 이것을 본 어떤 사람이 「미쳐도 단단히 미쳤구먼. 잉어 몫을 삥땅치고 자빠졌네」라고 하자, 옆에 있던 사람들이 와 하고 웃는다. 그래도 「열대여섯 덩이의 보릿겨를 먹어치우자 그는 아무것도 모른 척, 게다가 정말로 위풍도 당당하게 그 자리를 떠났던 것이다」. 이를 보고 아키코(明公), 즉 유미코(弓子)는 「미치광이의 흉내라도 내지 않고는 연못의 보릿겨를 먹을 수 있나요? 하지만 정말로 미쳤나. 제정신이라 해도 사람은 남이 보고 있는 데에서 쓰레기통의 것을 먹지」라고 말한다.

2) 網野義紘 「浅草と川端文学」(羽鳥徹哉編 『国文学解釈と鑑賞別冊 川端康成 旅とふるさと』<至文堂、1999·11> 소수)

이렇게라도 해야만 목숨을 유지할 수 있는 가련한 인생을 읽는 자들은
이 사내에게서 본다. 이는 생명이 소중해서도 아니고 아름다워서도 아니다.
죽을 수 없어서 사는, 아니 비탈길에 버려진 돌멩이가 굴러가듯 그저 이어
져 가는 생명인 것이다. 유미코가 말하는, 아사쿠사에 많다고 하는「인간의
처참하고도 흉한 모습을 상품으로 하는 거지」들도 같은 부류의 인생들인
것이다.「경시청 관하에만 사만이나 오만의 범죄소년이 생」긴 것도 다 가
난 때문이라고 화자「나」는 주장한다.

『아사쿠사 구레나이단(浅草紅団)』의 세계는 악의 세계임과 동시에 난
센스의 세계이다.「아사쿠사 부랑인이 먹다 남은 것을 얻어다 살고 있다는
것을 제군은 알고 있다. 그렇지만 영세민이나 노동자가 부랑인에게 그 얻어
모은 것─즉 먹다 남은 것의 먹다 남은 것을 한 그릇에 이 전, 삼 전에
사러 온다는 것을 알고 있는가?」3)라고「나」는 말한다.「十四」에서 이다.
「아사쿠사」의「아사쿠사의 분석」난에도「부랑인은 음식점의 남은 것을
얻으러 돌아다니며 살고 있다. 그 부랑인의 먹다 남은 것을 또 영세민이나
노동자가 사러 온다」고 하는 것과 같은 내용이 있다.

「二十二」에는 유미코(弓子)가 아카키(赤木)를 베니마루(紅丸)로 꾀여
들여 둘이서 이야기를 하는 장면이 설정되어 있다.「촛불도 하나하나 꺼지
고 밤중에는 칠흑 같은 어둠─거지와 나란히 누워있기도 했었어. 정말이야,
댁, 거기에 거지도 섞여 있었던 거 알아? 그게 오히려 제일 예의바른 부부
였어. 밤중에 옥상정원으로 살짝 빠져나간 거 거지부부뿐이지 않았어?」는
유미코가 아카키에게 한 말이다. 간토 대지진(関東大地震)으로 집을 잃었
던 때를 회상하며 한 말이다. 그때「후지심상소학교(富士尋常小学校)가
불타 무너진 벽과 유리창과 흑판과 책상 같은 것을 대충 치우고 노숙을

---

3) 이 소설에서의「나」는 화자이고,「제군」은 독자임.

하거나 움막에 사는 사람들이 많았」는데, 「일층에서 삼층까지의 교실에 삼천 명 가까이 집어 넣었」던 것이다. 이때 유미코도 언니 치요와 함께 여기에 있었다.

그런데 거지부부는 왜 밤중에 살짝 옥상정원으로 빠져나갔는가. 부부가 사람들이 있는 곳에서는 할 수 없는 일을 하기 위해서였다. 그렇다면 사람들이 자고 있는 곳을 빠져나간 것은 거지부부뿐이었다면 다른 부부들은 그 일을 어디에서 한 것일까. 옆의 사람들을 개의치 않았던 것이다.

남들이 먹다 남은 것을 거지들이 얻어다 먹다 남으면, 이것을 또 영세민들이 사다 먹는 것도, 보통 사람들은 체면 없이 영위하는 사랑의 행위를 거지부부만이 예의바르게 남들의 눈을 피해 영위하는 것도 모두 난센스가 아니고 무엇인가.

지진은 도쿄를 여지없이 파괴해버리고 말았다. 그러나 「지진으로 인한 소란이 조금 가라앉자 커다란 건축의 시해(死骸)를 공병대가 폭파하며 돌아다녔다. 십이층탑도 그 중의 하나」였다. 이때를 회상하며 유미코는 말한다.

옥상의 탑은 구경꾼들이 수없이 한 시간이나 기다렸잖아. 그러자 화약의 폭음으로 연와(煉瓦)가 폭포처럼 무너지는 것이 흘끗 보이고, 그랬지, 한쪽만이 얇은 칼처럼 남았는가 했더니 제 이의 폭음으로 칼도 무너져버렸지. 그때 말이야 학교옥상의 사람들이 한꺼번에 (만세, 만세) 했어. 그리고 일시에 와 하고 웃지 않았어? 그렇지만 칼 같은 것이 무너지자마자 연와 더미에 사람들이 새까맣게 뛰어올라갔지. 거기에 깜짝 놀랐어. 연와 더미 점령. 멀리에서 보고 우리들은 모두 울음이 터질 것 같이 기뻤어. 그렇지만 인간들은 왜 탑이 무너지자 만세를 부르기도 하고 화약연기가 나는 연와 더미에 뛰어올라가기도 하는 거지?

당시의 사람들의 심리가 잘 나타나 있다. 이에 대해 이와다 미쓰코(岩田光子)는 『가와바타 문학의 제상―근대의 유염―(川端文学の諸相―近代の幽艶)』에서, 「비상시에 있어서의 인간의 심리라던가, 상궤(常軌)를 일탈한 행동을 통하여 연와더미 점령 등이라고 하는 소박한 정복욕, 그리고 파괴의 기쁨, 다음에 올 건설에 대한 의욕, 형태가 있는 것이 무로 돌아가는 허탈감, 충실, 쇠약, 거기에 갖가지 에너지가 소용돌이치고 있다」4)고 견해를 밝히고 있는데 탁견이다.

『아사쿠사 구레나이단』에서의 아사쿠사는 이와 같은 지진으로 인한 파괴로 형성된 정신세계를 사람들이 체험하고 나서 일신(一新)해가고 있는 과도기적 과정에 있다고 할 수 있는데, 이것을 이해하는 것은 작품세계의 감상에 도움이 된다. 작품세계에는 「나도 제군 앞에―다이쇼(大正) 지진 뒤의 구역정리로 새로 그려 바뀐 『쇼와(昭和)의 지도』를 펼치려 한다」고 모두에서 말함으로써 이 소설이 지진 뒤에 변화된 아사쿠사를 쓰려 한다는 작의를 밝히고 있다. 이에 대해서도 이와다 미쓰코는 앞에 인용한 논문에서 「『아사쿠사 구레나이단』은 아사쿠사 각지에 출몰하는 불량 그룹 「구레나이단」의 단장 유미코를 중심으로 단원 소년소녀들의 행동을 쫓으면서 대지진 후 일신된 「쇼와의 지도」를 펼쳐 아사쿠사의 풍속을 독자 『제군』에게 『나』인 방관자(여행자)가 『소개』한다고 하는 것이다」5)라고 견해를 밝히고 있는데 저자도 동감이다.

소멸과 파괴 뒤에는 신생을 위한 건설이 있지 않으면 안 된다. 그리고 근대로 가는 건설에는 콘크리트가 없어서는 안 된다. 작품세계에는 콘크리트라는 말이 몇 번인가 등장한다. 「三十一」과 「三十二」는 그 제목이 아예 「콘크리트」이다. 「三十一」에는 공동변소의 청소를 하는 어린이들이 등장

---

4) 岩田光子 『川端文学の諸相―近代の幽艶』(桜楓社、1983·10)
5) 위와 같음

한다. 누가 시켜서도 아니고 자기네들에게 돌아오는 것이 있어서도 아니다. 「공원의 애 보는 소녀에게 물어보니」, 「좋아서일 거예요, 저게. —자기 집보다도 훨씬 모던하고, 저런 훌륭한 집을 쓸 수 있는 건 변소밖에 없으니까 기분이 좋아 청소를 하는 거겠지요」라고 대답한다. 「나」는, 「어린이들이 공동변소를 사랑하는 것은 콘크리트의 매력이 아닐까」라 생각하고, 다시 「어린이들은 근대식 건축의 매력 때문에 그걸 하고 있는 것이 아닐까. 어린이들은 모모야마고텐(桃山御殿)의 다실(茶室)보다도 콘크리트 변소를 사랑하는 건 아닐까」라고도 생각한다.

작품세계는 콘크리트라는 말을 모던이라든가 첨단적이라는 말과 함께 쓰기도 하고, 콘크리트라는 물질 속에 모던이라든가 첨단이라는 현상을 용해시켜 넣어놓고 있다. 사실 첨단이라고 하는 현상을 모던이라고 하는 현상과 분리하여 생각하는 것은 곤란하다. 적어도 『아사쿠사 구레나이단』의 세계에 있어서는 이 두 단어가 동의어는 아니라 해도 유의어로서 쓰이고 있는 것이다.

작품세계는 아사쿠사의 모던의 일면을 이렇게 말한다. 「『일미(日美<和洋>) 재즈 합주 레뷰』라고 하는 난조(亂調)의 구경거리가 1929년 형의 아사쿠사라고 한다면, 도쿄에 단 하나의 외래 「모던」 레뷰 전문으로 시작한 카지노 호리는 지하철 식당의 첨탑과 함께 1930년 형의 아사쿠사」다. 이들 외의 것으로는 「에로티시즘과 난센스와 스피드와 시사만화풍의 유머와 재즈송과 여자의 다리—」를 들고 있다.

아사쿠사는 사에구사 야스타카(三枝康高)의 말처럼 「도쿄에서도 극히 특수한 공기를 가진 지역」[6]이다. 배에서 학교에 다니는 소년도 있다. 이 소년은 등교했다 부모가 배로 데리러 오지 않으면 공원에서 밤을 새기도

---

6) 三枝康隆 『川端康成入門』(有信堂、1975 · 11)

한다. 우에다 마코토(上田眞)가 본 것처럼 「현대인이 대에도(大江戸)의 풍속화(絵草紙) 그대로의 장대 새잡이(鳥刺)로 변한다고 하는 시대역행의 변모」7)를 하는 사람도 있다. 무대에서는 헤안 시대(平安時代)의 궁녀가 한가롭게 노래를 부르고 춤을 추다가 갑자기 시대를 천년이나 급진전시켜 찰스턴을 너무 추다가 졸도하기도 한다. 식도협착증으로 수술을 하여 배에 구멍을 뚫고 호스를 박은 사내는 천하에 단 한 사람뿐인 배에 입이 있는 남자로서 구경거리를 제공하며 살아간다.

아사쿠사에는 여름이 되면 연못(瓢箪池)의 수초처럼 노숙자가 갑자기 불어난다. 그들에게는 공원의 벤치나 남의 집 처마 밑이 부자들의 호텔 침대가 된다. 5백인지 6백인지 모를 정도의 이들에게는 이나마 잠자리가 모자란다. 자세히 보니 「들쥐 두세 마리가 벤치로부터 늘어진 노숙자 발의 헌 고무버선을 갉고 있다」. 이들 노숙자라든가 일용잡부, 넝마주이 같은 사람들에게 몸을 파는 여자를 고카이야라고 하는데, 이들은 대개가 14, 5세 이하의 소녀이거나 40을 넘은 여자들이다.

무희들은 「스타킹레스라 해서 일부러 맨다리를 보이」는가 하면, 이들 무희들이 「근대식으로 화장을 하고 추는 나체의 춤을 거지나 부랑인들이 바라보고 있」는 곳이 아사쿠사이다. 연돌의 피뢰침까지 훔치는 소년이 있는가 하면 오층탑 위에서 기거하는 소년들도 있다. 불경기로 얻어먹기가 힘들게 되자 반은 홧김에, 그리고 기도라도 하는 심정으로 「헌 양동이를 두드리면서 누더기를 깃발처럼 흔들며 거지 떼가 취해 노래하며 춤을 춘다」.

정상적인 정신으로 본다면 미쳤다고밖에 할 수 없는 일들이 아사쿠사에서는 쉴 새 없이 일어난다. 그러기에 작품세계는, 「아사쿠사는 커다란 정신병원이다」라고 했을 것이다. 일본은 메지 유신(明治維新) 이래 계속해서

---

7) 上田眞 「『浅草紅団』の内的的意識」(川端文学研究会編 『川端康成の人間と芸術』<教育出版センター、1974・3> 소수)

급속히 근대적 성숙을 이루어 가고 있었으나, 아사쿠사로 눈길을 고정시키고 살펴보면 옛 전통의 뿌리가 깊은 곳이기에 새로운 정신풍토를 조성하는 데에 착잡한 혼란을 견디지 않으면 안 된다는 것을 알 수 있다.

작자 가와바타는 「아사쿠사」의 「아사쿠사 분석」 난에 「오십 년을 살았으나 도저히 현실의 아사쿠사, 살아있는 아사쿠사의 진상을 이해할 수가 없다」고 아사쿠사 통(通)인 소에다 아젠보(添田唖蝉坊)의 말을 소개하고 있다. 아사쿠사는 그만큼 실체를 파악하기 힘든 곳인 것이다. 언뜻 보면 아사쿠사는 아무런 가식도 없이 벌거숭이인 채로 춤을 추고 있는 것 같아 단순한 것 같지만, 실은 심연(深淵)의 밑바닥처럼 신비를 감추고 있는 세계인 것이다.

그렇다고는 하나 한 가지 말할 수 있는 것은 12층탑이 무너지고 새로이 6층탑이 세워진 것으로 상징되는, 구질서와 가치관이 파괴되고 새로운 그것이 당시의 아사쿠사에 형성되고 있었다는 것이다. 다시 말해서 「아사쿠사는 항상 모든 것의 낡은 틀을 녹여서는 새로운 틀로 바꾸는 주물장(鑄物場)」인 것이다.

II 칼날 같은 여자 유미코

여주인공이라고 할 수 없을지는 모르지만, 주요 등장인물임에 틀림없는 유미코(弓子)는 십 팔구 세의 아가씨로 구레나이단(紅団)의 단장이다. 구레나이단이란 아사쿠사를 활동무대로 하여 독특한 방법으로 살아가는 소년 소녀의 불량단체이다.

유미코의 외형적 특징은 변장에 능하다는 것이다. 변장은 변신을 위한 것인데, 그녀의 변신은 피아노 아가씨·악기점 아가씨·자전거의 젊은 이·단발머리 오유미·표 팔이 아가씨·땋은 머리의 아가씨·다마키자 아가씨·오시마의 기름 팔이 아가씨로 폭이 넓다. 이와 같은 변신으로 본 모습을 감춘 그녀는 아사쿠사의 어디에라도 출몰한다. 그녀에게는 일정한 직업이 없다. 일정한 직업이 있다면 이것이 방해가 되어 변신의 폭이 제한 될 수밖에 없을 것이다.

유미코는 여자이면서도 여자이기를 거부하는 여자이다. 작품세계는 그 녀의 출생과 그 이후에 대한 것은 잘라내고 초등학교 5학년 때부터의 그녀 를 등장시킨다. 그해에는 마침 간토 대지진이 있었다. 아니, 작자 가와바타 는 지진 이후의 아사쿠사, 지진 이후의 유미코를 『아사쿠사 구레나이단』에 쓰려 했던 것이다. 그렇다면 지진 때 유미코에게 무엇인가의 일이 있었다는 것을 쉽게 짐작할 수 있을 것이다. 도쿄의 사람들에게는 지진 자체가 그들 의 삶을 온통 뒤흔들어 놓은 일대 사건이었으니까. 그러니 이 사건 속에서 유미코의 무엇인가의 일을 찾아야 할 것이다.

유미코의 무엇인가의 일, 그것은 언니의 사랑이었다. 유미코 자매가 지진 으로 집을 잃고 후지 심상소학교(富士尋常小學校)에 수용되어 있었다고 하는 것은 앞의 장(章)에서도 언급했는데, 이때 유미코의 언니 치요는 소위 사랑이라는 것을 했다. 상대는 아카키(赤木)라는 부랑인(浮浪人)이었다. 그때 밤이 되면 아카키가 와서 밥주걱으로 치요의 머리를 쿡쿡 찔러서 깨워 데리고 나가곤 했다. 그들의 사랑이 어떠한 것인지는 알 수 없으나 성애(性愛)이었을 것이라는 것만은 짐작할 수 있다. 유미코는 이들의 사랑을 동경 했었다. 훗날 그녀는 아카키에게 「어린 나는 언니의 사랑을 얼마나 부러워

했는지 몰라. 자신을 언니로 견주어 사랑의 연습을 했지」라고 회상한다.

그러나 치요가 아카키에게 버림을 받자 유미코는 자신의 여자라는 것을 버릴 결심을 한다. 언니가 버림을 받은 그날 밤 일도 유미코는 아카키에게 회상하며 말한다. 버림을 받고 「언니는 돌아와서 어떻게 했는지 알아? 덜 덜 떨었지. 무엇인가 찾았어. ─나의 길게 땋은 머리끝이 손에 잡혔던 거겠지. 그 머리칼을 입에 틀어넣고 엉엉 울었어」라고. 그런데 치요가 왜 동생 유미코의 머리채를 입에 틀어넣고 울었는가는 알 수 없다. 단 하나 생각할 수 있는 것은 머리칼이란, 특히 땋은 머리채란 여자의 상징물이라는 것이다. 그러기에 유미코는 「그런 더러운 머리칼 같은 거 깨끗하게 싹둑 잘라버렸」던 것일 게다. 머리칼이 더럽다는 것은 머리를 안 감아서이겠는가. 깨끗하고 좋은 것이라면 버릴 수 없는 것이 인간이다. 이미 버리려고 마음먹은 것이라면 깨끗하든 더럽든 상관없다. 아니, 더러운 편이 버리기 쉽다. 그러니 유미코에게 있어서의 자기의 머리칼은 더러웠던 것이다. 그러기에 자기의 머리칼이 더럽다고 생각해야 하는 자신의 여자 됨에 그녀의 슬픔은 있었던 것이다. 남자에게 버림받은 여자, 이는 그녀에게 있어서 견딜 수 없이 싫은 것이 되었던 것이다.

그러나 유미코가 여자이기를 거부한 것은 이 때문만은 아니다. 「나는 지진의 아가씨야. 지진 가운데에서 태어난 거야」, 「남자가 되는 거다. 여자는 안 되겠다고 다짐했지. 몇 백 명이나 되는 사람들이 콘크리트 위에서 몸에 걸친 것 없이 다리를 부딪치며 누워있자면─여자 애는 여자가 싫어지는 거지」. 유미코의 말이다. 많은 사람이 남자 여자 할 것 없이 옷을 벗고 있는데 여자만이 수치를 느껴야 한다는 현실을 그녀는 받아들일 수 없었던 것이다. 그래서 그녀는 남자가 되자고 결심했던 것이다.

그렇다고는 하지만 유미코가 남자가 되겠다고 하는 결심을 하게 한 직접적인 원인은 역시 언니 치요의 실연이었다. 그러니 자연히 그녀는 언니를

버린 아카키에게 적의를 품게 되었고 복수까지 생각하게 되었다. 그렇다고
그녀가 아카키에게 적의만을 품고 있었던 것은 아니다. 연정 또한 품고 있었
다. 유미코가 치요의 동생이라는 것을 아카키가 아직 모르고 있을 때, 그녀
는 그 아카키에게 「나는 틀림없이 그 사람을 좋아하게 되어버릴 거야. 언니
가 미칠 정도로 푹 빠진 사람에게 나도 빠져 미치고 싶어. ―그야 언니를
위해 퍽 억울하다고 생각했지」라고 말한 적이 있다. 언니를 위해서는 복수
를 해야 하지만 마음의 한 편은 그에게 기울어가고 있음을 보여주는 표현이
다. 여기에서의 그 사람이란 아카키라는 것은 재언을 요치 않을 것이다.
　유미코는 「절반은 남자인 셈치고 살아온 나에게 남자 같은 건 아무것도
아냐」라고 말한 적이 있다. 여기에서의 절반은 남자란 중성이라는 말이 아
니다. 자신의 말대로 절반은 남자라 할지라도 절반은 여자임에 틀림없다는
것이다. 저자는 이 절반의 여자 가운데에서 다른 여자들의 여자보다 더 진한
여자를 본다. 여기에서 그녀의 말에 다시 한 번 귀를 기울여 보면 이러하다.

　　마음껏 남자가 좋아져서, 그리고 좋아지면 좋아진 대로 받아들일 수
　있다면 세상은 얼마나 즐거울까 하고 생각해. (중략) 나는 여자가 아냐.
　언니를 보았기 때문에 어렸을 때부터 절대로 여자 같은 건 안 되겠다고
　생각했지. 그랬더니 사내들이란 정말로 어리숭하더라고. 아무도 나를 여
　자로 봐주지 않는 거야.

　유미코가 여자를 버린 데 대한 미련과 회한, 그리고 다시 여자로 돌아가
고 싶다고 하는 기대심리 같은 것을 읽을 수 있는 표현이다. 다시 여자가
되고 싶다는 그녀의 생각은 그녀의 「나는 남자와 있으면 자기를 항상 계산
하는 거야. 여자가 되고 싶다는 마음과 여자가 되는 게 무섭다는 생각을
저울 양쪽에 올려놓고―그리고 마음만 삭막해지고, 쓸쓸하기만 해」라는 말

이 신빙성을 더해준다. 그리고 위에 인용한 말은 아카키에게 한 말이니 여기에서도 그녀의 마음이 아카키에게로 향하고 있음을 볼 수 있다.

유미코의 외면적인 특성으로 그녀의 변신을 든다면 내면적인 특징으로는 면도날 같은 날카로움을 들 수 있을 것이다. 「十七」에서 긴네코 바이코(銀猫梅公)는 「면도로 유미코의 목의 솜털을 밀면서 그 날카로운 면도날 같은 유미코를 사랑하기 시작했」고, 또 그 「날카로운 면도날의 냄새를 유미코에게서 느」낀다. 그렇다면 그녀의 날카로움이란 무엇인가. 이와다 미쓰코는 『가와바타 문학의 제상―근대의 유염―』에서 「유미코는 날카로운 면도날 같다고 한다. 그 광물질의 차가움은 청결, 영리, 푸름, 순결 등의 이미지를 연상시킨다」[8]고 말하는데 바른 견해이다.

「날카로운 면도날은 넘기 쉽다, 흐린 날의 겨울 강 위에서 유미코에게 신경을 쓰면서 바이코의 얼굴은 창백해지기 시작했는데―」란 유미코와 아카키를 태운 베니마루를 바이코가 저었는데, 그때의 한 단면에 대한 표현이다. 이 표현에서는 이제 배 안에서 무엇인가 불길한 일이 일어날 것이라는 예감을 독자들에게 안겨준다.

베니마루에 유미코와 아카키가 타고 있었던 것은 유미코가 언니에 대한 복수를 하기 위해 아카키를 유인해 들였기 때문이었다 아카키는 유미코를 만나기 위해 그녀가 그려준 약도를 보며 베니마루를 찾는다. 그때 강가에 배가 「2, 30척이었는데, 그 배 한 척의 삿대에 여자의 검은 비단양말이 한 켤레 기다랗게 널려 있었고, 그는 이것에서 「대담한 표시」를 본다. 그리고 그는 「몇 번인가 피의 비를 피해 가는 자의 빠른 느낌으로 이것을 위험신호라고 이해」했다. 무엇인가 일어날 것이라고 하는 불길한 예감은 바이코가 먼저 느끼고 이것이 읽는 자들에게 전이되었는데, 실은 그전에 아카키가

8) 岩田光子 『川端文学の諸相―近代の幽艶』(桜楓社、1983・10)

먼저 느꼈었다.

아카키가 배 안에 들어갔을 때 유미코는 잠들어 있었다. 그 잠든 모습은 아카키에게 여자를 느끼게 하는 데 충분했다. 그의 눈에는 그녀의 발바닥조차도 「분홍빛 조개 장식 같은 발바닥」으로 보였고, 「양말을 신지 않은 다리가 낭창낭창 너무도 아름」답게 보였다. 「소년처럼 청결한 다리」로 보였다. 그의 눈은 「빨간 스커트가 올라가 양말 끝 밴드에 눌린 자국」을 보기도 한다.

잠을 깬 유미코는 아카키에게 창문을 닫도록 한다. 그러자 선실은 「어두운 밀실」이 되었다. 그렇게 되자 「사내는 유미코를 단번에 안을 기세로 덤벼들었다. 그러나 거기에는 이미 그녀는 있지 않고 그는 침구 위에 쓰러졌다」. 그런 뒤 두 사람은 많은 이야기를 한다. 아니, 이야기를 한 것은 유미코이고 아카키는 주로 듣고 있었다. 이야기는 유미코의 언니 치요와 사내, 즉 아카키에 대한 것이었는데, 아카키는 처음에는 자기의 이야기라는 것을 알지 못하다가 나중에서야 알게 된다.

이야기 도중 「유미코는 흰 외투의 포켓에서 작은 약병을 꺼내어」「아비산 환을 줄줄 손바닥에 쏟아놓고는 눈을 힘없이 가늘게 뜨면서」, 「한 알에 0.0005의 아비산이 들어있어. 한 병에 오백 알인데 몇 명 죽을 수 있을까. 이 병—이래 봐도 나의 쾌약(快藥)이지」라고 말한다. 그리고 조금 뒤에는 이런 장면이 연출된다.

「내가 만약 언니처럼 댁이 좋아진다면 이것으로 죽을 생각이었지. 죽어도 좋을 정도로 나는 댁을 만나고 싶었어. 댁이 나를 여자로 만들어 준다면 이지만 말이지.」

라고 그녀는 사내의 팔을 부드럽게 쥐고, 그의 손바닥에 아비산 환을 여섯 알 떨어뜨리면서,

「죽는다는 것 같은 거 거짓말이라 한다 해도—죽어도 좋으라고 단지

그렇게 말하는 것보다 독약을 포켓에 넣고 죽는다고 하는 편이 사랑의 기쁨이 크지 않겠어? ―댁에게 이거 먹여버릴 테니까.」

아카키가 쓴웃음을 지면서 약을 버리려 하자,

「안돼. 아깝잖아」라며 유미코는 사내의 손바닥에 입을 대고 환약을 넣었는데, 아름다운 앞니로 오독오독 씹으면서 눈 가득히 파랗게 웃고는 눈도 깜박이지 않고 사내를 응시했다. ―그러고는 갑자기 사내의 목에 달려들었다. 입술을 밀어 넣듯이 입을 맞추었던 것이다. ―사내는 독약에 혀를 찔렀다.

유미코가 마음 한편에서 아카키를 얼마나 동경하고 있는가를 잘 알 수 있는 장면이며, 그녀가 자기 자신을 아카키가 여자로 만들어주기를 얼마나 바라고 있나를 잘 알 수 있는 장면이기도 하다. 결국 아카키는 또 한 번의 유미코의 아비산에 의한 공격으로 「일순 새파래지며 푹하고 앞으로 쓰러졌」다.

이렇게 되면 아카키는 죽었다고밖에 볼 수 없다. 그러나 다카하시 마리(高橋真理)는 「아비산과 망원경―『아사쿠사 구레나이단의 방법』―」에서 「아비산의 치사량은 현재 0.1그램이라고 알려져 있다. 유미코가 가지고 있는 한 병 선부보노 어른 두 명과 유아 한 명을 겨우 죽일 수 있는 양이다. 유미코가 아카키에게 『죽음의 입맞춤』을 하기 위해서는 입에 2백 알을 넣지 않고는 안 되는데, 유미코가 입에 넣은 것은 겨우 0.003그램에 지나지 않는다」[9]고 주장하고 있다.

여기에서 아카키가 죽었는지 아닌지는 그렇게 중요하지 않다. 그것보다 유미코에게 그를 죽이려고 하는 의지가 있었느냐 아니냐가 더 중요하다.

9) 高橋真理 「亜砒酸と望遠鏡―『浅草紅団』の方法―」(羽鳥徹哉編 『日本文学研究資料新集27 川端康成 日本の美学』<有精堂、1990・6> 소수)

아비산을 입에 넣고 키스를 하고 나서 유미코는 아카키에게 「지금 것은 연극이야」라고 말한 것을 보면 그녀에게는 그를 죽이겠다는 의지가 있었던 듯하다. 그리고 재차 아비산의 공격을 했고, 그 공격에 아카키는 「일순 새 파래지며 푹하고 앞으로 쓰러졌」던 것이니 유미코에게 그를 죽이고자 하는 의지가 있었다고 보는 것이 타당해 보인다. 그러나 작가 가와바타가 아비산의 치사량이 0.1그램이라는 것을 모르고 0.0005의 아비산환 여섯 알을 유미코로 하여금 아카키에게 먹게 했다고는 생각할 수 없다. 그렇다면 유미코에게는 아카키를 죽이겠다는 의지가 없었다는 것이 되고, 아카키는 죽지 않았다는 것이 된다.

유미코의 아카키에 대한 감정은 애증(愛憎), 바로 그것이었다. 언니를 미치게 했다고 하는 데에 대한 미움 및 그로 인한 복수심과, 언니가 미칠 정도로 사랑했던 사람을 자기도 사랑하고 싶다고 하는 감정이 유미코의 가슴에는 동시에 자리 잡고 있었던 것이다. 그리고 아비산의 키스를 한 뒤, 「지금 것은 연극이야」라는 말에 이어 「댁과 하지 않으면 나에겐 입 맞추는 것 같은 거 할 수가 없잖아」라고 말 한 것을 보면 유미코의 아카키에 대한 감정의 애증(愛憎) 중 애(愛) 쪽이 컸던 것 같다. 그렇지 않다면 그녀는 그에게 치사량의 아비산을 먹였을 것이다.

저자는 「날카로운 면도날은 넘기 쉽다」는 표현이 베니마루 안에서 무엇인가 불길한 일이 일어날 것이라는 예감을 준다고 했다. 유미코가 날카로운 면도날 같다는 데에는 이견이 있을 수 없다고 생각한다. 그러나 그녀는 날카롭기는 하지만 면도날이 넘을 정도는 아니었던 것이다.

이 유미코의 면도날 같은 날카로움은 긴네코 바이코에 의해서 구체화된다. 고양이잡이였던 그는 고양이 가죽을 날카로운 칼로 벗기는 감촉을 사랑했다. 그래서 그 감촉을 잊을 수 없었고, 그래서 또 이발사가 된 것이다. 그는 말한다. 「배를 싹 한 일자로 그어 아직 피가 뜨끈뜨끈한 가죽을 쫙쫙 벗기는 거 괜찮은 맛이지. —하지만 사람의 배를 가르게 될 가망이 없다고 한다면 음식점 요리사나 이발사일까」라고 「외과의, 요리사, 이발사—이 셋에는 공통의 감각이 있」는 것이다. 그래서 그는 이발사의 올챙이가 된 것이다.

아카키는 유미코에게서 칼날 같은 날카로움을 보고 그녀를 낚으려 했으나 오히려 그녀의 「가장(仮裝)」에 낚였」다. 낚으려면 그럴만한 능력이 있어야 한다. 그러나 그의 능력은 그녀를 낚기에는 역부족이었다. 천하의 긴네코 바이코(銀猫梅公)라 할지라도 구레나이단의 단장 유미코를 낚을 수는 없었던 것이다. 아니 그녀에게 낚여 하수인으로서 그녀를 따라야만 했던 것이다. 그래서 그녀가 아카키와 같이 탄 배까지 저어야만 했던 것이다. 고양이잡이 바이코는 그 날카로운 칼 유미코로 고양이를 요리하고 싶어, 사랑이라는 요리를 하고 싶어 그녀를 손에 넣으려 했으나, 오히려 그녀가 쥐어준 면도날로 이발사가 되어 그녀의 날카로움을 손질해주고 있었던 것이다.

면도날같이 날카로운 아가씨 유미코는 변장의 명수이기도 했는데, 그녀가 변장을 해야만 하는 필연적인 이유는 언니의 원수를 갚기 위해, 그리고 자신의 사랑을 이루기 위해 아카키를 찾으려 해서이다. 아니 어쩌면 원수를 갚는다는 것은 표면적인 이유일 뿐, 그 실은 사랑을 이루기 위해서였는지도 모른다. 그러나 그녀는 둘 중 하나도 이루지 못했다. 그러니 다시 변장을 할 수밖에 없을 것이다. 자기를 여자로 만들어줄 수 있는 그러한 남자를 찾을 때까지 그녀는 변장하는 일을 멈추지 않을 것이다. 그래서 베니마루의 사건 이후에 작품세계로부터 자취를 감추었던 그녀가 작품세계의 종장(終章)에 「오시마의 기름팔이 아가씨」로 변장을 하고 돌연히 나타나 한다는 말이 「사람을 찾고 있다」였던 것이다.

「二十九」에서 「나」는 유미코인 「아름다운 아가씨가 남자에게 보였을 때에는 날카로운, 그리고 넘기 쉬운 칼날 같은 우울을 제군은 그녀에게서 느끼지 않는가?」라고 묻는데, 여기에서는 『고도(古都)』에서의 신이치의 얼굴이 상기(想起)된다. 신이치는 사람들로부터 가끔 명도(名刀) 같다는 말을 듣는데, 그가 그런 말을 들을 때에는 그의 내면에서 무엇인가가 격렬하게 타오를 때였다. 그런데 그는 지에코를 만나면 얼굴이 명도 같이 되었던 것이다. 그녀를 사랑했기 때문이다.

『아사쿠사 구레나이단』에서의 유미코는 남자를 만나면 칼날같이 우울한 모습이 된다. 자기의 남자가 아니기 때문이다. 그녀의 얼굴도 자기를 여자로 되돌려 줄 수 있는 남자를 만나면 칼날 같이 우울한 모습이 아니라 칼날 같이 명랑한 모습이 될 것이다. 그러기에 그런 남자를 찾을 때까지 그녀는 변장을 계속할 것이다.

Ⅲ 여자 중의 여자 하루코

유미코(弓子)가 절반만 여자라면 하루코(春子)는 여자 중의 여자이다. 하루코가 여자 중의 여자가 되기까지는 내력(來歷)이 있다. 구레나이단원들 중 그들이 걸어온 인생의 발자취가 다른 단원들에 비해 비교적 자세히 소개되어 있는 인물은 바이키치와 하루코이다. 그들이 단원들의 인생의 발자취를 대표한다 해도 좋기 때문일 것이다. 전술한 대로 본편은 유미코와 하루코를 중심으로 하고 있으므로 하루코가 걸어온 발자취에 대해서만 살펴보며 고찰하고자 한다.

하루코는 가난한 가정의 딸로 태어났다. 그래서 그녀는 어려서부터 남의 집살이를 하지 않으면 안 되었다. 열여섯 살 때까지는 지바(千葉)의 후나가타(船形)에 있는 여관에서 식모살이를 했다. 그러면서 도쿄에 가 미용사가

되고자 하는 희망을 가지고 있었다. 그때 마침 도쿄에서 온 피서객이 주선해
주어 아사쿠사의 미용실에 들어가는데 알고 보니 그게 불량소년에게 속은
것이었다. 그리고 소년은 그녀를 데라사카(寺坂)라는 불량배에게 팔았다.

하루코는 뚜쟁이 아줌마에게 속아 그 아줌마 집 이층에 있는 데라사카의
방에 들어가게 된다.

다음날 아침에 아줌마 집 이층에서 눈을 뜨자 오하루(お春)는 잠자리
에서 알몸이었다. 놀라서 허리에 손을 대어봤지만 역시 알몸이었다. 남자
는 없다. 벌떡 일어나서 전기를 켜자 경대 속에 하얀 나체가 서 있다. (중
략) 그녀의 몸에 걸친 것은 실오라기 하나도 보이지 않는다. 당황해서 이
불 속으로 기어 들어간다. 자기의 알몸에 손을 대는 것이 두려운 듯 부끄
러워 무릎을 오무렸다 펴며 덜덜 떨었다. 울고 있는 것을 자기도 몰랐다.
그러나 가만히 있을 수가 없다. 다시 일어났으나 몸 둘 바를 모르겠다.
경대 앞에 앉아 알몸을 보니 오히려 안정이 되었다. 자기의 알몸이 왠지
이상하게 보였다. 갑자기 울다 그쳤을 정도다. 계단 밑을 살짝 살펴보고는
거울 앞에서 빙글빙글 돌면서 그녀는 그녀의 알몸을 바라보았다. 그러고
나서 또 계단 밑을 살피고 기어 돌아와서 그녀는 여자의 기괴한 모습을
가만히 거울에 비춰보고—옆으로 쓰러져 엎드리더니 울려다 웃기 시작했
다. 다른 여자의 탄생이다.

이렇게 하여 그녀는 완전히 다른 여자로 태어난 것이다. 지금까지의 그녀
의 여자는 숙명을 체념적으로 수용하는 그냥 그러한 여자였으나, 나체로 남
의 이층 빈방에 닷새 동안이나 방치된 상태에서 숙명을 개척하는 적극적인
자세의 여자가 된 것이다. 유미코는 여자이기를 거부하여 남자가 되려 했으
나, 그녀는 더 철저하게 여자이기를 바랐다. 그리고 그러한 여자가 되었다.

철저하게 여자가 된 하루코는 「아줌마네 이층의 알몸 잠자리로부터」 공

기총 오락장(射的屋)에 「양장 모습을 나타냈」다. 양장은 데라사카에게 부탁하여 샀을 것이다. 「알몸의 닷새 동안에 그녀는 열렬하게 데라사카를 사랑하기 시작했」고, 스스로 그녀는 데라사카의 신부(お嫁さん)가 된다. 말하자면 「공기총 오락장이 그녀의 아사쿠사 생활의 출발점이었던 것이다」. 그리고 얼마 뒤 그녀는 자신을 고마타(駒田)에게 「데라사카로부터 사 가지도록」 하여 그의 여자가 된다.

고마타라고 불리기 전의 그는 안 짱(あんちゃん)[10]이라 불리는 15, 6세의 순진한 소년이었다. 공기총 오락장에 와서 처음에는 「낮에 한 시간 정도 놀고, 밤에 또 한 시간 정도 놀다」 갔는데, 나중에는 돈을 「숙부네 금고에서 가지고 나왔」다. 그날 밤 공기총 오락장에서 하루코와 데라사카는 이 안 짱을 자기의 단칸방 거처로 데리고 온다. 그때의 그들의 방을 들여다보면 이러하다.

「안 짱, 이런 돈을 어디에서 가지고 왔어? 뭔가 나쁜 짓……」이라고 데라사카가 말하려는 것을 오하루는 억누르듯이,
「바보 같은 소리 마, 경찰도 아닌데. 걱정 말고 자요. 안 짱, 늦었어.」
잠자리는 하나이다. 데라사카는 바로 잠들었다.

하루코가 「알몸을 거울에 비추고 나서 한 달」 뒤의 일이다. 이와 같은 갑작스러운 하루코의 변신에 내로라하는 「데라사카와 같은 백발백중의 명수」조차도 「어안이 벙벙」해 진다.

이와 같은 하루코의 변신은 아사쿠사를 살아가야 하는 사람으로서의 것이었다. 그런데 그녀의 변신에는 데라사카처럼 아사쿠사에서 잔뼈가 굵은

---

10) 접미사 「~ちゃん」의 외래어 표기법에 의한 한글 표기는 「~찬」이 되나, 본래의 발음에 가깝도록 「~짱」이라고 표기하기로 함. 이하 같음.

사내조차도 놀라게 하는 것이 있었다. 종전의 여자에서 완전히 다른 여자로의 변신, 시골 여관의 순진한 식모로부터 아사쿠사의 여자로서의 변신, 그녀는 변신에 천재적인 소질을 가진 여자였다. 다시 말해서 그녀는 아사쿠사를 살아가는 사람으로서 천부적인 여자였던 것이다.

유미코는 아사쿠사라고 하는 거친 세파와 싸우며 살아가기 위해 남자가 되려 했던 여자이나, 하루코는 아사쿠사라고 하는 거친 세파를 타고 넘어가기 위해 여자 중의 여자가 되었다. 파도를 타려면 파도와 싸워 이겨야 하는 방법도 있지만, 파도에 맡긴 채 가는 방법도 있다. 전자는 유미코의 방법이고 후자는 하루코의 방법이다.

하루코「그녀는 어떤 여자보다도 어딘가 보다 많이 여자이다」.「진짜 여자에게는 비극이 없다. 하루코를 보고 있자면 누구라도 그렇게 생각한다. 하루코에게는 비극이 없다고 생각게 하는 대신에 진짜의 여자에게는 비극이 없다고 믿어버리게 한다」. 여자에게는 비극이 없다는 말을 이해하기 위해서는 여기에서의 여자가 의미하는 것이 무엇인가를 알아야 한다. 이를 알기 위해서 그녀의 말에 귀를 기울여 보자.

> 내가 좋아하는 건 아키코. 남자의 유미코 상. 아키코는 연하인 주제에 나를 퍽 귀여워하려 해요. 나를 재미있다고 생각하는 거야, 마음속으로 건방진 데가 그럴 듯해 라고, 그렇게 알고 있지만, 나 한심한 거겠지요. 어느새 귀염을 받고 있는 거예요. 여자란 이런 거잖아요? 남자에게는 놀림만 당하고……」

여기에서의 여자란 남자에게 사랑 받고, 놀림도 당하는 수동적인 존재라고 이해할 수 있다. 그녀는 또「남자 앞에 나오면 나 바로 쉬어버리게 되는 거예요. 무엇인가 생각하는 거, 무엇인가 하는 거, 전혀 필요 없어— 일부러

생각하는 것도 아니에요. 나도 하여튼 이래 봐도 말이야, 여자 혼자서 먹고
살아가는 걸. 휴식을 취하지 않으면. 생활의 수면제야, 남자란」이라고도 말
한다. 아기가 엄마 품에 안겨 안심하고 잠들 듯이 여자란 남자 옆에서 안심
하고 쉴 수 있어야 한다는 것이다. 결국 여자에게 있어서의 남자란 수면제
와도 같은 존재라는 것이다. 그녀의 이어서 하는 말은 「간논 극장(観音劇
場)의 대간판처럼」, 「유미코 상은 남자와 찬찬바라바라[11]야」이다. 유미코
는 남자와 싸우며 살아가지만 자기는 남자에게 순응하며 살아간다는 것이
다. 이에 대한 하루코의 견해는 「유미코 상의 입장에서 본다면 내가 불쌍하
고, 내 입장에서 본다면 유미코 상은 불쌍」하다는 것이다.

　　　한 명의 사내가 갑자기 그녀를 안고 입을 맞췄다.
　　　제 이의 사내는 말없이 그녀에게 입을 맞췄다.
　　　뒤의 두 사람도 순서를 기다려 조용히 입을 맞췄다.
　　　그러는 동안 하루코는 품에서 손도 빼지 않고 눈을 감고 서 있었는데,
　　　「아사쿠사 탑의 신부야, 나. ―너 입술연지 가진 거 없니?」

　예의 그 육층탑에서이다. 갑자기 다른 작자의 작품을 끼워 들여 엉뚱하
다는 생각이 들겠지만 하여튼 여기에서의 하루코에게서는 엔도 슈사쿠(遠
藤周作)의 『내가·버린·여자』[12]에 등장하는 버림받은 여자 미쓰(ミツ)
가 연상된다. 그녀는 자기의 여자를 한 사내에게 주었는데, 쾌락을 위해서
도 사내를 자기 것으로 하기 위해서도 아니었다. 사내가 원하였으므로 첫경
험의 아픔만을 느끼며 주어버렸던 것이다. 이처럼 하루코도 사내들이 하는
대로 자기의 입술을 제공하고 있었던 것이다. 엔도가 미쓰를 통하여 그리려

---

11) 「ちゃんちゃんばらばら」: 칼싸움.
12) 遠藤周作 『わたしが·棄てた·女』(講談社、1972·12)

했던 것은 여자 예수였으나, 가와바타는 하루코를 통하여 그녀의 말처럼 아사쿠사의 신부, 즉 만인의 연인을 그리고 싶었던 것이다.

하루코가 여자 중의 여자임에 비해, 여자의 역할을 하면서도 아직 여자가 안 된 여자와 여자가 소멸되어버린 여자가 있다. 전자는 이제 겨우 「금년 삼월」에 초등학교를 졸업한 「열네 살」의 소녀로 몸을 팔아 가족 생계의 기둥역할을 한다. 그러나 그녀 자신은 가계(家計)라던가 생계(生計) 같은 복잡한 것을 아직 모르는 천진스러운 소녀일 뿐이다. 사내들을 손님으로 맞고 나서도 「오늘은 아팠다던가 아프지 않았다던가」라고만 말할 정도로 그녀는 자기의 행위가 뜻하는 것조차도 모르는, 나이에 비해서도 늦된 소녀였다. 아직 여자가 되려면 수많은 낮과 밤을 기다려야만 하는 여자인 것이다.

반면 후자는 「예순 두 살」로 「죽을 때까지 여자로서 일」을 한 「오킨(お金)」이다. 오킨은 에도 시대(江戶時代)에 제법 떵떵거리며 살았던 무사인 하타모토(旗本)의 딸로 태어났으나 집안은 이미 메지 유신(明治維新)으로 몰락한지 오래였다. 그녀는 「열여섯 살에 가와고시(川越)에 작부로 팔려갔고, 「서른한 살에 도쿄로 돌아왔던 것이다」.

> 오십이 가까워지자 그녀는 이제 거리에서 사내들의 소매를 끌고 싸구려 여관을 전전하는 수밖에 없었다. 그것도 금방 육십이 가까워져서는 그늘에서 벌지 않으면 안 되게 되었다. 맨땅 위에서 기거했다. (중략) 상대가 대개 부랑자이기 때문이다. 예순 두 살로 길 가운데에서 죽은 것은 오킨의 그런대로의 죽음의 꽃(死花)이었던 것이다. 죽을 때까지 여자로서 일했기 때문이다.

60세에 몸을 팔다니 놀라운 일이다. 오킨, 그녀는 여자 아닌 여자로서 여자를 팔았던 것이다.

여자 중의 여자 하루코와 아직 여자가 안 된 여자 및 여자가 소멸되어버린 여자의 비교는 하루코의 여자를 더욱 돋보이게 한다. 그러나 소녀와 오킨의 여자는 암컷으로서의 여자임에 반해 하루코의 그것은 품성으로서의 여자라는 것을 간과해서는 안 된다.

하루코는 여자 중의 여자임과 동시에 이상한 미적 감각의 여자이다. 「기중기」의 「커다란 강철 팔이 내려오고, 그 사슬 소리에 하루코는 눈을 가늘게 떠 바라보며」, 「아아, 목을 매고 싶어. 저것에 매달려 쑤욱 올라간다면 얼마나 좋을까. 나 언제나 생각해요. 예쁘게 화장을 하고, 빨간 옷으로 멋을 내고, 이리저리 몸부림치면서, 그게 좋아요, 높이 매달려 올라가 축 늘어지면 강물에 풍덩—」이라고 말한다.

그러나 하루코는 이와 같은 이상한 미적 감각을 잠재워 둔 채 「나 같은 바보는 여자의 결점으로 살아가는 게 결국 가장 편안」하다고 말한다. 여기에서의 「여자의 결점」이란 수동적이며 고분고분한 것을 가리키는 것일 게다. 그녀가 이것을 알면서도 이것을 여자의 여자다운 것이라고 자신에게 타일러야 했던 것은, 이것을 「여자 혼자서 먹고 살아가」기 위한 생존의 수단으로 하기 위해서였다.

『아사쿠사 구레나이단』의 세계에서 유미코와 하루코를 비교해본다는 것은 자연스럽다 할 것이다. 유미코는 그 이름 유미(弓;활)가 말하듯이 팽팽한 긴장감을 느끼게 한다. 그러나 하루코에게는 그런 것이 없다. 유연하고 느슨한 데가 있다. 유미코는 남자와 싸우면서 살아가지만 하루코는 남자를 따르며 살아간다. 가타오카 료이치(片岡良一)는 「『아사쿠사 구레나이단』과 그 작가」에서 「오하루가 『여자』인 대신 『인간』을 잃었다고 한다면, 유미코는 『인간』이려고 『여자』가 아니게 되어— 오히려 스스로 『여자』를 버렸」[13]다고 말한다. 인간이기 위해서는 인격이나 자아가 있어야 한다는 말

13) 片岡良一 「『『浅草紅団』とその作者」(三枝康高 『川端康成入門』<有信堂、1975・11> 소수)

일 것이다. 그렇다면 여자에게는 인격도 자아도 없다는 말이 된다. 적어도 『아사쿠사 구레나이단』의 세계에서는 그러하다.

그렇다고 하루코가 아무런 생각도 없이 바람 부는 대로 물결치는 대로 흘러가는 일엽편주로 시종을 일관한 것은 아니다. 닷새간의 나체로부터 자진하여 데라사카의 여자가 된 것도 다름 아닌 그녀 나름대로의 생존을 위한 몸부림의 결과였고, 자기 자신을 고마타에게 데라사카로부터 사 가지도록 하여 그의 여자가 된 것도 생존의 방법이었다.

그렇다고 하루코가 고마타에게 데라사카로부터 자기를 사게 한 것이 생존만을 위한 것은 아니었다. 「마음속 깊이로부터 상처받은 소년의 슬픔을 보」았기 때문이었다. 그녀는 마음이 따스한 여자였던 것이다. 이리하여 「하여튼 오륙 년간 고마타는 하루코에게 붙어 다니며 아사쿠사를 건너왔는데, 하루코 자신의 말을 빌리면 자기는 이제 완전히 생동감이 없어졌다. 칠칠치 못해졌다」는 것이다. 「그러나 고마타는 지금도 역시 무엇인지 모를 것에 대한 매력에 끌려 멍하니 꿈을 꾸고 있」으니, 「마음에 생기가 있는 아가씨와 다시 한 번 살게 해주고 싶다고」 생각하여 「그 일을 유미코에게 부탁」한다. 그녀는 따스한 마음뿐 아니라 깔끔한 성격을 내면 한쪽에 간직하고 있는 여자였던 것이다. 결국 히루코리고 히는 일엽편주는 아사쿠라라고 하는 바다의 거친 바람과 물결을 솜씨 좋게 이용하여 훌륭한 항해를 계속해 가고 있는 것이다. 그러기에 그녀는 유미코도 「나를 보고 배워야 한다」고 말할 수 있었던 것이다.

저자는 본편의 모두에서 유미코와 하루코 두 여자의 역할을 합하면 주인공으로서도 손색이 없다고 언급한 바 있다. 그리고 Ⅰ장에서는, 유미코는 절반은 남자라 할지라도 절반은 여자임에 틀림없다고도 언급했다. 그런데 유미코의 절반은 남자인 부분을 하루코로 바꾸어 넣는다면 이상형의 여자가 될 것이라는 게 저자의 견해이다.

●●●
마치는 말

『아사쿠사 구레나이단(浅草紅団)』의 아사쿠사는 악의 매연으로 오염된 도시공간이다. 여기저기에서 범죄의 냄새가 나고 일반인보다 형사가 많다고 하는 느낌까지 드는 게 이 아사쿠사이다. 도시는 악의 온상으로 적당하다. 여기에 불황이 덮치면 악의 온상으로서의 기능은 강화된다. 1929년 무렵의 일본은 심각한 불황으로 허덕이어야만 했다. 그것이 아사쿠사를 악의 소굴로 만드는 데에 박차를 가하는 결과를 낳았다. 『아사쿠사 구레나이단』은 이와 같은 아사쿠사를 쓴 소설이다.

이러한 아사쿠사에는 거지나 부랑인 같은 사람들로 넘쳐나는데, 이들은 죽지 못하여 산다기보다 어제에 밀려 그저 오늘도 죽지 않고 살아가는 존재들이다. 거지들이 얻어다 먹고 남은 것을 영세민들이 사다 먹는다고 하는 웃을 수 없는 희극이 연출되는 곳이 이 아사쿠사인 것이다. 열네댓 살 이하의 소녀나 마흔을 넘긴, 거지나 부랑인 상대의 창녀 고카이야도 이 아사쿠사의 주민이다.

그렇지만 이곳에는 지진으로 무너져버린 폐허를 재건하려는 희망이 있다. 그들만의 독특한 생존방식 속에도 그들 나름대로의 말 못할 애환이 있고, 가슴 저리게 하는 애틋한 사랑이 있는 것이다.

이와 같은 아사쿠사를 유미코와 하루코라고 하는 두 여자가 작품세계를 이분(二分)하여 전반은 유리코가, 후반은 하루코가 분담하여 살아간다. 유미코는 구레나이단의 단장으로 자유자재로 변장을 하여 변신한다. 지진 때 버림받은 언니의 사랑에 충격을 받은 그녀는 여자이기를 거부하여 남자가 되기로 작정하고 그대로 실행한다. 그러나 그녀의 내면 깊은 곳은 억눌린 여자를 본래대로 되돌리고 싶다고 하는 열망으로 뜨겁다.

유리코는 이 열망을 이루어줄 남자를 찾기 위해 변장하여 변신을 거듭한 것이다. 의식의 위에서는 언니의 원수를 갚기 위해 아카키를 찾고 있었으나, 의식의 깊은 곳에서는 자기의 여자를 되찾아줄 상대로서의 아카키를 찾고 있었다. 그러나 아카키는 이미 자기의 사랑에 불을 붙여줄 수 없는 사람이었기에 다른 남자를 찾기 위해 그녀는 변장을 거듭하지 않으면 안 되었던 것이다.

고양이잡이 바이코가 날카로운 칼 유미코로 사랑을 요리하고 싶어 그녀를 낚으려다 오히려 그녀의 변장에 낚이고 말았는데, 그녀는 그 바이코를 자신의 수하에 두어 자신의 뜻을 이루는 일을 돕도록 한다. 앞으로 그녀는 자기 남자를 찾는 데에 그를 쓰게 될 것이다.

유미코는 아카키에게 아비산의 키스를 한 뒤 작품세계로부터 행적을 감추는데, 그녀의 뒤를 이어 하루코가 활동을 시작한다. 하루코는 여자 중의 여자로서 작품세계에 등장한다. 그녀는 불우한 환경에서 태어나 여관에서 식모살이를 하다 자기도 모르는 사이에 팔려 아사쿠사로 흘러들어온 것이다. 자신의 운명을 숙명으로 알고 순응하던 그녀였으나 아사쿠사는 그녀로 하여금 그 숙명을 수정이 가능한 운명으로 살아가게 했던 것이다.

하루코의 수정 가능한 운명을 살아가기 위한 결단은 철저하게 여자가 되는 것으로 나타난다. 그녀에게 있어서의 여자란 남자를 거역하지 않고 따르며 사랑받는 것을 의미한다. 그러나 그녀는 남자의 소유물이면서 자기를 소유한 그 남자를 거느리는 변신을 이룬다. 그녀는 데라사카가 돈을 주고 샀으므로 그의 소유였다. 그리고 또 그녀는 고마타가 테라사카로부터 샀으므로 고마타의 소유가 되었던 것인데, 피소유물인 자기가 소유주인 남자를 거느리게 된 것이다.

유미코와 하루코는 모두 주인공이라고 하기에는 어딘지 부족함을 느끼게 한다. 그녀들의 활동범위가 작품의 전반부와 후반부로 나뉘어 있기 때문이다. 그러므로 이 두 여자를 합하여 한 주인공으로 볼 수 있지 않을까 한다. 『아사쿠사 구레나이단』은 아사쿠사라고 하는 악의 바다를 유미코호(號)와 하루코호(號)라고 하는 작은 두 배가 각각 전반과 후반을 담당하여 신선한 바람을 일으키며 저어가는 세계이기 때문이다.

아사쿠사에 오면 누구나 변신한다. 유미코도 변신했고 하루코도 변신했다. 환언하면 아사쿠사는 모든 낡은 모양을 녹여 새로운 모양으로 변신시키는 주물장(鑄物場)인 것이다. 결국 『아사쿠사 구레나이단』은 이 주물장에서 주조(鑄造)된 두 척의 작은 배가 아사쿠사라고 하는 거친 바다를 항해하는 이야기인 것이다.

■ 제 6 편 ■

『눈 고장』의 세계

시작하는 말

가와바타 야스나리(川端康成)의 대표작 『눈 고장(雪国)』1)의 성립에는 『분게순주(文芸春秋)』1935년 1월호에 기필(起筆)하여 『쇼세쓰 신초(小説新潮)』1947년 10호에서 각필(閣筆)하기까지의 약 12년과 9개월이라고 하는 긴 세월을 요했는데, 그 과정을 더듬어 보면 다음과 같다.

제 1장 저녁 경치의 거울(夕景色の鏡) 『분게 순주(文芸春秋)』1935년 1월호

제 2장 하얀 아침의 거울(白い朝の鏡) 『가이조(改造)』1935년 1월호

제 3장 이야기(物語) 『니혼효론(日本評論)』1935년 11월호

제 4장 헛수고(徒労) 『니혼효론(日本評論)』1935년 12월호

제 5장 새꽃(萱の花) 『주오코론(中央公論)』1936년 8월호

제 6장 불베개(火の枕) 『분게 순주(文芸春秋)』1936년 10월호

제 7장 공놀이 노래(手毬歌) 『가이조(改造)』1937년 5월호

제 8장 설중회제(雪中火事) 『고론(公論)』1940년 12일호

제 9장 은하수(天の河) 『분게 순주(文芸春秋)』1941년 8월호

제 10장 눈 고장 초(雪国抄) 『교쇼(暁鐘)』1946년 5월호

제 11장 속 눈 고장(続雪国) 『쇼세쓰신초(小説新潮)』1947년 10월호

---

1) 일본어의 「유키(雪)」는 「눈」이라는 의미임. 그리고 「구니(国)」는 「나라」 또는 「지방」이라는 뜻인데, 여기에서는 「지방」이라는 뜻으로 쓰이고 있음. 그러므로 「유키구니(雪国)」는 「눈 많은 지방」이라는 뜻이 됨. 그러나 이 작품 『유키구니(雪国)』는 우리나라에 『눈 고장』이라는 제목으로 소개되어 알려지게 되었으므로 본서에서도 그대로 『눈 고장』이라고 쓰기로 함.

『눈 고장』은 이상과 같이 여러 잡지에 단속적(斷續的)으로, 그것도 자의적(恣意的)으로 발표되었는데, 여기에는 정본(定本)에는 없는 표제(表題)가 붙어 있다. 표제 가운데「눈 고장 초(雪国抄)」라고 하는 작품이 있는데, 이는「설중화재(雪中火事)」와「은하수(天の河)」의 두 편을 합쳐서 개고(改稿)한 데에다가 더 써 보태어 한 편으로 한 것이다.

그런데「저녁 경치의 거울」에서「공놀이 노래」까지의 7편을 정리하여 『눈 고장』이라고 하는 제목으로 1937년 6월에 소겐샤(創元社)에서 간행하였는데, 그 가운데에는 그때 새로 써 넣은 부분이 있다. 이를 가리켜「새로 쓴 원고(書下ろし新稿)」라고도「구판『눈 고장』(旧版『雪国』)」이라고도 한다.『눈 고장』의 종장(終章)인「속 눈 고장」이 발표된 것은 1947년 10월인데, 그 다음해인 1948년 12월, 이미 간행된 부분에 상당한 손질을 하여「후기」까지 써 보태서 소겐샤(創元社)로부터 결정판으로서의『눈 고장』이 간행되었다. 그러나 그 후 신초샤(新潮社)로부터 1949년 6월에 간행된 16권본의『가와바타 야스나리 전집(川端康成全集)』제 6권에 수록될 때에도, 1960년 6월에 간행된 12권본의『가와바타 야스나리 전집(川端康成全集)』제 5권에 수록될 때에도, 그리고 보쿠요샤(牧羊社)로부터 1971년 8월에『정본 눈 고장(定本雪国)』이 간행될 때에도 대폭적인 가필정정(加筆訂正)을 하였다.

이처럼『눈 고장』은 여러 잡지에 단속적(斷續的)으로 발표된 이래 집요하다고 해도 좋을 정도로 개고(改稿)를 거듭했던 것이다. 이로부터는 작가 가와바타가 얼마나 이 작품에 애착하고 있었나 하는 것을 엿볼 수 있을 것이다.

본 편에서는 이 소설『눈 고장』의 세계를 전반적으로 고찰하여, 그 세계에 대하여 규명하고자 한다.

I 가와바타의 이상한 생리가 만들어낸 세계

소설 『눈 고장』은 「접경의 긴 터널을 빠져 나가자 눈 고장이었다」라고 하는 유명한 한 구절로 시작되는데, 에치고 유자와(越後湯沢)가 이 「눈 고장」2)이라고 하는 것은 잘 알려져 있다. 이에 대해서는 작자 가와바타도 「독영자명(独影自命)」에서, 「장소는 에치고의 유자와 온천이다」라고 밝혔을 뿐 아니라, 또 그가 「『눈 고장』에 대하여」에서 「『눈 고장』의 고마코(駒子)에게는 모델이 있습니다」라고 말한 대로 고마코에게는 모델이 있다는 것도 알려져 있다. 시마무라(島村)에 대해서는 작자 자신이라고 하는, 다시 말해서 작자 자신이 시마무라의 모델이라고 하는 견해도 있는데, 이는 가와바타가 「『눈 고장』에 대하여」에서 「시마무라는 내가 아닙니다」라고 분명히 말하고 있으므로 시마무라의 모델은 없다고 하는 것이 된다.

그런데 저자가 말하고 싶은 것은 작품의 무대를 어느 지방을 모델로 해서 썼다던가, 주인공에게 모델이 있다던가 없다던가 하는 것이 아니다. 오히려 이러한 것과 작품세계를 분리하여 작품을 완전히 독립된 세계로서 읽어야 한다는 것이다.

또 『눈 고장』은 본문이동(本文異同)이 심하다고 하는 것은 전술한 대로인데, 초출잡지(初出雜誌)와 정본(定本)의 이동(異同)을 살피는 가운데 작자의 창작의도를 파악함으로써 작품세계를 엿볼 수 있다 하더라도, 역시 원칙적으로는 초출의 작품세계와 정본의 작품세계는 서로 다른 세계로서

---

2) 우리말로 「눈 고장」이라고 흔히들 번역하고 있는 일본어의 「雪国(유키구니)」는 눈이 많은 지방이라는 의미의 말임. 따라서 「국경」이라고 번역된 「国境(구니자카이)」도 「접경(接境)」으로 번역하는 것이 옳음.

봐야 하는 것이다.

가와바타는『눈 고장』의 처음 부분을 쓰기 위해 눈 고장의 온천 여관에 갔었는데[3], 쓴 장소도 작품세계와 관련시킬 필요가 없다. 가와바타가 눈 고장의 온천 여관에 묵으며 그 지방에서 취재한 것도 적지 않을 것이므로 전혀 관계가 없다고는 할 수 없다 할지라도, 취재한 것에 의해 쓰인 장면 역시 사실을 사생한 것이 아니라, 거기에는 작자의 작의가 더해져 변형된 경우도 많을 테니 독자나 연구자들이 작품의 모델에 해당하는 지방을 본다고 하는 것은 오히려 작품세계를 이해하는 데에 있어서 방해가 되는 일도 많으리라 생각된다.

이에 대해서는 데라다 도오루(寺田透)의「어느 가와바타 씨의 작품도 우리들을 일본에, 또는 일본의 온천에 데리고 가지 않고, 가와바타에게로, 가와바타의 일종의 이상한 생리의 움직임에게로 데리고 간다」[4]고 한 말에 귀를 기울일 가치가 충분히 있다고 생각한다.『눈 고장』에는 유자와 온천 이라고 하는 지명이 나오지 않는데, 이에 대해서 가와바타도「『눈 고장』에 대하여」에서,「나는 일부러 지명을 감추어 두었습니다. 그 이유의 하나는 지명을 밝힘으로써 독자의 자유로운 상상을 빼앗는 것을 피하기 위해서이고, 또 하나는 모델 여자에게 폐를 끼칠 것을 두려워해서였습니다」라고 말했으니 재론의 여지도 없을 것이다.

모델 여자란 고마코의 모델을 말하는데, 이 문장에 이어「모델을 현실적으로 사생한 것이 아닙니다」라 했고, 또「『눈 고장』의 극화(『雪国』の劇化)」에서도「모델이 있다고 하는 의미에서는 고마코는 실재하지만, 소설의 고마코와 현저히 다르므로 실재하지 않는다고 하는 것이 바를지도 모른다」

3)「『雪国』の劇化」(『전집(제33권)』소수)
4) 寺田透「『雪国』について」(三枝康隆篇『川端康成入門』<有信堂, 1975・11> 소수)

고 말하고 있으므로 모델과 작중의 고마코를 관련시켜 생각하는 것은 피해야 되리라고 생각한다. 그리고 가와바타의 「『눈 고장』의 여행(『雪国』の旅)」이라고 하는 글 가운데에는 가와바타가 『눈 고장』을 쓰기 위해 체류했던 유자와의 온천 여관에서 쓴 메모식의 일기가 있는데, 『눈 고장』에는 이 일기의 부분과 일치하는 데도 몇 군데인가 보인다. 그러나 그렇다고 하여 『눈 고장』의 세계를 감상하는 데에 있어 이것이 도움이 되는 것은 아니다.

『눈 고장』의 세계는 데라다 도오루(寺田透)의 말처럼 가와바타의 일종의 이상한 생리의 움직임이 만들어낸, 현실과는 동떨어진 하나의 완전히 독립된 세계로 읽는 것이 올바른 방법인 것이다.

II 시점인물 시마무라와 비현실의 세계

「국경의 긴 터널」은 에치고(越後) 접경(接境)의 시미즈(清水) 터널을 모델로 한 것인데, 이 터널은 시미즈 터널이라 해도 좋고 다른 어떤 터널이라 해도 상관없다. 다만 터널의 이쪽은 현실의 세계, 저쪽, 다시 말해서 『눈 고장』의 무대는 널리 알려져 있는 대로 비현실의 세계로서 이해하면 되는 것이다. 작가 가와바타의 일종의 이상한 생리의 움직임이 만들어낸 세계, 즉 작자의 작의에 의해 성립된 창작의 세계로서 이해하면 되는 것이다.

이 세계는 가와바타 야스나리가 만들어낸 『눈 고장』이 시점인물 시마무라의 눈에 비친 세계이다. 그러므로 『눈 고장』의 세계를 이해하기 위해서는 시마무라라고 하는 인물에 대해서 이해하지 않으면 안 된다. 그를 흔히

허상이라고들 하는데, 그가 허상이든 실상이든 여기에서는 문제로 삼지 않아도 좋다. 다만 그의 참 모습을 이해하기만 하면 되는 것이다.

시마무라는 부모의 유산으로 무위도식하는 남자이다. 그는 「도쿄의 서민촌에서 자랐기에 어린 시절부터 가부키시바이(歌舞伎芝居)5)에 친숙했는데, 학생시절에는 취향이 춤이나 쇼사고토(所作事)6)로 치우쳐, 「낡은 기록을 뒤지기도 하고 원조를 찾아 돌아다니기도 하여, 일본무용의 한 이론가로서 독립하게 되었을 때, 「그는 갑자기 서양무용으로 취미를 바꾸어 버렸」다. 그의 서양무용에 대한 연구 모습을 인용해 보면 이러하다.

> 서양무용에 대한 서적과 사진을 모으고 포스터나 프로그램 따위까지 고생하여 외국으로부터 손에 넣었다. 이국과 미지에 대한 호기심뿐만은 결코 아니었다. 여기에서 새로 발견한 기쁨은 눈앞에서 서양인의 춤을 볼 수 없다고 하는 데에 있었다. (중략) 서양의 인쇄물을 의지하여 서양무용에 대해 쓰는 것만큼 안락한 일은 없었다. 보지 않은 무용 같은 거 이 세상이 아닌 이야기이다. 그만큼 탁상공론은 없고, 천국의 시이다. 연구라고는 해도 제멋대로의 상상으로, 무용가의 살아 있는 육체가 춤추는 예술을 감상하는 것이 아니라, 서양의 말이나 사진으로부터 떠오르는 공상이 춤추는 환영을 감상하고 있는 것이다.

시마무라에 있어서의 서양무용은 탁상공론에 의해 이루어진 천국의 시이며, 제멋대로의 상상과 공상이 춤추는 환영이다. 그는 이러한 서양무용을 감상하는 일에 의해 「가끔 서양무용의 소개 등을 씀으로써 문필가 나부랭이 축에 끼고, 있었다. 정말이지 이 세상의 이야기가 아닌 것이다. 천국의

---

5) 일본 전통의 민속 연극.
6) 연극 속에 엮어 넣는 특수한 표정을 나타내는 춤, 또는 가부키 시바이에서 노래에 맞추어 추는 춤.

시를 보는 이상한 감각의 시마무라는 눈 고장에 있었을 때, 「눈의 계절이 가까워」져 「여관주인이 내어준」 「은으로 된 화조(花鳥)가 섬세하게 아로새겨져 있」는, 「교토(京都)에서 만든 철병(鐵甁)에서 부드러운 송풍(松風) 소리」를 듣는다. 그것도 「소나무 소리는 둘로 겹쳐져 가까운 것과 먼 것으로 나뉘어 들」리고, 「그 먼 송풍의 좀더 저쪽에 작은 방울이 은은하게 계속하여 울리고 있는 것 같았」으므로 그는 「철병을 귀에 대고 그 소리」를 들었던 것이다.

또 눈 고장에서는 「나뭇잎이 떨어지고 바람이 차가워질 무렵」에는 원뢰(遠雷)처럼 「바다가 있는 데에서는 바다가 울고, 산이 깊은 데에서는 산이 운다」고, 그가 읽은 옛날 책에 씌어 있었다 하는데, 그는 이 「바다나 산이 우는 소리를 생각해 보는 것만으로 그 원뢰 소리가 귓밑을 통과하는 것 같」이 느끼기도 한다. 비현실의 세계인 『눈 고장』의 세계를 보는 시점인물로서는 이러한 시마무라가 가장 적절하지 않을까 한다.

하여튼 『눈 고장』의 독자의 뇌리에는 한 여자의 모습이 오래도록 남아 있게 될 것이다. 시마무라는 그 여자 고마코(駒子)를 만나러 기차를 타고 가고 있었다. 그의 손가락 하나가 「이제부터 만나러 가는 여자를 생생하게 기억하고 있」었는데, 「그 손가락으로」 「문득」 기차의 「유리창에 선을 긋자」, 거기에 「저녁 경치의 거울」이 생기고, 그 「거울」에는 「땅거미의 물결 이랑에 떠오른, 요염하고도 아름다운 야광충」과도 같은 눈의 요코(葉子)의 모습이 비쳤는데, 그 모습은 너무도 선명하여 독자들의 뇌리에서 오래오래 지워지지 않을 것이다. 그런데 그 저녁 경치의 거울은 「비현실의 힘」을 가지고 있는 것이다.

『눈 고장』의 세계가 비현실의 세계로서 묘사된 세계라고 하는 것은 잘 알려져 있는데, 이 비현실이라고 하는 것은 「거울의 비현실의 힘」으로서 그 장을 여는 것이다. 그렇다고 하여 『눈 고장』의 세계 전체가 이 거울에 비친 세계라는 것은 아니다. 이 거울은 독자들의 뇌리에 작품세계가 비현실의 세계라고 하는 것을 선명하게 인상 지워 주는 역할을 해 주는 것에 불과하다.

하나의 작품세계를 하나의 거울에 비쳐서만 그리는 것은 재미없는 일이다. 그러기에 작품의 시점인물 시마무라를 눈 고장으로 안내하는 역할이 지워진 요코를 비현실의 힘을 가지고 있는 거울에 비춤으로써 그녀를 비현실의 세계의 사람으로 채색한 것이다.

한 번 채색된 요코는 거울에 비취지 않아도 비현실의 세계의 사람이며, 비현실의 사람이 있는 세계는 비현실의 세계이다. 그러므로, 「저녁 경치 거울의 비현실의 힘에 사로잡혀 있었기에」 요코가 역장을 불러 「너무도 진지한 모습을 보였을 때에도 이야기와도 같은 흥미가 앞섰」던 것이다. 다시 말해서 요코가 역장을 부르는 장면은 거울에 비친 장면이 아니지만, 저녁 경치 거울의 비현실의 힘에 사로잡혀 있었기에 눈 고장의 시점인물 시마무라는 「이야기」와도 같은 흥미에 사로잡혔던 것이다. 「이야기」는 현실의 것이 아니다. 다시 말해서 비현실의 것이라는 것이다.

시마무라는 비현실의 힘을 가진 거울을 통하여 요염하고도 아름다운 야광충과도 같은 눈의 요코를 보고 국경의 긴 터널을 빠져 나갈 때 자신의 눈에는 모든 것이 비현실의 세계로 보이는 안경이 씌워졌고, 또 그 안경을 쓴 자신도 비현실의 세계의 사람이 되었는지도 모른다. 그러기에 「산에서 튼튼해」진 「칠일간의 산의 건강」을, 죄의식을 느끼지 않아도 되는 「손쉬움으로」 「간단히 세탁」하기에는 고마코가 「너무 청초」하다고 느껴졌을 것이다.

이에 대해서는, 「물론 여기에는 저녁 경치의 거울은 있었을 것이다」라는 표현이 있고, 또 「석양이 기차 유리창에 비치는 여자의 얼굴처럼 비현실적인 시각을 가지고 있었는지도 모른다」라고도 표현되어 있어, 시마무라가 세상을 볼 때 비현실적인 방법으로 본다고 하는 것을 뒷받침해 준다. 다시 말해서 시마무라의 눈에는 세상이 비현실의 세계로 보이는 안경이 씌워져 있다고 하는 것이다. 그러므로 「시마무라는 무엇인가 비현실적인 것을 타서, 시간이나 거리에 대한 생각도 사라지고 허무하게 몸이 옮겨져 가는 것 같은 방심상태로 떨어」지기도 했던 것이다.

III 눈 고장은 어떠한 곳인가?

『눈 고장』은 지금의 니가타켄(新潟県)인 에치고(越後)의 유자와 온천을 모델로 하여 쓰인 소설인데, 이와 작품의 세계는 분리하여 작품을 읽어야 한다는 것은 전술한 대로이다.

그럼, 작품으로서의 『눈 고장』의 무대는 어떠한 곳일까. 적어도 도쿄로부터 기차로 세 시간 반은 걸리는 산간벽지의 온천지이다. 시마무라가 손가락으로 유리창에 선을 그어 생긴 거울에 비친 요코에게 도취되기 「세 시간이나」 전에 기차는 접경의 긴 터널을 빠져 나가 신호소에 멈췄는데, 여기로부터 또 「반시간 정도 뒤에」 기차가 도착하여 시마무라가 내린 곳이므로 세 시간 반 이상이 걸린다는 것은 분명하다. 그런데 눈 고장인 이 지방은 눈이 얼마나 많나 하는 것을 잠시 들여다보기로 하자.

제설차를 세 대 갖추어 눈을 기다리는 접경의 산이었다. 터널의 남북으로 전기에 의한 눈사태 경보선이 지나고 있었다. 제설인부 연인원 오천 명에 소방청년단 연인원 이천 명의 출동 수배가 이미 되어 있었다.

시마무라와 같은 도쿄 사람으로서는 상상하기조차 어려울 정도로 굉장한 것이다. 「눈의 깊이는 한 길이나 되」어 「지붕의 눈을 내」려야만 하는 지방이므로 시마무라로서는 「어린이들이 수채」에서 가져온 「얼음의 두께가 거짓말처럼 생각」된 것도 당연하다 할 것이다. 이 지방의 어느 곳은 길의 「저쪽으로 건너는 데에 눈의 둑을 곳곳에 뚫어 터널을 만들」지 않으면 안 될 정도이다. 이처럼 눈이 많은 지방이므로 「새 쫓는 축제(鳥追ひ祭)」와 같은 「눈 고장다운 어린이 행사」가 있어도 좋은 것이다.

「바로 몇 년 전 철도가 지나기까지는 주로 농가 사람들의 탕치장(湯治場)이었던」 이 눈 고장에는, 「나무줄기에서 줄기로 대나무나 막대기를 가로 걸쳐 몇 단이나 연결해서 벼를 걸어 말리는」, 「그 지방 사투리로 핫테라고 하는」 것이 있다. 집집의 차양에서 길게 달아내어 그 끝을 받치는 지주가 도로에 늘어서 있」어, 「눈이 깊은 동안에 길이 되는」 「간키(雁木)라고 하는」 것도 있다. 그리고 「눈 속에서 실을 만들고, 눈 속에서 짜고, 눈의 물로 씻어 눈 위에서 바랜다」고 하는 지지미(縮)[7]의 산지도 이 눈 고장에는 있다.

그런데, 국경의 긴 터널을 빠져나와 「간이역에 기차가 서」고, 요코가 「시마무라 앞의 유리창을 열」자 「눈의 냉기가 흘러들」어 오는데, 시점인물 시마무라가 이 눈의 냉기를 느낀다고 하는 것은, 그가 눈 고장에 들어왔다고 하는 것을 강하게 실감시켜 주는 것을 의미한다. 하여튼 시점인물 시마무라가 이제까지 살펴본 것과 같은 눈 고장에 들어오는 일에 의해 소설 『눈고장』의 세계는 펼쳐지는 것이다.

---

7) 바탕에 오글오글하게 주름이 잡히게 짠 옷감.

IV ●●● 고마코의 분신 요코

　『눈 고장』은 시마무라(島村), 고마코(駒子), 요코(葉子)의 세 사람에 의해 이루어진 삼각관계를 그린 소설로서 읽을 수가 있을 것이다. 그런데 납득이 잘 안 되겠지만, 요코는 고마코의 분신으로서 설정되었다고 생각한다. 다시 말해서 고마코에다가 요코를 합쳐 한 사람으로 봐도 좋다는 것이다. 그리고 시마무라는 주체적인 인격체가 아니라 단지 고마코라고 하는 한 여성을 그려내기 위한 도구에 불과하다고 생각한다. 바꾸어 말한다면『눈 고장』은 고마코라고 하는 한 여성이 시마무라라고 하는 도구에 의해 그려내어진 세계라는 것이다.

　요코가 고마코의 분신이라고 하는 것은 가와사키 도시히코(川崎寿彦)[8] 나 오쿠데 다케시(奥出健)[9] 등도 지적하고 있다. 사실 작품세계에는 요코가 고마코의 분신이라고 하는 것을 나타내고 있는 장면이 적지 않다. 시마무라가 고마코를 만나러 가는 기차 안에서 그녀를 생생하게 기억하고 있는 그의 손가락이 유리창에 선을 그림으로써 생긴 거울에 요코의 「한쪽 눈이 확실하게 떠올랐」었는데, 고마코를 기억하고 있는 손가락과 요코의 한쪽 눈이 겹쳐지는 순간이라고 하는 사실을 간과해서는 안 된다. 작자는 「손가락으로 기억하고 있는 여자와 눈에 등불을 켜고 있는 여자」라고 하는 말을 가지고 양자 사이에 관련성이 있다고 하는 것을 암시하고 있다.

---

8) 가와사키 도시히코(川崎寿彦)는 「川端康成 『雪国』—雪と火と—」(『日本文学資料叢書 川端康成』<有精堂、1976 · 9> 소수)에서, 요코에 대하여 「고마코의 가장 아름다운 부분이 그녀가 그녀의 몸을 벗어나서 육체를 취한 것」이라고 주장하고 있음.
9) 오쿠데 다케시(奥出健)는 『川端康成 『雪国』を読む』(三弥井書店、1989 · 5)에서 「요코는 분명히 고마코의 분신」이라고 주장하고 있음.

이외에도 요코가 고마코의 분신이라고 하는 것을 암시하고 있는 장면은 많은데, 몇 군데만 열거해 보면 이러하다.

① 「오늘 아침 산의 눈을 비춘 거울 속의 고마코를 봤을 때도 물론 시마무라는 석양의 기차 유리창에 비친 아가씨가 생각났다」.

② (시마무라가 저녁 경치의 거울의) 「인상이」, 「생각나자 거울 속에 가득한 눈 가운데 떠오른 고마코의 빨간 얼굴도 생각난다」.

③ 「조금 젖은 눈으로」 (자기를) 「올려다 본 요코에게 시마무라는 기괴한 매력을 느끼자 왜인지 고마코에 대한 애정이 거칠게 타오르는 것 같았다」.

④ 「저 애를 보고 있자면 필경에는 나의 괴로운 짐이 될 것 같은 생각이 들어요」.

⑤ 「당신 같은 사람 손에 걸리면」, (요코는) 「미치광이가 되지 않아도 될지도 몰라요. 내 짐을 가져 가 주지 않을래요?」

⑥ (요코가) 「당신 옆에서 귀여움을 받는다 생각하고, 나는 이 산중에서 몸을 망치는 거예요. 찡하게 기분이 좋을 거예요」

⑦ 「몇 년인가 전에 시마무라가 이 온천장에 고마코를 만나러 오는 기차 속에서 요코의 얼굴 한가운데에 산야의 등불이 켜졌을 때의 모습이 순간 생각나서 시마무라는 또 가슴이 떨렸다. 순간적으로 고마코와의 세월이 비춰는 것 같았다」

※ ( ) 안은 저자의 주(注)임.

인용문에 부여한 번호는 작품에 나온 순서에 의한 것인데, ① ② ③ ⑦은 시마무라가 고마코를 보고 요코가 생각난 장면과 요코를 보고 고마코가 생각난 장면이다. 그리고 ④ ⑤는 고마코가 한 말인데, 고마코가 요코를 자기의 짐으로 인식하고 있다는 것을 알게 해 준다. 표면에 보이는 한에 있어서는 고마코가 요코를 자신의 짐으로 생각해야 할 아무런 이유도 존재하지 않는다. 한 사람의 남자를 함께 사랑한다 할지라도 이는 오히려 미워할 수 있는 요인인 것이다. 그럼에도 불구하고 자기의 짐으로 생각한다고 하는 것은 역시 자기의 분신이기 때문이라고 생각한다. ⑥도, 고마코의 말인데, 옛날에 한 남자를 사랑했던 라이벌 여자가 자기의 새로운 애인 옆에서 귀여움을 받는다 생각하고 찡하게 기분이 좋다고 하는 것은 상식으로는 생각할 수 없는 일이다. 자기의 분신이기에 극히 자연스럽게 받아들일 수 있는 것이다.

작품세계가 이제 막을 내리려고 하는 화재 장면에서 고마코는 「요코를 가슴에 안」는데, 이 장면에 있어서 분신인 요코는 본체인 고마코에게 돌아와 하나가 된 것이다. 이를 시마무라는, 「고마코는 자기의 희생이나 형벌을 안고 있는 것처럼」 보는데, 희생이란 분신인 요코가 본체인 고마코를 대신하여 희생되었다고 하는 것을 의미하는 것이고, 형벌이란 본체인 고마코가 유키오(幸男)라고 하는 첫사랑의 남자를 버리고 시마무라라고 하는 새 연인을 만들기도 하고, 게샤가 되어 손님들과 시시덕거리기도 한 일에 대한 형벌로서, 미친 요코를 평생 짐으로써 돌봐 주지 않으면 안 된다고 하는 것이 상징적 표현이 아닌가 한다.

고마코는 요코가 「미치광이가 된다」고 하는 것을 몇 번이나 말한 적이 있는데, 이 고마코의 예감은 화재현장에서 현실로 나타난다. 고마코는 이층에서 떨어져 정신을 잃은 요코를 안고, 「이 애, 미치고 있어. 미치고 있어」라고 외치는데, 이는 본체가 분신의 내부에서 일어나고 있는 변화를 직감으로 느낌으로 해서 한 말이다. 그리고 시마무라는 이를 「요코의 속 생명이 변화한다」고 느꼈던 것이다. 본인인 요코의 입장에서 본다면 「인형 같은 무저항, 생명이 통하고 있지 않은 자유로움으로, 생도 사도 멈춘 것 같은 모습」이 되어 본체 고마코에게 귀의했던 것이다.

하여튼 고마코는 요코가 자기의 예상대로 미침으로써, 자기의 짐을 떠안는 일로 인해, 본체와 분신을 하나로 하여 일체(一體)를 이룬 것이다.

V 고마코라고 하는 여자

『눈 고장』은 여주인공 고마코가 시마무라라고 하는 도구에 의해 비춰진 세계이며, 요코는 고마코의 분신이라고 하는 것은 이미 고찰한 대로이다. 한마디로 말해서 『눈 고장』은 고마코 한 사람의 이야기인 것이다.

그렇다면 고마코는 어떠한 여자일까. 우선 그녀의 인상으로부터 말하자면, 「무엇보다도 청결」하다고 하는 것을 들 수 있을 것이다. 그런데 그 청결함은 「이상할 정도」이고, 「갓 씻어낸 것 같」다. 「하얀 도자기에 연분홍을 칠해 놓은 것 같은 피부」이고, 「백합이나 양파 같은 구근을 깐 것처럼 새로운 피부」이기도 하다. 그 청결한 피부의 얼굴은 자주 붉어지는데, 가끔은 「목까지 붉어」지기도 한다.

고마코 피부의 청결함은 그녀의 성격과도 이어지는데, 그녀는 자기의 방을 「정말이지 청결」하게 해 둔다. 그런데 그 성격은 병적이라 해도 좋을 정도이다. 그녀는 자기를 고용하고 있는 집에 「자그마한 어린이가 넷이나 있으므로 어질러져 정신이 없는 것」을 「하루 종일 치우고 돌아다」닌다. 「치운 뒤 어차피 어지를 것이라는 건 알지만 신경이 쓰여 그대로 둘 수가 없」는 것이다. 「빨랫감까지도 단정히 개어놓는」 성격이니까 병적이라 해도 좋지 않을까 한다.

그리고 고마코는 「몹시 가정의 여자」다워, 「수건을 솜씨 좋게 쓰고 바지런하게 방의 청소를」 하기도 하고, 「가정 여자처럼 점잖게 앉아 무언가 부끄러워」하기도 한다. 또 「어린이를 좋아하」고, 조용한 데에서는 「바느질」을 하고 싶어 하기도 한다. 고용하고 있는 집 아주머니가 깔아준 「요가 제대로 겹쳐져 있지 않거나, 옷잇이 주름져 있」거나 하는 것을 「보면 한심한 생각이 들」지만, 깔아준 사람의 「친절이 고마우니까」, 「자기가 고쳐 까」는 일은 사양하는, 상냥하고도 순수한 마음의 소유자이다.

이러한 반면 고마코는 끈기도 있다. 샤미센(三味線)10)을 배우는 데에 있어서, 「강한 의지의 노력」을 거듭하여, 「항상 산골짜기의 커다란 자연을」 「상대로 고독한 연습」을 계속하는 가운데, 「복잡한 곡을 음보(音譜)로 독습」한 것이다. 「보통의 연습 책 외에」, 「이십 권 정도」나 되는 「기네야야시치(杵家弥七)의 분카샤미센 보(文化三味線譜)」도 그러했다. 이처럼 배운 그녀의 샤미센에 「시마무라는 볼에서 소름이 끼칠 것처럼 시원해져 뱃속까지 맑아져 오」는데, 「세 곡째로 미야코도리(都鳥)를 켜기 시작했을 때는, 그 곡의 윤택한 부드러움도 있어, 시마무라는 이제 소름이 끼칠 것 같은 생각은 사라지고 따스하고도 평온」해져 오는 것처럼 되었던 것이다. 그리고 「그녀는 열대여섯 살 무렵부터 읽은 소설」의 「제목과 작자, 그리고 나오는 인물의 이름과, 그 사람들의 관계」를 「일일이 써 두어, 이로 인한 잡기장이 이미 열권이나 되었다」고 하니까, 이러한 그녀로부터는 끈기가 있다기보다 「진지한 것」이 느껴진다.

고마코의 외면적인 소개에 지면을 좀 쓴 것 같은 감이 드는데, 이제부터 전개되는 그녀의 이야기를 감상하기 위해서는 이도 나쁘지만은 않으리라 생각한다.

---

10) 삼현(三絃)으로 된 일본고유의 현악기.

VI ••• 고마코와 유키오의 사랑

『눈 고장』은 고마코의 시마무라를 향한 사랑의 궤적을 더듬는 소설이라고 할 수 있는데, 이 궤적을 이해하기 위해서는 고마코(駒子)와 유키오(幸男)의 관계가 어떠했는지를 알아야 한다. 고마코는 유키오로부터 시마무라에게로 사랑을 옮기었다고 할 수 있기 때문이다.

시마무라가 온천 여관에서 여자 안마사로부터 들은 소문에 의하면 유키오는 고마코의 약혼녀라고 하는데, 당사자 고마코는 이를 부인하고 있고, 고마코의 분신 요코도 거짓말이라며 유키오가 고마코의 약혼자라고 하는 것을 부정하고 있으므로 그 진위를 따질 수 있는 확실한 단서는 없다.

그러나 약혼자는 아니라 할지라도 고마코의 말을 빌리면, 유키오의 어머니이자 고마코의 춤 선생이 유키오와 자기를 결혼시키려고 은근히 생각한 것 같은데, 그것을 유키오도 자기도 어렴풋이 알고 있었다고 하고, 자기가 「도쿄로 팔려 갈 때」 유키오가 「단 한 사람 배웅나와」 주었을 뿐 아니라, 「가장 오래된 일기의 맨 처음에 그 일이 씌어 있다」하므로 설령 그게 엷은 것이라 할지라도 서로 연심을 품고 있었다고 하는 것은 분명해 보인다. 그리고 이는 고마코의 말대로 「진지한 것이었」다. 이에 대해서는 시마무라도, 「약혼자는 아니었다 할지라도 그의 요양비를 벌기 위해 여기에서 게샤로 나왔다 하니까」 「진지한 일」이었음에 틀림없다고 생각하고 있으니, 두 사람 사이에 사랑이 있었다는 것을 인정해도 좋으리라 생각한다.

고마코의 춤 선생의 아들 유키오는 「어릴 때부터 기계를 좋아하여, 힘들게 시계점에 들어갔으므로 항구에 남겨 두었는데, 얼마 되지 않아 도쿄로 나와, 야학에 다니고 있었던 듯」하다. 그런데, 「몸의 무리가 겹쳐서」였는지 「장결핵」을 앓게 되어, 고마코는 이 때문에 「게샤로 나오기까지 하여 병원비를 보냈」던 듯하다고, 시마무라는 여자 안마사로부터 듣는다. 이에 대하여 본인 고마코는, 「뭐 누구를 위해 게샤가 된 건 아니지만, 할 수 있는 일은 해야 한다」고, 부정처럼 들리지만 부정이 아닌 말을 한다.

이처럼 고마코는 게샤가 되면서까지 요양비를 보냈던 것인데, 유키오는 그런 보람도 없이 「고향으로 죽으러」 돌아온 것이다. 유키오가 돌아올 때 고마코는 파란 망토를 입고 두건을 쓰고 역에 나와 「대합실 창을 통해 선로를 바라보며 서서」, 그가 오는 것을 기다리고 있었다. 시마무라도 유키오와 같은 기차를 타고 고마코를 만나러 두 번째로 눈 고장을 방문한다. 그리고 다시 도쿄로 돌아가는 것을 배웅하기 위해 고마코는 역으로 나온다. 이때 고마코는 요코로부터 유키오가 지금 죽어가고 있다고 하는 것을 듣는데, 『눈 고장』의 독자들은 이때의 고마코를 주목하지 않으면 안 된다.

요코로부터 유키오가 이상하다는 말을 들은 고마코는 「갑자기 안색이 변」하기도 하고, 또 「두세 걸음 비틀거」리며 「웩하고 구역질을」 한 것이다. 그리고 「눈가가 젖으며 얼굴에 소름이 끼쳤」던 것인데, 고마코가 받은 쇼크가 얼마나 컸나 하는 것이 눈에 보이는 것 같아 독자들의 가슴에 그녀의 애처로움이 전해 온다. 요코가 유키오의 상태를 전하러 오기 직전 고마코는 시마무라에게, 「기분 나쁜 새가 울고 있어요. 어디선가 울고 있어요. 추워요」라고 말하는데, 이렇게 함으로써 독자들에게 무엇인가 불길한 예감이 들게 하여 이 장면에 극적인 효과를 더하게 하려는 작가의 의도가 엿보인다.

처음에는 고마코도 유키오도 엷은 연심밖에 가지고 있지 않았는지도 모른다. 그렇다고 하여 계속적으로 엷은 연심만을 가지고 있었다고는 할 수 없는 것이다. 유키오도 고마코도 처음에는 소년 소녀다운 엷은 연심을 안고 그것을 소중하게 간직하고 있었다 할지라도 세월이 흐름과 함께 그들 사이는 전과 다른 무엇인가에 의해 깊어졌으리라는 것은 짐작하기 어렵지 않을 것이다.

그렇다면 그 무엇인가란 무엇일까. 그것은 엷은 연심보다는 발전된 사랑을 말하는 것인데, 그렇지 않다면 고마코가 유키오의 치료비를 위해 게사까지 된다고 하는 것을 납득할 수 없을 뿐 아니라, 고마코가 유키오의 상태를 듣고 쇼크를 받는다고 하는 것 역시 납득하기 어렵지 않을까 한다. 그 발전한 사랑이라고 하는 게 어떠한 것인지 알 수 있는 방법은 없지만, 그것이 상당히 깊은 것이었을 것이라는 것만은 짐작할 수 있을 것이다.

고마코의 시마무라를 향한 사랑은 이와 같은 유키오와 그녀의 사랑의 연장선상에서 이해해야만 한다. 그래야 『눈 고장』의 세계를 제대로 이해할 수 있을 터이니까.

VII ●●● 시마무라는 고마코를 비춰내는 거울

『눈 고장』의 세계는 시마무라가 두 번째로 고마코를 만나러 눈 고장을 방문하는 장면으로부터 전개된다.

시마무라가 처음 눈 고장에 가 고마코와 관계를 맺은 「그때는── 눈사태의 위험이 지나, 신록의 등산계절에 들었을 무렵이었다」. 그러니까 이때가 시마무라의 첫 번째 눈 고장 방문이니 시간이 역행되어 두 번째 방문 때로부터 『눈 고장』의 세계는 막이 오른 셈이 된 것이다.

시마무라가 두 번째 눈 고장을 방문한 것은 「십이월 초인」, 초여드레, 그로부터 시간은 「백구십구일」 역행하여 「오월 이십삼일」 「오전 두시」 이

후에 시마무라와 고마코는 맺어졌다. 그때, 그러니까 고마코와 시마무라가 맺어지던 그때, 그녀는 「기쁨을 거스르기 위해 소매를 씹고 있었」던 것이다. 고마코가 시마무라를 만나 단 하루도 지나지 않은 사이에 일어난 일이다. 그렇다면 무엇이 이처럼 빨리 고마코가 시마무라에게 몸을 허락하게 한 것일까. 양갓집 규수는 아닐지라도 게샤라고 할 수도 없는 고마코가, 그도 「결코 아까운 게 아녀요. 그렇지만 그런 여자가 아니에요」라 반항하면서도, 몸을 허락한 것은 어째서일까.

「그의 일본무용 이야기 같은 게 여자를 그에게 친숙하게 하는 데에 도움이 되었다」고도, 「백 구십구일 전의 그때도 그러한 이야기에 정신이 팔린 것이 스스로 자진해서 시마무라에게 몸을 던져 가는 계기가 되었다」라고도 묘사되어 있어, 일본무용이나 영화, 그리고 연극 이야기 같은 것이 몸을 허락한 계기가 되기라도 한 것처럼 되어 있지만 그렇다고만은 할 수 없다.

시마무라를 주의 깊게 보고 있자면 그로부터는 인격이라고 하는 것이 그다지 느껴지지 않는다. 고마코의 말에 의하면 「어정쩡한 사람」이다. 그럼에도 고마코는 시마무라를 사랑하여 몸을 허락한 것이다. 아니, 그러니까 오히려 고마코가 사랑하는 대상으로서 좋았던 것이다. 사랑하는 대상이 아니라 고마코의 사랑을 비추는 거울이라 하는 게 바른 표현이기는 하지만.

노란색 거울에 비친 물체는 노랗게 보이고, 파란색 거울에 비친 물체는 파랗게 보인다. 물체 본래의 색을 비추기 위해서는 무색의 거울이 좋다. 이와 같이 고마코의 사랑을 그대로 비춰내기 위해서는 시마무라와 같은 인격을 가지지 않은 허상으로서의 인간이 좋은 것이다. 허상으로서의 인간이라면 그가 시마무라라도 좋고, 다로(太郎)라도 지로(次郎)라도 상관없다. 다만 양질의 거울이 물체의 모양을 그대로 비춰내듯이, 시마무라처럼 자유자재로 공상 속에 살 수 있는 사람이 비현실의 세계 눈 고장에 사는 고마코의 사랑을 비춰내기에 적당한 것이다.

VIII ●●● 거머리의 똬리처럼 신축성이 매끄러운 입술은 무엇?

고마코가 원하는 사랑은 일시적인 향락을 위한 육체적인 사랑이 아니다. 육체적인 행위를 부정하는 것은 아니지만, 그와 공존하는 정신적인 사랑도 포함한 순수한 사랑인 것이다.

그러나 시마무라가 고마코에게 구하는 것은 순수한 사랑이 아니다. 그가 처음 그녀를 만났을 때도 「산에서 튼튼해」진 「칠일간의 산의 건강을 간단하게 세탁하려 했던 것」에 지나지 않았다. 단 한 번만의, 「죄의식을 느끼지 않아도 되는 손쉬움으로」 끝낼 수 있는 여자라면 고마코가 아니라도 상관 없었다. 남자의 마음에 도덕이라고 하는 것이 작용하지 않는다고 한다면 남자 누구라도 고마코와 같이 아름답고 「청결」한 느낌의 여자를 안고 싶어 할 것이다.

그런데 고마코는 『죄의식을 느끼지 않아도 되는 손쉬움으로 끝내』기에는 「너무도 청결」했다. 실은 시마무라가 「칠일간의 산의 건강을 간단하게 세탁하려 했던 것」도 「청결한」 고마코를 「보았기 때문」이었는데, 그의 마음에 도덕이라고 하는 것이 작용했기 때문에 「멀리 우회하여」 다른 게샤를 찾는 척했음에 지나지 않았던 것이다. 그러므로 시마무라가 「건강을 간단히 세탁하려」 하여 고마코가 아닌 다른 게샤를 불러왔으나, 그녀의 「살결이 거므스름하고 아직 뼈가 앙상한 팔」을 보고, 「산에서 마을로 내려왔을 때의 여자 생각은 싱겁게 사라져 버렸」던 것은 당연한 일이기도 하다.

그런데 시마무라가 「산의 건강을 간단히 세탁하려」 하여 그 대상으로써 「단지 이 여자를 원했을 뿐」이었다고 하는 것을 깨달은 직후, 그의 눈길은 고마코의 용모를 향하는데, 그 중에서도 독자들의 눈에 선명하게 다가오는 것은, 「조그맣게 오므린 입술」이 「정말이지 아름다운 거머리의 똬리처럼 신축성이 매끄」러운 데이다. 그런데, 거머리가 아름답다고 하는 것은 어떠한 감각에 의해 느낀 것일까. 작가 가와바타의 이상한 감각에 의한 것이라고 한다면 그뿐이기는 하지만, 그러나 여기에는 간과해서는 안 되는 것이 숨어있다. 여성의 입이 여성의 성기를 상징한다고 하는 것은 동서양을 불문하고 같은데, 이러한 면에 있어서 거머리의 아름다움을 이해하지 않으면 안 된다. 다시 말해서 시마무라는 고마코의 신축성이 매끄러운 입술에서 여성의 성기를 연상하고 성적인 매력을 느꼈던 것이다.

여기에서 무엇보다도 생각할 수 있는 것은 <입술—여성의 상징—고마코를 생생하게 기억하고 있는 손가락>이라고 하는 연관이다. 그런데 「이 손가락만은 여자의 감촉으로 지금도 젖어 있어, 자신을 멀리 있는 여자에게로 끌고 가는 것과도 같다고 이상하게 생각하면서 코에 대고 냄새를 맡아 보기도 하고 있었다」고 표현되어 있다. 이는 다름 아닌 손가락이 기억하고 있는 것이 다름 아닌 여자의 상징이라는 것이다. 그리고 신축성이 매끄러운 것에서도 여자의 상징이 강하게 연상된다.

『잠자는 미녀(眠れる美女)』의 모두에서, 수면제로 잠들게 한 니체의 미녀 방에 한 노인을 안내하며 여관의 여자가, 「잠든 아가씨의 입에 손가락을 넣으려 한다든지 하는 것」은 안 된다고 말하는데, 여기에서의 입이 여자의 상징이라고 하는 것은 말할 것도 없다. 그리고 또 시마무라의 손가락도 『잠자는 미녀』의 노인의 손가락과 같은 맥락에서 이해하지 않으면 안 되는 것이다.

고마코는 시마무라에게 심하게 화를 낸 적이 있다. 자기를 「좋은 여자」라고 말한 시마무라의 말을 「잘 못 듣」고 자기에게 그래서 다녔냐고 화를 낸 것인데, 잘 못 들었다고 하는 것은 시마무라의 말을 육체적으로 좋은 여자라고 들었다고 하는 것을 의미한다. 그때, 「고마코의 어깨는 화를 넘으로써 심하게 떨려 와 갑자기 파랗게 질리더니, 눈물을 줄줄 흘」릴 정도였다.

고마코는 시마무라에게 정신적인 사랑을 원했다. 그러나 시마무라는 육체적인 사랑 이상은 가지려 하지 않는다. 물론 고마코에게 오래 머물기도 하는 것이 고마코의 육체를 탐해서만은 아니다. 그렇다고 해서 연심의 여운 때문도 아니다. 무위도식하고 있는 시마무라의 우유부단한 성격 때문일 뿐이다. 이러한 성격에 의한 시마무라의 태도는 고마코의 눈에 자기를 「마음속으로 웃고 있다」고 비치도록 한 것이다. 고마코의 사랑의 슬픔은 여기에 있는 것이다. 두 번째 눈 고장을 방문한 시마무라는, 「자네는 그때 그렇게 말했지만 그것은 역시 거짓말이야」라고, 「마음속으로 웃고 있다」고 하는 것을 부정한다. 물론 웃지 않았을 것이다. 그러나, 「연말에 이런 추운 데에 온」 것이 고마코에게서 순수한 사랑을 찾기 위한 것도 아니었다. 무위도식하는 시마무라이기에 올 수 있었다고 해야만 할 것이다.

IX 고마코는 사랑의 야생마가 되어

시마무라 품에 안겨 「기쁨을 거스르기 위해 소매를 씹고 있었」던 고마코는, 사랑의 행위가 끝나자 「엎드려 흐느껴 울었」는데, 이는 고마코 자신의 말처럼 「결코 아까」워서가 아니었다. 「지금 웃지 않는다 하더라도 나중에 틀림없이 웃」을 것이라고 하는 생각이 그녀를 울렸던 것이다. 그리고 고마코가 「기쁨을 거스르기 위해 소매를 씹고 있었」던 「그런 일이 있고」 나서

「시마무라는 그날 도쿄로 돌아」가버렸던 것인데, 그 뒤 시마무라는 「편지도 하지 않고, 만나러 오지도 않고, 무용 책 같은 것을 보낸다고 하는 약속도 지키」지 않았으니, 고마코의 입장에서 본다면, 「웃고 잊었을 것이라고 밖에 생각할 수 없」는 것은 당연하다 할 것이다. 그런데도 시마무라가 두 번째 고마코를 만나러 눈 고장에 찾아왔을 때, 「그녀는 꾸중을 하기는커녕 온몸에 그리움을 느끼」면서 맞이하여 주었던 것이다. 고마코의 「감촉으로 지금도 젖어 있」는 손가락을 「코에 대고 냄새를 맡아보기도」 하면서 관능이 재촉하는 대로 무위도식의 습성이 기지개를 켜 자신을 찾아온 사내를 말이다.

그런데, 고마코의 시마무라를 향한 본격적인 사랑의 궤적은, 시마무라가 두 번째 눈 고장을 방문한 12월 8일부터 펼쳐지는데, 고마코의 사랑의 궤적을 더듬어 보려 하면 역시 고마코가 처음 시마무라를 만난 5월 23일로 시간을 역행(逆行)시켜 고찰하는 것이 옳을 것이다. 정확하게 말하면 5월 23일은 고마코가 시마무라에게 안긴 날로, 두 사람이 처음 만난 것은 그 하루 전날인 5월 22일인데, 그때의 하룻밤에 고마코가 보인 행동은 독자들을 놀라게 하는 데가 있다. 그녀는 시마무라를 만나고 나서 몇 시간밖에 지나지 않았는데도 술에 취해 「복도에서 커다란 소리로 그의 이름을 부르며, 던져지기라도 하듯 털썩 그의 방으로 들어오」는가 하면, 역시 여관의 복도에서 「시마무라 상, 시마무라 상」하고 새된 목소리로 외치」고는 또, 「아아, 안 보여. 시마무라 사앙」하고 불렀던 것이다.

이러한 고마코를 바라보고 있자면 「고마코」라는 이름이 자연스럽게 머리에 떠오른다. 고마코(駒子)와 고마(駒; 말)라고 하는 동물 사이에는 무엇인가의 상관관계가 있지 않나 하는 느낌이 들기 때문이다. 실제로 시마무라에게는 고마코가 「동물처럼 보이」기도 하고, 또 「야행동물이 아침을 두려워」하고 있는 것처럼 보이기도 하므로 「고마코」라고 하는 이름과 고마코의 성정은 잘 어울린다고 해야 할 것이다.

그러면서도 「백합이나 양파 같은 구근을 깐 것처럼 새로운 피부」를 가진 고마코의 전체적인 인상은 「청결」하며, 얼굴이 잘 빨개지는 여성적인 모습이다. 「하얀 도자기에 연분홍을 칠해 놓은 것 같은 피부」로, 「정말이지 청결」한 느낌의 얼핏 연약해 보이는 고마코가 일단 사랑의 불을 품으면 그 뜨거움으로 그녀는 사랑의 화신이 되어 자기 자신을 태우는 것이다. 양파를 깐 것 같은 피부이고, 또 하얀 도자기와도 같은 피부 속에는 야행동물과도 같은 것이 깃들어 있는지도 모른다.

이제까지 고찰해 온 바와 같이 고마코는 시마무라를 일단 「자기의 남자」로 마음에 정한 뒤, 그게 첫 만남임에도 불구하고 누구나에게라도 들리는 복도에서 「시마무라 상, 시마무라 사앙」하고 목청껏 새된 소리를 지르기도 한다. 이때 시마무라의 방에 들어온 고마코는 「취한 게 아니야. 으응, 취하다니. 괴로워, 괴로울 뿐이야. 정신은 말짱하다니까. 아앗. 목말라」라고도 말한다. 「괴로워」진 것은 아마 술 탓일 것이다.

그러나 「괴로워」진 진짜 원인은 술 때문이 아니라, 고마코 내부에 타고 있는 사랑의 불길에 있다는 것을 간과해서는 안 된다. 목이 마르다며 물을 마신다고 그 괴로움이 사라지는 것은 아니다. 고마코 자신은 「이렇게 하면 된다」고, 「반듯이 앉아 가슴을 펴」 보지만, 그래도 오히려 「괴로워질 뿐」이다. 시마무라를 향한 사랑의 불길이 원인이니, 이를 꺼 줄 수 있는 것은 시마무라밖에 없다. 그 증거로 고마코는 시마무라에게 안기자 바로 「취기의 괴로움은 씻은 듯 사라」져 버렸던 것이다. 시마무라가 처음 눈 고장을 방문했을 때의 일이다.

그럼, 시마무라의 두 번째 눈 고장 방문 이래의 고마코의 사랑에 눈을 돌려 보기로 하자. 시마무라가 두 번째 눈 고장을 찾아왔던 12월 8일 밤, 낮에 「온몸에 그리움을 느끼」며 시마무라를 맞이한 고마코이지만, 자기를 원해 「시마무라가 가까이 다가오는 것을 알자」 그녀는 난간에 가슴을 꼭

대」고 그를 거절했다. 처음 그에게 몸을 허락하고 나서 「백구십구일」간이라고 하는 세월의 단절이 있었기 때문이기는 하겠지만, 처음 만났던 날 밤, 자기는 「그런 여자가 아니」라고 했던 말을 스스로 확인하는 행위로써 이해하는 것이 자연스러울 것이다. 소위 「그런 여자가 아」닌 여자가 자기를 향해 다가오는 사람이 비록 사랑하는 사람이라 할지라도 여자의 본능으로 그리했을 것이라는 말이다. 그러고 나서 고마코는 시마무라를 거절하는 것 같은 일을 하지 않는다. 거부하기는커녕 자진해서 시마무라를 향해 쫓아온다.

고마코는 시마무라를 만나고 싶으면 밤중이건 새벽이건 언제이건 개의치 않고 길도 없는, 「관목류가 우거진 비탈에 얼룩조릿대가 사납게 퍼져 있」는 데를 「기어올라오」기도 하여 만난다. 그녀의 동료 게샤들 앞에서 시마무라를 만나자, 그녀들의 눈을 의식하여 「곤란하다」고 말하면서도 곧 바로 「상관없다」며 시마무라를 자기 집에 데리고 가기도 하고, 「나쁜 소문이 나면 좁은 지방은 끝장」이라고 말하면서도, 「어디에서 버는 것도 같」으니까 「끙끙거릴 필요는 없다」며 시마무라를 만나는 것을 꺼려하지 않는다. 자기가 「도쿄에 팔려 갈 때」「혼자서 배웅해 준」, 「일기의 맨 처음에」 씌어 있는 「그 남자가 위독하다고 하는데도」, 「내가 좋아서 하는 일을 죽어가는 사람이 어떻게 막느냐」며, 그녀는 시마무라에게서 자기도 한다. 그런가 하면 「부인이 보아도 상관없는 편지 같은 건 쓰지 않겠다」고도 말하고 있는 고마코를 보고 있자면, 시마무라를 향해 신이라도 들린 것같이도 생각된다.

X 정열적인 고마코는 수동적인 시마무라 때문에 속이 타고

고마코는 청결한 느낌이며, 자주 얼굴이 빨개지는 여자이다. 「조그맣게 오므린 입술」이 「정말이지 아름다운 거머리의 똬리처럼 신축성이 매끄」러워 성적인 매력이 있는 여자, 능동적이고도 적극적이며 정열적인 여자, 그게 고마코이다. 남자들 사이에서 갖가지 어려움을 겪으면서도 꿋꿋하게 살아가는 여자가 고마코이다. 눈 고장의 험난한 자연 속에서도 「지고 가는 노파 키의 두 배」는 족히 되게 자란 억새풀로 상징되는 고마코는 정말이지 야생의 말(고마<駒>)이다.

그런데 고마코의 사랑의 상대 시마무라는 수동적이고 소극적으로 부모의 유산에 의지하여 무위도식을 하고 있는 사람으로 생활인으로서의 냄새가 느껴지지 않는다. 그는 눈 고장에 오자 「고마코의 살아가려 하고 있는 생명이 알몸의 피부처럼 접촉해」 오는 것에 감응되어, 그 에너지에 의해 살아가는 인간이다. 실제로 고마코의 「살아있는 느낌이 따스하게 시마무라에게로 전해오」기도 한다. 이는 「불」처럼 뜨거운 고마코의 몸의 「열이 머리에 스며들어 시마무라는 직접 살아있다는 생각」이 들 정도이다. 「힘껏 살아가고 있는」 고마코의 「뜨거운 몸에 완전히 어리게 안심해 버리」는 남자, 그게 시마무라이다. 「고마코의 힘에 마음대로 떠내려 가는」 시마무라에게 그녀는 「따스한 등불이 켜진 것 같」은 존재이기도 하다.

『눈 고장』의 세계가 막을 내리려고 하는 화재장면에서 고마코는 시마무라의 보호자로서 표면에 나타난다. 화재현장을 향해 가는 길에서 그녀는 시마무라에게 「눈이 얼었으니 조심해요」라든가, 「넘어지지 말아요」라고 한다. 이때, 「살이 통통히 찐 시마무라는 고마코의 모습을 보면서 달리고 있으므로 한층 더 숨이 차」는데, 이는 이상하다고 할 수밖에 없다. 「살이 통통히 찐 흰 발임에도 불구하고 등산을 좋아하는 시마무라는 산을 바라보며 걷자면 방심상태가 되어 자기도 모르는 사이에 걸음이 빨라진다」고 하는 것과 비교하면 양자 사이에는 커다란 차이가 있다는 것에 독자들은 놀라지 않을 수 없을 것이다. 고마코의 모습을 보면서 달리면 한층 더 숨이 차고, 산을 보면서 걸으면 걸음이 빨라진다는 것은 도대체 어디에서 나온 차이인 것일까. 이는, 「어머니와도 같은」 보호자 고마코 옆에 있으면 시마무라는 보호를 받는 어린이와 같이 되어버리는 것일 뿐인 것이다.

그러나 생명력 넘치는 고마코의 사랑도 시마무라의 고마코를 향한 사랑을 순수하고도 지속적인 것으로 할 수는 없었다. 고마코는 「부인이 보아도 상관없는 편지 같은 건 쓰지 않겠다」고 뜨거운 사랑의 불꽃을 내뿜지만, 시마무라는 고마코가 「아침 다섯 시에 돌아갔을 때는 다섯 시까지, 다음날 열두 시에 돌아갔을 때는 열두 시까지 모두 시간으로 계산」하는 「쓰바키노마(椿の間; 동백실)」 손님으로서의 입장으로부터 그다지 진척시키려고 하지 않는다. 여기에 고마코가 고뇌하는 「어려움」이 있는 것이다.

고마코는 시마무라에게, 「일 년만이네요. 일 년에 한 번 오는 사람인가요?」라고 불만을 내비치면서도 「일 년에 한 번이라도 좋으니 오세요. 내가 여기에 있는 동안에는 일 년에 한 번, 꼭 오세요」라고 말해 사랑을 구걸하는데, 여기에 고마코의 애처로움이 있다. 고마코는, 「정말로 남을 좋아하게 되는 것은 이제 여자뿐」이라고 하는데, 자기들의 사랑을 정확하게 보고 한 말이다. 그런데 고마코의 눈에 비치는 시마무라는 「이상한 사람」이고, 「어정쩡한 사람」이며, 「거짓말쟁이」이다. 그리고 「복잡하여」, 「알 수 없」는 사람이고 「박정한 사람」이기도 하다.

고마코는 시마무라를 처음 만났던 해의 「8월 내내 신경쇠약으로 흥뚱거리고 있었다」고 시마무라에게 말한 적이 있다. 이 신경쇠약이라는 것은 「미치광이가 되는 건 아닐까 걱정」될 정도로 심해서 「조금도 잠을 잘 수」가 없었다고 한다. 그리고 「하마마쓰(浜松)의 사내가 결혼해 달라고 쫓아다녔다」고, 신경쇠약의 원인으로도 들릴 수 있는 말을 했었는데, 진짜 원인은 「임신한 것이라고 생각」하고 있었던 데에 있었다. 그렇다면 임신한 아기는 누구의 아이인 것일까. 실제로는 임신한 것이 아니니 그뿐이지만, 고마코의 번뇌는 만약 임신했다고 한다면 다름 아닌 시마무라의 아이라고 하는 데에 있었던 것이다. 고마코가 시마무라와 함께 지낸 게 5월 23일이므로 만약 임신했다고 한다면 7월 하순으로부터 슬슬 임신의 자각증상이 나타나기 시작했을 것이다.

하여튼 고마코는 5월 23일에 「그런 일이 있었는데도 편지도 하지 않고, 만나러 오지도 않」는 사람인 당신의 아이를 임신했다면 어쩌나 하는 근심으로 신경쇠약까지 걸렸다는 것을 호소하는데, 당사자 시마무라는 하마마쓰의 사내가, 「네가 이 지방에 있는 동안에는 누구와도 결혼하지 못하게 하겠다」고 아무리 협박한다 해도 그가 「하마마쓰와 같은 멀리에 있」으니까 「자네는 그런 것에 신경쓰」지 않아도 되지 않느냐고 하는 의미의 말을 함으로써 자기의 둔감함을 드러내는데, 여기에 고마코의 시마무라를 향한 사랑의 고통스러운 「어려움」이 있는 것이다.

XI ●●● 요코는 고마코의 분신

고마코의 사랑은 유키오(幸男)로부터 시마무라(島村)에게로 옮겨갔다 할 수 있다. 그런데, 그 원인이 무엇인지는 알 수가 없다. 그녀가 유키오의 치료비 때문에 게사까지 되었다고는 하지만, 병으로 인해 죽어가는 그를 언제까지나 계속해서 사랑할 수는 없었기에, 그를 향한 사랑이 식어가는 시점에서 시마무라를 만났으므로 그녀의 사랑이 시마무라에게 옮겨간 것은 아닌가 하는 가설이 성립될 수 있다고 생각되는데, 어떠할지. 유키오에게 요코(葉子)라는 「새 애인」이 생겼으므로 자연히 유키오로부터 멀어져가고 있을 때에 시마무라를 만났다고도 할 수 있는데, 그렇다고 한다면 그러한 사람을 위하여 게사까지 되었다고 하는 데에는 납득이 갈만한 설명을 필요로 할 것이다.

그런데 저자가 여기에서 고찰하고자 하는 것은 고마코의 사랑이 유키오로부터 시마무라에게로 옮겨진 원인이 무엇이냐 하는 것이 아니다. 요코는 고마코의 분신이라고 하는 것을 앞에서 고찰해 보았는데, 작가 가와바타가 무엇 때문에 고마코의 사랑을 유키오로부터 시마무라에게 옮기게 하는 한편 고마코의 분신으로서 요코를 설정했느냐 하는 것이다.

『눈 고장』의 세계를 도식화해 본다면, 시마무라를 중심으로 한 고마코와 요코의 삼각관계로서 볼 수가 있을 것이다. 그리고 그녀들 앞에 시마무라가 나타나기 전에는 유키오를 중심으로 한 고마코와 요코의 삼각관계였으므로 『눈 고장』의 도식은 이중의 삼각관계라고 하는 복잡한 구조를 이루고 있다 할 수 있을 것이다. 처음의 삼각관계는 유키오와 고마코 사이에 요코가 끼어듦으로써 이루어졌고, 제 2의 삼각관계는 처음의 삼각관계로부터 고마코가 빠져나가 시마무라와 맺어진 사이에 요코가 다시 끼어듦으로써 성립되었다. 그리고 제 2의 삼각관계의 위에는 죽은 유키오의 그림자가 엷게 드리워져 있다.

제 2의 삼각관계는 시마무라가 두 번째로 눈 고장을 찾아가는 기차 안에서 시작된다. 이는 시마무라가 타고 있는 기차에, 무엇인가 시원스럽게 찌르듯 아름다운 요코가 유키오의 푸르뎅뎅한 손을 꼭 잡고 타는 것에 의한다. 그리고 「뜻밖에 요코도 시마무라와 같은 역에서 내렸으므로, 시마무라는 「또 무엇인가 일어나는 건 아닌가 하고 자기와 관련이 있기라도 한 것처럼」 생각하는데, 이는 시마무라와 고마코 사이에 요코가 끼어들어 제 2의 삼각관계를 이루리라는 예감이었던 것이다.

지금 두 개의 삼각관계에 대하여 언급하였는데, 전술한 바와 같이 요코는 고마코의 분신이므로 두 개의 삼각관계 어느 것도 완전한 삼각관계라고는 생각할 수 없다. 단지 『눈 고장』의 주요 등장인물을 도식화하여 볼 때, 외형적으로는 삼각관계로 볼 수도 있다고 하는 것에 불과한 것이다. 본체인 고마코와 분신인 요코를 합쳐 한 사람으로 본다고 한다면 처음의 삼각관계는 실은 유키오와 고마코 두 사람의 관계이고, 제 2의 삼각관계도 또한 시마무라와 고마코 두 사람의 관계인 것이다. 그러나 제 2의 삼각관계는, 시마무라는 인격을 가지지 않은 허상으로, 고마코를 비춰내는 도구인 거울에 불과하므로 결국 고마코 한 사람의 이야기가 되는 것이다.

그렇다면 가와바타는 무엇 때문에 고마코의 분신으로 요코를 설정한 것일까. 인간의 내부에는 둘 또는 그 이상의 가치관이 있어 서로 대립하기도 한다. 이 가치관은 선과 악의 경우일 수도 있고, 재물과 명예의 경우일 수도 있다. 그 경우라고 하는 것은 수 없이 많은 것이다.

고마코의 내부에는 자기가 유키오로부터 멀어지려고 하는 것과 계속하여 사랑하려고 하는 것의 두 가지 생각이 있어 서로 싸웠다고 생각할 수 있을 것이다. 그 계속하여 사랑하려고 하는 것을 작가는 멀어지려고 하는 것과 분리시켜 요코로 하지 않았나 한다. 아니면 계속하여 사랑하려 하는 것이 스스로 본체로부터 떨어져 나와 요코라는 이름으로 불렸는지도 모른다. 어쩌면 두 사람으로 분리시킨 다른 이유가 있을지도 모른다. 분명한 것은 분리된 원인이 무엇이든 고마코는 본체로서의, 그리고 요코는 고마코의 분신으로서의 역할을 훌륭하게 해내고 있다고 하는 것이고, 그 역할이라고 하는 것은 유키오로부터 멀어져 가려고 하는 것과 유키오를 계속하여 사랑하려고 하는 것으로 나뉘어 있다고 하는 것이다. 작가도 이러한 관점으로 양자를 분리시켰으리라고 생각한다.

XII ●●● 본체가 못 이룬 사랑, 분신이 이루려 하나……

고마코로부터 떨어져 나와 분신을 이룬 요코는 「번쩍번쩍 눈을 반짝이며」 여관 「복도 그늘에 서서 가만히」 연회장에서 손님들과 시시덕거리고 있는 고마코를 응시하기도 한다. 유키오가 병으로 죽어가는데도 다른 남자들과 시시덕거리고 있는 본체에 대한 분신으로서의 불만의 표출이다. 이와 같은 요코의 태도로부터 고마코는 좀 과장된 것이기는 하지만 자기가 요코에게 「살해되어 버」리는 것은 아닌가 하고 느끼기도 한다. 고마코는 시마무라에게 요코가 「대단한 질투쟁이」라 말하고 나서 자기가 그녀에게 「살해되어 버릴 거예요」라고 말한 것을 보면, 살해당한다고 하는 것의 원인이 요코의 질투에 의한 것 같기도 하다. 질투라 하면 고마코가 시마무라를 사랑한 것에 대한 것인데, 고마코가 이야기를 이어서 요코의 눈에 대해 「당신 그런 눈을 좋아하지요?」라 한 것을 보면, 고마코는 요코가 자기를 질투하고 있는 거라고 느꼈는지도 모른다. 분신인 요코가 본체인 고마코를 질투하여 죽인다고 하는 일은 있을 수 없는 일인데, 요코가 시마무라를 사랑한다고 한다면 이는 독립된 여자로서의 요코가 사랑하는 것이 아니라, 분신으로서의 요코가 사랑하는 것이기 때문이다. 이는 요코가 시마무라에게, 「고마 짱11)에게 잘 해주셔요」라고 진심으로 부탁한 것으로부터도 알 수 있을 것이다. 이에 대해서는 뒤에서 상술하기로 하겠다.

하여튼 요코는 게샤가 되어 연회석에서 남자들과 시시덕거리고 있는 고마코가 「밉다」고 생각한다. 시마무라가 두 번째로 눈 고장을 방문하여 고마코에게 이끌려 그녀의 집에 갔을 때, 요코는 고마코에게 「고마 짱, 이것 넘어가면 안 돼?」라 하고는 「살짝 샤미센을 넘어」간 적이 있다. 샤미센은 게샤에게 없어서는 안 되는 소중한 것이므로, 고마코가 게샤가 된 것을 싫어하는 마음이 행동으로 나타난 것일 게다. 샤미센을 넘어갈 때, 요코는 유키오가 쓰는 「유리 요강을 들고」 있었던 것을 보면, 요코의 행동은 유키오와 관계가 있다고 하는 것을 알 수 있을 것이다.

요코가 고마코를 밉다고 생각한 것은 고마코의 인간 그 자체가 아니라 유키오를 떠나 게샤가 되었다고 하는 것이다. 이러한 요코는 고마코가 유키오로부터 멀어져 가면 갈수록 유키오를 지키려고 발버둥을 치는 것이다. 유키오가 죽은 뒤에도 그녀는 매일처럼 「성묘만을 하고」 있다. 그리고 유키오 외 다른 사람의 성묘를 하는 일은 없을 것이라고 하는가 하면, 간호사가 되고 싶다고 한 적도 있는데, 「유키오 한 사람밖에 간호하지 않」을 테니까 이제 「간호사는 되지 않」겠다고도 말한다.

---

11) 고마코의 애칭.

그런데 이러한 요코가 시마무라에게 자기를 도쿄로 「데리고 가」 달라고 「진지한 목소리」로 부탁한 것은 어떻게 된 일일까. 이 말을 듣고 시마무라가, 「산소를 떠나 용케도 도쿄에 갈 수 있다」고 생각한 것은 당연하다 할 것이다. 여기에서 잠깐 요코와 시마무라의 대화에 귀를 기울여 보자.

「식모로 써 주실 수 없나요?」
「난 또 뭐라고, 식모로 말이야?」
「식모는 싫어요」

요코는 유키오의 묘를 떠나면서까지 도쿄에 가 식모가 되고 싶을 리가 없을 것이다. 그렇다면 왜 그녀는 시마무라를 따라 도쿄에 가려 한 것일까. 이는 요코가 시마무라를 사랑하고 있다고 하는 것의 암묵적 표현일 뿐인 것이다. 이 사랑은 물론 전술한 대로 독립된 여자로서의 사랑이 아니라 고마코의 분신으로서의 사랑이다. 요코는 유키오(의 묘)로부터 떨어지지 않으려 하면서도 시마무라만은 따라가려 한다. 이는 본체 고마코가 이룰 수 없었던 시마무라를 향한 순수한 사랑을 본체를 대신하여 분신인 자기라도 이루려고 하는 생각에 의한 것이다. 이에 대해서는 요코가 시마무라에게 자기를 도쿄로 데리고 가 달라고 부탁하기 직전의 그녀의 언행을 들여다보면 바로 알 수 있을 것이다.

「고마 짱은 괜찮겠지만, 가여우니까 잘 해 주셔요」
빠른 말투로 말하는, 그 목소리의 끝 부분은 희미하게 떨렸다.
「그러나 나는 아무런 것도 해 줄 수가 없어」
요코는 금방이라도 몸까지 떨려올 것처럼 보였다. 위험한 빛이 다가올 것 같은 얼굴에서 시마무라는 눈을 돌리고 웃으며,

「빨리 도쿄로 돌아가는 게 좋을지 모르지만 말이야」

「저도 도쿄에 가겠어요」

　요코가 시마무라에게, 고마코는 가여우니까 잘 해 달라고 부탁하는 그 목소리가 희미하게 떨리는가 하면, 나는 아무것도 해 줄 수가 없다고 거절하는 시마무라의 말에 그녀는 몸까지 떨려오는 것처럼 되었던 것이다. 그리고 나도 도쿄에 가겠다 했고, 이어서 데리고 가 달라고 부탁했던 것이다. 바꾸어 말하면, 자기의 본체 고마코를 데리고 갈 수가 없다면 자기라도 데리고 가 달라고 하는 것이 된다.

XIII 고마코가 동물적이라면 요코는 식물적

　고마코와 요코의 관계는 얼핏 보면 라이벌이나 대립적인 관계처럼 보이지만, 전술한 대로 이 두 사람은 독립되어 있는 개체로서의 두 사람이 아니라 본체와 분신으로서의 두 사람이므로 그러한 관계가 아니다. 오히려 서로 비호해주는 관계라고 하는 것이 바른 견해이다. 요코의 고마코를 향한 마음은 「잘 해 주세요」라고 부탁하는 말에 대표되어 나타나 있고, 고마코의 요코를 향한 애정은 요코가 시마무라의 「옆에서 귀여움을 받는」 것을 바라는 데에 대표되어 나타나 있다.

　시마무라와 고마코는 본의 아니게 요코가 유키오의 성묘를 하는 것을 방해한 적이 있다. 「살아 있는 상대방이라면 생각대로 분명히 할 수 없으니까 하다못해 죽은 사람에게는 분명히 해 두겠다」고 아무리 해도 유키오의 성묘를 하려 하지 않았던 고마코가, 「자네 약혼자 묘」에 가 보자는 시마무라를 향해 「한 줌의 밤을 갑자기 그의 얼굴에 내던지」고 나서 뜻밖에도 「묘를 보러 갈까요?」라고 말한다. 이리하여 두 사람은 유키오의 묘에 갔는데, 거기에 요코가 있었다. 이처럼 요코의 성묘를 방해하게 되었기에 고마코는 시마무라에게 「아아, 싫어. 이제 머리 손질하는 거 그만 두겠어요. 당신이 쓸데없는 말을 해서 요코의 성묘를 방해하게 된 거야」라고 말하는데, 이 말에서는 고마코가 요코를 얼마나 아껴 주고 있는가를 느낄 수가 있을 것이다.

그런데 실은, 고마코와 시마무라만이 요코의 성묘를 방해한 게 아니다. 고마코와 시마무라도 성묘의 방해를 받은 것이다. 고마코는 은하수가 되어 시마무라를 떠올려 가고 이는 「휙 하고 새까만 돌풍에 날리기라도 하듯」 고마코와 시마무라의 성묘를 「화물열차가 날려 버렸」던 것이다. 이것은 화물열차가 요코를 대신하여 두 사람의 성묘를 차단한 것이라고 봐도 좋고, 하늘이 두 사람의 성묘를 허락지 않았다고 봐도 좋지 않을까 한다. 요코도 하늘도 고마코가 새 애인 시마무라와 옛 애인 유키오의 성묘를 하는 걸 좋아하지 않았을 것이기 때문이다. 이렇게 되면 고마코는 「유키오 상의 성묘는 하지 않겠다」고 포기할 수밖에 없었을 것이다.

그러나 시점을 바꾸어 고마코의 입장에서 생각한다면 본체가 분신의 순수한 마음을 이해하여, 또는 고마코가 하늘의 섭리에 순응하여 성묘를 포기한 것이라고도 이해할 수 있을 것이다. 그리고 그 이름이 상징하고 있는 동물적인 이미지를 가지고 있으면서도 「너무도 청결」한 느낌의 고마코가, 역시 이름이 상징하고 있는 식물적인 이미지를 가지고 있으면서 「찌르듯 타오르는 눈」, 또는 「찌르듯 아름다운 눈」과, 「슬프도록 아름다운 목소리」의 「무엇인가 찌를 것 같은」 자기의 분신 요코를 포용하고 있다고도 해석할 수 있는 장면이기도 하다.

그런데 동물이 사랑을 하면 육체적인 사랑이 되는 건 아닐까. 그리고 식물의 사랑은 정신적인 사랑이 되는 건 아닐까 한다. 그러기에 작가는 고마코의 분신으로 요코라고 하는 이름의, 육체적인 냄새가 거의 느껴지지 않는 여자를 등장시킨 것이 아닌가 한다. 실제로 「정말이지 아름다운 거머리의 똬리처럼 신축성이 매끄」럽고 「젖어 빛나고 있」는 「조그맣게 오므린 입술」의 육감적인 것이 강하게 느껴지는 고마코는 육체적인 「기쁨」을 향유하지만, 요코는, 「그 슬플 정도로 아름다운 목소리」로부터도, 그리고 시마무라를 향하고 있는 「찌르듯 타오르는 눈」으로부터도 육체적인 것이 거의 느껴지지 않는다.

XIV ●●● 무상이기에 아름다운 헛수고의 사랑과 삶

이제까지 고마코의 시마무라를 향한 사랑에 대해 논해 왔는데, 그 사랑은 헛수고의 사랑이라 할 수 있을 것이다.

정말이지 헛수고라고 왜인지 시마무라는 다시 한 번 소리를 높이려는 순간, 눈이 우는 것 같은 고요함이 몸에 스며, 그것은 여자에게 끌리는 것이었다. 그녀에게 있어서는 그것이 헛수고일 리 없다는 것은 그도 알고 있으면서도 머리에서 헛수고라고 내동댕이치자, 무엇인지 오히려 그녀의 존재가 순수하게 느껴지는 것이었다.

　인용문은 고마코가 「열대여섯 살 때 읽은 소설을」, 「감상 같은 것은 쓸
수 없」으니까 「제목과 작자와, 그리고 나오는 인물의 이름과, 그 사람들의
관계」 등을 쓴 「잡기장이 이미 열권이나 되었다고 하는 것」을 듣고 시마무
라가 고마코에게 「헛수고로군」이라 하고, 「그래요」라고 대답하는 고마코
의 말에 이어지는 지문(地文)이다. 저자가 여기에서 건져내려는 것은 두
가지인데, 그것은 헛수고라고 하는 것이 원인이 되어 시마무라가 고마코에
게 끌렸다고 하는 것과, 헛수고라고 하는 것을 지님으로 하여 고마코의 존
재가 순수하게 느껴졌다고 하는 것이다. 여기에 성립된 공식은 「헛수고」
즉 「순수」(헛수고=순수함)이다. 헛수고는 보상을 받지 못하기에 순수하고
아름다운 것이다. 헛수고의 미(美)는 무상(無償)의 미이고 순수한 미라고
도 할 수 있을 것이다. 가와바타는 「문학적 자서전(文学的自叙伝)」에서,
「긴자(銀座)보다 아사쿠사(浅草)가, 고급 주택가보다 빈민굴이, 여학교의
하교 때보다도 담배공장 여공들의 퇴근 때가 나에게는 서정적이다」라고
말하고 있다. 그런데, 「더러운」 데로부터 「아름다움」을 찾아내는 가와바타
의 날카로운 눈이 헛수고로부터 아름다움을 본다고 하는 것은 당연한 일인
지도 모른다.

　『눈 고장』의 세계는 헛수고의 미로 아름답게 채색된 세계이다. 그리고
이 세계는 고마코 이야기의 세계이므로, 헛수고의 미의 대표적인 소유자는
물론 고마코라 할 수 있을 것이다. 시마무라는 앞에서 언급한 대로, 고마코
가 읽은 소설의 제목과 작자 등을 쓴 노트가 이미 열권이나 되었다고 하는
것도 헛수고라 말하고, 고마코가 선생 「아들의 약혼녀라 해도, 요코가 아들
의 새 애인이라 해도, 그러나 아들은 머지않아 죽는다고 한다면」 이도 헛수
고라고 말한다. 그리고 「고마코가 약혼자와의 약속을 다 지킨 일도, 신세를
망치면서까지 요양시킨 일도, 모두 헛수고가 아니고 무엇이란 말인가」라고
생각하기도 한다. 시마무라는 또 「고마코의 애정」이 자기에게 「향해 있는

것」까지도 「아름다운 헛수고인 것처럼 생각」한다. 이렇게 되면 본체인 고마코도 분신인 요코도 헛수고의 인생을 살아가고 있다고 할 수 있을 것이다. 그렇다고 하여 헛수고의 인생을 살아가고 있는 사람이 고마코와 요코만은 아니다. 「일도 없는데 고생하여 산을」 오르는 시마무라는 「헛수고의 표본」이라 해도 좋은 것이다.

그리고 『눈 고장』의 세계에는 눈 고장의 풍물이 곳곳에 아로새겨져 있어, 눈 고장이라고 하는 지방의 특색을 드러내고 있는데, 그 가운데에서도 「지지미의 산지」 이야기는 인상적이다. 지지미는 「눈 속에서 실을 만들고, 눈 속에서 짜고, 눈의 물로 빨아, 눈 위에서 바랜다. 실을 잣기 시작하여 다 짤 때까지 모든 일은 눈 속」에서 한다고 한다. 특히 「깊게 쌓인 눈 위에 바래는 흰 마(麻)에 아침 해가 비쳐 눈인가 천인가가 붉게 물든 모양」은 무어라 형언할 수 없을 정도로 아름답다. 그러나 「오랫동안 눈에 갇혀 손으로 하는 일」로, 「일 한(反)12)의 지지미를 짜는 데에 상당히 품이 들어 돈의 계산은 맞지 않는다」고 하니, 지지미의 생산 또 헛수고가 아니고 무엇이겠는가.

그렇지만, 「그런 고생을 한 이름 없는 공인(工人)은 오래 전에 죽고, 그 아름다운 지지미만이 남아있」으니, 이는 고마코와 요코가 유키오를 아무리 사랑한다 해도 유키오가 「죽는다고 한다면」 헛수고에 지나지 않는데, 그녀들의 무상의 사랑만은 아름답게 빛나는 것과 맥락을 같이 하는 것이다.

---

12) 피륙 등의 길이의 단위로 약 10.6m.

XV ●●● 누에의 방에 사는 누에 고마코

오쿠데 다케시(奧出健)는 「실」을 「간단히 인간에게 착취 당하」니까, 「누에고치 실을 토해내」는 「누에의 그 행위는 분명히 헛수고로 끝난다」고 말한다. 그리고 그 헛수고를, 고마코의 시마무라를 향한 사랑이 헛수고라는 것과 대비시키고 있다. 그러면서 오쿠데는 「고마코가 누에의 방에 살고 있다고 하는 것」과 고마코의 청결은 청결하지 않으면 「누에는 살 수 없다」고 하는 생태와 일치한다고 말하고 있다. 그리고 또 오쿠데는 『양잠 기원담(養蠶基源譚)』의 「마랑 혼인담(馬娘婚姻譚)」도 소개하고 있는데, 누에는 고마코의 상징으로서 설정되었다고 하는 것을 설득력 있게 설명해 주고 있으므로 소개해 둔다.

아가씨를 사랑하는 말이 약속을 지키면 색시가 되어 주겠다고 하는 아가씨의 말을 믿고 그녀의 소원을 이루어 준다. 그러나 그 일을 안 아가씨의 부친에 의해 말은 죽임을 당하고 만다. 죽인 말의 가죽을 말리고 있자니까, 그 가죽이 갑자기 아가씨를 싸서 하늘로 올라가 버린다. 며칠 후 그것들이 누에로 변신하여 가까운 나뭇가지 위에 얹혀져 있었다.

이에 이어서 오쿠데(奧田健)는 또, 「누에를 일 두(頭), 이 두라고 세는 것은 그 때문인데, 누에와 대비되는 고마코와 양잠기원담의 말과는 이상하게도 연결되어 있다」고 말하고 나서, 누에는 고마코의 상징이라는 것을 강조하고 있다.

누에는 고마코의 상징이므로 고마코의 방은 누에의 방이 되는데, 실제로 고마코의 방은 「누에의 방이었」다. 시마무라는 이 누에의 방에 고마코를 따라간 일이 있는데, 그는 그때 이 방이 「벽이나 다타미는 낡았지만 정말이지 청결하」다고 느낀다. 그리고 그는 「누에처럼 고마코도 투명한 몸으로 여기에 살고 있는 것인가 하고」 상념에 젖는다. 그런데, 투명한 몸이라고 하는 것은 청결한 느낌의 몸으로, 「깨끗하게 살고 싶다」고 하는 마음이 깃들어 있기에 투명하게 되었던 게 아닐까 한다. 이는 누에가 실을 토하려고 하여 실을 만드는 재료를 몸 가득히 잉태한 뒤라야 투명하게 되는 것과 같은 것이라 할 수 있을 것이다.

『눈 고장』의 클라이맥스라고도 할 수 있는 누에고치 창고의 화재를 보고, 「『아냐, 아냐, 아냐』라고, 고마코는 머리를 흔들며 울기 시작하여」, 「딱딱한 관자놀이가 떨고 있었」는데, 그녀는 왜 그렇게까지 과잉반응을 보였던 것일까. 그것은 다름 아니라 고치 창고는 누에의 어버이인 고치의 집에 해당하므로, 고마코 자신의 집을 상징하기 때문이었다. 불구경을 하는 사람들은, 「지금은 마을의 고치도 쌀도 들어 있지 않아 다행」이라 하고 있지만 고마코의 생각은 달랐다. 이는 다름 아닌 고치 창고이므로 당연히 고치가 들어 있지 않으면 안 되었기 때문이다. 그렇다면 누에로 상징되고 있는 고마코 자신이 들어 있어야 한다는 이야기가 되는데, 자기는 들어 있지 않으므로, 자기의 분신 요코라도 들어 있어야만 하는 것이다. 그러므로 고마코가 고치 창고 화재를 보고 울음을 터뜨렸던 것은 과잉반응이 아니라 지극히 당연한 일이었다. 그런데 그 고치 창고 안에는 실제로 요코가 들어 있었으므로, 독자들은 거기에서 작가의 경탄할만한 작의를 볼 수 있는 것이다.

XVI ••• 이별은 은하수로 장려하게 승화되어 타오르고

「나방이 알을 낳는 계절이니 양복을 옷걸이나 벽에 걸어둔 채 내버려 두지 말라고 도쿄의 집을 나설」 때 시마무라의 마누라가 말했는데, 여기에서의 나방은 누에의 나방을 연상시키는 데가 있으므로, 이 시마무라의 마누라 말은 다름 아닌 여자(고마코)를 조심하라고 하는 의미를 상징적으로 나타낸 것이라 할 수 있을 것이다. 그리고 이는 시마무라가 고마코로부터 떠나지 않으면 안 된다는 것을 암시적으로 표현한 것이기도 하다. 시마무라가 고마코를 처음 만난 것은, 「칠일간의 산의 건강을 간단하게 세탁하려」 한 임시적인 사랑이 목적이었으므로 두 사람의 만남은 이별을 전제로 하고 있었다고 해도 좋은 것이다.

그런데 여기에서 생각하지 않으면 안 되는 것은, 작가 가와바타는 여자로서 성숙하기 전의 여자로서의 소녀 취향의 소유자라는 것이다. 『산의 소리(山の音)』의 세계를 들여다보면, 주인공 신고(信吾)는 자기의 며느리 기쿠코(菊子)를 의식의 밑에서 사랑한다. 그런데 신고가 사랑하고 있는 것은 성숙된 여자로서의 기쿠코가 아니라 아직 소녀티가 남아 있는 미숙한 여자로서의 기쿠코이다. 그렇다면 시간이 흘러감에 따라 성숙해 가는 기쿠코를 신고는 떠나가지 않으면 안 되는 것이다.

이는 작가 가와바타의 소녀 취향이 작품의 세계에 나타나 있는 것인데, 이 가와바타의 취향이 『눈 고장』의 세계에 있어서 시마무라와 고마코 사이에도 그대로 나타나 있다. 시마무라는, 처음 눈 고장을 방문할 때의 일인데, 「7일만에 온천장에 내려」 와서는 고마코로부터 「목이 이어진 데가 아직 살이 오르지 않았으므로 미인이라기보다 무엇보다도 청결」하다는 것을 보고, 그 뒤에도 그는 그녀가 「처녀처럼」 보이는 것이라든지, 「북쪽 지방 소녀 볼의 발그스름한 게 아직 짙게 남아」 있는 것 등을 간과하지 않는다. 시마무라는 물론 가와바타는 아니지만, 시마무라도 또한 가와바타처럼 소녀 취향으로 봐야 할 것이다.

그런데 세월이 흐름에 따라 시마무라는 북쪽 지방 소녀다움 가운데에서도 「목이 이어지는 데가 작년보다 살이 쪄 지방이」 오른 것까지 봐버린다. 이렇게 되면 목이 이어지는 데가 살이 오르지 않았으므로 청결한 고마코를 좋아한 시마무라가, 목이 이어지는 데가 살이 쪄 지방이 오른 고마코를 떠나는 것은 당연한 일이 된다. 시마무라는, 이 목 부분에 지방이 오른 고마코를 보기 조금 전, 여관 현관에 앉아 있는 러시아 여자 행상의 「이미 사십을 넘은 듯 얼굴」이 「잔주름으로 찌들어 있」는 것을 보게 되는데, 그 「굵은 목으로부터 들여다보이는 데가 새하얗게 기름기가 돌고」 있는 것까지 본다. 이 러시아 여자는 다름 아닌 살이 쪄 지방이 오른 고마코의 상징으로 설정되어 있는 인물이다. 작가는 청결한 느낌의 고마코에게 직접 이처럼 지저분한 이미지를 주지 않게 하려고 이 러시아 여자를 등장시킨 것일 게다.

그런데 누에고치 창고의 화재가 있던 날 낮에 시마무라는, 「처자가 있는 집에 돌아가는 것도 잊고 있기라도 한 것처럼 오래 머물고 있었다」고 생각한다. 그리고 「이번에 돌아가면 이제 결코 이 온천에는 올 수 없을 것이라」는 생각에 「종종걸음으로 걸어오는 고마코의 작은 발이」 언뜻 보이자 「놀라서 빨리 여기를 떠나지 않으면 안 된다고」 마음속으로 다짐하기도 한다. 그리고 「온천장에서 떠날 구실을 만들기 위해 지지미의 산지에 갔었는데, 그 돌아오는 길에 고마코를 만나 둘이서 화재를 알리는 불종소리를 듣고 화재가 난 곳으로 향한다. 그리고 불이 난 곳에 도착한 시마무라는 「고마코와의 이별이 가까」웠음을 느꼈던 것이다.

이별이 가까웠음을 느끼고 있는 것은 시마무라만이 아니다. 고마코도 그러하다.

　「이봐요, 당신, 나를 좋은 여자라고 했잖아요. 가버릴 사람이 왜 그런 말을 하여 가르쳐 두는 거예요?」
　고마코가 머리꽂이를 푹푹 다타미에 찌르고 있던 일이 시마무라는 생각났다.
　「울었어요. 집에 가서 울었어요. 당신과 헤어지는 게 무서워요. 하지만 이세 빨리 가버려요. 그런 말 듣고 울었던 일, 나 잊지 않을 테니까.」

　둘이서 화재가 난 장소를 향해 가는 길에서 한 대화이다. 「좋은 여자」라고 해준 시마무라의 말 한 마디에 감격하여 울고, 또 집에 돌아가서까지 울었다고 하는 고마코의 애처로운 모습이 눈에 보이는 듯하다. 이처럼 매달리고 싶을 정도로 시마무라를 사랑하고 있는 고마코이기는 하지만, 다가오는 이별은 아무리 해도 피할 수 없다는 것을 안 듯 이제는 체념하고, 어차피 가버릴 사람이라면 헤어지는 것이 무섭지만, 헤어지는 것을 생각하면서 같이 있는 것은 괴로우니까 빨리 가버리라고 한 것일 게다.
　그리고 고마코는, 「당신이 가면 나는 진지하게 살 거에요」라고도 말한다. 진지하게 산다는 것이 무엇을 의미하는지 알 수 없으나, 시마무라를 만나고 나서부터는 그에게만 마음을 빼앗겨 연회석으로부터 빠져나와 그의 방에 간다든지 했는데, 그런 일 없이 그를 만나기 전처럼 생활하겠다고 하는 의미의 말을 한 것이 아닌가 한다.
　그런데, 시마무라와 고마코의 이별은 기정사실화했을 뿐으로, 헤어지는 장면은 나오지 않은 채 『눈 고장』의 세계는 막을 내리지만, 이 두 사람의 이별은 「은하수」로서 장려(壯麗)하게 승화되어 타오른다.

XVII ••• 고마코는 은하수가 되어
시마무라를 떠올려 가고

　　아아, 은하수라고 시마무라도 올려다 보는 순간에 은하수 속으로 몸이
쑤욱 떠올라 가는 것 같았다. 은하수의 밝음이 시마무라를 떠 올릴 듯이
가까웠다. 여행 중의 바쇼(芭蕉)[13]가 거친 바다 위에서 본 것은 이처럼
선명한 은하수의 커다람이었을까. 벌거벗은 은하수는 밤의 대지를 맨살로
감싸려 하여 바로 거기에 내려 와 있다. 굉장한 요염함이었다. 시마무라는
자신의 작은 그림자가 지상으로부터 거꾸로 은하수에 비친 것처럼 느꼈다.

　여기에서의 은하수는 고마코를 상징하고 있다. 은하수가 여자의 젖으로
묘사되어 있는 이집트 신화나 그리스 신화는 그만두고라도, 은하수를 벌거
벗었다든가 맨살이라든가 요염하다든가 하는 말을 가지고 표현하고 있는
것을 보면, 이 은하수는 누군가 인간을 상징하여 표현하고 있다고 하는 작
자의 의도를 알 수 있을 것이다. 그런데 고마코가 이 누군가의 인간이라는
것은 재언을 요치 않을 것이다. 인용문과 그 전후의 부분을 좀더 꼼꼼하게
읽어보면 은하수가 고마코의 상징으로서 묘사되어 있다는 것을 자연스럽게
알 수 있을 것이라 생각하므로 좀더 깊이 고찰해 보고자 한다.
　시마무라가 은하수를 올려다보는 순간에, 그 은하수 속으로 몸이 쑤욱
떠올라 가는 것 같았는데, 이는 시마무라 스스로에 의한 것이 아니라, 「은
하수의 밝음이 시마무라를 떠 올릴 듯이 가까웠」기 때문이다. 인용문의 조
금 뒤에, 화재가 난 곳의 「불티는 은하수 속으로 퍼져 흩어져, 시마무라는

---

13) 마쓰오 바쇼(松尾芭蕉)로, 일본 전통시인 하이쿠(俳句)의 대가.

또 은하수로 떠 올려 갈 것 같았다」라고 하는 표현도 보이는데, 시마무라가 은하수로 떠 올려 가는 것은, 은하수가 「떠 올리」기 때문인 것이다. 그리고 시마무라는, 「은하수는 이 대지를 안으려 하여 내려와」서는 자기의 「몸을 적셔 흐르」는 것을 느끼기도 하고, 「은하수가 쏴아 하고 내려오」는 것을 보기도 한다. 이때 시마무라는 은하수로부터 「무엇인가 요염한 놀라움」을 느꼈다.

그런데 은하수가 고마코를 상징하고 있다고 하는 것은 「고마코의 얼굴」이 「은하수 속에 비춰」진 것을 보는 것에 의해 좀더 분명해지는데, 다시 한 군데 은하수가 고마코의 상징이라는 것을 느끼게 하는 장면에 눈길을 돌려 보자.

고마코는 왼손을 약간 들고 달렸다. 뒷모습이 어두운 산 밑에 빨려 가는 것 같았다. 은하수는 그 산자락들의 선이 끊기는 데에서 옷자락을 펴고, 또 거꾸로 거기에서부터 화려한 크기로 하늘에 펼쳐 가는 것 같았으므로 산은 더욱 어둡게 가라앉았다.

고마코의 뒷모습이 빨려 가는 어두운 산 밑과, 은하수가 끊기는 산자락들의 선은 같은 산이라는 점에서 동일한 지점인데, 이 고마코와 은하수가 만나는 지점에서 은하수는 옷자락을 펴고 고마코를 싸서 하늘로 펼쳐 갔던 것이다. 이는 『양잠기원담(養蚕起源譚)』에서 아가씨의 부친에 의해 죽임을 당한 말의 가죽이 갑자기 아가씨를 감싸서 하늘 위로 날아가 버린 것과 좋은 대조를 이루고 있어 재미있다.

그런데 여기에서 주목하고 싶은 것은 「화려」하다고 하는 표현인데, 이는 은하수가 고마코를 싸서 화려해졌다고 하는 것을 의미한다. 그러므로 고마코도 은하수도 「하늘」로 가버렸기에 「산은 더욱 어둡게 가라앉」을 수밖에 없었다. 이는 고마코의 상징인 은하수와 고마코가 하나가 되는 장면인 것이다. 그리고 『눈 고장』의 세계는, 「쏴아 하고 소리를 내어 은하수가 시마무라 안으로 흘러 떨어지는 것 같았다」라고 하는 표현으로 막을 내리는 것이다.

지금까지 은하수가 고마코를 상징하고 있다고 하는 것과, 고마코의 상징인 은하수가 옷자락을 펴 고마코를 싸서 하늘로 펼쳐져 갔다고 하는 것을 고찰했는데, 이는 헤어질 수밖에 없는 시마무라와 고마코 두 사람을 관념의 세계에서 하나로 하여 승화시킴으로써 아름답게 빛나게 한 것이다.

●●● 마치는 말

지금까지 『눈 고장』의 세계에 대하여 고찰했는데, 이 세계는 도쿄로부터 공간적으로 멀리 떨어져 있는 비현실적인 세계이다. 이 세계는 눈 고장인고로 혹독한 자연환경 속에 놓여 있는데, 주인공 고마코는 이와 같은 혹심한 환경 속에서, 그도 게샤라고 하는 입장에서 사내들을 상대로 일을 하는 가운데 「힘껏 살」아 간다. 전에 유키오라고 하는 한 남자를 사랑한 적이 있는 그녀는 요코라고 하는 자기의 분신을 따스하게 포용해 주면서 시마무라를 향하여 사랑의 화염을 내뿜는다. 그런데 그것은 헛수고의 사랑이었다. 헛수고의 사랑이므로 순수하고, 순수한 사랑이므로 아름다운 사랑, 이게 고마코의 시마무라를 향한 사랑이다. 그리고 이처럼 순수하고 아름다운 고마코의 헛수고의 사랑은 시마무라라고 하는 인격을 가지지 않은 허상으로서의 남자를 거울로 해서 굴절된 데 없이 생생하게 비춰내어진 사랑이다.

그런데 이 순수하고 아름다운 고마코의 사랑은 고마코 한 사람의 일방적인 사랑이므로 헛수고로 끝날 수밖에 없는 일이다. 만약 시마무라도 고마코를 한 사람의 인격을 가진 남자로서 사랑하고, 그 사랑을 지속하려 했다면 두 사람의 사랑은 이별로 끝나지 않아도 되었을 것이다. 그러나 헤어지는 일 없이 두 사람이 사랑을 계속했다고 한다면, 그 고마코의 사랑은 이미 헛수고의 사랑이 아니게 된다. 두 사람의 사랑은 이별을 전제로 한 사랑이므로 헤어질 수밖에 없는데, 『눈 고장』의 세계에 있어서 두 사람의 이별 장면은 나오지 않은 채 장려한 은하수로 상징되어 타올랐던 것이다.

오쿠데 다케시(奧出健)는, 「이미 주인」까지 있는데, 「장사를 빼먹고 특정한 손님과 특정한 사이」가 된 고마코에 대해, 「게샤의 모럴에서 생각한다면 용서할 수가 없다」고, 고마코의 도덕성의 결핍을 지적하고 있는데[14], 정말 그러하다. 그런데, 가와바타의 거의 모든 작품이 그러하듯이 『눈 고장』 또한 도덕적이라든가 윤리적 가치를 추구하면서 읽는 것은 바람직하지 않다. 또, 『눈 고장』은 스토리성이 희박하기 때문에 스토리를 따라 읽는 것도 좋지 않다. 단지 가와바타의 「이상한 생리의 움직임」이 만들어낸 아름다움만을 느끼고, 그것을 맛보면서 읽으면 되는 것이다.

고마코의 「백합이나 양파 같은 구근을 깐 것처럼 새로운 피부」니 「희얀 도자기에 연분홍을 칠해 놓은 것 같은 피부」의 청결함도, 요코의 「찌르듯 타오르는 눈」이나 「슬프도록 아름다운 목소리」의 느낌도, 「깊게 쌓인 눈 위에 바래는 흰 마(麻)에 아침 해가 비쳐 눈인가 천인가가 붉게 물든 모양」의 지지미 산지의 풍경도 단지 아름다울 뿐이다. 그런데 가장 아름다운 것은 고마코의 시마무라를 향한, 그리고 순수한 헛수고의 사랑이다.

가와바타의 다른 작품이 그러하듯이 『눈 고장』도 또한 「아름다움」 즉

---

14) 奧出健 『川端康成 『雪国』を読む』(三弥井書店、1989・5月)

「미(美)」를 빼고는 작품세계의 진수를 맛볼 수가 없다. 그럼, 가와바타의 작품에 나타나 있는 「미」, 특히 『눈 고장』에 나타나 있는 「미」는 어떠한 것일까. 가와바타는 「가마쿠라 문고판 『눈 고장』 후기(鎌倉文庫版 『雪國』 あとがき)」에서, 「다른 나라에서는 나의 작품이 고국 일본을 생각게 하는 게 있는 것 같다」고 말하고, 이어서 「나는 단지 하나의 일본 피리를 가지고 태어나 있을 뿐이다」라고도 말하여, 자기가 일본적인 작가라는 것을 강조하고 있다. 또 가와바타의 노벨 문학상 수상이 발표된 1968년 10월 17일 밤, 가와바타는 가마쿠라(鎌倉) 자택에서 보도진 앞에 나와, 「덕분에라고 하는 말은 이러한 경우의 인사말인 것 같은데, 정말로 덕분에라고 하는 기분입니다」라고 말하고 나서, 그 「덕분」이라고 하는 것 셋을 들었다고 한다. 그리고 그 제 1의 것으로서, 「일본문학의 전통의 냄새가 조금이라도 난다고 생각해 주었던 것이겠지요」라 말했다고 한다. 이는 다시 말해서 자기의 노벨 문학상 수상은 일본문학의 전통 덕분이라고 하는 것이 된다.

이들 가와바타의 말을 종합해 보면 자기의 작품세계는 일본의 전통을 그린 세계라고 하는 것이 된다. 그렇다면 가와바타의 작품에 나타나 있는 「미」란 일본의 전통미이며, 또 『눈 고장』에 있어서의 「미」도 일본의 전통미라 할 수 있을 것이다. 다시 말해서 『눈 고장』의 세계는 고마코라고 하는 한 여성의 헛수고의 순애를 중심으로 한 일본의 전통미를 시마무라라고 하는 한 남성을 도구로 돋을새김해서 만들어낸 세계인 것이다.

▪ 제 7 편 ▪

『종이학』의 세계

시작하는 말

『종이학(千羽鶴)』은 「종이학(千羽鶴)」「숲의 저녁(森の夕)」「에시노(絵志野)」「어머니의 입술연지(母の口紅)」「이중성(二重星)」의 5장으로 되어 있는데, 발표는 가와바타의 작품발표의 특징이라 해도 좋을 자의적(恣意的)인 연작적 방법에 의하고 있다. 작품전체의 제목이기도 한 초장 「종이학」이 『요미우리 시사 별책(読売時事別冊)』 제3호(1949・5)에 발표되고, 종장 「이중성」이 『별책 분게순주(別冊文芸春秋)』 제24호(1951・10)에 발표되기까지 거의 2년 6개월이 소요되었다. 초장 「종이학」과 종장 「이중성」 사이의 세 편은 「숲의 저녁」이 『별책 분게순주』에, 「에시노」와 「어머니의 입술연지」가 『쇼세쓰 고엔(小説公園)』에 각각 발표되었는데, 「어머니의 입술연지」는 2회로 나뉘어 실렸다.

『종이학』에는 후편 『물떼새(波千鳥)』가 있다. 이는 『쇼세쓰신초(小説新潮)』 1953년 4월호에서부터 1954년 7월호까지 8회에 걸쳐 발표되었는데 미완으로 끝났다. 그런데 저자는, 『종이학』을 위해서는 「물떼새(波千鳥)」가 없는 편이 좋지 않을까 생각한다. 물론 작자 가와바타 자신이 「『종이학』은 『이중성』까지로 전편은 끝났지만, 후편을 남겨두고 있다. 다시 말해서 『종이학』은 오타(太田) 부인과 그 딸 후미코(文子)를 주로 하여 썼다. 종이학 보자기의 이나무라 유키코(稲村ゆき子)는 쓰기 어려워서 쓰지 않았다. 원경(遠景)으로 했다. 후편에서는 유키코를 주로 하여 쓰고, 후미코를 원경으로 할 생각이다」[1]라고 말하고 있어 후편을 쓸 것이라는 것을 의도적으로 밝히고 있으므로 저자가 여기에서 의견을 끼워 넣을 여지도

---

1) 「独影自命」(『전집(제33권)』 소수)

없을지 모른다.

　그러나 작가는 방금 인용한 말 직후에, 「미완이라고는 하지만, 어디에서 끝난다 해도 읽을 수 있으리라고, 작자는 관념의 눈을 감는다」라고도 말하고 있을 뿐 아니라, 「『종이학』만으로 끊어 두는 편이 좋다」, 「『물떼새』 같은 것도 넣지 않는 편이 좋」겠지만, 「단지 참고를 위해 넣어두」었다[2]고도 말하고 있으므로, 『종이학』만을 독립된 작품의 세계로 봐도 좋지 않을까 한다. 「전·후편을 통독하고 역시 속편은 커다란 사족이라고 하는 인상을 받지 않을 수 없다. 오히려 전편의 여운 속에서 독자의 공상의 자유를 즐기게 했으면 했다」라 말하고, 다시 후편에 대해서, 「무리하게 덧붙였다고 하는 생각마저 든다」라고도 지적하고 있는 이와타 미쓰코(岩田光子)의 주장[3]에 저자도 동감이다.

　하세가와 이즈미(長谷川泉)는, 「『종이학』에는 가와바타 작품의 계보에 보이는 것 같은 미완성성이 붙어다닌다」[4]라고 말하고 있는데, 그의 지적처럼 가와바타의 작품 가운데에는 미완성성이 엿보이는 것이 『종이학』에 한한 것만이 아니라 다른 작품 중에도 많으므로, 이 작품은 『물떼새』와 분리하여 하나의 독립된 작품으로 본다고 해도 무리는 없으리라 생각한다.

　『종이학』은 후미코가 죽을 것이라고 하는 것을 암시하며 작품세계는 막이 내린다. 작품세계의 마지막 장면은, 기쿠지(菊治)와 후미코(文子) 사이에 교정(交情)이 있었던 다음날 기쿠지가, 「후미코가 방을 빌린 집」을 찾아갔을 때로 설정되어 있는데, 이때 기쿠지는 그 집 소녀로부터, 「오타 상은 오늘 아침 친구와 여행을 간다고 하여, 집에 없습니다」라는 말을 듣는다. 그리고 기쿠지는, 「죽음은 발밑에 있다」고 말한 후미코의 말이 생각나서

2) 武田勝彦 「川端に聞く」(『国文学』<1970·2> 소수)
3) 岩田光子 『川端文学の諸相—近代の幽艶—』(桜楓社、1983·10)
4) 長谷川泉 『川端文学の味わい方』(明治書院、1973·9)

발이 저리기도 한다. 그럼과 동시에 어젯밤의 정교와 관련지어, 「어젯밤 후미코는 죽음의 자연스러움이 아니었던 것일까」라고 생각하기도 한다. 그리고 「죽을 리가 없다」고 생각하고는, 다시 나에게 「소생할 수 있도록 하는 마음을 주어 놓고, 그 후미코가 죽을 리가 없다」고 생각한다. 또, 「구리모토(栗本) 한 사람을 살아 있게 해 놓고……」라고, 「자신의 독을 내뿜듯이 말」함으로써 작품의 세계는 막이 내린다. 『물떼새』가 없다고 한다면 이로써 후미코의 죽음을 암시하고 있다고 하는 데에 문제가 없을 것이다. 이는 다시 말해서 작품세계가 이 시점에서 마지막의 문을 닫았다고 하는 것을 말해 주는 것이 된다.

이상과 같은 이유로 저자는 『종이학』을 『물떼새』와 분리시켜 하나의 독립된 작품으로서 고찰하고자 한다. 그리고 가와바타가 소설의 중요한 모티브로 자주 쓰고 있는 <마계(魔界)>와 <가타시로(形代)>의 의식을 중심으로 하여 이 작품세계를 규명해 가고자 한다.

I 마성의 근원 지카코 가슴의 반점

기쿠지(菊治)가 여덟 살인가 아홉 살 때쯤이었을까. 아버지를 따라 지카코(ちか子)네 집에 가자, 지카코는 거실에서 가슴을 드러내 놓고 반점의 털을 작은 가위로 자르고 있었다. 반점은 왼쪽 유방에 반쯤 걸쳐서 명치 쪽으로 퍼져 있었다. 손바닥만한 크기였다. 그 검붉은 반점에 털이 나 있는 듯, 지카코는 그 털을 가위로 자르고 있었던 것이다.

작품 모두로부터의 인용이다. 기쿠지가 가마쿠라(鎌倉) 엔가쿠 사(円覚寺) 안 쪽 다실에서 열린 구리모토 지카코의 다회(茶會)에 가려고 그 경내까지 왔으나, 막상 와 보니 주저되어 거기에서 문득 머리에 떠오른 것이 구리모토 지카코의 반점이었다.

그런데 이 반점에 대한 견해에는 제설이 있다. 하세가와 이즈미는 이 반점을 「마성의 상징」[5]로 봤고, 이마무라 준코(今村潤子)는 「그녀의 치부이며 전존재의 심볼이다」[6]라고 말하고 있다. 하지만 저자는 이들 견해와는 관점을 조금 달리한다. 다시 말해서 저자는 구리모토 지카코의 가슴에 있는 반점을 마성의 근원이라고 생각하기 때문이다. 즉, 마성은 이 반점으로부터 나와 지카코에게 지벌 입히고, 또 지카코에게서 나와 작품세계 전면에 감돌면서 많은 사람들에게 지벌 입힌다.

지카코는 「남자의 수염처럼 생긴」, 「반점의 털을 작은 가위로」 자르고 있었는데, 「기쿠지에게 이 반점을 보이고 나서 2, 3년 후에는, 지카코는 왜인지 남성화되어 이제는 이미 완전히 중성이 되어」 있으므로, 반점의 털이 남성의 상징으로서 설정된 것이라 해도 좋을 것이다. 반점의 털을 끝까지 다 자르지 못하여 그녀는 남성화되어 버렸던 것일 게다. 또 반점의 털은 마성의 상징이기도 하다. 반점으로부터 마성인 털이 나 지카코에게 지벌 입힌 것일 게다. 지카코는 마성의 사람이 되는 것을 바라고 있지 않았던 듯 털을 자르는데, 반점을 도려내지 않는 한 마성의 사람이 되는 것으로부터 도망칠 수는 없는 일이었다. 다시 말해서 반점의 털은 남성의 상징으로서, 또 마성의 상징으로서 이중의 역할을 다 했던 것이다. 지카코에게 있어서 「반점이 평생을 지배했던 것」이므로, 지카코도 또 마성의 근원인 반점

---

5) 위와 같음.
6) 今村潤子「『千羽鶴』論」(羽鳥徹哉編 『川端康成—日本の美学—』<有精堂、1990 · 6> 소수)

에 의한 피해자였다.

지카코가 마성의 사람이라고 하는 특징은 그녀가 「독을 품고 있」는 일이나, 「독을 뿌리」는 일, 그리고 「독기를 뿜어내」는 일, 「독을 토」하는 일 등의 용어에 나타나 있다. 그리고 작품세계에 등장하고 있는 많은 사람들은 이 독, 또는 독기에 오염되어 마성의 인간이 되었던 것이다.

지카코의 다회에 간 기쿠지는 그 다실의 「독기를 피하기 위해 밖으로 나」오기도 하고, 또, 「그 커다란 반점에 털이 난 젖을 먹는 아기는 무엇인가 악마의 무서움을 가지고 있을 것 같이」 생각되어 겁을 먹기도 한다. 그리고 그는 지카코의 다실에 감돌고 있는 독기를 「당신(지카코)이나 오타 상이나 (자기의) 아버지의 망령」 (괄호 안은 저자의 주임)에 의한 것으로 이해하고 있다. 그런데 이 독기는, 자기의 반점으로부터 나온 마성에 의해 마계의 사람이 된 지카코가 뿜어낸 것으로, 이는 오타 부인이나 기쿠지의 아버지를 마성의 사람으로 했던 것이다.

여기에서 간과해서는 안 될 것은 지카코 자신이 자기의 마성은 알아채지 못하고 오타 부인만을 「마성의 여자」로 보고 있다고 하는 것이다. 그녀는 오타 부인이 마성의 사람이라고 하는 것과 관련지어, 「마성의 여자를 멀리 히고, 좋은 인언이 맺어지도록 할 기요」라든가, 「이 댁에서 마성을 쫓아내지 않으면……」이라고 말하기도 하고, 「후미코 상의 결혼으로 부인의 마성도 이 집에서 쫓겨날 거요」라고 말하기도 한다. 다시 말해서 그녀는 오타 부인의 마성은 자기가 내뿜은 독기가 원인이 되고 있다고 하는 것을 알지 못했던 것이다.

그런데 기쿠지는 오타 부인의 마성이 지카코에 의한 것이라는 것을 느껴 부인에게, 「당신도 그 반점에 지벌 입은 거요」라고 말한다. 그리고 그는 자신이 마성에 지벌 입고 있다고 하는 것을 가장 강하게 의식하고 있는 사람인데, 이는 지카코 가슴의 반점을 직접 봤기 때문일 것이다. 그는, 「지

206 그 깊은 상징의 늪 가와바타 야스나리의 소설세계

카코에게 강요당하는 것 같은 독기」가 자신에게 「전해 오」는 것을 느끼기도 하고, 자기가 오타 부인에게 「내뿜는 독」을 느끼기도 한다.

자신이 의식하고 있든 의식하고 있지 않든 지카코는 마성의 사람으로서의 역할을 충실히 해내고 있다. 그녀는 마성의 사람으로서의 기지를 발휘하여 기쿠지가 회사에서 출발한 시간으로부터 집에 돌아오는 「시간을 재」기도 하고, 기쿠지의 「아버지의 뒤를 밟아 돌아다니기도 하고, 미망인의 집에 가끔 훈계를 하러」 가기도 한다. 그리고 「자기 자신의 깊은 질투」를 「불을 뿜기라도 하」듯 뿜어대는 한 편, 결국 오타 부인에게 전화를 걸어, 기쿠지와 유키코(雪子)의 결혼을 「방해하지 말아 달라고 말해」, 부인이 죽는 데에 조세(助勢)했던 것이다. 그러므로 기쿠지는 지카코에게 오타 부인을 「당신이 죽인 것과 같」다고 말한 것이다.

이마무라 준코는 지카코가 오타 「부인과 기쿠지의 관계를 『여자의 직감』으로 알」았다[7]고 말한다. 그러나 저자는 그녀가 두 사람의 관계를 안 것이 단지 여자의 직감으로서가 아니라, 그녀의 마성에 의한 마력(魔力)으로 알았다고 생각한다. 그녀는, 「오타 부인은 자살이었다」고 하는 것까지도 알아채고 있었는데, 이것 또한 여자의 직감에 의한 것이라기보다 마성의 마력에 의한 것으로 봐야 할 것이다. 그런데 지카코의 마력의 위력을 가장 깊이 인식하고 있는 것은 후미코인데, 그녀는 지카코를 「무서운 사람」이라고 직감으로 알았을 뿐 아니라, 「무서워」, 「무서워」라며 몸서리를 치곤했다.

지카코의 가슴의 반점은 마성의 근원으로, 거기에서 마성이 나와 치카고 자신을 지벌 입히고, 또 지카코가 내뿜는 마성은 그녀의 주위 사람들을 지벌 입힘으로써 『종이학』을 마성의 세계, 즉 마계(魔界)로 만든 것이다.

---

7) 稲村潤子 「『千羽鶴』論」(羽鳥徹哉 『川端康成—日本の美学—』<有精堂、1990·6>)

II 무엇이 불륜을 아름다운 사랑으로 승화시켰나?

가와바타 문학에 있어서 <마계(魔界)>는 중요한 모티브의 하나인데, 이는 「불계이입 마계난입(仏界易入魔界難入)」이라는 말에 의한 것이다. 이에 대해서는 많은 학자들에 의해 연구되었으므로 여기에서는 생략하기로 하지만, 마계의 주민(住民), 다시 말해서 마성의 사람이 되기 위해서는 세상의 도덕이나 윤리 같은 것을 존중해서는 안 된다는 것만은 말해두고자 한다. 즉, 인간세상의 규범을 무시할 수 없어서는 안 된다는 것이다.[8]

그런데 『종이학』에 있어서 최초의 패덕(悖德)·패륜(悖倫)의 사건은 오타 부인과 기쿠지 사이에서 일어난다.

오타 부인은 적어도 마흔다섯 살 전후일 터로 기쿠지보다 스무 살 가까이 연상일 것이지만, 연상이라고 하는 느낌을 기쿠지에게 잊게 했다. 기쿠지는 연하의 여자를 안은 것 같았다.

부인의 경험에 의한 기쁨을 기쿠지도 함께 한 것임에 틀림없지만 경험이 옅은 총각의 주눅은 어디에서도 느끼지 않았다.

기쿠지는 처음으로 여자를 안 것처럼 생각되고, 또 남자를 안 것처럼 생각되었다. 자신의 남자가 눈을 뜬 것에 놀랐다. 여자가 이렇게 나긋나긋하게 수동적이어서, 따라오면서 끌어가는 수동적이어서 따스한 향기에 흐느껴 우는 것 같은 수동적이라고는, 기쿠지는 지금까지 알지 못했다.

총각인 기쿠지는 그 뒤에 뭔가 꺼림칙함을 느끼는 일이 많지만, 가장 꺼림해야 할 터인 지금 달콤한 평온함이 있을 뿐이었다.

이럴 때 기쿠지는 결국 무뚝뚝하게 떨어지고 싶어지지만, 따스하게 달

---

8) 본서 제 1편에 상술하였음.

라붙어 멍하니 있는 것도 처음인 것 같았다. 여자의 물결이 이렇게 뒤를 따라오는 것이라고는 알지 못했다. 그 물결에 살결을 쉬며 기쿠지는 정복자가 졸면서 노예에게 발을 씻기고 있는 것 같은 만족까지 느꼈다.

오타 부인과 기쿠지 사이의 정교와, 그 직후의 기쿠지의 감각에 대한 기술이다. 부인은 기쿠지의 망부(亡父)의 여자였으므로 어떤 의미에서는 근친상간이라고 할 수 있는데, 남녀간의 정교로서는 완벽한 것이다. 실로 기묘한 일이다. 죄의식이라고 하는 어두운 그림자는 어디에도 드리워져 있지 않다. 단지 남자와 여자의 행위만이 있다. 세상의 상식을 초월한 것인데, 그들이 마계의 주민이라고 하는 관점에서 본다면 이해가 가지 않는 것도 아니다. 패덕·패륜이 마계의 주민이 될 수 있는 기준이기 때문이다.

그런데, 마계의 주민이 되는 일은 쉬운 게 아니다. 「불계이입 마계난입(佛界易入魔界難入)」이다. 그렇다면 오타 부인과 기쿠지는 어떻게 하여 마계에 들어가 마계의 주민이 된 것일까. 이는 가타시로(形代)라고 하는 관점에서 고찰하지 않으면 풀 수 없는 문제이다.

<가타시로>는 <마계>와 함께 가와바타 문학의 중요한 모티브라고 하는 것은 전술한 대로인데, 하여튼 오타 부인은 성장한 기쿠지로부터 지금은 죽어 이 세상에 없는 옛 애인, 다시 말해서 기쿠지의 아버지를 보아버린 것이다. 부인은 지카코의 다회에서 기쿠지를 만나, 「만좌중에서 자신이 어떠한 입장인지도」, 「잊은」 듯, 「어머!」하고, 「정말이지」 그립다는 듯이 말했던 것이다. 그리고, 「저는 뵙게 되니 그리움이 앞서서」라고 말을 건네고는, 「언젠가 여러 가지 이야기를 하고 싶어요」라고 말한다. 그 뒤 다회가 끝나자 다실을 먼저 나와 「산문(山門)」 뒤에서 기쿠지를 기다리고 있다가, 「다시 한 번 만나고 싶어 기다리고 있었어요」라고 말했던 것인데, 「기쿠지 아버지 이야기가 끝날 줄 몰랐으므로」, 「엔가쿠 사(圓覚寺)와는 반대편 언

덕에 있는 여관에 들어가 두 사람은 식사를 했」던 것이다. 그리고 두 사람은 맺어졌던 것이다.

기쿠치는 부인이 자기로부터 자기 아버지를 봤다고 하는 것을 알고 정교 후, 「당신은 아버지를 생각한 것일 뿐이지요?」라 말하고, 자기 집에서의 정교, 즉 세 번째의 정교 뒤에도 「부인은 아버지와 나의 구별이 안 되나요?」라고 말한다. 사실 오타 부인은 「기쿠지의 아버지와 기쿠지의 구별이 잘 안 되」었던 것이다. 그런데 기쿠지로부터 기쿠지의 아버지를 보는 것은 부인만이 아니다. 기쿠지도 자신에게서 아버지를 느낀 것이다. 이는 기쿠지가 부인에게 「사랑받고 있는 아버지를 자신처럼」 느꼈다고 하는 것으로부터도 알 수 있다.

> 기쿠지는 이빨을 보이며 다가갔다.
> 부인의 아까의 물결이 돌아왔다.
> 기쿠지는 안심하고 잠들었다.

이 짧은 문장 속에는 실로 여러 가지의 의미가 포함되어 있다. 두 사람 사이의 첫 번째 정교 장면에 이어지는 데인데, 부인의 물결이란 첫 번째 정교에서의, 여자의 물결이 이다지도 뒤를 쫓아오는 것이라고는 알지 못했다고 하는 그 물결이며, 기쿠지가 안심하고 잠들었다고 하는 것은, 그 물결에 의해 두 번째 정교를 마치고 첫 번째처럼 정복자가 졸면서 노예에게 발을 씻기고 있는 것 같은 만족까지 느끼며 안심하고 잠들었다고 하는 것을 말하고 있는 것이다. 그런데 기쿠지가 이빨을 보이며 다가갔다고 하는 말에는 어떠한 의미가 내포되어 있는 것일까. 이 문장에는, 「아버지는 그 반점을 문 일조차 있을지도 모른다」고, 「기쿠지는 그런 망상도」 했던 것인데, 기쿠지가 보인 이빨은 지카코의 반점을 물었다고 하는 아버지의 그 이를 연상시키는 데가 있으므로, 부인은 이 이빨에서 남자로서의 기쿠지의 아버지를 느꼈고, 이에 성욕이 자극되어, 그것이 물결이 되어 돌아왔다고 하는 의미가 포함되어 있는 것이다.

　그런데 「댁의 바깥어른을 맞는 거실에 세상을 뜬 남편 사진을 뻔뻔스럽게 걸어둔 채에요」라고 하는 말은 지카코가 오타 부인에 대하여 기쿠지의 어머니에게 한 말이다. 「차의 친구였던 오타(太田)가 세상을 뜨고 나서, 기쿠지의 아버지는 차 도구의 처분을 맡았」던 것인데, 미망인까지 맡은 결과가 되고 나서의 한 상황에 대한 설명이다. 세상의 상식으로는 이해하기 어렵지만, 부인이 기쿠지의 아버지로부터 세상을 뜬 자기의 남편을 봤기 때문이라고 한다면 이해하지 못할 것도 없다. 부인은, 「기쿠지의 아버지와 기쿠지의 구별이 잘 안 되」었던 것처럼, 자기의 남편과 기쿠지의 아버지의 구별이 잘 안 되었던 것이다. 「부인은 별세계에 일단 들어가면 세상을 뜬 남편, 기쿠지의 아버지, 기쿠지라고 하는 것 같은 구별」을 하지 못했던 것이다. 다시 말해서 기쿠지의 아버지는 부인의 세상을 뜬 남편의 가타시로이고, 기쿠지는 자기 아버지의 가타시로라고 하는 것을 의미한다.

　별세계란 부인과 기쿠지의 성애(性愛)를 말하는데, 이 인용문 직전에, 「부인은 인간이 아닌 여자인가 생각되었다. 인간 이전의 여자, 또는 인간 최후의 여자인가라고도 생각되었다」라는 표현이 있다. 기쿠지의 집에서 세 번째의 정교가 있고나서 기쿠지가 느낀 것이다. 인간이 아닌 여자, 또는 인간 이전의 여자란 도덕도 윤리도 필요 없는, 성애만이 존재하는 암컷을 의미한다. 그리고 인간의 최후의 여자란 암컷 중에서도 최고의 암컷이라고 하는 것을 의미한다.

　별세계란 성애에 의한 세계를 말하는데, 사랑은 아름답다. 그러나 혼인에 의하지 않은 성애는 패덕·패륜이다. 그게 근친상간적이 되면 더욱 그러하다. 우에자카 노부오(上坂信男)의 말을 빌리면, 「어머니와 딸이 같은 남성

의 애정을 받는 일은 헤안 시대(平安時代)의 옛날에도 금기였다. 현대도
그 이상으로 굳은 금기이다.」9). 기쿠지는 부인에게 있어 세상을 뜬 애인의
아들이므로, 두 사람 사이에 이루어진 성애는 사람들에게 구토를 느끼게
하기에 충분하다. 그럼에도 불구하고 두 사람 사이의 사랑(성애도 포함한)
은 독자들에게 그다지 싫은 인상을 주지 않는다. 오히려 아름다움마저 느끼
게 한다. 왜일까.

부인은 지나칠 정도로 단순하다. 「몹시 솔직하」고, 「정말이지 천진스럽」
고, 「좀 모자」란 것처럼 보인다. 기쿠지를 만나면 그 기쁨으로 「어리숙한
것인지, 부끄러움을 모르는 것인지」 모를 정도가 되어, 보는 사람을 초조하
게 만든다. 기쿠지를 통해서 기쿠지의 아버지를 보았기 때문이다. 다시 말
해서 그녀는 그 단순함으로 인해 쉽게 기쿠지로부터 기쿠지의 아버지, 즉,
죽어 지금은 이 세상에 없는 애인을 볼 수가 있었던 것이다. 바꾸어 말하면
구토를 느끼게 할 것 같은 불륜을 아름답게 승화시킨 것은 교묘하게 기능
을 발휘한 <가타시로(形代)>의 모티브였던 것이다.

그러나 불륜을 아름답게 승화시킨 것은 <가타시로>의 모티브만으로는
다 설명할 수가 없다. 부인의 아름다운 사랑 없이는 충분치 않다. 사랑은
역시 아름답다. 사람이 단순하면 할수록 그 사람의 사랑은 아름답다. 오타
부인은 이렇다 할 재능이 있는 것도 아니다. 사랑밖에 할 수 없는 사람
같기도 하다. 사랑에 있어서는 귀재인 것이다. 사랑의 귀재는 사랑 없이는
살아갈 수 없다. 사랑하는 사람이 없어지면, 그 사람의 대신이라도 찾아야
한다. 그러므로 사랑의 귀재는 가타시로를 찾는 데에도 귀재를 발휘한다.
이는 기쿠지가 「길을 걷다가, 중년 여자의 뒷모습이 눈에 들어와 문득 끌려,
이를 느끼고는」 「흡사 죄인이다」라고, 깊은 자기 성찰이라고도, 또 그에

9) 上坂信男 『川端康成—その『源氏物語』体験—』(右文書院、1986・1)

의한 자조라고도 들리는 신음소리와도 같은 말을 하는 것과 비슷하다. 기쿠지가 길에서 본「중년 여자 뒷모습」의「단지 허리 부분이, 부인과 닮은 부푼 것 뿐」인데도, 거기에서 부인을 느낀 것과 비슷하다는 것이다.

어떻든 오타 부인에게 있어서의 가타시로는 단순한 가타시로가 아니다. 부인이 기쿠지의 아버지에게 안겼을 때, 기쿠지의 아버지가 아니라 세상을 뜬 자기의 남편에게 안겨 있었다. 그리고 기쿠지에게 안겼을 때, 그녀는 기쿠지의 아버지에게 안겼던 것이다. 그러므로 거기에는「도덕의 그림자 같은 게 드리워지지 않았」던 것이다.

III 주박에 걸린 사람들

오타 부인의 딸 후미코는 모녀간이라고는 생각할 수 없을 정도로 이성적이고 윤리를 존중하는 점잖은 여성이다. 오히려 딸 쪽이 어머니처럼 보이기조차 한다. 앞에서 언급한 대로「어리숭한 것인지, 부끄러움을 모르는 것인지」모를 것 같은 어머니의 행동에 그녀는 다른 사람이「보고 있을 수 없」을 정도로 당황한다. 불량한 딸로부터「눈을 떼지 못」하는 어머니와도 같은 그녀 몰래 부인은 기쿠지를 만나러 기쿠지의 집에 가기도 한다.

이처럼 이성적이고 윤리적인 후미코가 어찌하여 어머니의 전철을 밟은 것일까. 그 전철은「후미코의 저항은 없었다」라고 극히 짧게 표현되어 있다. 짧은 문장이기는 하지만 여기에는 후미코와 기쿠지의 정교행위가 숨어있다. 그런데 후미코는 자기 어머니와 기쿠지의 관계를 알고 있다. 이는 자기와 기쿠지의 정교가 근친상간적 관계라고 하는 것도 알고 있다고 하는 것이 된다. 부인과 기쿠지가 맺어져 있지 않다고 하더라도 기쿠지는 부인 애인의 아들이므로, 기쿠지는 후미코에게 있어서 어떤 면에서는 의남매적인 요소도 있으니, 두 사람은 구원받을 수 없는 과오를 범한 것이 되는 것이다. 이러한 것을 알고 있는 그녀에게, 그도 모럴리스트인 그녀에게 어떻게 이와 같은 일이 가능했을까. 그 답은 <가타시로>의 모티브를 통하여 찾지 않으면 안 된다. 오타 부인에게 있어서 기쿠지의 아버지가 부인의 남편의 가타시로이고, 기쿠지가 자기 아버지의 가타시로인 것처럼, 기쿠지에게 있어서 후미코는 그녀의 어머니인 오타 부인의 가타시로였던 것이다.

후미코가 자기 어머니의 가타시로라고 하는 것은 무엇보다도 그녀가 자기 어머니를 꼭 닮았다고 하는 것에 의해 나타나 있다. 이는 누구보다도 그녀 자신이 깊이 인식하고 있어, 그녀는 「천둥이 치」면 「옷자락으로 얼굴을 감추」는 것 같은 「시시한 것까지 어머니를 닮」았다고 말한다. 자기 어머니의 사진에 대해서, 「나와 너무 닮은 사진」이라고도 말한다. 그리고 기쿠지도 후미코에게서 부인의 모습을 봐 버린다. 그는 후미코의 「목소리를 떨어뜨리는 것이 어머니의 목소리와 닮」은 것이나, 「사라져 끝날 것 같은 목소리는 어머니와 닮」은 것으로부터, 「어머니의 성격을 물려받」고 있다는 것도 본다. 그리고 그는 부인과 자기 사이에 처음 정교가 있고 나서 「반달 정도 후」에, 후미코인 「아가씨에게서 어머니의 용모를 보」고, 또 「아가씨를 보」면 「그때의 부인의 따스함이 수증기처럼 되살아났」던 것을 느낀다. 그때의 부인이란 자기와 정교가 있었던 때의 오타 부인을 말한다.

후미코가 휘청 덮쳐 넘겨져 오는 기색에 몸이 단단히 굳어진 기쿠지는 후미코의 의외로 나긋나긋함에 앗 하고 소리를 지를 뻔 했다. 심하게 여자를 느꼈다. 후미코의 어머니 오타 부인을 느꼈다. (중략) 냄새는 강하게 왔다. 여름날 아침부터 저녁까지 일한 여자의 체취는 짙어져 있었다. 기쿠지는 후미코의 냄새를 느끼고, 역시 오타 부인의 냄새를 느꼈다. 오타 부인의 냄새였다.

이 자리에서 기쿠지는 「후미코의 어깨를 붙잡았」는데, 「후미코의 저항은 없었」던 것이다. 이 두 개의 문장 행간에는 두 사람 사이에 있었던 정교의 상세한 상황과 그 직전의 상황이 대폭적으로 생략되어 있는데, 이는 가와바타 문학에 있어서의 정교에 대한 묘사의 특징이다.

그런데 후미코가 자기는 어머니를 닮았다고 하는 것을 알고 있다 해도 그 어머니가 세상을 뜨기까지는 기쿠지에 대해 어머니의 가타시로가 되리라고 하는 기미를 조금도 보이지 않는다. 그러나 어머니가 세상을 뜨는 날부터 갑자기 변모한다. 그녀는 기쿠지에게, 「어머니가 세상을 뜬 다음날부터 저는 어머니를 점점 아름답게 생각하게 되었어요. 제가 생각하는 게 아니라 어머니가 스스로 아름다워져 왔다고나 해야 할런지요.」라고 말한다. 이는 다시 말해 그녀가 자기의 어머니와 기쿠지 사이를 긍정적으로 재평가하게 되었다고 하는 것을 의미한다. 모럴리스트인 그녀로서는 커다란 변화임이 분명한데, 이는 그녀 자신은 인식하고 있지 않다 하더라도 이미 자기는 기쿠지에게 있어서 자기 어머니의 가타시로로서의 역할을 담당하기 시작했다고 하는 것이 된다.

후미코가 기쿠지에게 자기의 어머니를 점점 아름답게 생각하게 되었다고 말한 것은, 「오타 부인의 초칠일 다음날」 기쿠지가 후미코네 집에 갔을 때의 일이다. 그때, 기쿠지는 후미코에게 「당신과 마주 보고 있는 것은 무서운 일인지도 모르겠군요.」라고 말한다. 그런데 이는 「현관에서 후미코의 영접을 받으면서 기쿠지가 부드러운 느낌을 느낀 것도 다정스러운 둥근 얼굴에서 어머니의 모습을 보았기 때문이기도 했다.」고 하는 그의 심리를 배경으로 한 말이라고 하는 것을 생각한다면, 이때 이미 그에게는 후미코와의 정교의 예감이 있었다고 하는 것을 알 수 있다. 그리고 이 기쿠지의 예감은, 「부인이 기쿠지에게 아버지의 모습을 보고 과오를 범했다고 한다면, 기쿠지가 후미코를 어머니와 닮았다고 생각하는 것은 전율할 만한 주박(呪縛)10)과도 같은 것인데, 기쿠지는 순수하게 끌려가는 것이었다」라고 하는 말로 뒷받침해 주고 있으므로 틀림없을 것이다.

이렇게 되면 후미코와 기쿠지의 정교는, 후미코 자신도 기쿠지도 후미코를 오타 부인의 가타시로로서 인식한 다음에 이루어진 것이라는 것이 된다. 그런데 두 사람 사이의 정교는 가타시로에 의한 것만은 아니다. 마성 또한 강하게 역할을 하고 있다.

「어머니가 세워 주질 않아요」
「에엣?」
기쿠지는 불쑥 일어나자, 주박으로 움직일 수 없는 사람을 도와 일으키기라도 하듯이 후미코의 어깨를 붙잡았다.
후미코의 저항은 없었다.

후미코에게 걸려 있는 주박은 그녀의 어머니에 의한 것이라는 것을 알수 있다. 그런데 여기에서 간과해서는 안 되는 것은 그녀의 어머니가 지카코에 의한 주박에 걸려 있다고 하는 것이다. 다시 말해서 여기에서의 주박은 지카코로부터 그녀의 어머니에게, 또 그녀의 어머니로부터 그녀에게 걸려온 것이다. 그리고 「기쿠지가 후미코를 어머니와 닮았다고 생각하는 것은 전율할 만한 주박(呪縛)과도 같은 것」이라는 것에도 주목한다면 기쿠지

---

10) 「주술의 힘으로 움직이지 못하게 하는 것」이라는 의미의 일본어를 그대로 빌려 쓴 것임.

도 또 주박에 걸렸다고 하는 것을 알 수 있다. 이는 앞에서 언급한 대로 그가 그 반점을 직접 보았기 때문인데, 하여튼 그 반점은 기쿠지에게 달라 붙어 그의 뇌리에서 떠나지 않는다. 그러므로 그는 「그 여자에게 운명이 방해받고 싶지 않다」고 말하기도 하는데, 여기에서의 주박은 마성에 의한 것이라는 것은 두말할 나위도 없다.

IV ●●● 후미코의 순결이 기쿠지를 구원하다

제 Ⅱ장에서 길게 인용한 장면만 보더라도 오타 부인은 사랑의 행위를 영위하는 데 있어서 최고의 여자라고 할 수 있을 것이다. 그녀는 사랑밖에 영위할 수 없는 여자이다. 사랑할 때에는 생생하게 정채를 발한다. 이와 같은 그녀를 알고 있는 것은 기쿠지밖에 없다. 그녀의 딸 후미코도 그녀의 순수한 사랑을 알고 있지만, 「기쿠지가 이해하고 있는 부인과 후미코가 이해하고 있는 어머니는 상당히」 달라서, 「후미코는 여자로서의 어머니를 알」지 못한다.

차갑고도 따스한 것처럼 윤기나는 시노(志野)11)의 피부는 그대로 오타 부인을 생각하게 한다. 그러나 거기에 죄라고 하는 어두움도 추함도 수반되지 않는 것은 미즈사시(水指)12)가 명품이기 때문이기도 할 게다.

---

11) 도자기의 일종.

명품 유물을 보고 있는 동안에 기쿠지는 역시 오타 부인이 여자의 최고 명품이라고 느껴져 온다. 명품에는 오탁이 없다.

후미코가 여자의 최고 명품으로서의 어머니를 모르는 것은 당연하다 할 것이다. 그런데 인용문에는 시노 미즈사시를 부인의 상징으로 하여, 「거기에 죄라고 하는 어두움도 추함도 수반되지 않는 것은 미즈사시(水指)가 명품이기 때문이기도」 하다고 표현되어 있다. 다시 말해서 부인이 여자의 최고 명품이기 때문에 오탁이 없다는 것이다.

기쿠지가 부인에게 「당신은 나의 과거를 씻어 주었다고 생각해요」라고 말한 것도 여자의 최고 명품으로서의 부인과 최고의 정교가 있었다고 하는 것에 연유한다. 「냄새에 취할 것 같은 부인의 촉감이 기쿠지를 따스하게 감싸오」기도 하는데, 그 감촉은 「조각적인 느낌이 아니라, 음악적인 느낌」이다. 부인이 세상을 뜨고 나서 기쿠지는 자주 꿈을 꾸는데, 그것은 「악몽에 시달리는 것이 아니라, 꿈이 깰 무렵에 감미로운 도취가」 있기도 한다. 자기 때문에 죽었다 해야 할 사람이 꿈에 나타났는데도 말이다. 이와 같은 부인이므로 기쿠지의 과거를 씻어 줄 수가 있었을 것이다. 기쿠지의 과거가 어떠했는지 분명하지는 않지만, 「미망인을 진심으로 용서하고, 아버지와 미망인에 대해 용서할 마음이 생긴 것은 기쿠지가 미망인과의 사이에 무슨 일이 없지 않았기 때문」이므로, 자기의 아버지와 부인 사이를 용서할 수 없어서 미워하고 있는 암부(暗部)의 존재를 가리키는 게 아닌가 한다.

기쿠지는 부인이 자기의 과거를 씻어 주었다 말하고, 이어서 지카코는 「과거의 독을 내품는다」고 말했는데, 지카코의 과거란 그녀와 기쿠지의 아버지 사이의 불륜을 가리키는 것일 게다. 기쿠지는 지카코와 자기 아버지, 그리고 부인과 자기 아버지 사이의 불륜으로 인해, 「가슴 밑에 어두운 그림

12) 물병이나 컵 등 다른 용기에 물을 따르기 위해, 그 물을 넣어두는 귀 달린 그릇.

자가 드리워져 있다」고 인식하고 있다. 그런데 기쿠지의 과거도 지카코의 과거도 마성에 의해 조형되었다고 하는 것은 재언을 요치 않을 것이다. 하 여튼 과거가 씻겨진 기쿠지는 자기의 아버지를 용서했을 뿐 아니라, 「아버 지가 행복했던 것 같이도」 느꼈던 것이다.

그러나 오타 부인에 의해 기쿠지의 과거가 깨끗하게 씻길 수는 없었다. 한 잔의 물을 마심으로 하여 일시적인 갈증을 면할 수 있지만 오래는 가지 못 한다. 그러한 때 그에게 다가온 것이 후미코이다.

오랫동안 어둡고 추한 막 밖으로 기쿠지는 나올 수 있었다.
후미코의 순결의 아픔이 기쿠지를 구해낸 것일까.
후미코의 저항은 없고 순결 바로 그것의 저항이 있었을 뿐이었다.
그것이야 말로 주박과 마비의 밑으로 떨어졌다고 생각될 것 같은 것이 었지만, 기쿠지는 오히려 주박과 마비로부터 벗어날 수 있었다고 느꼈다.
중독되어 있던 독약을 최후에 극량 먹고, 그게 해독시킨 기적과 같다.

여기에서는 부인조차도 「중독되어 있던 독약」이라고 하는 표현에 의해 「추하고 어두운 막」을 형성하는 요인으로서 취급되어 있다는 것을 알 수 있다. 다시 말해서 기쿠지가 막 밖으로 나오는 일에 있어서, 부인보다 후미 코가 훨씬 힘 있는 역할을 할 수 있었다고 하는 것을 의미하는데, 이는 순결 에 연유된 것이다. 기쿠지와 후미코 사이의 단 한 번의 정교 후, 「후미코는 기쿠지에게 비교할 것이 없는 절대」적인 존재가 되었고, 「결정적인 운명」 이 되었던 것이다. 「이제까지 기쿠지는 후미코를 오타 부인의 딸이라고 생 각지 않은 적은 없었는데, 그것도 지금은 잊은」 듯, 후미코는 기쿠지에게 있어서 절대적인 존재가 되었던 것이다.

V 종이학의 아가씨 유키코는 구원의 창

앞의 제 Ⅳ장에서 과거를 씻었다고 하는 것이나, 해독에 상징적으로 표현되어 있는 기쿠지의 구원에 대하여 고찰하여 보았다. 이러한 면에 한해서 기쿠지는 구원을 얻은 것처럼 보인다. 물론 부인에 의해 과거를 씻는 일도, 후미코에 의힌 해독도 어느 정도는 그를 구원했다고 봐도 좋으리라 생각한다.

그러나 오타 부인도 그의 딸 후미코도 기쿠지를 완전히 구원할 수는 없다. 그들은 마계에 사는 마성의 사람이기 때문이다. 마성의 사람이 마성의 사람을 완전히 구원한다는 것은 불가능하다. 「중독되어 있던 독약을 최후에 극량 먹고 그것이 해독시킨 기적」과 같다고 되어 있는데, 이는 기적도 무엇도 아니다. 숙취의 해장술에 불과한 것이다. 『종이학』의 세계에 등장한 여자 중에 마성의 지벌을 입지 않은 사람은 이나무라 유키코(稲村雪子)밖에 없다. 지카코와 반대편에 있으며, 어두운 막에 갇혀 있는 기쿠지에게 유일한 창이 되어 주고 있다. 그러므로 기쿠지는 그녀를 「영원」한 「저편의 사람」이라고 생각하면서도 그의 의식은 그녀를 쉴 새 없이 구하고 찾는다.

그런데 그는 후미코로부터 유키코를 찾고 있었는지도 모른다. 「후미코가 앉아 있는 뒤의 창에는 단풍나무 잎이 파랬다. 단풍나무 잎이 짙게 겹쳐진 그림자가 후미코의 머리에 드리워져 있었다」. 이 장면은, 「푸른 잎의 그림자가 아가씨의 뒤 장지문에 비쳐 화려한 후리소데[13]의 어깨와 소맷자락에 부드러운 반사가 있는 것처럼 생각되었다」고 하는 장면의 이미지와 닮았다. 여기에서의 아가씨는 유키코인데, 이러한 것에 의해 기쿠지는 후미코에

---

13) 젊은 여성의 성장용 일본 전통의상.

게 유키코의 구원의 이미지를 느꼈는지도 모른다.

유키코의 구원의 이미지라는 표현은 이를 대하는 사람들에게 느닷없다는 느낌을 줄 수 있을지도 모른다.

그러나 기쿠지에게 유키코 「아가씨의 너무도 희고 작은 종이학이 춤추는 것처럼 생각되었다」라고 하는 표현에 보이는 것처럼 그녀는 종이학으로 상징되어 작품세계에 등장하고 있다. 작자 가와바타가 『독영자명(独影自命)』에서 말한 것처럼, 「종이학의 모양 혹은 도안은 일본의 미술공예, 복식에도 예로부터 즐겨 쓰이고 있다. 일본미의 하나의 상징이다」. 그리고 『일본국어대사전(日本国語大辞典)』에는, 「학은 상서로운 새로 여겨, 천마리가 갖춰지는 것을 길조로 생각했던 일로부터 종이학을 다수 실에 꿰거나 종이학의 그림을 기원의 염원을 담아 신사나 절에 봉납하는 풍습이 있었다. 현재는 신사나 절이 아니라, 위안이나 병문안 등에 보내는 풍습이 있다」라고 되어 있는데, 이 종이학에는 치유, 즉 구원의 이미지가 강하다.

그런데 「같은 방에서 아버지의 여자를 두 사람 만난 일이 그다지 우울하게 남지 않은 것도 그 아가씨 때문인지도 모른다」라든가, 지카코에 대한 「기쿠지의 그 메슥거리는 혐오 속에 이나무라 아가씨의 모습이 한 줄기의 빛처럼 반짝였다」라든가, 「아가씨의 의아스럽다는 듯한 눈길이 기쿠지에게 빛으로 느껴졌다」라고 하는 표현에서 보듯이 기쿠지는 유키코에게서 구원을 보기도 하고 약간이기는 하지만 이루기도 하고 있다. 그러나 유키코에 의한 기쿠지의 근본적인 구원은 이처럼 미지근한 것이 아니라 좀더 적극적인 것이다. 다시 말해 어둡고 추한 막으로부터 완전히 벗어나는 일이다.

앞의 장에서 인용한 「중독되어 있던 독약」이라고 하는 것은 기쿠지와 오타 부인의 정교를 말하는데, 이 중독되어 있던 독약이 추하고 어두운 막을 형성하는 요인이 되었다고 하는 일에 대해서는 이미 언급한 대로이다. 그런데 기쿠지에게 있어서의 추하고 어두운 막은 부인과의 정교만이 원인이 된 것은 아니다. 지카코와 자기의 아버지가 맺어진 것과 연유되어 지카코의 가슴에 있는 반점을 본 순간부터 그는 이미 그 추하고 어두운 막에 갇히게 되었다. 그러므로 기쿠지의 뇌리에는 지카코의 가슴에 있는 반점의 환영이 눌어붙어 떨어지지 않는 것이다.

기쿠지와 부인의 정교가 있고 난 뒤 기쿠지가 부인에게 처음 한 말은, 「구리모토의 여기에 큼직한 반점이 있는 거, 알고 있어요?」이다. 그리고 그 다음 날, 「기쿠지는 술집에서도 안절부절못하고 돌아오는 전차를 탔」을 때, 「몹시 혼잡한 전차 안에서 내려다보니」, 가로수가 보였다.

> 그 가로수 그늘을 분홍빛 치리멘14)에 하얀 종이학이 있는 보자기를 안고 이나무라 아가씨가 걸어가는 게 보이는 것처럼 기쿠지에게는 생각되었다. 종이학 보자기가 확실하게 보이는 것 같았다.
> 기쿠지는 신선한 기분이 들었다.

이처럼 기쿠지는 만족스러운 정교의 자리에서조차 지카코의 반점으로부터 벗어날 수 없었고, 벗어나려고 하는 그 심리가 종이학의 아가씨 유키코를 떠오르게 했던 것이다. 그런데 이는 기쿠지가 추하고 어두운 막으로부터 벗어나려 하여, 유일한 창인 종이학의 아가씨 유키코를 찾고 있다고 하는 것을 말하고 있는 것이기도 하다. 그러므로 기쿠지는 신선한 기분이 들었던 것인데, 이 또한 막으로부터 벗어난 것이 아니라, 그 창으로부터 비쳐드는 한 줄기의 빛을 받은 것에 불과한 것이었다. 결국 기쿠지는 영원한 저편의 사람 유키코에게 가까이 하는 일 없이 작품세계에는 막이 내렸던 것이다.

---

14) 바탕이 오글쪼글한 견직물.

●●●
마치는 말

『종이학』은 다도(茶道)를 배경으로 한 소설이다. 작품세계는 남주인공 기쿠지가 구리모토 지카코의 다회(茶會)에 가려고 「가마쿠라(鎌倉)의 엔가쿠 사(圓覚寺) 경내에 들어가고 나서」 전개되는데, 하세가와 이즈미는 그 다회에 대해 언급하여, 「등장인물을 한 방에서 만나게 하여 소개적인 역할을 하게 하고, 줄거리의 전개가 유리하게 옮겨가는 데 편리한 다회가 설정된다」15)라 말하고 있다. 적절한 지적이다. 작자 가와바타는, 『아름다운 일본의 나(美しい日本の私)』에서 「나의 소설 『종이학』은 일본의 차의 마음과 형태와 아름다움을 썼다고 읽히는 것은 잘못된 것이고, 금세가 되어 속악해진 차, 그리고 의심과 금제를 향한, 오히려 부정의 작품」이라고 말하고 있다. 일본인이 아닌 저자는 일본의 차도 다실도 어떠한 것인지 모르지만, 쓰루타 긴야(鶴田欣也)는 「본래 다실이라고 하는 것은 다도에 의해 정신을 수양하고 화경정적(和敬靜寂)을 취지로 하면서 오도(悟道)에 이르기 위한 공간이다」16)라고 말하고 있다. 그런데도 『종이학』에 있어서의 차는 지카코 가슴의 반점이 분출한 마성의 이미지로 오염되어 속악해진 것이다.

　작자 가와바타는 속악해진 차로 인해 마음으로 탄식을 하면서 이 작품을 쓴 게 아닌가 한다. 그러면서도 그는 그 속악해진 차에 상징적인 의미를 부여하여 작품세계에 아로새기고 있다. 쓰루타 긴야는 이어, 「차가 갑자기 인간 이상의 요염함을 발휘하기도 하고, 성의 부정함을 정결케 하기도 한다」라 했고, 효도 마사노스케(兵藤正之助)는 「구로오리베(黒織部)17) 찻

---

15) 長谷川泉 『川端康成論考＜増補版＞』(明治書院、1972・5)
16) 鶴田欣也 『川端康成の芸術—純粋と救済—』(明治書院、1981・4)

종이나 시노(志野) 미즈사시(水指) 같은 것은 소설의 곳곳에서 주역의 마음을 야릇하게 뒤흔드는 소도구로서 사용하고 있다」18)고 말하고 있는데, 저자도 같은 견해이다.

이처럼 「종이학』에 있어서의 차 도구는 인간 이상의 커다란 역할을 해내고 있는데, 이는 「3, 4백년이나 옛날의 찻잔 모습은 건강하고, 병적인 망상을 유발시키지 않는다. 그러나 생명이 긴장되어 있어 관능적이기까지 하다」라고 하는 작중(作中)의 표현이 증명해 주고 있을 뿐 아니라, 이 말은 인생이 짧고 예술은 길다고 하는 것까지 말해 주고 있다. 「삼백 년 쯤 전의 표주박」과 「나팔꽃」으로 상징되어 있는, <인생은 짧고 예술은 길다>이다. 이처럼 차를 배경으로 하여, 또 등장인물들이 차와 접하면서, <가타시로(形代)>는 <마성(魔性)>에 의해 형성되었던 것이다. 그리고 <가타시로>는 근친상간적 인간관계까지도 미화시키는데, 이 미화는 사랑의 아름다움에 의한 것이다. 사랑에 있어서 가장 정채를 발한 것은 사랑의 귀재 오타 부인인데, 부인은 사랑의 영위를 「별세계」로서 승화시킨다. 그러나 사랑으로부터 한 발만 물러서면 그녀 또한 도덕적인 사람이 될 수밖에 없다. 그래서 「이 얼마나 죄 많은 여자인가요」라며 몸부림치는 것이다.

후미코는, 「어머니는 지신의 추함을 견딜 수 없어 죽었는지도 모」른다 했고, 기쿠지는, 「부인은 죄에 몰리어, 벗어날 수가 없어서 죽은 것일까. 사랑에 쫓겨, 누를 길 없어 죽은 것일까. 부인을 죽인 것은 사랑인가 죄인가」라고, 일 주일간이나 갈피를 잡지 못했던 것인데, 아마도 양쪽 다가 아닌가 한다. 그리고 지카코는, 「자기의 마성을 누르지 못해서 죽었음에 틀림없다」라 말하고 있는데, 부인의 죽음이 사랑 때문이든 죄 때문이든 마성에 의한 것이라고 하는 것은 틀림없을 것이다.

---

17) 도자기의 일종.
18) 兵藤正之助 『川端康成論』(春秋社、1988・4)

부인은 사랑과 도덕 사이를 계속하여 왕래했다. 그녀는 사랑에 살 때에는 별세계에서 한없는 행복을 향수하지만, 그 사랑으로부터 한 발만 물러나 도덕에 서면 죄의 밑에 깔려 몸부림친다. 그런데 사랑과 도덕 사이를 왕래하는 것은 부인만이 아니라, 기쿠지도 후미코도이다. 기쿠지는 사랑에 빠질 때에는 「부인의 사랑에 감사」하지만, 사랑으로부터 벗어나면 추하고 어두운 막에 싸이고 만다. 그리고 후미코도 사랑을 위해 「저항」하지 않았지만, 그 사랑의 영위가 끝나자 모럴리스트로 돌아와 자기의 행방을 감추었던 것이다.

다시 말해서『종이학』은, 속악해진 일본의 차를 배경으로 주인공들이 그 차와 어울리면서 <마계>와 <가타시로>를 모티브로 하여 사랑과 도덕 사이를 왕래하는 안정되지 못한 인생모양을 상징적으로 그린 세계이다.

· 제 8 편 ·

『산의 소리』의 세계(1)
− 작품세계에 나타난 꿈을 중심으로 −

●●●
시작하는 말

가와바타 문학의 특징으로 그의 자의적(恣意的)인 단속적(斷續的) 분재(分載)방법을 들 수 있다고 하는 것은 이미 언급한 바 있는데, 그의 발표방법은 정말이지 자의적이어서, 하나의 작품을 발표하는 데에 있어서도 첫 회의 발표가 있고 나서 그 후 언제 어느 잡지에 어떠한 모양으로 발표될 것인지, 또 다음 회가 있는지 없는지 전혀 예상할 수가 없다.

이러한 발표 방법은 1929년 4월부터 발표되기 시작한 「시체 소개인(屍体紹介人)」으로까지 거슬러 올라간다. 이 작품은 맨 처음 제 1장에서 제 5장까지가 「시체 소개인」이라는 제목으로 『분게슌주(文芸春秋)』(1929·4)에 발표되었고, 제 6장에서 제 10장까지는 「유골안조(遺骨贋造)」라는 제목으로 『긴다이세카쓰(近代生活)』(1929·6)에, 제 11장부터 15장까지는 「시체의 복수(死体の復讐)」라는 제목으로 『소코쿠(祖国)』(1929·8)에 발표했다. 그리고 1년간이나 침묵이 있은 뒤, 갑자기 제 16장부터 18장까지를 「경야의 인족(通夜の人足)」이라는 이름으로 발표했던 것이다. 발표 잡지도 제각각이고 다음 발표까지의 기간도 일정하지 않다. 이와 같은 발표 태도는, 『눈 고장』에서는 더욱 심해져 서장 「저녁 경치의 거울(夕景色の鏡)」이 1935년 1월에 『분게슌주(文芸春秋)』에 발표되고부터 종장 「속 눈 고장(続雪国)」이 1947년 10에 『쇼세쓰신초(小説新潮)』에 발표되기까지는 13년 10개월이나 걸렸고, 그도 11회에 걸쳐 7개의 잡지를 이용하여 발표했다.

『산의 소리(山の音)』의 서장 「산의 소리」는 『종이학』의 서장 「종이학」이 1949년 5월, 『요미모노지지 별책(読物時事別冊)』에 발표되고 나서 4

개월 후인 1949년 9월, 『가이조분게(改造文芸)』에 발표되었던 것인데, 『산의 소리』도 『종이학』도 예의 그 자의적 방법에 의해 단속적으로 나뉘어 서 발표되었다.

『산의 소리』의 각 장이 발표된 시기와 게재지(揭載誌)를 소개하면 다음 과 같다.

제1장　산의 소리(山の音)『가이조분게(改造文芸)』 1949년 9월호

제2장　매미의 날개(蝉の羽)『군조(群像)』1949년 10월호 (처음 「해바 라기(日まわり)」라는 제목으로 발표)

제3장　구름의 불꽃(雲の炎)『신초(新潮)』1949년 10월호

제4장　밤의 열매(栗の実)『세카이슌주(世界春秋)』1949년 12월호

제4장　밤의 열매(栗の実)『세카이슌주(世界春秋)』1950년 1월호 (처 음 「여자의 집(女の家)」이라는 제목으로 발표)

제5장　섬의 꿈(島の夢)『가이조(改造)』1950년 4월호

제6장　겨울의 벚꽃(冬の桜)『신초(新潮)』1950년 5월호

제7장　아침의 물(朝の水)『분갓카이(文学界)』1951년 10월호

제8장　밤의 목소리(夜の声)『군조(群像)』1952년 3월호

제9장　봄의 종(春の鐘)『별책 분게슌주(別冊文芸春秋)』1952년 6월 호

제10장　새의 집(鳥の家)『신초(新潮)』1952년 10월호

제11장　수도의 정원(都の苑)『신초(新潮)』1953년 1월호

제12장　상처의 뒤(傷の後)『별책 분게슌주(別冊文芸春秋)』1952년 12 월호

제13장　비의 속(雨の中)『가이조(改造)』1953년 4월호

제14장　모기의 떼(蚊の群)『별책 분게슌주(別冊文芸春秋)』1953년 4 월호

제15장 뱀의 알(蛇の卵)『별책 분게슌주(別冊文芸春秋)』1953년 10월
　　　호
제16장 가을의 물고기(秋の魚)『오루요미모노(オール読物)』1954년 4
　　　월호

　단행본으로 간행된 것은 1952년 2월에 지쿠마쇼보(筑摩書房)로부터 간
행된 『종이학(千羽鶴)』이 처음이다. 이 가운데 『산의 소리(山の音)』의
「산의 소리」「매미의 날개」「구름의 불꽃」「밤의 열매」「섬의 꿈」「겨울
의 벚꽃」의 여섯 편이,『종이학(千羽鶴)』의 「종이학」「숲의 저녁」「에시
노」「어머니의 입술연지」의 네 편과 함께 수록되었던 것이다. 그 후, 1952
년 9월에 지쿠마쇼보로부터 간행된 『종이학·산의 소리』에는『산의 소리』
의 방금 열거한 여섯 편에 「아침의 물」「밤의 소리」「봄의 종」을 더한
아홉 편과,『종이학』의 전편이 수록되어 있다. 『산의 소리』의 전편이 처음
으로 수록된 것은 1954년 4월에 역시 지쿠마쇼보로부터 간행된 『산의 소
리』이다. 이것은『산의 소리』의 완결을 즈음하여 간행되었던 것인데, 한정
판으로서 천 부만이 간행되었다. 이를『산의 소리』의 초간본(初刊本)이라
고 한다. 1953년 2월에 신초샤 간(新潮社刊) 16권본『가와바타 야스나리
전집(川端康成全集)』제 15권에는 「산의 소리」「매미의 날개」「구름의
불꽃」「밤의 열매」「섬의 꿈」「겨울의 벚꽃」「아침의 물」「밤의 소리」
「봄의 종」「새의 집」의 10편이 수록되어 있는데,『가와바타 야스나리 전
집』에『산의 소리』가 수록된 것은 이것이 처음이다.
　개인 전집 외의 것으로는 가도카와쇼텐 간(角川書店刊)『가와바타 야
스나리 전집』(《쇼와 문학 전집<昭和文学全集>9》1953·3)이『산의
소리』가 수록된 최초이다. 여기에는 16권본『전집』에 수록된 10편에 「수
도의 정원」「상처의 뒤」의 두 편을 더한 12편이 수록되어 있다.

초출잡지와 초출단행본 및 전집류만을 소개했는데, 그 뒤에도『산의 소리』가 수록된 전집류는 다수 간행되었다.

본 편에서는 이와 같은『산의 소리』의 세계에 설정되어 있는 꿈에 대하여 고찰하고자 한다. 이 소설의 남주인공 오가타 신고(尾形信吾)는 61세로 9회라고 하는 많은 꿈을 꾸는데, 이 꿈에 대한 이해 없이는 그의 심리를 이해할 수 없고, 또 그의 심리를 이해하지 않고는 작품세계를 이해할 수 없기 때문이다.

I 꿈에 대한 이해는 작품 이해의 열쇠

꿈은 동서고금을 막론하고 문학작품 가운데에 빈출해 왔다. 고대인도 현대인도 실생활 속에서 꿈을 꾼다는 것은 같기 때문에 문학작품 가운데에 꿈이 설정된다고 하는 것은 당연하다 할 것이다. 꿈의 정체불명의 불가사의한 점이 작가의 흥미를 유발시켜 문학작품에 쓰인 것도 적지 않을 것이다. 옛날 사람들은 꿈을 영계로부터의 현시로서 생각한 경향이 있었던 듯한데, 근대에 있어서의 꿈은 정신분석학상 중요한 위치를 차지하고 있다. 정신분석학에 꿈을 본격적으로 도입한 사람은 프로이드인데, 그의 정신분석적 측면에 있어서의 연구 성과는 명저『꿈의 해석(Die Traumdeutuing)』으로 저술되어, 정신분석학의 한 분야로서 기초를 굳건히 했다. 정신분석학에 꿈을 도입한 학자는 그 외에도 융과 같은 사람도 있고, 일본에서도 미야기 오토야(宮城音弥) 같은 사람은 프로이드의 학설을 기초로 하여 꿈을 정신

분석학에 도입하여 성과를 거두었다. 미야기 오토야는 프로이드의 학설을
소개하여 그의 저서 『꿈』에서, 「프로이드는 꿈을 바라는 바의 변장된 현실
이라고 생각했다」[1]고 말한다. 또 바바 겐이치(馬場謙一)는 『프로이드 정
신분석 입문』에서, 「그는 꿈이야말로 본인이 의식하지 않은 어두운 마음의
영역(무의식)에 이르는 왕도라고 생각하여, 꿈의 의미나 기제(機制)를 깊
이 탐구했다」[2]라고 프로이드의 학설을 소개하고 있다.

그런데 히라야마 조지(平山城児)는 「가와바타 야스나리의 작품과 꿈의
세계(川端康成の作品の夢の世界)」[3]에서 가와바타가 초기에, 프로이드
에 심취해 있었다는 것을 지적하고 있다. 사실 가와바타는 자신의 작품에
꿈을 소재로서 많이 사용하고 있다. 그러므로 꿈에 대한 이해는 가와바타
문학을 푸는 열쇠의 하나가 될 것임에 틀림없다. 그의 작품 중 꿈이 등장한
것으로, 장편소설(掌篇小説)에는 「약한 그릇(弱き器)」 「불로 가는 그녀
(火に行く彼女)」 「톱과 출산(鋸と出産)」 「겨울 가깝다(冬近し)」 「여동
생의 기모노(妹の着物)」 등이 있고, 단편 및 중편으로는 「하얀 만월(白い
満月)」 「고향(故郷)」 「순간(たまゆら)」 「십육세의 일기(十六歳の日記)」
「홍예다리(反橋)」 「가을 비(しぐれ)」 「스미요시(住吉)」 「고인의 뜰(故人
の園)」 「가마쿠라의 서재에서<꿈>(鎌倉の書斎から<夢>)」 등이 있으
며, 장편으로는 「산의 소리(山の音)」 「잠자는 미녀(眠れる美女)」 「아름
다움과 슬픔과(美しさと哀しみと)」 「도쿄의 사람(東京の人)」 「고향(故
郷)」 등, 그 수가 많다.

그런데 이들 작품에 꿈은 프로이드의 이론에서 말하는 「바라는 바의 변
장된 현실」로 나타나거나, 또는 「본인이 의식하지 않은 어두운 마음의 영

1) 宮城音弥 『夢(第二板)』(岩波書店、1984・10)
2) 小此木啓吾・馬場謙一 『フロイト精神分析学入門』(有斐閣、1984・11)
3) 平山城児 「川端康成の作品の夢の世界」(立教大学文学会刊 『日本文学』<1968
・12> 소수)

역(무의식)에 이르는」 것으로 나타나 있는 것이 대부분이다. 이나무라 히로시(稻村博)는 자기의 저서 『가와바타 야스나리―예술과 병리―(川端康成―芸術と病理―)』[4]에서, 「작자가 묘사한 꿈을 자세히 보면, 그의 초시공적 사고의 실태를 알 수 있을 뿐 아니라, 또 그의 심층심리를 아는 데에 있어서 하나의 유력한 실마리를 잡을 수 있다」고 말하고 있다. 여기에서의 「그」란 작자를 말하는데, 꿈을 통해 작자의 심층심리를 아는 것은 물론이고, 꿈은, 그 꿈을 꾼 작중인물의 심층의식을 알 수 있는 실마리가 된다고 하는 것 또한 재언을 요치 않을 것이다.

전술한 바의 꿈을 취급한 가와바타 작품을 열거한 데에는 넣지 않았지만, 「어떤 사람의 생 가운데에(ある人の生のなかに)」라고 하는 장편소설이 있다. 주인공은 48세의 소설가 미키(御木麻之介)인데, 「수면 중의 정신에 대해 그(御木)는 심리학적으로도 깊게는 모르지만, 학자들이 조사한 것을 언젠가 자세히 알고 싶다 생각하고 있다」고 하는 표현이 나온다. 이는 작자 가와바타가 젊은 날 프로이드에 심취했었다고 하는 것을 생각나게 한다. 미키(御木)는 꿈에 대하여 자기 나름대로의 식견을 가지고 있다. 「수면 중의 정신이라면 꿈이 하나의 실마리가 될 것 같지만, 꿈은 잠의 순수함까지는 아니다」라든가, 「꿈속의 시간에는 물론 착오가 있다. 과거의 사건과 현재의 생각이 같이 있다」라든가, 「꿈의 전반과 후반에 모순이 있다 할까, 연결이 안 된다, 기억하고 있는 것은 비교적 후반 쪽이다」라고 하는 것이 그것인데, 앞에서 언급한 프로이드의 학설이나 이나무라 히로시(稻村博)의 견해와 일치하는 부분이 많다. 다시 말해, 가와바타의 작품 중의 꿈에는 미키(御木)가 생각하고 있는 것과 같은 요소가 많이 녹아져 있다.

가와바타의 꿈을 다룬 작품 중에는 주인공이 꾼 꿈과, 주인공이 그 꿈의

---

4) 稻村博 『川端康成―芸術と病理―』(金剛出版、1975・10)

해몽을 한 것만으로 성립된 「불로 가는 그녀(火に行く彼女)」와 같은 장편
소설(掌篇小說)이 있는가 하면, 「꿈」이라고 하는 제목의 단편소설도 있고,
또 가와바타 자신이 꾼 꿈을 소재로 한 「가마쿠라의 서재에서<꿈>(鎌倉
の書斎から<夢>)」이라고 하는 에세이도 있다. 가와바타는 꿈을 다룬 작
품을 많이 썼고, 꿈을 다룬 방법도 다양하다. 가와바타의 이와 같은 작품
중에는 꿈을 꾼 등장인물의 심층의식이 정신분석학적 방법에 의해, 그 꿈을
통하여 나타나 있는 작품도 많다.

『산의 소리』는 이러한 작품의 전형이라 해도 좋을 것이다. 주인공 신고
(信吾)가 꾼 꿈이 아홉 번, 그의 아내 야스코가 꾼 꿈이 한 번, 모두 열
번의 꿈이 한 편의 소설 가운데에 설정되어 있어, 이들 꿈, 특히 신고가
꾼 아홉 번의 꿈은 그의 심층의식의 발현으로서 설정되어 있는 꿈이므로,
이들 꿈의 바른 이해 없이는 『산의 소리』의 세계의 바른 이해 또한 불가능
한 것이다. 그리고 신고의 심층의식을 분석해보면 쓰루타 긴야(鶴田欣也)
가 지적한 것[5]처럼 의식 위의 신고와 의식 밑의 신고의, 두 사람의 신고로
나누어서 생각할 수가 있다고 생각된다. 분명히 신고는 의식 위에서 모럴리
스트로서 현실을 살아가는 신고와, 의식 밑에 깊이 들어앉아 사랑을 구하고
있는 남자로서의 신고로 나누어서 생각하지 않으면 『산의 소리』의 세계는
이해하기 어렵다.

---

5) 鶴田欣也 「『山の音』における夢の解釈」(川端文学研究会編 『風韻の相剋』―
　　川端康成研究叢書6―<教育出版センター、1979・9> 소수)

Ⅱ •••겉은 검고 안은 붉은 용기는 기쿠코, 술병은 신고

여기에서는 신고가 꾼 꿈을 편의상 꾼 순서에 따라 제 1의 꿈, 제 2의 꿈,………제 9의 꿈과 같이 명명하기로 하겠는데, 제 1, 제 2의 꿈은 제 2장 「매미의 날개」 제 3절에 설정되어 있다. 이 두 꿈은 계속해서 꾼 꿈일 뿐 아니라, 그 의미하는 것 또한 닮았으므로, 그리고 관련성도 있으므로 같이 취급하기로 한다.

먼저 제 1의 꿈으로부터 고찰해 보기로 한다.

신고는 삼 년 전에 칠십을 넘어 죽은 다쓰미야에게 메밀국수를 대접받는다. 「겉은 검은 칠, 안은 붉은 칠의 사각형 틀에 대나무 발을」 깐 용기에 「메밀국수가 하나 다타미 가까이에 놓여 있었다. 그 앞에 신고는 서 있는 것 같다. 다쓰미야와 그 가족은 앉아 있는 것 같다. 방석은 아무도 깔고 있지 않았던 것 같다」. 「메밀국수가 나온 것은 작업장 안의 거실일 거다」. 신고는 다쓰미야의 여섯 딸 중의 한 명인 듯한 아가씨를 건드린다.

대개 이러한 꿈이다. 신고가 어떠한 심리상태에서 이러한 꿈을 꾸었는가에 대해서는 조금도 언급하고 있지 않다. 그러나 죽음에 대한 공포 및 회춘에 대한 바람과 관계가 있는 산의 소리를 듣고[6] 나서 시간이 그다지 오래 지나지 않은 때에 꾼 꿈이라는 것, 또 신고가 기쿠코(菊子)와 해바라기를

---

6) 「8월 10일 전인데, 벌레가 울고 있」는 것이 주인공인 62세의 신고에게 들림. 그리고 「나뭇잎으로부터 나뭇잎으로 밤이슬이 떨어지는 소리인 듯한 소리도 들」림. 「그리하여 문득 신고에게 산의 소리가 들렸」음(제 1장 「산의 소리」 제 2절). 그런데 이 <산의 소리>는 신고의 죽음에 대한 공포나 회춘에 대한 바람과 깊은 관계가 있다고 하는 것이 일반적인 견해임.

보기 전날 밤에 꾼 꿈이라는 것 등이 어떠한 심리상태에서 꾼 꿈인지를 이해하기 위한 단서가 될 것이다. 이 꿈에서 주목하지 않으면 안 되는 것은 신고가 죽은 사람인 다쓰미야와 관련되어 있다고 하는 것이다. 이는 신고의 죽음에 대한 공포가 나타난 것임을 말하고 있다. 꿈을 꾼 뒤, 「꿈에 죽은 사람이 준 것을 먹으면 죽는다고 하는 일이 있는 것일까 하고 신고는 생각」하는데, 이로부터 생각해 본다 해도 죽음에 대한 공포에 의한 꿈이라고 하는 것은 틀림없을 것이다.

이 꿈에 있어서 또 하나 간과해서는 안 될 것은 신고의 회춘에 대한 바람이 나타났다는 것이다. 이 또한 꿈에서 여자를 건드렸다는 것으로부터 쉽게 알 수 있다. 그러나 건드린 여자가 누구인지에 대해서는 숙고를 요한다. 다쓰미야의 「여섯 딸 중의 한 명이었는지 어떤지 신고는 해질 녘인 지금은 생각나지 않는다」고 하는 표현이 있고, 또, 상대방 아가씨가 다쓰미야의 여섯 딸 중의 한 명인 것 같다고 막연히 생각해 보는 정도여서, 다쓰미야의 딸 중의 한 사람이 아닐지도 모른다.

쓰루타 긴야는 「『산의 소리』에 있어서의 꿈의 해석」에서, 제 1, 제 2의 꿈에 대해서 이를 「산의 소리의 여운」이라 말하고, 다시 산의 소리가 「꿈의 진워지」라고 하는 견해를 밝히고 있다. 그리고 나서, 「기쿠코의 원피스가 덧문 밖에 걸려 있었다. 축 늘어져 꺼림칙하고 희묽은 색이다」라고 하는 표현에 근거하여, 「『축 늘어져 있다』고 하는 것은 다쓰미야의 딸과 교섭에서 『느슨한 감각뿐이다』라고 하는 감각과 일치한다」고 말하는데, 설득력이 있고 흥미로운 견해이다.

그런데, 이 꿈은 신고의 「바라는 바의 변장된 현실」로 봐도 좋지 않을까 한다. 다시 말해서 신고가 꿈에서 관계한 아가씨는 기쿠코의 변신인 것이다. 그러나 기쿠코는 신고의 며느리라는 것을 생각한다면 꿈이라고는 하지만 너무나도 뜻밖의 일이라 독자들은 어리둥절할 수밖에 없을 것이다. 그러므로 「여자가 기쿠코라고 하는 것을 극단적으로 두려워」 하여, 「꿈에도 역시 도덕이 작용하여」 기쿠코가 다쓰미야의 여섯 딸 중의 하나에 의탁하여 나타났던 것이다.

제 1의 꿈과 같은 패턴의 꿈은, 제 1의 꿈으로부터 제 3의 꿈인 신고가 마쓰시마(松島)에서 젊은 여자를 안은 꿈으로, 그리고 제 3의 꿈으로부터 제 7의 꿈인 뾰쪽한 느낌의 처진 젖을 만지는 꿈으로 이어지는데, 제 7의 꿈에 이르러서 신고가 교섭을 한 여자가 기쿠코라고 하는 것이 밝혀진다.

등장인물이 꾼 꿈을 해석하는 일에 의해 그 사람의 정신을 분석하여 심리상태를 이해하려 하는 일이 작품세계에 설정된 꿈을 취급하는 방법의 정석이라고 하는 것은 물론이지만, 거꾸로 꾼 꿈이 뒤의 행동이나 심리에 영향을 끼친다고 하는 일도 전혀 없다고는 할 수 없을 것이다. 이 제 1의 꿈이 바로 그러하여 신고가 꿈에서 기쿠코를 만났으므로 그 영향이 다음 날의 심리에 미쳐 해바라기로부터 거대한 남성의 상징을 생각한 것이다. 물론 이러한 심리적 현상을 이룬 직접적인 원인은 기쿠코가 옆에 있었기 때문이기는 하지만, 기쿠코가 옆으로 오기 전에도 정신의 심층에 그러한 요소가 있었는데, 기쿠코가 가까이 옴에 따라 그 요소가 정신의 표층으로 나와 구체적인 심리현상을 유발시킨 것이라 생각된다.

전날 밤의 꿈의 영향을 받은 일로서 다음과 같은 장면도 들 수 있을 것이다.

　　차가운 수건으로 닦은 얼굴에 안경을 쓰는 게 귀찮아 마당을 바라보고 있었다.
　　잔디의 손질이 잘 안 된 마당이다. 저쪽 끝에 싸리나 참억새가 한 무더기 야생처럼 자라 있다. 그 싸리 저쪽에 나비가 날고 있다. 푸른 싸리 잎 사이로 언뜻언뜻 보여서, 몇 마리나 되는 것처럼 보인다.

싸리 위로 날아오를까, 싸리 옆으로 날아 나올까 하고, 신고는 기다리고 있는데, 나비는 언제까지나 싸리 뒤만을 날고 있었다.

신고는 보고 있는 사이에, 그 싸리 저쪽에 무엇인가 자그마한 세계가 있기라도 한 것처럼 생각되었다. 싸리 잎 사이로 언뜻언뜻 보이는 나비의 날개가 아름다운 것으로 생각되었다.

신고에게, 「싸리 저쪽에 무엇인가 자그마한 세계가 있기라도 한 것처럼 생각되었다」고 하는 것에는 아주 중요한 의미가 내포되어 있다. 이 작은 세계는 몽환의 세계 신슈(信州)를 상징하기 때문이다. 신고가 산의 소리를 듣고 바로, 「정상의 나무들 사이로 별이 몇 갠가 들여다보였다」고 하는 그 세계와 같은 것이다. 그러므로 「전의 만월에 가까운 밤 뒷동산 나무들 사이로 들여다보이는 별이 신고에게 문득 생각났」던 것이다. 신슈를 상징하는 작은 세계에는 <언니>의 가타시로인 기쿠코를 상징하는 무엇인가가 있을 것이다. 싸리 저쪽에 날고 있는 호랑나비가 그것이다. 「호랑나비로서는 작은 것」이라고 하는 것은 아직 소녀와도 같은 기쿠코를 상징하고, 「나비는 야스코(保子)에게 발각되는 것을 싫어하기라도 하듯이 이때 싸리 위로 나왔다」고 하는 것은 의식 밑의 기쿠코가 야스코를 싫어한다고 하는 것을 의미하는 것일 게다. 나비가 기쿠코를 상징한다는 것을 생각한다면 나비가 싸리 위로 날아오를까, 싸리 옆으로 날아 나올까 하고 기다리고 있는 신고의 심리도 이해할 수 있지 않을까 한다. 이렇게 생각하면 이 꿈은 쓰루타 긴야의 견해처럼 「산의 소리」의 여운으로서 나타난 것이라고 하는 것을 인정하지 않을 수 없는 것이다.

제 2의 꿈은 신고가 제 1의 꿈을 꾼 뒤 바로 꾼 꿈이다.

「작년 연말에 뇌일혈로 죽은」 아이타(相田)는 「십 년 정도 전까지 신고네 회사의 중역으로 있」었는데, 그는 꿈에서 그 「몸집이 크고 뚱뚱한 아이타가 한 되짜리 술병을 들고 신고의 집에 왔다. 상당히 마신 듯 땀구멍이 커진 것 같은 얼굴로, 행동에도 취기가 보였다」.

대개 이러한 꿈이다. 이 꿈도 제 1의 꿈처럼 죽음에 대한 공포가 나타난 꿈이다. 「꺼림칙하네요. 죽은 사람이 둘이나」라고 한 야스코의 말에, 「『맞으러 왔을까』라고 신고는 말했」을 정도로 이 꿈의 의미는 명확하다. 그러나 마음에 걸리는 것이 한둘 있다. 첫째로 아이타가 왜 한 되짜리 술병을 들고 왔냐고 하는 것이다. 아이타는 생전에 「자주 약병을 들고 다녔다」고 신고는 꿈의 성인(成因)을 얼버무리고 있는데, 왜 꿈속에서 한 되짜리 술병을 들고 나타났는지는 밝히고 있지 않다. 이에 대해 쓰루타 긴야는 제 1의 꿈의 메밀국수 용기가 「겉은 검은 칠, 안은 붉은 칠의 사각형 틀에 대나무 발을」깔았다고 하는 것과, 이 술병에 주목하여 「무척 대담한 여성과 남성의 상징이라고 하는 것을 알 수 있다」[7]고 말하고 있는데, 수긍할 수 있는 해석이다.

또 하나 마음에 걸리는 것은, 생전에 아이타가 술을 마시지 않았는데도, 작자는 왜 꿈에는 술을 마시게 했느냐는 것이다. 제 1의 꿈에서 신고가 건드린 다쓰미야의 딸은 기쿠코를 가탁(仮託)하여 나타난 것이다. 그렇다면, 메밀국수의 용기는 기쿠코이고, 한 되짜리 술병은 신고가 된다. 이렇게 되면 작자가 아이타에게 술을 마시게 한 이유가 분명해질 것이다. 다시 말해, 이는 신고가 기쿠코에 대한 사랑으로 취해 있다고 하는 의미가 아닌가 생각되기 때문이다.

---

7) 鶴田欣也「まぼろしからうつつへ―『山の音』の錯覚と発見」(平川裕弘・鶴田欣也『川端康成『山の音』研究』<明治書院、1985・9> 소수)

III ●●● 섬에서 신고는 기쿠코를 만나고

제 3의 꿈은 『산의 소리』 제 5장 「섬의 꿈(島の夢)」 제 2절에 설정되어 있는 꿈으로 이 꿈도 어떠한 심리상태에서 꾼 꿈인지 분명하지 않다. 꿈의 대강은 이러하다.

신고는 마쓰시마(松島) 「소나무 그늘의 초원에서 여자를 포옹하고 있었다. 겁을 먹고 숨어 있었다. 동행을 둘이서 벗어나 온 것 같다. 아가씨였다. 자신의 나이는 몰랐다」. 「젊은 사람이 하는 것처럼 했다. 그러나 젊어졌다고도, 옛날의 일이라고도 생각지 않았다. 신고는 예순 둘의 현재인 채로 이십대라고 하는 식이었다」. 「동행들이 탄 모터보트가 바다로 멀어져 갔다. 그 배에 여자가 한 사람 일어서서 쉴 새 없이 손수건을 흔들고 있었다」. 하얀 손수건이었다. 「신고는 여자와 둘이서 작은 섬에 남겨진 것이지만 그러한 불안은 조금도 느끼지 않았다. 신고는 바다 위의 보트가 보이지만 보트에서는 신고네가 숨은 장소를 찾을 수 없을 것이라고, 그것만을 생각하고 있었다」.

제 5장 「섬의 꿈」 제 1절은, 「신고는 잘못하여 재떨이에 차를 따르고 있었다」로 끝나고, 제 2절의 모두에 마쓰시마의 꿈이 설정되어 있다. 꾼 꿈을 생각하고 있는 장소는 회사이다. 「나 결국 후지에 오르지 못하고 늙었구나」라고 중얼거리고 나서는 꿈이 생각난 것이다. 신고가 「어젯밤 마쓰시마 꿈을 꾼 탓으로, 이런 말도 떠올랐을지도 모른다」고 생각한 대로이다. 조금 뒤에 찾아온 스즈키(鈴木)에게, 「후지에도 올라가지 못하고, 일본 삼경(三景)도 보지 못하고 일생을 마치는 사람이 의외로 많구먼」이라고 말했

던 것을 생각한다면, 「나 결국 후지에」 운운 하는 말은 마쓰시마의 꿈으로부터 연상되었다고 하는 것이 보다 명확해진다.

그런데 이 꿈에서는, 죽음에 대한 공포 같은 것은 그림자조차도 찾아볼 수가 없다. 오히려 신고는 이십대로 젊어져 있다. 꿈의 특성 중 하나인 초시공성이 나타난 것이다. 마쓰시마에서 신고의 파라다이스는 이루어진 것이다. 「현재의 자기인 채 젊은 자기로 아무런 무리도 없이 자연스러웠」으니 「평생의 춘사(椿事)」가 이루어진 것이다. 그런데다가 젊은 여자를 포옹하기도 하고, 그 여자와 둘이서 소나무 사이를 달리기도 했으니까 회춘을 바라고 있는 신고에게 있어서 파라다이스라고 해도 무리는 없을 것이다.

그러나 제 1의 꿈처럼 포옹한 여자가 누구인지를 신고는 기억하고 있지 않다. 「상대방 여자가 누구인지 몰랐다. 얼굴도 모습도 없다. 촉감도 남아 있지 않」다. 제 1의 꿈에서 건드린 여자에 대해서도, 「상대방이 누구인지는 전혀 생각이 나지 않는다」고 되어 있어 같은 수법의 표현이라고 하는 것을 알 수 있다.

그런데 제 1의 꿈에서 건드린 여자에 대해서는 신고가 「느슨한 감각」만은 기억하고 있는데, 이는 무척 중요하다. 다시 말해서, 제 1의 꿈의 「느슨한 감각」을 기억하고 있다고 하는 것은, 기쿠코의 원피스의 「축 늘어져 꺼림칙하고 희묽은 색」과 건드린 여자의 관계를 분명히 해 주기 때문이다. 마쓰시마에서 포옹한 여자도 기쿠코인 것이다. 신고가 이 꿈으로 인해 생각에 잠겨 있을 때, 스즈키가 기쿠코의 상징인 지도(慈童)[8]를 가지고 찾아온 것으로부터도 추측할 수 있다. 겁을 먹고 숨어 있었던 일이나, 숨은 장소를

---

8) 탈의 일종으로 『일본국어대사전(日本国語大辞典)』(小学館、1979 · 12)에 의하면 이 지도(慈童)는 중국의 선동(仙童)으로 목왕(穆王)을 섬겼는데, 국화의 이슬을 마시고 불로장수했다고 하는 사람임. 이 점으로부터 생각한다면 기쿠코의 상징이라고 하는 것 외에 신고의 회춘에 대한 바람의 상징이라고 하는 것도 포함한 중층적 역할을 하고 있다 해도 좋으리라 생각함.

찾을 수 없을 것이라고, 그것만을 생각하고 있었던 일은 상대방 여자가 「기쿠코의 화신」이라고 하는 것을 두려워했다고 하는 것을 증명해 주고 있는 것이다. 그럼 멀어져 가는 모터보트에서 일어나 쉴 새 없이 하얀 손수건을 흔들고 있던 여자는 누구인 것일까. 야스코(保子)도 후사코(房子)도 아닌 것 같다. 에코(英子)나 기누코(絹子)라고도 생각할 수 없다. 신고와 기쿠코에게 하얀 손수건을 흔들어 안녕을 고해 줄 사람은 <언니> 밖에 없다. <언니>가 두 사람을 축복하여 안녕을 고하고 있는 것이다.

두 사람만이 작은 섬에 남겨졌어도, 조금도 불안을 느끼지 않은 파라다이스 마쓰시마의 꿈, 이는 현실의 파라다이스 신주쿠 교엔(新宿御苑)에서의 밀회의 예징(予徵)9)이었던 것이다. 상대방 여자가 누구인지 모르지만 선명하게 기억하고 있는 「섬의 소나무 빛이나 바다의 색」은 기쿠코를 상징하는 녹색이며10), 녹색을 닮은 색이다. 이러한 일을 우연이라 할 수 있겠는가. 마쓰시마가 파라다이스였다고 하는 것은 사실이기는 하지만, 깨고 나면 물 위에 뜬 물거품처럼 덧없는 것이었다. 신고는, 인생의 덧없음은 꿈의 덧없음과 같은 것이라고 생각한 것은 아닐까 한다.

---

9) 신고가 마쓰시마의 꿈을 꾸고 얼마 안 있어, 신고와 기쿠코는 신주쿠 교엔에서 만나는데, 신주쿠 교엔은 젊은이들에게 있어서도, 신고와 기쿠코에 있어서도 「밀회의 낙원」임. 신고는 기쿠코에게 「도쿄 안에 이런 데가 있다고는 상상도 못 했구나」라 말하고, 신주쿠 쪽으로 멀리 펼쳐진 숲을 바라봤던 것인데, 교엔은 도쿄의 콘크리트나 아스팔트 속의 섬임. 신고는 마쓰시마에서 젊은 여자를 안은 꿈을 꾸었는데, 마쓰시마가 바다 가운데의 섬이라고 한다면, 교엔은 대도시의 건물 가운데의 섬임. 신고가 마쓰시마의 꿈에서 안은 여자는 기쿠코라고 하는 것은 말할 것까지도 없음. 교엔은 다시 말해서 마쓰시마의 꿈을 현실 속에 재현시킨 것임. 마쓰시마에 있어서의 사랑이 꿈속의 사랑이라면, 교엔에서의 사랑은 의식 밑에서의 사랑이기는 하지만, 현실 속의 사랑임.
10) 기쿠코가 신고를 만나러 교엔에 왔을 때, 짙은 녹색 스웨터까지 입고 있었으므로 녹색이 기쿠코를 상징한다고 하는 것은 틀림없을 것임.

IV ˙˙˙ <언니>가 되어 신고의 꿈에 나타난 기쿠코

제 4의 꿈은 제 6장 「겨울의 벚꽃(冬の桜)」 제 4절에 설정되어 있다. 지금까지의 꿈과는 달리 꿈을 꾸기 전의 심리상태를 엿볼 수 있는 꿈이다. 신고가 회사의 손님 때문에 아타미(熱海)의 여관에 묵고 있던 때 꾼 꿈이다.

신고는 「1월 중순경에 벚꽃이 만개」해 있는 것 등의 겨울 속의 봄을 즐긴다. 신고의 눈에 비치는 것은 무엇이나 봄의 풍물로 보인다. 홍매(紅梅)와 백매(白梅)가 그렇고 흰 오리가 또 그렇다. 회춘하고 싶다고 하는 바람이 이렇게 나타난 것이다. 그날 밤 신고는 「문득 피를 토할 것 같은 불안을」 느낀다. 낮에 품고 있던 회춘에 대한 바람이 이루어질 수 없는 단순한 바람에 불과하다는 것을 깨닫고 끊임없이 늙어 가는 자신을 직시함으로써 생긴 초조감 때문이었는지도 모른다. 회춘이라고 하는 것은 시간의 역행 없이는 이루어질 수 없는 것이다. 약물이라든가 어떠한 자극에 의한 것도 생각해 볼 수 없는 것은 아니지만, 이는 어디까지나 일시적인 것에 불과하다. 앞으로 진전해 가는 시간과 역행하는 시간, 이를 의식하고 신고는 두 개의 시계의 두 개의 시간을 느낀 것일 게다. 이러한 심리상태에서 신고는 제 2의 산의 소리를 듣고 「잠시 잠을 이루지 못」한 뒤 꿈을 꾸었던 것이다.

「신고 상, 신고 상」이라고 부르는 소리를 신고는 비몽사몽 간에 들었다. 그렇게 부를 사람은 야스코의 언니밖에 없다.

신고는 도취된 듯 달콤하게 눈을 떴다.

꿈이라고도 할 수 없을 것 같이 간단하기 그지없는 꿈이다. 그저 어린이들이 서로 부르는 소리를 비몽사몽 간에 들었을 뿐이다. 신고는 그렇게 부를 사람은 야스코의 언니밖에 없다고 생각하지만, 62년이나 사회생활을 영위해 온 그에게 「신고 상, 신고 상」이라고 불러 줄 사람이 몇 명인가는 있을 것이다. 신고의 <언니>에 대한 그리움이, 어린이들이 서로 부르는 소리를 <언니>가 부르는 소리로 고쳐 들은 것이다.

「신고 상, 신고 상」. 이것이 꿈의 전부인데, 이 짧은 목소리 중에는 신고가 두 번에 걸쳐 들었다고 하는 산의 소리가 의미하는 것이 거의 포함되어 있다. 그뿐 아니라 신고의 <언니>에 대한 사랑과 정열이 가장 잘 나타나 있는데, 상당히 복잡한 의미를 내포하고 있다.

이 꿈에서 한 가지 의문이 남는 것은 꿈을 꾼 곳이 집이 아니고 왜 아타미의 여관이었나 하는 것이다. 신고가 꾼 꿈이 아홉 번이나 되므로 한 번 정도는 집이 아닌 장소에서 꿈을 꾸었다 해도 이상할 것은 없는 일이지만, 하필이면 <언니>가 신고를 부르는 것 같은 꿈을 왜 집이 아닌 곳에서 꾸었는가 하는 것에는 역시 의문이 남는다.

기쿠코가 <언니>의 가타시로(形代)이니까, 이 꿈에서 <언니>가 부르는 소리는, 즉 기쿠코가 부르는 소리이고, 신고가 「가슴을 창 밖으로 내밀고 냇가의 이쪽 산죽 사이를 눈으로 찾아」 본 것도 신고가 기쿠코를 찾고 있는 것이 된다. 작품세계에서 신고가 기쿠코와 떨어져 잔 것은 그녀가 유산 후 친정에 몸조리를 하러 가 있던 때와 이번뿐이므로, 이번이 기쿠코를 떠나 밖에서 묵은 첫 경험이 된다. 그러므로 신고의 기쿠코에 대한 그리움이 어린이들이 서로 부르는 소리를 <언니>가 부르는 소리로, 다시 말해서 기쿠코가 부르는 소리로 고쳐 들은 것이다.

V ●●● 신고와 의식 밑에서 만나 정신에 의한 임신을 한 기쿠코

제 5의 꿈은 제 8장 「밤의 목소리(夜の声)」 제 2절에 설정되어 있는데, 꿈을 꾼 시간은 제 1절의 「기쿠코오, 기쿠코오」라고 슈이치가 집에 돌아와 부르기 전이다. 「사내가 으르렁거리는 것 같은 목소리에 신고는 눈을 떴다」고 표현되어 있는데, 실은 「슈이치(修一)의 목소리로 일어나기 전에 신고는 꿈으로 잠을 깼」던 것이다.

　　「그래서 무슨 무슨 코(子)11)는 영원한 성소녀가 된 것이다」라는 말 뿐이었다.
　　신고는 이야기를 읽고 있었다. 이 말은 그 이야기의 끝에 있었다.
　　이야기를 말로 읽으면서 동시에 그 이야기의 줄거리가 연극이나 영화처럼 꿈에 보이는 것이었다.
　　신고는 꿈속에 등장하지 않고 구경꾼의 입장이었다.
　　열네댓 살로 낙태를 하여 성소녀가 되었다는 것은 기괴하지만, 거기에는 긴 이야기가 있었다. 소년과 소녀의 순애의 명작 이야기를 신고는 꿈에서 읽고 있었던 것이다.

　이와 같은 꿈이다. 「『소녀가 쌍생아를 낳다. 아오모리(青森)의 일그러진 (봄의 각성)』이라는 커다란 제목」의 신문기사를 신고가 읽고 쇼크를 받은 것이 꿈의 성인(成因)이다.

---

11) 「코(子)」는 일본 여자 이름에 많이 쓰이는 글자임.

낙태를 하고 「영원한 성소녀」가 되었다고 하는 그 소녀는 기쿠코임에 틀림없다. 「꿈속에서는 소녀의 이름도 있었을 것이고 얼굴도 보였을 것이지만, 지금은 단지 소녀 몸의 크기, 바르게 말하자면 작기가 희미하게 남아 있을 뿐이다. 일본 옷(和服)을 입고 있는 것 같았다」라고 하는 표현은 꿈에 나온 여자가 누구인지 모른다고 하는 면에서 제 1의 꿈의 다쓰미야의 여섯 딸 중의 하나를 건드린 꿈과 대체로 닮았다. 소녀가 기쿠코라고 하는 것을 암시하고 있는 것이다. 소녀 몸의 작기나, 또 그녀가 일본 옷을 입고 있다고 하는 것도 소녀가 기쿠코라고 하는 것을 암시해 주고 있다. 소녀 몸의 작기에 대해서는 꿈을 꾼 다음 날의 일인데, 「이렇게 어린 데가 아직 기쿠코에게는 남아 있는가. 신고는 어젯밤 꿈을 생각했다」고 하는 표현과 관련지어 생각한다면 더욱 분명해진다. 기쿠코의 상징 지도(慈童)는 「영원한 소년」이고, 꿈속의 소녀는 「영원한 성소녀」이니, 이로부터도 꿈속의 소녀가 기쿠코라고 하는 것을 알 수 있을 것이다.

꿈속의 소녀가 기쿠코라고 한다면 당연히 소년은 신고가 아니면 안 된다. 「그들 소년의 나이에는 신고 자신도 야스코의 언니를 오로지 동경하고 있었다」고 하는 표현은 소년이 신고라고 하는 것을 암시해 준다. 여기에서의 「그들 소년」이란 신문기사에 나온 소년들로, 신고의 꿈속의 소년은 이 소년들 중의 한 명이니까, 신고와 꿈속의 소년을 연관시키는 것은 간단하기도 하고 자연스럽기도 하다. 이렇게 되면 꿈속에서 낙태한 태아는 신고와 기쿠코의 아기가 된다. 이 꿈은 제 8장 「밤의 목소리(夜の声)」 제 2절과 제 3절의 2개 절에 걸쳐 설정되어 있는데, 제 3절의 끝 부분에서 인용해 보면 이러하다.

석간의 기사와 오늘 아침의 편지, 신고는 그 부합을 생각했다.

낙태의 꿈까지 꾸었다. 신고는 어젯밤 꿈을 기쿠코에게 이야기하고 싶은 유혹을 느꼈다.

　그러나 말을 꺼내지 못하고 기쿠코를 보고 있자니 무엇인가 자기 안에 젊음이 일렁거렸는데, 문득 기쿠코는 임신하고 있어 중절하려 하고 있는 게 아닌가 하고 연상되어 신고는 놀랐다.

　신고가 꿈에 대하여 말을 꺼내지 못하고 기쿠코를 보고 있자니 무엇인가 자기 안에 젊음이 일렁거렸다고 하는 것은, 꿈과 기쿠코 및 신고가 관련되어 있다고 하는 것을 말해 준다. 기쿠코는 임신하고 있어 중절하려 하고 있는 게 아닌가 하고 연상되었다고 하는 사실은 독자들을 오싹하게 하는 데가 있다. 신고가 이 꿈을 꾼 것은 야스코가, 「후사코가 섣달 그믐날 와서 벌써 두 달이나 되었어요」라고 말하기 전날이었으므로 3월 초쯤이 된다. 그런데 기쿠코가 유산한 것은 5월 중순이 지나서이고, 신고가 꿈을 꾸었을 때 기쿠코는 이미 임신하고 있었던 것이 된다. 신고가 연상한 대로 기쿠코는 유산했으니 이 장면을 읽는 사람들이 어찌 놀라 오싹하지 않을 수 있겠는가.

　위 인용 가운데의 「오늘 아침의 편지」란 자기에게 온 편지에 대해 「친구한테서 온 것인데 중절하여 뒤가 좋지 않아 혼고(本鄕)의 대학병원에 입원했대요」라고 기쿠코가 신고에게 말한 그 편지를 말한다. 「석간의 기사와 오늘 아침의 편지, 신고는 그 부합을 생각했다. 낙태의 꿈까지 꾸었다」라고 하는 표현이 있는데, 이는 <석간의 기사—신고의 꿈—오늘 아침의 편지—기쿠코의 유산>처럼 일련의 줄거리가 통하고 있는 것이다. 신고와 기쿠코가 의식 밑에서 만나 정신에 의한 임신을 한 기쿠코가 인공유산을 했다고 하는 것과, 꿈에서 기쿠코인 소녀가 신고인 소년 사이의 아기를 낙태했다고 하는 것과도 관련성이 있다.

　그런데 「신고는 꿈에서 낙태한 소녀를 구하고, 또 자기도 구했는지도 모른다」고 하는 표현은 간과해서는 안 된다. 그렇다면 자기를 구했다고 하는 것은 무엇을 의미하는 것일까. 야마다 요시로(山田吉郎)는 「『산의 소리』에 있어서의 꿈」12)에서, 「이 꿈은 신고에게 있어서 답답한 현실로부터의 구원이라고 하는 의미를 가지고 있다」고 말하고 있다. 저자도 대체로 야마다와 견해를 같이 하지만, 「답답한 현실로부터의 구원」이라는 말만 가지고는 답답한 현실이 무엇을 의미하는지 모르는 점도 있으므로, 저자의 견해를 말해 두고자 한다.

먼저 낙태한 소녀를 구했다고 하는 것부터 말해 볼까 한다. 신문기사는 신고에게 있어서 정말이지 한심한 일이었음에 틀림없었을 것이다. 그러므로 「이 신문기사에 신고는 쇼크를 받았」던 것이다. 건전한 사회질서를 해치는 반도덕적인 일이기도 하다. 그러나 꿈에서는 이들 소년 소녀를 정화시키고 미화시켰다. 낙태한 소녀는 영원한 성소녀로까지 되었으니 구원을 받았다고 해도 이상하지 않다. 그리고 이는 결국 신고 자신의 일이기도 하다. 다시 말해서 의식 위의 신고는 의식 밑에서 꿈틀거리고 있는 기쿠코를 향한 사랑으로 번뇌하고 있었으므로, 꿈을 통해서 자기와 기쿠코인 소년 소녀를 구하는 일에 의해 자기들도 구했던 것이다.

VI 꿈속의 여자들은 기쿠코였음이 밝혀지다

제 6, 제 7의 꿈은 제 12장 「상처의 뒤(傷の後)」 제 3절에 설정되어

12) 山田吉郎 「『山の音』における夢」(『日本文芸論考第十号』<東北大学文芸談話会、1980・6> 소수)

있을 뿐 아니라, 이어서 꾼 꿈이기도 하고 깊은 관련이 있으므로 같이 다루기로 한다.

먼저 제 6의 꿈으로부터 고찰해 보기로 하자. 꿈의 내용은 대개 이러하다.

> 미국은 주에 따라 영국인이 많은 주가 있는가 하면, 스페인 사람이 많은 주도 있다. 그러므로 주에 따라 턱수염에 특색이 있다. (중략) 무엇이라고 하는 주에, 각 주 각 인종의 수염의 특색을 한 몸에 가진 남자가 나타났다. (중략) 다시 말해서 이 남자의 턱수염은 미국 각 주 각 인종에 따라 다른 수염 묶음이 송이처럼 매달려 있는 것이다.
> 아메리카 정부는 이 남자의 턱수염을 천연기념물로 지정했으므로, 이 남자는 자기의 수염을 함부로 깎을 수도 손질을 할 수도 없다.

신고가 생각하고 있는 꿈의 성인은, 친정에서 돌아올 때 기쿠코가 사온 선물이 「전기면도기」라고 하는 것과, 「빗이 미제라고 하는」 데에 있다. 또, 「이 남자의 턱수염은 물론 길다. 신고는 아침마다 전기면도기로 깨끗하게 수염을 깎고 있으므로, 거꾸로 제멋대로 자란 수염 꿈을 꾼 것인지도 모른다」고 생각한다. 이는 회춘에 대한 바람이 가장 강하게 나타난 꿈이다. 수염은 남자의 상징이며, 일반적으로 성적 매력으로 인식되어 있다. 각 인종의 턱수염을 한 몸에 가진 남자란 성적으로 충족된 남자의 상징이다. 신고는 이 남자가 자기이고 싶다고 생각했을 것이다. 그리고 이 남자의 턱수염이 「조금은 자기의 턱수염 같이도 느껴졌」던 것이다. 그리고 「이 남자의 자랑과 곤혹이 다소는 신고의 것이 되어 있었다」. 환언하면 이 또한 이 남자가 신고 자신이고 싶다고 하는 것을 말해 주는 것이다.

그렇다면 여기에서의 자랑과 곤혹이란 무엇을 의미하는 것일까. 꿈속의 남자의 자랑과 곤혹이란 성적으로 충족된 남자라고 하는 것 자체가 자랑이고, 턱수염이 천연기념물로 지정되었으니 함부로 깎을 수도 손질을 할 수도 없다고 하는 것이 곤혹일 것이다. 그럼 신고의 자랑과 곤혹은 무엇일까. 자랑은 꿈에 의해 자기도 조금은 성적으로 충족되었다고 생각되었던 것이 아닐까 한다. 그러므로 꿈의 남자의 자랑이 조금은 자기의 것이 되어 있다고 생각했던 것이 아닐까 한다. 그럼 또, 곤혹은 무엇일까. 이는 모럴리스트 신고의 양심의 가책이라 할 수 있을 것이다.

제 7의 꿈의 대략은 이러하다.

> 신고는 뾰쪽한 느낌의 처진 젖을 만지고 있었다. 유방은 부드러운 채로였다. 팽팽해지지 않는 것은 여자가 신고의 손에 반응할 생각이 없는 거다. 뭐야 시시하다.
> 유방을 만지고 있는데도 신고는 여자가 누구인지 몰랐다. (중략) 여기에서 처음으로 누군가 하고 생각하니, 여자는 슈이치 친구의 여동생이 되었다.

신고는 이 꿈을 「사악한 꿈」이라고 규정한다. 여자가 기쿠코가 아니라 할지라도 모럴리스트로서의 의식 위의 신고로서는 유쾌한 꿈일 수 없었던 것 같다. 그러나 의식 밑의 신고에게는 역시 자기가 찾고 있는 사랑이 이루어진 것임에 틀림없다. 그렇다고는 하지만 여자가 신고의 손에 반응할 생각이 없다고 하는 식으로, 기쿠코인 여자는 몸을 신고에게 맡기면서도 완전히 마음을 주지는 않은 것 같다. 의식 밑의 신고가 현실 속에서, 기쿠코가 자기를 정말로 사랑하고 있는 것일까 하고 불안하게 생각한 것이 꿈에 나타난 것으로 생각된다.

그런데 이 꿈에는 『산의 소리』에 있어서의 중대한 의의가 깃들어 있다.

이는 신고가 지금까지 꿈속에서 관계를 가진 여자들이 기쿠코라고 하는 것을 명확하게 풀어 주고 있기 때문이다. 꿈에 나타난 여자들은 누구나 다 정체불명의 여자로서 등장한다고 하는 공통점이 있다. 그런데 이 정체불명의 여자들은 모두가 기쿠코였던 것이다. 이 꿈을 깨고 나서 꿈에서의 여자가 기쿠코라고 깨닫는 장면은 의식 밑의 신고를 이해하는 데에 있어서 중요하므로 약간 길기는 하지만 인용해 본다.

「앗」하고 신고는 번개에 감전되었다.

꿈의 아가씨는 기쿠코의 화신이 아닌가. 꿈에도 역시 도덕이 작용하여 기쿠코 대신에 슈이치 친구의 여동생 모습을 빌린 게 아닌가. 그것도 그 불륜을 숨기기 위해, 가책을 속이기 위해 대신의 여동생을, 그 아가씨 이하의 싱거운 여자로 바꾼 게 아닌가.

만약 신고의 욕망이 바라는 대로 허용되고, 신고의 인생이 뜻대로 다시 지어질 수 있다면, 신고는 처녀인 기쿠코를, 다시 말해서 슈이치와 결혼하기 전의 기쿠코를 사랑한 것이 아닐까. 그 마음이 억눌리어, 비뚤어져, 꿈에 초라하게 나타났다. 신고는 꿈에서도 그것을 자기에게 감추고, 자기를 속이려 한 것일까.

기쿠코 앞에 슈이치와 혼담이 있었던 아가씨에 가탁하여, 그것도 그 아가씨의 모습도 종잡을 수 없게 한 것은 여자가 기쿠코라고 하는 것을 극단적으로 두려워하기 때문은 아닐까.

또 뒤에 생각해보니, 꿈의 상대방이 희미해져 잘 기억 못하고 유방을 만지는 손의 즐거움도 없었던 것은 꿈에서 깰 때 벌써 교활한 것이 기민하게 작용하여 꿈을 깨끗이 지웠던 것인가 하는 생각도 들었다.

「꿈이다. 턱수염이 천연기념물로 지정되기도 하는 것이, 꿈이다. 꿈 같은 것 믿지 않는다」라며 신고는 손바닥으로 얼굴을 문질렀다.

신고는 이 꿈을 꾸기 전에 꾼 여섯 번째의 꿈에서 성적으로 강해지고 싶다고 하는 바람을 나타내고 이 꿈에서 기쿠코와 관계를 맺은 것이다. 그런데 이 꿈이 가지는 『산의 소리』에 있어서의 가장 중대한 의의는, 신고의 의식의 이중성이 이 꿈을 통하여 밝혀졌다고 하는 것이다.

VII 회춘의 꿈은 이루어지고

제 8의 꿈은 제 14장 「모기의 떼(蚊の群)」 제 3절에 설정된 꿈인데, 길기는 하지만 줄거리도 분명하고 재미있는 꿈이므로 그대로 전부 인용해 둔다.

> 젊은 육군 장교가 되어 있어, 군복 차림으로 허리에 일본도를 차고, 권총을 세 자루나 차고 있었다. 칼은 슈이치가 출정할 때 들려주었던, 조상 대대로 내려온 것인 것 같았다.
>
> 신고는 산길을 걷고 있었다. 나무꾼을 한 사람 데리고 있었다.
>
> 「밤길은 위험하니까 좀처럼 다니지 않습니다. 오른 편으로 걸으시는 편이 안전합니다」라고 나무꾼은 말했다.
>
> 신고는 오른편으로 걸었으나 불안하여 회중전등을 켰다. 그 회중전등은 유리 둘레에 다이아몬드가 수없이 박혀 있어 반짝반짝 빛이 나 여느 때보다 밝았다. 밝아지자 검은 것이 눈앞을 막아섰다. 삼나무 거목의 줄기가 두세 개 겹쳐 있다. 그러나 자세히 보니 그것은 모기떼였다. 모기떼가 거목 모양으로 뭉쳐져 있다. 어떻게 할까 하고 신고는 생각했다. 뚫고 나

가는 거야. 신고는 일본도를 빼어 모기떼를 자르고 잘랐다.

언뜻 뒤를 보니 나무꾼은 쓰러지듯 도망갔다. 신고의 군복 여기저기에서 불이 나왔다. 이상하게도 거기에서 신고는 두 사람이 되어 불이 나온 군복의 신고를 다른 한 사람의 신고가 바라보고 있다. 불은 소매 끝이라든가 어깨의 선이라든가의 끝을 따라 나와서는 사라진다. 타는 게 아니라 가느다란 숯불이 일어나는 것 같은 모양으로 탁탁 터지는 소리가 났다.

신고는 가까스로 자기 집에 도착했다. 어린 시절의 신슈 시골집인 것 같다. 신고는 피곤했지만 조금도 가렵지는 않았다.

도망간 나무꾼도 얼마 안 있어 신고네 집에 도착했다. 도착하자마자 정신을 잃고 쓰러졌다.

나무꾼의 몸에서 커다란 양동이 가득 모기가 나왔다.

작품세계에 설정되어 있는 신고가 꾼 꿈 가운데에서 가장 복잡하면서 줄거리가 가지런한 꿈이다. 그러므로 오히려 난해한 면도 있다.

이는 회춘에 대한 바람이 강하게 나타난 꿈이다. 젊은 육군 장교가 되어 있는 것만으로도 회춘에 대한 바람은 훌륭하게 나타나 있는데도 꿈은 신고에게 무기를 착용하게 하고 있다. 꿈에 있어서의 무기는 남성 또는 남성기의 상징이다. 그것을 일본도에 권총이 세 자루(초출잡지인 1953년 4월 28일 간 『별책 분게순주(別冊文芸春秋)』에는 권총이 두 자루로 되어 있다)로 네 개의 무기이다. 제 6의 꿈과 같은 수법에 의한 표현으로 작자의 의도를 충분히 알 수 있다.

신고가 데리고 있던 나무꾼은 슈이치로 봐도 좋다. 나무꾼은 오른쪽을 건도록 하라고 했었는데, 오른쪽은 보통 바른 길을 의미하므로 슈이치가 신고의 기쿠코에 대한 사랑에 대해 경고를 한 것이라고 봐도 좋으리라 생각한다. 회중전등의 빛과 다이아몬드는 기쿠코에 대한 사랑을 의미한다. 회

중전등에 다이아몬드가 수없이 박혀 있다고 하는 것은 일본도에 권총이
세 자루라고 하는 표현처럼 의미의 강조를 위한 것이라고 생각된다. 나무의
줄기는 남성기의 상징인데, 줄기가 두세 개 겹쳐 있다고 하는 것 또한 의미
의 강조로서의 표현이다.

그럼 모기떼란 무엇을 의미하는 것일까. 쓰루타 긴야는, 모기의 생명은
짧으니까 덧없음의 심벌로 봐야 할 것이라 말하고 있는데[13], 저자로서는
납득할 수 없는 면이 있다. 장(章)의 이름도 「모기의 떼」로까지 한 것을
보면 좀더 깊은 의미를 가지고 있는 것이 아닌가 한다. 「어떻게 할까 하고
신고는 생각했다. 베는 거야. 신고는 일본도를 빼어 모기떼를 자르고 잘랐
다」고 표현되어 있는데, 여기에서의 모기떼는 신고의 숨 막힐 것 같은 생활
의 상징이 아닐까 한다. 나중에 나무꾼의 몸에서 커다란 양동이 가득 모기
가 나왔는데, 장남 슈이치가 언젠가는 신고 대신 돌봐주어야 할 후사코(房
子)와 그녀의 어린 딸 둘도 고뇌 중의 일부가 될 것이다.

신고의 군복 여기저기에서 나온 불도 기쿠코를 향한 사랑을 의미한다.
꿈에서의 불은 보통 정열이라든지 욕망이라든지를 나타내지만, 방출된 빛
쪽이 강조될 경우에는 사랑을 나타내기도 하므로[14], 기쿠코를 향한 사랑이
라고 해석해도 무리는 없을 것이다. 두 사람의 신고란 의식 위의 신고와
의식 밑의 신고를 말한다. 보고 있는 신고는 의식 위의 신고이고, 불이 나온
군복의 신고는 의식 밑의 신고인 것이다.

도착한 곳은 신슈(信州)이다. 신고가 계속해서 꿈꾸고 있던 이상향 신슈,
신고(信吾)와 이름까지 닮은 신슈에 신고는 왔던 것이다. 그리고 몽매에도
잊지 못하는 <언니>도 만났던 것이다. 여기에서의 <언니>는, <언니>의

---

13) 鶴田欣也 「『山の音』における夢の解釈」(川端文学研究会編 『風韻の相剋』
　　―川端康成研究叢書6―<教育出版センター、1979・9> 소수)
14) トム チエウインド・土田光義訳 『夢辞典』(白揚社、1984・6)

가타시로(形代) 기쿠코라는 것은 물론이다. 이렇게 되면 이 꿈은 『산의 소리』의 축소판과도 같은 면이 있다 할 것이다.

VIII ●●● 새끼 뱀을 잉태한 기쿠코

제 9의 꿈은 제 15장 「뱀의 알(蛇の卵)」 제 2절 끝 부분에 설정되어 있다.

> 모래밭은 모래 외에 아무것도 없었다. 거기에 알이 두 개 가지런히 있었다. 하나는 타조 알로 상당히 컸다. 하나는 뱀 알로 작았는데, 그 껍질이 조금 벌어져 귀여운 새끼 뱀이 머리를 내밀어 움직이고 있었다. 신고는 정말 귀엽다고 보고 있었다.

이와 같은 꿈으로 성인이 분명한 꿈이다. 신고가 야스코로부터 「기쿠코가 임신했다는 말을 듣자, 기누코(絹子)의 임신이 더욱 강하게 압박하여 왔」던 것인데, 신고는 이러한 일로 인해 머리가 무거웠다. 「한 남자의 아이를 두 여자가 동시에 가지게 되었다 해도 이상하지 않을지도 모른다. 그러나 그게 자기 아들의 일이고 보면 기괴한 공포를 수반했다. 무엇인가의 복수나 저주로, 지옥의 모습이 아닌가」 하고 생각했다. 신고는 「기누코에게 아기를 낳지 못하게 하는 폭력은 없는 것일까 하고, 초조하게 생각하고 있는 사이에 흉악한 공상도」 하게 된다.

이러한 일들을 생각하고 있는 사이에 잠들어 꾼 꿈이므로, 이 꿈이 무엇을 의미하는지는 쉬 이해할 수 있을 것이다. 신고 자신도 꿈을 꾼 뒤, 꿈의 성인에 대하여 「기쿠코와 기누코를 생각했으므로 이런 꿈을 꾼 것임에 틀림없다」고 생각했던 것이다. 그러나 신고는 이어서 「어느 쪽 태아가 타조 알이고 어느 쪽 태아가 뱀 알인지는」 모른다고 생각하는데, 이를 아는 것은 그리 어렵지 않다. 뱀 알이 기쿠코의 태아이고, 타조 알이 기누코의 태아인 것이다. 뱀 알보다 큰 타조 알이 몸집이 큰 기누코의 태아이고, 작은 뱀 알 쪽은 「소녀」 같은 기쿠코의 태아인 것이다. 「기쿠코가 낳은 손자라면 당신도 <u>귀엽겠지요</u>」라고 하는 야스코(保子)의 말과, 「그 껍질이 조금 벌어져 <u>귀여운</u> 새끼 뱀이 머리를 내밀어 움직이고 있었다」라고 하는 표현을 비교하여 생각한다면, 뱀 알이 기쿠코의 태아라고 하는 것이 더욱 명료해지리라고 생각한다(밑줄은 저자).

그렇다면 왜 기쿠코의 태아가 뱀의 알로 나타난 것일까. 여기에 이 꿈의 가장 중대한 의미가 숨어 있다. 이 중대한 의미를 추출하기 위해서는 제10장 「새의 집(鳥の家)」 제1절에서 한 신고와 기쿠코의 대화에 귀를 기울여 보는 것이 좋다.

「그 뱀도 이제 나올 때에요」
「작년에 네가 놀랐던 구렁이 말이냐?」
「예」
「그건 우리 집의 주인15)이란다」

구렁이란 작년 여름에 「찬거리를 사가지고 돌아온 기쿠코가 부엌문에

---

15) 일본어의 「누시(主)」는 「주인」 또는 「업」이라는 뜻이 있는 말인데, 여기에서 신고가 말한 「주인」이란 이 「누시(主)」로, 「주인」과 「업」의 이중의 의미로 쓰고 있음.

서」 보고, 「부들부들 떨었던」 적이 있는 「그 구렁이」를 말한다. 「우리 집의 주인」이란 구렁이를 가리킨 것이지만, 진짜 주인은 신고 자신이니까 구렁이는 결국 신고를 상징하고 있는 것이다. 쓰루타 긴야는 이에 대하여 꿈속의 뱀 알과 관련시켜 「집의 진짜 주인은 신고이니까, 기쿠코가 뱀의 아이를 낳는다고 한다면, 그 아버지는 슈이치가 아니라 신고가 되는 것이다」[16]라고 말했는데 탁견이라 해도 좋다.

그런데, 기쿠코가 의식 밑에서 신고를 만나 정신적인 임신을 하여 그 태아를 유산하는 일에 의해 기쿠코와 슈이치 부부 사이가 좋아지는데, 이 알의 꿈은 기쿠코가 정신적인 임신을 했다는 것과, 제5의 꿈에서 소녀가 낙태한 태아는 신고의 아이임을 뒷받침해 준다.

마치는 말

지금까지 비교적 자세하게 신고가 꾼 아홉 번의 꿈을 정신분석학적 방법도 도입하면서 분석·고찰해 왔는데, 이들 꿈이 현실의 신고와 어떠한 관계가 있는지 개괄해 보고자 한다.

프로이드가 정신분석학에 꿈을 도입한 것은 어떠한 사람의 의식을 분석할 때, 그 사람이 꾼 꿈이 유용하다고 하는 입장에서였다는 것은 말할 것도 없을 것이다. 이는 꿈을 꾼 사람의 정신의 심층에 틀어박혀 있는 의식이

---

16) 鶴田欣也 「『山の音』における夢判断」(川端文学研究会編 『風韻の相剋』―川端康成研究叢書6―<教育出版センター、1979·9> 소수)

꿈을 통하여 나타난다고 하는 것을 의미한다. 작가가 작품세계에 신고의 꿈을 설정한 것도 이를 통해서 그의 심층의식(본서에서는 의식 밑)을 묘사하기 위해서였다. 이는 다시 말해서 독자들이 꿈을 통하여 신고의 심층의식을 이해하지 않으면 안 된다고 하는 것을 의미한다. 꿈을 통해 드러난 신고의 심층의식을 살펴보면 이러하다.

첫 째, 신고의 공포를 들 수 있다. 제 1의 꿈인 다쓰미아의 꿈과, 제 2의 꿈인 몸집이 크고 뚱뚱한 아이타의 꿈에는 죽음에 대한 공포가 나타나 있다. 『산의 소리』는 신고의 늙음에 대한 깊은 인식이 죽음의 공포에까지 이르러, 그로부터 도망치려 하는, 다시 말해 현실 회피적인 체념적 심정을 원점으로 하여 성립된 것이라고 하는 것을 생각한다면, 꿈으로부터 죽음을 추출한다고 하는 것은 매우 중요하다 해야 할 것이다.

둘 째, 회춘에 대한 바람을 들 수 있다. 현실 회피적인 체념적 심정이 회춘에 대한 바람으로 나타난 것인데, 신고는 이 회춘에 대한 바람을 계속적으로 동경해 왔던 <언니>의 가타시로 기쿠코를 통하여 이루려 한 것이다. 이를 주선율(主旋律)로 하여 기저음(基底音) 산의 소리와 조화시키면서 서장으로부터 종장까지 일관되게 울리고 있는 것이므로, 이는 『산의 소리』의 주제를 파악하는 데에 필수적이라 할 것이다.

셋 째, 도덕적 가책을 들 수 있다. 이것은 제 5의 꿈인 소녀가 낙태하여 성소녀가 되었다고 하는 꿈에 나타나 있다. 신고는 기쿠코를 통하여 회춘에 대한 바람을 충족시키려, 다시 말해, 신고는 기쿠코를 사랑하는 일에 의해 회춘으로의 길을 걸으려 하는데, 이는 윤리에 반하는 것이므로 모럴리스트로서의 의식 위의 신고를 괴롭힌다. 신고가 「꿈에서 낙태한 소녀를 구하고, 또 자기도 구했」다고 하는 것은 불륜이 꿈에서 미화됨에 의해 도덕적 가책으로부터도 구원을 받았다고 하는 것을 의미한다. 꿈에서 기쿠코가 다른 여자에 가탁되어 나타난 것도 도덕적 가책에 의한 것이라는 것은 물론이다.

　이상, 꿈을 통하여 나타난 신고의 심층의식을 셋으로 나누어 열거해 보았는데, 이에 이어 꿈이 이루어준 신고의 바람에 대하여 잠시 고찰해 보고자 한다. 작자는 초시공성이라고 하는 꿈의 특성을 충분히 살리고 있다. 꿈은 신고가 가본 적이 없는 마쓰시마(松島)라던가 미국에까지 데리고 가기도 하고, 시간을 과거 쪽으로 역행시켜 예순 둘의 신고를 이십대의 젊은 이로, 또는 육군 장교로까지 이르게 한다. 아무런 제약도 없이 기쿠코를 사랑할 수 있었던 것도 꿈이 가지는 특성의 하나에 의한 것이다.

　꿈은 자녀들로 인한 가정문제 때문에 번뇌하는 신고를, 그리고 늙음과 죽음에 대한 공포 등으로 몸부림치고 있는 신고를, 그 숨 막힐 듯한 현실로부터 탈출시키고 뜻하는 대로 젊게 하여 마음껏 사랑하게 하는 역할을 훌륭하게 해낸 것이다. 그리고 숨 막힐 듯한 현실로부터 구해 주었던 것이다. 신고의 심층의식은 꿈에 의해 나타났고, 꿈은 신고의 바람을 이루어줌으로써 그를 구제했던 것이다.

제 9 편

『산의 소리』의 세계(2)
− 신고의 늙음과 회춘으로의 바람을 중심으로 −

●●●
시작하는 말

　『산의 소리(山の音)』는 오가타 신고(尾形信吾)라고 하는 주인공의 가정을 중심으로 하여 환갑을 지난 그의 죽음에 대한 공포 및 늙음으로 인한 탄식과, 또 그로 인한 인식에 의해 가지게 된 회춘에 대한 바람을 며느리 기쿠코(菊子)와의 미묘한 관계를 통해 그린 소설이다.

　신고는 소년시절에 아내 야스코(保子)와는 『같은 배에서 태어났다고 믿기지 않을 정도』로 미인이었던, 지금은 요절하고 이 세상에 없는 야스코의 언니를 동경하고 있었다.

　『산의 소리』의 일면에는 야스코의 아름다운 언니의 그림자가 저주처럼 짙게 드리워져 있어 신고가 들었다고 하는 <산의 소리>와 함께 『산의 소리』의 세계의 기저음(基底音)을 이루고 있다. 『산의 소리』의 세계에는 많은 꿈이 설정되어 있는데, 이 꿈에 대한 이해는 작품세계를 이해하는 데에 있어서 중요하다. 작품세계를 이해하는 데에 더욱 중요한 것은 주인공들(신고와 기쿠코)의 의식의 이중성인데, 이 의식의 이중성을 이해하기 위해서는 꿈의 이해가 필요하므로 각 꿈의 개별적 해석을 통해 주인공들의 의식의 이중성을 규명하고자 한다(꿈의 해석에 대해서는 다음 장(章)에서 상술하겠으므로 이 장에서는 약술함).

I <산의 소리>와 꿈을 통해 본 신고

오가타 신고(尾形信吾)의 죽음에 대한 공포와 늙음에 대한 탄식이 없으면 『산의 소리(山の音)』의 세계는 성립되지 않는다. 신고의 이들에 대한 깊은 인식은 이들을 극복하고, 나아가 회춘하고 싶다고 하는 현실적으로는 불가능한 바람을 가지게 되어, 이것을 원점으로 하여 이야기가 진전되어 가기 때문이다.

죽음에 대한 공포는 신고가 두 번에 걸쳐 들었다고 하는 <산의 소리>에 상징되어 나타난다. 그런데 이는 『산의 소리』라고 하는 작품의 제명(題名)이 말하고 있는 것처럼 작품세계의 기저음으로써 울려 퍼지고 있다.

『산의 소리』의 서장(序章) 「산의 소리」에, 「팔 월의 이십 일 전」날 밤 「문득 신고에게 산의 소리가 들렸다」라는 표현이 있다. 그렇다면 신고가 들었다고 하는 <산의 소리>는 무엇일까. 바람소리도 바닷소리도 귀가 우는 것도 아니라고 하는 식으로 신고 자신은 생각하지만, 이들 소리 가운데 하나일지도 모르고 또 다른 소리일지도 모른다. 환청일지도 모른다. 「분명히 산의 소리는 들렸다」라고 되어 있지만, <산의 소리>라고 하는 증거는 어디에도 없다. 그럼에도 불구하고 신고는 <산의 소리>라고 단정하고 만다. 그리고 「공포로 떨」며 「죽을 때를 고지받은 게 아닌가 하고 한기」를 느낀다. <산의 소리>를 들었다 해도 그처럼 공포나 한기까지 느낀다고 하는 것은 상식적으로는 생각하기 어려운 일인데도 말이다.

<산의 소리>는 야스코의 이미 세상을 뜬 아름다운 언니(이후 <언니>라고만 표기)가 죽기 전에 들었다고 한다. 무슨 소리를 어떻게 들었는지는 모르지만 확인할 수 있는 길도 없다. 문제는 여기에 있다. <언니>가 자아

내는 희미하고도 야릇한 힘은 작중인물들을 비현실의 세계로 조종하여 가는데, 이 야릇한 힘과 가장 관계가 깊은 사람이 신고라는 것은 두말할 나위도 없다. 신고가 무엇인가의 소리(환청도 포함하여)를 <산의 소리>라고 생각한 것은, 자기 자신도 자각하고 있지 못한 사이에 자신의 마음 속 어딘가의 한쪽 구석에 자리 잡고 있는, 그 <언니>가 들었다고 하는 그 <산의 소리>였기 때문이다. <산의 소리>를 죽음과 연관지어 생각한 것도 마찬가지이다. 그러기에 별것도 아닌 것 같은 무엇인가의 소리를 <산의 소리>라 생각하고 문제를 확대하여 공포에 떤 것이다.

서장 「산의 소리」는 게타(下駄)의 끈이 끊어진 일로부터 시작되는데, 이것은 신고가 들었다고 하는 <산의 소리>의 전조(前兆)로 봐도 좋다. 일본에는 게타의 끈이 끊어지는 것을 흉조로 생각하는 경향이 있다. 작가 가와바타는 자기가 다니던 중학교에서 거행된 쇼켄 황태후(昭憲皇太后)의 요배식에 참가하려고 가는 도중에 게타 끈이 끊어져 「맥없이 돌아」[1]온 경험이 있으니, 그가 게타 끈이 끊어지는 것이 흉조라고 하는 것을 충분히 의식한 후에 이 장면을 설정했음에 틀림없다.

두 번째의 <산의 소리>는 「겨울의 벚꽃」의 장(章)의 4절(節)에 설정되어 있다. 신고는 회사의 손님 때문에 아타미(熱海)에 와서 여관에 묵는데, 그날 밤 잠이 깨어 「문득 피를 토할 것처럼 불안을 느」낀다. 죽음에 대한 공포에 의한 것이다. 신고는 「가슴 때문이 아냐, 위가 메슥거리는 거야」라고 자신을 향해 중얼거리는데, 이는 죽음에 대한 확대된 공포와 죽음을 거부하고 싶다고 하는 의식의 발로에 의한 것이다. 이와 같은 심리상태에서 신고는 제 2의 <산의 소리>라고도 할 수 있는 소리를 듣는다. 제 1의 <산의 소리>는 바람도 없는 조용한 밤에 들었지만 이번의 소리는 그렇지 않다.

---

1) 『전집(제2권)』 소수 「十六歳の日記」

해명(海鳴) 같은 것은 산의 폭풍소리로, 그 소리 위를 비바람의 끝이
문지르는 소리가 났다.

그러한 폭풍소리 밑으로 우웅 하고 먼 소리가 들려왔다.

신고는 「기차가 단나(丹那) 터널을 지나가는 소리다」라고 생각하다가,
다시 「이쪽 아타미입구에서 칠십 리나 떨어진 여관에서 터널 속의 소리가
들리는 것일까」 하고 의심해보지만, 그 소리가 기차가 터널을 지나가는 소
리인지 그렇지 않은지는 문제가 되지 않는다. <언니>가 세상을 뜨기 전에
들었다고 하는, <산의 소리>의 이미지가 강한 소리를 들었다는 데에서 의
미를 찾으면 된다.

다음날 아침 신고는 「신고 상, 신고 상」이라고 하는, <언니>가 부르는
소리를 비몽사몽 간에 듣고 「황홀하도록 달콤하게 잠에서」 깬다. 저세상
사람이 부르는 소리이니 죽음으로 부르는 소리일 테지만 신고는 저세상의
<언니>라는 것은 잊고 동경했던 <언니>만을 생각한 모양이었다. 실은
「어린이들이 서로 부르는 소리」라는 것을 알면서도 「가슴을 내밀고 냇가
이쪽 언덕의 조릿대 사이를 눈으로 찾아」 볼 정도로 신고의 마음속에는
<언니>가 살아 있다.

『산의 소리』의 세계에는 많은 꿈이 설정되어 있어, 꿈이 가지는 시공을
초월한다고 하는 특성을 충분히 살려 작품세계에 상징적 의미를 부여하면
서 커다란 역할을 다하고 있다. 신고가 꾼 꿈은 여덟 번(「겨울의 벚꽃」의
장의 4절에 있는 「『신고 상, 신고 상』이라는 부르는 소리」를 신고가 비몽
사몽 간에 들은 것까지 합치면 아홉 번이 되지만 여기에서 이것은 논외로
함)인데, 이 꿈들이 작품세계 전체에 알맞게 배치되어 중층적(中層的) 의
미를 가지고 아로새겨져 있다. 이들 꿈의 의미는 실로 다양하고 깊은데,
여기에서는 죽음에 대한 공포와 늙음에 대한 탄식, 그리고 회춘에 대한 바

람으로서의 의미에 대해서만 약간 언급하고자 한다.

제 1의 꿈, 2의 꿈(신고가 꾼 꿈을 편의상 꾼 순서에 따라 제 1의 꿈, 제 2의 꿈……제 8의 꿈과 같이 표기하기로 함)은 같은 날 밤에 꾼 꿈이다. 제 1의 꿈은 3년 전에 세상을 뜬 다쓰미야(たつみ屋)라고 하는 목수한테서 메밀국수(ざるそば)를 대접받은 꿈이고, 제 2의 꿈은 작년 봄에 뇌일혈로 세상을 뜬, 거구로 비만한 아이타(相田)의 꿈이다. 둘 다 세상을 뜬 사람의 꿈으로 죽음에 대한 공포가 나타나 있다. 제 1의 꿈(매미의 날개<蟬の羽>) 에서 신고는 다쓰미야의 여섯 딸 중의 한 명인 듯한 아가씨를 건드린다. 회춘에 대한 바람이 나타난 것이다. 제 2의 꿈(매미의 날개<蟬の羽>)에는 회춘에 대한 바람이 나타나 있지 않은 것처럼 보이지만 그렇지 않다. 쓰루타 긴야(鶴田欣也)는 제 1의 꿈의 메밀국수의 용기가 「밖은 검은 칠, 안은 붉은 칠의 네모 테에 대나무 발을 깐」 것과, 제 2의 꿈의 「거구로 비만한 아이타가 한 되짜리 술병을 손에 든」 것을 가리켜 「펵 대담한 여성과 남성의 상징이라는 것을 알 수 있다」고 말했는데[2], 탁견이라 아니할 수 없다.

제 3의 꿈(「섬의 꿈<島の夢>」)은 마쓰시마(松島)의 「소나무 그늘 풀밭에서 여자를 포옹」한 꿈으로 회춘이라는 의미에서 볼 때 무척 심화된 것이다. 「무척 젊」은 상대의 아가씨와 「나이의 차이」를 「ㄴ끼지 못」할 만큼 신고는 젊어져 있었다. 그리고 「젊은 사람들이 하는 것처럼」 「여자와 소나무 사이를 달리」기도 한다. 「예순두 살의 현재대로 이십대라고 하는 식」이다. 꿈이 이루어준 시간의 역류에 의해 신고의 회춘에 대한 바람은 훌륭하게 이루어진 것이다.

제 4의 꿈(「밤의 목소리<夜の声>」)은 「열네댓 살의 소녀가 낙태를 하」여 「영원한 성소녀(聖少女)가 되었다」고 하는, 「소년과 소녀의 순애의 명

---

2) 鶴田欣也 「『山の音』における夢判断」(川端文学研究会編 『風韻の相剋』—川端康成研究叢書6—<教育出版センター、1979·9> 소수)

작 이야기」를 신고가 「말로 읽으면서 동시에 그 이야기의 줄거리가 연극이
나 영화처럼 꿈에 보인다」고 하는 꿈이다. 「신고는 꿈속에 등장하지 않고
명실 공히 구경꾼의 입장」으로 「소년과 소녀의 순애 이야기」를 맛봄으로써
회춘에 대한 바람을 충족시킨다.

제 5의 꿈(「상처의 뒤(傷の後)」)은 「각 인종의 턱수염의 특색을 한 몸
에 모은 남자」의 것으로 회춘에 대한 바람이 가장 강하게 나타난 꿈이다.
수염은 남자의 상징이며 성적 매력으로 인식되고 있는 것이 보통이다. 각
인종의 턱수염을 자기의 몸에 모은 남자는 성적으로 충만한 사람의 상징이
다. 신고는 이 남자가 자기였으면 하고 바랐을 것임에 틀림없다. 그리고
이 남자의 턱수염이 「조금은 자기의 턱수염처럼도 느껴졌」던 것이다. 이
꿈은 뒤에 꾼 제 6의 꿈과 관련되어 더욱 선명하게 그 윤곽을 드러내는데,
이에 대해서는 뒤의 제 Ⅱ장에서 약간 언급하고자 한다. 제 6의 꿈은 제
5의 꿈에 이어서 꾼 꿈으로 제 1의 꿈처럼 여자와의 접촉에 의한 회춘에
대한 바람이 나타나 있다.

제 7의 꿈(「모기의 떼(蚊の群)」)은 신고가 「젊은 육군 장교가 되어 군
복 모습으로 허리에는 일본도를 차고, 권총을 세 자루나 차고 있었다」고
하는 꿈이다. 제 5의 꿈에 뒤지지 않을 만큼 회춘에 대한 바람이 강하게
나타나 있다. 젊은 육군 장교가 되었다고 하는 사실만으로도 회춘에 대한
바람은 훌륭하게 나타나 있음에도 불구하고 꿈은 신고에게 무기를 소지하
게 하고 있다. 꿈에서의 무기는 남성, 또는 남성의 성기를 나타낸다. 그런데
일본도에 권총을 세 자루, 그러니까 무기를 네 개나 가진 것이다. 제 5의
꿈과 같은 수법에 의한 표현으로 작의를 어렵지 않게 알 수 있다.

마지막의 제 8의 꿈(「뱀의 알(蛇の卵)」)은 모래밭에서 타조의 알과 뱀
알의 두 개의 알을 본 꿈이다. 알은 성적 교섭의 산물이며, 동물의 성상(性
狀)을 가진 것이 시간이 역류하면 끝내는 알(난자<卵子>도 포함한)에 이

르는 것이다.

　이상 두 번의 <산의 소리>와 여덟 번의 꿈을 통하여 신고의 죽음에 대한 공포와 회춘에 대한 바람에 대하여 고찰하였는데, <산의 소리>와 꿈 외에도 죽음에 대한 공포나 회춘에 대한 바람이 작품 전면에 흐르고 있다는 것은 물론이다.

II 의식 밑에서 사랑하는 시아버지와 며느리

　『산의 소리(山の音)』는 신고의 죽음에 대한 공포와 늙음에 대한 탄식, 그리고 회춘에 대한 바람을 그린 작품이라는 것은 전술한 대로이다. 이러한 면에 있어서, 특히 회춘에 대한 바람이라고 하는 면에 있어서 작품세계를 이해하여 갈 때 신고의 성적 쇠약의 정도를 이해하는 것은 매우 중요하다. 그런데 신고는, 「분명하게 손을 내밀어 아내의 몸을 만지는 것은 이제 코를 고는 것을 멈추게 할 때 정도」로 성적 기능이 지하되어 있다.

　이와 같은 신고는 무의식적이기는 하지만 며느리 기쿠코에 의해 늙음으로부터 소생하려 하고 있다. 회춘을 향한 몸부림이다.

　신고는 셔츠의 단추를 벗기고 가슴에 손을 넣었다.
　「심장이 두근두근해요?」라고 야스코는 말했다.
　「아니, 젖이 가려워. 젖꼭지가 딱딱해져서 가려워」
　「열네댓 살 난 계집아이 같네요.」
　신고는 왼쪽 젖을 손가락 끝으로 만지작거렸다.

신고와 야스코가 이야기를 하는 장면인데, 젖꼭지가 딱딱해져서 젖이 가려운 상태는 사춘기의 소년들에게 흔히 보이는 특징이다. 이것은 딸 후사코(房子)의 「할아버지도 참 환갑을 지냈는데 젖이 가렵다니 별꼴이야」라고 빈정거리는 말에서도 알 수 있다. 「가령 슈이치(修一)와 정사(情死)를 한다면 너는 자신의 유서가 필요 없겠니?」라는 신고의 말에 기쿠코가 「아버님께는 무엇인가 써 남기고 싶을 것 같아요」라고 말한, 듣기에 따라서는 사랑의 고백이라고도 들을 수 있는 말을 들은 직후의 일이다.

후사코는 나중에 「라듐 온천에서 열도와 시간을 재어 시금치를 데쳐서 잡수시는 게 어때요? 아버지도 뽀빠이처럼 기쿠코 상이 없어도 기운이 솟을 거예요」라고 말을 한다. 뽀빠이처럼 기운을 낸다고 하는 시금치와 기쿠코의 대비는 재미있고 시사적이기도 하다. 신고는 「기쿠코를 보고 있으면 무엇인가 자기 안에 젊음이 흔들」거린다. 신고에 있어서 기쿠코는 회춘을 위한 묘약인 것이다.

신고는 해바라기로부터 「위인의 머리」를 연상하기도 하고, 「문득 거대한 남성의 증표를 생각」하기도 한다. 그리고 「수술과 암술이 어떻게 되어 있는지 모르지만 신고는 남자를 느」낀다. 기쿠코가 옆에 있기 때문이다. 신고 자신도 「기쿠코가 옆에 왔기 때문에 이상한 것을 생각하게 된 것일까 하고」 생각한다. 「수술과 암술」이란 남성과 여성의 상징이다. 그렇다면 남성은 누구이고 여성은 또 누구일까. 신고와 기쿠코라는 것은 재언을 요치 않는다. 신고는 「꽃술의 원반(圓盤) 둘레 꽃잎이 여성이다」라고 생각하는데, 너무도 대담하고도 직설적인 묘사이다.

머리를 잠깐 몸뚱이로부터 떼어서 세탁물처럼 자, 이것을 부탁해요라 말하며 대학병원에라도 맡길 수 없는 걸까? 병원에서 뇌를 씻기도 하고 나쁜 데를 수선하고 있는 동안에 사흘이고 일주일이고 몸뚱이는 푹 자는 거야. 뒤척거리지도 않고 꿈도 안 꾸고 말이야.

신고가 기쿠코에게 한 말이다. 오랫동안 살아온 인생에 쌓인 피로가 드러난 것이며, 젊어지고 싶다고 하는, 그러니까 회춘하고 싶다고 하는 바람이 나타난 것이다.

그리고 신고는 기쿠코에게 다시 말한다. 「휴가를 내어 가미코치(上高地)에 갈까하고 생각 중이다. 머리를 떼어서 맡길 데도 없으니까 말이야. 산을 보고 오고 싶다」고. 이렇게 되면 신고와 기쿠코의 관계는 이미 시아버지와 며느리라기보다 남자와 여자가 된다.

쓰루타 긴야(鶴田欣也)는 신고를 의식 위의 신고와 의식 밑의 신고의 두 사람의 신고로 나누어 생각하고 있다.[3] 탁견이라고 아니할 수 없다. 분명히 신고의 인물상(人物像)은 의식 위에서 모럴리스트로서 현실을 살아가며 자제(自制)하는 신고와 의식 밑에 깊숙이 가라앉아 사랑을 구하고 있는 신고의 두 사람의 신고로 나누어 생각하지 않으면 『산의 소리』의 세계는 이해하기 어렵다.

제 6의 꿈은 신고가 아들 슈이치의 친구 여동생을 범하는 꿈인데, 잠에서 깨고 나서 그 아가씨가 기쿠코라고 깨닫는 장면은 의식 밑의 신고를 이해하는 데에 중요하다. 약간 길지만 인용해 둔다.

「앗」하고 신고는 번개처럼 깨달았다.
꿈속의 아가씨는 기쿠코의 화신이 아니었던가. 꿈에서도 과연 도덕이 작용하여 기쿠코 대신 슈이치 친구의 여동생 모습을 빌린 것이 아니었던가. 게다가 그 불륜을 감추려고, 가책을 숨기려고 기쿠코 대신의 여동생을

3) 鶴田欣也「『山の音』における夢判断」(川端文学研究会編 『風韻の相剋』―川端康成研究叢書6―<教育出版センター、1979・9> 소수)

그 이하의 시시한 여자로 바꾼 것이 아닌가.

만약 신고의 욕망이 원대로 허용되고 신고의 인생이 뜻대로 다시 시작될 수 있다면 신고는 처녀인 기쿠코를, 다시 말해서 슈이치와 결혼하기 전의 기쿠코를 사랑하고 싶은 것이 아닌가.

그 본심이 억눌리고 비틀려 꿈에 초라하게 나타났다. 신고는 꿈에서도 그것을 자신에게 감추고 자신을 속이려고 한 것인가.

기쿠코 앞에 혼담이 있었던 아가씨를 빙자하여, 게다가 그 아가씨의 모습도 막연하게 한 것은 여자가 기쿠코라는 것을 극단적으로 두려워하기 때문이 아닐까.

또 나중에 생각해보니 꿈속의 상대가 흐려지고 꿈의 줄거리도 흐려져 제대로 기억하고 있지 못하고, 유방을 만지는 손의 기분 좋은 감촉도 없었던 것은 깰 때에 이미 교활한 것이 기민하게 작용하여 꿈을 지워버린 것인가 하는 의심도 들었다.

제 5의 꿈의, 남자의 턱수염의 꿈에서 신고는 성적으로 강해지고 싶다고 하는 바람을 드러내고 바로 제 6의 꿈에서 기쿠코와 관계를 맺었다는 것은 주목할 가치가 있다. 의식 위의 신고는 「꿈이야. 턱수염이 천연기념물」 운운하며 꿈일 뿐이라고 도덕적 가책에 의해 강하게 부정하지만, 의식 밑의 신고는 기쿠코를 계속하여 사랑한다. 제 1의 꿈에서 건드린 다쓰미야의 딸도, 제 3의 꿈에서 포옹한 여자도 신고의 도덕관념의 기능으로 제 6의 꿈처럼 기쿠코가 그녀들에게 가탁되어 나타난 여자들인 것이다.

한 사람의 인물이 의식 위와 의식 밑에서 일인이역을 담당하고 있는 것은 신고만이 아니다. 기쿠코도 또 의식 위의 기쿠코와 의식 밑의 기쿠코가 있어서 일인이역을 하고 있다. 의식 밑의 신고를 만나는 기쿠코는 의식 밑의 기쿠코가 어울린다. 의식 밑의 신고를 의식 위의 기쿠코가 만난다면 제자리를 벗어난 톱니바퀴처럼 공회전을 하거나 쌍이 맞지 않은 톱니바퀴와 같은 회전상태를 초래할 우려가 있다.

그렇지만 의식 밑의 기쿠코는 의식 밑의 신고처럼 의식의 심층 깊이까지는 들어가지 않은 듯 가끔 의식 위까지 올라와서 「이제부터는 아버님께서 보시는 것은 무엇이든 보아두도록 조심할게요」라든가, 「아버님께는 무엇인가 써 남기고 싶을 것 같아요」라고 대담하게 자기의 심정을 토로한다.

> 「애야, 슈이치와 헤어질 생각이 있는 거니?」
> 기쿠코는 진지한 얼굴이 되어,
> 「만약 헤어진다면 아버님을 어떻게든 모시겠어요」
> 「그건 너의 불행이지」
> 「아녀요. 좋아서 하는 일에 불행은 없어요」
> 처음으로 한 기쿠코의 정열의 표현인 것 같아 신고는 흠칫했다. 위험을 느꼈다.

이렇게 되면 신고를 향한 「기쿠코의 정열」은 극에 달한 것이라고 해야할 것이다. 그러니 신고는 「위험」까지도 느끼지 않을 수 없었다. 폭넓게 본다면 두 사람의 신고는 평행선을 이루어 달리는 레일이지만, 두 사람의 기쿠코는 두 선의 폭이 좁을 뿐 아니라 일정하지 않아서 서로 접근하여 겹쳐질 때도 있다.

『산의 소리』의 세계에는 벚꽃·두 그루의 소나무(二本松)·매화 등과 같은 식물, 솔개·멧새·개 등과 같은 동물, 그리고 지도(慈童)·갓시키(喝色)와 같은 가면의 전통예술품 등이 빈출하는데, 이는 소위 가와바타의 고전회귀선언(古典回歸宣言)에 의한 것이 아닌가 한다.

그런데 이들 중 가장 중요한 역할을 하고 있는 것은 지도(慈童)라고 생각되므로 간단히 고찰해 보고자 한다.

『산의 소리』는 신고와 기쿠코를 중심으로 한 세계인데, 기쿠코는 <언니>의 가타시로(形代)이고, 지도(慈童)는 기쿠코의 상징이다. 그러니까 기쿠코, <언니>, 지도는 서로 밀접한 관계를 가지고 있다 하겠다.

지도는 기쿠지도(菊慈童)의 기쿠(菊; 국화)를 생략한 사람의 이름이었는데, 이 사람은 중국의 선동(仙童)으로 목왕(穆王)을 섬기며 국화의 이슬을 먹고 불로장수했다고 한다.[4] 이를 생각하면 지도가 기쿠코(菊子)를 상징하는 외에 신고의 회춘하고 싶다고 하는 바람도 상징하고 있다는 것을 알 수 있을 것이다. 중층적 역할을 하고 있는 것이다.

신고는 이 지도를 살 때 「누군가를 닮은 것 같군. 사실적이야」라고 말하고 이어서 「누군가를 닮았어」라고 두 번이나 같은 내용의 말을 함으로써 이제부터 이 가면과 관련이 있는 무엇인가가 일어날 것이라는 것을 암시하고 있다. 또 독자들에게 「누구를 닮은 것일까?」 하는 의문을 가지게 하고 있다.

신고는 가면에 대해서 잘 모를 것이다. 신고 자신도 가면에 대하여 「마음에 들고 안 들고 간에 나오는 인연이 없네. 상당한 가면 같으니 노(能)[5]를 떠나 나한테 사장되는 것은 생명을 잃게 하는 것이잖은가?」라고 말한 것으로부터도 충분히 추측할 수 있을 것이다. 그러나 가면에 대한 신고의 미적 감각은 놀라울 정도이다.

> 바로 위에서 눈을 가까이해 가자 소녀처럼 부드러운 살결이 신고의 노 안에 아련하게 부드러워짐에 따라 인간피부의 따스함을 가지고 가면은 살아서 미소 지었다.
> 「앗」 하고 신고는 숨을 삼켰다. 서너 치 가까이에 얼굴을 가져가자 살아있는 여자가 미소 짓고 있다. 아름다고 정결한 미소이다.

---

4) 『日本国語大辞典』(小学館、1980·12)
5) 일본의 전통 가면극.

눈과 입이 정말로 살아 있다. 아련한 눈에 검은 눈동자가 들어 있다. 자주색 입술이 귀엽게 젖어 보인다. 신고는 숨을 죽이고, 코가 닿을 것 같게 되자 시원스런 눈동자가 밑에서 떠오르고 아랫입술이 부풀었다. 신고는 위태롭게 입을 맞췄다. 깊게 숨을 쉬고 얼굴을 뗐다.

미적 감각이라기보다도 지도가 품어내는 주술에 걸렸다고 하는 편이 좋을지도 모른다. 신고는 가면에서 <언니>를 느끼고, 또 기쿠코를 본 것이다. 「신고 자신이 하늘의 사련(邪戀)이라고 해야 할 것 같은 두근거림을 느꼈다」고 하는 표현이 있는데, 실은 기쿠코에 대한 사련인 것이다.

●●●○

마치는 말
– 벚나무에서 핀 국화꽃은 팔손이를 떠나고 –

지노(慈童) 외에도 기쿠코를 상징하고 있는 것으로 벚꽃 · 두 그루의 소나무 · 패모(くろゆり) 등 많으나 벚꽃에 대해서만 간단히 언급하고자 한다.

오후의 햇살을 받아서 벚꽃은 하늘에 커다랗게 떠 있었다. 색깔도 모양도 강하지 않지만 공간에 가득한 느낌이다. 지금이 한창이어서 질 것이라고는 생각되지 않는다.

「색깔도 모양도 강하지 않」다든가, 「질 것이라고는 생각되지 않는다」고 하는 등의 표현은 이상하다. 「한창」인 「지금」이 가장 「색깔도 모양도 강」 해야 할 것이고, 벚꽃의 만개로부터는 미풍에도 흩날리는 꽃잎이 연상되는 것이 보통이기 때문이다. 그러나 작가가 벚꽃을 이처럼 묘사한 것은 이 벚 꽃을 기쿠코의 상징으로 하려 했기 때문일 것이다. 다시 말해서 「색깔도 모양도 강하지 않」다고 하는 것으로부터는 기쿠코의 「가냘픔」을, 「질 것이 라고는 생각되지 않는다」고 하는 것으로부터는 기쿠코가 언제까지나 「영 원한 소녀」로 있었으면 한다고 하는 바람의 상징으로 표현하려 한 것이 아닌가 한다. 그리고 벚꽃이 「공간에 가득한 느낌」이라고 하는 것은 기쿠 코가 신고의 마음에 가득하다고 하는 것을 상징하고 있는 것이 아닌가 한 다. 하여튼 벚꽃은 기쿠코를 상징하기에 충분하다 할 것이다. 『고도(古都)』 의 나에코(苗子)를 상징하는 기타야마(北山)의 삼나무가 연상되기도 한다.

「거목이 된 벚나무 밑동(根方) 옆에 팔손이가 우거져 있」는 것을 간과해 서는 안 된다. 의식 밑의 신고를 상징하고 있기 때문이다. 「한 번 잘라버리 고 오히려 무성해진 채」로인 팔손이는, 모럴리스트로서의 의식 위의 신고 가 억누르면 억누를수록 기쿠코를 향한 사랑이 불타는 의식 밑의 신고의 상징인 것이다. 그러나 의식 위의 신고는 팔손이를 싫어하여 「뿌리를 캐어 버리면 된다」고 생각한다.

나중에 신고는 기쿠코에게 「우리 마당의 벚나무 말이야, 그거 밑동의 팔 손이를 없애 주자. 기쿠코가 돌아오면 잊지 않게 기억해 주어」라고 말한다. 자기들의 주위와 분리된 신주쿠교엔(新宿御苑)에서 두 사람이 만났을 때 의 일이다. 팔손이를 없앤다고 하는 것은 신고와 기쿠코의 이별을 의미한 다. 이별에는 생별과 사별이 있다. 생별이라면 나중에 언급할 슈이치, 기쿠 코 부부의 별거를 의미하는 것이고, 사별이라면 작품세계 전체에 감도는 늙음에 대한 탄식에 관련된 신고의 죽음을 의미하는데, 어느 것일지.

「상처의 뒤(傷の後)」의 장 모두에서 신고는 스스로 말한 것을 실행한다.

일요일 아침, 신고는 벚나무 밑동의 팔손이를 톱으로 잘랐다.
뿌리를 캐어버리지 않으면 근절은 시킬 수 없다고 생각하면서,
「싹이 틀 때마다 잘라버리면 되는 거지」라고 신고는 중얼거렸다.

「뿌리를 캐어버리지 않」는다고 하는 표현으로부터는 신고와 키쿠코의
이별이 사별이 아니라 생별로 끝났으면 한다는 마음이 엿보인다. 이 절(節)
은 벚나무와 팔손이 이야기로 일관되고 있는데, 이에 대해서 깊이는 언급하
지 않겠다.

슈이치가 기쿠코에 대해서 「어린애야, 어린애」라며 다른 여자를 둔 것은
기쿠코가 기누코(絹子)처럼 쉰 목소리로 몸집이 크고 풍만한 가슴을 가진,
성적으로 원숙한 여자가 아니라 아직 성적으로 미숙한 여자이기 때문이다.
그런데 슈이치가 기쿠코의 성적 미숙 때문에 다른 여자를 두었다고 하는
것은, 슈이치가 언젠가는 기누코를 버린다고 하는 것을 의미한다. 그런데
이상하게도 「슈이치가 기누코를 알았기 때문에 기쿠코는 가끔 파랗게 질리
면서도 허리둘레 같은 데도 넉넉해」져 여자로서 성숙해 간다. 이것을 관능
적인 만족을 원하는 슈이치가 감지하지 못할 리가 없다. 그러므로 「기쿠코
와 슈이치의 부부관계는 깊게 진전하」여, 기누코는 슈이치에게 버림을 받
게 된다.

기쿠코의 성숙을 자극한 것은 기누코만이 아니다. 신고의 집 마루 밑에
서 새끼를 낳은 들개(野良犬; 주인 없는 개) 테루도 이다. 「현관에서 기쿠
코가 테루의 배를 만지고 있」는 장면은 인상적이다. 기쿠코가 「느낌이 안
좋네. 뭉실뭉실해서」라고 말하며 뱃속의 새끼를 찾으려 한다. 그러면서 「몇
마리나 들어 있니?」라고 한 기쿠코의 말에 대답이라도 하듯이 「테루는 좀

이상한 눈으로 기쿠코를 보고는 배를 위로 향하게」한다.

그 후, 어떤 아주머니가 했다는 「이번에는 테루가 댁에 와서 새끼를 낳았으니까 댁에서도 태어날 거예요. 테루가 새댁한테 재촉을 한 거지요. 경사스러운 일 아닌가요?」라고 한 말은 테루가 기쿠코를 자극한다고 하는 것을 입증해 준다.

테루는 기누코의 상징이기도 하다. 기누코의 육감적 이미지와 들개라고 하는 이름이 가진 야성적 이미지는 겹쳐지는 부분이 있다.

당연한 일이지만 기쿠코는 여자로서 계속적으로 성숙해 간다. 그런데 여기에서 신고를 주목해야 할 필요가 있다. 왜냐하면 신고는, 의식 밑에서의 신고는 기쿠코가 여자로서 성숙해 가는 것을 바라지 않기 때문이다. 작품세계는, 「신고는 처녀로서의 기쿠코를, 즉 슈이치와」결혼하기 전의 기쿠코를 사랑하고 싶은 것이지만 도덕적 가책에 의해 이 생각은 의식 밑으로 깊숙이 가라앉아버린 것처럼 묘사하고 있다. 그러나 실은 그렇지 않다. 신고는 처녀를 원하여 결혼 전의 기쿠코를 사랑한 것이 아니다. 결혼 전의 소녀로서의, 즉 아직 미숙한 여자로서의 기쿠코를 사랑한 것이다. 그리고 기쿠코가 언제까지나 소녀로서 머물러 있어 주기를 바라고 있는 것이다. 슈이치가 관능적 만족을 찾고 있는 것과는 대조적이다. 소녀가 낙태한 꿈에서 본 영원한 성소녀(聖少女)로서의 기쿠코를 바라고 있는 것이다. 그러나 시간의 정지, 그것은 불가능하다. 신고는 꿈을 통해 시간을 역행하는 데에는 성공했지만, 현실적으로 시간의 정지만은 어떻게도 할 수 없었다. <언니>는 그녀의 죽음에 의해 신고가 환갑을 지나서까지 세상을 뜬 그 시점이거나 아니면 그 이전의 나이로 영원한 사람으로서 남아 있지만, 살아 있는 기쿠코로서는 그것이 불가능하다. 기쿠코의 상징인 지도(慈童)의 「영원한 소년」의 그 「영원」성은 기쿠코에게 바랄 수가 없는 것이다. 영원한 소녀로서의 기쿠코는 있을 수 없는 일이어서 점차로 여자로서 성숙해 가 슈이치의 아내로서 그의 가슴에 안긴다는 것은 필연인 것이다.

신고는 「일어나서 가는 기쿠코의 뒷모습을 기모노(着物)때문인지 키카 큰 것처럼 생각」한다. 의식 밑의 신고가 자신으로부터 멀어져 가는 기쿠코를 느낀 것이다. 기쿠코도 신고의, 작년의 해바라기 대신에 올해는 꽃을 심어놓았다고 하는 이야기에, 「해바라기는 작년의 폭풍에 꺾여버렸기 때문 아녀요?」라고, 처음으로 신고를 떠나지 않으면 안 되는 자신을 인식한 입장에서 대답을 한다. 해바라기가 신고의 상징이라는 것은 두말할 것까지도 없다. 그리고 다음과 같은 대화가 이어진다.

「그럴지도 모르지. 얘야, 요즈음 더 자라지 않았니?」
「예. 자랐어요. 시집온 뒤에도 조금씩 키가 컸는데, 요즈음 부쩍 컸어요. 그 사람이 놀라고 있어요.」

이렇게 되면 의식 밑의 기쿠코는 의식 밑의 신고를 떠날 수밖에 없다. 그러므로 작품세계가 곧 막을 내리려 하게 되어 마지막의 「가을의 물고기 (秋の魚)」의 장 4절에서 기쿠코는 「별거는 무서워요. 슈이치가 무서워요」라고 말하면서도, 「좋아서 하는 일에 불행은 없어요」라고 정열의 「표현」을 하면서도, 슈이치가, 「너는 자유라고 내가 너에게 말해달라고 말」했다고 하는 신고의 말에 「나는 자유일까요?」라고 부부라고 하는 운명의 끈을 원망이라도 하는 것 같은, 탄식이라도 하는 것 같은 말을 함으로써 슈이치에게로 갈 것을 암시한다.

작품세계가 막을 내리는 「가을의 물고기(秋の魚)」 5절에서는 신고와 기쿠코의 두 사람이 의식 밑의 세계로부터 완전하게 빠져나와 의식 위의 현실의 세계로 돌아온다. 세 마리의 은어를 도입부(導入部)로 하여 「여기에 세 쌍이 모여 있어 가정이 셋 있는 셈」이라고 등장인물들에게 인식되어,

후사코(房子)는 자립할 것을 결심하고, 기쿠코도 이를 돕겠다고 함으로써 비교적 밝은 느낌의 끝맺음을 장식하는 데에 이르게 된다. 그러면서 <언니>의 야릇한 기운으로 가득한 작품답게 몽환(夢幻)의 세계 신슈(信州)에 미련을 남기며 『산의 소리(山の音)』의 세계는 막을 내린다.

제 10 편

『호수』의 세계

시작하는 말

『호수(みづうみ)』는 작자 가와바타 야스나리(川端康成)가 『신초(新潮)』1954년 1월호부터 같은 해 12월호까지 12회에 걸쳐 발표한 소설이다. 스스로의 문학을 게으름뱅이의 문학(怠け者の文学)이라고 할 정도로 자의적(恣意的)이고도 단속적(斷續的)인 발표를 해온 가와바타로서는 이 작품의 집필에 상당한 성실성을 보였다고 할 수 있을 것이다. 이 작품이 단행본으로 세상의 빛을 본 것은 신초샤(新潮社)가 1955년 4월에 간행한 것이 그 처음이다. 그리고 이 작품은 그의 많은 선집과 4회에 걸쳐 간행된 전집에도 수록되었다.

본 논문은 『전집(제 18권)』(35권본 『川端康成全集』 <1980・3, 新潮社>) 소수(所收) 『호수(みづうみ)』를 텍스트로 하여 집필될 것인데, 텍스트와 초출잡지 사이에는 상당한 본문이동(本文異同)이 보인다. 단행본 간행 때 많은 개고를 하였고, 선집 및 전집의 간행 때에도 손질을 했기 때문이다. 그러나 본 논문에서는 본문이동에 대하여 전혀 고려하지 않을 것이다. 본문이동을 통하여 작가의 작의를 짐작할 수 있다는 것을 부정할 생각은 없지만, 초출(初出)의 작품세계와 정본(定本)의 작품세계는 서로 다르다는 것이 저자의 생각이기 때문이다.

『호수』의 시간은 그 흐름이 자유로워 많은 부분 역류(逆流)하고 있다. 가와바타의 문학에 있어서의 시간의 역류는 드문 일이 아닌데, 이는 꿈의 초현실성을 통하여 이루어지고 있는 것이 보통이다. 그런데 『호수』에 있어서의 시간의 역류는 주인공 긴페(銀平)의 회상을 통하여 이루어지고 있다. 『호수』는 4개의 장(章)으로 이루어져 있는데, 각 장은 행간을 띄워서 나누고 있다. 각 장은 배열된 순서에 따라 편의상「제1장」「제2장」「제3장」
「제4장」이라 하겠는데, 이를 시간적 순서에 따라 나열해 보면 이러하다.

「제3장」(3월 하순이나 4월 초순, 6월 초순) → 「제4장」(6월 초순) →
「제2장」(6월 하순) → 「제1장」(늦여름에서 초가을로 접어드는 환절기)

본 논문은 작품의 세계를 규명하는 데에 그 목적이 있는데, 이를 위해
대체적으로 시간의 흐름의 순서에 따라 연구를 진행해 갈 것이다. 그런데,
가와바타의 문학이 난해하다는 것은 일반적인 견해이다. 그리고 가와바타
문학이 난해한 것은 그 문학의 상징성 때문이라 할 수 있는데, 본편은 작품
세계를 규명하는 데에 있어서 이 상징성을 푸는 데에 역점을 둔다. 특히
등장인물들을 중심으로 상징성을 풀어가며 작품세계를 고찰한 뒤, 이 소설
『호수』의 주조음(主調音)을 이루고 있는「호수」에 대한 고찰을 함으로써
작품세계를 규명하고자 한다.

I 못생긴 발의 긴페, 그리고 그의 여성 미행

『호수(みづうみ)』는 주인공 모모이 긴페(桃井銀平)의 의식의 흐름에
따라 이루어진 세계이다. 이에 대해 나카무라 신이치로(中村眞一郎)는,
「소설의 맨 살갗(地肌<じはだ>)은 외부의 현실이 아니라 주인공의 의식
이다」[1]라고 말하고 있는데, 적절하고도 함축성있는 표현이라고 생각된다.

그러니만큼 『호수』의 세계를 이해하기 위해서는 주인공 모모이 긴페에 대한 이해가 선행되지 않으면 안 될 것이다.

작품의 세계가 펼쳐지고 있는 현재의 시간에 있어서의 긴페는 34세이나, 그의 회상은 시간을 역류시켜 그를 그의 어린시절로 거슬러 올라가게 한다. 그렇다고는 하나 그의 어린 시절에 대한 자신의 집에서의 추억은 그의 회상 가운데 등장하지 않는다. 그의 회상 가운데 등장한 그의 어린 시절의 추억은 호숫가의 마을에 있는 그의 외가(外家) 및 호수와 연유되어 이루어진 것이 거의 대부분이다. 자기 집은 긴페에게 있어서 기억하기 싫은 추억밖에 제공할 수 없었으므로 그의 회상은 이러한 자기 집에서의 추억이 등장하는 것을 회피했는지도 모른다. 작품세계에는, 어린 시절의 「긴페의 집에는 어머니 외에 조부모와, 그리고 고모가 친정에 와 있었다」고 하는 것 정도가 긴페의 집에 대한 가장 자세한 언급으로 소개되어 있을 정도이다.

반면 외가 및 호수와 연유된 긴페의 어린 시절의 추억은 상당한 무게를 가지고 그의 회상을 통해 등장함으로써 작품 세계의 진전을 주도적으로 이끌어 가는 역할을 하고 있다. 긴페의 외가, 즉 그의 어머니의 친정은 옛날부터 호숫가 마을의 명가(名家)로서 알려져 있었다. 그러한 집안의 딸이 긴페네 집안처럼 보잘 것 없는 집안의 아들과 혼인을 한 것은, 그 긴페의 「어머니에게 무엇인가가 있었기 때문일 거」라는 것이 어느 정도 장성한 긴페의 생각이었다. 어머니는 「아름다운 사람」이었으나 아버지는 「못생긴 사내」였으니 긴페가 그렇게 생각한 것도 무리는 아닐 것이다. 아니, 그보다도 긴페가 그렇게 생각한 데에는 그렇게 생각할 만한 어떠한 단서가 있어서인지도 모른다.

그러한 긴페는 아름다운 어머니를 닮지 않고 못생긴 아버지를 닮아 이

---

1) 中村眞一郎 「解説」(川端康成 『みづうみ』<1989・8、新潮社> 소수)

세상에 태어났다. 작품의 세계에는 긴페의 용모에 대한 표현이 없는데 무슨
소리냐고 반문도 있을 것이다. 그러나 그의 못생긴 용모는 그의 못생긴 발
이 상징적으로 말해 주고 있다. 물론 이 못생긴 발의 상징성에 대해서는
여러 가지의 설이 있다. Valdo H. Viglielmo 같은 이는 긴페의 못생긴 발이
그의 「주관과 정신상태를 말하고 있다」고 말한 뒤 이어서 「긴페의 내면의
추함」2)을 상징한다고 주장한다. 그 외에 프로이드적인 관점에서 긴페의 못
생긴 발이 그의 성적인 열등감을 상징하고 있다고 해석하는 견해도 있다.
발과 성이 관련이 있다고 하는 것에 대해서는 이와타 미쓰코(岩田光子)도
「『호수』에는 『발』의 묘사가 빈출하는데, 가와바타의 다른 작품에 산견되고
있는 "발"의 묘사는 관능 또는 성 그 자체의 상징으로써 쓰이고 있는 경우
가 많다」고 서술한 뒤 『호수』 역시 이러한 요소가 있다고 말한다.3)

그러나 긴페의 못생긴 발이 그의 성적인 열등감을 상징한다고 하는 견해
에는 무리를 수반한다. 왜냐 하면 Vitaliy Tolstoy의 말처럼 그는 「색욕에
움직이고 있는 것」도 아니고, 그의 「의식에 색욕적인 환상」4)이 나타나 있
는 것도 아니기 때문이다. 그는 여성의 아름다움에 끌리고 있을 뿐인 것이
다. 그렇다면 그의 못생긴 발은 무엇을 상징하는가. 저자는 대체적으로
Valdo H. Viglielmo의 「긴페의 내면의 추함」을 상징한다는 견해에 동의
한다. 그러나 이 「내면의 추함」만으로 긴페의 못생긴 발을 설명하기는 부
족하다. 저자는 그의 발이 그의 내면의 추함과 함께 용모의 추함도 같이
상징한다고 생각하기 때문이다.

---

2) Valdo H. Viglielmo 「『みづうみ』論—なんとみにくい足であることか—」
   (武田勝彦・高橋新太編 『川端康成—現代の美意識—』<1978・5、明治書院>
   所收)
3) 岩田光子 『川端文学の諸相—近代の幽艶—』(1958・10、桜楓社)
4) Vitaliy Tolstoy 「『みづうみ』論」(『世界の中の川端文学』<1999・11, おうふ
   う> 所收)

텅 비어 가벼워진 것 같은, 덧없어진 것 같은 긴페에게 오랜만에 고향이 떠올랐다. 변사한 아버지보다도 미모의 어머니가 생각난다. 그러나 어머니의 아름다움보다도 아버지의 추함 쪽이 분명하게 마음속에 깊이 새겨져 있다. 야요이의 예쁜 발보다도 자기의 못생긴 발이 보여 오는 것이다.

「변사한 아버지」 및 「아버지의 추함」과 「미모의 어머니」 및 「어머니의 아름다움」이 「야요이의 예쁜 발」과 「자기의 못생긴 발」과 대비되어 있다. 작가의 작의에 의한 것이다. 여기에서의 아버지의 「추함」은 아버지의 외모 전체를 나타내고, 어머니의 「미모」나 「아름다움」 역시 어머니의 외모 전체를 나타내고 있는데, 이는 야요이의 「예쁜 발」이 아름다운 야요이를 상징하고 긴페의 「못생긴 발」이 못생긴 긴페를 상징하고 있다는 것을 뒷받침해 주고 있는 것이다. 뿐만 아니라, 야요이는 실제로 작품세계에 아름다운 소녀로 등장하고 있다.

이와 같이 긴페의 못생긴 발은 그의 내면의 추함과 용모의 추함을 동시에 상징하고 있는 것이다. 야요이가 말하는 소위 핏줄론은 내면의 추함을 내포하지 않은 것은 아니나 주로 외양의 추함을 의미하는 것이고, 지문(地文)이 말하는 세태동화론(世態同化論)은 내면의 추함에 의미를 부여하고 있는 것이다.

그렇다면 긴페의 발이 못생긴 이유는 무엇일까. 야요이는 「긴페 짱의 원숭이 같은 발은 아버지를 빼다 박았」다면서 「우리 쪽의 핏줄이 아니」라고, 긴페가 모계의 피를 이어받지 않고 부계의 피를 이어받은 것이라고 말한다. 못생긴 발을 가지고 태어난 원인이 부계를 닮았다는 것이다. 그리고 「저봐, 원숭이의 얼굴이야」라고 말함으로써 못생기고 원숭이 같은 모양은 발뿐이 아니라 얼굴 등 그의 육체 전체에 걸쳐 나타나 있다는 것을 말하고 있다. 또 작품세계는, 「아직 이 세상을 밟지 않은 갓난아기의 발은 모두

부드럽고 사랑스러운 게 아닌가. 서양 종교화에서 신의 주위를 날고 있는 어린아이들의 발이 그것이다. 이 세상의 진흙탕이나 거친 바위나 바늘 산을 밟는 동안에 긴페와 같은 발이 된다」고 표현하고 있다.

긴페는 작품세계에 못생긴 발로 대표되어 등장함과 동시에 아름다운 여성의 미행자로서 등장한다. 그런데 긴페가 여성을 미행하는 것은 그의 못생긴 발과 관련이 깊다.

> 히사코네 집 문 앞에서 갑자기 무좀이라고 하는 거짓말을 하게 된 것은 자기의 발이 못생겼다고 하는 열등감으로부터가 아닐까 하고 지금 문득 긴페의 머리에 번뜩였다. 그렇다면 여자의 뒤를 쫓는 것도 발이니까 역시 이 못생김과 관계가 있는 것일까. 짚이는 데가 있어 긴페는 놀랐다. 육체의 일부의 추함이 미를 동경하여 슬피 우는 것일까. 추악한 발이 미녀를 쫓는 것은 하늘의 섭리인 것일까.

「육체의 일부의 추함」 즉 긴페의 못생긴 발은 그의 육체 전체를 상징하고 있다고 하는 것은 재언을 요치 않는다. 긴페의 못생긴 발은 그에게 열등감을 안겨 주었고, 또 이 열등감은 그에게 「무좀이라고 하는 거짓말」 외에도 갖가지의 거짓말을 하게 한다. 거짓말은 사람의 인격을 격하시키는 요체(要諦)이다. 다시 말해서 긴페의 못생긴 발은 그의 인격에 씻을 수 없는 손상을 주었고, 또 이에 가세(加勢)한 그의 출생과 가정환경은 그로 인해 그의 정신을 정상적인 궤도로부터 이탈하게 하였던 것이다.[5] 그리고 육체적 추함을 상징하고 있는 못생긴 발은 그 추함으로 인해 오히려 미를 동경

---

5) Vitaliy Tolstoy씨는 『世界の中の川端文学』(1999 · 11, おうふう) 소수 「『みづうみ』論」에, 「긴페가 정신이상에 빠져 있다고 하는 것은 분명하다고 생각한다. 그 증상을 보고 있자면 노이로제와 유사한 정신분열증이라고 해도 좋다고 생각한다」고 서술하고 있음.

하여 미녀를 쫓게 했던 것이다.

II 긴페의 모성동경의 대상 야요이

이제부터 긴페와 관련성을 가지고 작품세계에 등장한 여자 5명에 대하여 고찰하고자 하는데, 작품세계에 가장 먼저 등장한 것은 유나(湯女)이나 편의상 등장한 시간의 순서에 따라 한 사람 한 사람 고찰해 가고자 한다.

시간적으로 가장 먼저 등장한 것은 야요이(やよひ)이다. 야요이는 긴페의 외삼촌의 딸로 아름다운 소녀였다. 그런데, 야요이가 외삼촌의 딸이라고 하는 것은 우리나라의 친족관계에 의한 호칭이고, 작품세계에는 긴페의 어머니의 오빠 딸로서 등장한다. 여기에서 중요한 것은 야요이가 긴페의 어머니 친정의 혈통을 이어받아 아름답게 태어난 소녀라는 것이고, 긴페가 아름답지 못한 것은 어머니의 혈통이 아닌 아버지의 혈통을 이어받아 태어났기 때문이라고 하는 것이다. 이 두 소년 소녀가 아름답지 못한 소년과 아름다운 소녀로 대조되어 등장했다고 하는 사실은 작품세계를 이해하는 데 매우 중요하다는 말이다.

외모가 아름답지 못한 긴페는 아름다운 야요이를 어린 시절부터 동경한다. 9살이었든가 10살 때 긴페는 대구의 꿈을 꾸고 칭찬을 받은 일이 있다. 고향 바다의 검게 보일 정도로 짙은 파도 위에 비행선이 떠 있었는데, 보고 있자니 그것은 커다란 대구였다. 그것도 대구는 오랫동안 공중에 떠서 멈춰 있었고, 한 마리가 아니라 여기저기의 파도 사이에서 뛰어올랐다. 경사스러운 꿈으로 대단한 꿈이니 긴페는 출세할 것이라고 사람들은 칭찬했으나,

긴페 자신은 출세보다는 야요이와 결혼할 수 있을 것이라고 해몽했다.

　　일어서는 야요이의 손을 긴페는 쭉 끌어당겼다. 야요이는 긴페의 위에
쓰러졌다.
　　「긴 짱」이라고 외치더니 야요이는 기모노의 옷자락을 흐트러뜨리며 도
망치기 시작했다. 야요이는 숨이 차서 멈춰 섰다. 갑자기 긴페의 어깨를
안았다.
　　「긴 짱, 고모와 같이 우리 집에 와」
　　「싫어」라고 말하며 긴페는 야요이의 가슴을 세게 안았다. 긴페의 눈에
서 바로 눈물이 흘렀다.

　어린 소년 소녀다운 사랑의 모습인데, 「긴페가 야요이와 서로 안은 것은
이때 한 번뿐이었」다. 그리고 이들의 사랑은 깨어져 버렸다. 이에 대해 「어
린 긴페가 외사촌 야요이를 동경한 것」은 「때 묻지 않은 첫사랑임에는 틀
림없지만, 너무 어린 것일 게다」라고 표현되어 있으나, 이들의 사랑이 깨어
진 것을 이들이 어리다는 것에서만 찾는 데에는 무리가 있다. 이들이 어리
다고 하는 것 외에 또 하나의 중요한 원인이 있기 때문이다. 야요이는 처음
긴페의 못생긴 외모보다 혈연의 친밀감에 바탕을 둔 이성으로서 긴페를
사랑했던 것이다. 그러나 그녀는 차츰 성장해 감에 따라 긴페의 못생긴 외
모를 의식하기 시작했고, 이 못생긴 외모가 긴페네 집안의 천한 혈통 때문
이라는 것을 느끼기 시작했던 것이다. 그리고, 「야요이네 집에서는 긴페의
아버지가 일부러 처가 동네에 와서 자살을 하지 않아도 좋」았지 않느냐고
비난을 했는데, 이러한 자기 집의 분위기도 야요이가 긴페를 싫어하게 된
원인의 하나가 되었을 것이다.
　야요이는 일단 긴페를 싫어하게 되자 이것이 점점 더 심해져서 멸시로까

지 변한다. 야요이의 이 멸시는 자기 집에서 기르고 있는 개 일본 테리야가
잡은 쥐를 긴페에게 치우라고「명령」하는 데에 잘 나타나 있다. 긴페는「쥐
의 몸이 뜨뜻한 게 기분이 나빴」지만, 야요이의 명령을 거역할 수가 없었다.
야요이는 호수에 버리라 했고 긴페는 그대로 실행했다. 그리고 긴페는,「야
요이는 어머니 오빠의 딸이 아니냐」고 분해했다. 이때의 기억은 긴페의 뇌
리 한 구석에 자리 잡고 오래오래 떠나지 않았다. 긴페가 훗날 아름다운
소녀 마치에를 미행했을 때 이 소녀가 개를 데리고 있었으므로, 그는 이때
도 그때의 불쾌한 기억이 되살아났었다.「아직 뜨뜻한 쥐의 시체, 눈을 뜨
고 입으로 피를 흘린 쥐의 시체를 쥔 감촉이 되살아났」던 것이다.

　그런데 여기에서 주목해야 할 점은 이 뜨뜻한 쥐의 기분 나쁜 시체의
눈을 긴페가「쥐의 귀여운 눈」이라고 느꼈다는 것이다. 반면 그는 오랫동
안「개를 싫」어했다는 것이다. 왜인가. 쥐는 긴페 자신을 상징하고 있기
때문이다. 그러기에 일반적인 사람이라면 징그러워해야 할 쥐를, 그것도 눈
을 뜨고 죽은 그 쥐의 눈을 귀엽다고 느낄 수 있었다. 그리고 개는 긴페가
증오하고 있는 야요이의 상징이다. 피해자로서의 긴페의 상징으로는 쥐가
적절하며, 가해자로서의 야요이의 상징으로서는 개가 적절하다는 것은 두
말할 필요도 없을 것이다. 쥐를 잡기 위해「눈빛까지 변한 개에게」, 긴페가
「증오를 느」끼지 않을 수 없었던 것은 쥐가 자기를 상징하고 개는 자기를
괴롭히고 있는 야요이를 상징하기 때문이기도 하다.

　야요이의 바느질 상자에서 빨간 실이 꿰어 있는 바늘을 훔치자 일본
테리야의 엷은 귀를 꿰매려고 기회를 노렸다. 이 집을 나갈 때가 좋겠지.
뒤에 소란을 떨어 바늘에 꿰어 있는 빨간 실이 개의 귀에 붙어 있으면
야요이의 짓이라고 의심을 받을지도 모른다. 그러나 긴페가 개의 귀에 바
늘을 찌르자 비명을 지르며 도망가 버려 실패하고 말았다. 긴페는 그 바늘

을 포켓에 감추어 자기 집으로 돌아왔다. 종이에 야요이와 개의 그림을 그리고 그 빨간 실로 몇 바늘이나 꿰매어 책상 서랍에 넣었던 것이다.

　개가 야요이를 상징하고 있다는 것과, 긴페가 야요이를 얼마나 증오하고 있는가가 잘 나타나 있는 표현이다. 긴페의 야요이를 향한 증오는 사랑에 그 근원이 있다 할 수 있는데, Valdo H. Viglielmo는 「아버지를 잃은 긴페가 어머니를 잃지 말자고, 외사촌 누이인 야요이를 어머니의 대신으로서 사랑하고 있다고도 말할 수 있다」[6]고 주장한다. 그리고 이마무라 준코(今村潤子)도 「긴페의 야요이를 향한 사랑은 모성동경(母性憧憬)과 같은 뿌리(同根)」[7]라며, 「그런 집에 있다가는 나도 죽어 버」릴 것이라며 자기를 버렸고 또 자기 집을 멸시한 어머니를, 그러나 아름다운 어머니를 긴페는 동경했고, 그 동경은 어머니와 같은 혈통을 이어받아 아름다운 외사촌 누이 야요이를 사랑함으로써 나타났다는 견해를 밝힌다. 두 사람의 것 모두가 긴페의 심리를 예리하게 갈파(喝破)한 견해이다.

　앞에서 인용한 「긴 짱, 고모와 같이 우리 집에 와」라고 야요이가 긴페에게 말한 장면에서, 긴페는 싫다며 그녀의 가슴을 세게 안고는 눈물을 흘린다. 그토록 동경하고 사랑하는 야요이가 같은 집에서 살자는데 싫다고 하는 이유는 무엇인가. 「어머니를 잃을 것 같이 생각되어 싫은 것인지, 야요이와 같은 집에 있을 수 있다는 기쁨을 부끄러워하는 것인지, 그 둘 다인지도」 모른다고 표현하고 있는데, 아마 둘 다라고 보는 것이 옳을 것이다.

---

6) Valdo H. Viglielmo 「『みづうみ』論—なんとみにくい足であることか—」 (武田勝彦・高橋新太郎編 『川端康成—現代の美意識—』<1978・5、明治書院> 소수)

7) 今村潤子 「『みづうみ』の魔界」(川端文学研究会編 『川端文学への視界—3—』 <1987・12、教育出版センター新社> 소수)

III 마성의 소녀 히사코

긴페는 아름다운 여자를 보면 자기도 모르게 뒤를 쫓는 습성이 있는 34세의 남자로 고등학교의 국어교사이다. 처음으로 뒤를 쫓은 것은 「고등학교의 여학생으로 긴페의 제자였다」. 히사코네 집의 훌륭한 대문까지 뒤를 쫓은 긴페에게 그녀가 호응함으로써 두 사람의 관계는 성립된다. 긴페가 뒤를 쫓은 사실을 안 히사코는 「선생님」이라고 부르고는 「새파래진 얼굴이 아름답게 붉어져 왔」던 것이다. 그리고 「긴페도 얼굴이 타올랐」던 것이다.

긴페와 히사코 두 사람의 관계는 이렇게 성립되었다. 그렇다면 긴페가 히사코의 뒤를 밟은 까닭은 어디에 있는 것일까. 육체적 추함을 상징하고 있는 못생긴 발이 그 추함으로 인해 오히려 미를 동경하여 미녀를 쫓게 했다고 하는 것은 전술한 대로이다.

그러나 긴페의 미녀미행(美女尾行)의 원인이 단순히 이 하나에만 있다고 하는 것은 설득력이 미약하다. 작품세계는, 「긴페가 전후불각(前後不覚)의 명정(酩酊)이나 몽유병자(夢遊病者)처럼 히사코의 뒤를 쫓은 것은 히사코의 마력(魔力)에 유혹되었기 때문으로 히사코는 이미 마력을 긴페에게 내뿜었던 것이다」라고 긴페의 미녀미행의 원인이 히사코가 내뿜는 마력에 있다는 것을 밝히고 있다. 또 작품세계는, 「히사코는 긴페가 뒤를 쫓게 하는 것 같은 마력을 감돌게 하」였다고도 말함으로써 긴페의 미녀미행의 원인이 마력에 있다는 것을 뒷받침해 주고 있다. 긴페는 이 「이상한 소녀에게 감전(感電)되어 있었던 것이다」.

그렇다면 여기에서 말하는 마력이란 무엇인가. 이를 규명하기 위해서는 우선 가와바타 문학에 있어서의 「마계(魔界)」에 대한 이해가 있어야 한다.

가와바타의 소설에 「마계」라고 하는 말이 처음 등장한 것은 1950년에서 1951년 사이에 발표된 『무희(舞姬)』인데, 그 뒤 가와바타는 이 「마계」를 모티브로 한 많은 작품을 썼다. 그런데 이 마계라는 말은 가와바타가 잇큐선사(一休禅師)가 쓴 「佛界易入 魔界難入(불계 들어가기 쉽고, 마계 들어가기 어렵다)」이라는 글씨에서 보고 자기 소설의 모티브로 하였던 것이다. 그렇다고 해서 마계라는 말을 잇큐 선사가 처음으로 썼다는 것은 아니다. 이 말은 중국의 『나호야록(羅湖野錄)』이나 『대혜무고(大慧武庫)』라고 하는 서적에서 유래한 것이다.

「불계이입 마계난입(佛界易入 魔界難入)」이라는 말의 문자적인 어의(語義)는 부처의 세계는 들어가기 쉽고 마귀의 세계는 들어가기 어렵다고 할 수 있을 것이다. 바꾸어 말한다면 천국에는 들어가기 쉽고 지옥에는 들어가기 어렵다고 풀이할 수도 있지 않을까 한다. 그러나 가와바타는 이 말을 자의적으로 해석하여 천국에는 누구라도 다 들어갈 수 있으나 지옥에는 이 세상의 도덕이나 윤리 등의 규범을 완전히 무시하고 행동할 수 있는 사람이 아니면 들어갈 수 없다고 생각했던 것이 아닌가 하는데, 가와바타 문학에 있어서의 마계에 대해서는 앞에서 몇 번이나 상술했고 또 앞으로 논할 「『민들레(たんぽぽ)』의 세계」 편(篇)에서도 언급할 것이므로 여기에서는 이 정도로 그치고자 한다.

이제까지 마계에 대하여 고찰해 보았는데, 마성이란 마계에 사는 사람의 성품이라 해도 좋을 것이다. 다시 말해서 인간세상의 도덕이나 윤리 등의 규범을 무시할 수 있는 성품을 마성이라 할 수 있다는 것이다.

그렇다면 히사코는 마계의 사람, 즉 마성의 사람이어야 되는데, 과연 그러한가. 히사코를 보고 있자면 그녀의 상식을 뛰어넘은 행동에 아연할 수밖에 없다. 히사코는 집에서 가끔 돈을 훔쳐다가 긴페에게 주곤 했는데, 한 번은 어머니의 돈 「2만 7천 엔」을 훔쳐 왔다. 거금이기도 했기 때문인지

모르지만 긴페는 하여튼 평소와는 달리, 「필요 없어. 발각될 테니 도로 가
져다 놓아라」라고 히사코에게 말한다. 그러나 그녀는 「발각되면 집에 불을
질러도 좋」다고 말한다.

긴페가 접근해 오자 「히사코의 여자는 일순 감전되어 전율이라도 하는
것처럼 눈을 떴」고, 「히사코가 몸을 맡겼을 때 많은 소녀는 이러한 것일까
하고 긴페까지도 전율을 느낄 정도」로 그녀는 상식의 선을 이미 넘고 있었
던 것이다. 청순가련해야 할 고등학교 여학생이 34세의 남자 교사에게 쉽
게 몸을 맡긴 것도 그러하지만, 이렇게 「몸을 맡겼을 때 많은 소녀는 이러
한 것일까 하고 긴페까지도 전율을 느낄 정도」로 그녀는 대담했던 것이다.
긴페가 「히사코의 가슴을 더듬으며 눈을 감자」, 그리고 「긴페의 한 손의
손가락으로 히사코의 목을 붙잡」자, 그녀는 「선생님, 목을 졸라도 좋아요.
집에 돌아가고 싶지 않아요」라고 「뜨겁게 속삭」일 정도로 사랑의 포로, 아
니 마성의 포로가 되어 있었던 것이다.

히사코의 마성은 긴페를 자기의 방까지 끌어들이는 대담성을 보인다.
「선생님, 제 뒤를 쫓아 주세요」라고 말하여 긴페로 하여금 뒤를 쫓게 한
뒤 자기의 방으로 끌어들인 것이다. 그리고 한다는 말이 「저, 선생님과 결
혼할 수 없잖아요? 하루라도 좋으니까 제 방에서 같이 있고 싶었어요. 언제
나 풀밭은 싫어요」였다. 하기는 히사코가 풀밭을 싫어하는 것은 당연한 일
이기도 하다. 긴페와 그녀는 그녀의 전쟁으로 불탄 집터 담 안의 풀밭에서
밀회를 계속해 왔던 것인데, 긴페는 이 풀밭을 「저세상, 무덤의 밑이라고
하는 의미」로 이해하고 있었던 것이다. 그리고 그녀는 어떤 의미에서는 사
랑의 낙원이지만 무덤을 상징하기도 하는 풀밭이기에 거기에서 신혼의 방
을 생각하며 하룻밤일지라도 자기 방에서 긴페와 같이 지내고 싶다고 하는
생각을 했을지도 모른다.

방에 들어온 「긴페는 히사코를 끌어당겨 입을 맞추었」고, 히사코는 그

입맞춤을 「오래 계속할 것을 바라며 몸의 무게를 긴페의 팔에 맡겨 버」린다. 그리고 그녀는 「입술도 닦지 않고」 나가 「긴페를 위해 샌드위치 같은 것을 만들어」 「은쟁반으로 커피세트까지」 곁들여서 가지고 온다. 그 정도로 그녀는 대담했던 것이다.

그러나 이것이 실수였다. 히사코의 어머니에게 들켜 버렸던 것이다. 밖에서 히사코의 어머니가 문을 계속해서 노크하는 소리가 들렸고, 손님이 있으니까 문을 열지 말라는 히사코의 말에 그녀의 어머니는 누구냐고 묻는다.

> 「선생님이에요」라고 히사코가 작지만 생생한 목소리로 단호히 말했다. 그 순간 긴페는 미칠 것 같은 행복의 불을 뒤집어쓴 것처럼 벌떡 일어섰다. 권총이라도 가지고 있으면 뒤에서 히사코를 쏘았을지도 모른다. 총알은 히사코의 가슴을 뚫고 문 저쪽의 어머니에게 맞았다. 히사코는 긴페 쪽으로 넘어지고 어머니는 저쪽으로 쓰러졌다. 히사코와 어머니는 문을 사이에 두고 마주보고 있으므로 두 사람 다 뒤로 벌렁 넘어졌던 것이다. 그러나 히사코는 넘어지면서 무엇인가 예쁘게 몸을 돌려 방향을 바꾸더니 긴페의 정강이를 끌어안았다. 히사코의 상처에서 솟아난 피가 그 정강이를 타고 흘러내려 긴페의 발등을 적시자, 거기의 거므스름하고도 두꺼운 가죽은 바로 장미꽃잎처럼 아름다워지고, 발바닥의 장심의 주름은 펴져 붉은줄접시조개처럼 매끈해 지고, 원숭이 발가락 같이 길고 마디가 울퉁불퉁하며 굽어 쭈글쭈글한 발바닥도 바로 히사코의 따스한 피로 씻겨 마네킹 인형의 발가락처럼 좋은 모양으로 되었다. 문득 히사코의 피가 그렇게 많이 있을 리가 없을 것이라고 하는 생각이 들자, 긴페 자신의 피도 가슴의 상처로부터 흘러내리고 있음을 알게 되었다. 긴페는 아미타불(來迎佛)이 탄 오색구름으로 둘러싸인 것처럼 정신이 아득해졌다.

좀 긴 인용문이지만 작품세계를 이해하는 데에 중요하기에 그대로 인용했다. 여기에서 특히 중요한 것은 히사코의 피에 의해 긴페의 보기 흉한 발이 마네킹의 그것처럼 아름다운 모양이 되었다는 것이다. 그리고 여기에서의 히사코의 피에서는 성서에서의 예수의 피를 연상하게 된다. 갑자기 무슨 예수의 피냐고 반문할 사람이 있을지 모르나, 가와바타가 성서를 많이 읽었다고 하는 것은 익히 알려진 사실이니 그가 자기의 성서 지식을 자기의 작품세계에 원용(援用)했다 해서 이상할 것은 없다. 예수의 피가 만민을 구원하는 피이듯이 히사코의 피는 긴페를 구원하는 피였던 것이다. 이것은 이때 긴페가 아미타불(來迎佛)이 탄 오색구름으로 둘러싸인 것 같은 기분에 사로잡혔다고 하는 사실도 증명해 주고 있다. 그렇다면 긴페의 피가 히사코의 상처로부터 흘러내렸다고 하는 사실은 무엇을 의미하는 것인가. 이것도 그의 피가 히사코의 피로 인해 깨끗해져 그녀의 피와 하나가 되었다는 것을 의미하는 것이다. 예수의 피로 구원을 얻은 사람들의 피가 예수의 피로 정결해진 것처럼 말이다.

마성의 소녀 히사코와 마성의 남자 긴페는 마계에 살면서 마성의 사람들다운 사랑을 나누는데, 그 사랑의 이야기의 절정이 위의 인용 장면이라 해도 좋을 것이다. 그런데 히사코는 긴페를 악의 편의 사람으로 보지 않는다. 그녀가 악의 편의 사람으로 본 것은 자기 아버지였다. 무엇인가 부정한 방법으로 축재했으리라는 짐작을 하게 하는 아버지는 히사코의 눈에 악의 편의 사람으로 보였던 것이 아닌가 한다. 그러기에 긴페가 자기 방에 같이 있다는 사실이 부모에게 발각되어 하는 수 없이 그 긴페가 아버지를 만나겠다고 하자, 「선생님께 아버지를 보이고 싶지 않아요」라고 자기의 생각을 분명히 말했던 것이다. 히사코와 긴페 두 사람은 모두 마성의 사람이지만 긴페의 마성에는 히사코의 그것처럼 외면적인 아름다움을 갖지 못하고 오히려 추함을 떠안고 있었는데 히사코의 피로 인해 그는 아름다움을 획득하는 구원을 얻었던 것이다. 물론 환상 속에서이기는 하지만 말이다.

긴페는 이제 마성의 사람으로서 히사코처럼 완벽하게 된 것이다. 마계를 사는 사람은 마성이 악이 될 수 없다. 그러니 히사코도 긴페도 악의 편의 사람이라 할 수 없다. 물론 마성의 사람을 현실세계의 시각으로 본다 하더라도 악의 편의 사람이라고만은 할 수 없다. 다만 도덕과 윤리를 초월한 사람일 뿐인 것이다. 현실세계에서 악의 편의 사람은 마계에서도 악의 편의 사람이다. 그러니 히사코의 아버지는 어느 쪽에서나 악의 편의 사람인 것이다. 이러한 악의 편의 사람인 아버지를 히사코는 긴페에게 보이고 싶지 않았던 것이다. 더욱이 자기의 피로 인해 완벽한 마성의 사람이 된 긴페에게 속되고 추한 악의 편의 사람인 아버지를 보이고 싶지 않았을 것이다.

이 날 밤 긴페는, 아버지를 「보이고 싶지 않아요. 창문으로 도망가세요」라고 하는 히사코의 말에 따라 그녀가 만들어 준 줄을 타고 이층의 창으로부터 도망치는 데에 성공한다. 그런데 이는 문밖에서 으르렁대고 있는 아버지를, 「바로 열 테니까 조금만 기다리세요. 자살 같은 건 안 할테니까……」라고 허를 찌르는 말로 진정시킨 마성의 소녀다운 지혜를 발휘한 것이 적중하여 거둔 성공이었다.

그 뒤로 두 사람은 만나지 못한다. 히사코가 집에 감금상태에 있었기 때문이다. 아니 단 한 번 두 사람은 만났다. 히사코의 졸업식 날 예의 그 집터 담 안에서였다. 여기에서 히사코는 「선생님, 저는 상처를 받고 아직 회복되지 않았어요. 온전한 정신으로 돌아온 뒤에도 아직 선생님이 그리워지면 가겠어요」라고 결별을 선언한다. 그런데 여기에서 간과해서는 안 되는 것은 「온전한 정신으로 돌아온 뒤에도」라는 표현이다. 다시 말해서 그녀는 온전한 정신이 아니었던 것이다. 「상처를 받고」 운운하는 말이 앞에 있으니 그녀가 온전한 정신이 아닌 것은 상처에 의한 것이라고 생각할 수 있으나, 실은 마성에 침범당한 정신인 것이다. 이러한 표현은 무엇인가를 말할 때 분명하게 직설적으로 하는 것을 피하고 안개 속에서 사물을 보는 것 같이 하는 가와바타의 독특한 수법에 의한 것이다.

하여튼 「선생님이 그리워지면 가겠」다고 하지만, 이는 이미 히사코의 마음이 긴페를 떠난 상태였음을 간과해서는 안 된다. 「저는 선생님을 잊을 수 있으면 잊겠어요」라는 그녀의 말이 이를 뒷받침해 주고 있기도 하다. 그러나 두 사람은 헤어질 것을 전제로 하고 마지막의 사랑을 나누기 위해 차를 타고 어디로인가 가고 있었다. 마성으로 마성의 사람 긴페를 사로잡은 히사코는 자기 자신에게서 마성을 몰아냄으로써 온전한 정신으로 돌아감에 따라 마성의 사람 긴페도 자기의 안으로부터 추방하지 않으면 안 되었던 것이다.

긴페에게 있어서 「히사코는 최초의 여자」라 해도 좋을 것이다. 야요이가 있었지만 그녀는 아직 남녀로서 사랑을 나누기에는 너무 어렸고 또 마성의 남자를 상대로 하기에는 너무 깨끗한 영혼의 소녀였던 것이다. 그러니 「교사와 제자이면서 히사코를 사랑했던 나날이 긴페의 그때까지의 반생에서 가장 행복한 때」였을지도 모른다.

IV 마성의 여자 미야코

긴페가 두 번째로 뒤를 쫓은 여자는 마치에(町枝)이나 논을 전개하는 데에 있어서의 편의상 미야코(宮子)부터 고찰하고자 한다. 미야코는 긴페가 미행한 세 번째의 여자인데, 두 사람의 관계는 히사코와 긴페의 그것과는 달리 더 이상 진전되는 일 없이 단 한 번만의 미행으로 끝난다. 그러므로 긴페의 미야코와의 관계성은 희박할 수밖에 없고, 또 작품세계는 두 사람 중 미야코를 중심으로 전개되어 나갈 수밖에 없게 된다.

미야코는 25세의 눈부시도록 아름다운 여자이다. 지금은 아리타 오토지(有田音二)라고 하는 70세에 가까운 노인의 첩이 되어 있지만, 일본이 태평양 전쟁에서 패전하기까지는 금지옥엽처럼 유복하게 자랐다. 그런데 전쟁은 첫사랑을 앗아갔고 가정까지 몰락시켜 결국 운명의 장난은 그녀를 「여자와 같이 잘 나이도」 아닌 노인의 첩으로 전락시켜 버렸다.

긴페는 이러한 미야코의 뒤를 쫓았던 것이다. 아니 긴페 혼자 쫓았다 하기보다 그녀는 그녀대로 긴페로 하여금 자신의 뒤를 쫓게 했던 것이다. 그녀는 사내들로 하여금 자신의 뒤를 쫓게 하는 무엇인가를 지니고 있는 여자였다. 긴페에게 뒤를 밟히기 1주일쯤 전에도 긴자(銀座)에서 사내에게 뒤를 밟혔고, 동생의 입학축하로 우에노(上野) 동물원에 밤 벚꽃 구경을 갔을 때에도 가족과 같이 나온 사내에게조차 뒤를 밟혔다.

이와 같은 상황을 단순히 미야코가 아름답기 때문이라고만은 설명할 수 없다.

> 아리타 노인의 첩이 되고 나서는 희망을 잃은 탓인지 게으른 버릇이 생기고 마음이 약해졌다. (중략) 미야코는 눈앞이 캄캄해질 정도로 슬픔을 느꼈다. 미모의 긍지까지도 잃었다. 남자에게 뒤를 밟힐 때는 그 긍지가 솟아나는지도 몰랐다. 그러나 남자가 따라온 것은 미모의 탓만이 아니라는 것은 미야코 자신도 알고 있었다. 아리타 노인의 말처럼 마성을 발산하고 있기 때문인지도 몰랐다.

미야코가 남자들로부터 뒤를 밟히는 것은 그녀의 마성에 기인한다는 것을 알 수 있다. 이에 대해 아리타 노인은 「악마의 놀이」라 하고, 또 미야코를 가리켜 「마성의 여자」라 하는가 하면 「눈에 보이지 않는 마물(魔物)」이 미야코의 안에 살고 있다고도 말한다. 이 노인의 말에 미야코는 「인간의 안에 남과는 다른 마족(魔族)이라는 것이 있고, 다른 마계(魔界)라고나 해야 할 것이 있는지도」 모른다고 말한다. 마족이나 마계는 모두 마성과 관계가 깊은 것인데, 여기에서의 미야코의 말은 인간 누구에게나 마성이라는 것이 있다는 것이다. 그리고 이 마성은 각각 다른 것이라는 것이다. 맞는 말이다. 약간의 마성은 누구나 지니고 있을 것이다. 그러나 인간 모두를 마성의 사람이라고 할 수는 없다. 아름다운 여인을 보고 한두 번 음란한 생각을 했다고 해서 그 사람을 음란한 사람이라고 할 수 없듯이 약간의 마성을 지녔다고 해서 인간 모두를 마성의 사람으로 보는 데에는 무리가 있는 것이다. 남달리 음란한 생각을 하고 음란한 행동을 할 때 그 사람을 음란한 사람이라고 하듯, 마성의 사람이 되기 위해서는 남다른 마성을 지녀야 하는 것이다. 남다른 마성이란 인간세상의 도덕과 윤리를 초월할 수 있는 것이라는 것은 전술한 대로이다. 그런데 미야코는 「마성의 여자」였던 것이다.

위의 인용은, 미야코의 마성이 남자들로 하여금 자신을 미행하게 하였다는 것 외에, 그녀의 첩으로서의 가련함을 말하고 있다. 그녀는 「젊은 몸을 반사백두(半死白頭)의 노인에게 맡기며 꽃이 피는 짧은 시간을 허비」하고 있었던 것이다.

아리타 노인은 미야코와 동거하고 있는 것이 아니다. 자기의 마음이 내킬 때 미야코에게 와 하룻밤씩 묵고 가는 것이다. 노인의 「집에는 가정부라고 하는 명목의 미인」이 또 한 사람 있다. 「미야코보다 열 살 남짓 위인 30대」의 여자이다.

노인은 어느 회사의 사장이자 히사코가 졸업한 학교의 이사장이기도 하다. 심장이 병으로 약한데다가 기괴한 공포증, 또는 피해망상의 공포증 때문에 시달리고 있다. 이로 인해 자다가 심하게 몸부림을 치기도 하고 가위에 눌려 소리를 지르기도 한다. 확실한 원인은 알 수 없지만 불행했던 과거 때문이 아닌가 한다. 두 살 때 어머니가 이혼을 당해 계모의 학대 속에 자란 그는 결혼도 실패하여 아직 30대에 질투 때문에 아내가 자살까지 한다. 그런데 여자와 같이 잘 나이도 아닌 노인이 무엇 때문에 젊은 여자를 둘이나 거느리고 사는 것일까. 「우메코에게도 미야코에게도 모친을 구하」[8] 고 있다고 하는 쓰루타 긴야(鶴田欣也)의 언급이 아닐지라도, 노인이 이 두 여인에게 모성을 구하고 있다는 것은 분명하다. 작품세계에 보이는 「70 세 가까운 노인이 스물다섯의 미야코에게 모성을 갈망하고 있다」고 하는 표현도, 「노인이 미야코에게도 우메코에게도 갈망하고 있는 것은 모성」이 라고 하는 표현도 이를 뒷받침해 주기 때문이다. 미야코의 말처럼 노인은 「이 나이가 되어 어머니를 두 사람이나」 둔 셈인 것이다.

노인의 모성갈망은 집요한 것이어서 미야코 자신까지도 자신이 노인의 「어머니와 같은 착각을 일으키는 때조차 없는 것도 아니다」. 미야코의 슬 픔은 여기에 있는 것이다. 남자의 아내로서가 아니라, 노인의 모성갈망의 해갈(解渴)이나 시키는 데에 자신의 젊음을 소모시키고 있다는 데에 그녀 의 슬픔은 한으로 맺힌 것이다.

노인은 다쓰와 달라 핸드백을 걸으면서 떨어뜨렸다고 하는 것을 그다 지 의심하지 않는 것 같았다. 의심할 여유가 없을 정도로 미야코가 사내에 게 뒤를 밟히는 일에 놀랐는지도 몰랐다. 노인의 놀람이 어느 정도 미야코 에게는 쾌감으로, 그 때문에 몸을 해방했다. 노인은 가슴에 얼굴을 대고 따스한 유방을 양손으로 관자놀이에 대더니,

「내 거야.」

---

8) 鶴田欣也 「『みづうみ』の構造とイメージ」(川端文学研究会編 『魔界の彷徨』
—川端康成研究叢書9—<1981・5、教育出版センター> 소수)

「그래요.」

미야코는 어린애처럼 대답하고 가만히 있자니, 노인의 흰머리 위에 눈물이 넘쳐흘렀다.

여기에서도 노인은 미야코에게서 여자를 구하고 있는 것이 아니라 어머니를 구하고 있다는 것을 알 수 있다. 노인은 미야코의 유방에서 어머니의 따스한 온기를 느끼고 있는지도 모른다. 「미야코네 집에서의 그러한 시간을 항상 바쁜 노인은 『노예해방』의 시간이라고」 부른다. 그러나 미야코는 「자기야 말로 『노예의 시간』이라고」 생각한다. 사실 미야코는 노인의 노예 이상의 사람도 노예 이하의 사람도 아니었다. 노예 바로 그것일 뿐이었다. 물론 현실의 노예처럼 직접적으로 행동을 강요받고 있는 것은 아니지만 생활을 영위하기 위해서는 노인의 뜻에 따라 살아야 되니 노예라 해도 좋지 않을까 한다. 노인에게는 「노예해방」의 시간이 미야코에게는 「노예의 시간」이 되는 것이므로, 노인이 만족스러워 하는 그 시간 그녀는 「노인의 흰 머리 위에 눈물」을 흘리기도 하는 것이다. 다쓰의 말을 빌리면 미야코는 「젊은 피를 어이없이 늙은이에게 빨」리며 「몸의 젊음」을 흘려보내고 있는 것이다. 그야말로 「미야코의 젊은 아름다움은 소모품」이었던 것이다. 노인과의 생활이 미야코로서는 「굴욕」이었고, 「분노」였던 것이다. 「자기심(自棄心)」으로부터 약간의 「자존심(自尊心)」를 지키는 일에도 힘이 겨운 그녀였다.

그러나 남자에게 뒤를 밟히는 일은 그녀에게 단 하나의 긍지를 느끼게 해 주었다. 앞에서 인용한 바 있는 문장 가운데 「남자에게 뒤를 밟힐 때는 그 긍지가 솟아나는지도 몰랐다」라고 표현되어 있으나, 여기에서의 「몰랐다」라고 하는 표현은 가와바타 식의 긍정적인 표현이라는 것을 간과해서는 안 될 것이다. 하여튼 노인의 말대로 미야코는 사내들에게 뒤를 밟히면서 이것을 「즐기고 있」는지도 모르며, 「노인과 같이 사는 울분이나 복수」로

「사내들에게 뒤를 밟게 하」는지도 모른다.

미야코는 긴페가 뒤를 밟아 따라왔을 때 그를 향해 핸드백을 내던졌던 것인데, 거기에는 대단히 중요한 의미가 내포되어 있다. 쓰루타 긴야(鶴田欣也)의 지적처럼 「이 사건에 사용된 핸드백에도 성적인 의미가 내포되어 있다는 것은 분명」한데, 이 핸드 「백은 여성기의 심볼」9)이기 때문이다. 바꾸어 말하면 미야코는 자기의 여자를 긴페에게 내던졌던 것이다. 그뿐만 아니라 그 핸드백 속에는 자기의 전 재산이라고 해도 좋은 20만 엔이 들어 있었으므로 그녀는 그에게 자기의 전 재산까지 내던진 것이 된 것이다. 그 것도 단순한 전 재산이 아니라, 이 「20만 엔은 미야코에게 있어서 젊은 몸을 반사백두의 노인에게 맡기고 꽃피는 짧은 시간을 소모하여」, 말하자면 「청춘의 대상(代償)으로」 얻은 「미야코의 피가 흐르고 있」는 그런 것이다. 그러므로 긴페를 향해 핸드백을 내던졌을 때 「남자로부터 빠져나온 사내의 그림자가 미야코의 안으로 숨어드는 것처럼 느꼈던 것이다」. 물론 여기에서의 남자 또는 사내는 긴페이고 느낀 이는 미야코이다.

V 성 소녀 마치에

마치에(町枝)는 긴페가 두 번째로 뒤를 밟은 여자인데, 미즈노(水野)라고 하는 학생의 연인으로 15세의 소녀이다. 작품세계에는 그녀의 가정에 대한 상세한 언급이 없고, 다만 긴페가 「평화롭고 행복한 가정」일 것이라

---

9) 鶴田欣也 「『みづうみ』の構造とイメージ」(川端文学研究会編 『魔界の彷徨』 ―川端康成研究叢書9― <教育出版センター、1981・5> 소수)

고 상상해 보는 정도이다. 그리고 또 긴페는, 「가정이 좋지 않으면 저와
같은 소녀는 낳을 수 없다」고도 생각한다. 이 말은 가와바타가 「임종의 눈
(末期の眼)」에서 「예술가는 일대만으로 태어나는 게 아니라고 나는 생각
한다. 조상의 피가 몇 대인가를 지나 한 송이 핀 꽃이다」라고 한 말과 비교
해서 생각하면 그 의미가 더욱 분명해지리라고 생각한다. 즉 마치에는 그녀
의 조상의 아름다운 피가 몇 대인가를 지나 한 송이로 핀 꽃이라는 말이
된다. 아름다움에 대한 최상급의 표현인 것이다.

「빨간 체크무늬 바지의 끝과 하얀 즈크화 사이로 보이는 소녀의 살결
빛만으로도 자기가 죽고 싶을 정도로, 그리고 소녀를 죽이고 싶을 정도로
슬픔이 가슴에 다가왔다」. 이는 마치에의 아름다움에 대한 긴페의 감정을
나타내고 있는 표현이다. 아름다움에 대한 최상급의 표현이다. 히사코가 자
기 방에 긴페와 같이 있는 것을 자기의 어머니에게 발각되었을 때 그녀는
주저치 않고 「선생님이에요」라고 말하는 것을 보고 긴페는 「행복의 불을
뒤집어쓴 것처럼」 되어 그 히사코를 권총으로 쏘는 환상을 보았었다. 긴페
는 그 히사코 및 야요이를 마치에와 마음속에서 비교해 보고는 둘 다 「이
소녀의 발밑에도 미치지 못한다」고 생각하는가 하면, 야요이와 히사코 모
두 「이 소녀와 같은 천상의 향기는 없었다」고도 느낀다. 마치에의 「아름다
움에 긴페의 창백한 얼굴은 타올랐」고, 또 그는 마치에를 가리켜 「이런 검
은 눈의 사람이 있어 일본은 좋은 나라다」라고 말하기도 한다.

그러나 마치에는 히사코나 미야코와는 달리 긴페의 미행을 전혀 눈치
채지 못할 뿐 아니라 그에게 아무런 반응도 보이지 않는다. 긴페에 대해
「이상한 남자가 말을 걸어왔다고 할 정도로도 마치에는 느끼고 있지 않았」
던 것이다. 이에 대해 김석자는, 「<마(魔)>를 가지지 않은 여성은 긴페를
이해하는 실마리를 가질 수 없으므로 긴페를 받아들일 수가 없다」10)고 말
하고 있는데, 바른 견해이다. 마치에는 히사코나 미야코처럼 마성의 여자가

아니었던 것이다. 사실 작품세계의 어디를 뒤져 봐도 마치 마치에에게서 마성을 찾아 볼 수가 없다. 아니 마성을 찾아 볼 수가 없다 하기보다 그녀는 「성소녀」와 같은 모습으로 마성으로 오염된 작품세계에 한 가닥의 빛을 발하고 있는 것이다.

그런데 긴페는 마치에의 아름다움을 한층 돋보이게 하는 하나의 행동을 한다.

> 긴페는 난간을 떠나 마치에의 뒤로 숨어들었다. 면 원피스의 천은 두터운 것 같았다. 반딧불 초롱을 단 철사가 열쇠 모양인 것을 마치에의 허리띠에 살짝 걸었다. 마치에는 알아채지 못한다. 긴페는 다리 끝까지 가자 마치에의 허리에 아련하게 비치는 반딧불 초롱을 돌아보고 멈춰 섰다.

가와바타다운 아름다움에 대한 표현이다. 그런데 이 장면은 가와바타가 초기에 많이 쓴 장편(掌篇) 중 명편으로 불리고 있는 「메뚜기와 방울벌레 (バッタと鈴虫)」를 생각게 한다. 소년 소녀들이 밤이면 손수 만든 초롱을 들고 벌레를 잡으러 제방으로 나가는데, 그 오색초롱에는 각자의 이름이 가타카나로 쓰여 있었다. 한 소년(후지오<不二夫>)이 방울벌레를 잡아 평소 마음에 두고 있던 한 소녀(기요코<キヨ子>)에게 주고, 그 소녀는 자기의 초롱에 그 방울벌레를 넣는다.

> 여자아이의 가슴 위에 비치고 있는 녹색의 희미한 빛은 「후지오」라고 분명하게 읽을 수 있는 것이 아닌가. 여자아이가 들어올린 벌레초롱 옆에 든 남자아이의 제등(提燈)의 빛 모양은, 제등이 여자아이의 하얀 옷에 가

---

10) 金碩子「『みづうみ』論」(川端文学研究会編『世界の中の川端文学』<おうふう, 1999・11> 소수)

까웠으므로 「후지오」라고 남자아이의 이름을 오려낸 곳에 녹색을 붙인 모양과 색깔 그대로 여자아이의 가슴에 비쳤던 것이다. 여자아이의 제등은 이라는 생각으로 보았더니 왼쪽 손목에 건대로 늘어져 있으므로 「후지오」만큼 또렷하지는 않았지만 남자의 가슴 언저리에 혼들리고 있는 빨간빛을 읽는다면 「기요코」라고 읽을 수 있다. 이 녹색과 빨간 빛의 유희를 ―유희일까― 후지오도 기요코도 모르고 있다.

<「메뚜기와 방울벌레(バッタと鈴虫)」>

소년 소녀의 순진무구하고도 아름다운 시랑 이야기이다. 그런데 여기에서의 이들의 아름다운 사랑이야기의 이미지는 앞에서 『호수』로부터 인용한 장면에 그대로 재현되고 있다.[11] 그러나 이 아름다운 사랑의 이미지는 마치에를 향한 긴페이의 것일 뿐이지 마치에의 것은 아니다.

지금까지 나는 「마계」라고 하는 가와바타 소설의 모티브에 상당한 무게를 두어 연구해 왔다. 그런데 이 소설 『호수』에는 「마계」 외에 또 하나의 모티브가 숨어 있다는 것을 간과해서는 안 된다. <소녀취향>이 그것이다. 가와바타의 여자취향은 아직 여자로서 성숙하기 전의 여자, 다시 말해서 소녀로서의 여자에 대한 취향이다. 이는 『호수』의 세계에도 마치에를 통해서 잘 나타나 있다. 「긴페도 내일을 모르는 운명이고, 저 소녀도 언제까지나 아름답지는 않다」고 하는 표현이 있다. 마치에는 아직 15세의 소녀이지만 나이가 들어감에 따라 몇 년이 못가서 그 아름다움도 사라져 간다는 뜻이다. 심지어는 마치에의 아름다움도 「16, 7세」까지라고 단정할 정도이다.

<소녀취향>의 모티브는 미야코를 통해서도 찾아 볼 수 있다.

---

11) 이에 대해서 모리모토 오사무(森本穫)는 「魔界の彷徨 ―『みづうみ』私論」 (森本穫 『魔界遊行―川端康成の戦後』<林道舎、1982・10> 소수)에서, 「『메뚜기와 방울벌레(バッタと鈴虫)』의 이미지의 재현」이라 말하고 있음.

  아리타 노인은 미야코를 나이보다 어리다고 항상 말한다. 노인 멋대로
의 생각만이 아니라, 미야코는 누가 봐도 어리게 보인다. 그러나 아리타
노인이 미야코를 젊다고 하는 것은 미야코의 젊음을 기뻐하며 사모하고
있기 때문이라고 미야코에게도 느껴진다. 미야코의 얼굴의 아가씨다움이
사라지기도 하고, 몸의 긴장이 풀리기도 하는 것을 노인은 슬퍼하는 것이
다. 70에 가까운 노인이 25세의 애인에게 한층 더 젊음을 바라고 있다는
것 같은 건 생각하면 기괴하고도 불결한 것 같지만, 미야코는 노인을 나무
라는 것을 그만 잊고 오히려 노인을 따라 자기의 젊음을 바라고 있기라도
하는 것 같은 때도 있다. 미야코의 젊음을 절망하는 한편 또 70에 가까운
노인이 25세의 미야코에게 모성을 갈망하고 있다.

  여기에서의 아리타 노인에게서는 가와바타의 옆모습이 엿보인다. 물론
작품의 세계에 작가를 끌어들이는 것은 바람직하지 못하다. 작품세계는 작
가로부터 완전히 독립된 세계이기 때문이다. 그러나 작품이 작가가 낳은
산물일진대 작품의 세계와 작가의 관련성을 전혀 부정할 수는 없지 않나
한다. 하여튼 노인에게서 그 날카로운 눈으로 사물을 가만히 응시하고 있는
가와바타의 옆모습이 보이는 것은 어쩔 수 없지 않나 한다. 특히 가와바타
는 아름다운 여인을 뚫어지게 응시하는 습성이 있어 상대방을 당황하게
한다는 것은 잘 알려져 있는 일이기도 하다.

  어떻든 작자 가와바타는『호수』를 통하여「긴페도 내일을 모르는 운명
이고, 저 소녀도 언제까지나 아름답지는 않다」고 한 말에서 보듯이 긴페를
통해서도 마치에와 미야코를 통해서도, 인생도 인간의 아름다움이라고 하
는 것도 덧없는 것이라는 것을 말하고 있다 해도 좋으리라 생각한다.

VI ••• 파라다이스의 여인 유나

유나(湯女)는 긴페가 의도적으로 접한 다섯 번째의 여자이다. 본의 아니게 미야코의 20만 엔이 든 핸드백을 손에 넣은 긴페가 스스로 범죄자가 되어 찾은 은신처가 가루이자와(軽井沢)였다. 여기의 터키탕에서 긴페는 유나를 만났다.

도쿄(東京)라면 늦여름일 터이시만 계설이 일러 조가을인 가루이자와(軽井沢)에 나타난 긴페는 변신을 꾀한다. 변신이라고 해도 외형적인 것에 지나지 않는다. 그는 옷을 새로 사 갈아입고 헌옷을 보자기에 싸 남의 빈 별장 부엌문 옆에 있는 쓰레기통에 넣는다. 쓰레기통은 청소가 되어 있지 않았을 뿐 아니라 눅눅한 종이 조각 따위가 들어 있었다. 눌러 넣은 옷 보따리로 인해 쓰레기통의 뚜껑이 좀 떠들썩했다. 그리고 그 쓰레기통 있는 데로부터 은빛나방 떼가 안개 속으로 춤이라도 추듯 날아올라가는 환영을 긴페는 보았던 것이다.

그런데 여기에서 생각할 수 있는 것은 은빛나방 떼가 긴페를 상징한다는 것이다. 은빛(銀色)나방의 「銀」과 긴페(銀平)의 「銀」은 같은 자로 은빛나방이 긴페를 상징한다고 하는 작의가 나타나 있다. 긴페는 새 옷으로 갈아입음으로써 외형적인 변신을 이루어 결국 자신의 전존재를 은빛나방으로 상징케 한 것이다. 그리고 긴페의 상징인 은빛나방은 그의 머리 위로부터 낙엽송을 파랗게 아련히 비추고는 사라지는데, 그 낙엽송 안 쪽에는 장식등(裝飾燈) 아치의 터키탕이 있고 긴페는 그 안으로 들어가 유나를 만난다.

터키탕, 이는 긴페에게 있어서 파라다이스였다. 항상 열등의식에 사로잡혀 있고, 지금은 범죄자가 되어 숨어 다니는 그에게 터키탕은 파라다이스로서 조금도 모자라는 점이 없었다. 유나는 그의 충실한 시녀(侍女)가 되어 주었다. 아니, 이 유나가 있었기에 터키탕은 그의 파라다이스가 될 수 있었다.

「약간 고전적으로 갸름한 얼굴」의 유나는, 「가슴으로부터 유방까지는 아직 충분한 성숙으로 부풀어」 있지 않았고, 「목으로부터 어깨에 이르는 선도 아직 살이 덜 올라 팔로 이어지는 데의 곡선이 젊고도 싱싱」한 여자이다. 가와바타의 <소녀취향>이 그대로 나타나 있는 아름다운 여자로, 이러한 여자를 긴페의 시녀로 설정한 작가의 작의는 짐작하기 어렵지 않다.

긴페가 시녀인 유나의 안내로 파라다이스인 터키탕에 들어가자, 그녀는, 「배의 위에는 젖가리개」만을 한 반나(半裸)가 되어 그의 레인코트의 단추를 끌러 벗겨 주고는 「발밑에 무릎을 꿇고 양말까지 벗겨」 준다. 긴페가 향수탕(香水湯)에 몸을 담그고 나자 그녀는 그의 몸을 깨끗하게 씻어 준다. 「발밑에 쭈그리고 앉아 처녀의 손으로 발가락 사이까지 씻어 준다」. 몸을 다 씻자 마사지를 해주고, 발톱과 손톱까지도 깎아 준다. 가와바타 문학에서 발톱을 깎는다는 것은, 「아침의 발톱(朝の爪)」이 보여 주듯 괴로움으로부터의 해방이요 자기 자신을 정결케 하는 행위이다. 거기에다 「유나는 알몸의 긴페에게 알몸으로 다가가」, 「천상의 음악을 연주」해 주었던 것이다.

그러나 긴페가 터키탕에 언제까지나 있을 수 있는 것은 아니다. 마사지까지 끝나면 그는 그 파라다이스에서 나오지 않을 수 없다. 하지만 그는 유나의 시중을 받으면서 그녀에게, 「자네를 보고 싶으면 여기에 오면」 된다고 말함으로써 언젠가 다시 파라다이스인 터키탕을 찾을 것이라는 것을 암시하고 있다.

그리고 「현관까지 유나의 배웅을 받으며 밤의 정원에 나오자 긴페는 커다란 거미줄의 환상을」 본다.

여러 가지 벌레와 함께 동박새가 두세 마리 걸려 있었다. 푸른 날개와 눈가에 귀엽고 하얀 원이 선명하게 보였다. 동박새가 날갯짓을 하면 거미 줄이 끊어질지도 모르는데, 가만히 날개를 접고 거미줄에 걸려 있다. 거미 는 다가가면 몸의 거죽을 부리로 쪼여 터질 것 같아 거미줄 한가운데에서 동박새의 엉덩이를 향하고 있다.

거미는 긴페의 상징이고, 동박새는 마치에를 제외한, 긴페와 관계가 있는 여자들의 상징이다. 긴페와 여자들의 심리상태를 우회적으로 그리고 있다 고도 볼 수 있다. 이니, 긴페 한 사람의 심리상태라고 하는 것이 적절한 표현이 될 것이다. 움츠리고 있는 자신의 모습과 여성의 아름다움의 뒤를 밟는 자신의 심리가 이러한 환상으로 보인 것이 아닌가 한다.

VII ••• 깊이를 알 수 없는 심연 「호수」

어떠한 작가도 그러하지만 가와바타는 작품의 제목에 적지 않은 의미를 부여한다. 그러나 그 의미를 파악하기가 무척 어려운 작품도 있다. 『호수』 도 그러하다. 이 제목은 긴페의 어머니의 친정 동네가 이 호숫가에 있다는 데에 유래한다. 이 호수에서 긴페의 아버지는 죽임을 당했는지도 모르고, 이 호수는 또 긴페의 야요이에 대한 애증(愛憎)의 추억이 있는 곳이기도 하다. 그러나 이러한 정보만으로는 호수에 대한 외형적인 이해를 도울 뿐 심층적인 이해에 이르게 할 수는 없다. Valdo H. Viglielmo는 자신의 『호

수(みづうみ)』론」12)에서 다음과 같이 언급하고 있다.

> 이 작품의 표제는 「눈 고장(雪国)」처럼 두 개의 의미를 가지고 있다.
> 하나는 현실에 존재하는 <호수>이고, 또 하나는 관념적 혹은 상징적 호
> 수이다. 현실의 <호수>란 주인공 모모이 긴페가 유소시절(幼少時節)부
> 터 소년시절에 걸쳐 지낸 호수이다. 또 한편의 <호수>는 긴페가 사모하
> 고 생애를 통하여 끊임없이 희구(希求)해 온 평온·순수·미·사랑의 세
> 계이다.

저자가 말하는 호수에 대한 외형적인 이해란 Valdo H. Viglielmo가 말
하는 현실에 존재하는 <호수>에 대한 이해라 할 수 있다. 그리고 저자가
말하는 심층적인 이해란 Valdo H. Viglielmo가 말하는 관념적 혹은 상징
적 호수에 대한 이해라 할 수 있을 것이다. 그런데 전자에 대해서는 눈에
보이는 대로 이해하면 되는 것이므로 여기에서 따로 고찰하지 않아도 될
것이기 때문에 후자에 대하여 논해 보고자 한다.

호수는 아름다움을 느끼게 하는가 하면 어딘지 스산한 기분이 들게도
한다. 긴페가 「야요이와 호숫가에서, 산벚꽃이 핀 아래에 나란히 앉아 있」
었을 때, 「꽃의 그림자가 물에 비치고 새 우는 소리가 들렸」는데, 아름다운
한 폭의 그림을 보는 듯 하다. 그러나 호수가 이처럼 아름답게 보이는 이면
에는 아름다움과는 거리가 먼 것이 도사리고 있는 것처럼 느껴진다. 긴페는
호수에 번개가 치고 사라진 뒤, 그 호숫가에 반딧불이 나는 환상을 보곤
했다. 그는 이 「반딧불의 환영(幻影)」을 호수에서 죽은 아버지의 혼불이라
고 생각하지는 않지만, 밤의 호수에 번개가 사라진 순간은 기분이 좋은 것

---

12) Valdo H.Viglielmo 「『みづうみ』論―なんとみにくい足であることか―」(武
田勝彦·高橋新太郎編 『川端康成―現代の美意識―』<明治書院、1978·5>
소수)

이 아니었다」. 이러한 호수에서는 스산하다기 보다 무엇인가 으스스한 느낌까지도 든다.

여기에서 반딧불이 죽은 아버지의 혼불이라고 생각하지 않는다고 하는 표현은 물론 반딧불이 혼불일 수 있다고 하는 개연성을 충분히 인정한 표현이다. 그렇다면 긴페가 마치에의 허리에 달아 주었던 반딧불 초롱도 이와 관련시켜 생각해야 하는 것이 아닐까 한다. 다시 말해서 이 반딧불은 긴페의 생존의 근원인 아버지의 혼불과 연관이 있다는 것이다. 긴페는 「자신의 마음을 소녀의 몸에 켜듯이 반딧불 초롱을 소녀의 허리띠에 걸었」던 것이다.

이야기가 좀 빗나갔는데, 호수는 긴페의 의식의 심층에 크게 자리 잡고 있다. 그렇다면 호수는 긴페에게 있어서 무엇인가. 마치에(町枝)는 연인 미즈노(水野)에게 「오리 사냥이 있으므로 낮에는 여기로 도망 와 있다가 석양이 되면 시골의 산이나 호수로 돌아간대요……」라고 말한 적이 있다. 이렇게 되면 호수는 피난처요 안식처가 된다. 안식처임과 동시에 모성을 상징하기도 한다. 이마무라 쥰코는 앞에서도 인용한 「『호수』의 마계(『みづうみ』の魔界)」에서 「호수는 긴페에게 있어서 정신적인 안정을 주는 모성 바로 그것인 것이다」라고 말하고, 「긴페가 마치에의 맑은 눈동자를 호수로 비유하여 그 속에서 헤엄치고 싶다고 하는 바람은, 긴페의 『여성사모(女性思慕)』『여성희구(女性希求)』『양수희구(羊水希求)』로부터 오는 것이다」라고도 말하고 있다. 저자는 여성사모라던가 여성희구라던가에는 동의할 수 없으나, 양수희구라는 견해에는 공감한다. 양수희구라는 것은 모성희구의 원천이 되기도 하기 때문이다. 김석자는 앞에서도 인용한 「『호수』론」에서, 「『호수』는 긴페에게 있어서의 『고향』」이라고 말하고 있는데, 이에 대해서는 쓰키무라 레이코(月村麗子)가 가와바타로부터 직접 「긴페는 호수로 돌아가지 않으면 안 되지요」[13]라고 하는 말을 들었다 하니 그 신빙성을 인정해도 좋으리라 생각한다.

긴페에게 있어서의 호수는 모성의 상징이요, 그가 결국 돌아가야 할 고향의 상징인 것이다. 고향도 Valdo H. Viglielmo의 말처럼 「아름다움과 사랑의 이상향」[14]으로서의 고향의 상징이다. 그러나 이것은 이론상의 해석이고, 긴페에게 있어서의 호수는 이렇게 명확한 것이 아닌지도 모른다. 어쩌면 그에게 있어서의 호수는 자기 자신도 그 깊이를 알 수 없는 심연(深淵)인지도 모른다. 막연하게 동경하여 자기 인생의 종착점으로 하고 싶은 밑바닥을 알 수 없는 심연, 그것이 그에게 있어서의 호수인지도 모른다.

●●●
마치는 말

『호수(みづうみ)』는 긴페가 미녀를 미행하는 세계이다. 자신의 육체적 추함을 상징하고 있는 그의 못생긴 발은 추하기에 오히려 미를 동경하여 아름다운 여인을 보면 자기도 모르는 사이에 뒤를 밟곤 하는 것이다. 추(醜)가 미(美)를 동경하여 쫓는 것이라 할 수 있다.

긴페와 관련성을 가지고 작품세계의 진전에 크게 영향을 끼치고 있는 여자는 야요이・히사코・미야코・마치에・유나의 5명이다. 야요이와 유나는 긴페가 미행한 여자는 아니지만, 그의 미행과 관련이 없는 것도 아니다. 야요이는 긴페에게 여자의 아름다움이라는 것을 일깨워 줌으로써 훗날

13) 月村麗子「川端康成著『みづうみ』の主題と方法」(『解釈』<1777・1> 소수)
14) Valdo H. Viglielmo「『みづうみ』論―なんとみにくい足であることか―」(武田勝彦・高橋新太郎編『川端康成―現代の美意識―』<1978・5、明治書院> 소수)

그가 아름다운 여자를 미행하게 하는 단서를 제공했다. 그보다도 야요이는 긴페에게 외모의 추함을 자각시킴으로써 열등감을 그의 뇌리에 새겨 넣어 그의 미녀미행(美女尾行)의 정신적 기조(基調)를 제공한 것이다. 유나는 긴페에게 파라다이스를 제공해 주는 가운데 그로 하여금 자신이 미행한 여자들을 회상할 수 있는 정신적 공간을 제공해 주었다.

히사코는 긴페가 처음으로 미행한 여자이다. 아니, 긴페로 하여금 자기의 뒤를 밟게 한 것은 히사코였다. 히사코의 마성(魔性)이 긴페로 하여금 그녀를 미행하게 했던 것이다. 긴페도 마성의 사람이었기에 히사코가 내뿜은 마력(魔力)에 호응할 수 있었다는 것은 물론이다. 부도체(不導體)에는 전기(電氣)가 통하지 않는다. 도체(導體)여야만 전기가 통하는 것이다. 히사코의 마성은 질이 좋은 도체처럼 양질의 것이어서 그녀에게는 세상의 윤리라는 것도 도덕이라는 것도 없어 보인다. 이 마성에서 발산되는 마력 역시 양질의 것이어서 긴페를 사로잡기에 충분했던 것이다. 긴페와 히사코는 둘 다 마성의 사람으로 서로 호응하여 관계를 맺었다는 말이다.

미야코는 긴페가 세 번째로 미행한 여자인데, 그녀 역시 마성의 사람이었다. 히사코는 마성으로부터 마력을 발산하여 긴페만을 미행시켰는데, 미야코는 긴페 외에도 몇 사람이나 미행시킨다. 25세의 젊은 나이로 70이 가까운 노인의 첩이 되어 젊음을 소모하고 있는 분노와 울분, 그리고 굴욕적인 그녀의 생활 가운데에서는 사내들로부터 미행당하는 것만이 삶의 작은 활력소가 되어 주었다. 그녀가 미행을 당할 때는 「아리타 노인의 그늘에 파묻힌 청춘이 일순 부활되고, 또 복수를 한 것 같은 전율」을 느낄 수 있었던 것이다. 미야코는 청춘의 보상 아닌 보상을 미행자들로부터 받고 있었던 것이다.

마치에는 긴페가 두 번째로 미행한 여자로 아직 15세의 소녀이다. 미즈노라고 하는 학생과 연애 중이다. 「나는 미즈노 상과 연인이 부럽」다고 말하는 미야코의 선망의 대상이 되기도 한다. 마치에와 미즈노의 사랑에 대해

Vitaliy Tolstoy는 앞에서도 인용한 「『호수』론」에서, 「사람이 사랑을 하고 있는 상태는 가장 정상적인 상태라고 작자가 말하고 있는 것 같은 느낌을 나는 받는다」고 말하고 있는데 저자도 동감이다. 그런데 마치에는 긴페의 미행에 전혀 관심을 보이지 않을 뿐더러 눈치조차도 채지 못한다. 그녀는 마성의 사람이 아니었던 것이다. 부도체였던 것이다.

유나는 긴페와 관련이 있는 마지막 여자로, 시녀가 되어 그에게 파라다이스를 제공해 준다. 자신의 전존재의 열등감을 못생긴 발에 상징 지워 맥없이 미녀의 뒤를 밟고 있는 긴페에게 그녀는 시녀로서 유감없는 시중을 들어줌으로 터키탕을 그의 파라다이스가 되게 해준 것이다. 성장한 그가 한 번도 다른 사람에게 보인 적이 없는 추한 발까지도 마음 놓고 드러내 놓을 수 있는 파라다이스가 되게 해 준 것이다. 사각형의 나무 상자로 된 한증탕(汗蒸湯)을 단두대(斷頭臺)로 보기도 하는 불안전한 파라다이스일지라도, 외형상의 파라다이스에 불과할지라도 터키탕은 그에게 있어 출생 후 한 번도 받아 본 적이 없는 대접을 마음껏 받게 해 준 파라다이스임에 틀림없었다.

호수는 긴페가 돌아가야 할 이상향으로서의 고향이다. 양수 속에서의 태아 때처럼 가장 아늑한 안식처로서의 모성을 그는 호수에서 구하고 있었던 것이다. 그러나 호수는 긴페 자신조차도 그 깊이를 알 수 없는 심연과도 같이 불가사의한 것인지도 모른다. 호수는 그가 희구하고 있는, 단지 바람일 뿐 어쩌면 영원히 도달할 수 없는 진정한 의미의 파라다이스인지도 모른다. 그런데 호수가 내뿜는 이러한 이미지는 작품세계 전면에 흐르고 있는 강의 저류(底流)가 되어 쉼이 없는 것이다.

『호수』의 세계는 결국 「마계」와 <소녀취향>이라고 하는 가와바타 문학의 중요한 모티브가 서로 만나 어우러져 이루어낸 세계인데, <소녀취향>은 가와바타가 자기의 미의식의 결정체로서 만들어낸 문학의 모티브이다.

마성의 여자는 아름다움이라고 하는 마력으로 남자를 유인하고, 마성의 남자는 그 아름다움에 매료되어 여자를 쫓는데, 여기에는 <소녀취향>이라고 하는 모티브가 은밀하게 기능하고 있는 것이다.

마계에 사는 마계의 주민들로서의 동류의식(同流意識)이 서로 호응함으로써 이루어진 세계에 호수라고 하는 이미지의 강이 흐르는 세계가 『호수』의 세계인 것이다. 바꾸어 말하면, 호수는 이 소설 『호수』의 세계의 주조음(主調音)을 이루어 작품세계 전면에 걸쳐 은은하게 울려 퍼지고 있는 것이다.

▪ 제11편 ▪

『고도』의 세계

●●●
시작하는 말

소설 『고도(古都)』는 『아사히 신문(朝日新聞)』 조간의 지상에 1961년 10월 8일부터 다음해인 1962년 1월 23일까지 107회에 걸쳐 연재되었다. 10월 8일부터 다음해 1월 23일까지이므로 108회가 되어야 하겠으나 1월 2일은 신문이 휴간이었으므로 107회가 된 것이다. 신문의 연재소설이므로 삽화를 필요로 했는데 이의 남낭은 고이소 료헤(小磯良平)였다.

「가나즈카이(仮名づかい)」[1]는 역시 신문지상이었으므로 현대 가나즈카이(仮名づかい)[2]를 채택했고 한자도 신자체(新字体)[3]를 사용했다. 그 뒤 1962년 6월 25일에 신초샤(新潮社)로부터 단행본으로 간행되었는데 이때 많은 가필보정이 있었다.

작품의 무대가 교토(京都)이고 등장인물들도 교토 사람들이므로 작품 가운데에서의 회화는 당연히 교토 지방의 방언이어야 하는데, 이 교토 방언의 회화는 시게이 시게코(茂井茂子)에 의해 교토 방언다운 방언으로 수정되었다. 그러나 「가나즈카이(仮名づかい)」와 한자는 신문지상 발표 당시의 「현대 가나즈카이(現代仮名づかい)」와 신자체를 그대로 사용했다. 그

---

1) 가나(仮名)란 한자를 빌려만든 일본의 음절문자를 말하고 즈카이(づかい)는 「사용」이라는 뜻으로 「일본어 표기법」이라는 말임.
2) 일본어의 표기법에는 현대 가나즈카이와 역사적 가나즈카이의 2가지가 있는데, 전자는 1946년 11월에 고시된 새 표기법을 말하고, 후자는 그 이전에 사용했던 구 표기법을 말함.
3) 일본어의 표기에는 가나(仮名)에 한자를 많이 섞어 쓰는데, 역사적 가나즈카이에서는 정자체를 썼으나 현대 가나즈카이에 쓰이는 한자에는 쓰기에 편하도록 만든 약자도 많이 들어 있음. 여기에서 신자체라함은 현대가나즈카이에 쓰이는 한자, 즉 약자가 섞여 있는 한자를 말하고, 구 한자는 역사적 가나즈카이에 쓰였던 정자체의 한자를 말함.

것을 신초사(新潮社)간 19권본 『가와바타 야스나리 전집(川端康成全集)』 제 12권(1970년 5월 10일간(刊))에 수록될 때 「역사적 가나즈카이(歷史的仮名づかい)」와 구자체로 바꾸어 썼다. 이외의 맞춤법도 발표 당시의 잘못된 것을 이때 정정하였다.

『고도(古都)』는, 『전집』(35권본 『川端康成全集』<1980・3, 新潮社>)에는 제 18권에 수록되어 있는데, 이는 19권본 『전집(全集)』의 것과 12개소의 방언이 정정된 것 외에는 바뀐 데가 눈에 뜨이지 않는다. 『고도』는 이 35권본 『전집』에 수록되어 있는 작품을 정본(定本)이라고 해도 좋으리라 생각한다.

본편에서는 이와 같은 『고도』의 세계를 전면적으로 고찰하여 규명하고자 한다.

I ●●● 닭이 먼저냐, 달걀이 먼저냐

『고도』 게재 4일 전에 『아사히 신문(朝日新聞)』에는 「다음의 조간 소설」이라는 제목으로 「시시 분로쿠(獅子文六)의 『하코네 산(箱根山)』은 호평 속에 7일로 끝나고 8일부터 가와바타 야스나리(川端康成)의 『고도』를 연재합니다」라고 하는 예고와 함께 삽화를 담당한 고이소 료헤(小磯良平)의 사진 오른쪽에 가와바타의 사진이 실렸고, 또 「작가의 말」로서 가와바타의 글이 실렸다. 그런데, 여기에서 가와바타는 「『고도』란 물론 교토(京都)를 말합니다」라 말하고 있다. 그리고 작품세계에서도 무대가 교토임을 분명하게 나타내고 있는데, 이는 가와바타가 「『눈 고장(雪国)』에 대하여」라는 글에서 『눈 고장』은 「지명을 밝히므로 해서 독자들의 자유로운 상상을 빼앗는 걸 피하기 위해」 「일부러 지명을 숨겨 두었습니다」라 말하고 있는 것과는 대조적이다.

이것은 작자 가와바타가 『고도』라는 소설에 교토라고 하는 특정한 장소를 쓰려 한 것이기에 당연하다 하겠다. 가와바타는 「작가의 말」에서 「『교토』와 그 주변을 써 보려 합니다」라 밝히고 있으므로 그가 『고도』에 무엇을 쓰려 했는지는 분명하다. 가와바타는 「마이니치 신문(每日新聞)」 1960년 1월 1일자 조간 지상에 「고토(古都) 등」이라는 에세이를 실었다.

> 교토(京都)와 오사카(大阪) 사이의 농촌에서 자란 나는 교토도 오사카도 잘 모르는 시골뜨기이지만, 도카이도 선(東海道線)이 교토에 가까워짐에 따라 산천풍물에서 부드러운 고향을 느낀다. 나라(奈良), 교토(京都)는 일본의 고향이라 하더라도, 나라에는 오래된 거리가 많다. 고도다운 거리가 아직 남아있는 동안에 나는 새삼스럽지만 교토를 좀 더 봐두고 싶다고 생각한다.

교토에서 일본의 고향을 보고 부드러운 고향을 느끼는 가와바타는 일본의 고향으로서, 일본인의 마음의 고향으로서 이 교토를 사랑한 것이다. 가와바타는 「자랑 십화(自慢十話)」라는 글에 교토를 보고 난 감상을 「이처럼 자상한 애정과 다정스러운 모습을 한 산에 쌓여 안긴 도시를 본 적이 없다」고 쓰고 있다. 자신의 교토에 대한 애정의 표현이다. 또 가와바타는 『아사히 신문』에 『고도』의 연재를 끝내고 나서 6일 뒤인 1962년 1월 29일부터 31일까지의 동지 조간 지상에 3회에 걸쳐 「『고도』를 쓰고 나서」라는 글을 실었다. 그는 이 글에서 「천년의 도읍지」로서의 「『고도』의 모습을

보존하고 있는 거리는 교토이기도 하다」라고, 일본의 가장 오랜 수도의
「모습」을 교토에서 보려했다는 것을 밝히고 있다. 이처럼 가와바타의 교토
에 대한 애정과 관심은 이만저만이 아닌데, 그러기에 그가「교토와 그 주변
을 써 보」려 하여 집필한 것이『고도』이다.

『고도』에는 교토의 사철 때때로의 풍물이나 행사 같은 게 작품세계 전면
에 아로새겨져 있다. 아니, 사철 때때로의 풍물이나 행사 가운데에 주인공
들의 행적이 배치되어 있다고 하는 느낌까지도 들 정도이다. 그러기에『고
도』는 관광안내의 역할을 맡은 작품처럼 보이기조차 한다. 고사카베 모토
히데(小坂部元秀)는 「『고도』에 대하여 (『古都』をめぐって)」[4]에서, 「해
도 달도(日も月も)」「아름다움과 슬픔과(美しさと哀しみ)」 등의 「가와
바타 야스나리의 전후 통속소설에는」「소위 고도나 관광지의 명소 안내적
서술이 하나의 특색으로 되어 있다」고 말하고 나서『고도』에 대해서도 언
급하고 있다.

> 『고도』도 예외가 아니어서—라고 하기보다 오히려 지나칠 정도로 헤안
> 진구(平安神宮)·사가(嵯峨)·니시키이치바(錦市場)·니시진(西陣)·
> 오무로닌나사(御室仁和寺)·식물원(植物園)·가모가와테(加武川
> 堤)·산비(三尾)·기타야마스기(北山杉)·구라마(鞍馬)·유하한(湯波
> 半)·자라 요리의 오이치(大市)·기타노진자(北野神社)·가미시치켄
> (上七軒)·쇼렌인(清連院)·난젠 사(南禅寺)·사아미(左阿弥)와 응접
> (応接)에 쉴 새 없는 모습이고, 연중행사도 꽃놀이·사이마쓰리(葵祭)·
> 구라마(鞍馬)의 대나무 베기·기온카이(紙園会)·다이몬지야키(大文字
> 燒)·지다이마쓰리(時代祭)[5]·기타노오도리(北野踊)·연말연시(年末

4) 小坂部之秀「『古都』をめぐって」(武田勝彦·高橋新太郎編『川端康成-現代
   の美意識-』<明治書院, 1978·5)
5)「마쓰리(祭)」는「제사」와「축제」의 두 가지 의미로 쓰이는 말이나, 오늘날에는

年始)의 행사 등이 등장한다.

여기에 들어있지 않은 연중행사도 적지 않으므로 실로 엄청나다고 할 수밖에 없지 않나 한다. 작품세계에도 「축제가 실로 많은 교토」라는 표현이 보인다. 그러므로 야마모토 겐키치(山本健吉)가 신초 문고(新潮文庫) 『고도』의 「해설」[6]에서, 『고도』는 「어떤 의미에서는 지리적, 풍토적 소설이라고 해도 좋다」고 한 데에는 수긍이 안 되는 바도 아니다. 여기에서 좀 더 위의 인용에 계속되는 야마모토의 말에 귀를 기울여 보자.

> 그리고 작자는 아름다운 히로인을 혹은 히로인 자매를 묘사하려 했는 지, 교토의 풍물을 묘사하려 했는지, 무엇이 주이고 무엇이 종인지 참으로 알 수가 없는 일이다.
> 이 아름다운 일란성 쌍생아 자매의 융화되기 어려운 운명을 묘사하는 데에 교토의 풍토가 필요했는지, 혹은 반대로 교토의 풍토, 풍물을 돋보이게 하는 역할을 감당키 위해 두 자매가 필요한 것인지, 나의 생각은 어느 쪽인가 하면 후자 쪽으로 기울고 있다.

야마모토는 『고도』를 「교도의 풍토, 풍물」을 「돋보이」게 하는 「지리석, 풍토적 소설」로 보고 있다. 작자 가와바타도 「작자의 말」에서 「인물이나 이야기(物語)[7]보다도 풍물이 주가 되었을지도 모릅니다」라고 서술하고 있으니 그로 좋으리라 생각한다. 또 실제로 관광안내로서의 역할도 훌륭하게 해내고 있다. 그러나 저자는 어느 쪽인가 하면 역시 『고도』는 이야기(物語)를 중심으로 한 스토리를 따라 읽어야 하리라고 생각한다. 『고도』에 있어

주로 「축제」라는 뜻으로 쓰이고 있음.
6) 山本健吉 「解説」(川端康成 『古都』<新潮文庫、1984 · 2>)
7) 이야기나 소설이라는 뜻으로 쓰이는 말임.

서 풍물이 중심인지, 모노가타리가 중심인지를 논한다는 것은 달걀이 먼저 냐, 닭이 먼저냐를 논하는 것과 같다 하겠으나, 작품을 읽고 있노라면 어쩐 지 주인공들이 관광 안내자로서의 역할을 훌륭하게 해내고 있음에도 불구 하고 이 주인공들로부터는 관광 안내자로서의 느낌보다 교토에 사는 사람 으로서 교토의 풍물을 누비면서 자기들의 생을 영위해 가고 있다고 하는 느낌이 더 강하기 때문이다. 그러므로 이제부터 주인공들의 행적에 의한 이야기(物語)적 요소에 중점을 두고 논(論)을 전개해 나가려 한다.

II 마계에서 태어났으나 마계가 아닌 『고도』의 세계

나는 매일, 『고도』를 쓰기 시작하기 전에도 쓰고 있는 중에도 수면제를 복용했다. 수면제 때문에 몽롱한 의식상태에서 썼다. 수면제가 쓰게 한 것 같은 거였을까? 『고도』를 「나의 이상한 소산(所産)」이라고나 해야 할 것 같다.

『고도』가 「신초사(新潮社)」에서 단행본으로 발간되었을 때 붙인 후기 (後記)로부터의 인용이다. 가와바타의 「이상한 소산」인 『고도』는, 가와바 타의 작품 중에서는 찾아보기 힘들 정도로 상식적이고도 건전한 소설이다. 『고도』가 「이상」하다는 건 집필과정에 의한 것이지 그 내용에 있어서는 그 「이상」하다고 하는 것이 그다지 느껴지지 않는다.

가와바타는 「『고도』를 쓰고 나서」에서, 「나는 근작(近作) 세편의 장편 (중편이라고 해야 할지)을 쓰고 있」는데, 그 「세 편 가운데 신문소설인 『고도』가 가장 점잖은 작품이 되」었다고 말하고 있다. 「근작 세편」이라고 하는 것은 『고도』와 그 집필 기간이 겹쳐진 데가 있는 『잠자는 미녀(眠れる美女)』와 『아름다움과 슬픔과(美しさと哀しみと)』와 『고도(古都)』의 세편이다. 가와바타는 이어서 『고도』는 「사랑도, 다툼도, 뒤얽힘도, 갈등도 없」다 말하며 「연애 장면도, 정사 장면, 다툼의 장면 같은 게 하나도 없다」고도 말하고 있다.

수면제는 좀처럼 잠을 잘 수 없는 사람이 잠자기 위하여 먹는 약이다. 그러나 가와바타는 소설을 쓰기 위하여 수면제를 먹었던 것이다. 이는 마치 잘못된 연예인들이 마약을 복용하고 환각상태에서 연예활동을 하는 것과도 비슷하다. 가와바타의 문학적 모티브 가운데에 「마계(魔界)」라고 하는 게 있는데, 이것은 일반적인 상식을 초월하는 세계이다. 그렇다면 수면제를 먹고 「몽롱한」 상태에 있는 가와바타는 「마계」 가운데에서 「마계」가 아닌 작품을 쓴 것이라고 할 수 있을 것이다. 그런데 그렇다고는 하지만 세상에는 「마계」의 기운이 전혀 감돌지 않는 곳은 없다. 소설의 세계도 마찬가지이다. 그러므로 「마계」적인 게 없을 수는 없다. 물론 『고도』의 세계에도 「마계」가 느껴지는 데가 있어야 한다.

『고도』에 「마계」가 느껴지는 장면은 2개소가 있다.

「지금도 무나?」
「잘도 기억하고 계시네요. 묻지 않을 테니 내밀어 보셔요.」
「무서운데.」
다키치로(太吉郎)는 내밀어 보았다. 따스하고 부드러운 속으로 빨려들었다.

다키치로는 여자의 등을 가볍게 두드리고는,

「자네 타락했구먼.」

「이게 타락인가요?」

이것이 1개소이다. 다키치로와 「정말이지 재미있는」 「이십 안팎의 게샤(芸者)」와의 대화 장면이다. 다키치로가 이 게샤를 만난 것은 두 번째인데, 전에 만났을 때 다키치로는 게샤로부터 자기가 손님으로부터 억지로 키스를 당했을 때 사내의 혀를 물었다고 하는 이야기를 들었던 것이다. 「내밀어 보셔요」라는 게샤의 말은 다키치로에게 혀를 내밀어 보라는 의미이고, 「따스하고 부드러운 속」이란 게샤의 입안이다. 그런데 여기에서 주목하고 싶은 것은 「타락했」다고 하는 것이다. 「타락」한다고 하는 것은 「마계」에 떨어지는 일이라고 할 수 있으므로 이 장면에서는 「마계」의 기운이 느껴진다. 그것은 다키치로가 예기치 못했던 일로 그가 「양치질을 하여 입을 헹궈내고 싶」었던 것과는 반대로 미소를 자아내게 하는 「게샤의 갑작스런 장난」에 의한 「마계」이기는 하지만.

그리고 또 한군데의 마계가 느껴지는 장면은 지에코(千惠子)가 나에코(苗子)를 만나기 위해 「국철(国鉄) 버스를 탔」던 때에 설정되어 있다.

겨울 탓인지 버스의 손님은 많지 않다.

두 동행중 한 사내가 지에코를 날카롭게 응시하고 있었다. 지에코는 으스스하여 후드를 썼다.

「아가씨, 제발 좀 그런 것으로 감추지 말지 그래」라고, 그 사내는 젊은 이답지 않게 쉰 목소리였다.

「이 새끼야, 입 다물지 못해?」라고 옆의 사내가 말했다.

지에코에게 말을 건 사내에게는 손에 수갑이 채여 있었다. 무슨 죄를 졌을까? 옆의 사내는 형사인 걸까. 산을 넘어 어디로 호송되어 가는 것일까.

「지에코에게 말을」 걸었다 하지만 지에코를 희롱했다고 하는 표현이 바를 것이다. 이것까지 함께 생각하면 「젊은이답지 않게 쉰 목소리」의 죄인에게서는 「마계」의 기운을 충분히 느낄 수 있을 것이다.

그런데, 신문발표 때에는 있었으나 정본(定本)에는 생략된 개소 가운데의 한군데에 주목해 보고자 한다.

「여자에게는 더 불결한 데가 있지.」
지에코는 얼굴을 붉히며 물두부 따위를 주방으로 들고 갔다. 다리가 조금 떨렸다.

다키치로가 「3, 4일 전부터 사가(嵯峨)의 깊숙이에 은둔한 여승방에」 「딸 지에코가 점심때쯤 왔」는데, 그때의 한 장면이다. 인용문은 「물두부 따위를 주방으로 들고 갔다」는 구절 외에는 모두 정본에는 생략되어 있다. 그런데 가와바타는 「이즈의 여로(伊豆の踊子)의 영화화에 즈음하여」에서 무희(踊子)의 오빠 부부는 「나쁜 병에 의한 종기 때문에 고민하고 있었다」며 이렇게 말한다.

물처럼 말그스름한 아기가 태어난 것도 이 병 때문일 것이다. 「이즈의 여로(伊豆の踊子)」를 편안하게 써 내려갔을 때, 단 하나 망설이게 한 것은 이 병에 대해 쓸 것인가, 쓰지 않을 것인가라고 하는 것이었다. 그것을 썼더라면 조금은 다른 느낌의 작품이 되었을 것이다.

328 그 깊은 상징의 늪 가와바타 야스나리의 소설세계

여기에서는 가와바타가 신문의 연재소설 『고도(古都)』를 단행본으로 내려 하여 원고를 재검토하고 있을 때의 「여자에게는 더 불결한 데가 있지」라는 부분을 생략하고 있는 모습이 엿보인다. 이때에도 가와바타는 아마 생략할까 하지말까하고 망설였지 않았을까 한다. 만약 생략하지 않았다면 『고도』의 경우도 『이즈의 여로(伊豆の踊子)』의 경우처럼 「조금은 다른 느낌의 작품이 되었」으리라고 생각한다.

그렇다면 무엇 때문에 「다른 느낌의 작품이 되」리라는 것을 알고 있으면서도 생략한 것일까? 아니, 알고 있기 때문에 오히려 생략한 것이 아닐까 한다. 만약 생략하지 않았다고 한다면, 이 「여자에게는 더 불결한 데가 있지」라는 표현에 의해 『고도』의 세계는 그로테스크한 분위기를 자아내게 되었을 것이다. 「불결한 데」란 여성의 신체중의 어느 부분이거나 아니면 생리를 말하는 것일 터인데, 작가 가와바타는 『고도』를 더욱 깨끗한 느낌의 작품으로 하고 싶었던 것이 아니었을까 한다.

작가 가와바타는 전술한 단행본의 「후기」에서 「수면제에 취해 몽롱한 상태에서 썼」기 때문에 『고도』에는 「역시 이상한 데, 조리가 맞지 않는 것 같은 데가 적지 않았다」고 한 뒤, 그로 인해 「교정에 심히 고생했다」고도 말하고 있다. 모리모토 오사무(森本穫)의 조사[8]에 의하면, 이때 수정된 곳은 「전편에 걸쳐 자세하게 살펴보면 390여 개소에 이른다」고 하니까 「적지 않」은 정도가 아니다. 그러나, 모리모토도 작품세계를 정성껏 살펴 본 뒤 「전편의 주제에 영향을 줄만한 수정은 눈에 띄지 않는다」고 하고 있는데 사실이 그러하다. 작품의 세계 전체에 「영향을 줄 만한 수정」이 있었다고 한다면 아마도 「여자에게는 더 불결한 데가 있지」라는 장면 정도가 아닐까 한다. 그도 「주제에 영향을」 준 것이 아니라 작품세계로부터 느껴지

---

8) 森本穫 「『古都』成立論」(川端文学研究会編 『哀艶の雅歌』—川端康成研究叢書8—<教育出版センター、1979・11> 소수)

는 그 「느낌」에 말이다.

이야기가 길어졌는데, 하여튼 『고도』는 「수면제에 취해 몽롱한 상태에서 썼」기 때문에 오히려 가와바타의 다른 작품보다 건전하고 점잖은 작품이 된 게 아닌가 한다. 작가가 「마계」에 있으면서 「마계」가 아닌 것을 생각하며 썼는지도 모른다. 이는 단행본 「후기」의, 「『고도』가 나의 다른 작품과 다소 다른 것은 수면제의 덕택인 것일까」라고 말한 것과도 관련지어 생각하면 더욱 명확해진다.

III 교토가 변모해가고 있는 것을 한탄하는 작가

본편에서는 교토(京都)의 풍물보다도 이야기(物語)적 요소에 중점을 두고 논을 전개하겠다고 전술한 바 있다. 그러나 아무래도 주인공들의 행적을 더듬으면서 고찰을 시작하기 전에 교토 그 자체에 대해서 약간 언급해 두어야 할 것 같다. 『고도』의 세계는 교토가 큰 비중을 차지하고 있을 뿐 아니라, 이 세계를 들여다보고 있노라면 어쩐지 교토가 변모해 가는 것을 작가 가와바타가 한탄하고 있는 것이 느껴지기 때문이다.

「나카쿄(中京)의 마치야(町屋)는, 메지유신(明治維新) 전의 『뎃포야키(鉄砲焼き)』『돈돈야키(どんどん焼き)』로 많이 소실되었다」는 제 2장 「여승방과 격자문」 중의 한 표현으로, 여기에서는 교토가 소실된 것을 가와바타가 애석해 하고 있는 것이 엿보인다. 그러나 제 2차 세계대전 때에는 다행히도 교토가 전화를 입지 않았다. 그렇다고는 하지만 전쟁의 흔적이

330 그 깊은 상징의 늪 가와바타 야스나리의 소설세계

전혀 남지 않은 것은 아니다. 「식물원은 미국 군대가 집을 짓고, 물론 일본인의 입장은 금지되어 있었다」라고 하는 형태로서도, 「녹나무는」「설마 점령군이 베어 넘긴 건 아니겠지」라고 하는 의심의 형태로서도 남아 있다. 일본의 국토인 「식물원」, 그도 일본의 고향이라 할 수 있는 교토에 있는 「식물원」에 「일본인의 입장은 금지되어 있」는 것을 보고, 일본의 산하를 사랑하고 교토를 사랑하는 일본의 작가 가와바타는 무엇을 생각했을까. 그리고 「점령군이 베어 넘」겼을지도 모르는 「녹나무」를 보고 그의 마음은 어떠했을까. 그의 눈에 눈물은 없을지라도 마음속으로 울고 있었을 것임에 틀림없다. 이와 같은 가와바타의 마음은 「서양말(言語)이 붙은 건 질색입니다」라고 다키치로에게 말하게 한 데에도 잘 나타나 있다. 또 가와바타는 지에코의 양모(養母) 시게(しげ)에게도, 「교토와는 거리가 있는 경치로군요. 과연 미국사람이 집을 지은 거예요」라고 말하게 하고 있는데, 미국인에 의해 교토의 교토다움을 잃어가고 있음을 탄식하고 있는 가와바타의 슬픈 얼굴이 이 말에도 보이는 듯 하다.

역사는 흐르는 것이고, 인류의 생활은 이 역사의 흐름 속에서 진전하여 간다. 천년의 도읍지 교토의 역사도 흘러 오늘에 이른 것이며, 그 흐름 속에서 근대화는 이루어져 온 것이다. 하지만 근대화의 과정에 있어서 교토의 우아한 모습은 야한 화장을 한 여자의 얼굴과도 같은 꼴이 되어버린 게 아닌가 한다. 이와 같은 교토가 가와바타의 눈에는 어떻게 비친 것일까.

논이 작가론처럼 되었는데, 이는 작가의 의도를 알기 위함이었다. 작의(作意)야말로 작품세계를 이해하는 메인 키가 되는 것이다. 어쨌든 흉물스럽게 변해가는 일본의 고도(古都) 교토를 바라보며, 안타까움으로 애가 타는 작가 가와바타는 다키치로를 통해 다음과 같이 토로한다.

　다키치로는 한동안 오지 않은 사이에 난젠 사(南禅寺) 앞 일대 한길가의 집이 많이들 요리여관(料理旅館)으로 바뀌어 있는 데에 놀란 뒤였다. 그 중에는 개축하여 큰 단체가 머무는 여관이 되어 지방 학생들이 떠들썩하게 들락거리고 있기도 했다. 「집은 좋지만 안 되겠어」라고 다키치로는 물억새꽃이 핀 집의 문에서 중얼거렸다.

　「이제 곧 교토 전체가 요리여관이 되어버릴 것 같은 기세로군. 고다이 사(高台寺) 부근처럼 말이야…… 오사카(大阪)와 교토(京都) 사이는 공업지대가 되어버렸고, 니시노쿄(西の京) 근처는 아직 공지도 있지만, 조금 불편한 건 그렇다 하더라도, 가까운 곳에 괴상하고도 천박스러운 집을 지을 건 뭐야……」라고 아버지는 풀죽은 얼굴이 되었다.

　다키치로는『고도』의 세계가 시작되는 봄부터, 기울어가고 있는 장사를 그만두고 조그마한 집이라도 사서 조용한 여생을 보내고 싶다는 생각을 하고 있는 듯, 어느 여름 날, 「지에코, 이 가게를 팔아버리고, 니시진(西陣)이라도 좋고, 조용한 난젠 사(南禅寺)나 오카자키(岡崎) 근처의 조그마한 집으로 옮겨 옷감이나 오비(帯)의 도안을 둘이서 생각해 보면 어떨까? 가난을 참을 수 있겠니?」라고 딸에게 말한다. 그리고 그 「조그만 집」을 찾아 달라고 다른 사람에게 부탁해 둔 듯, 「난젠 사(南禅寺) 근처에 알맞은 집이 있다고 연락이 왔으니, 날씨도 좋고 산책 겸 보러 가 보자고 다키치로는 아내와 딸을 권하」여 「난젠 사 근처」까지 갔는데, 인용문은 그때의 한 장면이다.

　인용문보다 조금 앞에서 「이봐, 예쁘지?」라며 다키치로가 문 앞의 흰 싸리꽃에 팔려 잠시 머문다. 그러나, 집을 사기 위해 볼 기분이 사라진 다키치로는 「집은 좋은 것 같은데, 안 되겠어」라고 「중얼거」림으로써 교토가 「괴상하고 천박스러운」 모습으로 변모해가는 것을 마음으로 탄식함을 드러내 보인다. 이때의 「이제 곧 교토 전체가 요리여관이 되어 버릴 것 같은 기세」라고 말하고 있는 다키치로의 「풀죽은 얼굴」로부터는 애처로움마저도 느껴진다.

가와바타는 「『고도』를 쓰고 나서」에서 「『고도』의 모습」이 「나날이 빛을 잃어가고 있다」고 말하고, 「골목도 바(bar) 투성이다」라고도 말한다. 그러고도 아직 할말이 남은 듯 말을 잇는다.

하다 못해 기온(祇園)만이라도 옛날의 풍습을 남겨둘 수는 없는 것일까. 그 기온 가운데에도 극히 소수이기는 하지만 바가 생기기도 하고 변두리에는 기괴한 서양식 호텔이 생기기도 하고 있다. 또 거리의 건축 중인 건물은 서양식 싸구려 빌딩·아파트 나부랭이가 많다.

작가 가와바타는 「고토(古都) 등」에서, 「고도로서의 거리는 이제 곧 무너져 사라져 버린다. 전후의 시시껄렁한 지방 도시처럼 되어버린다」고 말하고, 「고도」라고 하는 에세이에서는 「교토에 옮겨 살게 되어버리면, 교토의 교토다움이 무너져가는 것을 개탄하고, 슬퍼하고, 고통스러워만 할지도 모른다」라고도 말하여 자신의 심경을 토로하고 있는데, 그는 이와 같은 심경을 『고도』의 세계 가운데에 아로새겨 놓았다 할 것이다.

그럼 무엇 때문에 가와바타는 『고도』의 세계에 이처럼 교토의 변모해 가는 모습을 쓰지 않으면 안 되었던 것일까. 그 대답으로서 하세가와 이즈미(長谷川泉)의 말[9]에서 한마디 빌려보고자 한다.

전후의 아메리카이즘화 된 경박한 인심과 풍속을 배반하여, 항간의 자질구레한 풍취에도 전통의 숨결을 감득(感得)시키는 것을 가졌으니까, 작품이 그와 같은 요소에 점착하는 것은 다시 말해서 경박한 시대조류에 대한 일종의 도전이기도 했던 것이다.

---

9) 長谷川泉 『川端文学の味わい方』(明治書院、1943·9)

IV 지에코와 나에코는 제비꽃풀이 되어

단풍나무 고목 밑동에 제비꽃이 핀 것을 지에코는 발견했다.

『고도』의 모두의 일절이다. 이 짧은 문장에 「단풍나무 고목」「제비꽃」「지에코」가 나와 있다. 그리고 인용문에 이어 이들에 대한 설명이 있다. 「오래되이 지친 피부가 파랗게 이끼가 끼어 있는」「밑동은 시에코의 허리보다도 굵」은데, 그 「밑동은 지에코의 허리 정도의 높이에서 오른쪽으로 조금 뒤틀리어 지에코의 머리보다 높은 데에서 오른쪽으로 크게 굽어 있」다. 「굽은 데의 조금 아래 밑동에 조그맣게 패인 곳이 두 군데 있는 모양으로, 그 패인 곳 각기에 제비꽃풀이 나 있다」. 「그리고 봄마다 꽃을 피운다」. 「위의 제비꽃풀과 아래의 제비꽃풀은 한 자 정도 떨어져 있다」. 설명은 이처럼 구체적으로 되어 있다.

「봄마다 꽃을 피」우는 「나무 위의 두 포기 제비꽃풀은 지에코가 철들 무렵부터」「있었」던 것인데, 「혼기가 된 지에코는」, 「위의 제비꽃풀과 아래의 제비꽃풀이 만나는 일이 있을까. 서로 알고 있는 것일까」하고 「생각해 보기도」한다.

그러고 시점(視點)이 바뀌어, 「제비꽃풀이 『만나다』라든가 『안다』라든지는 어떤 것인 걸까」라고 독자들에게 궁금증을 주는 표현으로 제비꽃이 무엇인가 상징하고 있다고 하는 것을 강하게 시사한다. 그럼 제비꽃은 무엇을 상징하는 것인가. 『고도』의 세계에 접해 본 사람이라면 바로 지에코, 나에코의 두 쌍둥이 자매를 상징하고 있다는 걸 알 수 있을 것이다. 「기온마쓰리(祇園祭)」의 장(章)에 「위와 아래의 제비꽃풀 작은 포기는 지에코와 나에코인 것일까」라 표현되어 있으므로 이는 틀림없을 것이다.

그러나 작가 가와바타는 「『고도』를 쓰고 나서」에서 「나는 미리 줄거리를 구상하지 않는 나쁜 버릇이 있는데, 이번처럼 뜻밖의 묘한 일은 일찍이 없었다. 신문의 100회이니까 조그맣고 귀여운 사랑의 이야기를 쓸 심산이었는데, 전혀 예상치 못했던 쌍둥이 아가씨의 이야기가 되어 버렸다」라 말하고 있다. 그렇다면 작품 모두의 제비꽃풀은 지에코와 나에코 쌍둥이 자매의 상징은 아닌 것이 된다. 「귀여운 사랑의 이야기」라면 지에코와 신이치(真一)의 이야기로 하려 했던 게 아니었을까 한다. 청순한 미남 미녀인 지에코와 신이치는 「귀여운 사랑의 이야기」의 주인공으로서 조금도 손색이 없다. 그렇다면 모두의 제비꽃풀은 지에코와 신이치의 젊은 남녀를 상징하는 게 되는데, 이는 바른 견해라 해도 좋을 것이다. 그리고 작품의 세계에 나에코가 등장하고부터는 이 제비꽃풀이 지에코와 나에코 자매를 상징하게 된다고 하는 것도 틀림이 없다.

이에 대하여 작자 가와바타도 「『고도』 감상(鑑賞)에 대답하여」에서 이와 같이 말하고 있다.

> 그런데, 『고도』 말입니다만, 나의 체력이 모자란 탓도 있어 신문소설은 질색이기에 이번에도 되도록 짧고 귀여운 사랑의 이야기를 거침없이 쓰려 했습니다. 처음에, 단풍나무에 기생하는 두 포기의 제비꽃을 내놓은 것도 실은 젊은 연인의 상징으로 할 생각이었던 것입니다. 그러나 나의 나쁜 버릇으로 미리 구상을 완벽하게 세우지 않았으므로, 그게 쌍둥이 자매의 상징처럼 되어버려 실로 난처합니다. 무리도 생겼습니다.

충분히 납득할 수 있는 말이다. 그러나 유감스럽게도 「생」긴 「무리」를 해결할 수 있는 방법은 제시되어 있지 않다. 설마한들 처음에는 젊은 남녀를 상징하고 있었으나 나중에 쌍둥이 자매를 상징하게끔 되었으니 그런 줄 알라고도 할 수 없을 것이다. 이 괴리는 어떠한 형태를 취해서라도 해결하지 않으면 안 된다. 그렇다면 이 괴리를 바로 잡는 방법은 있는 것일까. 있다고 한다면 한 가지 작자 가와바타가 쓴 「『고도』 감상에 대답하여」와 「『고도』를 쓰고 나서」를 무시하는 일이다. 그렇다면 문제는 간단하게 해결되는 것이다. 이 두 편의 문장이 없었다고 한다면 두 포기의 제비꽃풀을 지에코와 나에코 자매의 상징으로서 이해하면 되기 때문이다. 이 의미에 있어서라면 작가 가와바타는 「『고도』 감상에 대답하여」도 「『고도』를 쓰고 나서」도 쓰지 않은 편이 좋았을지도 모른다.

V 격렬한 것이 타오르는 명도(名刀) 신이치

『고도』를 처음에는 「귀여운 사랑의 이야기」로 하려 했으나, 쓰고 있는 동안에 「쌍둥이 아가씨의 이야기가 되어버렸다」고 작가 가와바타가 말했다는 것은 앞 장(章)에서 언급한 대로이다. 환언하면 작품의 주제가 「귀여운 사랑의 이야기」로부터 「쌍둥이 아가씨의 이야기」로 전환된 것이 된다. 그러나 주제를 과연 이원적으로 읽어도 좋은 것일까? 『고도』의 세계는 「쌍둥이 아가씨의 이야기」로 처음부터 끝까지 일관된 것으로 읽어야 되지 않을까 한다.

처음에는 작가 가와바타가 자신의 말처럼 『고도』를 「귀여운 사랑의 이야기」로 쓰려했는데, 써가면서 「쌍둥이 아가씨의 이야기」로 되어버렸는지

모른다. 자신의 말이니 사실일 것이다. 그런데 가와바타 자신이 의식하고
그랬든 아니든 결과적으로는『고도』가 「쌍둥이 아가씨의 이야기」로 된 것
이다. 그리고『고도』의 세계를 처음부터 끝까지 일관되게 「쌍둥이 아가씨
의 이야기」로 읽어도 전혀 무리가 없다. 가와바타의 뛰어난 문학적 역량이
기능을 발휘한 까닭이다.

   이렇게 되면『고도』의 세계에서 「사랑의 이야기」는 주제로서의 기능을
잃고 하나의 소재로서만 남을 수밖에 없게 된다. 그러나 그렇다고 해서,
다시 말해 「쌍둥이 아가씨의 이야기」라고 해서 젊은 남녀가 주인공으로,
또는 주요 등장인물로 등장하는 세계인데 사랑이 없을 수는 없다. 젊은 남
녀 사이에 사랑의 감정이 일어나지 않는다면 정상적일 수 없다. 결국『고
도』의 세계에도 사랑이 있어 당연하다는 말이다.

   『고도』의 세계에 있어서 사랑이라고 한다면 우선 지에코와 신이치(真
一)와의 관계를 생각해 보는 것이 순서일 것이다. 지에코와 신이치의 이야
기는 「흐드러지게 펴 늘어진 다홍색 벚꽃(紅しだれ桜)이 봄을 구가하고
있는 「헤안진구(平安神宮)의 꽃구경」으로부터 시작된다. 「어제 미즈키 신
이치(水木真一)가 지에코에게 전화를 걸어」 만나자 해서 두 사람은 만난
다. 지에코와 신이치는 소꿉친구였다. 어렸을 때부터 친했으니까 지에코에
게 있어서 신이치는 「허물이 없는 신이치」이기도 하다.

   신이치는 이 「헤안진구의 꽃구경」 때, 「크게 뻗어 있」는 「한 그루의 벚나
무」를 「바라보고」는 「자세히 보니 정말이지 여성적인데」라 말하고 나서
이어 「이렇게 여성적이라고는 지금까지 생각도 못했어. 색깔도 풍정(風精)
도 요염한 정취도 말이야」라고 말한다. 「벚꽃」을 보고 「여성적」이라고 한
것을 보면 「벚꽃」이 단순한 「벚꽃」이 아니라 누군가를 상징하고 있다는
것을 알 수 있다. 가와바타는 무엇인가의 사물(事物)이나 사상(<事相>과
<事象>)에 상징적인 의미를 부여하는 데 능한 작가이다. 여기에서 신이치

가 말하고 있는 「한 그루의 벚나무」도 지에코를 상징하고 있다고 봐도 좋다는 말이다.

신이치는 이 한 그루의 벚나무로부터 자신이 사랑하고 있는 지에코의 모습을 보았을 것이다. 그는, 「이 근처에서는 이 꽃을 나는 제일 좋아해」라 했는데, 지에코가 「신이치를 데리고 간」 벚나무 밑에서이었다. 지에코가 신이치를 자기의 상징인 벚나무에게로 데리고 간 것이다.

어쩌면 신이치가 사랑하는 지에코라는 말에 공감되지 않을지도 모른다. 작품세계에 지에코를 사랑한다고 하는 신이치의 감정이 그다지 나타나 있지 않으니까 말이다. 그러나 작품세계를 좀더 면밀하게 살펴보면 역시 신이치는 지에코를 사랑하고 있다는 걸 알 수 있다. 물론 서로가 자기를 향하는 상대방의 사랑을 확인한 일도 없는가 하면, 서로가 상대방에게 사랑을 고백한 일도 없으므로 그들 사이에 흐르는 사랑의 감정이 진한 것은 되지 못했을 것이다.

그럼 진하지는 못할지라도 순수한 사랑의 궤적을 더듬어 볼까 한다. 신이치가 지에코를 상징하는 「한 그루의 벚나무」를 보고 「요염한 정취」를 느낀 뒤의 일이다.

> 「신이치 상, 신이치 상, 여기……」라고, 지에코는 먼저 걸터앉아 신이치의 자리를 오른손으로 눌러 장소를 확보했다.
> 「난 서 있어도 돼」라고 신이치는 말했다. 「지에코 상의 발밑에 쭈그리고 앉아도…….」
> 「아이, 몰라.」 지에코는 얼른 일어나 신이치를 앉혔다.

여기에서의 신이치의 말은 물론 농담이다. 그러나 단순한 농담이라고만 들어서는 안 된다. 신이치는 농담에 실어 자기의 진심을 나타냈기 때문이

다. 인용한 조금 전의 장면에서 지에코와 신이치의 대화에 귀를 기울여 보
자. 전화로 만나자고 하여 두 사람이 헤안진구(平安神宮)의 벚나무 아래에
서 막 만났을 때이다.

> 「머리, 아파?」
> 「아니, 이제 괜찮아.」
> 「안색이 안 좋은 것 같아.」
> 「아니야, 아무렇지도 않아.」
> 「마치 명도(名刀)같아.」
> 신이치는 자기 얼굴이 명도 같다는 말을 가끔 듣는 일이 있다. 그러나
> 지에코에게서 듣는 건 처음이다.
> 신이치가 그런 말을 들을 때에는 속에서 무엇인가 격렬한 것이 타오르
> 려 할 때였다.

신이치가 「다른 사람들에게서」, 「명도 같다」고 「들을 때는 속에서 무엇
인가 격렬한 것이 타오르려 할 때」라 하는데, 지금 지에코에게서 「마치 명
도 같아」라고 들을 정도로 신이치의 마음속에 「타오르려」 하는 「격렬한 것」
이란 무엇일까. 그건 다름 아닌 그의 지에코에 대한 사랑이다. 또 「헤안진
구의 꽃구경」 도중에 지에코는 「기요미즈 사(淸水寺)에 가보고 싶어」라며
「신이치를 기요미즈 사까지 가자 하여 와서」, 「신이치 상, 나 버려진 아이
(棄兒)였어」라고 「불쑥 말」한다. 이에 신이치는 지에코가 왜 「이런 고백」
을 하는 것일까 하고 골똘히 생각한다. 그러나 이는 골똘히 생각하고 말
것도 없는 일이다. 「신이치가 사랑하고 있다는 걸 지에코는 어렴풋이 알고
있음에 틀림없다. 지에코의 고백은 사랑하는 사람에게 자신의 신상에 대해
알리기 위해서였을까」라고 하는 표현이 상황을 설명해주고 있기 때문이다.

그리고 또 지에코는 아버지가 너의 결혼상대로 히데오(秀男)가 어떠냐고 하는 의미의 말을 했을 때, 「미즈키 신이치의 모습이 떠」 올랐던 것인데, 그것은 「눈썹을 그리고 입술연지를 바르고 화장을 하여 왕조식(王朝式)의 복장으로 기온마쓰리(紙園祭)의 나기나타보코(長刀鉾)[10]를 탄」 「어린 신이치」의 「치고(稚兒)[11] 모습이었」다. 자기의 결혼에 대한 이야기 도중 어떤 남자가 떠올랐다고 한다면 그 남자는 옅다고는 해도 자기가 사랑하고 있는 남자라고 하는 증거가 아니고 무엇이겠는가. 특히 지에코가 신이치의 치고 모습을 떠올리기도 하고, 그의 모습에 대하여 이야기하기도 하는 장면이 작품세계에 몇 번인가 설정되어 있는데, 이도 신이치에 대한 지에코의 사랑과 무엇인가의 관계가 있을 것이라는 것은 짐작하기 어렵지 않다.

그러나 지에코와 신이치의 사랑은 이 이상 진전되는 일 없이 시들어져 버리는데, 이는 『고도』의 세계가 「귀여운 사랑의 이야기」로부터 「쌍둥이 아가씨의 이야기」로 전환되었다고 하는 것과도 관계가 있다. 그렇지만 최대의 원인은 신이치의 형 류스케(竜助)의 등장이라고 해야 할 것이다.

VI ●●● 쌍둥이 아가씨의 이야기인가, 사랑 이야기인가

『고도』는 9개의 장(章)으로 구성되어 있는데, 신이치의 형 류스케의 등장은 『고도』의 세계의 한중간에 해당하는 5번째 장인 「기온마쓰리(紙園

---

10) 축제 때 끄는 꽃수레의 일종.
11) 진자(神社)나 사원(寺院)의 축제 등에 등장하는 잘 단장한 어린이.

祭)」의 장에서이다. 7월의 어느 날 지에코는 기온마쓰리에서 나나도마이리 (七度まいり)를 하고 있는 자기의 쌍둥이의 한쪽인 나에코(苗子)를 만난다. 나에코와 헤어진 뒤, 지에코는 여러 가지의 상념에 잠기면서 걷고 있는데, 「나에코를 만난 마음의 동요는」 「어지간히 격한 것」이었다. 「친아버지가 삼나무에서 떨어」져 죽었다는 것도, 「낳아주신 어머니가 일찍 죽은 것도」 「가슴을」 찔러 견딜 수가 없었다.

    그리고 멍하니 시조 대교(四条大橋)를 건너자니,
    「지에코 상, 지에코 상」하고 신이치가 불렀다. 「뭘 그리 멍하니, 혼자서 걷는 거야. 안색이 안 좋은데」
    「어머, 신이치 상」이라고 지에코는 제정신이 든 듯, 「신이치 상이 나기나타보코(長刀鉾)에 치고(稚児) 모습으로 타고 있던 거 정말 귀여웠어.」
    신이치에게는 동행이 있었다.
    「형이야, 대학원생이지.」

　류스케는 이와 같이 『고도』의 세계에 등장한 것이다. 불쑥 나타났다고 해도 좋을 것 같은 그러한 등장이다. 그러나 지에코의 인생에 있어서 가장 커다란 사건 직후에 등장함으로써 작품의 세계에 극적인 효과를 높이는 역할을 훌륭하게 해내고 있는데, 이러한 데에서도 가와바타 문학의 한 단면을 볼 수 있을 것이다. 류스케는 신이치와 「닮았으나」 「늠름한 얼굴」로 믿음직스러운 데가 있는 청년이다.
　지에코가 자기들 쌍둥이의 한 쪽인 나에코를 처음 만난 일과, 그리고 나에코로부터 이미 세상을 뜬 친부모에 대한, 그러니까 자기의 출생에 대한 비밀 같은 것을 들음으로써 받은 쇼크에 의해 「안색이 좋지 않게」 되기도 하고 「이마나 목덜미에」, 「식은 땀」이 배어 금방이라도 쓰러질 것처럼 되었을 때의 일이다. 그런데 이를 본 신이치는, 「지에코 상, 더워? 한기가 들어?
여름감기라면 끈질긴데, 어서 집에 가…… 데려다 줄게. 그렇지? 형」이라
말한다. 이에 지에코는 「바로 가까운데 뭘, 데려다 주지 않아도……」라고
말하는데, 류스케가 「가까우니까, 오히려 데려다 드리지요」라고 「분명하게
말하」고 지에코의 집까지 데려다 준다. 그리고 류스케는, 「지에코의 아버지
와 어머니에게 정중하게 인사를」하는데, 이때, 「신이치는 형의 뒤에서 기다
리고 있었」다. 여기에서 하나 간과해서는 안 될 것은, 신이치는 지에코의
소꿉친구이니 그녀의 부모와 알고 있을 터이므로 「형의 뒤에서 기다리고
있」지 않아도 좋지 않나 하는 것이다. 이것은 신이치가 지에코를 형 류스케
에게 양보한다고 하는 것을 상징적으로 표현한 거라고 이해해도 좋지 않을
까 한다.

그런데 「『고도』를 쓰고 나서」에는 「『고도』의 아가씨, (특히)젊은 남자
들은, 거기에는 너무도 미지근한 것처럼 생각된다. (마음이 약한 건 아니지
만……)」이라는 구절이 있다. 이는, 지에코와 나에코는 자기들의 상대방
인 남자들과 결혼도 연애도 하지 않을 거라고 하는 문장에 계속되는 말이
므로 「마음이 약한 건 아니지만」, 「너무도 미지근한 것」같다고 하는 말은,
교토(京都)의 남녀들은 결혼과 연애에 적극적이 아니라는 걸 말하는 것일
게다. 그러나 류스케는 「늠름한 얼굴」이라는 표현에 암시되어 있듯이 성격
도 분명하고 행동도 적극적이다. 지에코네 상점 지배인의 부정을 안 류스케
는 지에코에게, 「상점 지배인을 『단단히 조사해 보세요』」라고 권유할 정도
로 정의감 넘치는 청년이다.

그렇다면 왜 이야기의 한중간에 「늠름」하고도 인상이 강한 류스케를 작
자는 등장시킨 것일까? 아름다우나 어딘가 가냘픈 듯한 신이치로는 지에코
의 사랑의 상대로서 너무도 빈약한 느낌이기에, 그것이 작품세계에 무엇인
가 만족스럽지 못한 영향을 주는 게 아닐까 하고 두려워했기 때문이 아닐

까 한다. 작자는 류스케를 등장시켜 지에코의 사랑의 상대로 함으로써 작품 세계의 효과적인 진행을 바랐을 것이다.

그런데 류스케는 입으로는 직접 지에코를 사랑한다고 말한 적이 없다. 그렇지만 「기타노로쿠반초(北野六番町)의 자라 요리집 오이치(大市)」에 류스케, 신이치, 지에코의 세 사람이 간 적이 있는데, 거기에서 류스케는 지에코가 「저는 쌍둥이로, 그중의 한쪽이에요」라고 말하고 이어서 「제 쪽이 버림을 받았어요」라고 말하는 걸 듣고, 「그게 정말이었다면 우리 상점 앞에 버렸더라면 좋았을 터인데…… 정말 우리 집 앞에 버렸더라면 좋았을 터인데」라고 「두 번 절실한 마음으로 반복하여 말」함으로써 자기의 지에코에 대한 사랑을 간접적으로 고백한 것이다.

그리고 류스케의 지에코에 대한 사랑은 그가 자기의 부친을 통하여 지에코의 부친 다키치로(太吉郎)에게 지에코와의 결혼을 신청하는 데에 잘 드러나 있다. 류스케의 부친은 다키치로를 「마루야마(円山) 공원의 사아미(左阿弥)로 저녁식사를 초대하」여 결혼을 신청하는데, 그 모양을 잠시 엿보고자 한다.

「류스케의 부친은 무로마치(室町)의 큰 도매상을 번창시키고 있는 주인으로서 강인하고도 확실한 인품인데, 오늘은 말을 꺼내기가 힘든 것 같았다. 뭔가 망설이고」나서, 「『실은……』이라고 말을 꺼낸 것은 술기운을 빌려서」인데, 그 내용이란, 「류스케가 가게에 매일이라도 도우러 가」도록 해주실 수 없겠냐고 하는 것이었다. 이에 계속되는 류스케의 부친과 다키치로의 대화 장면을 잠시 들여다보자.

「이제 이해하셨을 줄로 사료됩니다만, 사다 상 댁도 우리와 비슷한 가게입니다만, 류스케가 도와드리고 싶다고 말한 것은 지에코 상 옆에 반시간이라도 한 시간이라도 있게 해주셨으면 해서입니다」

　다키치로는 고개를 끄덕였다. 미즈키는 류스케와 닮은 이마를 닦고, 「변변치 못한 자식입니다만, 일은 할 수 있을 겁니다. 무리한 부탁을 드려서는 절대로 안 되는 줄 압니다만, 어쩌면 지에코 상이 언젠가 류스케 같은 녀석이라도 좋다고, 만일의 말입니다만, 생각게 된다면, 정말이지 뻔뻔스러운 부탁입니다만, 데릴사위로 데려가시지 않으시려는지요? 우리는 폐적을 해도 상관없습니다만……」이라며 머리를 숙였다.

　「폐적이라고요……?」다키치로는 정말이지 놀라지 않을 수 없었다.

　「대도매상의 대를 이을 아드님을……」

　「그런 게 인간의 행복은 아니지요. 요즈음의 류스케를 보고 있자면 그런 생각이 듭니다.」

　여기에서 류스케의 아버지의 이야기를 듣는 것만으로도 이 이상 류스케의 지에코를 향한 사랑을 확인할 필요는 없을 것이다. 특히 류스케의 아버지는 자기 아들 류스케에 대해 「녀석은 젊었을 때의 저를 닮았는지, 한 번 말을 꺼내면 누가 뭐라 해도 듣질 않는답니다. 정말 곤란한……」이라 말하고 있는데, 인용문에서의 류스케의 아버지의 말은 이러한 류스케가 자기 부친에게 한 부탁에 의한 것일 테니까.

　그럼, 지에코는 어떠한가. 지에코도 류스케를 사랑한 것일까? 잠시 엿보기로 한다.

　다키치로의 세 가족은 「난젠 사(南禪寺) 근처」까지 팔러 내놓은 집을 보러 간 적이 있다고 하는 것은 전술한 대로이다. 그 돌아오는 길에 지에코는 아버지 다키치로에게 「아버지, 여기까지 왔으니, 다쓰무라(竜村)도 가까우니 잠깐 들렀다 갔으면 하는데요……」라 부탁하여, 다쓰무라의 「외국인 상대 상점」에 간다. 그리고 상점에서 뜻밖에도 류스케를 만나 지에코가 류스케의 「지에코 상, 잉어 보러 가지 않겠어요?」라는 말에 따라, 두 사람

이 정원으로 나와 잉어를 본다. 그리고 다쓰무라에서 돌아온 날 밤 지에코
는 꿈을 꾼다.

　　　—갖가지 색깔의 잉어가 연못가에 앉은 지에코의 발밑으로 모여 들었
　　　다. 잉어들은 서로 겹쳐 춤을 추며 머리를 물 위로 내미는 놈도 있었다.

　낮에 지에코가 류스케를 만나 둘이서 본 잉어를 그녀는 또 밤에 꿈에서
봤던 것이다. 이것은 지에코의 마음속에 류스케가 남몰래 자리 잡고 있다고
하는 것을 말해 주는 것이다. 가와바타는 많은 작품 가운데에 많은 꿈을
등장시켜, 그 꿈을 통하여 꿈을 꾼 사람의 심리를 간접적으로 표현한다고
하는 것은 잘 알려져 있는 일이기도 하고 또 저자도 앞에서 언급한 바 있다.
물론 이 경우도 예외는 아니다. 지에코가 직접 류스케의 꿈을 꾸지 않고
잉어의 꿈을 꾼 것은 지에코의 심리를 간접적으로 나타내려고 하는 작자의
표현기법에 의한 것일 게다. 낮에 류스케와 둘이서 잉어를 보면서 「지에코
가 연못의 물에 손을 넣어 물살을 조금 일으키자」, 지에코가 꿈에서 본 것
처럼 「잉어가 모여들었」으므로, 「지에코는 놀라서 뭐라 형언할 수 없는 애
정을 잉어 떼에게 느꼈」던 것인데, 마음속에 남몰래 류스케에 대한 사랑의
씨앗을 안고 있었기에 잉어 떼에게 그녀가 애정을 느꼈을 것이다. 이때 「옆
에 있던 류스케는 지에코보다도 더 놀랐던 듯」, 「지에코 상의 손은 무슨
냄새 – 무슨 영기(靈氣)가 나오는 걸까요?」라 말했는데, 여기에서는 그가
말한 「영기」라는 말에 주목해 보고자 한다. 다시 말해서 지에코가 아무런
이유도 없이 무엇 때문에 아버지 다키치로(太吉郞)에게 다쓰무라의 「외국
인 상대의 상점」에 가보고 싶다고 하는 의미의 말을 했는가에 대하여 이해
하는 것이 중요하다고 생각하기 때문이다. 그런데 이는 지에코가 자기의
내부에 잠재하고 있는 「영기」에 인도되어 류스케가 있는 곳으로 왔다고

하는 것을 암시적으로 표현한 것에 불과한 것이다.

그리고 류스케가 지에코의 집에 오게 된 날, 그녀는 「안집 이 층에 올라가 눈에 잘 띄지 않게 이기는 하지만, 정성을 들여 화장을 하기도 하」고, 「긴 머리를 정성껏 빗기도 하」고, 또 옷을 고르는 데에도 「이것저것 망설일 정도로 결정을 못할」만큼 신경을 썼던 것인데, 이게 지에코가 류스케를 사랑하고 있다고 하는 무엇보다도의 증거이다. 또 류스케의 앞에서 지에코의 「눈에 요염함이 나타나 있」던 것도 그녀가 류스케를 사랑하고 있기 때문이라고 해도 좋을 것이다.

그런데 여기에서 이야기를 조금 거슬러 올라가서 논을 전개해 보고자 한다. 류스케의 부친이 지에코의 부친 다키치로를 만나 류스케의 지에코에 대한 구혼을 했다고 하는 것은 전술한 대로인데, 이에 대한 인용문에 이어지는 부분을 조금 더 인용해 보자.

> 「고마운 말씀입니다만, 그런 일이라면 젊은 두 사람의 생각에 맡겨 두시지요」라며, 다키치로는 미즈키의 격함을 피해서, 「지에코는 주워 온 아이입니다.」
> 「주워 왔으니 어떻다는 겁니까?」라고 미즈키는 말했다. 「뭐, 제 말은 사다(佐田) 상께서 비밀로 해 주셔서, 류스케를 가게에 도우러 보내도 될까요?」

다키치로는 류스케의 부친의 구혼에 젊은 두 사람의 생각에 맡겨 두자고 누가 들어도 납득이 갈만한 합리적인 대답을 하는데, 어떻든 긍정적인 대답으로 이해해도 좋지 않을까 한다. 그런데 왜 다키치로는 불쑥 「지에코는 주워 온 아이입니다」라고 말한 것일까. 이는 지에코가, 「신이치상, 나는 주워 온 아이예요」라고 한 말을 듣고 신이치(真一)가 「지에코의 고백은 사랑

하는 사람에게 자신의 신상을 알리기 위해서였을까」, 「오히려 반대로 사랑
을 미리 거절하기 위해서일까」하고 갈피를 잡지 못하고 있는 모습이 떠오
르는데, 다키치로의 이야기는 전자에 가까운 게 아닐까 한다. 아마, 지에코
는 주워 온 아이인데 그래도 좋으냐고 하는 의미의 말일 것이다. 그러나
류스케의 부친은 이미 모든 것을 아들 류스케에게 들은 듯 「주워 왔으니
어떻다는 겁니까?」라며 전혀 문제로 삼지 않는다.

그런데 작자 가와바타는 「『고도』를 쓰고 나서」에 「지에코는 류스케와도
신이치와도 연애를 하지 않고 결혼도 하지 않을 것이다」라고 말하고 있다.
『고도』의 세계는 「사랑 이야기」라고 하는 관점에서 보면 중도에서 끝났다
고 하는 느낌이 강하다. 그런데 만약 「계속하여 써 간다고」 하면 가와바타
의 말처럼 「『고도』의 모습은 필연적으로 두 아가씨의 비련, 비극으로 이어
갈 것이다」. 이렇게 되면 『고도』의 세계는 「쌍둥이 아가씨의 이야기」가
아니라, 「조그맣고 귀여운 사랑 이야기」는 아니라 할지라도 「비련, 비극」
을 초래하는 복잡한 「사랑 이야기」로서는 중도에서 끝났다고 하는 느낌인
채로 작품 세계를 끝낸 게 아닌가 하는 생각이 든다.

VII ●●● 젊은이들에게 결혼을 시키지 않은 작의

『고도』의 세계에는 지에코・신이치・류스케의 세 사람 외에 또 한 사람
의 젊은이가 있는데, 히데오(秀男)이다. 그런데 이 히데오도 지에코를 사랑

한다. 지에코의 아버지는 「사가(嵯峨)의 깊숙이에 숨은 여승방에 잠시 은 거하며」 딸 지에코를 위해 오비(帶)의 밑그림을 그려서는 히데오의 부친인 소스케(宗助)의 니시진(西陣)의 집에 가지고 간 적이 있다. 소스케(宗助) 는 직물업을 하고 있었으므로 오비를 짜 달라는 부탁을 하기 위해서이다. 그때 다키치로는 히데오에게 「히데오 상은 이 밑그림을 우리 딸에 대한 애정의 색깔로 짜 주겠소?」라고 말했는데, 이는 어딘지 모르게 다키치로는 히데오가 지에코에게 연심을 품고 있다고 하는 것을 눈치 채고 있었기에 할 수 있었던 말이었을 것이다.

그리고 다키치로의 세 가족이 식물원에 갔을 때의 일이다. 그때 마치 오 토모 소스케(大友宗助)와 그 아들 히데오도 거기에 산책하러 나왔었으므 로 양가의 가족은 「뜻하지」 않게 만나게 되었는데, 다키치로와 히데오 두 사람만 있게 되자 히데오는 다키치로에게 「따님 지에코 상이 추구 사(中宮 寺)나 고류 사(黃隆寺)의 미륵불 앞에 선다면, 따님 쪽이 얼마나 더 아름다 울지 모를 겁니다」라고 말한 적이 있다. 그 조금 뒤 이 히데오의 말이 생각 나서 다키치로는, 「히데오는 그 정도로 지에코에게 마음이 끌리고 있는 것 일까」하고 생각해 보는데, 이도 히데오의 지에코에 대한 애정을 이해하는 데에 있어서 간과할 수 없는 일이다.

앞에서 한 언급을 통해서도 짐작할 수 있듯이 지에코의 부친 다키치로는 지에코의 결혼상대로서 히데오를 생각하고 있었던 듯하다. 식물원을 구경하 고 난 뒤, 오토모 소스케와 히데오 부자는 자기네의 차로 돌아가고, 다키치 로네 세 가족만이 남자 「가모(加茂)의 제방」을 산책했는데, 거기에서 다키 치로는 아내 시게에게 히데오가 「우리의 데릴사위로」, 다시 말해서 지에코 의 결혼상대로 어떠냐고 묻는다. 이때 지에코에게는 치고 모습의 「미즈키 신이치의 모습이 떠올랐」었는데, 이를 통해 지에코 자신은 히데오와 결혼할 의사가 없다고 하는 것을 자기 스스로에게 증명한 것이 되었다 할 것이다.

지에코의 자기를 향한 마음을 히데오도 느끼고 있었을 것이다. 그리고 「따님 지에코 상이 추구 사나 고류 사의 미륵불 앞에 선다면, 따님 쪽이 얼마나 더 아름다울지 모를 겁니다」라고 찬사를 아끼지 않았던 히데오이니 만큼 그의 번뇌도 또한 컸을 것이다. 자신은 지에코에 대한 뜨거운 애정을 가슴에 안고 있으나 상대방인 지에코의 마음은 자기를 향하고 있지 않다. 그렇다하여 단념할 수도 없다. 그러한 때에 히데오의 앞에 나타난 게 나에코(苗子)이다. 나에코가 기온마쓰리(祈園祭)에서 지에코를 만나 헤어질 때, 나에코는 지에코에게 「잘 가세요」라 말하고 얼마 안 되어 히데오는 「나에코를 지에코로 잘못 알」고 「아가씨, 지에코 상」이라고 불렀던 것이다. 그리고 꽤 오래 이야기를 나누었는데, 나에코는 나에코 자신으로서가 아니라 지에코의 대신으로서였다. 히데오는 물론 당시는 이 사실을 알지 못했다. 알게 된 것은 히데오가 기온마쓰리에서 나에코를 지에코로 잘못 알고 「아가씨, 나의 고안으로 지에코 상의 오비를 하나 20대의 기념으로 심혈을 기울여 짜게 해 주실 수 없을는지요?」라고 한 말을 실천하기 위해 그린 오비의 도안을 가지고 지에코네 상점으로 왔을 때이다. 그때 지에코는, 「마쓰리 때의 밤에 시조(四条)의 다리에서 히데오 상이 오비의 약속을 하신 것은 실은 제가 아닙니다. 사람을 잘못 보신 것입니다」라 말하고 나서, 「히데오 상, 그때 말씀하신 것은 제 자매입니다」라 말했던 것이다. 거기에서 지에코가 히데오에게 「그 애에게 오비를 하나 주셔요」라고도, 「히데오 상, 제 오비가 아니라 나에코의 오비를 짜 주셔요」라고도 부탁했기 때문에 히데오는 오비를 짜기 시작했는데, 이 「지에코에게 부탁 받은 오비도 완성되어감에 따라 히데오의 기쁨은 더해」갔다. 「바다가 오가며 짜는 소리 가운데에도 지에코가 있었기 때문이다」. 그리고 「히데오는 짜고 있는 동안에 지에코와 나에코가 하나가 되」기도 한다. 그러는 동안에 히데오의 지에코에 대한 애정은 나에코에게로 옮기는데, 이는 자기의 지에코에 대한 사랑이 이루어질 수 없다는 것을 알았기 때문에 지에코를 꼭 닮은 나에코에게서 지에코를 찾으려 했기 때문이다. 이에 대해서는 나에코도 바로 감지했다. 그래서 그녀는 지에코에게 「히데오 상은 아가씨의 환영으로서 결혼하고 싶다는 생각을 하신 것입니다. 처녀인 나로서는 분명하게 알 수가 있어요」라고 말할 수 있었다. 이렇게 되면 나에코는 히데오에게 있어서 지에코의 대신이 되는 셈이 된다.

전술한 대로 가와바타의 문학의 모티브 가운데에는 「가타시로(形代)」라고 하는 것이 있는데, 『고도』의 세계에서의 나에코도 히데오에게 지에코의 대신이라고 하기보다 가타시로(形代)라고 하는 편이 타당할 것이다. 그런데 『고도』의 세계의 가타시로는 가와바타의 다른 작품에서의 가타시로와는 그 양상이 다르다.

먼저 『종이학(千羽鶴)』에 있어서의 가타시로의 의식을 살펴보면 오타(太田) 부인은 「기쿠지(菊治)의 아버지와 기쿠지의 구별이 잘 되지 않」을 정도의 감정에 빠짐으로써 기쿠지가 자기 아버지의 가타시로로서의 역할을 다 하는가 하면, 기쿠지에 있어서의 후미코(文子)는 자기 어머니의 가타시로로서의 역할을 다 한다고 하는 이중의 가타시로가 기능하고 있다. 여기에서의 가타시로는 아버지와 아들이며, 어머니와 딸이므로 서로 용모도 어느 정도는 닮았을 터이니까 오타 부인 과 기쿠지의 마음에는 용모에 의한 가타시로 의식도 작용했을 것이다. 그런데 이 두 사람의 마음에 가타시로 의식을 작용하게 했을 제일의 동인(動因)은 아버지와 아들, 어머니와 딸이라고 하는 혈연의 관계에 있다고 생각한다.

또 가타시로의 의식은 『산의 소리(山の音)』의 세계에도 있어 작품세계 전면을 감돌고 있다. 환갑이 지난 남주인공 오가타 신고(尾形信吾)는 소년시절에 아내 야스코(保子)와는 「한 배에서 태어났다고 믿어지지 않을 정도」로 미인인, 지금은 요절하고 없는 야스코의 언니를 동경하고 있었는데,

그는 그녀의 모습을 며느리 기쿠코(菊子)에게서 보고 의식의 밑에서 사랑한다. 다시 말해서 기쿠코는 야스의 언니의 가타시로로서의 역할을 다한 것이다. 그리고 신고의 가슴속에는 그가 환갑을 지날 때까지 야스코의 언니가 언제까지나 죽기 전의 젊음과 아름다움을 가지고 계속해서 살아있다. 이에 대해서는 『고도』의 세계에 있어서의 가타시로도 유사하다. 이는 나에코가 지에코에게, 「나에코가 육십의 할머니가 되어도 환영의 지에코 상은 역시 지금의 젊음을 가지고 있는 게 아닐까요?」라고 한 말만으로도 충분히 알 수 있을 것이다. 그런데 「따님 지에코 상이 추구 사(中宮寺)나 고류 사(黃隆寺)의 미륵 앞에 선다면, 따님 쪽이 얼마나 더 아름다울지 모르겠어요」라고 말한 히데오에게 다키치로가 「히데오 상, 딸은 곧 할머니가 되지요」라 한 말과 비교해 보면 좀더 명확하게 알 수 있을 것이라 생각한다. 만약 히데오가 지에코와 결혼한다면 지에코는 점점 나이를 먹을 수밖에 없는데, 지에코의 가타시로 나에코와 결혼하면 히데오는 나이를 먹어가는 나에코로부터 언제까지나 젊음과 아름다움을 지니고 있는 지에코를 볼 것이기 때문이다.

그런데 히데오는 나에코에게 결혼까지 신청하지만 나에코는 어떠한가.

「히데오상의 오비는 평생의 보물로 하겠어요」라고
「아니, 또 짜 드리지요」
나에코는 목소리도 나오지 않았다.

히데오와 나에코의 대화와 히데오의 말에 보인 나에코의 반응인데, 나에코는 히데오가 오비를 또 짜 준다고 한 게 너무나도 뜻밖이었던 듯 무척 놀라고 있다는 걸 알 수 있다. 이도 무리가 아니라고 생각되는 건 지에코의 「대신의 오비」가 아니라 자신의 오비를 히데오가 자진해서 짜 준다고 하는 것이 의외였을 것이기 때문이다. 여기에서는 적어도 나에코가 히데오에게 호의를 가지고 있다고 하는 것만은 말할 수 있으리라 생각한다. 또 나에코는 히데오가 짜 준 자기의 오비를 보고 「나에게는 너무 분에 넘쳐요」라고 「눈을 빛냈」던 일로부터도 나에코는 히데오가 싫지 않다는 걸 알 수 있다.

12월의 어느 날, 나에코가 지에코에게 전화를 걸어 「실은 지에코 상을 만나 의논하고 싶은 일이 생겼어요」라고 했기 때문에 지에코는 나에코가 살고 있는 기타야마스기(北山杉) 마을에 간다. 그때 나에코는 지에코에게 「실은 히데오 상이 결혼해달라 해서, 그래서……」라며 「비틀거」린다. 나에코가 히데오의 결혼 신청에 얼마나 큰 쇼크를 받았는가 하는 것을 알 수 있다. 그런데 이는 나에코가 히데오에게 호의를 가지고 있다는 것을 암시적으로 말하고 있는 것이라고도 할 수 있을 것이다. 좋아하지도 않는 남자로부터의 구혼이라면 망설일 것도 없이 거절해 버리면 되기 때문이기도 하다.

그렇다면 히데오는 나에코를 사랑하고 나에코는 히데오에게 호감을 가지고 있으니 이 젊은 두 사람은 결혼해도 좋을 것이다. 그러나 작가 가와바타는 「『고도』를 쓰고 나서」에, 「기타야마스기(北山杉)의 나에코는 히데오와 연애도 하지 않고 결혼도 하지 않」을 거라고 말하고 있으므로 두 사람은 맺어지지 않을 거라 봐두 좋다. 히데오와 나에코이 두 사람이 맺어지지 않을 것이라는 조짐은 작품세계에도 나타나 있다. 히데오가 나에코의 오비를 짜서 그것을 가지고 기타야마스기 마을로 나에코를 만나러 갔을 때 히데오는 무지개를 보게 되는데, 이 무지개는 「완전한 모양의 무지개가 아니라 어딘가 희미해져 있었」던 것이다. 이것은 두 사람이 맺어지지 않을 조짐으로 봐도 좋지 않을까 한다. 그러므로 히데오는 「훔, 무지개는 길한 것의 징조일까, 흉한 징조일까」라며 「신경을 썼」던 것이다.

그런데 실제로 나에코는 히데오와 결혼하지 않는다는 것을 암시한다. 그리고 지에코도 나에코는 「히데오상과 결혼하지 않는다」고 생각한다. 그럼

나에코는 무엇 때문에 히데오의 구혼을 거절하는 것일까? 그 이유의 하나
는, 다른 사람의 대신으로 하는 결혼은 그게 아무리 자기들 쌍둥이의 한쪽
인 지에코의 대신이라고 할지라도 여자로서의 인격체인 자기로서는 할 수
없다고 하는 것이고, 또 하나의 이유는 자기가 히데오와 결혼함으로써 지에
코가 쌍둥이이고 버려진 아이라고 하는 게 세상에 알려지는 걸 두려워하기
때문이다.

그런데, 작가 가와바타는 왜 작품 세계에 등장하는 젊은이들에게 결혼을
시키지 않은 것일까. 그가 「『고도』를 쓰고 나서」에, 『고도』는 「조그맣고
귀여운 사랑의 이야기를 쓸 심산이었는데, 전혀 예상치 못했던 쌍둥이 아가
씨의 이야기가 되어 버렸다」라 썼다고 하는 것은 이미 언급한 대로인데,
이는 『고도(古都)』의 작품세계인 「쌍둥이 아가씨의 이야기」에 등장하는
아가씨들이 언제까지나 남자를 알지 못하는 순결한 아가씨로 있어 주기를
바랐기 때문이다. 그래서 『고도』의 세계를 살고 있는 젊은이들에게 결혼을
시키지 않았다는 말이다.

물론 작품세계에는 이 젊은이들이 결혼을 할 것인지, 하지 않을 것인지
하는 언급이 없다. 단 작가 가와바타도 「『고도』를 쓰고 나서」에서 말하고
있듯이 독자들에게도 『고도』의 젊은이들은 「연애도 하지 않고 결혼도 하지
않는 게 아닐까 하는 그런 예감」이 든다는 것이다.

하여튼 작자 가와바타는 수면제에 의한 마계(魔界)에서 『고도』를 마계
가 아닌 작품으로 쓴 것이다. 이는 가와바타도 「『고도』를 쓰고 나서」에서
말한 대로 「묘(妙)」한 일인 것이다. 가와바타는 「쌍둥이 아가씨의 이야기」
인 『고도』의 세계가 끝날 때까지, 아니 끝난 뒤까지도 「쌍둥이 아가씨」
자매가 순결하게 살아가도록 하여 『고도』를 「가장 점잖은 작품」으로 한
것이 아닌가 한다.

Ⅷ ^{●●●} 실패한 장인 다키치로

『고도』는 「쌍둥이 아가씨의 이야기」를 쓴 소설이라고 하는 것은 몇 번이 나 말해 왔다. 「쌍둥이」라면 물론 지에코와 나에코의 쌍둥이 자매이다. 이 두 자매 가운데 『고도』의 세계에 있어서의 중심인물은 지에코라고 하는 것은 재언을 요하지 않는다. 그런데 나에코는 부모가 기르려 했는데 지에코 는 버려졌있다. 그리고 나키치보가 주워 왔기에 그들 부부에 의해 양육을 받았다. 그러므로 지에코를 이해하기 위해서는 다키치로 부부에 대해서 알 지 않으면 안 되는데, 이들은 가부장제 가족제도에 의한 부부이므로 우선 남편인 다키치로에 대해서 고찰해 보고자 한다.

사다(佐田)의 상점은 하여튼 화복(和服) 도매점으로 나카쿄(中京)에 있다. 주위의 상점이 대개 주식회사로 된 것처럼 사다의 상점도 형태는 주식회사이다. 다키치로는 물론 사장이지만, 거래는 지배인(지금은 전무 혹은 상무)에게 맡기고 있다. 그러나 아직 구식의 상점식의 관례는 다분히 남아 있다.

이로써 사다 다키치로(佐田太吉郎)의 업무, 상점의 모습, 경영방법에 대 해 대강은 알 수 있을 것이다. 「다키치로는 젊었을 때부터 명인기질」이 있 는데다가 「사람 만나기를 싫어」했다. 젊었을 때 「천재가 아닌 다키치로」는 「번민 끝에 마약의 마력을 빌려 비단의 괴상한 밑그림을 그」린 적도 있다. 다키치로의 집에는 「다키치로의 선대부터 수집해 둔」 중국이나 일본의 옛 날 옷감, 각 지방의 직물의 도록(図錄), 노(能)의 의상, 옛날의 예복, 남방

각국의 사라사 등이 「본래의 형태대로 상당히 보존되어 있」는데, 「옛날의
옷감전이 열릴 때 같을 때, 출품해 달라」고 부탁을 받기라도 하면 다키치로
는 「우리 조상의 유지(遺志)로 문외불출(門外不出)입니다」라고 거절하는
완고한 사람이기도 하다. 이 완고함을 말할 것 같으면 「상점 쪽이 조금 소
란스럽기라도 할 것 같으면」, 지배인에게 「옷은 눈으로 사는 건데 입으로
사다니, 눈이 없는 거야?」라고 할 정도이다. 또 다키치로는 「가끔 염세주의
에 빠지」기도 하는데, 이에 대해 아내 시게는 「우리 집 양반은 세상을 좀
비관하고 계신 것 같」다고 말하기도 한다. 이러한 다키치로지만 젊었을 때
에는 「니시진(西陣)의 직물상점 주인이나, 또 지방의 단골손님과 가미시치
켄(上七軒)에서 자주 놀아」나기도 했다. 그는 동양적이며 일본적인 성격과
취향의 소유자인데, 이는 그가 지에코에게, 「서양의 꽃은 산뜻하지만 쉬
싫증이 나지. 아버지는 역시 죽림(竹林) 쪽이 좋구나」라고 한 말에도 나타
나 있다. 「나이는 오십도 중반을 넘어」, 「육십」에 가깝다.

그런데 「가장 중요하다 할 수 있는 장사는 날이 갈수록 기울어 가는 듯」
한데, 이는 사장인 다키치로가 「장사에 점점 흥미를 잃어」 지배인에게 맡
겨 두고 있기 때문이다. 지배인이 부정을 저질러도 알지 못하고 여승방에
파묻혀 「장사에 방해가 되」는 밑그림 같은 걸 그리고 있기 때문일 것이다.
제 2장 「여승방과 격자문」에는 「다키치로가 상점을 현대식으로 고치지 않
은 것은 주인의 인품에도 의한 것이겠지만, 그다지 형편이 좋지 않은 탓이
기도 할 것이다」라고 되어 있는데, 이 말로부터는 다키치로의 상점과 그의
인격을 엿볼 수 있다.

그리고 제 3장 「기모노의 거리」에는 「太는 장사도 기울어 가고, 상점의
낡은 형태도 고칠 수 없을 정도」라고 되어 있는데, 이는 가와바타가 단행본
간행 때 쓴 「후기」에, 수면제 남용 때문에 「역시 이상한 데, 조리가 맞지
않는 것 같은 데가 적지 않았다. 교정으로 상당히 고쳤지만, 문장이 흐트러

진 데, 어조가 잘못된 곳이 오히려 작품의 특징이 되어 있다고 생각되는 데는 그대로 두었다」고 말하고 있는데, 앞에서 인용한 제 2장과 제 3장 사이에 「이치에 맞지 않」는 데가 여기에 적용되는 게 아닌가 한다. 그런데 제 3장으로부터의 인용은 전체적인 작품세계와 대조하여 고찰해 보면 너무 과장했다고 하는 느낌이 강하고, 제 2장으로부터의 인용문이 전체적인 작품세계에 알맞은 표현이라 생각된다.

이제까지 고찰한 바로부터는 다키치로가 도매상의 경영자로서 장사에는 그다지 관심이 없고 오비의 밑그림 같은 것에의 미련을 버리기 어려운 듯, 그것에만 집착하고 있다는 걸 알 수 있다. 이것은 다키치로가 지에코에게 「지에코, 이 가게를 팔아버리고, 니시진(西陣)이라도 좋고, 조용한 난젠 사(南禅寺)나 오카자키(岡崎) 근처의 조그마한 집으로 옮겨 옷감이나 오비(帯)의 도안을 둘이서 생각해 보면 어떨까? 가난을 참을 수 있겠니?」라고 한 말에도 잘 나타나 있다. 그렇다 하여 다키치로의 밑그림의 솜씨 같은 것이 뛰어난 거라고도 하기 어렵다. 아내 시게는 딸 지에코에게, 「아버지도 옛날에는 정말이지 화려한 것을, 정말이지 기발한 것을 그렸단다……」라고 말하고 있지만, 이 시게의 말이 읽는 자들에게 실감으로 다가오지는 않는다. 설령 이 시게의 말이 사실이라 한지라도 나이 든 현재의 다키치로의 화필은 퍽 무뎌져 있다. 그러기에 이러한 데에 다키치로의 슬픔은 있는 것이다. 다키치로가 여승방에 파묻혀 지에코의 오비 밑그림을 구상하고 있었을 때 「염주를 깨물어 부」셔 버리기도 했었는데, 이는 자기 인생에 대한 회한과 무뎌진 자신의 화필에 의한 슬픔을 「깨물어 부」셔 버리고 싶기 때문이었던 것일 게다.

하여튼 여승방에 파묻혀 머리를 짜 그린 밑그림에 만족했던 듯, 다키치로는, 「눈을 반짝이며」 니시진에서 방직업을 하는 오토모 소스케의 집으로 달려간다. 짜달라고 부탁하기 위해서이다. 그러나 소스케의 아들 히데오(秀

男)로부터「무척 재미있지만, 따스한 마음의 조화가 없어. 뭐랄까 거칠고 병적이야」라는 비평을 듣고「다키치로는 파랗게 질려 입술이 떨」린다. 그러고는「밑그림을 황급하게 말아서 품속에 쑤셔 넣」고 다키치로는「인사도 하는 둥 마는 둥 하고 문을 나」선 뒤 소스케의 집 근처에 있는 시내에 그「오비의 밑그림을 품속에서 꾸겨 뭉쳐서」「버린」다. 다키치로는 이처럼 이루지 못한 꿈을 누군가에게 의탁하여 이루려 하는데, 그 상대는 히데오로 정한다. 아니, 히데오를 보고 그는 자기의 꿈을 이루어줄 수 있는 사람으로 확신했을지도 모른다.

그렇다면 다키치로는 히데오의 어떠한 면을 보고 자기의 후계자로 생각하게 된 것일까? 이는 다키치로가 히데오로부터 장인기질(匠人氣質)을 보았기 때문일 것이다. 다키치로도 그렇지만 장인은 완고한 데가 있는 게 보통이듯이, 히데오는 부친 소스케의 말처럼「부모의 말이라 할지라도 납득이 가지 않으면 듣」지 않는 완고함의 소유자이다. 다키치로가 그린 밑그림을 보고 그의 앞에서「조화가 없」을 뿐 아니라「거칠고 병적이」라는 등의 비평을 주저하지 않았던 것도 히데오의 장인기질의 일면이다.

이처럼 비판을 하긴 했지만 단 한 번 보았을 뿐으로 다키치로의 밑그림을 완전히 외워 밑그림 없이 그와 똑같이 짠 히데오는 다른 사람을 놀라게 하고도 남음이 있는 것을 가지고 있다 하겠다. 작가 가와바타는「『고도』를 쓰고 나서」에「명인(名人) 기질로 무언가를 만드는 사람은 많지 않다. 나의『고도』는 그러한 사람을 써 보고 싶다고 하는 생각도 있었다」고 썼는데, 그가 말하는 명인 기질의 사람이란 히데오와 같은 사람이 아닐까 한다.

「튤립 꽃은 살아」있어「정말 짧은 개화기만 생명을 다해 피어 있다」고 한 송이의 꽃으로부터도 생명을 보는 히데오, 나에코와 둘이서 지다이마쓰리(時代祭)를 구경하면서「히데오 상, 무엇을 보고 계시나요?」라는 나에코의 말에「소나무의 푸르름입니다. 저 봐요. 행렬을 보세요. 그런데 소나

무의 푸르름의 배경으로 행렬도 돋보여요.」라고 한, 마쓰리 하나를 보는데
있어서도 마쓰리 자체만을 보는 게 아니라 배경과의 조화까지를 보는 히데
오, 그리고 작업 끝에는 그 「작업이 얼굴에도 몸에도 남아 있」을 정도로
일에 열중하는 히데오, 작가 가와바타는 이러한 사람을 써보고 싶다고 생각
했던 게 아닐까 한다.

히데오를 만날 때마다 다키치로는 이와 같은 그를 응시하고 있었을 것이
다. 그리고 그는 자기가 그린 밑그림 없이 히데오가 짠 오비를 보고 지에코
에게, 「아버지가 버린 밑그림과 똑같구나」라 말하는가 하면, 또 히데오에
대해 「눈도 날카로워 마음속까지 꿰뚫어 본다니까」라고 말하기도 한다. 장
인으로서 뜻을 이룰 수 없었던 실패자 다키치로는 신예의 장인 히데오를
발견하고 지에코의 신랑으로서의 데릴사위로 맞아들여 자기의 후계자로 하
려고 남몰래 바라고 있었다. 그러나 장본인 지에코는 히데오에게 연심을
느낄 수 없었으므로 이도 다키치로는 단념할 수밖에 없었다. 여기에 다키치
로의 또 하나의 슬픔이 있었을 것이다.

어쨌든 작가 가와바타는 『고도』에 다키치로를 통하여 실패자로서의 장
인을 쓰고, 히데오를 통하여 신예의 장인을 쓴 게 아닌가 한다.

IX ••• 민주적 가부장제 가정

앞의 절(節)에서는 지에코의 부친 다키치로에 대해서 썼는데, 이 절에서
는 지에코를 기른 다키치로의 가정에 대해서 고찰해 보고자 한다.

다키치로의 가정은 『고도』의 세계의 모두에 나와 있는 「단풍나무 고목」
으로 상징되어 나타나 있다. 이 「고목의 줄기」는 지에코와 나에코 쌍둥이
자매의 상징인 「두 포기의 제비꽃」을 기르고 있으므로, 「단풍나무 고목」은
쌍둥이 자매를 대표하는 지에코를 기른 다키치로의 가정의 상징으로 봐도
좋지 않을까 한다.

　　　그 단풍나무는 거리의 좁은 정원치고는 정말이지 큰 나무여서 줄기는
　　지에코의 허리 둘레보다도 굵다. 몹시도 오래되어 거친 피부가 파랗게 이
　　끼 긴 줄기를 지에코의 싱싱한 몸에 비할 바는 아니지만……

「단풍나무 고목」의 줄기와 「지에코의 허리 둘레」와의 비교, 「단풍나무
고목」의 피부와 지에코의 몸과의 비교가 눈에 띈다. 두 개의 예가 모두 「단
풍나무 고목」쪽이 지에코 쪽보다 크고 강한 인상이다. 「오래되어 거친」,
그리고 「파랗게 이끼 긴」 「단풍나무 고목」은, 지금은 비록 기울어 가고
있다고는 하지만 아직 경제적으로 그다지 궁핍하지 않은 내력 있는 상점으
로서의 다키치로 가정을 상징하기 충분하다 해도 좋을 것이다. 이처럼 「정
말이지 큰 나무」인 「단풍나무 고목」으로 상징된 다키치로의 가정에서 지에
코는 아무런 부족함도 모르며 자란 것이다.
　여기에서 다키치로의 가정, 다시 말해서 다키치로 부부와 지에코에 대해
서도 좀 자세하게 고찰해 볼까 한다. 다키치로 부부의 지에코에 대한 사랑
은 익애(溺愛)라고 해도 좋을 정도로 깊고도 크다. 그렇다고 하여 정말로
맹목적인 사랑이냐 하면 그렇지도 않다. 이 사랑 속에는 지에코를 훌륭하게
기르고자 하는 교육적인 면도 있다. 「지에코의 생활 가운데에는 아무렇게
나 누워 있는 남자의 모습 같은 걸」좀처럼 볼 수 없을 정도로 다키치로는
몸가짐에도 세심한 주의를 기울인다. 지에코는 양친에게 「절대 복종」한다

고 하고 있지만, 양친이 「강요하」기 때문이 아니라, 양친은 딸을 사랑하고 딸은 양친에게 복종한다고 하는 건전한 가정의 분위기가 자연히 그렇게 하게 한 것이다. 모친 시게는 「지에코는 젖먹이 때부터 길러서 눈에 넣어도 아프지 않을 정도로 귀엽다」고 하기도 한다. 말만 그런 게 아니라 실제로 그러하다. 모친 시게도, 딸 지에코도 기모노(和服)는 부친 다키치로가 도안 한 것밖에 입지 않는다. 누가 시켜서가 아니다. 가족끼리의 따스한 애정에 의한 것이다. 이처럼 따스한 애정에 감싸인 다키치로의 가정의 분위기는 주위의 사람들도 느끼고 있는 듯, 다키치로가 그린 지에코의 오비 밑그림을 보고 히데오의 부친 소스케는 「따님의 효심과 아버님의 자애가 잘 나타나 있습니다」라고 말한다.

다키치로의 가정이 가부장제의 가정이라고 하는 것은 전술한 대로인데, 이 가정의 중심인물은 지에코라고 하는 인상이 짙다. 모친 시게는 지에코에게 「지에코, 너 이 상점을 이어받지 않아도 괜찮아……」라고 말하고는, 「시집가고 싶으면 가도 좋아」라고 한다. 지에코는 외동딸이므로 데릴사위를 맞이하는 것이 보통이지만, 모친이 지에코에게 「시집가고 싶으면 가도 좋」다고 한 것은 가업으로서 몇 대나 이어온 전통 있는 상점을 닫는다는 걸 전제로 하는 말이다. 부친도 모친도 지에코의 얼굴을 보는 것만으로도 지에코에게 「무슨 일이 있는지 알아채」기도 할 정도이다.

지에코가 사가의 여승방에 있는 부친 다키치로에게 파우루 크레에의 화집을 가져다 준 일에 대해 다키치로는 지에코에게 「그것이 아버지의 즐거움이란다. 위로이지. 지금으로선 사는 보람이야」라 말한 적이 있다. 이는 지에코가 다키치로의 「사는 보람」이라는 의미인데, 그의 딸에 대한 애정을 보면 이 말이 과장이 아니라는 걸 알 수 있다.

「자루 같은 것으로는 아깝고, 다도(茶道)의 수건으로 자르기에는 너무 크고, 오비라면 몇 개나 나올까.」

라며 지에코는 그때 커튼을 둘러보았다.

「가위 좀 가져 와라……」라고 다키치로는 말했다.

그 가위로 아버지는 과연 솜씨 좋게 커튼의 사라사를 잘랐다.

「이리 와 봐. 네 오비로 좋을 것 같다.」

지에코는 놀라서 눈이 젖었다.

이러한 모양이니까 지에코가 다키치로의 「사는 보람」이라 해도 이상하지 않으리라 생각한다. 그렇다고는 하나 지에코는 응석둥이로만 자란 아가씨는 아니다. 「일찍 일어나 유리창 같은 걸 깨끗이 닦」기도 한다. 과년한 아가씨이니 밤에도 자유로이 데이트를 할 수 있는 친구의 「그 자유가 부」러울 때가 없는 건 아니지만, 지에코에게 이와 같은 자유가 주워지지 않은 게 아니라 지에코가 스스로 몸가짐을 조심히 하기 위해서이고, 부모에게 걱정을 끼쳐 드리지 않기 위해 스스로 자신의 자유를 제약하고 있는 것이다.

그럼 여기에서 신이치와 지에코의 대화에 귀를 기울여 보고자 한다.

「지에코 상은 부모님께 절대 복종하는 거야?」

「응, 절대 복종해.」

「결혼 같은 것도?」

「응, 지금은 그럴 생각이야」라고 지에코는 망설임도 없이 대답했다.

「자기라고 하는 것, 자기의 감정이라는 게 없어?」라고 신이치는 말했다.

「너무 많아서 곤란한 것 같은데…….」

「그걸 눌러 죽여 버리는 거야?」

「아니, 죽이지 않아.」

지에코의 가정은 얼핏 완고한 것처럼 보인다. 그러나 결코 그런 게 아니다. 「복종」한다는 것은 부모가 복종시키니까 「복종」하는 게 아니라, 지에코 스스로가 「복종」하는 것이다. 그런데, 「자기」와 「자기의 감정이라고 하는 것이」, 「너무 많아서 곤란」할 정도라고 하는데, 이를 죽이지 않는다고 하는 것은 무엇을 의미하는 것일까. 신이치의 말에 의하면 「수수께끼와 같」은 것이다. 부모에게 복종하지만 「자기와」, 「자기의 감정」은 죽이지 않는다는 걸 어떻게 이해해야 되는 것일까. 이는 「자기와」, 「자기의 감정」을 죽이는 게 아니라 용해시켜 부모의 의사에 스며들게 하고, 또 부모 쪽에서는 딸이 「감정」 같은 것을 죽이거나 용해시키기 전에 그것을 받아들인다고 한다면 딸은 자기와 자기의 감정을 죽이지 않더라도 복종할 수가 있으니까 「수수께끼와 같」은 것도 무엇도 아니다. 이와 같은 지에코의 가정이야말로 가장 민주적인 가정이 아니겠는가.

X 불행의 요인을 행복으로 승화시킨 지에코

이제까지 고찰해 온 것처럼 지에코는 아무런 부족도 없는 가정에서 부모의 따스한 애정에 쌓여 자랐다. 행복의 조건을 모두 갖춘 가정이라고 해도 좋다. 이러한 가정환경 속에서 자랐기에 지에코는 당연히 행복해야만 한다. 또 지에코가 행복한 것처럼 보이는 것도 사실이다. 그러나 외형적인 조건만이 행불행을 결정짓는 것이 아니다. 인간의 행불행은 오히려 내적인 면에 의해 크게 영향을 받는 것이다. 그렇다고 하여 지에코가 불행하다는 것은 아니다. 어느 쪽인가 하면 행복한 편이 아닌가 한다.

그러나 지에코는 불행하지는 않다 해도 그녀의 가슴속에 무엇인지 엷은 우수가 자리 잡고 있다는 것이 느껴진다. 「중학교에 들어갔을 무렵」, 어머니 시게가 지에코를 불러 「지에코, 너는 내가 배 아파 낳은 애가 아니란다. 귀여운 아가를 훔쳐 차로 도망쳤단다」라고 소설 같은 말을 한 뒤부터 지에코의 작은 가슴속에는 짙지는 않다 해도 우수가 자리 잡기 시작했던 것 같다. 물론 처음 이 말을 들은 소녀 지에코의 쇼크는 컸을 것이다. 그런데다가 지에코는, 자기가 훔쳐 온 아이가 아니라 「상점의 문 앞에 버려」진 아이라는 걸 알고 있었으니 그녀의 쇼크는 어떠했을까 짐작하기 어렵지 않으리라 생각한다. 다른 소녀였다면 이와 같은 말을 듣고 그 쇼크로 인해 자기의 인생을 망쳤을지도 모를 일이다. 그러나 지에코는 그 쇼크를, 그 슬픔을 자신의 가슴속에 남몰래 잠재우며 자신의 인생을 흐트러지지 않게 했던 것이다.

이와 같은 경우에 처하게 되면 친부모를 미워하기도 하고 욕하기도 하는 게 보통인데, 지에코는 미워하기는커녕 오히려 친부모를 그리워하여 「친부모님은 아다노(仇野) 근처의 임자 없는 묘지에라도 계시는 것일까. 거기의 돌은 모두 오래된 것뿐인데……」라 생각하기도 하고 「아다노의 넨부쓰 사(念仏寺)를 찾아가」기도 한다. 원망하는 마음이 있다고 하면 오히려 버려진 지에코가 아니라 버려지지 않은 나에코 쪽이다. 그러나 물론 나에코는 지에코의 입장에 서서 지에코를 가엾어해 준 것이다.

지에코는 자기가 기아(棄兒)라는 것을 알고부터 가슴속에 우수가 계속해서 자리 잡고 있다고 하는 것은 이미 말한 대로인데, 그 우수의 빛을 처음으로 드러낸 것은 그녀가 신이치(真一)와 헤안진구(平安神宮)의 벚꽃구경을 하고 나서 「기요미즈 사(清水寺)에 가보고 싶어요」라 말하여 신이치와 함께 기요미즈사에 가서 신이치에게 「신이치 상, 나 버려진 아이였어」라고 말한 때이다. 그리고 둘이서 결혼 이야기 같은 걸 하고 나서 지에코는, 「무서운 일이야……」라고 말했던 것인데, 이는 자기의 친부모가 갓난아기인 자기를 버리고 있는 장면이 눈에 떠올랐기에 한 말이 아닌가 한다. 이렇게 되면 누구나가 부모를 미워하는 게 자연스러울 것 같은데, 지에코는 그 미움을 승화시켜 우수로 한 것이다.

지에코와 신이치가 기요미즈사에 가기 전, 두 사람이 헤안진구(平安神宮)의 벚꽃 만개한 나무 아래에서 만났을 때 신이치가 지에코에게 「행복해 보이는 아가씨」라 하자 지에코는 「내가? 내가 행복해……?」라고 긍정도 부정도 아닌 태도를 보이는데, 이는 꼭 행복한 것만도 아니라는 의미로 받아들여도 좋으리라 생각한다. 그러나 지에코와 나에코의 쌍둥이 자매가 기온마쓰리(祇園祭)에서 처음 만났을 때, 나에코가 지에코에게, 「아가씨, 행복해 보여요」라고 하자 지에코는 「예」라고 분명하게 대답했었는데, 인간의 행복이라고 하는 것은 상대적인 것이므로 지금 「남의집살이를 하」고 있는 나에코보다는 행복하다고 하는 의미로 말한 게 아닌가 한다.

어쨌든 지에코가 자기는 기아(棄兒)라고 안 것은 일대사건이었다. 그리고 그녀가 나에코를 만나 자기들은 쌍둥이로 자매라고 하는 걸 안 것도 또한 커다란 사건이었다. 이 사건은 지에코의 우수에 깊이를 더해 준 사건이기도 하다. 물론 나에코는 자기의 언니나 동생일 것이므로 만나 기쁘지 않을 리가 없지만, 나에코처럼 순수하게 기뻐할 수만은 없었던 것이다. 그것은 무엇보다도 자기가 쌍생아라고 하는 것을 꿈에도 생각지 못했던 일이었으므로 기뻐할 마음의 여유가 없었기 때문이다. 그리고 「이번 나쓰노본(夏の盆)12)은 지에코에게 새로운 슬픔도 있었다. 기온마쓰리(祇園祭)에서 나에코를 만나 친어머니도 친아버지도 일찍이 돌아가셨다는 것을 나에

---

12) 「나쓰노본(夏の盆)」은 일본 명절의 하나임.

코에게 들었기 때문이다」라고 하는 표현에서도 알 수 있듯이 친부모가 일
찍이 돌아가셨다는 것은 지에코를 슬프게 했기 때문이기도 하다. 친아버지
는 「원숭이처럼 삼나무 끝에서 끝으로 뛰어 옮겨」 「가지치기」하는 일을
하고 있었던 듯한데, 무엇인가의 이유로 지에코를 버려야만 했던 일로 상심
하여 나무에서 떨어져 죽었다 하므로 지에코의 슬픔은 그만큼 컸던 것일지
도 모른다.

　그런데, 지에코를 슬프게 했던 또 하나는 주위 사람들의 그녀를 향한 굴
절된 시각이 아니었을까 한다. 지에코는 「주위 사람들이 버려진 아이라고
수군거리는 것을 언뜻 듣」기도 했으니까 그 사람들의 지에코를 향한 눈길
이 어떠했을까는 상상하기 어렵지 않을 게다. 그리고 지에코는 류스케가
「일러준 꾀」로 지배인 우에무라(植村)에게 상점의 장부를 보여 달라고 한
일이 있는데 그때의 모습을 잠시 들여다보면 이러하다.

　　「내일 보여주세요. 우에무라 상.」
　　「아가씨. 아가씨가 태어나시기 전부터 이 우에무라는 이 상점을 맡아
　일해 왔는데……」라고 우에무라는 말했는데, 지에코가 돌아다보지도 않
　으므로 우에무라는 들리지 않을 정도로, 「제기랄.」 그리고 가볍게 혀를
　차고 나서 「아이, 허리야.」

　여기에서의 우에무라의 말 가운데에는 지에코에게 나는 너를 주워 오기
전부터 이 상점에 있어, 네가 주워 온 아이라는 걸 잘 알고 있는데 그렇게
잘난 체하지 않아도 되지 않느냐고 하는 경멸의 마음이 숨겨져 있다. 그리
고 지에코의 등을 향해 지에코가 들을 수 없는 작은 소리이기는 하지만
「제기랄」이라고 한 것 같은 태도를 그는 일상의 생활 가운데에서도 보였던
게 아닌가 한다. 만약 그렇다고 한다면 지에코가 그걸 느끼지 못했을 리가

없었을 것이다.

이렇게 되면 지에코는 행복하긴 하지만, 이 지에코의 마음속에는 또한 우수도 깃들어 있다는 게 된다. 다시 말해서 지에코에게는 행복과 우수가 공존한다고 하는 것이 된다. 그런데 행복하지만 슬프다, 또는 슬프지만 행복하다고 하는 일이 과연 있을 수 있는 것일까. 아마도 있을 수 없지 않을까 한다. 그렇다면 이 모순을 어떻게 설명해야 할 것인가. 인간에게는 절대적인 행복도 또 절대적인 불행도 없는 것이어서 그 행불행이라고 하는 것은 상대적인 것이며 그 기준도 사람에 따라 다르다. 그러므로 어떤 사람에게는 행복의 원인인 게 어떤 사람에게는 불행의 원인으로 작용하는 경우도 적지 않을 것이다. 그런데 지에코의 경우는 보통의 아가씨라면 자기의 인생을 불행하게 할 수 있는 처지를 극복하여, 이 처지에 의한 우수까지도 승화시킴으로써 자신을 행복하게 한 것이다. 이것은 물론 다키치로의 가정이라고 하는 환경과 착한 지에코의 심성과의 상호작용에 의해 이루어진 것이다. 그리고 이러한 것이 다키치로네 가정의 훌륭함이며 또 지에코의 아름다움이기도 하다.

XI 쌍둥이 두 자매는 다시 하나가 되고

『고도』의 세계는 지에코·나에코의 「쌍둥이 아가씨의 이야기」에 의한 세계이므로 이 두 아가씨에 대하여 고찰하는 것은 피할 수 없을 것이다.

그런데, 지에코가 자기는 쌍둥이라고 하는 것을 알게 된 것은 『고도』의

세계가 절반이나 지난 제 5장 「기온마쓰리(祈園祭)」에 의해서이다. 여기에서 지에코가 나에코를 만난 곳으로부터 살펴볼까 한다. 「기온마쓰리」 때 지에코는 「고타비쇼(御旅所)에서 나나도마이리(七度まいり)를 하고 있는 듯 한 아가씨」를 발견한다. 「그 아가씨를 어디선가 본 것 같은 생각이 들」어 「어머」라고 지에코는 놀라서 「끌리기라도 하듯 지에코도 그 나나도마이리를 시작」한다. 그리고 나나도마이리는 끝난다.

　　아가씨는 파고들기라도 하듯 지에코를 응시했다. 「뭐를 기도했나요?」라고 지에코는 물었다.
　　「보고 계셨어요?」라며 아가씨는 목소리가 떨려 나왔다.
　　「언니가 있는 곳을 알고 싶어서…… 댁은 언니예요. 하느님이 만나게 해 주신 거예요.」
　　라며 아가씨의 눈에는 눈물이 흘러 넘쳤다.
　　분명히 저 기타야마스기(北山杉) 마을의 아가씨였다.

　「어디선가 본 것 같은 생각이 들」었다든가, 「저 기타야마스기 마을의 아가씨」라든가 하는 것은 다음과 같은 일에 연유한다. 지에코는 친구 마사코(真砂子)와, 제 4장 「기타야마스기(北山杉)」에서, 기타야마스기 마을에 간 적이 있다. 그때 두 사람은 「여자들이 스기 산(杉山)에서 내려오」는 걸 보는데, 「마사코는 그 자리에 못이라도 박힌 듯」이 「감색의 통소매옷에 멜빵을 하고, 작업복 바지를 입고, 앞치마를 두르고, 장갑을 끼고, 그리고 수건을 쓰고 있」는 「아가씨 한 사람을 응시하고」는, 「지에코 상, 저 처녀 꼭 닮았어. 지에코 상과 똑같아」라고 말한다. 그런데 이는 지에코가 나에코를 만나는 전조로서 설정되어 있는 장면이다.
　지에코・나에코의 쌍둥이 자매 아가씨는 이와 같이 하여 첫 대면을 한 것이다. 이것을 나에코는 「하느님이 만나게 해 주」셨다며 진심으로 기뻐한다. 나에코는 방금 지에코를 만났을 때처럼 「언니가 있는 곳」을 알기 위해 매년 기온마쓰리(祈園祭) 때가 되면 나나도마이리를 해왔던 게 아닌가 한다. 그러므로 나에코는 지에코를 만나게 된 것은 자기의 기도를 하느님이 들어주셔서 「만나게 해 주」신 거라고 믿었을 것이다.

그런데 나에코가 지에코에 대해 「언니」라고 한 것은 편의상 그렇게 한 것이지 실제로는 동생일지도 모른다. 하여튼 지에코와 나에코는 쌍생아이니 「언니거나 동생」이라고 하는 게 분명하다. 나에코는 이에 대해 「전부터 알고 있었기에 이 언니거나 동생을 찾고 있었」으므로, 그리고 「어렸을 때부터 계속하여 생각해 왔」으므로, 「나에코가 지에코를 찾」은 기쁨은 그만큼 컸던 것이다.

그러나 지에코는 「댁은 언니예요」라고 말하는 나에코에게 「난 외딸이에요. 언니도 동생도 없어요」라고 말한다. 그리고 「남이지만 얼굴이 닮은 걸 거에요」라고도 말한다. 그녀들은 일란성 쌍생아였던 것이다. 지에코는 자기가 나에코와 쌍둥이라고 하는 것이 타인에게 알려지는 것을 두려워하여 그녀와 둘이서 서 있는 것을 타인이 알아보지 못하게 한다는 생각으로 나에코에게 「이런 데에 오래 서 있으면」이라 말하기도 한다. 그리고 히데오가 「나에코를 지에코로 잘못 보」고, 「아가씨, 지에코 상」이라고 불러 나에코를 만났을 때에도 「지에코는 살짝 남의 뒤로 숨었」던 것이다.

나에코를 향한 지에코의 마음은 박정하게 보이기도 하지만 결코 그런 것이 아니다. 꿈에도 생각지 못했던 일이기에 「전부터 알고 있」던 나에코처럼 지에코는 「순수하게 기뻐」할 수가 없었을 뿐이다. 나에코를 만난 놀라움에 안색이 「창백」해져서 「지에코는 힘껏 밟고 서 있는 다리가 떨릴 정도로 마음이 산란」했으므로 「기뻐할 여유도 없었」던 것일 뿐이다. 이러한 상황 가운데에서도 지에코의 가슴속에서는 「나에코에 대한 따스한 친근

감이 복받쳐 왔」던 것이다. 그리고 「나에코가 그토록 기뻐했는데, 난 무얼
한 거야?」라고 반성도 하는 것이다.

　이렇게 하여 서로 헤어져 살아온 지에코·나에코 자매는 다시 만났던
것이다. 지에코는 부모의 허락을 받아 나에코에게 자기의 집에서 같이 살
것을 제안하는데, 나에코는 이를 거절한다. 이는 둘이서 같이 삶으로 해서
두 사람이 쌍둥이라고 하는 게 세상에 알려지면 지에코의 행복에 방해가
되지 않을까 하는 배려 때문이라 해도 좋다. 지에코도 나에코도 쌍둥이의
한 쪽인 상대방을 사랑한다. 그런데 어느 쪽인가 하면 나에코의 지에코에
대한 사랑이 더 적극적이고도 깊은 것처럼 느껴진다. 나에코는 지에코에게
「우리 부모님이 갓난아기를 버린 건 아가씨 쪽이었어요」라 말하고, 이어서
「양친 모두 그 벌을 받은 게 아닌가 생각하지만……」이라 말하기도 한다.
나에코는 이처럼 부모의 죄를 자기가 대신 지고 괴로워하는데, 그 죄로 인
한 무거운 짐을 조금이라도 내려놓고자 하는 바람이 그녀의 지에코에 대한
사랑을 적극적이고도 깊은 것으로 한 게 아닌가 한다. 그러기에 나에코의
지에코에 대한 사랑은 맹목적이고도 헌신적이었는지도 모른다. 부모의 자
식에 대한 사랑 같기도 하다. 사실 나에코는 부모가 못 이룬 지에코에 대한
사랑을 부모를 대신하여 쏟고 있는 것 같기도 하다. 그러므로 지에코가 「우
리 상점에」서 「하다 못해 하룻밤만이라도」 지내러 오라는 말에 「나에코는
눈에 기쁜 빛을 띠면서」도 같이 살자는 말에는 분명하게 거절했던 것이다.

　나에코는 지에코를 만나는 일이 「어렸을 때부터 마음에 가득했」기 때문
에 「사소한 일로 지에코를 괴롭히고 싶지는 않」다고 하는 것이 그녀의 지
에코를 향한 기본자세이다. 나에코는 지에코가 「곤란한 일이 있으면 나는
죽는다 해도 막으러 가」겠다고 하여 자기의 지에코에 대한 결의가 어떠하
다는 것을 보여 준다. 그리고 나에코가 지에코의 집에 지내러 갔던 날 밤
지에코의 방에서 나에코는 「아가씨의 행복에 조금이라도 방해가 되고 싶지

않아요」라 말하고, 또 「차라리 사라져 버리고 싶어요」라고까지 말한다. 그
런데 「사라져 버」린다고 하는 것은 나에코가 지금 살고 있는 기타야마스기
(北山杉) 마을로부터 「더욱, 더욱 산 속으로 숨어 버」린다고 하는 의미의
말인지도 모른다.

　여기에서 한 가지 궁금한 것은, 이 소설『고도』의 클라이맥스는 어디일
까 하는 것인데, 이는 지에코가 나에코를 방문하여 기타야마스기 마을에
가 스기(杉) 산 속으로 들어가서 나에코가 지에코를 안은 장면이 아닐까
한다.

　　두 아가씨가 있는 삼나무(杉) 숲은 갑자기 어두워 졌다.
　　「소나기예요」라고 나에코는 말했다. 비는 삼나무 끝의 잎에 모여 굵은
　방울이 되어 떨어졌다. 그리고 커다란 천둥소리가 수반되었다. 「무서워,
　아이 무서워」라며 지에코는 파랗게 질려 나에코의 손을 쥐었다. 「지에코
　상, 무릎을 오므리고 몸을 조그맣게 해요」라고 나에코는 말하더니 지에코
　위에 겹쳐 거의 완전하게 안아 덮어 주었다.

　그리고 비가 개어 나에코는 지에코로부터 떨어지는데, 그때 「지에코를
감싸고 있던 나에코의 몸은 조금 굳어져 움직이지 않았」다. 그 정도로 나에
코는 지에코를 힘껏 감싸주었던 것이다. 이때 나에코는 지에코에게 「아가
씨, 아가씨에게 어려운 일이 있을 때마다 기꺼이 대신이라도 뭐라도 해 드
릴 거예요」라고 말했던 것이다.

　그런데 작가 가와바타는 이 인용문의 장면에 만족했던 듯, 「『고도애상
(古都愛賞)』에 대답하여」에 「내가 좀 잘 되지 않았나 하고 생각하는 데는
기타야마(北山)의 빗속에서 스기(杉)마을 아가씨가 나카쿄(中京)의 아가
씨를 감싸주는 곳 정도가 아닐런지요」라고 말하고 있다.

이는 지에코·나에코 쌍둥이 자매가 모친의 「뱃속에서」 하나가 된 뒤 두 번째로 하나가 된 장면인 것이다. 그리고 세 번째로 하나가 되었던 것은 지에코의 간원(懇願)에 의해 나에코가 하룻밤이기는 하지만 지에코의 집에서 보내러 왔던 때이다. 그날 밤 지에코는 「나에코의 잠자리로 파고들어 왔」으므로 「나에코는 지에코를 꼭 껴안았」던 것이다. 그리고 지에코가 한 말은 「아아, 나에코 상, 따스해」였다.

이처럼 지에코·나에코의 쌍둥이 자매는 세 번씩이나 하나가 되었는데, 두 사람이 한 잠자리에서 하룻밤을 같이 꿈처럼 보내고 아침이 되자 「나에코는 뒤돌아 보」는 일도 없이 지에코로부터 떠나 버린다.

XII ●●● 스기 산 일대는 일종의 영적 공간

『고도』의 세계에는 야마모토 겐키치(山本健吉)도 말한 것처럼 『고도』를 「지리적, 풍속적 소설」로 봐도 좋을 정도로 많고 다양한 「교토(京都)의 풍토, 풍물」이 작품 세계의 무대, 또는 배경으로서 배치되어 있다. 그 중에서도 독자들의 눈앞에 강한 인상으로 다가오는 것은 기타야마스기(北山杉)가 아닐까 한다. 그럼 이에 대해 고찰하기 전에 야마모토(山本)가 본 기타야마스기부터 살펴보기로 하자.

기타야마스기는 세류 천(青竜川) 골짜기에 점재(点在)해 있는 나카가와(中川), 고노(小野), 우메바타케(梅畑) 마을로, 냇가에서 그리 높지도 않은 산꼭대기까지 삼나무가 늘어서 있다. 가지치기를 하며 줄기 끝 부분만을 둥글게 남겨두고 그 외의 필요 없는 가지는 쳐서 떨어뜨렸기에 껍질을 벗긴 밋밋한 줄기의 하얀 피부가 꼭대기의 녹색과 대조되어 선명하다.[13]

「『고도』를 쓰고 나서」에 「나는 스기 마을에 두세 번 가보기도 하고 듣기도 했던 것이다」라는 표현이 있는데, 작가 가와바타가 간 곳도 이 기타야마 스기 마을이다.

그런데 「고도」라고 하는, 소설 『고도』와 연관이 있는 가와바타의 에세이에 나무를 사랑하는 그의 마음이 잘 나타나 있는 데가 있으므로 인용해 볼까 한다.

수목을 좋아하는 나는 바람에 쓰러진 나무나 사람들이 나무를 베는 것을 보면 자신의 몸이 아파 옴을 느낀다. 터를 둘러 친 철사 가시에 나뭇가지가 찔려 수액이 촉루(燭淚)처럼 매달려 있으면 나무의 눈물로 생각된다. 나는 교토(京都)와 오사카(大阪) 사이의 산 근처 마을에서 자란 탓도 있어서인지, 도쿄(東京)발 기차가 오미(近江)로 접어들어 교토 풍 적송(赤松)의 산이 보이기 시작하면 아아 하고 가슴에 스며든다. 교토와 같은 거리는 한 그루의 나무를 베는 데에도 생각하고, 베는 걸 꺼려했으면 한다. 나무를 베지 마라, 나무를 심어라, 하고 나는 자주 마음속으로 중얼거리곤 한다.

이에 이어 「내가 돌아다니며 본 바로는 일본만큼 나무들이 우아하고 섬세하며 미묘한 나라는 없었다」라고도 말하는데, 작가 가와바타는 『고도』의 세계에 있어서의 기타야마스기를 묘사하는 데에 이와 같은 따스한 애정을

---

13) 山本健吉「解説」(川端康成『古都』<新潮文庫、1984・2>)

담았던 것이 아닌가 한다. 그리고 가와바타는 『고도』의 「작가의 말」에 「교토와 그 주변을 써 보겠습니다」라고 말했었는데, 그는 교토의 주변으로서 기타야마스기를 쓴 것이 아닌가 한다.

그런데 이 기타야마스기나 기타야마스기 마을은 나에코가 사는 마을로서, 그리고 지에코가 두세 번 갔던 장소로서만의 설정은 아니다. 『고도』의 세계의 모두에 설정되어 있는 「단풍나무 고목의 줄기」에 돋아나 있는 제비꽃이 지에코와 나에코 자매를 상징하고 있듯이, 기타야마스기도 또한 지에코와 나에코를 상징하고 있는 것이다. 이 두 사람 가운데에서도 특히 지에코를 상징하고 있다. 지에코가 친구 마사코(真砂子)와 같이 기타야마스기 마을에 갔을 때 마사코는 지에코에게 「인간의 딸도 저 삼나무처럼 밋밋하게 자랄 수 있다면 좋을 터인데」라 하고, 이어서 「우리도 저렇게 애지중지 정성 속에 자랐지만」이라고 말하는 걸로 삼나무가 자기들 「인간의 딸」의 상징임을 암시하고 있다. 그리고 그날 기타야마스기 마을에서 돌아와 「지에코네 부모 자식 세 사람이」 「저녁식사를 하고 있」을 때의 일이다.

> 「지에코는 기타야마스기 마을에 가는 걸 좋아하는 것 같구나」라고 어머니가 말했다.
> 「왜 그럴까?」
> 「삼나무가 모두 곧고 예쁘게 서 있어 사람의 마음도 저런 식이라면 좋겠다고 생각한 게 아닐까요?」
> 「그거, 지에코와 똑같지 않아?」

이렇게 되면 기타야마스기가 지에코를 상징한다고 하는 것이 좀더 분명해졌다고 생각한다. 또 「삼나무 줄기가 세공물처럼 가지런히 서 있는 것은 그럴 거라고 생각지만, 위쪽 가지의 잎도 수수한 꽃 같군요」라고 한 히데오

의 말은 시사하는 바 크다. 「삼나무 줄기가 세공물처럼」, 그리고 「위쪽 가
지의 잎」이 「수수한 꽃같」이 보이도록 하기까지에는 이만저만이 아닌 손질
을 필요로 했을 터인데, 이로부터는 지에코를 구김살 없고 순수하고 다정스
러운 딸로 기르기 위해 쏟은 다키치로 부부의 정성과 노력이 연상된다.

그리고 지에코는 「기타야마스기가 보고 싶」다고 말하는가 하면, 「기타
야마스기도 보고 싶다」고 말하고는 마치 기타야마스기에 홀리기라도 한
듯 기타야마스기 마을에 가고 싶어 하고 또 가기도 한다.

지에코가 기온마쓰리(祈園祭)에서 처음으로 나에코를 만났을 때의 일이
다. 그때 지에코는 나에코로부터 친아버지는 「기타야마스기의 가지치기를
하고 있었는데, 나무에서 나무로 건너다 실수하여 떨어져」죽었다는 것을
듣고 「가슴이 미어지는 것 같」았다는 것은 앞에서 언급한 대로이다. 거기
에서 지에코는 「그 마을에 자주 가고 싶은 생각이 들었던 것도 아름다운
삼나무를 보고 싶은 생각이 든 것도 아버지의 영이 불러서가 아니었던가」
라고 생각한다. 이렇게 되면 지에코가 홀리기라도 한 것처럼 기타야마스기
마을에 가고 싶어 하기도 하고 또 가기도 한 것은 「아버지의 영이 불러서」
라는 것이 분명해진다. 그렇다면 기타야마스기 마을이나 스기 산(杉山) 일
대는 야마다 요시로(山田吉郎)도 말하는 것처럼 「일종의 영적 공간(空
間)」[14]이라고 봐야 되리라 생각한다.

이제까지 기타야마스기는 지에코와 나에코의 상징인데 주로 지에코의
상징이라고 하는 것과 기타야마스기 마을 일대는 지에코네 쌍둥이 아버지
의 영이 있는 「일종의 영적 공간」이라고 하는 사실에 대하여 고찰해 봤다.
그런데 나에코의 상징이 기타야마스기라고 하는 것은 기타야마스기도 삼나
무의 한 종류라는 의미로, 나에코의 진짜의 상징은 원시림의 삼나무이다.

---

14) 山田吉郎 「川端康成 『古都』論－溯行の構造－」(『茨城キリスト教大学紀要』
    <第二十一号, 1987> 別刷)

지에코와 나에코의 쌍둥이 자매가 「스기 산(杉山) 속」에 들어갔을 때 지에코가 「예쁜 삼나무들이 좋아서 가끔 와요」라고 하자 나에코는 다음과 같이 말했던 것이다.

　　「이것도 40년 정도는 되었을 거예요. 이제 잘리어 기둥 같은 것으로 쓰여 버리는 거지요. 이대로 둔다면 천년이나 굵어져 자라지 않겠어요? 가끔 그런 생각을 할 때도 있어요. 나는 원시림을 좋아해요. 이 숲은 뭐랄까, 꽃꽂이용 꽃을 가꾸고 있는 것과 같다고나 할까요……」

　지에코의 상징이 「세공물처럼」 손질을 잘 해서 「40년 정도」 기른 삼나무라고 한다면, 나에코의 상징은 「천년이나 굵」은 「원시림」의 삼나무이다. 지에코가 부모의 사랑으로 양육 받은 교양미의 아가씨라고 한다면, 나에코는 기타야마스기 마을에서 「온 몸을 아끼지 않고 일하」며 자란 야성미의 아가씨이다. 그런데 이 교양미의 아가씨 지에코와 야성미의 아가씨 나에코의 생의 근원은 그녀들의 아버지의 영이 깃들어 있는 기타야마스기 마을 일대에 있는 것이다.

XIII 지에코의 별세계, 즉 선경은 어디일까

　위의 제비꽃과 아래의 제비꽃은 한 자 정도 떨어져 있다. 혼기가 된 지에코는 「위의 제비꽃과 아래의 제비꽃은 만나는 일이 있을지. 서로가 알고 있을지」라고 생각하기도 한다. 제비꽃이 「만난다」든지 「안다」든지 하는 것은 어떠한 것인가.

꽃은 셋, 많아야 다섯 송이, 매년 봄에 어쨌든 그 정도였다. 그렇다 해도 나무 위의 조그맣게 패인 곳에서 매년 봄 싹을 내고 꽃을 피운다. 지에코는 복도에서 바라보기도 하고 줄기의 뿌리 근처에서 올려다보기도 하여 나무 위 제비꽃의 「생명」에 감명을 받을 때가 있는가 하면 「고독」이 스며들 때도 있다.

작품세계 모두의 일절(一節)인데, 이 그다지 길지 않은 문장 속에 「만난다」, 「안다」, 「생명」 「고독」이라고 하는 네 단어가 낫표로 묶여 있어 문장을 읽지 않고 보는 것만으로도 눈에 들어온다. 그리고 이들 단어에는 무엇인가 커다란 의미가 있지 않을까 하는 생각을 읽는 자들에게 가지게 한다. 또 작가가 아무런 의미도 없이 이들 단어를 낫표로 묶어 둔 것은 아니라 생각한다. 네 개의 단어에는 제각기 깊은 의미가 부여되어 있을 것이라는 생각이 드는데, 「생명」이라는 말에만 주목해 보고자 한다.

「생명」이라고 하면 무엇보다도 「단풍나무 고목의 줄기」의 「제비꽃」을 생각게 한다. 고도 교토(京都)에는 춘하추동이 있어 사계의 철에 따라 풍물과 행사 같은 것이 많은데, 제비꽃은 봄에 싹이 나 꽃을 피우고 가을이 되면 그 잎도 줄기도 말라 버린다. 뿌리만이 추운 겨울이 되어도 죽지 않고 살아 있어 봄이 되면 또 새로운 싹을 틔운다. 그 가느다란 뿌리가 겨울의 추위와 싸워 죽지 않고 싹을 틔우는 생명력에는 사람을 놀라게 하는 것이 있다.

그리고 이 제비꽃 이야기에는 「그리스도 상(像)」이라고 하는 「키리스탄15) 등롱(灯籠)」의 이야기가 이어진다. 그리스도는 신앙의 대상이다. 그

---

15) 「키리스탄」은 무로마치 시대(室町時代; 1336~1573)에 일본에 전해진 천주교를 말함.

도 부활을 믿는 신앙이다. 성서를 많이 읽었다고 알려져 있는 가와바타이니 이러한 것을 염두에 두고 이 「키리스탄 등롱」을 작품세계에 등장시켰다고 하는 것은 틀림없을 것이다. 그리고 여주인공 지에코도 「교회에 다니며 신·구약 성경도 읽고 있」었으므로 그리스도가 부활신앙의 대상이라고 하는 것 정도는 알고 있었음에 틀림없을 것이다.

이 「키리스탄 등롱」의 이야기에는 단지 속의 방울벌레 이야기가 이어진다. 그런데 그 이어지는 방법은 「지에코는 키리시탄 등롱으로부터 또 제비꽃으로 눈을 들었다. —그리고 문득 고탄바(古丹波)의 단지에 사육하고 있는 방울벌레가 생각났다」라고 하는 식으로 되어 있다. 이 연계성을 도식화해 보면 <지에코—키리시탄 등롱—제비꽃—단지 속의 방울벌레>가 된다는 것을 알 수 있다. 제비꽃은 지에코의 상징이니 지에코로 봐도 상관없을 것이다. 그리고 키리시탄 등롱은 부활신앙의 상징으로 봐도 좋을 것이다. 그렇다면 단지 속이 의미하는 것은 무엇일까. 이는 방울벌레들이 「좁고 어두운 단지 속에서 태어나 울고, 알을 낳고, 죽어가」는, 그리고 「종(種)의 보존」까지 하는 그러한 세계이다. 다시 말해서 「좁고 어두운 단지 속」은 방울벌레들이 자기네의 생을 영위해 가는 생활의 장으로서의 세계이다.

그런데 작가 가와바타는 이 방울벌레의 「단지 속의 천지」 이야기 사이에 삽입하여 「오랜 옛날 중국에 있었」던 「수많은 선인전설의 하나인」, 「단지 속의 천지」를 소개함으로써 방울벌레의 「단지 속의 천지」가 의미하는 것을 좀 더 분명히 해 주고 있다. 이 선인전설의 「단지 속의 천지」는 「금전옥루(金殿玉樓)가 있고 미주(美酒)나 산해의 진미로 가득 차 있」는 세계이다. 그런데 이 선인전설을 방울벌레의 「단지 속의 천지」와 연계를 시키기 위해서는 설명을 조금 더 필요로 한다. 다시 말해서 방울벌레에 있어서의 「별세계, 선경(仙境)」은 단지 속이 아니라 단지 밖이기 때문이다. 아무리 생각해도 단지 속이 방울벌레의 「별세계, 선경」이라고는 할 수 없는 것이다. 이렇게 되면 선인전설에서의 「별세계, 선경」은 단지 속의 방울벌레 이야기의 「별세계, 선경」과 단지 속인가 밖인가라고 하는 점에 있어서 반대라고 하는 걸 알 수 있다.

　선인전설에서의 단지 속은 방울벌레의 단지 속처럼 「좁고 어둡」게 닫혀진 세계가 아닌 것이다. 단지 밖보다 더 넓고 밝은 「금전옥루」가 있는 세계이다. 방울벌레에 있어서의 단지 밖의 세계처럼 밝은 세계, 그게 선인전설에서의 단지 속의 세계인 것이다. 이렇게 되면 선인전설에서의 단지 속의 세계도 방울벌레에서의 단지 밖의 세계도 키리시탄 등롱과 연계되어 있음을 알 수 있다. 선인전설의 단지 속은 단지 밖보다, 그리고 방울벌레의 단지 밖은 단지 속보다 훨씬 넓고 밝고 살기 좋은 곳이기 때문이다. 그러니까 키리시탄 등롱은 부활신앙의 상징으로 작품세계에 설정되었다는 것이다. 부활이란 현세로부터 내세로 옮겨가는 것을 의미하는데, 이 내세는 현세보다 훨씬 넓고 밝고 행복한 곳이라고 하는 것과 비추어 생각해 본다면 키리시탄 등롱이 부활신앙을 상징하고 있다는 해석에 별다른 무리가 없다는 것이 증명되었으리라고 생각한다.

　그렇다면 지에코가 살고 있는 곳은 어디일까. 선인전설에 있어서의, 그리고 방울벌레에 있어서의 단지 속과 밖의 어느 쪽일까. 지에코가 살고 있는 교토 또는 그녀의 가정은 단지 속과 밖의 어느 쪽에 해당되는 것일까. 야마모토 겐키치(山本健吉)는 신초 문고(新潮文庫)의 『고도』의 「해설」에서, 『고도』에 「묘사되어 있는 교토와 같은 도회지가」, 다시 말해서 「명소풍속화(名所風俗画), 연중행사 그림 두루마리를 펼치」고 있는 「교토와 같은 도회지」가 「오늘날의 일본에 있어서는 별천지이며 『단지 속의 천지』일지도 모르는 것이다」고 말하고 있다. 여기에서의 「단지 속의 천지」란 선인전설에 있어서의 단지 속으로, 방울벌레에 있어서는 단지 밖이 되는 것이다.

　물론 이 견해로 좋으리라 생각한다. 그러나 저자는 조금 다른 시각으로 교토에 대하여 고찰해 보고자 한다. 지에코가 살고 있는 교토는 「별세계」
도 아닌가 하면 「선경(仙境)」도 아니다. 현재의 있는 그대로의 것이다. 선
인전설에 있어서의 단지 밖이며, 방울벌레에 있어서의 단지 속이다. 그렇다
면 지에코가 살고 있는 교토 사람들에게도 선인전설에서의 단지 속이 있어
도 좋고, 방울벌레의 단지 밖이 있어도 좋다고 하는 건 당연한 일이다. 「별
천지」나 「선경」, 다시 말해서 키리시탄 등롱에 상징되어 있는 내세가 있어
도 좋다는 것이다. 그리고 지에코는 「별천지」나 「선경」인 내세를 꿈꾸고
있는지도 모를 일이다.

마치는 말

　이제까지의 고찰로 『고도』의 세계는 단순한, 「작고 귀여운 사랑 이야기」
나 「쌍둥이 아가씨의 이야기」가 아님을 알 수 있다. 그리고 인간의 생명(영
생하는)을 다룬 작품으로, 이 생명은 내세에까지 연결된다고 하는 것을 암
시하는 작품이라고 하는 것을 알 수 있을 것이다.
　그런데 여주인공 지에코는 자기의 출생의 비밀에 대하여도 생각하기도
하는데, 거기에는 「운명」이라고 하는 것이 깊이 자리 잡고 있다. 고사카베
모토히데(小坂部元秀)는 지에코에 대해서 「예로부터 짐승의 배라 하여 미
신에 의해 기피되어 온 쌍생아의 한 사람으로서 기타야마스기(北山杉)의
장인을 아버지로 하여 태어났다」는 견해를 밝히고 있다. 그리고 작품 세계
에서 아버지 다키치로도 「이십 년 전은 쌍둥이를 싫어했던 것」이라고 말하

고 있는데, 제 5장의 「기온마쓰리(祈園祭)」에는 지에코가 버려진 이유에
대하여, 「이십 년 전의 일로 부모는 쌍둥이가 부끄러울 뿐만 아니라 쌍둥이
는 기르기 어렵다고들 하고, 또 생활도 생각하여 지에코를 버렸을지도 모
른」다고 되어 있다. 이제까지 고찰해 온 바를 생각해 보면 지에코가 왜 버
려졌는가를 대개는 짐작할 수 있으리라 생각한다. 그러한 지에코가 남들로
부터 아가씨라고 불리면서 양육을 받아온 것이다. 그러나 친부모의 따스한
품에 안겨 있던 나에코는 고용살이를 하면서 자라야만 했는데, 이는 운명의
장난이라 해도 좋지 않을까 한다.

어쨌든 지에코와 나에코의 쌍둥이 자매는 자기들에게 놓인 운명 속에서
제각각의 인생을 훌륭하게 갈고 닦으면서 자신들의 삶을 영위하여 간다.
전술한 대로 지에코는 가정이라고 하는 외면적인 것의 무엇 하나 부족함이
없는 행복한 환경임에도 불구하고 내면인 마음속에는 자기가 기아(棄兒)
라고 하는 것에 의한 슬픔이나 원망까지도 있었지만, 그녀는 이를 승화시켜
자기 자신을 다정하고도 아름다운 마음의 아가씨로 기른 것이다. 그뿐만이
아니라 지에코는 또 지배인 우에무라에게 부정이 있다는 걸 듣자 그에게
「장부도 좀 보여 달라」고 단호히 말하여 부친 다키치로에게는 없는 강함을
보임으로 해서 주의 사람들을 놀라게 하기도 할 정도로 강한 아가씨로서
자신을 길렀다.

나에코도 「삼나무의 산을 가」진 사람의 집에 고용살이를 하며 「온 몸을
아끼지 않고」, 「남보다 갑절이나 일하」면서도, 그리고 「울보」처럼 울면서
도 「천년이나 굵」은 「원시림」의 삼나무를 꿈꾸는 것 같은 아가씨로 자기
자신을 기른다. 나에코는 「사람의 운명이란 알 수가 없어요」라고 말하면서
도 자기 위에 놓여있는 운명을 예사의 운명으로 받아들이려 하지 않고, 그
것을 자신의 의지에 의해 자기가 가고자 하는 방향으로 가려 한다. 나에코
는 지다이마쓰리(時代祭)에 지에코가 보내준 기모노(着物)에 히데오가 짜

준 오비를 매고 히데오를 만나러 갔는데, 그때 「중년의 가겟집 부인인 듯」
한 여자로부터 「아가씨」라고 불리기도 했다. 아마도 나에코가 다른 사람으
로부터 「아가씨」라고 불림을 받았던 것은 이것이 처음이었지 않았을까 한
다. 그런데 나에코가 만약 히데오와 결혼한다고 하면 평생을 「마나님」이라
고 불리며 생활할 터인데, 그녀는 이를 거절하고 기타야마스기 마을보다도
더 깊은 산 속으로 숨을 것을 생각한다.

여기에서 나에코의 말에 귀를 기울여 보자.

> 이 세상에 인간이라고 하는 게 없었다면 교토의 거리 같은 것도 없었을
> 것이고, 자연의 숲이나 잡초 밭이었을 거예요. 이 근처만 해도 사슴이나
> 멧돼지 같은 것들의 터전이 아니었겠어요? 인간은 무엇 때문에 이 세상에
> 생긴 걸까요. 무서워요 인간은……

나에코는 여기에서 「인간은 무엇 때문에 이 세상에 생긴 걸까요」라고
인간 존재의 의미에 대한 문제까지 제기하고 있다. 그리고 「이 세상에 인간
이라고 하는 게 없었다면 교토의 거리 같은 것도 없었을 것이고, 자연의
숲이나 잡초 밭이었을」 것이라고, 「자연의 숲이나 잡초 밭」을 지금의 교토
와 같은 도시로 만들어낸 「인간은」, 「무서」운 것이라고 놀라고 있다.

이처럼 『고도』의 세계는 다시 한 번 말하지만 단순한, 「작고 귀여운 사
랑 이야기」나 「쌍둥이 아가씨의 이야기」가 아니다. 『고도』의 세계는, 이
『고도』라고 하는 강을 「쌍둥이 아가씨의 이야기」라고 하는 물이 흐르는
것인데, 그 물의 밑에는 인간의 출생, 생명, 그리고 그 생명을 내세와 연결
시켜 주는 종교, 인간의 존재 의미를 묻는 철학 등, 인간의 근원적인 문제라
고 하는 물이 함께 흐르고 있는 세계이다.

■ 제 12 편 ■

『민들레』의 세계

●●●
시작하는 말

가와바타 야스나리(川端康成)의 장편소설『민들레(たんぽぽ)』는『신초(新潮)』1964년(昭和39년) 6월호부터 1968년(昭和43년) 10월호 사이에 22회에 걸쳐 발표한 미완의 작품으로, 그 발표 상황은 이러하다.

제 1회를 1964년 6월호에 발표한 뒤 제 2회를 1965년 2월호에 발표하기까지 무려 7개월의 침묵이 있은 다음 다시 1개월의 휴재(休載)를 거쳐 제 3회가 1965년 4월호에 게재되었다. 그리고는 제 8회와 제 9회 사이에 1개월의 휴재가 있었을 뿐으로 제 12회까지는 쉬는 일이 없이 이어서 발표된다. 그러나 1967년 11월호에 제 13회를 발표하기까지는 장장 20개월의 세월이 소요되었다. 그리고 1968년 10월호에 제 22회를 발표하기까지는 제 14회와 제 15회, 제 18회와 제 19회 사이에 각각 1개월간씩의 휴재가 있었을 뿐 지속적으로 발표하였으니, 7개월과 20개월의 두 번에 걸친 장기 휴재를 제외한다면, 스스로가 자신의 문학을 게으름뱅이의 문학(怠け者の文学)이라고 불렀던 가와바타로서는 이 작품『민들레』의 발표에 상당히 성실한 모습을 보였던 것이 아닌가 한다.

두 번에 걸친 장기 휴재의 이유는 가와바타 가오리(川端香男里)의「『민들레(たんぽぽ)』비망록」[1]에 의해 밝혀졌는데, 첫 번째의 7개월간을 한 휴재는 오슬로 국제 펜클럽 대회의 참석과 이에 따른 여행을 위해서였고, 두 번째의 20개월간의 휴재는 간장염으로 인해 입원했기 때문이었다.

이 작품이 미완으로 끝난 이유는 알 수 없으나 작가 가와바타 야스나리

---

1) 川端香男里「『たんぽぽ』覚書」(川端康成『たんぽぽ』<新潮社、1972・9> 소수)

가 세상을 뜬 것이 마지막 회인 제 22회를 발표하고 약 3년 반 후인 1972년 4월이었으니까, 그가 좀더 오래 살았더라면 작품을 완성했을 것이라는 생각을 해 볼 수 있지 않을까 한다. 물론 약 3년 반의 세월에 작품을 완성하려 했다면 못할 것도 없었겠지만, 그의 노벨 문학상 수상이 결정된 것이 1968년 10월의 일이었으니, 이 또한 작품 활동에 방해가 되었을 것임에 틀림없을 것이다. 더욱이 이 작품이 장편으로는 마지막이며 단편도 이 작품 후에 쓴 것은 「머리카락은 길고(髪は長く)」 「대나무 소리 복숭아꽃(竹の声桃の花)」 「스미타 강(隅田川)」의 세 작품 뿐이었으니 미완의 이유를 그의 노벨 문학상 수상으로 인한 분주함과 죽음에서 찾는다는 데에 별 이견은 없을 성싶다.

이 작품이 미완으로 끝났다고는 하지만 노벨 문학상을 수상한 대작가의 최후의 장편소설에 대한 작품으로서의 평가가 뒤따른다고 하는 것은 당연하다 할 것인데, 연구자 및 학자들은 대체적으로 긍정적인 평가로 이 작품을 맞이하였다. 긍정적인 평가는 후쿠나가 다케히코(福永武彦)가 어느 좌담회[2]에서 말한 「나도 한 마디 한다면 고작 노벨상 같은 것으로 중간에서 끊기었다고 하는 것은 실로 유감」이라는 발언을 사에키 쇼이치(佐伯彰一)가 단행본 『민들레(たんぽぽ)』[3]의 「해설」에 인용함으로써 많은 이들의 공감을 산 것이 대표적인 게 아닌가 한다. 물론 이 작품에 대한 평가에 긍정적인 것만 있는 것은 아니어서 가와시마 이타루(川嶋至) 같은 이는 미완이라고는 하지만 「이미 그 실패는 분명」[4]하다고 신랄한 평가를 내리고 있기도 하다.

그러나 저자는 이 작품 『민들레』에 대한 긍정적 평가에도 부정적 평가에

---

2) 福永武彦 「座談会 川端康成の人と文学」(『<新潮 臨時増刊>川端康成読本』 (1972・6)
3) 川端康成 『たんぽぽ』(新潮社、1972・9)
4) 川嶋至 「美神の反逆―『たんぽぽ』の世界―」(『新潮』<1972・7> 소수)

도 동의하지 않는다. 이 작품의 발표 분량에 대하여 가와바타 가오리(川端香男里)는 전술한 바의 「『민들레(たんぽぽ)』 비망록」에 의해 「소설은 겨우 포진(布陣)을 끝냈을까 말까 한」 정도이므로 「이제부터 스토리를 전개할 생각이었다」고 하는 사실을 밝힌 바 있다. 포진도 덜 끝났는데 전쟁의 승리나 패배를 말한다는 것은 그 예견이 빗나가기 쉽기 때문이다. 물론 가와바타의 문학은 지렁이의 문학(みみずの文学)이라 하여 마치 지렁이가 몸의 어느 부위를 잘라도 생명력이 유지되는 것처럼 그의 작품은 중간 어디에서 끊어도 생명력이 있다 하므로, 이러한 관점에서 보면 포진만으로도 작품의 성패를 말할 수 있을 것이다. 그러나 이 작품은 처음에 단편을 쓸 생각으로 쓰기 시작했던 『눈 고장(雪国)』의 포진이나 각장이 단편으로써의 독립성이 유지된 『산의 소리(山の音)』 『종이학(千羽鶴)』과 같은 작품의 그것과는 그 성격이 현저하게 다르다.

그렇다면 포진도 제대로 되어있지 않을 뿐 아니라 한 작품의 세계로서 생명력도 있다 할 수 없는 작품의 작품론은 가능한가라는 의문이 생길 수밖에 없을 것이다. 결론부터 말하자면 이에 대한 저자의 대답은 부정적이다. 그럼에도 불구하고, 논점의 타당성에 대한 논란의 여지가 있음에도 불구하고 저자가 굳이 이 작품의 작품론을 시도한 것은 그의 문학에 나타난 상징적 표현 수법의 이해 위에 이 작품세계의 규명을 시도해 보자는 것이요, 또 작품이 앞으로 더 전개된다고 한다면 그 일부일지라도 이것이 어떠한 모습이 될 것인가 하는 예견을 해보자는 것이다.

I ●●● 인체결시증이라는 기병과 마계

이 작품『민들레(たんぽぽ)』의 중심적 역할을 하고 있는 사람은 기자키 이나코(木崎稲子)라고 하는 아가씨이다. 그런 의미에서 기자키 이나코는 이 작품의 주인공이라고 해도 좋을 것이다. 그러나 그녀는 자기의 어머니와 애인 히사노(久野)의 대화나 회상 속에서만 등장하는 사람이므로 실제적 인 주인공은 그녀의 어머니와 애인이라 해도 좋지 않을까 한다.

그러니까 저자가 이 장에서 고찰하고자 하는 것은 누가 주인공이고 아니 냐가 아니라 기자키 이나코와 그녀에게 걸렸다는 인체결시증이라고 하는 기병(奇病)에 대해서이다. 기자키 이나코—, 그녀는 본래 육군 장교였던 기자키 마사유키(木崎正之)와, 작품의 세계에서 이름도 부여되어 있지 않 은 그의 아내 사이에 태어난 외동딸이다.

그녀가 일본의 패전을 맞은 것은 3살 때였다. 필리핀의 일미전쟁에서 부 상하여 오른쪽 다리를 허리에 붙은 부분으로부터 절단하여 의족을 한 그녀 의 아버지 기자키 마사유키는 군국주의 일본의 육군 장교로서 처절한 좌절 가운데 군복을 벗을 수밖에 없었고, 2년 후에는「도쿄(東京)의 어느 승마 구락부의 교사가 되었」는데, 그녀는 아버지를 따라다니며 승마를 배우게 되었다. 그리하여「어린 이나코는 승마장의 마스코트처럼 되어 성장하였 다」.「손가락은 긴데도 발가락은 짧다」고 하는 표현은 작자 가와바타의 여 성에 관한 미의식의 발로에 의한 것인데, 이는 그녀 기자키 이나코에 대한 것이었다. 귀엽고 호기심이 많은 그녀는 아버지의「손안의 보배라기보다 생명의 원천」이었고, 어머니의「생명의 초인종과도 같은」존재였다. 성장하여 아가씨가 된 그녀는 히사노라고 하는 청년과 서로 깊이 사랑을 하여 육체적인 결합까지 하는 상태에 이른다.

그런데 뜻하지 않게 그녀는 인체결시증이라고 하는 기병에 걸리고 만다. 이나코가 히사노에게 안겨 있을 때, 혹은 사랑의 행위가 절정에 이르렀을 때, 그녀에게 애인 히사노가 보이지 않게 되는 것이다. 이 인체결시증에 대하여 작품의 세계에는 갖가지의 표현들이 등장하는데, 때로는 이 표현과 표현 사이에 이치에 맞지 않는 것도 있어 독자들을 혼란스럽게 하기도 한다. 「신경의 결함이나 이상」, 「신경이나 무엇인가의 결락」, 「무엇인가」의 「결락인가 상실」, 「발작」, 「인체결시증이라고 하는 기병」, 「광기의 발작」 등 실로 다양한 표현으로 이 병을 표현하고 있다.

그런데 정말이지 납득이 가지 않는 것은 「미치광이(気ちがい)」라는 말로 이 병을 표현하고 있다는 것이다. 납득이 가지 않는다는 면에서는 「발작」이라는 표현도 마찬가지이기는 하지만. 사실 작품의 세계에서 이나코에게서는 「발작」이라고 할 만한 언행을 찾아볼 수가 없다. 찾아볼 수 없을 뿐 아니라 찾아볼 수 있는 단서가 될 만한 표현조차도 보이지 않는다. 있다면 인체결시증으로 인한 공포에 따른 그녀의 히스테리 정도가 아닌가 한다. 그런데도 인체결시증을 「미치광이」라고까지 표현한 데에는 함구할 수밖에 없다.

> 「저는 처음부터 이나코상을 미치광이 병원에 보내는 데에 마음이 내키지 않았던 것을 아시지요? 결혼하게 해 주세요 라고 말했을 터인데요.」
> 「미치광이 딸과? 인체결시증의 이나코와?」
> 「가끔의 인체결시증 같은 게 정말로 정신병일까요?」

이나코의 애인 히사노와 어머니의 대화이다. 인체결시증과 미치광이를 동일시하고 있는 이나코의 어머니의 말에 애인 히사노는 인체결시증이 정말로 정신병이냐고 반문함으로써 항의하고 있음을 알 수 있다. 물론 작품이 앞으로 더 진전됨에 따라 어떠한 형태로든 「발작」 혹은 「미치광이」로 악화될지는 알 수 없는 일이나, 현재의 작품의 세계에서는 인체결시증을 「발작」으로도 「미치광이」로도 볼 수 없다는 것이 사실이다. 인체결시증이라는 기병은 실제로는 존재하지 않는 병으로써 작자의 왕성한 상상력의 산물에 의해 창출된 것이므로 이 세상에서 그 전례를 찾아볼 수 없으니 이 병의 실상을 안다는 것은 불가능하다 해도 좋을 것이다.

그렇다면 이나코에게 걸린 이 인체결시증이라는 기병의 원인은 무엇인가. 이에 대한 결론을 다케다 가즈히코(武田勝彦)는 「아버지의 죽음을 목격한 정신적 타격과 히사노의 열렬한 사랑의 방법에 의한 육체적 충격이라고 하는 두 개의 원인으로부터 생긴 것」이라고 내리고 있다. 이는 그녀의 어머니와 애인 히사노의 말을 통해서도 암시하고 있으므로 저자도 대체적으로 동감이나, 이 두 가지 외에 다른 것도 원인으로 이 두 사람은 자기들의 입을 통하여 흘리고 있다. 먼저 아버지의 죽음을 목격하게 된 경위부터 고찰해 보자.

전쟁군인의 유족으로 영어를 자유롭게 구사할 수 있는 기타오(北尾) 부인이라고 하는 여자가 점령군과의 교량역할로 남에게 쓰이게 되어, 스스로도 외국인 사이를 누비고 다니고 있었다. 승마 구락부에도 드나들었다. 그 화려한 미망인과 기자키와의 염문이 퍼지기 시작하여, 이나코의 어머니에게 참견을 겸한 고자질이 있었다. 어머니는 믿지 않았지만, 탐지와 예방의 일책으로 이나코를 승마장에 데리고 가게 하는 일을 생각하게 되었다. 남편은 망설이기는커녕 몹시 좋아하였다. 다섯 살 난 여자아이의 직관으로 이나코는 기타오 미망인을 싫어하였다. 남편도 미망인을 싫어한

다는 것을 알았다. 본래 육군 장교였던 기자키는 패전과 영락의 깊은 상처
가 쉴 새 없이 아파, 오른 쪽의 의족과 허리의 신경통은 그 표시 또는
오히려 위로가 되었다. 그러한 여자에게 눈을 줄 수 있는 여유는 없었다.
여자 쪽이 기자키를 휘감아 달라붙은 것 같은 꼴로 승마를 배우고 있었을
뿐이었다.

이나코가 아버지를 따라다니며 승마를 배우기 시작한 배경이 잘 묘사되
어 있다. 수영을 잘하여 「군인이 되기 전」에는 「지바켄(千葉縣) 어딘가의
원영(遠泳)에서도 1등」을 한 적이 있고, 「지기를 싫어하는 기자키는 한
쪽 다리가 없기 때문에 오히려 승마장에서도, 원거리 승마에서도 위험을
피하지 않았」기에 이나코와 둘이서 기마 여행으로 이즈(伊豆)까지 가서
해변의 절벽 위의 길을 달리다가 「길의 바다 쪽을 달리고 있던」 기자키의
말의 발이 미끄러져 절벽에서 바다로 떨어져 죽었다. 그때의 정황을 이나코
가 자기의 어머니와 애인에게 했다는 말을 통해서 살펴보자.

「앗」하고 외치며 눈을 감았을 때 말과 아버지는 높은 절벽에서 바다로
떨어지고 있었다. 아버지는 말의 목을 껴안고 있었다. 말은 네 개의 발로
허공에 바르작거리고 있었다. 깎아지른 듯한 절벽인데 울퉁불퉁한 바위의
울퉁불퉁한 데의 가운데쯤에 크게 튀어나온 바위가 있었다. 그 바위에 부
딪히는 울림이 물론 들리지 않지만 이나코에게 찔러 꿰뚫는 아픔으로 전
해 왔을 때 말과 사람은 떨어졌다. 말이 배를 보이며 먼저 떨어져 갔다.
그 말의 목은 배 쪽을 향해 활 모양으로 단단히 굽어 있었다. 인간인 아버
지는 가로로 떨어져 갔다. 그리고 목 쪽이 밑으로 기울어지자, 「의족이 떨
어졌」고 이나코는 분명하게 느꼈다. 커다란 바위에 부딪쳤을 때에 떨어
졌을 터이지만, 그런 경우의 일로서 이나코는 훗날 생각해 보니 이상하다
고 하기보다도 무서워서 견딜 수가 없었다. 왼쪽 다리는 똑바로 뻗고 있었

다. 승마 바지 속인데, 오른쪽 다리는 사람과 인연을 끊고 죽어 있었다. 감청색 바다에 물보라가 일었다. 사람은 가라앉자 떠오르지 않았다. 말은 헤엄치려고 발로 물을 저었으나 바로 움직이지 않게 되었다. 이나코는 정신을 잃었다.

이에 대해 이나코의 어머니는 훗날 이나코의 애인 히사노 앞에서 술회하여 「이나코는 아버지와 말의 전락사를 똑똑히 보았다」고 「믿고 있」지만 「내 생각으로는 어린 여자 아이가 그렇게 확실하게, 냉혹하게 지켜볼 수 있을 것 같지는 않다고 생각합니다. 눈을 감아 보이지 않았던 것이 진짜라고 생각합니다」. 「그렇지만 나는 이나코의 말을 의심한 적은 없어요. 이나코가 육안을 감고 있어도 이나코의 내심의 눈은 보고 있었을 것이라고 생각해요」라고 말하고 있다.

다케다 가즈히코가 말한 이나코의 인체결시증의 원인 중 「아버지의 죽음을 목격한 정신적 타격」이란 이나코가 이때 받은 마음의 충격을 말함인데, 감수성이 가장 예민한, 그리고 아직 많이 덜 자란 새 순같이 여린 소녀였으니 그녀가 받은 충격의 크기는 최대의 것이었을 것임에 틀림없다. 이 사건에 대하여 그녀의 애인 히사노는 「사랑하는 사람의 비극의 클라이맥스」라고 정의하면서 「이나코 상이 그로 인해 받은 마음의 상처를 나는 일생 걸려도 고쳐줄 수 없다」고 말하고 있다. 이 이나코의 마음의 상처를 애인 히사노보다도 더 생생하게 가슴의 아픔으로 느끼고 있는 것은 어머니이다. 그녀는 말하고 있다. 「아버지가 절벽에서 떨어져 죽는 것을 어린 이나코는 눈으로 본 거예요」라고.

그러나 이나코의 어머니나 애인 히사노는 병의 원인을 「아버지의 죽음을 목격한 정신적 타격」에서 보다는 「히사노의 열렬한 사랑」 쪽에서 찾으려 하고 있는 것 같다. 「어머님은 아버님께서 떨어지셨던 자세한 상황을 이나코 상의 양심의 눈이라던가 내심의 눈이라던가가 보았을 것이라고 말씀하셨는데, 그것이 이나코 상의 인체결시증이라고 생각하시는 것인가요?」라는 히사노의 말에 그녀의 어머니는 「아니에요, 아니에요」라고 강하게 부정하지만, 이는 두 사람 모두에게 그녀의 부친의 죽음과 그녀의 인체결시증과는 어떻든 조그마한 관련이라도 있다는 것을 시사하는 것이 된다.

조그마한 관련, 이 정도가 그녀의 어머니와 애인 히사노가 생각할 수 있는 인체결시증의 원인으로서의 가능성이 아니었나 한다. 그리고 이 가능성은 히사노가 「이나코 상의 인체결시증이 아버님의 사고사와 무엇인가 관계가 있는 것처럼 저는 말했는지 몰라요. 그렇게는 생각하고 있지 않지만요. 다시 말해서 이나코 상의 병을 고치는 방법이 무엇인가 그런 데에 없을까 하고 생각해서요」라고 한 말에 더욱 명료하게 나타나 있다. 그리고 「아버지의 죽음을 보았다고 하는 것은 이나코의 인체결시증과 관계가 있을까요? 원인이 되었을까요?」라는 그녀의 어머니의 물음에 『글쎄?』라고 히사노는 고개를 갸웃하며 생각하지만, 점차로 괴로워하는 빛이 얼굴에 나타나려는 것을 누르는 것 같았다」고 하는 표현에도 잘 나타나 있다.

이상 고찰한 것들 외에 그녀의 애인 히사노가 그녀의 인체결시증의 원인으로 생각하고 있는 것들은 그가 한 말을 통하여 알 수가 있을 것이다.

- 「인체결시증이란 자기의 어느 부분은 보지 말자고 하는, 사랑하는 사람의 어느 부분을 보지 말자고 하는, 인생의 어느 부분을 보지 말자고 하는 그러한 병이 아닐는지요. 마음에 깊이 상처 받은 데가 장님이 되어 있는 것은 아닐는지요.」
- 「과도의, 극도의 사랑으로부터 그러한 일이 일어나는 것인가요? 과도의, 극도의 미움으로부터 일어나는 것은 아니겠지요?」
- 「사랑스러워서, 사랑스러워서, 바라보고 있자면 흐릿하게 보이지 않도

록 되는 일이 없을까요?」
· 「이나코 상이 나에게 무엇인가 질투할 일, 의심할 일이 있어, 그것을
  필사적으로 자기의 속에 억눌러 머리가 이상해진 게 아닌가 하고 생각
  해 보고 있는 참이랍니다.」
· 「이나코 상의 인체결시증은 만년의 고야 같은 사람과 전혀 달라, 사랑
  인 것입니다. 너무도 순결할 정도의 여자의 사랑인 것입니다.」

이처럼 이나코의 애인 히사노(久野)는 그녀의 인체결시증의 원인을 사
랑에서 찾으려 하고 있음을 알 수 있다. 그런데 사실 「말씀드리기 난처합니
다만, 거의 하나가 되는 것 같이 저와 함께 있어, 무엇 때문인가 문득 제가
이나코 상에게 보이지 않게」 된다고 하는 히사노의 말처럼 그녀의 인체결
시증은 두 사람의 사랑의 행위 동안에 일어나고 있다. 그러기에 이에 대하
여 히사노도 「제 탓이니까 저의 죄라고 생각합니다」라고 말한 것이다.

그런데, 그녀의 애인 히사노보다 어머니는 더욱더 그녀의 인체결시증의
원인이 히사노와의 사랑에 있다고 생각한다. 그녀의 어머니는 히사노가 그
녀와 결혼시켜 달라고 끈질긴 청혼을 하는데도 응하지 않는데, 이는 다름
아닌 그녀의 인체결시증의 원인이 히사노에게, 다시 말해서 히사노와의 사
랑에 있다고 생각하고 있다는 증거이기도 하다. 그녀의 어머니는 그녀와
자기를 결혼시켜 주지 않았음에 대한 원망 섞인 히사노의 말에 「이나코는
인체결시증이에요. 이대로 히사노 상과 결혼한다면 그 병은 더욱 나빠질
것 같은 생각이 듭니다」라고 결혼시켜 주지 않은 이유를 확실한 어조로
말하기도 한다. 그리고 그녀의 어머니는 이러한 상념에 젖기도 한다.

그게 암묵의 약속이기라도 한 것처럼, 반드시라고 해도 좋을 정도로
이나코와 같이 욕실에 들어갔던 무렵을 이나코의 어머니는 생각했다. 걱

정이 하나 있었던 그것도 생각났다. 소녀인 이나코는 오른쪽 젖꼭지가 부풀어 나오지 않았다. 오히려 들어가 있었다. 왼쪽과 같지 않은 거기에 어머니의 눈은 자주 가는 것이었다. 그러나 언제인지 모르게 그게 부풀어 나왔다. 오른쪽 젖꼭지가 늦된 것은 어째서이었을까. 그런 게 이나코의 광기의 발작과 관계가 있는 것일까 하고 이나코의 어머니는 생각해 볼 필요도 없지만, 이나코의 몸에 신경이 쓰이는 것은 그뿐이었다.

여기에서의 「광기의 발작」이란 인체결시증을 말한다. 다시 말해서 그녀의 어머니는 인체결시증의 원인을 그녀의 한 쪽 젖꼭지가 작은 것과 관련이 있지 않을까 하는, 얼핏 듣기에는 엉뚱한 생각을 해본다. 그러나 이는 엉뚱한 생각이 아니다. 여자의 유방은 남자에게 가장 매력적이고도 호기심을 유발시키는 여체의 일부이다. 여자인 이나코가 자신의 나체를 보여 열등감을 느꼈다면 그 상대는 그녀의 애인 히사노 한 사람뿐인데, 이때 그녀는 그 열등감으로 인해 인체결시증을 일으키지 않았나 하고 그녀의 어머니는 생각한 것이다. 어떻든 이것이 인체결시증의 원인으로서 타당성이 있든 없든 이는 저자의 관심 밖의 일이다. 작품의 세계를 이해하는 데 있어서 중요한 것은 그녀의 인체결시증을 고치는 방법에 대하여 그녀의 어머니와 애인 히사노가 생각을 달리하고 있다는 점이다. 그녀의 어머니는 인체결시증의 원인을 제공하였다고 생각되는 그녀의 애인 히사노와 그녀를 격리시킴으로써 병을 고치려 하고 있는데 반해 애인 히사노는 오히려 결혼함으로써 그녀의 병을 고치려 하고 있는 것이다.

히사노는 「어머님은 제가 이나코 상으로부터 떨어져 주었으면 하고 마음속 어딘가에서 남몰래 바라고 계신다」고 그녀의 어머니의 의중을 간파한 뒤, 「이나코 상을 내게서 잠시든 오랫동안이든 떼어놓아 병을 고치시려는 생각이시지요?」라고 묻는데, 이때 「이나코의 어머니는 참으로 쓸쓸한 눈빛을 보였」다. 인체결시증의 원인이 히사노와의 사랑에 있다고 생각한 그녀의 어머니로서는 딸이 히사노와 같이 있는 것을 피하게 하고 싶었을 것임에 틀림없을 것이다. 그러나 그녀의 애인 히사노의 생각은 전적으로 다르다. 이나코의 어머니에게 그녀와의 결혼을 적극적으로 요구하는 히사노는 「인체결시증을 결혼에 의해」「고칠 수 있다고 믿」는다며, 「결혼은」 인체결시증을 고치는 데에 「묘약이 된다」고까지 말한다. 그리고 그는 「제가 이나코 상을 놓으면 이나코 상에게 무엇인가 무서운 일이 일어납니다. 저는 그럴 것 같은 생각이 듭니다. 틀림없이 무서운 일이 일어납니다」고 말한다. 듣기에 따라서는 협박같이도 들릴 수 있는 말이지만, 이는 협박이라고는 생각할 수 없고 무엇인가에 의한 예감이라고 보아야 할 것이다.

이나코의 어머니는 이나코의 애인 히사노의 반대에도 불구하고 그녀를 기어코 이쿠타(生田) 병원에 입원시키고 만다. 그렇다면 왜 그녀의 어머니는 그녀의 애인의 반대를 뒤로 한 채 그녀를 입원시켜야만 했던 것일까. 물론 표면적인 이유는 그녀의 병을 고쳐 주기 위해서이다.

> 「섬세 미묘한 마음으로부터 생긴 병이라고 어머님은 생각하고 계신 것이 분명합니다. 저는 잘 모릅니다만 섬세 미묘한 병자를 미치광이 병원에 처박아 두는 게 섬세 미묘한 마음을 다한 치료라는 말인가요?」
> 「히사노 상, 용서해 줘요」라며 이나코의 어머니는 괴로운 얼굴을 하였다. 「의사 선생님의 말을 들은 거예요. 병에는 의사가 제일이에요」

그녀의 애인 히사노와 어머니와의 대화이다. 히사노의 힐난성 질문에 보인 어머니의 반응으로 보아 어머니가 딸 이나코를 입원시킨 속사정은 다른 데에 있다는 것을 짐작하기 어렵지 않은데, 이는 무엇보다도 이나코와 히사노를 격리시키기 위해서였다. 그리고 이러한 그녀의 어머니의 속사정을 히사노도 간파하고 있었던 것이다.

그렇다면 무엇 때문에 실제로 있지도 않은 병 인체결시증을 이나코에게 걸리게 한 후의 장면 장면들을 작가 가와바타는 설정한 것일까. 그녀는 인체결시증에 걸렸음으로 인해 이쿠타 병원에 입원하게 된다. 작품의 세계는 이쿠타 병원을 미치광이 병원이라는 난폭한 표현으로 묘사하고 있다. 그러니만큼 여기에 입원한 환자들에게도 미치광이라고 하는 표현이 뒤따르게 되고, 이들의 증세는 광기로 표현하고 있다. 작품의 모두에는 「광기(狂氣)는 정기(正氣)보다도 개성이 뚜렷하」다는 표현이 있는데 주목할 만한 가치가 있다. 다구치 시게루(田口茂)는 「정기와 광기」의 관계에 대하여 이렇게 설명한다..

주지하는 바와 같이 정기란 정상적인 신경, 정상적인 의식이 작용하고 있는 인간에 대하여 쓰는 말이다. 광기란 반대로 이들 기능이 작동하지 않는 사람, 또는 돌연변이적으로 정신의 기능이 마비된 사람이어서 일시적으로 무엇인가의 부작용에 의해 정신의 활동이 스톱된 것, 또는 사고력 등의 면에서 정상적인 신경의 기능을 하게 하는 일이 거부된 사람이다.[5]

광기에서는 가와바타 문학의 중요한 모티브 중의 하나인 「마계(魔界)」가 연상된다. 그리고 작품세계에는 조코 사(常光寺)의 경내와 그 경내에 있는 이쿠타 병원이 마계로 설정되어 있다. 다시 말해서 이나코에게 인체결시증이라는 기병에 걸리게 한 작의(作意)는 『민들레』의 세계를 통하여 마계라고 하는 특별한 세계를 그리기 위해서였다는 데에서 찾아야 하지 않을까 한다.

---

5) 田口茂 『川端文学への誘い』(三弥井書店、1986・8)

Ⅱ •••○ 이나코와 후쿠라 노인의 마계란?

앞에서도 몇 번이나 언급한 바와 같이 「마계」는 가와바타 문학의 중요한 모티브 중의 하나이다. 그리고 이에 대해서 연구도 상당히 진전되어 있는 상태이다. 이는 「불계 들어가기 쉽고, 마계 들어가기 어렵다」는 말 가운데의 한 마디로, 이 불계 운운하는 말을 문자적으로 해석한다면 부처의 세계에는 들어가기 쉽고 마귀의 세계에는 들어가기 어렵다는 말이 된다. 바꾸어 말하면 천국에는 들어가기 쉽고 지옥에는 들어가기 어렵다고 풀이할 수도 있다. 일반적인 상식으로 생각한다면 납득이 잘 가지 않는 말인 것이다. 천국에는 들어가기 어렵고 지옥은 아무라도 다 들어갈 수 있다고 생각하는 것이 일반적이기 때문이다.

그런데 이 말의 출전은 어디인 것일까.

나도 잇큐(一休)의 글씨를 두 폭 소장하고 있습니다. 그 한 폭은 「불계(佛界) 들어가기 쉽고, 마계(魔界) 들어가기 어렵다」라고 한 줄로 쓴 것입니다. 나는 이 말에 끌리기 때문에 스스로도 자주 이 말을 휘호합니다. 의미는 여러 가지로 읽을 수 있고, 또 어렵게 생각하면 한이 없겠습니다만, 「불계 들어가기 쉽고」에 「마계 들어가기 어렵다」라고 덧붙여 말한 그 선(禪)의 잇큐(一休)가 나의 마음에 와 닿습니다. 궁극은 진·선·미를 목표로 하는 예술가에게도 「마계 들어가기 어렵다」의 바라는 바의, 두려움의 기도(祈禱)에 통하는 생각이 밖으로 나타나고, 혹은 안에 깃든 것은 운명의 필연일 것이겠지요. 「마계」 없이 「불계」는 없습니다. 그리고 「마계」에 들어가는 것이 어렵습니다. 마음이 약하고는 이룰 수 없는 것입니다.

「불계 들어가기 쉽고, 마계 들어가기 어렵다」는 가와바타의 노벨 문학상 수상 강연 「아름다운 일본의 나―그 서설(美しい日本の私-その序説)」의 다른 이름 「아름다운 일본의 나(美しい日本の私)」에 잇큐 선사 (一休禅師)의 글씨를 인용한 말로 그가 자신의 소설의 모티브로 하고 있음을 알 수 있다. 여기에서 하나 부언(附言)하면 이 말은 잇큐 자신의 것이 아니고 중국의 『나호야록(羅湖野錄)』이나 『대혜무고(大慧武庫)』라고 하는 서적에서 유래한 것이다.

그렇다면 가와바타는 이 잇큐의 「불계 들어가기 쉽고, 마계 들어가기 어렵다」는 말을 어떻게 받아들인 것일까. 그는 「아름다운 일본의 나」의 앞에 인용한 부분 직전에 「잇큐는 생선을 먹고, 술을 마시고, 여자를 가까이 하고, 선의 계율, 금제(禁制)를 초월하여 그것들로부터 자기를 해방하는 일에 의해 그 무렵의 종교의 형해(形骸)에 반역하」였다고 서술하고 있는데, 가와바타는 이와 같은 잇큐의 행동이 마계에 들어갈 수 있는 조건이 된다는 것으로 이해하고 있는 것이 아닌가 한다.

이에 대해 효도 마사노스께(兵藤正之助)는 그의 저서 『가와바타 야스나리론(川端康成論)』6)에서 「불계에 집착하지 않고 마계에 들어가 자유롭게 활동할 때야말로 비로소 진정한 오경(悟境)에 달할 수 있다」고 서술하고 있는데, 가와바타의 생각과는 상당히 차이가 있다는 것을 알 수 있다. 그리고 그는 같은 저서에서 「가와바타는 잇큐의 『마계』를 자기류(自己流)로 해석하여 작품에 전개해 갔는데, 그것은 불교 본래의 의미로부터 멀리 떨어진 것이 아닌가 하는 것이다」라고도 서술하고 있다. 그리고 이에 대해 구체적으로 언급하여 『호수(みづうみ)』『잠자는 미녀(眠れる美女)』와 관련지어 「가와바타의 『마계』는 세상의 논리 도덕을 거들떠보지도 않고

---

6) 兵藤正之助 『川端康成論』(春秋社、1988・4)

스스로가 여성미를 탐구하려고 하는 번뇌스러운 대로의 행동을 하는 주인공을 통하여 묘사된, 『불계』와는 아무런 관계도 없는 마적 세계(魔的世界), 미에의 탐닉 끝에 종래에는 멸망이 예상된 것이다』라 말하고 있다.

가와바타가 소설의 모티브로 사용하고 있는 「마계」를 그가 어떻게 자기류로 이해하였는가를 좀더 알기 쉽게 고찰해 본다면 이러하다. 이는 효도의 견해에서 보는 것처럼 그가 「세상의 윤리와 도덕」을 완전히 무시하여 어떠한 죄가 되는 악한 행동도 꺼리지 않고 자행하는 것을 「마계」에 들어갈 수 있는 조건으로 보았다는 것이다. 이는 앞에서 인용한 「아름다운 일본의 나」의 일절인 「마계」는 「마음이 약하고는 이룰 수 없」다는 말에도 드러나 있다.

『무희(舞姫)』(1950·12)로부터 모티브로 등장하기 시작한 가와바타의 작품세계의 「마계」는 『호수(みずうみ)』『잠자는 미녀(眠れる美女)』『종이학(千羽鶴)』등 많은데, 『민들레(たんぽぽ)』 또한 이 「마계」를 작품세계에 본격적으로 등장시키고 있는 작품이라 할 수 있을 것이다. 『민들레』의 세계에는 「仏界易入 魔界難入」이라는 말이 그대로 직접 등장한다. 「병원의 터줏대감과도 같은 니시야마(西山) 노인」이 조코 사(常光寺) 「본당의 다타미7)에 종이를 펼쳐 놓고 큰 글자」로 쓴 것이 이 「仏界易入 魔界難入」이다.

> (불계이입 마계난입<仏界易入 魔界難入>) 쓰는 글씨는 대개 이 여덟 자이다. 니시야마 노인 자신은 이것을 「불계 들어가기 쉽고 마계 들어가기 어렵다」라고 읽고 있다. 노인은 백내장으로 눈이 흐려졌지만, 그 글씨는 힘이 있다. 속기(俗氣) 장기(匠氣)8)가 없다. 그러나 광기(狂氣)는 있는가. 뒤숭숭한 글씨가 아니고 미치광이 같은 글씨도 아니지만 잘 보고

---

7) 일본식 돗자리.
8) 예술가 등의 기질·기교를 과시하며 호평을 사려는 마음이나 제스처를 나타내는 일본말로, 우리말에서 이에 해당하는 말을 찾지 못하여 그대로 차용한 것임.

있자면 광기 혹은 마기가 깃들어 있는 것 같이는 생각된다. 니시야마 노인은 인생의 어느 때에 마계에 들어가려고 애썼지만, 마계에는 들어가기 어려웠던 그 통한이 미친 노후의 글씨에도 나타나 있는지도 모른다. 니시야마 노인의 「마계」란 어떠한 것이었는지, 하여튼 인생의 어느 때에 그 「마계」에 들어가려고 했던 그 바람은 그를 미치게 했을 정도의 애처로움이었을 게다. 니시야마 노인은 미치광이 병원을 마계 같은 거라고는 생각하고 있지 않다. 마계에 제대로 들어가지 못했던 사람들의 피난처, 휴식처라고 할 정도로도 생각하고 있지 않을 것이다.

여기에서 보면 니시야마 노인은 과거 어느 때인가 마계에 들어가려고 혼신의 힘을 다했으나 결국 실패하여 들어가지 못하였다는 것을 알 수 있다. 윤리와 도덕을 무시한다는 것은 일반의 보통 사람으로서는 착하게 사는 것보다 더 어려울 수도 있는 것이다. 그런데 노인은 마계에 들어가지 못한 「통한이 미친 노후의 글씨에도 나타나 있」었다 하였으니 그가 얼마나 마계에 들어가려는 일에 집착하고 있었던가가 엿보인다. 물론 「노후의 글씨에도 나타나 있는지도 모른다」라고 문말(文末)을 애매하게 얼버무리고 있기는 하지만, 이는 가와바타의 문학이 「……지도 모른다」의 「……」에 오는 말을 그대로 인정할 때 이와 같은 표현을 쓰는 경향이 있다는 것을 고려한다면 이러한 표현에는 그다지 구애되지 않아도 되리라 생각한다. 하여튼 노인이 마계에 들어가려고 혼신의 힘을 다하였다고 하는 것은 세상의 윤리와 도덕을 완전히 무시하여 어떠한 죄가 되는 악한 행동도 꺼리지 않는 데에 혼신의 노력을 다하였다는 말이 되는데, 노인의 마계는 실제로 그러한가?

위의 인용문은 「니시야마 노인의 『마계』란 어떠한 것이었는지」에 대한 의문점을 던져 주고 있다. 「마계」란 선한 것보다 악한 것이며 참된 것보다 거짓된 것, 밝은 것보다는 어둡고 음산한 것일 게다. 그런데, 노인의 「글씨는 힘이 있」고 속기, 장기가 없다는 것이다. 그렇다면 정기(正氣)가 있다는 말이 되는데, 속기·장기는 마계에 속하고 정기는 불계에 속하는 것이라 할 수 있으니 노인의 마계란 가와바타의 다른 작품에 나타나고 있는 마계와는 다르다는 것만은 분명하다 할 것이다. 그렇다면 물론 노인이 들어가려고 혼신의 힘을 다하였다고 하는 마계도 세상의 윤리와 도덕을 완전히 무시하고 죄악 속을 활보하는 그런 세계가 아님은 재언(再言)을 요하지 않을 것이다. 그런데 노인의 글씨는 「뒤숭숭한 글씨가 아니고 미치광이 같은 글씨도 아니지만 잘 보고 있자면 광기 혹은 마기가 깃들어 있」다고 하는 표현은 시사하는 바가 크다. 광기란 미치광이의 증세를 말하므로 미치광이 같은 글씨가 아니지만 광기는 있다고 하는 표현은 논리상의 무리가 있다고 보아야 할 것이나, 작가 가와바타는 「미치광이 같」다고 하는 것과 「광기」를 사전적 의미와는 다른 뜻으로 사용하고 있지 않았나 한다. 물론 작품세계에 이를 구체적으로 언급하고 있지 않으니 단정적인 견해를 제시한다는 것은 피해야 할 것이나 미루어 살펴 볼 수는 있지 않을까 한다. 미치광이는 정상인보다 경우에 따라서는 훨씬 큰 물리적인 힘을 나타낼 때가 있는데, 이 힘의 기운을 작가는 여기에서 「광기」로 보지 않았을까 한다. 이는 「그 글씨는 힘이 있다」라는 표현에도 나타나 있으니 어느 정도의 신빙성은 인정해도 좋을 것이다.

「니시야마 노인은 미치광이 병원을 마계 같은 거라고는 생각하고 있지 않」다는 표현 또한 반어적인 표현으로 보아야 할 것이다. 다시 말해서 이쿠타 병원은 마계요, 마계에 들어가지 못한 사람들의 피난처라는 것이다.

이쿠타 병원은 이쿠타초(生田町)에 소재하고, 이쿠타초는 「민들레꽃이 핀 봄과 같은 소도시이다」. 「3만 5천 정도의 인구 가운데 80세 이상의 고령자가 394명」이나 있는 장수의 고장으로 지극히 밝고 맑고 건강한 이미지를 독자들에게 주고 있다. 「거리 그 자체가 양지 같은 이쿠타초이다」라는 표

현이 있는데, 이는 이미지 이상의 실증적인 효과를 나타내어 주고 있다 해
도 좋을 것이다. 그러나 「이 이쿠타초에 어울리지 않는 것이 하나 있」는데
「미치광이 병원」이 그것이다. 이는 『민들레』의 세계의 모두에서 엿본 이쿠
타초와 이쿠타 병원인데, 여기에서는 이 양자를 의도적으로 대조하려고 하
는 작가의 의도가 드러나 있다. 밝고 건강한 이미지의 이쿠타초와 미치광이
병원인 이쿠타 병원의 대조를 통하여 작가 가와바타는 전자를 「불계」로,
후자를 「마계」로 했다고 하는 데에는 이견이 없다 해도 좋을 것이다.

그런데 작품세계는 니시야마 노인을 「병원의 터줏대감과도 같」다고 말
한다. 여기에서의 터줏대감이란 환자들 가운데에서 병원에 입원한 지 제일
오래 되었다는 뜻인지, 아니면 어떠한 면에서가 되었든 병원에서 영향력이
크다는 뜻인지, 환자들 사이에서 주도적인 어떠한 역할을 하고 있다는 뜻인
지 분명치 않다. 하지만 어느 면에서가 되었든 노인이 다른 환자들과 비교
하여 두드러진 모습이나 성향을 보이고 있을 것이라는 것만은 말할 수 있
으리라 생각한다. 또 이 두드러진 것들 중에는 「마계」라고 하는 면이 있다
는 것을 간과해서는 안 될 것이다. 그러나 유감스럽게도 노인의 마계가 어
떠한 것인지 알 수 없다는 것은 전술한 대로이다. 다만 노인의 마계는 과거
의 것만이 아니라 앞으로도 전개될 것이며, 이것이 이나고와 깊은 관계를
가질 것이라는 것은 확실해 보인다.

「니시야마 노인의 매일의 즐거움은 저녁 7시 라디오 뉴스 전의 일기예보
를 듣는 것」인데, 이에 대해 좀더 자세히 살펴보자.

일기예보 그 자체는 어떠해도 좋고, 그것을 맡은 젊은 여자 아나운서의
목소리를 좋아하는 것이다. 그 목소리는 알맞은 달콤함을 띠어 정말이지
상냥스럽다. 미치광이 병원 밖의 세계로부터 사랑스러운 한 아가씨가 자
기 혼자에게 말을 걸어주고 있는 것 같이 노인은 느낀다. 애정이 듬뿍

담긴 목소리이다. 노인을 아가씨가 위로하고 달래 준다. 아름다운 청춘의 메아리이다. 그 아가씨의 이름도 모르고 용모도 보지 않고, 어쩌면 자기가 죽은 뒤에도 그 아가씨는 아름다운 목소리로 일기예보 방송을 계속할지도 모르지만, 폐잔한 자기에게 사랑의 목소리로 매일 이야기를 해 주는 것은 이 아가씨라고 니시야마 노인은 생각하고 있다.

니시야마 노인에게서 연상되는 인물이 있는데, 『호수(みづうみ)』의 모모이 긴페(桃井銀平)가 그이다. 그는 아름다운 여자를 만나면 자기도 모르는 사이에 뒤를 밟게 된다. 이에 대하여 효도 마사노스케(兵勝正之助)는 앞에서도 인용한 『가와바타 야스나리론(川端康成論)』에서 「자신이 어떻게 낙오자, 패퇴자(敗退者)가 되든지 지칠 줄 모르는 미의 추구자가 되려」 한다고 설명하고 있다. 마계의 사람으로서 적당한 사람이라는 말이 된다. 노인에게서 연상되는 또 한 사람의 인물은 『잠자는 미녀(眠れる美女)』의 세계에 간접적으로 등장하여 실오라기 하나 몸에 걸치지 않은 미녀의 방에서 협심증으로 급사한 후쿠라(福良) 노인이다. 후쿠라 노인의 죽음에 대하여 작품세계는 「행복한 돈사(頓死)를 이루었다」고도, 「악마 같은 장난」이라고도 표현하고 있는데, 이 노인도 마계의 사람임에 틀림없다 할 것이다.

그런데 『민들레』의 니시야마 노인은 『호수』의 모모이 긴페나 『잠자는 미녀』의 후쿠라 노인이 여체의 아름다움을 좇아 마계로 빠져 들어가는 것과는 달리 목소리의 아름다움에 매료되어 있다. 그러나 라디오의 전파를 타고 전해 오는 목소리를 통해서는 마계까지 이를 수가 없을 것이다. 적어도 마계로 유혹해 갈 수 있는 힘이 있기 위해서는, 뜨거운 피가 흘러 살아 숨쉬고 있는 육체가 직접 전해주는 성대(聲帶)의 음성이 아니어서는 안 된다. 그러기에 작자는 이 살아 숨쉬고 있는 주인공으로서 기자키 이나코를 니시야마 노인 앞에 등장시킨 것이라고 보아야 할 것이다.

미치광이들도 니시야마 노인을 꺼리는 기색이 있어 말을 걸어주는 환자
는 적다. 만약 기자키 이나코가 노인에게 가까이 간다고 한다면 이나코는
목소리가 예쁘니까 노인을 기쁘게 할는지. 그러나 이상한 일이 일어날지도
모른다. 인체결시증의 이나코는 니시야마 노인의 몸이 전혀 보이지 않고
다만 붓이 움직여「불계이입 마계난입(佛界易入 魔界難入)」이라고 글씨
를 쓰는 것이 보인다. 그런 일이 없을 것이라고는 단정할 수 없다. 그리고
이나코에게 노인의 모습이 보이지 않고 붓과 글씨만이 보인다는 것을 노인
이 안다면, 어쩌면 니시야마 노인은 지금이야말로 자기가 마계에 들어가게
되었다고 혼희작약(欣喜雀躍)하는 건 아닐는지, 아니, 니시야마 노인의
「마계」란 그렇게 간단한 것이 아닐지도 모른다. 그러나 정신이 노쇠함에
따라 니시야마 노인의 마계도 노쇠되어 있는지 모른다. 젊은 아가씨 이나
코에 의해 어이없이 마계로 인도되어 갈지도 모른다. 이미 그것은 거기에
들어가기 어려워서 미친다고 할 정도의 마계가 아닐지도 모른다.

목소리가 예쁜 일기예보의 아나운서와 목소리가 예쁜 기자키 이나코의
양자 사이는 인용문에도 나타나 있듯이 우연한 일치가 아니라 작자의 의도
적인 구상의 결과이다. 목소리가 예쁜 이나코는 노인의 관심을 끌게 될 것
이고, 노인은 이나코에 이끌리어 마계에 들어갈 것이라는 것을 인용문은
암시 이상의 확실성을 가지고 독자들에게 선보인다. 전술한 바 있는 가와바
타 가오리(川端香男里)의「『민들레』비망록」에 의하면 작가 가와바타의
창작 메모에「기자키 이나코 목소리 예쁨」이라고 기록되어 있다 하니, 그
가 이나코의 아름다운 목소리를 근간으로 하여 작품의 세계를 전개해 나가
려고 하였다는 것을 짐작할 수 있을 것이다. 니시야마 노인이 과거에 꿈꾸
었던 마계는 적극적이고 무엇인가 힘이 넘치는 그러한 것이었으리라는 것
은 지금까지 고찰한 결과로 보아서도 충분히 알 수 있을 것이다. 그러나
지금은 늙어, 그도「이쿠타 병원에서 가장 점잖은 환자의 한 사람」이 되어,

「어떠한 마계에도 들어갈 수 있는 힘이 없을 것 같은 모습」으로 다만 「佛
界易入 魔界難入」을 휘호하는 것으로 마계에 들어가지 못한 「통한」을 삼
키고 있는 것이다. 이제 와서 설령 노인이 마계에 들어간다 해도 「정신이
노쇠함에 따라,」 「마계도 노쇠」된 그러한 것일 게다. 그렇다면 노쇠된 그러
한 마계란 어떠한 것일까.

「인체결시증의 이나코는 니시야마 노인의 몸이 전혀 보이지 않고 다만
붓이 움직여 (佛界易入 魔界難入)이라고 글씨를 쓰는 것이 보인다」라는
표현은 구약성서 「다니엘」 5장을 연상시킨다. 「베사살 왕이 그 귀인 일천
명을 위하여 큰 잔치를 배설(排設)하고 그 일천 명 앞에서 술을 마시」는
「그때에 사람의 손가락이 나타나서 왕궁 촛대 맞은 편 분벽(粉壁)에 글자
를 쓰는데, 왕이 그 글자 쓰는 손가락을 본」 사건이 「다니엘」 5장에 기록되
어 있다. 손가락이 쓴 글자는 「메네 메네 데겔 우바르신」이었는데, 「그 뜻
을 해석」하여 보면, 「메네는 하나님이 이미 왕의 나라의 시대를 세어서 그
것을 끝나게 하셨다 함이요 데겔은 왕이 저울에 달려서 부족함이 뵈었다
함이요 베레스는 왕의 나라가 나뉘어서 메데와 바사사람에게 준 바 되었
다」고 하는 것이다. 그리고 이 말처럼 「그날 밤에 갈대아 왕 베사살이 죽임
을 당」한다.

가와바타가 성서를 많이 읽어 이에 대한 지식이 상당한 수준이라는 것은
잘 알려진 사실이니, 그가 구약성서의 이 「다니엘」 5장도 모를 리가 없을
것이다. 하지만 그가 단순히 손가락이 글씨를 쓴다고 하는 외형적인 것만
작품의 세계에 차용한 것인지, 아니면 내용까지도 빌려 쓴 것인지는 알 수
가 없다. 내용까지 빌려 썼다고 한다면 베사살 왕이 그랬던 것처럼 노인이
나 이나코 둘 중의 하나는, 아니면 둘 다 죽게 될 것이다. 노인이 이나코에
게 이끌리어 마계에 들어가게 되고 필경에는 죽음에까지 이를 수도 있다는
개연성이 인정된다는 말이다.

자기의 「직관이나 제육감」을 믿을 뿐 아니라 이에 의지하고자 하는 이나코의 애인 히사노는 노인의 「눈은 극악한 범죄의 연못」임을 간파하는 가운데 노인에게 어떠한 불안을 느끼고 있는데, 이는 다름 아닌 이나코와 노인 사이에 앞으로 일어날 사건에 대한 것을 「직관이나 제육감」에 의해 예상했기 때문으로 보아야 할 것이다. 그렇다면 두 사람 사이에는 어떠한 일이 일어나게 될까. 저자는 앞에서 『호수(みづうみ)』의 모모이 긴페(桃井銀平)와 『잠자는 미녀(眠れる美女)』의 후쿠라(福良)노인이 여체의 아름다움을 쫓아 마계로 들어가는 것과는 달리, 니시야마 노인은 이나코의 목소리의 아름다움에 매료될 것이라고 주장한 바 있다. 환언하면 이나코는 아름다운 목소리로 노인을 매료시킬 것이라는 말이 되는데, 목소리로 매료시킨 이나코는 노인을 육체로 끌어들일 것이라는 예상도 해봄 직하지 않은가. 음성이라고 하는 것은 아무리 매혹적이라 할지라도 남성으로 하여금 도덕과 윤리를 초월케 하거나 이를 범하게 하는 마계에 빠져들게 할 수 있는 힘이 없기 때문이다.

III ●●● 이나코의 어머니와 애인 히사노의 관계

민들레처럼 건강하여 밝고 맑은 거리, 다시 말해서 불계의 구역 이쿠타초(生田町)에는 조코 사(常光寺)와 이쿠타 병원 외에 또 하나의 마계가 존재하고 있는데 이쿠타 관(生田館)이라는 여관이 거기이다. 『민들레(たんぽぽ)』의 세계는 「기자키 이나코(木崎稲子)의 어머니와 이나코의 애인

히사노가 이나코를 병원에 남겨두고, 돌아가는 도중에 두 사람이 주고받은 대화를 중심으로 이루어져 있다. 그리고 또 이 두 사람의 대화는 병원에서 역(汽車の停留場)으로 가는 길인 이쿠타 천(生田川)의 천변(川邊) 길에서의 것과, 두 사람이 역을 향하여 가던 발길을 바꾸어 이쿠타 관에서 하룻밤을 머무르게 되는데, 이 여관에서의 것, 둘로 나뉜다. 이 두 대화 중 본장에서는 후자를 중심으로 고찰하여 보고자 한다.

이나코의 애인 히사노는 「내일 아침 다시 한 번 이쿠타 병원에 가보아 주세요. 그러기 위해 오늘밤은 이 이쿠타초에서 머물러 주세요」라고 그녀의 어머니에게 제안하고, 그녀의 어머니는 「히사노 상도 미련이 많군요. 여자인 어머니 나보다도」라고 말하면서도 「그건 말이에요, 오늘밤 이 거리에서 머무르고 내일 아침 이나코의 모습을 보러 가는 것은, 그건 좋아요」라고 제안에 응함으로써 두 사람은 이쿠타 관에 머무르게 된다. 그런데 여기에서 주목해야 할 것은 「어머니 나보다」의 앞에 「여자인」이라는 없어도 좋을 것 같은 수식어를 그녀의 어머니가 일부러 놓았다는 것이다. 그것은 그녀가 남자인 히사노 앞에서 자신을 「여자」로 자각하고 있었다는 말이 된다. 그러기에 그녀는 「히사노 상 덕분에 이상한 데에서 자야만 하게 되었어요」라고 둘이서 여관에 머무르게 된 사실에 과도한 신경을 쓰는 것이다. 「이나코의 어머니는 오늘밤 이 거리에서 묵는다는 것을, 히사노로부터 가끔 들은 대로 거절도 하지 않았다고는 하지만, 묵는다고 분명하게 정하지 않은 것 같은 기분도 남아 있었다」고 하는 표현이 있는데, 이는 그녀가 히사노와 함께 한 여관에서 묵는다고 하는 사실에 크게 구애(拘碍)되고 있다는 것을 드러내 보이고 있는 것이라 할 것이다.

이나코의 어머니와 히사노는 그녀의 어머니와 애인이라고 하는 관계이므로 여자와 남자라고 하는 사이로 보는 것이 무리인 것처럼 보이기 쉬울 것이다. 두 사람 사이에 가로 놓여 있는 연령의 차도 심하니 더욱 그러하다.

그러나 가와바타의 문학에 있어서는 이러한 것들이 남자와 여자로서 만나는 데에 그다지 큰 장애가 되지 않는다. 『종이학(千羽鶴)』의 세계를 들여다보면 오타 부인(太田夫人)은 이미 죽어 이 세상에 없는 정부의 외아들 미타니 기쿠지(三谷菊治)와 육체의 심연 속으로 빠져든 결과 죽음의 길을 택하게 되고, 그녀가 죽은 뒤에는 그녀의 딸 후미코(文子)와 기쿠지가 다시 육체로 맺어진다고 하는 이중의 근친상간적인 구도가 형성되어 있음을 알 수 있다. 그런데 『민들레』의 세계에도 『종이학』의 오타 부인과 기쿠지 사이에 저질러진 것과 유사한 근친상간적인 교섭의 가능성이 있음을 배제할 수 없다는 것이다. 그 가능성은 물론 이나코의 어머니와 이나코의 애인 히사노 사이에서 찾아야 할 것인데, 이에 대하여 이와타 미쓰코(岩田光子)는 『가와바타 문학의 제상―근대의 유염―(川端文学の諸相―近代の幽艶―)』9)에서 「연상의 여자 아무개가 아니라, 어디까지나 딸의 애인의 어머니라고 하는 근친자, 멀지 않아서 장모와 사위의 관계가 될 것」이라고 전제한 뒤, 「이러한 인물설정 그 자체가 근친상간이라고 하는 비윤리의 경사(傾斜)를 재촉하고 있는 것」이라고 주장하고 있다.

이나코의 어머니와 이나코의 애인 히사노 사이에는 이나코라고 하는 매개체에 의해 관계가 형성되어 있다고 할 수 있을 것이다. 그런데 「딸이 운명을 히사노와 둘이서 나누어 지고 걷고 있는 것 같은 친밀함」을 느끼고 있는 이나코의 어머니는 어떻든 히사노를 동반자로서 보고 있고, 또 이러한 동반자와 함께 여관에서 둘이서만 지내게 된다. 문제는 여기에 있다. 이 여관에서의 하룻밤이 두 사람을 이나코의 어머니의 입장에서 볼 때 딸의 운명을 나누어진 동반자 관계로만 머물러 있게 할 것 같지 않은 불안한 기운을 자아내어 그들의 방안을 자욱하게 하고 있기 때문이다.

---

9) 岩田光子 『川端文学の諸相―近代の幽艶―』(桜楓社、1983・10)

이나코의 어머니와 애인 히사노 사이의 육체적 접촉에 대한 예감은 이미 병원에서 역으로 가는 천변 길에서부터 느껴지기 시작하고 있다. 「이렇게 옆에 있으면 그늘이 져 어머님과 나 두 사람의 그림자가 분명하게 여기에 있습니다. 저는 이나코 상의 곁에서 떨어지고 싶지 않습니다」라고 한 「안정되지 않」은 히사노의 말에 이나코의 「어머니는 두 사람의 그림자가 겹쳐지는 것을 피하는 것처럼 걸었」던 것이다. 이는 이나코의 어머니가 히사노를 남자로 느끼고 있다는 것을 여실히 보여 주고 있는 것이 된다. 그리고 조금 뒤, 「좁은 길을 걷고 있는 어머니」가 「조금 움츠러질 것 같은 다리가 비틀거려 냇가의 풀 속으로 가는 것처럼 보였」을 때, 「히사노가 가볍게 어머니의 어깨를 받쳤」는데, 이것이 『민들레』의 세계에서 두 사람이 신체적으로 접촉한 것의 처음이다. 두 사람에게서 남자와 여자로서의 냄새가 짙게 느껴지는 장면이다.

여관에서 두 사람은 물론 한 방을 쓰는 것은 아니었다. 그러나 두 사람은 각각 다른 방을 쓰고 있다고는 하지만 두 방 사이에는 후스마라고 하는 일본식 미닫이 한 겹으로 칸막이가 되어 있을 뿐이었다. 그런데 이 후스마는 『민들레』의 세계를 이해하는데 대단히 중요한 역할을 하고 있다. 다음은 두 사람이 이나코의 어머니의 방에서 이야기를 하다가 히사노가 자기 방으로 건너간 뒤까지 이야기가 이어지는 과정이다.

　　「히사노 상. 이나코는 히사노 상에게 안겨 있으면서 히사노 상이 보이지 않게 되어버리는 거에요」
　　「그건 이나코 상이 거부하는 것이 아니지요. 뭐랄까요. 어머님께서도 그것을 생각해 주셨으면 해요」
　　「생각한다고 알 수 있나요, 누워서 마음을 가라앉혀요」
　　「그럴까요.」 히사노는 옆방으로 가서 「이 경계의 후스마는 닫을까요?」

「닫아 줘요.」

「안녕히 주무세요.」

후스마를 닫고 간 옆방에서 히사노는 그렇게 말하고, 「어머님」이라고 이어 불렀다.

얼굴도 모습도 보이지 않은 탓인지, 이 이어 부름은 조금 달콤함을 띤 부름이었다.

「안녕히 주무세요」라고 이나코의 어머니는 건성으로 말했지만, 역시 조금 상냥함을 덧붙였다. 「벌써 잠자리에 들었나요?」

두 사람의 이야기는 좀더 이어지는데, 여기에서 히사노가 후스마를 두 방의 「경계」로 표현한 것은 시사하는 바가 크며, 두 사람의 이야기가 두 사람이 한 방에 같이 있을 때보다 각각 자기 방으로 나뉘어져 있을 때에 더 긴장이 풀렸다는 것 또한 중요한 의미를 지닌다 할 수 있다. 남녀 사이에 긴장이 풀리면 그 뒤에는 걷잡을 수 없는 사태가 발생하는 것이 보통이기 때문이다. 물론 「얼굴도 모습도 보이지 않은 탓」이라는 표현이 있기는 하지만 이는 가와바타가 어떠한 사실을 연막 저편의 것을 보는 듯하게 묘사할 때 자주 쓰는 표현수법이라는 것을 생각한다면, 이 표현에 그다지 의미를 부여하지 않아도 되리라 생각한다. 「얄팍한 후스마는 두꺼운 칸막이 같기도 하고, 아무런 칸막이도 되어 있지 않은 것 같기도 했다」는 표현이 있는데, 한 방에서 잠자리에 든 남녀 사이에 물 한 그릇을 놓아도 생각하기에 따라서는 두꺼운 콘크리트 벽이 될 수도 있고 아무 것도 없는 것이나 다름없는 것이 될 수도 있다. 이는 이나코의 어머니와 애인 히사노 두 사람의 대화를 통하여 증명되었다 할 수 있을 것이다.

「히사노 상, 합장하고 있지요?」
「엣, 보이나요? 」
「알 수 있어요.」

아무리 얄팍한 후스마 한 겹의 칸막이라 할지라도 옆방에서 합장하고
있는 모습이 보일 리는 없다. 기괴하다고 한다면 할 수 있는 일이다. 하여튼
두 방 사이에 제대로 된 벽으로 칸이 막아져 있었다면 「알 수 있」는 일이
못 된다.

「후스마 저쪽에 젊은 남자가 있다 해도 딸의 애인이 아닌가. 히사노 속에
는 이나코만이 열탕처럼 가득 차 소용돌이치고 있어 이나코의 어머니를
여자라고 생각하고 있지 않다. 자기를 여자라고 생각하고 있지 않는다고
스스로 생각한다 해도 자기는 조금 어떻게라도 된 게 아닌가 하고 이나코
의 어머니는 생각했」다. 그러기에 「집의 잠자리에서는 풀어 버리」는 「습
관」이 있는데도 「긴 속옷 속의 허리에 두른 천을 풀까, 그대로 둔 위에
여관의 잠옷을 입을까, 좀 망설였」던 것이다. 후스마 저쪽의 젊은 남자가
자기를 여자라고 생각하고 있지 않을 것이라고 하는 자각이야말로 자기는
여자라고 하는 절실한 자각에 의한 것이었다.

이나코의 어머니는 「여관 욕조」의 「더운 물에 어깨까지 담그자 바로 갑
자기 고독감에 빠졌」는데, 이는 홀로된 중년 여인의 고독이라 보아야 할
것이다. 그리고 이 고독감이 얼마나 심한 것이었나는 「고독감에 빠졌다」라
고 하는 표현에 이어 「눈이 아팠다」라는 표현을 더한 데에서 엿볼 수 있다.
그녀는 여관의 목욕탕에서 자기의 방으로 돌아온 뒤까지도 이 고독감의
여운 가운데 자기의 허리에서 무릎에 걸쳐 새하얀 비단으로 싸인 그 「무릎
의 볼록한 데로 눈을 내려 떴을 때」 남편 기자키가 생전에 발자크의 책에서
읽어 주었던 「마흔 살의 여자는 너를 위해 모든 것을 해 줄 것이다. 그러나

스무 살의 여자는 무엇 하나 해 주지 않는다」라고 하는「말이 분명하게 지금 기자키의 목소리로 들렸」는데, 이 말은 이나코의 어머니의 성을 이해 하는데 지극히 중요하다.「남편은 이 말에 무엇인가 특별한 감회, 혹은 기 대, 원망(願望)」을 담았던 것인데, 그녀는, 처음에는 이를 깨닫지 못하고 있다가,「사오일 지나고 나서」겨우 남편의 의중을 알게 되었던 것이다. 여기에서 잠시 그 무렵의 그녀의 남편에게 눈길을 돌려보자.

　　그 무렵, 기자키는 이나코의 어머니의 가슴을 물고, 머리칼을 쥐어 머리 를 거칠게 흔들며 말했던 것이다.「인생의 진수성찬을 먹을 수 없게 됐어. 인생의 진수성찬을.」
　　그것이 더 격렬해지면 엉엉 우는 것 같은 소리가 되었다. 이나코의 어 머니는 빈혈을 일으킬 것 같이 되었다. 울려 해도 울 수 없었다.

그녀의 남편 기자키에게 있어서의「진수성찬」이란 물론 성적 교섭을 말 한다. 오른쪽 다리를 허리에 붙은 부분으로부터 절단하여 의족인 그에게 원만한 부부관계가 이루어지지는 않았던 것이다. 그러나 아직「진수성찬」 의 진미(眞味)를 모르는 그녀는「핏기를 잃」은 채「이봐요, 조용하게 안정 하면 되잖아요」라고, 기자키의 입장에서 본다면 얼빠진 소리로 밖에 들리 지 않을 말을 했던 것이다. 이러한 그녀인 만큼「인생의 진수성찬」이라는 말이 의미하는 바가 무엇인지 알 리가 없었다. 그러나 아무리 그러한 그녀 라 할지라도「사오일 지나고 나서」는 이 말의 의미를 깨달았다.

　　「마흔 살의 여자는 모든 것을 해 준다」라는 말에 이나코의 어머니는 계시를 받았다. 그리고 성공했다. 모성형 창녀, 혹은 창녀형 모성이 되었 음에 불과하므로「스무 살의 여자」도 알고 있을 터의 일이지만, 이나코의 어머니에게는 새로운 경험이었다.

그러한 이용법도 가져온 말이므로 이쿠타초의 싸구려 여관에서 무릎의 하얀 볼록한 데로 눈을 내려뜨렸을 때, 기자키의 목소리로 그 말이 이나코의 어머니에게 들려오는 것이었다. 이나코의 어머니가 「마흔의 여자」가 되기 전에 기자키는 죽었다. 지금, 이나코의 어머니는 마흔 살을 넘었다.

「성공했다」는 말은 이나코의 어머니가 남편에게 인생의 진수성찬을 제공해 주었다는 것을 뜻한다. 그리고 하얀 명주로 싸인 무릎의 볼록한 데에 눈길이 미치자, 여기에서 그녀는 성과 관련이 있는 육체의 어느 부위를 연상하고 인생의 진수성찬을 먹을 수 없는 자신의 처지를 통곡했던 남편의 「마흔 살의 여자는 모든 것을 해 준다」고 했던 말이 다시금 그대로 생생하게 「기자키의 목소리로 들려」 왔던 것이다. 여자의 성은 남자의 그것에 비해 수동적이기는 하나 그에 대한 강렬한 욕구는 남자에 비해 못한 것이 아니다. 그런데 그녀는 「지금」 남편이 그토록 사십대의 여자가 되지 못한 아내에 대하여 안타까워했던 바로 그 사십대의 여자가 되어 성의 배설을 억제하도록 인내를 강요당한 채 남편과는 달리 내면에서의 흐느낌으로 여자이기를 스스로 포기하고 현모의 길을 걷고 있었다. 그러기에 딸의 애인이라고는 하지만 히사노는 역시 남자였던 것이다. 여기에서의 이나코의 어머니에게는 『종이학(千羽鶴)』의 제 2의 오타 부인(太田夫人)으로서의 예감이 들어 독자들의 뇌리를 떠나지 않게 한다.

오타 부인은 적어도 마흔다섯 살 전후일 터로 기쿠지보다 스무 살 가까이 연상일 것이지만, 연상이라고 하는 느낌을 기쿠지에게 잊게 했다. 기쿠지는 연하의 여자를 안은 것 같았다.

부인의 경험에 의한 기쁨을 기쿠지도 함께 한 것임에 틀림없지만 경험이 옅은 총각의 주눅은 어디에서도 느끼지 않았다.

기쿠지는 처음으로 여자를 안 것처럼 생각되고, 또 남자를 안 것처럼 생각되었다. 자신의 남자가 눈을 뜬 것에 놀랐다. 여자가 이렇게 나긋나긋하게 수동적이어서, 따라오면서 끌어가는 수동적이어서 따스한 향기에 흐느껴 우는 것 같은 수동적이라고는, 기쿠지는 지금까지 알지 못했다.

　- 중　략 -

이럴 때 기쿠지는 결국 무뚝뚝하게 떨어지고 싶어지지만, 따스하게 달라붙어 멍하니 있는 것도 처음인 것 같았다. 여자의 물결이 이렇게 뒤를 따라오는 것이라고는 알지 못했다. 그 물결에 살결을 쉬며 기쿠지는 정복자가 졸면서 노예에게 발을 씻기고 있는 것 같은 만족까지 느꼈다.

「중략」의 앞의 부분은 오타 부인과 지금은 죽어 이 세상에 없는 정부의 외아들 기쿠지의 육체적 교섭을 묘사한 것이고, 「중략」의 뒤의 부분은 교섭이 끝난 뒤를 묘사한 것이다. 이나코의 어머니와 오타 부인은 나이도 비슷하고 성의 배출구가 없다는 면에서도 일치한다. 상대방 남자가 딸의 애인과 정부의 아들이라는 면에서도 유사하다. 이나코의 어머니에게서 읽는 자들이 제 2의 오타 부인으로서의 예감을 느끼는 것은 극히 자연스러운 일이라 할 것이다.

그날 밤 아직 히사노와 한 방에 있던 이나코의 어머니가 여관의 「복도에 혼자 나와, 때가 낀 낡은 커튼의 한 쪽 자락을 걷고 거기에 선 채로 바다를 바라보았」을 때 「섬의 등불도 등대도 없」었고, 「달도 나와 있지 않」았으며, 「옅은 안개 때문에 수평선도 흐려 있」었다. 그런데 이는 앞으로 이나코의 어머니와 애인 히사노 사이에 일어날 상황에 대한 독자들의 예감이 적중하리라는 것을 상징적으로 말해 주고 있는 것이라 해도 좋을 것이다.

●●●
마치는 말

『민들레(たんぽぽ)』는 기자키 이나코(木崎稲子)라고 하는 한 아가씨에게 걸린 인체결시증이라는, 실제로는 이 세상에 존재하지 않은 기병을 발단으로 하여 스토리가 전개되어 나가는 가와바타 야스나리(川端康成)의 마지막 장편소설로 미완이다. 작자가 이 인체결시증이라는 병을 작품의 세계에 도입한 것은 이 병을 통하여 마계(魔界)라고 하는 특별한 세계를 그리기 위한 것이다.

여기에서의 마계란 가와바타가 잇큐(一休)의 글씨「불계이입 마계난입(佛界易入 魔界難入)」에서 보고 자기의 문학의 중요한 모티브로 한 것으로,「마계난입」을 자기류로 해석하여 마계에 들어갈 수 있는 조건이 세상의 도덕이나 윤리를 무시하고 마음대로 행동하는 것이라 보고 작품의 세계를 통하여 담아내어 온 것이다. 그런데 『민들레』의 세계에서의 마계는 니시야마(西山) 노인을 중심으로 하여 형성되어 나가는데, 이는 가와바타의 다른 작품에서와 그 양상을 달리한다는 것을 예고하고 있으나 이 작품이 미완인 관계로 그것이 어떠한 것인지는 단정하기 어렵다.

니시야마 노인은 젊은 날 마계에 들어가기 위해 혼신의 노력을 다하였으나 실패하여 지금은 이로 인한 통한을 달래고 있는데, 이때 그 앞에는 이나코라는 목소리가 아름다운 아가씨가 나타난다. 노인을 마계로 끌어들이기 위한 것이라고 짐작되는데, 만약 그렇게 된다면 불계의 사람으로 보이는 그녀가 마계 성향의 노인을 오히려 마계로 이끌어 들인다는 데에 가와바타의 다른 작품과의 상이점이 있다 하겠다.

그러나 노인과 이나코는 아직 작품의 세계에서 만나지 조차 않은 채 다만 둘이서 마계로 들어갈 것이라는 조짐만을 보이고 있다. 작품의 세계에서 활동을 전개하여 나가는 데에 중요한 역할을 하고 있는 것은 이나코의 어머니와 애인 두 사람이다. 그리고 이 두 사람은 앞으로 장모와 사위로서의 관계이면서도 육체적으로 깊은 늪에 빠져 근친상간적 불륜의 마계에 빠져 들어갈 것이라는 예감이 작품의 세계의 전면에 감돌고 있다.

일본열도에 존재하지 않은, 그러나 일본의 고전에 가끔 등장하는 이름이기에 일본열도의 따스한 남쪽 어딘가에 설정해 놓은 이쿠타초(生田町)와, 이 세상 어디에도 존재하지 않은 기병 인체결시증의 도입, 그리고 지금까지 작품의 세계를 통하여 그려온 마계와는 그 양상을 달리하는 세계 등, 작가 가와바타는 이 소설 『민들레』의 세계를 통하여 실로 많은 작가적 상상력을 발휘하고 있다. 자신의 노쇠한 만년에 지칠 줄 모르는 작가 혼으로 정열을 불태우려 했던 것이 아닌가 한다. 그리하여 자신의 문학에 새로운 장을 열려고 했던 것일 게다.

이에 대해서는 가와바타의 작품에 부정적인 평가를 내리고 있는 경향의 가와시마 이타루(川嶋至) 같은 이조차도 「노경(老境)에 이르러서 더욱 새로운 길을 개척하려고 하는 기개」라고 높이 평가하고 있다. 그러나 불행히도 그의 노벨 문학상 수상으로 인한 분주함과 죽음으로 포진도 채 끝나지 않은 시점에서, 그의 문학의 향수자(享受者)들에게 새로운 장의 주초(柱礎)만으로 만족을 강요하며 작품의 세계의 막을 내리게 한 것은 실로 유감이라고 밖에 할 수 없다 하겠다.

연보(年譜)

- 가와바타 가오리 편(川端香男里編) -

■ 1899년

6월 14일 오사카시 기타쿠 고노하나초 1초메(大阪市北区此花町一丁目) 79번지 자택에서 출생(자필 연보에는 6월 11일에 출생했다고 기록되어 있다. 본인은 평생 이날이라고 믿고 있었다). 아버지 에키치(栄吉; 1869년 1월 13일생, 30세), 어머니 겐(ゲン; 1864년 7월 27일생, 34세)의 장남. 네 살 위의 누나 요시코(芳子; 1895년 8월 17일생)가 있었다. 아버지는 노쿄(東京)에서 의학교(医学校), 사이세 학사(済生学舎)에서 공부하였고, 졸업 후 오사카시 기타쿠 와카마쓰초(大阪市北区若松町) 다카하시 병원(高橋病院) 등에 근무했다. 할아버지 산파치로(三八郎)의 차남이었던 아버지 에키치(栄吉)는 징병을 면제받기 위해, 명목상의 양자가 되어 미야모토(宮本)라는 성을 썼다. 1895년부터 개업의가 된다. 당시의 「의 가와바타 에키치(医 川端栄吉)」라고 된 문패가 남아 있다. 또 유가(儒家) 에키도(易堂)에게 배웠고, 호를 고쿠도(谷堂)라 했다. 한시, 문인화를 즐겼다. 어머니 겐(ゲン)과 할머니 가네(カネ)는 모두 구로다(黒田) 집안에서 시집을 왔다. 큰아버지 고타로(恒太郎)는 구로다 집안에 데릴사위로 들어가 이 집안의 성을 갖게 되었다. 가와바타 집안은 호조 야스토키(北条泰時; 가마쿠라 막부<鎌倉幕府>의 3대 싯켄<執権>[1])의 사손이라고 전해 내려오고 있다. 가와바타 집인에 현존하고 있는 계도(系図)[2]의 사본에 의하면 「호조 야스토키의 9남, 스루가 고로미치토키(駿河五郎道時)의 3남, 가와바타 도네리노스케(川端舎人助)가 선조이며, 아버지는 그 30대 후손이 된다.

■ 1901년 (2세)

1월 17일, 아버지 서거. 어머니의 친정, 즉 외갓집이 있는 오사카후 니시나리군 도요사토무라 오아자(大阪府西成郡豊里村大字) 3번 745번지로 옮겨

---

1) 바쿠후(幕府)의 최고 권좌에 있는 사람을 쇼군(将軍)이라 하고, 이 쇼군의 보좌역을 싯켄(執権)이라 한다.
2) 우리의 족보에 해당함.

갔다. 구로다 집안은 저택의 문이 셋이나 있었다고 하는 부호였다.

■ 1902년 (3세)

1월 10일 어머니 서거. 할아버지 산파치로(三八郎; 후에 호적상의 이름을 야스히로라고 개명한다. 1842년 4월 10일생. 이때 61세), 할머니 가네(カネ; 1840년 10월 10일생, 63세)가 데려다 원적지인 오사카후 미시마군 도요카와무라 오아자슈쿠노쇼 아자히가시무라(大阪府三島郡豊川村大字宿久庄字東村) 11번 대지(後에 이바라키시 오아자슈쿠노쇼<茨木市大字宿久庄> 1540번의 1, 지번 개정에 의해 이바라키시 슈쿠노쇼<茨木市宿久庄> 1—11—25로 된다)에 집을 짓고 살았다. 누나 요시코(芳子)는 이미 이모 다니(タニ)의 시집 아키오카 기이치카타(秋岡義一方)(오사카후 히가시나리군 나마즈에무라 오아자가모<大阪府東成郡鯰江村大字蒲生> 35번지 저택)에 맡겨 두고 있었다. 11월에 할아버지 산파치로와 친척 구로다(黒田) 집안·아키오카(秋岡) 집안 사이에 계약서가 교환되었는데, 이에 의해 장래 야스나리의 독립을 위한 자금과 요시코의 결혼자금으로, 당시의 돈 3100엔이 적립되었다. 할아버지는 역(易)을 좋아하여 「구택안위론(構宅安危論)」「요화잡론집(要話雑論集)」 등의 유고가 있다. 또 한때, 독자적으로 제조한 한방약을 팔 계획으로 만든, 「가와바타 세류도(川端青竜堂)」라고 인쇄된 약봉지가 남아 있다.

■ 1906년 (7세)

오사카후 미시마군(大阪府三島郡) 도요카와 심상고등소학교(豊川尋常高等小学校)에 入学. 히가시무라(東村)에서는 남자 3명 여자 3명이 입학. 모두가 야자카 신사(八坂神社) 앞에 모여 통학했다고 한다. 다나카 미토(田中ミト; 「십육세의 일기」의 미요<みよ>)가 수업 중에도 교실에 같이 있었다. 병약했으므로 결석이 많아, 1학년에는 69일간의 병결, 4학년에는 63일간의 결석 기록이 있는데, 모두가 육친과 사별한 해이다. 성적은 언제나 우수했는데, 특히 작문은 가끔 상급생을 능가한다는 평을 들었다. 9월 9일에 할머니 가네와 사별하고, 그 이후 8년 정도 할아버지와 둘이서 살게 된다.

■ 1909년 (10세)

7월 16일, 누나 요시코가 고등소학교에서 하교 후, 열병에 걸려 21일 심장마비로 숨짐. 야스나리는 병으로 인해 경야(經夜)와 장례(22일)에 참석하지 못하고, 산파치로도 가지 않았다. 대신 슈쿠노쇼뇨이 사, 에코인(宿久庄如意寺 慧光院)의 가와바타 쇼즈이니(川端称随尼; 호적상으로는 산파치로의 양자)가 갔다. 요시코와는 1902년에 헤어진 뒤 한 번밖에 만나지 않았다.

■ 1912년 (13세)

3월 25일, 심상과(尋常科) 6년 졸업. 초등학교 시절은 도화(圖畵)를 좋아하여 화가를 지망한 적도 있었으나, 초등학교 고학년 때부터 도서관의 책을 남독(濫讀)하게 되었다. 4월에 오사카 후립(大阪府立) 이바라키 중학교에 입학. 1등이었다. 홀태소매의 가스리로 된 하오리(羽織)와 하카마(袴)3)라고 하는, 당시로서도 좀 구식의 제복을 그다지 좋아하지 않았다. 중학교까지 약 15리, 6킬로 길을 집에서 도보로 통학하게 되어 타고난 허약체질이 개선되었다. 허약해 보이는, 겉보기와는 다른 건각(健脚)은 이때 단련된 것이다.

■ 1913년 (14세)

중학교 2학년이 됨. 소설가를 지망하여 문예잡지를 섭렵하였으며, 신체시, 단카(短歌), 하이쿠(俳句), 작문 등 모든 것을 시도해 본다. 할아버지도 이를 허락했다고 한다. 「낙숫물이 댓돌을 뚫는다(雨だれ石を穿つ)」라는 작문이 남아있다.

■ 1914년 (15세)

5월 25일 오전 영시를 지나 할아버지 서거(73세). 고아가 되어 9월에 니시나리군 도요사토무라(西成郡豊里村)에 있는 외갓집인 구로다 슈타로(黒田秀太郎)의 집에 가, 이해의 연말까지 기차 통학으로 중학교에 다니게 된다(스이타＜吹田＞·이바라키＜茨木＞). 할아버지의 임종에 가까운 날들의 사생식 기록(「십육세의 일기」)을 했다(세는나이로 16세). 이외에도 「뼈 줍기(骨拾ひ)」「장례식의 명인(葬式の名人)」「양지(日向)」「사방등(行灯)」 등, 할아버지에 대한 일이나, 그 전후에 대한 작품은 당시의 사생기록을 바탕으로 재구성된 것이다.

---

3) 물감이 살짝 스친 것 같이 군데군데 비백무늬가 있는 천을 가스리라 하고, 하오리는 일본 고유의 옷 위에 입는 짧은 겉옷을 말하며, 하카마는 겉에 입는 하의를 말한다.

■1915년 (16세)

1월부터 중학교 기숙사에 들어가 졸업 때까지 기숙사 생활을 한다. 실장은 동급생 가타오카 시게하루(片岡重治; 가타오카 뎃페<片岡鉄兵>의 부인의 오빠)였다. 가끔 생각이 나기라도 한 듯, 머리를 반들반들하게 밀고 와 주위 사람들을 놀라게 했다. 중학교 시절의 독서범위는 시라카바 파(白樺派)에서 부터 다니자키 준이치로(谷崎潤一郎), 가미쓰카사 쇼켄(上司小剣), 도쿠타 슈세이(德田秋声), 겐지모노가타리(源氏物語), 마쿠라노소시(枕草紙) 등에 이르고, 외국작가도 도스토예프스키, 체호프, 스트린드베리, 아르치바셰프 등을 읽었다. 이로 인해 서점에 많은 빚을 지어 고통을 받는 일이 많았다.

■1916년 (17세)

4월에 5학년으로 올라가 기숙사의 실장이 된다. 같은 방의 2학년생과의 교우관계를 바탕으로 하여 훗날 「소년(少年)」(1948~1949년, 1952년)이 쓰였다. 이 작품 속에 그 무렵의 일기 일부가 사용되었다. 동성애의 체험이 씌어 있는 부분이다. 작가를 지망하는 동급생 시미즈 마사미쓰(清水正光)가 소설을 투고하여 뽑힌 데에 자극을 받아, 2월에 지방의 소주간지『게한 신보사(京阪新報社)』를 처음으로 방문한다. 이외에도 작가를 지망하는 동급생으로 가케타 히로하루(欠田寛治)가 있었다. 그 뒤로 봄부터 가을까지 사이에, 「H중위에게(H中尉に)」「담설의 밤(淡雪の夜)」「달맞이꽃 피는 저녁(月見草の咲く夕)」「자유주의의 진의(自由主義真義)」「푸른 잎의 창으로부터(青葉の窓より)」「영겁의 행자(永劫の行者)」등의 단문, 단가 등이 실렸다. 그밖에『분쇼세카이(文章世界)』『슈자이분가쿠(秀才文学)』『신초(新潮)』등에도 투고하였다. 또 이 무렵 국어와 한문을 가르치는 교사 야마와키<미쓰이>세키치(山脇<満井>成吉)의 추천으로, 세상을 뜬 영어 교사 구라사키 진이치로(倉崎仁一郎)를 추도한 작문「스승의 관을 어깨에(師の柩を肩に)」가, 이바라키 중학교의 동창이었던 이시마루 고헤(石丸梧平)에게 보내져, 오사카에서 그가 주재하여 발행하고 있던 잡지「단란(団欒)」에 게재되었다. 이해 가을 슈쿠노쇼(宿久庄) 집이 가와바타 이와지로(川端岩次郎)에게 팔리어, 할아버지가 진 빚과 야스나리가 서점에 진 빚을 청산하였다.

■1917년 (18세)

3월에 이바라키 중학교를 졸업. 문학에 대한 관심이 깊어짐과 동시에 성적이 떨어지기도 했으므로, 교장을 비롯한 교사들이 지망을 바꾸도록 설득했으나, 듣지 않고 잇코(一高)지망을 관철시켰다. 3월 21일에 상경하여, 처음 우에무라 류노스케(上村竜之助; 할머니 가네의 여동생 아들)를 방문, 이어서 아사쿠사구라(浅草蔵) 앞의 외삼촌 다나카 이와지로(田中岩次郎; 야스나리의 어머니 겐의 배다른 누이동생 도미<トミ>의 아들)의 집에서 신세를 지며, 입학시험 준비로 일토 강습회(日土講習会), 메지 대학(明治大学)의 입시학원에 다닌다. 아사쿠사(浅草) 공원에도 자주 외출하였다. 3월 말에 외사촌형의 소개로 신진작가 난부 슈타로(南部修太郎)를 방문했다. 7월에 제일고등학교(第一高等学校)의 입학시험을 치르고, 8월에 문과 을류(乙類; 英文)에 합격했다. 9월에 입학(제1부 1학년 3반). 동급반에 이시하마 긴사쿠(石浜金作), 사카이 마히토(酒井真人), 스즈키 히코지로(鈴木彦次郎), 슈즈이 겐지(守随憲治), 미아키 에무(三明永無). 가타오카 요시오(片岡義雄), 쓰지미치 시로(辻道四郎), 이케다 도라오(池田虎雄) 등이 있었다. 그 뒤 3년간 기숙사 생활을 하였으나, 중학교의 기숙사와는 사정이 달라 「몹시 싫었다」고 한다. 이때 가장 많이 읽은 것은 러시아 문학, 아쿠타가와(芥川), 시가(志賀)였다. 특히 도스토에프스키에 경도했다.

■ 1918년 (19세)

7월에 1학년을 마친 뒤 오사카에 귀성하여 가모(蒲生)의 아키오카(秋岡) 집안에 기숙하였다. 10월 말에 처음으로 이즈(伊豆)로 여행을 떠나, 다비게닌(旅芸人)들과 동행하게 되었다. 시모타(下田)에서 돌아오는 배 가모마루(賀茂丸)에서는 구라마에 고공(蔵前高工) 수험생 고토 다케시(後藤盟)와 한 자리에 탄다. 이때의 이즈 여행 체험을 「유가시마에서의 추억(湯ケ島での思ひ出)」에 썼으며, 이게 나중에 『이즈의 여로(伊豆の踊子)』의 바탕이 되었다. 이후로 약 10년간 매년처럼 유가시마(湯ヶ島) 온천의 유모토칸(湯本館)이라는 여관에 가, 1년의 대부분을 여기에서 지내는 일도 있었다.

■ 1919년 (20세)

여름방학에는 예년처럼 오사카 아키오카(秋岡) 집에서 기숙. 이 해에 같은 기숙사에 있던 이케다 도라오(池田虎雄)의 소개로 곤 도코(今東光)를 알게 된다. 이후로 니시카타마치(西片町)에 있는 그의 집에 드나든다. 도코의 아버지 무헤(武平)에 의해 심령학(心靈學; 神智學)에 대한 흥미를 갖게 된다. 문

예부 위원 히무로 깃페(氷室吉平)의 권유로 잇코(一高)『교우회 잡지(校友 会雑誌)』제 277호에「지요(ちよ)」를 발표했다.

■ 1920년 (21세)

오사카 산반(三番)의 구로다 집안에서 신년을 맞는다. 외사촌 형 구로다 슈타로(黒田秀太郎)의 결혼(1월 16일)에 참석하고, 또 오사카의 친척집을 방문한다. 고등학교 최종학년으로, 이시하마 긴사쿠(石浜金作), 스즈키 히코지로(鈴木彦次郎), 미아키 에무(三明永無)와 같이 자주 번화가나 카페에 다닌다. 혼고 모토마치(本郷元町)의 카페 파리나 하쓰요(初代)가 있는 카페 에란에 가끔 갔다. 7월에 잇코(一高)를 졸업하고, 같은 달 도쿄 제국대학 문학부 영문학과에 입학했다. 동급생에는 이시하마 긴사쿠(石浜金作), 사카이 마히토(酒井真人), 스즈키 히코지로(鈴木彦次郎), 다나카 소이치로(田中総一郎), 혼다 아키라(本多顕彰) 등이 있었다. 입학 후 일시 귀향, 가모(蒲生)의 아키오카 집안에 묵고 있었는데, 상경 후 히가시오쿠보(東大久保)에 있던 스즈키(鈴木)의 하숙집에서 3개월 정도 동거하였다. 그 후, 아사쿠사 고지마마치(浅草小島町)의 모자(帽子) 수선집의 이층을 빌려 처음으로 하숙생활을 시작한다. 아키(秋), 곤(今), 사카이(酒井), 스즈키(鈴木) 등과 동인잡지(제6차『신시초』)의 발행을 계획, 처음으로 기쿠치 칸(菊池寛)을 방문하여『신시초』계승의 양해를 얻는다. 그 후 오랫동안 기쿠치 칸의 은혜를 입게 된다. 이해 4월부터 1921년 1월까지의 독서장(讀書張)에 의하면 일본작가 외에도 모리 오가이(森鴎外)가 번역한「제국 이야기(諸国物語)」를 비롯하여 번역물이나, 오 헨리, 핀스키 등 영어로 된 작품을 폭넓게 읽었다는 것을 알 수 있다.

■ 1921년 (22세)

정월은 예년처럼 오사카에서 지낸다. 2월에 제6차『신시초』를 발간. 4월에, 제2호에 실린「초혼제 일경(招魂祭一景)」이 기쿠치 칸(菊池寛), 구메 마사오(久米正雄), 고지마 마사지로(小島政二郎), 사사키 모사쿠(佐々木茂索), 난부 슈타로(南部修太郎) 등, 각 방면으로부터 호의적인 비평을 받았다. 이해에 학제가 변경되어, 2학년 신학기가 4월부터가 된다. 실제적으로 7개월밖에 없었던 1학년 때는 한 과목도 학점을 받지 못했다. 영문학과의 수업에는 이때, 이치카와 산키(市河三喜) 교수, 사이토 다케시(斎藤勇) 강사, 마쓰우라 하지메(松浦一) 강사, 지바 쓰토무(千葉勉) 강사, 도이 고치(土居光知) 강사의 수업을 받는데, 국문과의 수업에도 얼굴을 보였다. 「에란」의 주인이 바뀌자 하쓰요가 전년 9월부터 기후(岐阜)에 돌아가 있었다. 그런데 이 하쓰요와의 연애, 약혼이라고 하는 사건이 가을에서 겨울에 걸쳐 있었으며, 이 때문에 9월에서 10월 사이에 기후와 이와테켄 이와야도(岩手県岩谷堂)에 갔다. 이 체험을 기초로 하여 「남방의 불(南方の火)」 「화톳불(篝火)」 「비상(非常)」 「그녀의 성장(彼女の盛装)」 「폭력단의 하룻밤(暴力団の一夜)」 「바다의 불축제(海の火祭り)」 등의 작품이 쓰였다. 그러는 동안에 아사쿠사에서 한 번, 그리고 혼고 네즈니시스가마치(本郷根津西須賀町)로 하숙을 옮겼다. 여름방학은 고향에서 지냈다. 기쿠치 칸(菊池寛)의 집에서 아쿠타가와 류노스케(芥川竜之介), 구메 마사오(久米正雄)를 소개 받았으며, 11월 6일에는 역시 기쿠치 칸의 집에서 요코미쓰 리이치와 처음으로 만나 두 사람의 친교가 시작된다. 12월에 미즈모리 가메노스케(水守亀之助)의 호의로 「난부 씨의 작풍(南部氏の作風)」(南部修太郎 제2의 작품집 『호수의 위<湖水の上>』의 평)이 『신초』에 실렸다. 상업지에 실려 처음으로 고료를 받은 문장이었다.

■ 1922년 (23세)

혼고 네즈니시스가마치(本郷根津西須賀町)에서 고마고메(駒込)(고마고메<駒込> 동네 안에서도 다시 한 번), 그리고 센다기(千駄木)로 거처를 계속 옮겼다. 사사키 모사쿠(佐々木茂索)의 호의에 의해 창작월평 「이달의 창작계(今月の創作界)」<『지지신포(時事新報)』 2월 1일~18일>를 써, 이후로 20년에 걸친 비평활동의 계기가 되었다. 6월에 영문학과에서 국문학과로 전과. 당시 국문학 연구실에는 하가 야이지(芳賀矢一) 교수와 후지무라 쓰구부(藤村作) 교수(이해 3월 교수로 승진)가 있었다. 4월부터 6월에 걸쳐, 지요와의 사건을 소재로 한 「신청(新晴)」을 쓰고, 여름에는 이즈 유가시마(伊豆湯ヶ島)에서 「유가시마에서의 추억(湯ヶ島での思ひ出)」(400자 원고지 107장)을 썼다. 이해까지 친척 아키오카 기이치(秋岡義一)에게 맡겨 두었던 돈으로 학자금을 보내왔는데(대학시절은 월평균 60엔), 이해부터 송금은 끊어지고 자활했다(아키오카 기이치<秋岡義一> 앞으로 된 영수증의 최종일자는 1922년 10월 9일).

■ 1923년 (24세)

2월에 기쿠치 칸(菊池寛)에 의해 1월에 창간된 『분게순주(文芸春秋)』에

『신시초(新思潮)』의 동인 4명과 사사키 미쓰조(佐々木味津三), 요코미쓰 리이치(橫光利一) 등과 함께 편집인으로 가담하였다. 7월에 지난 해부터 중단되었던 『신시초』를 난텐도(南天堂)로부터 간행했다. 여름방학을 오사카에서 보내고 8월에 상경하여, 9월 1일에 간토 대지진(関東大震災)을 센다기초(千駄木町) 하숙에서 당했는데 무사했다. 곧 도코(今東光)와 같이 아쿠타가와 류노스케(芥川竜之介)를 찾아가 셋이서 재해의 피해를 보고 다녔다. 이해 봄에 이누카이 다케루(犬養健)와 알게 되었다. 이해에 처음으로 간행된 『문예연감(文芸年鑑)』에 등재되었다.

■1924년 (25세)

1월에 이즈 온천에 간다. 3월에 도쿄 제국대학 국문학과를 졸업했다. 중도에 전과가 있기도 하여, 4년간 재학했지만 학점이 많이 부족했기 때문에 후지무라 쓰쿠루(藤村作) 교수와 그 밖의 사람들의 관대한 배려를 받았다. 졸업논문 「일본소설사소론(日本小説史小論)」의 서장이 「일본소설사 연구에 대하여(日本小説史研究に就いて)」라는 제목으로 『예술해방(芸術解放)』 3월호에 게재되었다. 졸업 후 얼마 안 있어 후지무라(藤村) 교수로부터 간사이 대학(関西大学)에 취직할 것을 권유받았으나 거절하였다. 5월에 징병검사를 위해 미시마군(三島郡) 군청에 출두. 체중 10관(貫) 8백 돈(匁). 5월말에 기이(紀伊)를 여행하고, 아리타 강(有田川)의 귤꽃을 본다. 10월에 7월경부터 이야기가 있었던 동인잡지 『분게지다이(文芸時代)』가, 당시의 신진작가들 (이시하마 긴사쿠<石浜金作>, 가타오카 뎃페<片岡鉄兵>, 곤 도코<今東光>, 사사키 모사쿠<佐々木茂索>, 스즈키 히코지로<鈴木彦次郎>, 주이치야 기자부로<十一谷義三郎>, 나카가와 요이치<中河与一>, 요코미쓰 리이치<橫光利一> 등)에 의해 긴세도(金星堂)로부터 창간되었다. 잡지의 창간에 있어서는 『분게지다이(文芸時代)』라고 하는 지명(誌名)을 제안하여(낡은 시대에 종교가 인생 및 민중 위에 차지한 위치를, 새로운 세상에서는 문예가 차지할 것이다, 「종교시대로부터 분게지다이로」라고 하는 발상이었다), 발행처인 긴세도(金星堂)와의 교섭에 들어갔다. 12월까지 가타오카 뎃페(片岡鉄兵)와 편집을 담당하였으며, 기성문단을 향한 도전적 월평(月評)이 물의를 일으킨다. 동인은 『신시초』 『거미(蜘蛛)』 『행로(行路)』 『무명작가(無名作家)』 등의 동인잡지로부터 참가한 14명이었는데, 이들에 의해 발족, 나중에 기시다 구니오(岸田国士), 이나가키 다루호(稲垣足穂) 등이 참가했다. 「신칸카쿠 파

의 탄생(新感覚派の誕生)」이 화제(話題)를 일으켜, 11월에 「문단 제가 가치
조사표(文壇諸家価値調査表)」(『분게순주(文芸春秋)』)를 계기로 나중에 곤
도코(今東光) 등의 탈퇴가 있었다.

■ 1925년 (26세)
    이즈 유가시마 유모토칸(伊豆湯ヶ島湯本館)에 1년의 대부분을 체재한다.
점차로 많은 문학자들이 방문하여 문사(文士)의 이즈 체재가 빈번해졌다. 도
쿄에서는 혼고 하야시초 도요히데칸(本郷林町豊秀館)에서 일시 살았다. 이
해의 5월경에 마쓰바야시 히데코(松林秀子)와 처음으로 만난다. 최초의 작품
집『나귀를 타는 아내(驢馬に乗る妻)』가 분게샤(文芸社)로부터 출판되게
되어 교정쇄(校正刷)까지 나왔으나, 출판사의 사정으로 미간으로 끝났다.

■ 1926년 (27세)
    이해도 유가시마 유모토칸에서 많이 지낸다. 그동안 바둑과 당구에 열중한
다. 도쿄에서는 혼고 도요히데칸(本郷豊秀館)에 기숙, 3월에 상경했을 때 아
자부 미야무라초(麻布宮村町)에 일시 살고, 4월에 이치가야 사나이초(市ヶ
谷左内町)에 있는 스가 다다오(菅忠雄)의 집으로 옮긴다. 스가 다다오의 집
을 보고 있던 히데코(秀子, 옛 성은 마쓰바야시<松林>, 호적 이름은 히테
<ヒテ>)와의 생활이 시작된다. 1924년 무렵부터 요코미쓰 리이치를 통하여
이야기가 있었던 극단조직에 대한 일이 가타오카 뎃페(片岡鉄兵), 기시다 구
니오(岸田国士)가 참가하여 4월에 「신칸카쿠 파 영화연맹(新感覚派映画聯
盟)」으로서 결성되어, 무성영화 「미친 한 페이지(狂った一頁)」(기누가사 데
노스케<衣笠貞之助> 감독, 이노우에 마사오<井上正夫> 주연)가 태어났다.
약 1개월간의 촬영(쇼치쿠 시모카모<松竹下加茂> 촬영소) 동안 5월 하순에
10일 정도 교토(京都)에 체재하며 촬영하는 것을 보았다. 영화는 이해 우수
영화로 지정되어 전 간사이 영화연맹(全関西映画連盟)으로부터 상을 받았는
데, 흥행에서는 실패, 신칸카쿠 파 영화연맹도 이 한 편으로 사라졌다. 6월에
처녀 작품집『감정장식(感情装飾)』(장편소설<長篇小説> 35편)이 긴세도
(金星堂)에서 출판되어 지우(知友) 51명이 모여 출판 기념회를 열었다. 여름
에 즈시(逗子)에 집을 빌려 이시하마(石浜), 가타오카(片岡), 요코미쓰(横光)
등과 합숙생활을 하다, 9월부터 다시 유가시마에 돌아갔다. 8월 하순경부터
고향 하치노헤(八戸)에 귀성해 있던 히데코(秀子) 부인이 10월에 유가시마에

갔다. 유모토칸(湯本館)에는 이해부터 다음해에 걸쳐 이케타니 신자부로(池谷信三郎), 후지사와 다케오(藤沢桓夫), 야스다 요주로(保田与重郎), 오쓰카 긴노스케(大塚金之助), 히나쓰 고노스께(日夏耿之介), 기시다 구니오(岸田国士), 하야시 후사오(林房雄), 와카야마 보쿠스이(若山牧水), 화가 스즈키 신타로(鈴木信太郎) 등이 묵었다. 요도노 류조(淀野隆三), 도노무라 시게루(外村繁), 미요시 다쓰지(三好達治), 주이치야 기사부로(十一谷義三郎) 등도 야스나리를 방문했다.

■1927년 (28세)

　섣달 그믐날 유가시마에 와서 오치아이로(落合楼)에 묵은 가지이 모토지로(梶井基次郎)가 설날 찾아왔다. 가지이(梶井)에게 세코노다키노 유가와야(世古ノ滝の湯川屋)를 소개한다. 3월에 제2의 작품집 『이즈의 여로(伊豆の踊子)』를 긴세도(金星堂)에서 출판했는데, 가지이 모토지로(梶井基次郎)에게 그 교정에 도움을 받고, 「십육세의 일기(十六歳の日記)」를 수록할 것을 권유받는다. 같은 달 분게슌주 사(文芸春秋社)로부터 수필 소잡지(随筆小雑誌) 『데초(手帖)』가 창간(가타오카 뎃페<片岡鉄兵> 편집>)되어 동인에 참가했다. 4월 5일, 요코미쓰 리이치(横光利一)의 결혼피로연에 참석하기 위해 7개월 만에 상경, 그대로 도쿄에서 살기로 하고 부인도 유가시마로부터 부른다. 후카스기나미초 우마바시(府下杉並町馬橋)에 집을 빌려 새살림을 차리고 유가시마에는 돌아가지 않았다. 5월에 『분게지다이(文芸時代)』가 종간(終刊)된다. 5월말부터 가이조사(改造社)의 「엔폰(圓本)」 선전을 위해 강연여행에 참가하여 이케타니 신자부로(池谷信三郎), 니 이타루(新居格) 등과 간사이(関西)에 가, 오사카(大阪), 나라(奈良), 쓰(津), 기후(岐阜), 와카야마(和歌山)를 돈다. 6월 분게슌주 사(文芸春秋社) 「문예강연회」의 강사로서 기쿠치 칸, 요코미쓰 리이치 등과 같이 후쿠시마(福島), 아키타(秋田), 야마가타(山形) 지방으로 강연여행을 간다. 8월에 옆집으로 오야 소이치(大宅壮一) 부처가 이사와 살았다. 8월부터 스와 사부로(諏訪三郎)의 알선으로 최초의 신문소설 「바다의 불축제(海の火祭り)」를 『추가이쇼교 신보(中外商業新報)』에 이해 내내 연재했다. 12월 아타미 고자와(熱海小沢)에 있는 도리오 시샤쿠(鳥尾子爵)의 별장으로 옮겨 다음해 봄까지 살았다. 집세는 120엔이었다고 한다.

■ 1928년 (29세)

1월에 가지이 모토지로(梶井基次郎)가 상경하는 도중 아타미에 들러 묵는다. 가지이(梶井)가 묵던 날 밤 도둑이 들었는데, 야스나리와 마주치자 「안 되겠습니까?」라 말하고 도망갔다고 하는 일화가 남아있다. 가지이는 2월에도 아타미의 도리오(鳥尾) 별장에 와 있었는데, 미아키 에무(三明永無)나 스가 다다오(菅忠雄)도 방문했다. 또 3·15의 공산당원 대량 검거의 다음날, 검거를 면한 하야시 후사오(林房雄), 무라야마 도모요시(村山知義)가 와 있었던 적도 있었다. 5월에 오자키 시로(尾崎士郎)의 권유를 받아 오모리노 시모사와(大森の子母沢)로 이사했고, 그 뒤, 마고메(馬込)의 우스다자카(臼田坂)로 이사했다. 시모사와(子母沢) 시절부터 개를 기르기 시작한다. 이웃에는 오자키(尾崎), 우노(宇野) 부처 외 하기와라 사쿠타로(萩原朔太郎), 히로쓰 가즈오(広津和郎), 무로우 사이세(室生犀星), 마키노 신이치(牧野信一) 등이 살고 있었다. 당시의 마고메(馬込)는 번화한 2007「문사촌(文士村)」으로 댄스, 마작이 유행했다. 7월에 메지 대학(明治大学) 문예 하기대학에 출강.

■ 1929년 (30세)

4월에 나카무라 무라오(中村武羅夫)를 중심으로 『긴다이세카쓰(近代生活)』가 창간되어 동인으로 가담한다. 6월경, 이케타니 신사부로(池谷信三郎), 미야케 야스코(三宅やす子), 쓰야코(艶子), 우노 지요(宇野千代), 아베 곤고(安部金剛), 야마노우치 히카루(山内光) 들과 이카호(伊香保)를 여행하고, 8월에는 미야케 야스코(三宅やす子), 우노 지요(宇野千代), 스가 다다오(菅忠雄), 이케타니 신자부로(池谷信三郎), 나카가와 요이치(中河与一) 들과 하코네(箱根)에 간다. 8월에 「신인재화(新人才華)」(『신초<新潮>』 9월호)를 가마쿠라(鎌倉)에서 쓴다. 이해부터 문예시평을 왕성하게 쓴다. 9월 초순, 부인과 함께 이카호(伊香保)를 다시 찾았다. 다케히사 유메지(竹久夢二)를 만난다. 9월 17일, 우에노 사쿠라기초(上野桜木町)로 이사하여, 아사쿠사에 자주 나가게 된다. 일본 최초의 레뷰 극장으로 시작한 카지노 포리(カジノーフオーリー)의 문예부원 시마무라 류조(島村竜三; 구로다 요시자부로<黒田義三郎>)를 찾아가 무희들과도 알게 된다. 많은 양의 취재 노트를 하여 12월부터 두 번째의 신문소설 『아사쿠사 구레나이단(浅草紅団)』을 연재했는데, 그 반향으로 인해 폐쇄 직전까지 몰리었던 카지노 포리가 반대로 붐을 타게 되었다. 10월에 다이이치쇼텐(第一書店)4)으로부터 『분가쿠(文学)』(호리 다쓰오<堀辰雄> 편집)가 창간되어 동인이 된다. 『분가쿠지다이(文学時代)』
12월호에 가와바타 히데코(川端秀子)의 「나의 남편에 대하여 말한다(私の夫
に就いて語る)」가 실린다.

■ 1930년 (31세)
    3월경, 우에노 사쿠라기초(上野桜木町) 49번지로 이사한다. 기쿠치 칸이
4월에 문화학원 문학부장이 되고, 그 인연으로 창작과(創作科) 강사로 주 1회
출강했다(1934년 3월까지 일함). 일본대학(日本大学) 강사도 겸무했다. 아사
쿠사에도 계속하여 열심히 다녔다. 동행으로는 다케다 린타로(武田麟太郎),
닛타 준(新田潤), 소미쓰 도시오(創光俊夫), 호리 다쓰오(堀辰雄; 호리를 가
장 빈번하게 만난 것은 1931년) 등이었다. 4월 말부터 5월에 걸쳐 문예 강연
회에 나가기 위해 시코쿠(四国)를 여행했다(동행자는 나카무라 무라오<中村
武羅夫>, 오자키 시로<尾崎士郎>). 6월경, 소비에트로 잠행하기 직전의 구
라하라 고레히토(蔵原惟人)를 숨겨 준다. 나카무라 무라오(中村武羅夫) 들
의 13인 구락부에 참가하여 『십삼인 구락부 타임스(十三人倶楽部タイム
ス)』(6월 13일간)에 「없는 것 투성이(ないないづくし)」를 발표 「십삼인 구
락부 창작집(十三人倶楽部創作集)」(6월 14일간)에서 「봄경치(春景色)」를
처음으로, 한 편으로 정리하여 발표했다. 이 무렵부터 개를 많이 기른다. 그림
의 전람회에도 자주 가게 된다. 12월, 미도리카와 미쓰구(録川貢)의 서생(書
生)으로 들어가 산다. 하는 일은 주로 개에게 산책을 시키는 일.

■ 1931년 (32세)
    4월에 우에노 사쿠라기초(上野桜木町)로 이사한다. 8월에 구사쓰(草津),
가루이자와(軽井沢)를 여행한다(동행자는 기쿠치 칸<菊池寛>, 구메 마사오
<久米正雄>, 나오키 산주고<直木三十五>, 이케타니 신자부로<池谷信三
郎>, 스가 다다오<菅忠雄>, 요코미쓰 리이치<横光利一>, 기시다 구니오
<岸田国士>, 후쿠다 란도<福田蘭童>). 기타카루이자와(北軽井沢)의 기시
다 구니오(岸田国士)네 별장에 들른다. 이 여행에서 돌아오는 길에 다카사키
(高崎)에서 나오키 산주고(直木三十五)와 만나, 나오키의 안내로 조슈(上州)
의 호시 온천(法師温泉)에 간다(동행자는 이케타니 신자부로<池谷信三郎>).

---

4) 쇼텐(書店)은 출판사를 말함.

9월에 시마무라 류조(島村竜三) 등 문예부 전원이 카지노 포리로부터 탈퇴, 카지노 포리의 무회 우메조노 다쓰코(梅園竜子)에게 미국의 무용가 밑에서 본격적으로 서양무용을 배우게 하고, 또 미사키초(三崎町)의 영어학원에 다니게 했다. 12월 2일, 히데코 여사와의 혼인신고를 하여, 5일에 입적. 이해, 고가 하루에(古賀春江)와 알게 되었다.

- 1932년 (33세)

  3월에 이토 하쓰요(伊藤初代)가 가와바타의 집을 방문한다. 가지이 모토지로(梶井基次郎)가 세상을 뜬다(3월 24일). 우메조노 다쓰코(梅園竜子), 아오야마 요시오(青山圭男), 마스다 다카시(益田隆)의 무용단 파이어니어 퀸테트에 가담하여 본격적인 무용 활동을 시작한다(제1회 공연 5월 6일 · 7일). 이해 무용발표회를 많이 본다. 여름 무렵부터 작은 새를 많이 기른다(멧새, 붉은가슴울새, 진홍참새, 큰유리새, 상모솔새, 부엉이 등).

- 1933년 (34세)

  2월에 『이즈의 여로』가 고쇼 헤노스케(五所平之助)에 의해 영화화(주연, 다나카 기누요<田中絹代>)되었다. 『이즈의 여로』는 그 이후 1967년까지 다섯 번 영화화되는데, 이번이 처음이었다. 『금수(禽獣)』를 쓴다(『가이조<改造>』7월호). 담당 편집자는 도쿠히로 이와키<간바야시 아카쓰키>(德広巌城<上林暁>). 여름(7월 27일부터 8월 29일까지)을 가즈사 오키쓰(上総興津; 지바켄<千葉県>)에서 지낸다. 10월에 분카고론샤(文化公論社)로부터 『분갓카이(文学界)』가 창간되어, 다케다 린타로(武田麟太郎), 하야시 후사오(林房雄), 고바야시 히데오(小林秀雄), 도요시마 요시오(豊島与志雄), 히로쓰 가즈오(広津和郎), 우노 고지(宇野浩二), 후카타 규야(深田久弥) 등과 같이 동인이 되어 편집에 참가한다(호조 다미오<北条民雄>, 오카모토 가노코<岡本かの子>, 나카지마 나오토<中島直人>, 나스 다쓰스케<那須辰助> 등의 많은 신인을 소개했다). 9월 10일 고가 하루에(古河春江)가 세상을 뜬다. 그 강렬한 인상을 바탕으로 하여 「임종의 눈(末期の眼)」(『문예<文芸>』12월호)를 쓴다. 10월 15일, 가마쿠라(鎌倉)의 하야시 후사오(林房雄)에게 초대받아 망둥어 낚시를 하러 간다. 오카모토 가노코(岡本かの子)가 소설가를 지망하여 야스나리에게 지도를 청한다(10월 20일자 서간). 12월 21일 이케타니 신자부로(池谷信三郎)가 세상을 뜬다.

■1934년 (35세)

1월에 경보국장(警保局長) 마쓰모토 마나부(松本学)를 중심으로 한 문예간화회(文芸懇話会)가 결성되어, 21명의 회원 작가로 참가한다. 같은 달, 주이치야 기사부로(十一谷義三郎)의 「신풍련(神風連)」이 병으로 휴재되는 동안 대역으로 단편소설 「정월의 여수(正月の旅愁)」를 『후쿠오카 니치니치 신문(福岡日日新聞)』에 연재한다. 1월에 『분갓카이』 5호로서 휴간(6월에 분호도(文圃堂)로부터 재간된다. 『가지이 모토지로 전집(梶井基次郎全集)』(2권, 로쿠호쇼보<六蜂書房>, 3월 24일 발간)의 간행위원이 된다(편집자는 요도노 류조<淀野隆三>, 나카타니 다카오<中谷孝雄>, 간행위원은 그 외에 히로쓰 가즈오<広津和郎>, 요코미쓰 리이치<横光利一>, 고바야시 히데오<小林秀雄>, 하기와라 사쿠타로<萩原朔太郎>, 미요시 다쓰지<三好達治>, 다케다 린타로<武田麟太郎>). 또 『이케타니 신자부로 전집(池谷新三郎全集)』(1권, 가이조샤<改造社> 6월 20일 발행)의 편집자가 된다(그 외에 편집자로서는 나카가와 요이치(中河与一), 요코미쓰 리이치(横光利一), 스가 다다오(菅忠雄), 이시하마 긴사쿠(石浜金作), 이케다 에미코(池田恵美子)의 이름이 있다). 4월에 아타미(熱海) 온천, 하치(蜂) 온천에 간다. 5월, 오쿠토네(奥利根)의 유비소(湯桧曾) 온천에 가서 6월에 오무로(大室) 온천으로 옮겨, 6월 30일, 집필 중 잠시 휴식을 위해 미나카미 역(水上駅)에서 처음으로 유자와(湯沢)에 간다. 집에 돌아온 뒤, 야나카사카마치(谷中坂町) 79번지로 이사한다. 유자와에 가는 도중에 미나카미 역(水上駅)에서 본, 사랑의 도피로 인한 소란에서 힌트를 얻어 「미나카미 정사(水上心中)」를 쓴다. 이 작품은 8월부터 『모던 일본(モダン日本)』에 연재되는데, 바로 시나리오화되어 연재가 끝나기 전 10월에 영화화(가쓰우라 센타로<勝浦仙太郎> 감독, 와카미즈 기누코<若水絹子> 주연)되었다. 8월에 호조 다미오(北条民雄)로부터 편지를 받는다(11일자 서간). 이로 인해 두 사람 사이에 약 90통의 편지가 교환된다. 9월부터 『아사쿠사 구레나이단(浅草紅団)』의 속편으로서 「아사쿠사 마쓰리(浅草祭)」의 연재를 시작했다. 12월, 유자와에 간다. 『눈 고장(雪国)』의 연작을 쓰기 시작한다. 12월 말부터 이른봄에 걸쳐, 이나게(稲毛), 후나바시(船橋), 지바(千葉), 그리고 우에노(上野), 아사쿠사(浅草) 등의 여관을 전전한다.

■ 1935년 (36세)

1월에 분게순주 사(文芸春秋社)에 의해 아쿠타가와 상(芥川賞), 나오키 상(直木賞)의 창설이 발표되어, 아쿠타가와 상의 전형위원이 되었다. 아쿠타가와 상의 제1회 전형과 관련되어 후보로 상에서 제외된 다자이 오사무(太宰治) 사이에 논쟁이 있었다. 「저녁 경치의 거울(夕景色の鏡)」(『분게순주(文芸春秋)』 1월호)을 시발로 하여 『눈고장』 연작이 분재 발표(分載發表)되기 시작하였다. 이해 발열(發熱)의 증상이 되풀이되어 나타나, 2월 말에서 3월에 걸쳐 마에다 외과병원(前田外科病院)에, 6월부터 7월초에 걸쳐 게오 병원(慶応病院)에 입원한다. 3월, 나루세 미키오(成瀬巳喜男) 각색·감독에 의한 「아사쿠사의 자매(浅草の姉妹)」의 영화화(「처녀 마음 세 자매<乙女ごころ三人姉妹>」, 쓰쓰미 마사코<堤真佐子>, 호소카와 지카코<細川ちか子> 등 주연, 도호<東宝>의 전신 PCL영화)되어 우메조노 다쓰코(梅園竜子)를 처음으로 출연시켰다. 이것이 계기가 되어 무용영화의 원작을 의뢰받아, 다음 해 「꽃의 왈츠(花のワルツ)」를 쓴다. 6월에 사사키 야스시(佐々木康) 감독, 야나이 다카오(柳井隆雄) 각색에 의한 「무희의 달력(舞姫の暦)」의 영화화(혼고 히데오<本郷秀雄> 주연, 쇼치쿠 영화<松竹映画>). 8월 말, 후나바시(船橋)의 미타하마라쿠엔(三田浜楽園)에 가, 「동요(童謡)」 속에 묘사된 「변두리 삼업조합의 위안회(場末の三業組合の慰安会)」의 소동을 목격한다. 9월 30일, 니가타켄(新潟県) 유자와(湯沢)에 가, 『눈 고장』 속편의 많은 취재를 한다. 10월 26일, 유자와에서 집필을 중단하고 부인을 불러 여행을 한 뒤 귀경. 11월, 호조 다미오(北条民雄)(「마키 노인(間木老人)」)를 『분갓카이』에 추천한다. 11월말, 유가와라(湯河原)에 가서 집필한다. 12월 5일, 하야시 후사오(林房雄)의 권유에 의해 그 옆집 가마쿠라초 조묘지 다쿠마가야(鎌倉町浄明寺宅間ケ谷)로 이사한다. 이후 평생을 가마쿠라(鎌倉)에서 살게 된다. 12월 22일, 가미스와(上諏訪)에 간다(「꽃의 호수(花の湖)」의 집필을 위해). 12월 31일, 곤 히데미(今日出海)의 안내로 가마쿠라를 산책한다.

■ 1936년 (37세)

1월에 『문예간화회(文芸懇話会)』가 창간되고, 그 동인이 되어 5월호(「일본 고전문예와 현대문예(日本古典文芸と現代文芸」의 특집)를 담당하여 편집한다. 요도노 류조(淀野隆三) 편찬의 『가지이 모토지로 소설전집(梶井基次郎小説全集)』(2권, 사쿠힌샤(作品社) 1월 19일 발간)의 제목을 썼다. 1월

25일, 잇페키코(一碧湖)를 보기 위해(「꽃의 호수(花の湖)」취재) 이토(伊東) 온천에 간다. 2월 5일, 하야시 후사오(林房雄)와 함께 가마쿠라에서 호조 다미오(北条民雄)와 만났다. 2월 20일, 『도쿄 니치니치(東京日日)』사우(社友), 『분게순주(文芸春秋)』특파원으로서 유럽에 가는 요코미치 리이치를 배웅하러 고베(神戸)까지 간다. 2월, 『문학계』동인의 합의전형(合意銓衡)에 의한 「분가카이 상(文学界賞)」이 설치되었다. 2월에 시미즈 히로시(清水宏) 감독에 의한 「고맙습니다 씨(ありがとうさん」(원작「고맙습니다(有難う)」) 개봉. 6월, 오카모토 가노코(岡本かの子)의 「학은 앓다(鶴は病みき)」를 『분갓카이』에 소개하여, 다음 달에 「분갓카이 상」을 받았다. 6월 22일, 난부 슈타로(南部修太郎)가 세상을 떴다. 『미타분가쿠(三田文学)』8월호에 추도문을 쓴다. 『분갓카이』를 경영, 분게순주 사(文芸春秋社)로 옮긴다(편집동인, 기시다 구니오<岸田国士>, 가와바타 야스나리<川端康成>, 고바야시 히데오<小林秀雄>, 가와카미 데쓰타로<河上徹太郎>, 하야시 후사오<林房雄>, 시마키 겐사쿠<島木健作>, 후나하시 세이이치<船橋聖一>, 세리자와 고지로<芹沢光治良>, 요코미쓰 리이치<横光利一>, 다케다 린타로<武田麟太郎>, 야마무라 도모요시<山村知義>, 후카다 규야<深田久弥>, 후지사와 다케오<藤沢桓夫>, 모리 야마케<森山啓>). 7월 4일부터 14일까지 유자와 다카한(高半) 여관에 체재. 8월 초순, 미나카미(水上) 온천에서 집필. 8월 28일, 『분갓카이』의 광고주 메지 제과(明治製菓)의 알선으로 고즈(神津) 목장에 간다. 다음 날, 가루이자와(軽井沢)에 내려가 그대로 가루이자와 역(驛)의 후지호시(藤星)에서 집필을 한다. 이 뒤로 신슈(信州)에 대한 관심이 깊어진다. 10월부터 11월에 걸쳐 1개월 이상 신슈 각지를 여행하며 원고를 쓴다. 후루야 쓰나타케(古谷綱武)의 『가와바타 야스나리(川端康成)』(사쿠힌사<作品社>, 11월 간행)의 간행이 있었다. 11월, 「이케타니 신자부로 상(池谷信三郎賞)」이 설치되어 전형위원이 되었다. 12월, 가마쿠라 펜클럽 발족(구메 마사오<久米正雄> 회장), 회원이 된다.

■1937년 (38세)
    4월 2일에 주이치야 기사부로(十一谷義三郎)가 세상을 뜬다. 밤중에 미우라군 오쿠스마치 아키타니(三浦郡大楠町秋谷)에 있는 자택에 가 도요시마 요시오(豊島与志雄) 등과 철야. 4월 하순, 집필을 위해 나가노(長野)에 여행. 5월, 가마쿠라시 니카이도(鎌倉市二階堂) 325로 이사. 6월에 각지(各誌)에 분재했던 것을 정리하여 개고(改稿), 거기에 이어 쓴 새 원고를 더하여 첫 단행본『눈 고장』을 소겐샤(創元社)에서 간행했다. 7월에 오자키 시로(尾崎 士郎)의『인생극장 청춘편(人生劇場青春編)』과 더불어『눈 고장』이 제 3회 문예간화회상(文芸懇話会賞)을 받았다. 7월 28일부터 9월까지 가루이자와 후지야(軽井沢藤屋)에 체류. 8월 24일, 문화학원 하계 강습회를 위해 가루이 자와 집회장에서「문학」이라는 제목으로 강연(「신농의 이야기<信濃の話>」 로서『문예(文芸)』11월호에 게재)을 했다. 8월말, 손님을 피해「목가(牧歌)」 를 쓰기 위해 가루이자와에서 도가쿠시추샤(戸隠中社)에 간다. 별장을 구입 하여 10월부터 산다. 호리 다쓰오(堀辰雄), 가와바타의 별장에 묵고 있을 때, 아부라야 여관(油屋旅館)이 소실되어 신변의 물건 일체를 잃는다. 호리(堀) 에게 뒤를 맡기고 11월 26일 가마쿠라에 돌아온다. 그 후, 1945년까지 매년 여름을 가루이자와에서 보내며「목가(牧歌)」「고원(高原)」「풍토기(風土 記)」등의 작품을 쓴다. 12월 5일 이른 아침에 호조 다미오(北条民雄)가 세상 을 뜬다. 부음(訃音)을 듣고 오후에 소겐샤(創元社)의 고바야시 시게루(小林 茂)와 같이 히가시무라야마무라 젠쇼엔(東村山村全生園)에 달려가 다미오 (民雄)의 유해를 만난다. 섣달그믐부터 정월 초사흘에 걸쳐 부부가 미나미이 즈(南伊豆)를 여행한다(고바야시 히데오<小林秀雄>, 시마키 겐사쿠<島木 健作>가 동행). 이 해에 노노(野々) 사진관으로부터 콘택스 카메라를 양도받 아 사진을 찍기 시작한다. 또 이해 골프를 시작한다.

■ 1938년 (39세)
3월에 일본문학 진흥 창립총회가 열려, 새로이 중년 작가의 정진상(精進 賞)으로서 기쿠치 칸 상(菊池寛賞)을 마련한다. 3월 말에 나가노(長野)를 여 행한다. 젠코 샤(善光寺) 앞에서 묵는다. 4월부터 가이조샤 판(改造社版) 『가와바타 야스나리 전집(川端康成全集)』전 9권의 간행이 시작된다(완결은 이듬해인 1939년 12월). 4월에 두 번에 걸쳐 사진 촬영 여행을 했다. 한 번은 요코미쓰 리이치와 가타오카 뎃페(片岡鉄兵)가 같이 간「다야마 가타이의 『시골 선생』의 여행(田山花袋『田舎教師』の旅)」으로, 교다(行田), 하뉴(羽 生)에 갔다. 또 야스다 젠이치(安田善一)에게 권유를 받아 이즈(伊豆)로 촬 영여행을 갔다.『호조 다미오 전집(北条民雄全集)』(상권 4월25일, 하권 6월 5일 발행, 소겐샤<創元社>)을 편찬 간행했다. 4월 말부터 5월에 걸쳐 도가꾸 시(戸隠)에 여행(「목가<牧歌>」집필을 위해). 혼인보슈사이 명인(本因坊秀

哉名人)의 은퇴 바둑(6월 26일, 시바노 고요칸<芝の紅葉館>에서 시작하여, 하코네<箱根>, 이토<伊東>로 대국의 장소를 바꿔, 12월 4일에 종국—8월 15일부터 11월 17일까지 쉼—)을 관전, 『도쿄 일일신문(東京日日新聞)』『오사카 매일신문(大阪毎日新聞)』에 관전기를 연재한다. 7월, 재단법인 『일본문학진흥회(日本文学振興会)』의 설립이 허가되어 그 이사로 선출된다(이사장 기쿠치 칸, 이사로 그 외에 구메 마사오<久米正雄>, 사토 하루오<佐藤春夫>, 다키이 고사쿠<滝井孝作>, 사이토 류타로<斎藤竜太郎>, 나가이 다쓰오<永井竜男>). 7월에 들어 가루이자와에 간다. 8월 19일, 고 세겐(呉清源)을 야쓰가다케 고원(八ケ岳高原)의 후지미(富士見) 요양소로 병문안. 10월 중순, 가루이자와에서 돌아오는 길에 부부가 가미스와(上諏訪), 기소후쿠시마(木曾福島), 네자메노토코(寝覚の床), 마고메(馬籠), 나키쓰가와(中津川)를 통해, 니혼 라인(日本ライン)을 내려가 나고야(名古屋)까지 여행한다(동행자, 나카자토 쓰네코<中里恒子> 부부). 이해부터 가와바타, 다케다 린타로(武田麟太郎), 마미야 모스케(間宮茂輔) 3인의 편집에 의한 『일본소설대표작전집(日本小説代表作全集)』(매년 전반기 후반기의 2권, 오야마쇼텐<小山書店>, 1938년 전반기는 10월 31일 발행, 1938년 후반기는 다음 해 4월 25일 발행)을 간행하기 시작한다. 12월, 은퇴 바둑이 끝나자 잠시 쉬기 위해 이세(伊勢), 교토(京都) 여행을 한다. 연말에 부부가 아타미에 가 정월까지 체류.

■ 1939년 (40세)

지난해 연말에 분게슌주 사(文芸春秋社)의 망년회가 있어, 가타오카 뎃페(片岡鉄兵), 후나하시 세이치(舟橋聖一), 고바야시 히데오(小林秀雄) 등의 가족이 총출동하여 신춘을 아타미에서 보낸다. 1월 15일 부부가 이세진구(伊勢神宮)에 가 후타미가우라(二見浦)에서 묵고 16일에 귀가. 1월 19일 아타미에 가, 기타니(木谷)·고(呉) 3번 대기전(三番大棋戦)의 제1회를 본다. 1월 25일, 이토(伊東)에 가 혼인보(本因坊) 명인의 병문안을 한다. 같은 날, 시모타(下田)에서 이코나(伊古奈)로 돌아, 대국 후의 쉬는 동안에 휴식을 위해 와 있는 고 세겐(呉清源)과 이틀간 마음을 연 이야기를 나눈다. 1월부터 3월 16일까지 주로 아타미의 후지야(富士屋)에 체류. 볼일이 있으면 도쿄·가마쿠라에 간다고 하는 식의 생활을 계속한다. 그 동안에 바둑의 관전기를 쓰고, 후지타 다마오(藤田圭雄)와 작문을 뽑아 시마자키 도손<島崎藤村>, 모리타 다마<森田たま>와 함께 『모범 작문 전집(模範作文全集)』(추오고론샤<中央公論社>, 5월~6월간)의 편자(編者)가 된다. 또 1월부터 『신여원(新女苑)』의 독자 응모 꽁트 작품을 뽑고 평하는 일을 시작한다. 바둑, 장기, 마작 등으로 혼인보(本因坊) 명인이나 기타니(木谷), 고(呉) 등과 어울린다. 2월 15일, 일본문학진흥회(日本文学振興会) 이사회가 열려, 기쿠치 칸 상(賞)의 전형위원으로 선출된다. 오카모토 가노코(岡本かの子)가 2월 10일에 세상을 뜨나, 신문발표는 24일. 당일 아타미에서 하야시 후사오(林房雄)와 같이 상경, 문상을 간다. 3월의 후반은 병원에 다니는 일이 계속된다(치과, 안과, 외과). 5월 초순, 결혼식을 위해 나고야(名古屋)에 가, 벚꽃을 보려고 요시노(吉野)에 간다. 5월, 오야 소이치(大宅壮一), 쓰보타 조지(坪田譲治), 도요다 시로(豊田四郎), 기타무라 고마쓰(北村小松) 등 20명과 소년소녀 문학 간화회(少年少女文学懇話会)를 결성. 6월 상순, 시오바라(塩原)에 여행(오카모토 가노코<岡本かの子>에 대해 쓰기 위해). 7월 일본여자대학(日本女子大学)에서 「작문의 이야기(綴方の話)」라는 제목으로 강연을 한다. 여름은 예년처럼 가루이자와에서 지낸다. 가을부터 또 가마쿠라와 아타미를 왕복하여 집필을 한다. 11월 말 이후, 후지야(藤屋) 대신 주라쿠(聚落)를 주된 숙소로 정한다. 이해에 넓은 의미의 작문운동에 깊이 관여하고, 그러는 중에 도요다 마사코(豊田正子), 야마카와 야치에(山川弥千枝) 등 많은 작가를 세상에 내보낸다. 이일은 1936년의 문예시평휴필선언(文芸時評休筆宣言)과 함께 전시체제하에 대한 가와바타식의 대처로서 스스로 하나의 자세를 나타내고 있는 것이다. 이해 누나미 이사오(沼波功雄) 감독에 의한 「여성개안(女性開眼)」의 영화화 (신흥 키네마<新興キネマ>)가 있었다.

■ 1940년 (41세)
1월 내내 주라쿠(聚落)에 체류. 우로코야(うろこ屋)의 슈사이(秀哉) 명인 문병, 장기를 두 판 둔다. 그 이틀 뒤 명인 급서. 그 죽은 얼굴의 사진을 찍는다. 3월에 요코미쓰 리이치(横光利一), 가타오카 뎃페(片岡鉄兵)와 도카이도(東海道) 여행을 떠나 하코네, 가나야(金谷), 오카자키(岡崎), 야키즈(焼津)에서 묵는다. 3월말부터 4월에 걸쳐 가마고리(蒲郡)의 도키와칸(常磐館)에서 집필. 지난해부터 계속해서 쓰고 있는 「아름다운 여행(美しい旅)」의 취재를 위해 5월에 맹학교(盲学校), 농아학교(聾唖学校)를 견학. 농아학교의 젊은 여교사 깃카와 지에코(橘川ちゑ子; 아키야마 지에코<秋山ちえこ>)와 알게

된다. 6월, 「나의 아사쿠사 지도(僕の浅草地図)」의 취재를 위해 오랜만에 아사쿠사 가이와이(浅草界隈)에 간다. 6월부터 7월에 걸쳐 「여행으로의 권유(旅への誘ひ)」의 취재를 겸해 하코네, 미시마(三島), 사요(小夜)의 나카야마(中山), 오키쓰(興津), 시즈오카(静岡)를 여행한다. 7월 8일, 오쿠마 강당(大隈講堂)에서 열린 「문예총후운동(文芸銃後運動)」의 강연회에 참석(외에 아베 도모지<阿部知二>, 하야시 후미코<林芙美子>, 히로쓰 가즈오<広津和郎>, 도요시마 요시오<豊島与志雄>). 연제는 「사변작문(事変綴方)」, 우메조노 다쓰코(梅園竜子)의 낭독에 해설을 붙였다. 여름부터 가을에 걸쳐 가루이자와에서 보낸다. 가을에 별장 옆의 산막(山幕)을 외국인에게서 산다. 9월, 가이조샤(改造社)의 『신일본 문학전집(新日本文学全集)』 제2권으로서 『가와바타 야스나리 집(川端康成集)』을 낸다. 10월, 일본문학자회를 발족, 21인의 발기인 중 한 사람이 된다. 11월, 12월, 이토 단코엔(伊東暖香園)과 아타미의 주라쿠에서 집필.

■ 1941년 (42세)

1월부터 3월에 걸쳐 아타미에 빈번하게 간다. 몸을 위해 자주 골프를 한다. 『만주일일신문(満洲日日新聞)』의 초대로 만주에 간다. 4월 2일, 고베(神戸)를 출발, 4일에 신경(新京)에 도착(동행자, 고 세겐<呉清源> 무라마쓰 쇼후<村松梢風>). 바둑대회에 나가는 것이 목적이었는데, 재만 소설가 기타무라 겐지로(北村謙次郎), 단 가즈오(檀一雄), 다나카 소이치로(田中総一郎), 미도리카와 미쓰구(緑川貢)와 만난다. 길림(吉林), 봉천(奉天), 하얼빈, 승덕(承德), 북경(北京), 천진(天津), 대련(大連)을 돌아 5월 16일 고베에 돌아온다. 6월에 아타미의 주라쿠에서 집필. 7,8월은 가루이자와에서 지내고 9월에 관동군(関東軍)의 초빙으로 재차 만주에 간다. 가이조샤(改造社) 사장 야마모토 사네히코(山本実彦), 오야 소이치(大宅壮一), 히노 아시헤(火野葦平) 다카다 다모쓰(高田保) 등이 동행했다. 9월 6일, 고베를 출발하여 10일에 대련에 도착. 봉천(奉天), 무순(撫順), 흑하(黒河), 하이라얼, 하얼빈, 신경(新京), 길림(吉林) 등을 돌아 일정을 9월 한 달 동안에 소화한 후 만주 연구를 위해 자비로 체재하기로 하고 봉천에 머문다. 그러는 동안에 부인을 불러 10월부터 부부가 여행. 북경에 가, 「문예총후운동(文芸銃後運動)」으로 와 있는 고지마 마사지로(小島政次郎), 가타오카 뎃페(片岡鉄兵), 사사키 모사쿠(佐々木茂索)와 만난다. 그 뒤, 제가진(斎家鎮), 장가구(張家口), 천진(天

津), 여순(旅順) 등을 보고 대련에 돌아온다. 전쟁이 가까웠다고 하는 정보를 지인의 배려로 알게 되어, 11월 13일 고베에 도착한다. 태평양전쟁 시작되기 8일 전이었다.

■ 1942년 (43세)

오야마 쇼텐(小山書店)에서 잡지를 내게 되어, 그 편집 대표자가 된다. 1월에 오이소(大磯)에 있는 시마자키 도손(島崎藤村)의 집을 방문하여 협력을 구하고, 2월에는 시가 나오야(志賀直哉)에게 편지로 협력을 구한다. 8월에 계간『야쿠모(八雲)』라는 이름으로 창간. 동인으로 시마자키 도손, 시가 나오야 외 사토미 톤(里見トン), 다케다 린타로(武田麟太郎), 다키이 고우사쿠(滝井孝作)가 가담했다. 4월부터 5월에 걸쳐「명인(名人)」(『야쿠모(八雲)』), 그 밖의 작품을 쓰러 교토(京都)에 간다. 6월에『만주국 각 민족 창작선집(満洲各民族創作選集)』(소겐샤<創元社>)을 편집, 선자(選者)의 말을 썼다. 이달에 나가노(長野)를 여행하여 옛친구 사카이 마히토(酒井真人)를 만난다. 7월 9일, 스가 다다오(菅忠雄)가 센다이(仙台)에서 세상을 떴다. 7월 9일, 교토에 부부가 여행. 8월부터 10월까지 가루이자와(軽井沢)에 체재. 시가 나오야(志賀直哉)의 가루이자와 별장 구입을 도와준다. 일본문학보 국회파견작가(日本文学報国会派遣作家)로서 나가노켄 이나(長野県伊那)의 한 빈 농가를 방문하여,『요미우리호치(読売報知)』에 기사를 실었다. 그 취재 중 친척 다나카 소노(田中ソノ)가 세상을 떴다(이 친척에 대해서「아버지의 이름(父の名)」—『문예(文芸)』1943년 2월~3월호—에 썼다). 11월 12일, 모치즈키 유코(望月優子)의 결혼 중매를 선다. 11월 8일의 제1회 개전(開戦) 기념일을 기하여, 전사자의 유문(遺文)을 읽고, 감상문을 썼다(「영령의 유문(英霊の遺文)」도쿄 신문, 1943년, 1944년까지 계속하여 쓴다).

■ 1943년 (44세)

3월에 외삼촌 구로다 히데타카(黒田秀孝)의 삼녀 마사코(麻紗子; 호적상의 이름 마사코<政子>)를 양녀로 데려오기 위해 오사카(大阪)에 간다(「고원(故園)」에는 오사카에 가는 것이 3월 12일부터 22일까지로 되어 있다). 5월 3일, 양녀로 입적(入籍). 이 일을 계기로「고원」이 쓰였는데, 때가 어지럽기도 하여 난삽(難澁)하고, 미완으로 끝났다. 4월 5일, 우메조노 다쓰코(梅園竜子)의 결혼 중매를 선다. 다쓰코(竜子)는 전날부터 가와바타네 집에 묵고, 가마쿠라 하치만구(八幡宮)에서 식을 올렸다. 『만주일일신문』에 「도카이도(東海道)」를 연재하게 되어 취재를 위해 4월 하순에 곳곳에서 도중하차하면서 교토까지 여행한다. 여름은 가루이자와에 체재. 시가 나오야가 두 번 정도 방문한다. 8월 22일, 시마자키 도손 서거. 장례를 위해 가루이자와를 나와, 그날 도쿠다 슈세(德田秋声)를 병문안한다. 이것이 슈세(秋声)와 최후의 만남이 되었다. 11월 18일, 도쿠다 슈세(德田秋声) 서거. 12월 26일, 오모테센케(表千家)의 문학자 초대 다회(茶會)에 참석(기노시타 모쿠타로<木下杢太郎>, 와쓰지 데쓰로<和辻哲郎>, 고지마 기쿠오<児島喜久雄>, 다니카와 데쓰조<谷川徹三>, 가타오카 뎃페(片岡鉄兵) 등 동석).

■ 1944년 (45세)

4월에 「고원(故園)」「석양(夕日)」 등에 의해 전쟁 전으로서는 최후로 기쿠치 상(菊池賞; 제 6회)을 받았다. 같은 상의 전형위원은 세는나이로 45세 이상. 전년까지 야스나리는 전형위원이었다. 6월에 일본문학진흥회로부터 「전기문학상(戰記文學賞)」이 제정되어 선자(選者)가 되었다. 전쟁이 격화됨에 따라 뒤뜰에 방공호를 파고, 또 이웃으로부터 방화군장(放火群長)을 부탁받아 야간 순찰을 도는 등의 생활이 계속되는 가운데 『겐지모노가타리(源氏物語)』 등의 많은 고전을 읽고, 모리 오가이(森鴎外), 나쓰메 소세키(夏目漱石) 등을 다시 읽었다. 고서점에서 『대일본불교전집(大日本仏教全集)』 등 고전적 문헌을 많이 사들였다. 작가 지망생으로부터 보내온 원고가 많았다. 8월에 가루이자와의 별장을 하나 팔아 생활비로 썼다. 이해부터 1953년까지 가루이자와에는 가지 않았다. 가을(9월 말부터 10월 초)에 가타오카 뎃페(片岡鉄兵)와 같이 신슈(信州)의 초등학교 교원 좌담회에 가, 이 지방에 와 있는 하야시 후미코(林芙美子)를 만났다. 12월 25일 와카야마 현에서 가타오카 뎃페(片岡鉄兵)가 세상을 떴다.

■ 1945년 (46세)

공습에 신경을 쓰며 1월 14일 오전 8시부터 가타오카 뎃페(片岡鉄兵)의 장례가 행해졌다. 4월 24일, 해군 보도반원으로서 가고시마켄 가노야(鹿児島県鹿屋)의 해군 항공대 특공기지에 야마오카 소하치(山岡荘八) 등과 가서 5월 24일에 귀가. 그후 1946년에 발표한 「생명의 나무(生命の樹)」와 그외의 작품에, 이때의 경험이 실려 있다. 5월 1일, 구메 마사오(久米正雄), 고바야시 히데오(小林秀雄), 다카미 준(高見順) 등 가마쿠라에 살고 있는 문사의 장서를 모아 대여서점 가마쿠라 문고(鎌倉文庫)를 하치만도리(八幡通り)에 개점, 가노야(鹿屋)에서 돌아오고 나서부터 문고의 일에 열심히 협력했다. 8월 15일, 부인, 딸과 함께 교쿠온 방송(玉音放送)을 듣는다. 8월 17일, 가마쿠라 양생원(養生院)에서 시마키 겐사쿠(島木健作)의 주검을 사생한다. 23일 가마쿠라에서 고별식이 있었다. 8월 말부터 다이도 제지(大同製紙)로부터 신청이 있어 9월 1일에 가마쿠라 문고는 출판사로 발족, 구메(久米) 등과 함께 중역이 되어 도쿄·마루 빌딩(丸ビル)에 사무소(693호)를 두었는데, 훗날 니혼바시 시라키야(日本橋白木屋)로 사무소를 옮겨 여기로 출근했다. 출판사의 대표로서 노대가(老大家)들에게 출판 허가를 받기 위해 다닌다(9월 12일에는 시가 나오야, 11월 9일, 14일에는 아타미의 나가이 가후<永井荷風>에게). 9월, 기무라 도쿠조(木村德三)를 교토의 요토쿠사(養德社)로부터 가마쿠라 문고로 빼내온다. 9월부터 시즈오카(静岡)에서 전재(戰災)를 만나 가마쿠라로 돌아온 집주인 간바라 아리아케(蒲原有明)와 다음 해 이사할 때까지 같이 살았다.

■ 1946년 (47세)

1월에 미시마 유키오(三島由紀夫)의 방문을 받고, 「담배(煙草)」를 1월에 가마쿠라 문고에서 창간한 『인간(人間)』(편집장, 기무라 도쿠조<木村德三>)에 소개하여 6월호에 싣는다. 이해도 나가이 가후를 몇 번인가 방문한다(1월 17일, 2월 5일, 2월 18일, 3월 20일, 5월 18일, 5월 23일). 3월 31일, 다케다 린타로(武田麟太郎) 서거, 4월 3일에 그 장례식에서 처음으로 조사를 읽었다. 4월, 오사라기 지로(大仏次郎), 기시다 구니오(岸田国士), 도요시마 요시오(豊島与志雄), 노가미 야에코(野上弥生子) 등과 「갓난아기회(赤ん坊会)」를 결성, 후지타 다마오(藤田圭雄) 편집에 의한 아동잡지 『갓난아기(赤ん坊)』를 지쓰교노니혼샤(実業之日本社)에서 발간했다. 12월 2일, 가마쿠라 하세(鎌倉長谷) 264번지로 이사, 거기에서 평생을 살게 된다. 11월부터 간행한 『다케다 린타로 전집(武田麟太郎全集)』(16권, 롯코 출판사<六興出版社>)의 편찬위원이 되었다.

■ 1947년 (48세)

지난해에 이어 가마쿠라 문고의 일에 종사, 주 3일의 출근 도중에는 전화부흥(戰火復興) 도상에 있는 긴자(銀座) 부근을 자세히 보고 돌아다녔다. 2

월 12일, 펜클럽의 재건총회(유라쿠초<有楽町> 당업회관(糖業会館) 지하실 「릿쓰(リッツ)」에 참석. 2월 21일, 가마쿠라 문고의 가야바초(茅場町) 신사옥 상량(上樑; 4월 하순 완성). 4월 3일, 나까야마 기슈(中山義秀)의 영양(令嬢) 결혼식장으로 하세(長谷)의 자택을 제공. 5월 말부터 6월 10일까지 요코하마(横浜)에서 해로(海路)로 가마쿠라 문고의 홋카이도(北海道) 지사에 출장. 이 무렵부터 옛 미술(古美術)에 관심이 많아져, 가마쿠라 문고의 업무 사이사이에 미술전을 보기도 하고, 미술상(美術商)과 사귀는 기회가 많아진다. 10월 4일, 「십편십의(十便十宜)」를 손에 넣음. 10월에 「속 눈 고장(続雪国)」(『쇼세쓰신초(小説新潮)』)를 발표, 『눈 고장』을 완결, 맨 처음 발표로부터 햇수로 13년을 쓴 것이 된다. 이달부터 간행된 『하야마 요시키 전집(葉山嘉樹全集)』(5권, 쇼가쿠칸<小学館>)의 편집위원이 되었다. 12월 3일, 요코미쓰 리이치(横光利一)와 사별했다.

■1948년 (49세)

1월 3일에 요코미쓰 리이치 자택에서 거행된 고별식에서 조사를 읽는다. 3월 6일, 기쿠치 칸(菊池寛)이 세상을 뜬다. 4월부터 간행된 『요코미쓰 리이치 전집(横光利一全集)』(23권, 가이조샤<改造社>)의 편집위원이 된다. 5월부터 간행이 시작된 『가와바타 야스나리 전집(川端康成全集)』(전16권, 신초샤<新潮社>, 1954년 4월 완결)의 「후기(あとがき)」(훗날 「독영자명(独影自命)」으로 정리되었다)를 문학적 생애에 한 획을 긋는 마음으로 썼다. 5월 31일의 펜클럽 총회에서 시가 나오야(志賀直哉) 회장이 사임하고, 6월 23일의 평의원회(評議員會)에서 시가의 뒤를 이어 일본 펜클럽 제 4대 회장으로 선출(1965년 10월까지 재임)된다. 11월 12일, 요리우리 신문(読売新聞)의 위촉으로 도쿄 재판(裁判)을 방청했다. 12월, 완결판 『눈 고장』(소겐 샤<創元社>을 간행.

■1949년 (50세)

4월에 아쿠타가와 상(芥川賞)이 부활되고, 「요코미쓰 리이치 상(横光利一賞)」이 설치(가이조샤<改造社>)되어 각각의 전형위원이 된다. 9월에 국제 펜클럽 제 21회 대회에 일본회장으로서 「베니스에 있어서의 국제 펜・클럽 제 21회 대회에 붙인다(ベニスにおける国際ペン・クラブ第二十一会大会に寄す)」를 보낸다(『인간(人間)』 10월호에 발표). 11월 히로시마 시(広島

市)의 초청에 의해 고마쓰 기요시(小松清), 도요시마 요시오(豊島与志雄) 등 과 펜클럽을 대표하여 원폭 피해지를 돌아본다. 돌아오는 길에 교토에 들린다. 이해 「천마리 학(千羽鶴)」(5월부터), 「산의 소리(山の音)」(8월부터)의 연작 (連作)이 발표되기 시작한다. 전후 최초의 문학전집 『현대 일본소설 대계(現 代日本小説大系)』(65권, 가와데쇼보<河出書房>)의 편집위원이 되었다.

■ 1950년 (51세)

4월에 펜클럽 회원 23명과 함께 히로시마(広島), 나가사키(長崎)를 시찰. 4월 15일, 히로시마에서 열린 「세계평화와 문예강연회(世界平和と文芸講演 会)」(일본 펜클럽 히로시마회)에서 「평화선언(平和宣言)」을 읽었다(이 선언 은 「무기는 전쟁을 부른다(武器は戦争を招く)」라는 제목으로 하여 「킹(キ ング)」 7월호에 발표되었다). 돌아오는 도중 반달 동안 교토에 체재했다. 에딘 버러의 펜클럽 세계대회(8월 15일부터 10일간)에 대표를 보내기 위한 모금을 호소하는 글을 썼다. 시시 분로쿠(獅子文六)의 『자유학교(自由学校)』에 『무 희(舞姫)』를 연재한다(다음해 3월까지). 이해에 가마쿠라 문고가 도산되었다.

■ 1951년 (52세)

6월 28일 오전 1시, 하야시 후미코(林芙美子) 서거. 가와바타 야스나리가 장례 위원장이 되어 7월 1일에 장례가 거행되었다. 후미코(芙美子) 사후 간행 된 「연파(漣波)」(7월) 「밥(めし)」(10월)에 「후기(あとがき)」를 쓴다. 8월, 나루세 미키오(成瀬巳喜男) 감독, 신도 가네토(新藤兼人) 각색에 의한 「무 희」의 영화화(야마무라 소<山村聡>, 다카미네 미에코<高峰二枝子> 외, 도 호<東宝>)가 있었다. 10월, 가타오카 뎃페(片岡鉄兵) 흉상(胸像) 제막식의 참석을 위해 가타오카 미쓰에(片岡光枝), 다테노 노부유키(立野信之)와 함 께 오카야마켄 요시노무라(岡山県芳野村)에 간다.

■ 1952년 (53세)

1월에 나리사와 마사시게(成沢昌茂) 각색, 히사마쓰 세지(久松静児) 감독 에 의한 『아사쿠사 구레나이단(浅草紅団)』의 영화화(다이에<大映>)가 있 었다. 2월, 『천마리 학』(「산의 소리」에 이미 발표된 것과 함께, 지쿠마쇼보 <筑摩書房>)을 간행. 이에 의해 1951년도의 예술원상(芸術院賞)을 수상했 다. 『천마리 학』은 8월에 구보타 만타로(久保田万太郎) 각색에 의해 가부키

자(歌舞伎座)에서 상연(하나야기 쇼타로<花柳章太郎> 등), 이어서 12월에
요시무라 고자부로(吉村公三郎) 감독, 신도 가네토(新藤兼人) 각색에 의한
영화화(고구레 미치요<木暮実千代> 외, 다이에<大映>)가 있었다. 10월 13
일부터 17일까지 분게순주 13주년 기념 강연회를 위하여 긴키 지방(近畿地
方; 히메지<姫路>, 고베<神戸>, 사카이<堺>, 와카야마<和歌山>, 나라
<奈良>)에 여행, 이어서 오이타켄<大分県>의 초청으로 규슈(九州)를 여행,
우에노 야나카(上野谷中) 시절부터의 지인(知人)으로 화가인 다카다 리키조
(高田力蔵)의 안내로 고코노에(九重)의 고원(高原)을 돌아봤다. 다음해 6월
에도 다시 방문, 고코노에(九重)는『천마리 학』의 속편『물떼새(波千鳥)』의
배경으로 쓰이게 되는데, 취재 노트를 여행가방째 분실했으므로 이 작품은 미
완으로 끝났다. 이해에「쇼가쿠칸 아동문화상(小学館児童文化賞)」이 창설
되어 문학부문의 심사위원이 되었다.

■ 1953년 (54세)
   5월 28일에 호리 다쓰오(堀辰雄)가 세상을 떴고, 6월 3일, 시바조 조지(芝
増上寺)의 고별식에서는 장례위원장으로 일하는 가운데 장례의 인사를 한다.
6월에 가도카와쇼텐(角川書店)의 강연여행에 참가하여 규슈(九州)에 갔다.
여름에 전쟁이 끝난 뒤 처음으로 가루이자와에 가 10일 정도 체재했다. 이해,
『산의 소리』가 나루세 미키오(成瀬巳喜男) 감독, 미즈키 요코(水木洋子) 각
색에 의해 도호(東宝)에서, 이어서 9월에 시마 고지(島耕二) 감독, 각색에 의
해「아사쿠사 이야기(浅草物語)」가 다이에(大映)에서 영화화되었다. 11월
13일, 나가이 가후(永井荷風), 오가와 미메(小川未明)와 함께 예술원 회원으
로 선출되었다. 또 부활된 노마 문예상(野間文芸賞)의 전형위원이 되었다.

■ 1954년 (55세)
   1월에『호수(みづうみ)』(『신초(新潮)』)의 연재가 시작된다. 3월에 노무라
요시타로(野村芳太郎) 감독, 후시미 아키라(伏見晃) 각색에 의해『이즈의
여로』의 두 번째 영화화(주연, 미소라 히바리<美空ひばり>, 쇼치쿠<松竹>)
가 있었다. 같은 달, 기시다 구니오(岸田国士)를 기념한 기시다 연극상(岸田
演劇賞; 신초샤<新潮社>)이 설립되고, 또 신초샤 문학상이 새로 발족되어
각각 심사위원이 되었다. 4월,『산의 소리』를 완결 간행. 이에 의해 12월, 제
7회 노마 문예상(野間文芸賞)을 받았다. 8월에 니시카와류 나고야 오도리(西

川流名古屋をどり)의 무용극 대본 「선유녀(船遊女)」를 작품으로 써, 니시카와 고이자부로(西川鯉三郎)의 안무로 나고야 미소노자(名古屋御園座)와 그 외의 각지에서 상연되었다. 또 이 작품은 1957년에 다소 손질을 하여 다카라즈카(宝塚) 가극단에 의해서도 상연되었다. 9월 27일·28일, 분게순주(文芸春秋) 강연회에서 요나고(米子), 마쓰에(松江)에 여행. 같은 달 「어머니의 첫사랑(母の初恋)」이 히사마쓰 세지(久松静児) 감독, 핫타 나오유키(八田尚之) 각색에 의해 영화화(도호<東宝>)되었다. 이해, 『호리 다쓰오 전집(堀辰雄全集)』(7권, 신초샤<新潮社>)의 편집위원이 되었다. 1948년부터 간행을 시작한 전집이 드디어 완결되었다. 이해부터 수면제 사용이 많아졌다.

■ 1955년 (56세)

1월에 기누가사 데노스케(衣笠貞之助) 감독·각색에 의해 「강이 있는 서민촌의 이야기(川のある下町の話)」의 영화화(다이에<大映>)가 있었다. 같은 달에 무용극 「고향의 소리(古里の音)」를 써 니시카와류 고이후카이(西川流鯉風会)에 의해 신바시 연무장(新橋演舞場)과 그 외 다른 곳에서 상연되었다. 1월에 에드워드 사이덴스티커(Edward G. Seidensticker) 초역(抄譯)의 『이즈의 여로』가 『애트랜틱 먼스리(The Atlantic Monthly)』의 일본 특집호에 실렸다. 12월 19일, 사카구치 안고(坂口安吾) 서거. 『문예(文芸)』 4월호에 「사카구치 안고 조사(坂口安吾)」 발표. 6월부터 간행된 『요코미쓰 리이치 전집(横光利一全集)』(12권, 가와데쇼보<河出書房>)의 감수위원이 되었다. 6월 18일, 도요시마 요시오(豊島与志雄) 서거. 조사를 읽었다(『신초』 8월호에 발표). 11월 1일, 도호(東宝) 극장에서 행한 「분세춘주 오백호 기념제(文芸春秋五百号記念祭)」에서 강연.

■ 1956년 (57세)

1월부터 『가와바타 야스나리 전집(川端康成全集)』(10권, 신초샤, 11월 완결)을 간행. 2월, 시마 고지(島耕二) 감독, 야스미 도시오(八住利雄) 각색의 「무지개 갈 때마다(虹いくたび<니지이쿠타비>)」(다이에<大映>)가 영화화되고, 이어서 4월에 니시카와 가쓰미(西河克巳) 감독, 다나카 스미에(田中澄江) 각색으로 「도쿄의 사람(東京の人)」(닛카쓰<日活>)이 영화화되었다. 11월, 항가리 동란에 즈음하여 일본 펜클럽 회장의 이름으로 위로 전보를 쳤다. 이해부터 매년 이어서 작품의 해외번역이 많이 나왔다.

■1957년 (58세)

3월에 펜클럽 집행위원회 참석을 위해 마쓰오카 요코(松岡洋子)와 함께 유럽에 가, 모리악(Mauriac), 엘리엇(Eliot) 등과 만났다. 도쿄 대회의 참석요 청을 위해 유럽과 아시아 각국을 방문하고 5월에 귀국했다. 4월, 도요다 시로 (豊田四郎) 감독, 야스미 도시오(八住利雄) 각색에 의한『눈 고장』의 영화 화(이케베 료<池部良>, 기시 게코<岸惠子> 외, 도호<東宝>)가 있었다. 9 월 2일, 제 29회 국제 펜클럽 도쿄 대회를 개회, 8일에 교토에서의 폐회식까지 주최국 회장의 큰 임무를 완수했다.

■1958년 (59세)

1월에 가와시마 유조(川島雄三) 감독, 다나카 스미에(田中澄江) 등에 의 한「여자라는 것(女であること)」의 영화화(모리 마사유키<森雅之> 외, 도 호<東宝>)가 있었다. 2월에 국제 펜클럽 부회장으로 선출되었다. 3월,「국제 펜 대회 일본 개최를 위한 노력과 공적」에 의해 전후에 부활한 제 6회 기쿠치 칸 상(菊池寬賞)을 받았다. 6월에 오키나와(沖縄)에 여행. 11월부터 간행하 는『오가와 미메 동화전집(小川未明童話全集)』(12권, 고단샤<講談社>)의 편집위원이 되었다. 11월, 담석(胆石)때문에 도쿄대학병원 기모토 외과(木本 外科)에 입원, 퇴원은 다음해 4월에 했다.

■1959년 (60세)

5월에 프랑크프르트의 제 30회 국제 펜클럽 대회에서 괴테 메달을 보내왔 다. 9월에 니시카와 가쓰미(西河克巳) 감독, 야시로 세이치(矢代静一) 각본 에 의한「바람이 있는 길(風のある道)」의 영화화(닛카쓰<日活>)가 있었다. 11월부터『가와바타 야스나리 전집(川端康成全集)』(12권, 신초샤, 1962년 8 월 완결)을 간행. 이해는 오랜 작가생활 가운데에서 소설의 발표가 한 편도 없는 해가 되었다.

■1960년 (61세)

3월부터 간행될『기쿠치 칸 문학전집(菊池寬文学全集)』(10권, 분게순주 사)의 편집위원이 되었다. 5월,『이즈의 여로』가 가와토 요시로(川頭義郎) 감 독, 다나카 스미에(田中澄江) 각색에 의해 세 번째로 영화화(와니부치 하루코 <鰐淵晴子> 외, 쇼치쿠<松竹>)되었다. 5월, 미국무성 초청으로 도미. 이어서 7월에 브라질 상파울루에서 개최된 제 31회 국제 펜클럽 대회에 게스트 오브 오너로서 참석, 8월에 귀국했다. 프랑스 정부로부터 예술문화 오피시에 훈장을 보내왔다.

■ 1961년 (62세)

『고도(古都)』『아름다움과 슬픔과(美しさと哀しみと)』의 취재와 집필을 위해 교토시 사쿄쿠 시모가모이즈미가와초(左京区下鴨泉川町) 25번지에 집을 빌렸다. 5월에는 니가타(新潟), 사도(佐渡)에 여행했다. 10일부터 간행되는 『진자이 기요시 전집(神西淸全集)』(6권, 분치도쇼텐<文治堂書店>)의 편집위원이 되었다. 11월, 제 21회 문화훈장을 받았다.

■ 1962년 (63세)

2월에 수면제 금단증상을 일으켜 도쿄 대학병원에 입원, 10일 정도 의식불명 상태가 계속되었다. 4월에 극단 신파(新派)에 의해 『고도』(가와구치 마쓰타로<川口松太郎> 각색, 마쓰우라 다케오<松浦竹夫> 연출)가 메지자(明治座)에서 상연되었다. 10월, 시모나카 야사부로(下中弥三郎)의 뒤를 이어 세계평화 어필 7인 위원회에 참가했다. 11월에 『잠자는 미녀(眠れる美女)』에 의해 제 16회 마이니치(毎日) 출판문화상을 받았다. 이해 무로우 사이세(室生犀星; 3월), 요시카와 에지(吉川英治; 9월), 마사무네 하쿠초(正宗白鳥; 10월)의 부음(訃音)이 계속되었다.

■ 1963년 (64세)

4월에 재단법인 일본 근대문학관(日本近代文学館)이 발족되어 감사가 된다. 또 근대문학 박물관의 위원장이 되어 오사라기 지로(大仏次郎), 히사마쓰 센이치(久松潜一)와 같이 10월에 개최하는 근대문학사전(近代文学史展)을 감수했다. 아울러 사사키 모사쿠(佐々木茂索)의 뒤를 이어 모금 위원장의 역할도 했다. 1월에 나카무라 노보루(中村登) 감독, 곤도 도시히데(近藤利英)의 각색에 의해 『고도』(이와시타 시마<岩下志麻> 외, 쇼치쿠<松竹>)가, 그리고 6월에는 니시카와 가쓰미(西河克巳) 감독, 미키 가쓰미(三木克巳) 각색에 의한 네 번째의 『이즈의 여로』의 영화화(요시나가 사유리<吉永小百合> 외, 닛카쓰<日活>)가 있었다.

■1964년 (65세)

　6월에 오슬로에서 개최된 제 32회 국제 펜클럽 대회에 게스트 오브 오너로서 참석하고, 돌아오는 길에 유럽 각국을 돌아 8월에 귀국했다. 6월에『민들레(たんぽぽ)』의 연재가 시작된다(『신초』 1968년 10월까지 단속적(斷續的)으로 발표). 10월부터 간행되는『다카미 준 문학전집(高見順文学全集)』(6권, 고단샤<講談社>)의 편집위원이 되었다. 11월, 일본 근대문학관 문고(日本近代文学館文庫)가 우에노(上野) 도서관내에 가개설(仮開設)되어, 기념 축하회에 참석했다. 이해 2월에 오자키 시로(尾崎士郎)가, 5월에 사토 하루오(佐藤春夫)가 세상을 떴고, 각각의 장례식에서 조사를 읽었다.

■1965년 (66세)

　4월에 연속 텔레비전 소설「순간(たまゆら)」을 써 NHK에서 방송되었다. 8월 17일 다카미 준(高見順)이 세상을 떠, 그 장례(일본문예가협회, 일본펜클럽, 일본근대문학관의 세 단체 합동장)에서 장례위원장을 맡았다. 6월부터 간행되는『도요시마 요시오 저작집(豊島与志雄著作集)』(6권, 미라이샤<未来社>)의 감수위원이 되었다. 10월에 일본 펜클럽 회장을 사임. 1948년 이래 18년간 회장직을 맡았다. 11월 일본 펜클럽 창립 30주년 기념 축하회가 열려, 그 석상에서 후임 세리자와 고지로(芹沢光治良) 회장과 그 외의 사람들로부터 전 회장으로서의 노고를 치하 받았다. 같은 달에 이즈 유가지마(伊豆湯ヶ島)에『이즈의 여로』문학비가 세워지고, 그 제막식에 참석했다.『아름다움과 슬픔과(美しさと哀しみと)』(시노다 마시히로<篠田正浩> 감독),『눈 고장』(오바 히데오<大庭秀雄> 감독)이 각각 쇼치쿠(松竹)에서 영화화되었다.

■1966년 (67세)

　1월부터 3월까지 간장염 때문에 도쿄 대학병원에 입원. 4월, 일본 펜클럽 총회 석상에서 다년간의 공적에 대해 다카타 히로아쓰(高田博厚) 작의 흉상을 받았다. 8월에 요시다 요시시게(吉田喜重) 감독, 이시도 도시로(石堂淑朗) 각색에 의해『호수(みづうみ)』가『여자의 호수(女のみづうみ)』로서 영화화(오카다 후미코<岡田芙美子> 외, 쇼치쿠<松竹>)되었다. 9월, 신주쿠 이세탄(新宿伊勢丹)의「다카미 준 전(高見順展)」, 첫날 저녁때 열린「그리워하는 모임(忍ぶ会)」에 참석했다. 12월 1일에 사사키 모사쿠(佐々木茂索)가 세상을 떴다.

■1967년 (68세)

2월에 중국의 문화대혁명에 대한 학문 예술의 자유권 옹호를 위한 어필 (appeal)을 아베 고보(安部公房), 이시카와 준(石川淳), 미시마 유키오(三島 由紀夫)와 함께 내었다. 4월, 일본 근대문학관이 개관되고, 이의 명예 고문이 되었다. 6월, 다카미 준(高見順) 문학비 제막식에 참석키 위해 후쿠이켄(福井 県) 미쿠니초(三国町)에 갔다. 7월, 양녀 마사코(麻紗子; 政子)의 결혼, 입적 (8월, 모스크바의 일본 대사관에서 결혼식을 올리고 10월 14일에 국제문화회 관에서 피로연을 가졌다). 8월에 일본 만국박람회 정부 출전(出展) 간담회 위 원이 된다. 12월, 딸의 집을 보러 삿포로(札幌)에 간다. 이해 2월, 온치 히데오 (恩地日出夫) 감독, 이데 도시로(井手俊郎) 각색에 의해 『이즈의 여로』의 다섯 번째 영화화(나이토 요코<内藤洋子> 외, 도호<東宝>)가 있었다.

■1968년 (69세)

1월에 간행되는 『신초 일본문학 소사전(新潮日本文学小辞典)』의 편집위 원이 된다(요코미쓰 리이치의 항목만 집필). 2월, 「비핵무장에 관한 국회의원 들에게의 청원」에 서명. 6월에 일본 문화회의에 참가했다. 7월, 참의원 선거에 입후보한 곤 도코(今東光)의 선거 사무장을 맡아 도쿄, 교토 등에서 가두연설 에도 나갔다. 10월 17일, 문학부문에서 일본인으로서는 최초로 노벨상 수상이 결정되었다. 11월 펜클럽 주최의 수상 기념 축하회가 열렸다. 12월 10일, 스톡 홀름의 수상식에 참석하고, 12일에는 스웨덴 아카데미에서 기념연설을 「아름 다운 일본의 나―그 서설(美しい日本の私―その序説)」이라는 제목으로 했 다. 이해, 예술원 제2무장을 사임하고, 또 고향 이바라키 시(茨木市)의 명예 시민으로 천거되었다. 1월에 요시무라 고자부로(吉村公三郎) 감독, 신도 가 네토(新藤兼人) 각색에 의한 『잠자는 미녀(眠れる美女)』의 영화화(다무라 다카히로<田村高広>)가 있었다.

■1969년 (70세)

1월 6일, 노벨 문학상 수상 후의 유럽 여행에서 귀국. 같은 달 27일, 중의 원·참의원의 양원으로부터 축의(祝意)를 받았다. 1월 29일, 첫 손녀가 태어 난다. 3월에 일본 문학에 대한 특별강연을 하기 위해 하와이 대학에 간다. 4월, 여행 중에 아메리카 예술문예 아카데미의 명예회원으로 솔제니친 등과 함께 뽑힌다. 4월부터 6월에 걸쳐 노벨상 수상기념 「가와바타 야스나리 전(川端康

成展)』(아사히 신문사 주최)이 각지에서 개최되어 이를 위해 일시 귀국. 5월에 하와이 대학에서 「미의 존재와 발견(美の存在と発見)」이라는 제목으로 특별강연. 6월, 하와이 대학의 명예 문학박사 호를 받다. 같은 달에 귀국했는데, 가마쿠라 시(鎌倉市)의 명예시민으로 천거된다. 7월에 런던 일본 대사관 별관에서 「가와바타 야스나리 전」이 열렸다. 9월, 이주 백년 기념 샌프란시스코 일본 주간에 문화사절로서 참석하여 「일본 문학의 미(日本文学の美)」라는 제목의 특별강연을 했다. 10월에 모교 이바라키 중학교의 문학비 제막식에 참석했다. 11월, 이토 세(伊藤整)가 세상을 떠, 문학 삼단체장의 장례 위원장을 맡았다. 이해에 나카무라 노보루(中村登) 감독, 히로세 조(広瀬襄) 각본에 의해 『해도 달도(日も月も)』(이와시타 시마<岩下志麻> 외, 쇼치쿠<松竹>)의 영화화(1월 개봉)가 있었는데, 여기에 특별 출연한다. 이해에는 소설 발표가 없었다. 4월부터 5번째의, 그리고 살아 있는 동안으로서는 최후의 19권본 전집의 간행이 시작되었다.

■ 1970년 (71세)

6월에 타이페이(台北)에서 아시아 작가회의에 참석하여 강연. 이어서 6월 29일부터 7월 3일까지 서울(京城)에서 개최된 제 38회 펜클럽 대회에 게스트 오브 오너로 참석하여 축사를 한다. 7월에 한양대학교(漢陽大學校)로부터 명예 문학박사 호를 받고, 「이문회우(以文会友)」라는 제목으로 기념강연을 한다. 9월 28일, 이시카와(石川) 근대문학관의 슈세 전(秋声展)을 위해 가나자와(金沢)에 간다. 이해 5월, 「가와바타 문학 연구회(川端文学研究会)」(회장, 히사마쓰 센이치<久松潜一>)가 설립되었다. 『다카미 준 전집(高見順全集)』(20권, 게소쇼보<勁草書房>)의 편찬위원이 되었다. 11월 25일, 미시마 유키오의 할복자살 사건이 있었다.

■ 1971년 (72세)

1월 24일, 쓰키지 혼간 사(築地本願寺)에서 미시마 유키오의 장례식의 장례 위원장으로 일한다. 도쿄 도지사 선거(3월 17일 고시, 4월 11일 투표)에 입후보한 하타노 아키라(秦野章)를 3월 21일부터 돕기로 하고 가두연설도 다녔다. 한 푼도 보수를 받지 않고, 호텔비도 모두 스스로 지불했다. 4월 16일, 노벨 재단의 전무이사가 도일하여 같이 교토에 간다. 4월 17일, 교토에서 평화 어필 7인회가 회합. 후지야마 아이이치로(藤山愛一郎)로부터 중국문제에 대

하여 이야기를 듣는다. 「가와바타 야스나리 글씨의 개인전(川端康成書の個展)」을 니혼바시 고추쿄(日本橋壷中居)에서 열었다. 건강이 좋지 않아 여름을 가마쿠라에서 보낸다. 9월에 세계평화 7인회로부터 일중 국교 회복(日中國交回復)에 대한 요망서를, 그리고 12월에는 사차방 반대(四次防反対)의 성명을 내었다. 10월 9일, 두 번째로 손자가 태어난다. 10월 21일, 시가 나오야(志賀直哉) 서거. 동월 25일, 다테노 노부유키(立野信之)의 임종을 보고, 일본학 연구 국제회의를 위한 준비와 운동을 위탁받는다. 이 때문에 연말부터 모금 등으로 분주하여 건강을 크게 해친다. 10월부터 간행되는 『우치다 햣켄 전집(内田百間全集)』(10권, 고단샤<講談社>)의 편집위원으로 일한다. 12월, 일본 근대문학관 명예회장으로 천거 받는다. 12월24일, 텔레비전 토론회 「일본인은 변했는가―"탈"현상을 해결하다(日本人は変はつたか―"脱"現象を斬る)」(아스카다 이치오<飛鳥田一雄>, 이마이 아키라<今井彬>, 야마자키 마사카즈<山崎正和>, 구사나기 다이조<草柳大蔵>, 후지 텔레비전<フジテレビ>)에 참석(방영은 1972년 1월 2일). 12월 31일에 교토에 간다. 곤 도코(今東光)의 병문안을 한다. 이해 4월에 가와바타 문학연구회편 『가와바타 야스나리의 인간과 예술(川端康成の人間と芸術)』(教育出版センター)이 간행되었다.

■1972년

1월 5일, 분게순주의 창립 50주년을 맞아 신년의 사원 대면(社員顔合せ)에 참석하여 강연을 했다. 세상을 뜬 후, 편집부에서 정리하여 「신인으로 있고 싶다(新人でゐたい)」라는 제목으로 『제군!(諸君!)』 6월호에 발표되었다. 1월 6일, 다이토 리치랜드(大都リッチランド) 신년회(호텔 뉴 오타니(ニューオータニ)에 참석. 1월 13일, 사카이 세이치로(堺誠一郎)의 안내로 전 주일 대사 훼드렌코가 방문했다. 이때의 인상을 바탕으로 하여 훼드렌코는 나중에 『가와바타 야스나리론』(1978)을 썼다. 같은 달 중순에 「만요의 비(万葉の碑)」 건립을 위해, 사쿠라이 시(桜井市)에 간다. 1월 18일, 평화 어필 7인 위원회에 참석한다. 친척 형의 장례에 참석하기 위해 2월 23일 부부가 오사카에 간다. 그 뒤 건강이 좋지 않았고, 3월 8일에는 맹장염으로 입원하여 수술을 받고 17일에 퇴원했다. 4월 16일 밤, 즈시(逗子) 마리나 맨션(マリーナ・マンション)의 집필실에서 가스 자살을 했다. 만 72세 10개월이었다. 18일, 하세(長谷)의 자택에서 밀장(密葬), 5월 27일, 일본 펜클럽, 일본문예가협회, 일본 근대문

학관의 삼단체장이 장례 위원장 세리자와 고지로(芹沢光治)에 의해 아오야마 사이조(青山斎場)에서 있었다. 계명(戒名)은 곧 도코(今東光)에 의한 「문경 원고산야스나리대거사(文鏡院孤山康成大居士)」. 9월부터 일본 근대문학관 주최로 「가와바타 야스나리 전―그 예술과 생애(川端康成展―その芸術と 生涯)」가 전국 각지에서 순회로 개최되었다. 10월, 재단법인 「가와바타 야스 나리 기념회」(이사장, 이노우에 야스시<井上靖>)가 설립되었다. 11월, 일본 근대문학관에 「가와바타 야스나리 기념실」이 설치되었다.

參考文獻

『川端康成全集(一～三十五巻、補巻一～二巻)』(新潮社、1981・10～1959・5)

兵藤正之助『川端康成論』(春秋社、1988・4)

長谷川泉『川端文学の機構』(教育出版センター、1984・5)

川端文学研究会『川端康成の人間と芸術』(教育出版センター、1974・3)

羽鳥徹哉『川端康成—日本の美学—』(有精堂、1990・5)

『広辞苑<第三版>』(岩波書店、1983・12)

武田勝彦・高橋新太編 『川端康成—現代の美意識—』(明治書院、1978・5)

岩田光子『川端文学の諸相—近代の妖艶—』(桜楓社、1983・10)

川端文学研究会『世界の中の川端文学』(おうふう、1999・11)

『文芸研究』第九十一集<日本文芸研究会、1971・3)

平川祐弘・鶴田欣也『川端康成「山の音」研究』(明治書院、1985・9)

『日本国語大辞典』(小学館、1979・12)

川嶋至『川端康成の世界』(講談社、1969・10)

愛知教育大学『愛知教育大学研究報告』(1969・2)

読売新聞文化部篇『実録川端康成』(読売新聞社、1969・7)

川端文学研究会 『川端康成研究叢書(1～10、補券 1)』(教育出版センター、
    1976・8)

『鑑賞日本現代文学⑮ 川端康成』(角川書店、1982・11))

中村光夫『論考 川端康成』(筑摩書房、1978・4)

長谷川泉『川端康成論考』(明治書院、1984・11)

『国文学』(学灯社、1987・12)

羽鳥徹哉編『国文学解釈と鑑賞別冊 川端康成旅とふるさと』(至文堂、199
    9・11)

岩田光子『川端文学の諸相—近代の幽艶—』(桜楓社、1983・10)

三枝康隆『川端康成入門』(有信堂、1975・11)

羽鳥徹哉編『日本文学研究資料新集27 川端康成 日本の美学』(有精堂、199
    0・6)

遠藤周作『わたしが・棄てた・女』(講談社、1972・12)

『日本文学資料叢書 川端康成』(有精堂、1976・9)

奧出健『川端康成『雪国』を読む』(三弥井書店、1989・5)

『国文学』(学灯社、1970・2)

長谷川泉『川端文学の味わい方』(明治書院、1973・9)

上坂信男『川端康成—その『源氏物語』体験—』(右文書院、1986・1)

長谷川泉『川端康成論考<増補版>』(明治書院、1972・5)

鶴田欣也『川端康成の芸術—純粋と救済—』(明治書院、1981・4)

宮城音弥『夢(第二板)』(岩波書店、1984・10)

小此木啓吾・馬場謙一『フロイト精神分析学入門)(有斐閣、1984・11)

『日本文学』(1968・12)

稲村博『川端康成—芸術と病理—」(金剛出版、1975・10)

톰 체트윈드・土田光義訳 『夢辞典』(白揚社、1984・6)

川端康成『みづうみ』(1989・8、新潮社)

川端文学研究会編 『川端文学への視界ー3ー』(1987・12、教育出版センター
　　　　　　　　　新社)

森本穫『魔界遊行—川端康成の戦後』<林道舎、1982・10> 소수)

『解釈』(1777・1)

川端康成『古都』(新潮文庫、1984・2)

『茨城キリスト教大学紀要』(第二十一号、1987)

川端康成『たんぽぽ』(新潮社、1972・9)

『<新潮　臨時増刊>川端康成読本』

『新潮』(1972・7)

田口茂『川端文学への誘い』(三弥井書店、1986・8)

* 위 참고문헌은 인용된 순서에 따라 배열한 것임.

찾아보기

한국어

- ㄱ -

일본어

영어

임 종 석(林鍾碩)

1943년생(전북 임실)
전주대학교 일어교육학과 졸업
일본 도호쿠 대학(東北大学) 대학원 석·박사 과정 졸업
　　(문학박사, 전공: 일본 근대문학)
(前) 재일본 센다이(仙台) 한국교육원장
　　한국일본문화학회 회장
　　한국일본근대학회 고문
　　한국일본기독교문학회 회장
(現) 충남대학교 일어일문학과 교수
　　한국일본문화학회 자문위원
　　한국일본기독교문학회 고문

저 서　가와바타 야스나리의 문학세계(보고사)
　　　일본문학사(제이앤씨) 등 다수

역 서　철길에 핀 꽃(원저 미우라 아야코<三浦綾子>의 『塩狩峠』) (대한기독교서회)
　　　스캔들(원저 엔도 슈사쿠<遠藤周作>의 『スキャンダル』) (보고사) 등 다수

논 문　『山の音』私論─信百の老いと回春への願望をめぐって　(文芸研究 第110号)
　　　엔도 슈사쿠의 『사해의 주변』의 세계 ─예수像을 중심으로─ (日本文化学報 第
　　　20輯) 등 다수

그 깊은 상징의 늪 가와바타 야스나리의 소설세계

초판인쇄 2007년 10월 10일
초판발행 2007년 10월 31일

저자 임종석
발행 제이앤씨
등록 제7-220호

132-040 서울시 도봉구 창동 624-1 북한산 현대홈시티 102-1206
TEL (02)992-3253 / FAX (02)991-1285
e-mail jncbook@hanmail.net / URL http://www.jncbook.co.kr

ISBN 978-89-5668-544-1 93830
정가 28,000원